金石记

马玉琛 著

成都时代出版社
CHENGDU TIMES PRESS

图书在版编目（CIP）数据

金石记 / 马玉琛著 . -- 成都：成都时代出版社，
2025.1. -- ISBN 978-7-5464-3605-0

I. I247.5

中国国家版本馆 CIP 数据核字第 2024HC8842 号

金石记
JINSHI JI

马玉琛 著

出 品 人　钟　江
责任编辑　李卫平
责任校对　阚朝阳
责任印制　江　黎　曾译乐
书籍设计　王　斑

出版发行　成都时代出版社
电　　话　（028）86742352（编辑部）
　　　　　（028）86763285（图书发行）
印　　刷　成都博瑞印务有限公司
规　　格　145mm×210mm
印　　张　14
字　　数　390 千
版　　次　2025 年 1 月第 1 版
印　　次　2025 年 1 月第 1 次印刷
书　　号　ISBN978-7-5464-3605-0
定　　价　78.00 元

再版前言

诚致谢忱！成都时代出版社和宝琴文化公司，两双慧眼，鉴品一珠，相中《金石记》。这不仅仅是一本书的幸运与荣光，其潜在的意义是：精美的文化之心更迭有序且温润美好。

编辑叮嘱写一篇再版前言，我欣然命笔。因为借此机会，可将我20年前创作《金石记》的心态和思绪坦陈出来，聊博读者一哂。

当初，每每读到北京、上海、天津、苏州、广州、成都等城市的作家精彩描绘他们居住于其中的城市生活时，我便心疼不已。这心疼常常让我思考，拥有几千年灿烂文化的长安却未见有人给予相应精彩的描绘。是长安城里周秦汉唐的精神气度流失殆尽了吗？当然不是！是长安城的文化底蕴太过丰厚庞杂而令作家们无法下手，甚或望而生畏了吗？这倒有几分可能。要写出长安城的精气神，的确有相当的难度。要超越这一难度，必须找到恰当的切入点、恰当的生活层面、恰当的人物，方有可能。

我很幸运，生活的机缘使我找到了这个切入点，了解了一个隐秘但非常有文化内涵的生活层面，并且使现实人物和想象的人物逐渐会集到了一起。

这个切入点是文物。文物不是死的，而是活的。文物不仅是一个个艺术的造型，还是一个个跃动的灵魂。文物精美的表层之下储蓄着与之相应的历史精神。文物是人物的生成点，亦是一个非常好的寓体。有了文物，历史文化和精神气度便不再是流动的风一样只可感知不可捉摸的东西。有了文物，历史文化和精神气度张目可见，触手可及。

这个恰当的生活层面是长安城的民间贵族——长安城的民间底层和长安城的亚官方阶层（之所以称其为亚官方阶层，是因为他们是官方阶层的一个侧面，未必是官方阶层的主流）。这个生活层面以民间贵族为主体，附带着底层民众和亚官方阶层，构成了一个隐秘的、半地下的立体生活层面。

在这个立体生活层面中活跃着杜玉田、唐麟趾、金重廓、郑一壶、齐明刀、董青花、周玉箸、陶问珠、楚灵璧、苗丹砂、杨老汉、冯空首、金柄印、宋元祐、蔡翠玲等各式各样的人物。这些人物身上都凝聚着浓郁的文化情结和浓重的历史情怀，但历史的变迁使得他们对历史和文化有了最见个性的选择。这些不同选择构成不同的矛盾冲突，构成各个人物不同的命运结局。

苗丹砂和杨老汉虽然因为生活巨变而流落乡间，但他们在长安城生就的灵魂和精神气度并没有磨灭。他们在与长安城完全不同的生活中以自己的精神寻找某种对应。杨老汉在长安城郑一壶四水堂找到了失落已久的安慰，苗丹砂在小山村找到了真爱的归宿，并勇敢地担负起爱的责任。但郑一壶四水堂有鸥吻而无鸥尾，苗丹砂有世界上最美好的爱，却不是自己的妻子，有儿子却得将别人叫爸爸，董青花要随秀水去日本追回被丈夫卖出的元青花八棱开光梅瓶，陶问珠为诺言献出了青春，金柄印、蔡翠玲为他们的选择付出了巨大的代价，冯空首落得连灵魂也卖不出去，唐麟趾为小克鼎而捐出了宝鼎楼，杜玉田为昭陵二骏而莫名其妙地消失，楚灵璧为完成杜玉田的遗愿而远赴美国……这一连串的小说意象都有深义。人生和文化在运动中始终存在着令人扼腕的缺憾。

缺憾里凸显的才是真正的文化精神。在文物面前，似乎所有的人都失败了，但这才见出文物和文化的永恒和人物精神境界的高下。有些人在失败中永远毁灭，有些人则如文物里蕴含的精神气度一般得以永生！

《金石记》所面对的生活，无论是时间跨度还是空间跨度，都是非常悠久而广阔的。对这种悠久和广阔的生活画面的展现和描绘，传统意义上的现实主义作家惯用的编年史的写法已无法胜任。另外，从小说的基本特性上看，小说也不会满足于一个年表或一个简单的谱系。即使深层的历史学也不该被此所迷惑。小说不是历史，必将大大穿越或超越年表和谱系，并在这穿越和超越的过程中大胆想象，赋予历史和现实以深刻的新意，或者以新的人物和新的生活延伸这种悠久历史中蕴含的崇高精神。

基于此，我们完全有理由改变现实主义创作方法中的诸多因素，譬如深度渗入浪漫主义因素和方法，并融入中国传统创作方法中虚实互衬的技巧，以便有效地描绘长安城文物层面隐秘而半地下的立体生活画面，并有效地塑造这一生活层面里的人物。

《金石记》描写的是有形的中国传统文化，那么浪漫主义因素的渗入也应该是中国化的。中国传统美学里的有无相生、虚实互衬的手法运用到小说中，便是现实和历史的遥相对应和现实人物（实）和虚构人物（虚）的相互映衬。这一美学手法，是依靠线性结构和空间结构的融合来具体实施的。

《金石记》在结构方式上采用即时性的单线条情节演进与词条注释法的空间结构相结合的手法，将现实生活与历史生活融合在一起，从而使得长安城的生活互文见义，小说人物也陡然增添了许多丰富意义。

从大处看，《金石记》的即时性单线条情节走的是环形之路，小说人物和情节从终点回到起点。在这从起点出发，终点又回到起点的环形过程中，情节的行走路径和人物的经历过程、性格进展、心理体验、灵魂的展露、人性的丰富带有很强的历史文化色彩，并要表现得有力，几乎是不可能的。明确地说，光靠环形的线条滑行是不大可能完成的。这就是说，在环形线条的滑动过程中，还得渗入别的结构形式。而这种新渗入的结构形式必须和所选定的题材、所要表达的意义宗旨相吻合、相和谐一致，并能最大限度地展示人物的性格和灵魂，且使人物的命运合理地走向结局。

《金石记》的即时性单线条情节演进，使得人物性格逐次展开，人物命运渐渐逼向结局。但在这个过程中，则运用了词条注释式的叙述和结构技巧。一个现实事件可能会像字典里的一个字或者一个词，而后面一两个历史或现实事件会成为前面那个字或词的注释，但这种注释又不仅仅是对事件的简单注释，在注释中注重的是历史对现实的回应，注重的是人物精神本质的对应一致，从而使现实事件和历史事件回文互义，共生一种新意义，人物精神也在一致性的基础上突然丰富并大放异彩。换句话说，词条注释法能消除即时性单线条叙述自身携带的内容单薄的负面影响。词条注释法与即时性单线条演进法融为一体，能使历史事件和人物自然而然地回到现实情节的演进之中，并与现实事件和人物对应。历史与现实的对应使得小说的背景向纵深发展，变得辽远无比，现实画面也变得无限开阔起来，内涵也陡然丰富。小说单一情节线条的演进过程中耸立起历史的纵深景观，这纵深景观又与小说的即时性情节演进有着某种本质上的照应和联系。在这种结构法式的各个散点上，小说更为注重的是文化气息的渗透和小说精气神的释放。

就人物设置而言，也有某种对应关系。现实人物与历史人物，现实人物与理想人物形成一组组对应：齐明刀与冯空首、杨老汉与郑一壶、苗丹砂与金重廓、秀水与几个日本人、董青花、周玉箸与蔡翠玲、金柄印与宋元祐、陶问珠与楚灵璧、唐麟趾与杜玉田。在这一组组对应之中，有的是性格对应，有的是命运对应，有的是历史与现实对应，有的是现实与理想对应，有的是虚与实的对应。对应描写，使得现实的显得更现实，理想的显得愈理想，虚的更虚幻，实的更实在。各个人物身上又暗含各自的文化密码。正因为采用这种对应描写，才使得人物超越了平面性而走向立体性，才使得这些人物和文物交融一体，并成为文物的延伸。这些人物以独特文物个性和文物生活方式展示了崇高的人性之美，也道尽了他们的生命体验。

杜玉田的"半坡马厩"得到唐太宗李世民胯下六匹骏马的注释，杜玉田谋求昭陵二骏的回归得到杜玉田祖上保护昭陵六骏的注释，这种注释今古对应，又彼此衔接，使得大唐精神一脉相承。在衔接和对应中不断延续并发扬光大。我们在杜玉田这个虚幻人物身上，既看到了一种家族血缘精神的承继，又看到了一种文化血缘精神的传续。将这种家族血缘精神与文化血缘精神置于长安城民间贵族与亚官方阶层的尖锐矛盾冲突之中，立即就能显示出一个虚幻人物所凸显出来的文化批判意义。

"官僚并非众多社会现象中的一个，而是世界的本质。"①米兰·昆德拉的结论也许有些过激，但却切中某些要害。当历史事件和精神以时间和线条的方式汇集到杜玉田身上，并与现实生活发生尖锐冲突时，矛盾渐次激化。杜玉田面对的是亚官僚阶层中的亚官僚人物，他得痛心疾首地做出应对抉择。而应对亚官僚阶层的人物，只有两种选择，一是蔑视并与之斗争，二是巧妙地与之同化。杜玉田逃不出这二者构成的怪圈。因为他境界再高，也是人。杜玉田数辈人的愿望和努力是全长安城最好的，为了这个最好的愿望，杜玉田两种应对方式都践行过。可惜他的同化难以成为骨子里的同化。结果是一个忠诚者终生的努力，甚或数辈人的努力，经不住一个亚官僚简单轻率的意识，或者恶意的忽视，再或者捉弄人的玩笑。一个亚官僚的简单、恶意或者捉弄，轻而易举地使一个忠诚者、坚定者数辈人的努力付诸东流，并且使满长安城人的希望

---

① 米兰·昆德拉.小说的艺术.上海:上海译文出版社，2004.8: 61.

和期盼成为泡影。

杜玉田失败了，消失了，一个多少带有一些古典梦想和古典价值的最后士人因失败而消失了，消失在现代亚官僚极不经意的轻率自私的玩笑中，反讽意味极为深长。

在物欲迅速膨胀的时代，寻求并保存一个民族的优秀文化传统是非常紧要和非常重要的事情，那些民间文化精英们舍弃生命追求和保护优秀传统文化的行为和精神是一种伟大的祭礼，亦是向某种物质文明中的傻瓜邪恶做出的有力抗议和奋争。谁不热爱和保护自己民族传统文化中的优秀成分呢？但总是有不肖子孙以其弱智而推行自己的霸道行为，这不能不令人扼腕叹息。

虽然美好的古典价值已不构成今日社会的主流，甚至在相当一部分人眼里，古典价值已成为今日社会的残留物，而事实上这正是今天的我们所缺失的。这绝不是保守和怀旧，而是对精神之美缺少承继和发展。

如果说在杜玉田身上，注释和对应还可以看到血缘和文化的传承，那么在另一个人物秀水身上，显示的特点和意义则更为玄妙和虚幻。秀水是一个隐秘的中国文物的疯狂收购者，可是这个疯狂收购的精神实质和精神承继在哪里？从历史事件上看，在大连谋求中国甲骨文骨片的菊池和在苏州谋取大盂鼎和大克鼎的日本人铃木与秀水并无丝毫联系。现实人物和事件与历史人物和事件本来互不粘连，但却通过注释和对应法使之搭界，这种搭界之后产生的对应是文化和精神。秀水在这种对应中承继的不是血缘，而纯粹是某种精神，即日本民族对中国文化的向往和渴望。秀水和菊池、铃木的关系是似是而非的，似是而非中隐藏着一种精神实质上的联系。血缘退居其次，精神本质上升到主要地位。秀水身上包含的现实与历史的内涵，秀水肩上承担的现实与历史的担子都相对饱满和沉重，秀水也就变得富于神秘色彩和立体性了。

用历史注释现实，其对应产生的丰富内涵和具有反讽意味的美学效果就这样出现了。长安城隐秘的生活画卷也一点点给大家铺展开来。

这张画卷释散着浓郁的文化气息，喷发着昂扬向上的周秦汉唐精神。这种文化和精神为齐明刀、楚灵璧这样的后辈青年的身心经历着，体验着，承继着。

理想虚幻人物杜玉田、楚灵璧实际上可能成为已经逝去的但我们今天因缺失而向往的某种文化符号或气息，已经虚幻了，摸不着了，离我们远去了，但又清晰明了地活在我们眼前或者灵魂之中，并成为今日现实人物未来的投影。

《金石记》发出的是振聋发聩的金石之声，是从周秦汉唐流淌而下的精神气度，这精神气度和金石之声本来就应该恒久地回响在中华民族历史和现实交会的天空。

马玉琮

1

春暖花开的季节，齐明刀来到了古都长安。

清晨，齐明刀从关中平原西北角的四郎河边起身，搭乘长途公共汽车直奔长安而去。四郎河流不很远便注入泾河，泾河再往东南流入渭河。公路沿着泾河蜿蜒伸展，在离泾渭河交汇不远的地方跨过渭河，再延伸不远就到长安城了。

齐明刀是头一回离家到几百里外的长安城去。事事操心的妈为他换了季，棉袄脱下，毛衣穿上。织毛衣的毛是妈从自家养的羊身上剪的，线是妈亲手纺的，衣是妈亲手织的，而且用土法染过，染得不太均匀，白白绿绿，大老远看像是花毛衣。毛衣外边，套件旧军装——那是叔父从部队上复员回来专门送给他的。原来说要送一身，因为他没有考上大学，就只送了一件上衣。他得了宝贝似的，压在褥子底下，平常不穿，外出或逢年过节才穿。几年下来，倒没有破损，只是洗刷得泛白了。裤子呢，是妈点灯熬夜抽去棉裤中的棉絮做的夹裤。鞋呢，是妈新做的千层底条绒方口布鞋。外出的是儿，忙奔的是妈。古人说得真好，"慈母手中线，游子身上衣"。想到妈，齐明刀的心里就暖洋洋的，像车窗外初春的阳光。

齐明刀带着妈的温暖，抱着一个系着红塑料绳、装酒用的纸箱靠车窗坐着。

齐明刀探头望望窗外，山岭渐渐被汽车抛在后边，丘陵平原渐次铺展开来。麦田返青，麦苗生长，麻雀乌鸦落进去便掩没看不见了。在这泾渭两河流域的山地、丘陵、平原间，埋葬着周秦汉唐几十位皇帝和不计其数的王公贵戚和大臣将军。这片土地上的人们，埋人挖墓穴、掘土烧砖瓦、翻土地种庄稼，随时都有可能一镢头挖个钱罐罐。齐明刀把纸箱又往紧里抱了抱。

　　汽车过了渭河桥行不远，齐明刀就看见了高楼参差林立的长安城。一看到长安城，齐明刀的心脏就像发情的雄鹿一样狂蹦乱跳，把胸腔撞得咚咚直响：长安城，这就是长安城！我看见你了！

　　汽车到西郊客运站，齐明刀双手抱着纸箱出站走上大街。他顺着大街两旁高楼大厦夹出的间隙望去，望见了长安城的西城门楼。西城门楼耸立在城墙之上，顶端齐天，四周飘浮着云彩。齐明刀想起师父货郎苗行前说的话，"不登城墙，不上城门楼，便不算到过长安城"。齐明刀迈开大步，随着大街上的人流往西城门楼走去。

　　齐明刀站在西城门楼前的广场上，眯着眼睛，心情激动地欣赏着西城门楼。西城门楼三层屋檐叠加，十二个翘角飞挂八方，中脊厚实平稳，首尾遥相呼应。楼上几列箭窗直窥西面开阔天地。城墙正中闪耀着三个巨大的金字：安远门。城楼两边，是笔直陡立的城墙；城墙下面，是环绕而去的护城河。

　　齐明刀虽是初次看到长安城，可关于长安城的历史，师父货郎苗已给他絮叨了不少。文王定沣，武王治镐，秦皇建都咸阳。汉王刘邦进军咸阳又还军灞上，而楚王项羽一来，一把火把阿房宫烧个精光。仅此一把火，项羽就该受垓下重罚。别看刘邦是个小亭长，却懂一些阴阳风水，得天下后将宫城移到渭河南岸。武帝刘彻秉承祖业，大兴土木，建了气势恢宏的汉长安城，可惜让乱臣贼子董卓给毁了。你想，毁了长安城，吕布能不提枪取他的人头吗？！隋唐时，李渊父子领兵取天下，又在汉长安城废墟偏东南的底窝上，建了唐长安城。

汉长安城西面有直城门，是北方丝绸之路的起点。唐长安城这安远门，是直通西域大道的起点。自安远门西至唐王朝边境，有一万二千里之远。每逢西北边关狼烟燃起，大唐将士便在校场誓师，然后出安远门征讨。将士出征，天子必然亲自送到安远门外，说一番保家卫国、建功立业、激励斗志、鼓舞士气的话，最后说一句：朕等你们凯旋，到时候朕在这安远门外摆千桌宴犒劳三军。将士们山呼万岁，敲着震天动地的金鼓，唱着气壮山河的出征曲，旌旗漫天，往西而去。

齐明刀听师父货郎苗讲过不少长安城的史话，今日又看到长安城西门楼，心情格外激动，但他明白，要摸到长安城的灵魂，那还差得远呢。

这城门楼这么高哩，冒天哩，挨着云哩；窗户这么多哩，几排排哩；楼顶上的琉璃瓦那么亮，放着光彩哩！乡下人要是盖这么高这么大个门楼，压根儿就不用再盖上房了，光这门楼里就能住祖孙三代几十口人哩。城墙这么高这么宽厚，比电视上的万里长城还强哩。还有这护城河，灌满能撑大船哩！

这城门楼上没有一个人居住，全让马燕住着。马燕比乡下的春燕大，翅膀长，爪小腿短，歇栖在高处，起飞时一纵身，从门楼的窗台上跃向空中，在空中下沉一段，再借势凌空展翅，冲天飞起。风起云涌，暮雨欲来时马燕就聚群高飞，结对盘旋，或者围绕城门楼，或者钻入云彩中。马燕吱吱鸣叫着生活在空中，吃空中的虫子，喝护城河的水。马燕喝水的姿势真是潇洒漂亮，一个俯冲，掠水面而过，水面泛起小水点。瞧这马燕，比乡下的春燕住得阔呢。我齐明刀要是一只马燕，住在这城门楼里，那我就是城里人了！那该有多么幸福啊！

齐明刀越过广场，径直走到城墙跟前，抱着纸箱仰头往上看。墙垛宽哩，像狮子的牙齿。师父货郎苗说，城墙上能并排行走四辆皮轱辘马车，现在一看，果然信哩。光瞅这门洞，至少十几丈深哩。

齐明刀放下纸箱，用手摸着城墙。这墙砖比乡下人的炕坯还大还厚哩！不知是汉朝的、唐朝的，还是明朝的？风吹日晒雨剥蚀，砖面上掉片片，砖缝缝里生苔藓哩。我齐明刀要是苔藓，就生长在城墙的砖缝缝里；若是一根木楔子，也准能钉在这砖缝缝里！

齐明刀背靠城门楼的墙壁，看着城门洞。城门楼左右两边各有两个城门洞，中间一个大城门洞。中间的大城门洞常年关闭，两边四个常年开放，开放到了不要门框门扇的地步。各式车辆和各色人物从左边门洞进城，从右边门洞出城。门户开放，自由得很，进去是城里，出来是城外。齐明刀看过电影《三进山城》，就在城门洞里打了三个穿堂过，觉得进长安城也不算太难哩。齐明刀望着进出城门的车辆、摩托，想城里人就是有福，说话不用嘴，走路不用腿，不是坐车就是骑摩托，至不行也骑着式样灵巧的自行车。唉，只有乡下稼娃①才用两条腿走路哩。

齐明刀抱着纸箱，立在城门洞口，觉得自己像一条寒酸的丧家狗。

再寒酸的狗也要拉屎尿尿。齐明刀这时候想尿尿了。齐明刀东瞅瞅西瞅瞅，就是瞅不到能尿尿的地方。要是在乡下，随便哪个墙拐角，随便哪片庄稼地都行，既方便又能当肥料。城里不行，要是夜晚天黑，兴许能往护城河里尿，反正护城河也尿不满。可现在是大白天，光天化日，人来人往，谁还敢往护城河里尿呢？判你个亵渎长安罪，那劳什子还保得住吗？！

齐明刀实在尿急，看到城墙根不远处有个人坐在桌子后面，急忙抱了纸箱走过去："大妈，我憋尿。"

大妈看看他："憋尿上厕所呀。"

"寻不着厕所嘛。"

大妈笑了："头一回进城吧？头一回进城的乡下人都这样。告诉你吧，远在天边，近在眼前。"

齐明刀抬头一看，面前果然立着三间一砖到顶的大瓦房，房上的门

---

① 稼娃：关中方言，城里人对乡下人的称呼，含憨厚淳朴之意，也含土老帽之意。

窗古色古香，门前挂着酒店望子一样的门帘。这房子，齐明刀看见过几次，但咋样也想不到这房子就是厕所。乡下有钱人家的上房还没这房子好哩，放在这儿当厕所，可惜可惜！

齐明刀抱箱欲进。

"慢着。"

齐明刀止步回头。

"五毛钱。"

听说城里人看电影要买票，不承想这上厕所也要票。齐明刀憋得慌，顾不得争辩，掏出五毛零钱扔到桌子上，抱起箱子往里冲。

"慢着！"

齐明刀收住脚，心想咋回事吗？这时帘子撩开，走出一个女子，差点和他撞个满怀。

那女子倒没什么，齐明刀却红着脸，抱着纸箱蹿进男厕所，放下纸箱就撒尿。厕所里有个清洁工站在背后看着他。齐明刀尿了足足几分钟，感到浑身轻松了许多。正享受轻松时，有人拍他肩膀，回头一看，是清洁工。清洁工指着墙上一个牌子让他看，牌子上写着：大小便不入池，罚款五元。

瞎了，撒在池子外边了。

清洁工向他伸出巴掌。他有些难为情，兜里只有十块钱了，再撒泡尿就全没了。

清洁工见他不想掏钱，说："不罚款也行，罚劳动。把男女厕所齐齐打扫一遍。"

天，咱进城弄啥来咧？不成不成。

清洁工眼睛一眨："还有一个办法。"

"啥办法？"

"拿你的破纸箱顶罚款。"

没门没门，画个圈圈套狼哩。

齐明刀权衡再三说："还是罚五块钱吧。"说着掏出仅有的十块钱。清洁工接过去，掏出五块钱找给他。他想：城里人还是讲诚信，说罚五块就罚五块，一分钱都不多收。

齐明刀抱着箱子出来，清洁工没有继续打扫厕所也跟出来。齐明刀想：我交了五块钱，问个路总成吧？就问："师傅，到小雁塔咋走哩？"

"嗨，好走得很，大雁塔隔壁嘛。"

大妈听到了，说："你胡咧咧啥哩？闲得没事害臊人家乡里娃弄啥哩？"

清洁工："问我到小雁塔咋走哩，我说在大雁塔隔壁哩，我顺嘴胡说了吗？"

大妈说："快扫你的厕所去，扫不干净，当心管理员来罚你十块钱。"

清洁工折回厕所。

大妈转过头问齐明刀要地图不？长安城里的大妈真灵醒，一听问路就问要地图不。要哩嘛。大妈不光看厕所，身边还摆个小杂货摊，卖烟卖瓜子卖水卖报纸卖地图。大妈拿份长安城地图给齐明刀，说五块钱。齐明刀接过去一看，说："不是标了四块五吗？""四块五是批发，五块是零售，不赚五毛钱，我一大把年纪，谷堆堆坐在城门楼外边下凉呀。"齐明刀刚才还在心里骂清洁工是个坏蛋，大妈是个大大的好人，这会儿却想：城里人，你白搭嘴问他路，他就是坏蛋；你掏钱买他东西，他就是大大的好人。

齐明刀急着要找到小雁塔安仁坊，可身上的十块钱让罚去五块，就剩下五块了。买了地图就得饿肚子，可到不了小雁塔安仁坊，黑了就要睡在这护城河边的石凳子上。齐明刀狠狠心咬咬牙说："五块就五块，可你得搭一杯水给我，我走路走得远，渴得很。"大妈说："你买了地图，白喝两杯水都行。"齐明刀买了地图，大妈拿纸杯给他倒一杯水，他喝了，大妈又给他倒一杯，他又喝了，顺手要把纸杯扔掉。大妈连忙阻拦："甭扔甭扔。"说着指指路边一个戴黄袖章的人，说："你一扔他就过来罚款。""乖乖，上厕所撒不到池子里罚钱，扔纸杯也罚钱，这长安城里弄啥不罚钱呀？罚就罚吧，咱个空口袋看他罚啥去？""嗨哟，你带啥罚啥，你带个烂纸箱他就罚你烂纸箱。""那咋办呀？""扔到那里边呗。"大妈指指不远处立着的垃圾桶。垃圾桶黄顶绿身子，齐明刀刚才还把它当邮筒呢，还想长安城真怪，街两旁立这么多邮筒干啥。

齐明刀把纸杯扔进垃圾桶，暗道，怪不得长安城的街道这么干净，原来有垃圾桶哩。哪像咱乡下，碎娃随地撒尿，牛羊顺街拉屎，弄得街道臭烘烘的。长安城里爱罚钱是爱罚钱，却比乡下干净文明。要是不爱罚钱，咋能干净文明呢？

得，别咸吃萝卜淡操心，长安城干净文明不干净文明是你个乡下稼娃操心的吗？你该操心的，是咋样尽快到达小雁塔安仁坊的无聚楼。

齐明刀蹲下身子，把地图铺展在膝盖上，仔仔细细地寻找，中学学的地理、历史和看图识字回到家里没啥用，可一进城马上就用上了。他很快找到了小雁塔，也找到了大雁塔，哪里是隔壁？隔的壁多着哩！齐明刀把走小雁塔的路线牢记在心，收好地图，抱着纸箱，跟大妈打个招呼，走到广场中心，再一次把巍峨壮观的安远门城门楼看了一眼，拧身顺着河边大道，一路往南行走。齐明刀边走边寻思：刚沾城边，就遇到上厕所罚钱和买地图两档事，真要进到城里，还不知道要遇到什么稀奇古怪的事哩。

走到城西南角，齐明刀看到一座气派的大门，门上挂着"西北大学"的牌子。那是一所著名的大学，齐明刀做梦都想上那所大学，可惜没考上。齐明刀真想进去转转，但想到自己这么寒酸，抱个纸箱在里面瞎转啥哩？算了，走吧！走过去的时候，齐明刀的心莫名地疼了两下。

齐明刀往前走不很远，到十字路口往左拐，又一路往前走，走着走着就看见小雁塔的塔顶了。齐明刀欣喜若狂，不由加快了脚步。

　　到了小雁塔就找到了安仁坊。齐明刀找到旧货市场，向一个年岁大些的人打听：老人家，到无聚楼咋走？老人见是朴实憨厚的乡下娃，就说："是金重廓金三爷家的无聚楼吗？"

　　"对对对，是金三爷家的无聚楼。"

　　老人手往前指，说到第一个巷口，进去左手第三家便是。

　　齐明刀顺着老人指引的路线，很快到了无聚楼前。刚才看老人对金三爷的崇敬神情，便知道金三爷的名气在长安城里比雷还响呢，可是看金三爷的无聚楼，却稀松平常得很。虽是独家独院，院子却比乡下人的院落小。院内两层小旧楼，不算高大，门窗也古旧，没有半丝儿豪华气派的样子，只是楼正中那块牌匾倒是蛮吸人眼光，上书三个描漆大字：无聚楼。

　　齐明刀迟疑着：该咋样跨进这无聚楼呢？

2

小小的齐明刀非常喜欢货郎苗，经常站在村口大路边的大槐树底下翘首盼望货郎苗到来。

这是个只有二三十户人家的小村子，坐落在四郎河畔的山脚下。背靠山坡，面朝四郎河。村子地处偏僻，距县城远，距长安城更远。村边连一条直通县城和长安城的正经官道都没有。要去县城要去长安城就得过四郎河上的旧木桥，走上四五里地，才到官道上，然后在官道边等汽车。汽车过来了招招手，汽车停了就上，汽车不停就继续等。由于太偏僻，村子里连个商店都没有，村里人要买个生活日用品，就得上县城。可买寻常生活日用品，上县城就划不来了，划不来就等货郎苗。货郎苗一月半月，总要转过来一回。

货郎苗每回来，都要过四郎河上的旧木桥。

齐明刀只要听到拨浪鼓响，立即就往外跑。他妈问："跑啥哩？""拨浪鼓响哩！""我咋没听见哩？""你耳朵背。""妈耳朵背，我娃驴耳朵灵。"说话间，齐明刀早跑出院落跑到村口大路边的大槐树下，小手搭个凉棚一望，穿着蓝色或者灰色长袍的货郎苗挑着担子，正忽悠忽悠地过四郎河上的旧木桥呢。货郎苗过桥时把拨浪鼓摇得更响更急促，像是跟村里人打招呼：货郎来了！齐明刀听着拨浪鼓响，看着货郎苗挑货郎担悠忽自然的样子，觉得格外亲切。

货郎苗从不进村，每次都将担子停在大槐树的树荫底下，把拨浪鼓高举过头顶，使足劲猛摇一阵。听到拨浪鼓响，村里的婆娘媳妇姑娘便领着娃们来了。娃们腿快，早把货郎担围住，伸脖探头，指指点点地看货郎担里的货物。婆娘媳妇姑娘也随后走到跟前。

货郎苗并不急于卖货，又摇一阵拨浪鼓，高声唱道："货郎儿，挑着担儿沿村串，鼓儿摇得欢。生意虽小，样样齐全。婆娘媳妇闺女听我吆喝声，杂色带子花丝线，博山琉璃簪；还有那，桃花宫粉胭脂片，软翠花冠；红绿梭布，苏杭绒撺，玛瑙小耳圈。有的是，牛骨梳篦，水晶纽扣，玉容香皂擦粉面，头绳儿红又鲜；新添的，白铜顶指，上鞋锥子，广条京针，时样高底梅花瓣，长安任家柳叶剪。"

货郎苗一唱完，婆娘媳妇姑娘们便嘻嘻哈哈拨开娃们，挤到货郎担跟前挑拣自家需要的东西。娃们并不退让，毛毛头从大人的腿缝里胳肢窝里探出来，点着指头问当妈的当娘的当姑的要这要那。东西拿到手的，便讨价还价，议定了便一手交钱一手拿货，欢喜而去。

每次卖东西卖到最后，货郎苗都要取一样东西，跟谁家婆娘媳妇换一碗饭吃，麦饭、面条、搅团随便，主人给啥他吃啥。吃完笑着说，货郎担儿就这样，勾上鞋走路，搁下担儿卖货，吃的百家饭，住的百家店。

婆娘媳妇姑娘散去，娃们却围住货郎不散。娃们没钱买东西，却有时间看热闹。有时娃少了，货郎苗还给每人散一颗糖吃。娃们嘴里吃着糖，手上摇着拨浪鼓，跟货郎苗嬉戏玩耍。

有一回，齐明刀和另一个碎娃踢鸡毛毽子玩，猛一用力，毽子高高飞上空中，打住洋槐树的树叶子才掉下来，恰巧掉到货郎担上，把货郎担上的玻璃盖砸了。齐明刀吓坏了，拿啥赔人家玻璃呢？

齐明刀惊慌地看货郎苗，货郎苗并没有生气，而是一双眼睛诧异地看着那个歪斜在玻璃碎片中的鸡毛毽子。

货郎苗取过鸡毛毽子，就着太阳光仔细看。齐明刀想，要是喜欢，就拿鸡毛毽子赔他玻璃吧，大不了重做一个毽子玩。

货郎苗看过毽子，笑着说："碎侄子，我这货郎担儿上的货，你随便挑两三样。"

齐明刀怯怯地："我打了你玻璃，咋还能挑你货哩。"

"不是让你白挑，是拿货换你毽子哩。"

"喜爱就拿去，就当赔你玻璃呢。"

"我不让你赔玻璃，我让你挑货。"

"为啥哩？"

"你这娃灵醒，知道问为啥哩。告诉你吧，因为我喜欢你做毽子的两个旧麻钱。"

"嗨，旧麻钱又不能买东西，你拿去。"说着挑了一只博山琉璃簪、一个玛瑙小耳圈、一把长安任家柳叶剪，跑回去送给妈。妈高兴地舀了一碗面让他端给货郎苗，等他把面碗端到大洋槐树底下，货郎苗已经走了。走了不要紧，走了还来。以后每次来，齐明刀都要端一碗面给货郎苗吃。货郎苗香香地吃过几回之后，给齐明刀带来一本书，书名是《中国历代钱币图谱》，对齐明刀说："好好看，照着上面的模样给咱搜集，收到就给我，我拿货换，你不要货要现钱也行。"

齐明刀看过那本书后，想到自己做毽子的两枚麻钱，凭印象与书上图谱一对，才晓得那是两枚一枚当十的大观通宝，其中一枚还是母钱。齐明刀不知道那两枚麻钱能值多少钱，只知道用它换回了三样令妈高兴了好一阵子的东西。妈头上别的、耳朵上挂的、手上用的，让村里的婆娘媳妇们羡慕不已。

齐明刀放学回家，尤其是放寒暑假没事时，就背个馍兜兜到邻近的村子走街串巷寻麻钱去。几年时间竟然寻到不少麻钱。寻到麻钱就等货郎苗来，货郎苗根据麻钱的年代品相，有的拿货换，有的直接给现钱。爸妈见收麻钱能补贴家用，也就不阻拦。他看书上的图，识书上的文，再摸索寻到的钱，见的多了，过手的多了，把各式各样的钱全砸在肚子里。在与货郎苗的兑换中，也摸着哪些钱贵重、哪些钱一般般了。

不知不觉，他成了货郎苗的徒弟，徒弟给师父孝敬了不少古钱币。

一天，齐明刀和货郎苗兑完钱，货郎苗不着急走，而是坐在担子上一个劲摇拨浪鼓。拨浪鼓苍凉的声音像是货郎苗内心的一声声叹息。齐明刀感到货郎苗有话要说。齐明刀感觉对了，货郎苗一边缓慢地摇拨浪鼓，一边严肃深沉地对他说话，那话语和拨浪鼓的声音一起钻进了他的耳孔。

"收钱得用心哩，心用到，钱才跟你有缘分哩。心要警，驴耳朵要尖。一有风吹，驴耳朵要像树叶子一样颤动哩。黑夜要趴在荒野里，耳朵紧紧地贴着土地，听钱在地下滚动的声音。钱在地下滚动，就像马群在地上奔跑一样，首尾相衔，马镫相撞，马蹄叩石，发出叮叮当当轰轰隆隆的声音。有的钱年轻，只跑了几百年；有的钱古老，已跑了几千年。不管是几百年的钱还是几千年的钱，发着声响从你身边跑过时，你都要逮住它。不然的话，你的手就要成灰了。"

齐明刀似乎立刻听到了地底下钱币滚动的声音，不过那声音不像马镫的叮当声，也不像马蹄的哒哒声，倒像是拨浪鼓的敲击声。拨浪鼓和货郎苗的说话声一起回响在齐明刀耳畔，齐明刀细细品味那话语，想到平时读的小人书和跑十几里路看的露天电影，走上革命道路需要指路人，货郎苗呢，就是他走上钱币道路的指路人。

齐明刀把心和耳朵又磨炼了几年，把感觉磨炼得非常灵敏。这几年，他经了许多事，识了许多人，找到了许多钱币。他在四郎河一带的名气也渐渐大了起来。有一天，信风一吹，他的驴耳朵树叶子一般颤动起来，他连忙趴到地上去听。他听到四郎河最上游驮马山脚下有钱币滚动的声音，而且滚上了地面。

齐明刀飞快地赶往钱币滚出地面的地方。他顺着草叶子的风，听到钱币滚到了他打过交道的通宝家，便毫不犹豫地敲门。通宝拉住齐明刀的手说："哥做梦都梦见你来哩。"齐明刀知道通宝这人仗义爽快好打交道，忙回话给通宝戴二尺五，"哥是好哥，哥吃肉都想着给兄弟喝汤哩。"

"瞧你说的，哥吃肉兄弟吃肉，哥喝汤兄弟喝汤。"

"还是哥说得对。"

通宝媳妇麻利地抹净小桌，摆好马扎子，倒好茶。通宝说你到大门外头纳鞋底去，媳妇拿了鞋底针线往外走，跨门槛时回头瞄了齐明刀一眼。

齐明刀坐到马扎子上，端起茶碗说："我一来，嫂子就成了铁道游击队里的芳林嫂，坐到村口树底下纳鞋底，你咋不让她揣颗手榴弹哩？"

通宝说："没坐在村口树底下，就坐在门口石头上，有情况大声咳嗽一下屋里就能听见。这一带时常出东西，日本鬼子不进村，刀子却时常转悠呢。"

"瞧你把咱说成地下党了，干的都是秘密工作。"

喝茶中，通宝凑近齐明刀，附在耳朵跟前，悄声说："这回坛场大，出了大半罐生坑货。"

齐明刀一听大半罐生坑货心就跳开了，但他丝毫不表露出来，拿得老老的坐着喝茶。

通宝说："哥谁都没让看，专门等你哩。别人都是碎嘴嫩牙吃不了这么多，你眼眼稠路子宽，所以哥专门等你哩。"

齐明刀说："是货不是货，先从眼下过。"

通宝说："那当然，那当然。"说着起身关好房门，从麦囤里拎出葫芦大个瓦罐，抠住底儿就要往桌上倒。齐明刀忙拦住，接过一看，果然大半罐生坑货。

生坑熟坑，是江湖行话。生坑货，指刚出土没动过手的古董。熟坑货，指没入过土或出土时间长了，汗手揉过的古董。古董行当的人说得形象，生坑货是姑娘，熟坑货是媳妇，用过没用过，行家里手一望便知。价值嘛，自然也是悬殊。娶个黄花闺女是一个价，吃个二馍就是另一个价了。

望着大半罐花花绿绿的姑娘、娃，齐明刀双眼一亮，亮得像空中划过的一道闪电。通宝说："奇怪，大白天咱屋里咋闪电哩？"齐明刀说："你屋里贮着宝哩，贮着宝的屋里就闪电放光哩。"齐明刀一边给通宝戴二尺五一边掩饰自己不小心闪露出的目光。像通宝这样的人，不一定真识货，但却识得脸色，一丝丝细小的表情都可能被他逮住，成为要价的砝码。

齐明刀自自然然地和通宝说笑："去，把你和我嫂子昨黑了睡觉的粗布单拿来。"通宝拿来，齐明刀叠成儿叠，挪走茶壶茶碗，铺在小桌上，然后从口袋里摸出手套戴上，小心翼翼地从罐子里往外拣取。这是行规：看货，分类，点数，然后说价钱。

精明的齐明刀在旧钱币买卖中独创了几个绝招。要是在冬天吹北风下雪片子时，齐明刀肯定会戴一项旧毡帽，帽檐向上卷起，卷出一圈深沟，平时存放个香烟火柴什么的，关键时刻，假装取烟取火，却把古钱币出溜进去。可现在是初春，草长花开，棉衣早已丢剥，毡帽咋还能戴在头上呢？齐明刀早有准备，进门时，把被路边草叶上露水打湿的裤脚往上挽了两挽，那裤脚便和卷起的毡帽一样，圈着一圈深沟。

齐明刀暗自叹息：这墓主生前不是府库的保管，就是爱钱如命的花花公子。这批钱多而且杂，最多的是布泉和永通万国，其间夹杂着几样刀币。看到刀币，齐明刀的脸不由得变了色。但他很快移开目光，想通宝要是有一本《中国历代钱币图谱》就糟糕了，自己就看不到这么多宝贝了。通宝顺手拿起一把刀币在指头上玩耍。

"这主儿也真是，把小刀子混到钱币里了。"

"这小子肯定昏了头了。"

齐明刀看钱快拣完，说："哥，烟瘾犯了，给根烟，点个火。"

通宝说："瞧我着急忙慌的，光操心钱了，把兄弟喝茶吃烟这么重要的事给忘了，罪该万死罪该万死。"说着转身去取烟寻火。

啊叫兵贵神速？啥叫时间就是金钱？齐明刀在通宝转身寻烟火的工夫，两手双指一夹又一夹，六七枚刀币就滑溜进了挽起的裤脚里。

通宝哪里晓得，齐明刀随身携带着这么高明的口袋，又哪里晓得，大半罐钱的钱梢子，让齐明刀神不知鬼不觉地攫走了。

齐明刀抽烟喝茶，说："通宝哥，一共八类一百八十八枚，你再点一遍，看对不对。"通宝伸指便点，齐明刀说汗手少动，通宝缩了手，用眼睛默点着。点着点着眼就点混了，只得从头再来。他抱怨道："这旧钱跟爷一样，点它时还得伺候它，哪有点新钱方便，指头一刺啦一刺啦多受活。"

齐明刀说："急啥哩，慢慢点。"又说："茶多了尿多，我去茅厕呀。"说着开开房门去了后面茅厕。

生坑货不能老放在裤脚里，走路一蹭一蹭，生坑成了熟坑，姑娘变成了媳妇，就不值钱了。齐明刀蹲在茅坑石头上，取出六七枚刀币，用烟盒里的金箔箔纸包好，塞进衬衣口袋。六七枚刀币贴着齐明刀的心，很快被那颗突突跳动的心暖热了。

齐明刀回到屋里，通宝说："我兄弟到底念过高中，数数准得很，一枚都不差。"

齐明刀拳起三指，让大拇指和小拇指翘着，像伸着两角的牛头，在空中晃了晃，说：六六顺是你的，六六顺上边是我的。

通宝哪里经过这么大的买卖，心中欢喜得不得了，说："兄弟说啥就是啥，哥不二价。"

齐明刀："这么大个买卖，兄弟也没那么多钱，哥信兄弟，兄弟打个条，东西带走，七天之内，把钱拿来。不信兄弟，东西还放你麦囤里，待兄弟找个买主给你带来。"

通宝："瞧你说的，咱兄弟俩谁跟谁呀，除了你嫂子不能共用，其他啥都不分你我，我的就是你的，你的就是我的，还打啥条子哩。拿走拿走。"

齐明刀让通宝寻些废纸棉絮铺在罐子里，再小心翼翼地把旧钱币装进罐子，四圈和上面用废纸废棉絮塞瓷实，然后把瓦罐装进一个装酒用的空纸箱，又把纸箱装进一个大蛇皮袋子，扎好口，说："兄弟不耽搁，七天内必定回到这屋里来。"

　　通宝说："甭急甭急，咋能叫我兄弟空着肚子走路呢。"出门叫回媳妇，吩咐说给咱兄弟擀面。

　　齐明刀美美吃了两老碗浆水面，抹了抹嘴角，背着蛇皮袋子出了通宝家。通宝一直送到村口："兄弟，脚底下放快些，天黑前兴许能到家。"

　　齐明刀望望山顶上的天空，说："兴许有雨哩。"通宝说："春天的雨贵得跟油一样，掉不了几星星。"

　　还真让齐明刀说着了，走到半道，乌云就从山顶那边滚过来，雨点子也淅淅沥沥掉下来。往年的春雨都是蒙蒙雨，今年的春雨却是匀匀的雨点子。

　　齐明刀不怕雨，旧钱币却怕雨。雨水若是顺着罐口渗进去，生坑姑娘就全洗成熟坑的媳妇了。

　　齐明刀看到不远处有十几户人家，便加快步子赶过去避雨。

　　齐明刀背着钱罐子，不想惹人眼，看到一户人家屋外有个牛棚，就钻进牛棚去避雨。牛棚里拴一头大花奶牛，奶牛见他进来，就哞哞叫着用犄角顶他。牛越顶，他越往里缩；他越往里缩，牛越来顶。他退到拐角再无路可退，牛角快要顶住他了。他猛一侧身，想逃出来，不料头重重地碰到一个木角上，疼得他大叫一声。这声惊叫，倒把牛吓得停在原地不动了。他一手摸着痛处，抬眼看那木角，竟然是架在牛棚横梁下的四张古旧的木屏风。

　　齐明刀忘了牛顶他的事，眼睛被木屏风吸引住了。木屏风上尽管落满灰尘，挂满蛛网，但木头的质地和上面雕刻的梅兰竹菊四君子和棋琴书画图案仍然依稀可辨。齐明刀用手抹了抹，用嘴吹了吹，天哟，黄花梨木的，少说也是四百年前的旧物。

那牛见齐明刀看木屏风，后退一步，猛地顶过来。齐明刀一趔趄，脚下一绊，差点栽个爬扑。瞎咧瞎咧，要是栽个爬扑，旧钱不撒一牛圈才怪哩。齐明刀拾起身到一旁，看绊了自己脚的那样东西。乱草秆中露出一角，脏兮兮地沾满牛粪，牛粪里放着光亮。齐明刀绕过牛身用脚一拨拉，乱草秆里面立即露出一个浑身糊满牛粪的琉璃鸱吻[①]。又是一件好东西！富人家盖房，用砖雕刻两个，立在屋脊两端，而这么大的琉璃鸱吻，齐明刀只在这牛圈里看到过。

屋主听见牛叫，出来了。

齐明刀见是一个白胡子老头，说："老叔，我不是偷牛的。"

"不偷牛跑牛棚里弄啥哩？"

"避雨。"

"避雨不到屋里避，跑到牛棚避啥哩？"

"幸亏到牛棚里避。"

"咋，看到比牛更值钱的东西了？"

"放到牛棚可惜了，风吹雨淋，日月长了就朽坏了。碰到识货的，晚上悄悄卸下来，肩上一扛，黑夜里风跑三五里就毕失[②]了。"

"牛棚比屋里安全哩，奶牛比狗厉害哩。谁能想到牛棚里藏着好东西呢？没想到叫你碰上了，可见你跟那东西有缘哩。"

"我也觉得有缘哩，老叔，你好生收着，保不准哪一天我回转来了这个缘呢。"

老汉让齐明刀进屋避雨，齐明刀想到"缘分"两个字就进去了。不料老汉再未提起牛棚里的两样东西，只倒热茶给齐明刀喝。

天黑时，雨停了，齐明刀说："老叔，雨停了，我走呀。"老汉说："你走吧。"齐明刀背着蛇皮袋子摸黑赶回四郎河边的家。

第三天，货郎苗来了，齐明刀端出钱罐让他看。货郎苗看后惊叹不

---

① 鸱吻：中式房屋屋脊两端的装饰物。
② 毕失：关中方言，原意指垂死之人康复无望，引申为完蛋。

已，说他行走江湖半生，从没有一次见过这么多上好的古钱币。随后又说："徒弟娃出息了，心眼和耳朵都练成了，有缘分抱金娃娃了，不过这金娃娃我抱不动。我做的是小本流水生意，断不了这大的堆儿。"

齐明刀原指望师父货郎苗的路子，听师父这么一说，心一下子凉了半截，大半罐古钱币压在手上，拿啥给人家通宝六六顺呀？

货郎苗坐在担子上，摇着拨浪鼓说："给师父磕三个头。"

齐明刀跪在地上磕了三个响头。

货郎苗说："你出师了，可以独自闯江湖了。"

"出师闯江湖？"

"对，你去一趟长安城。"

"师父，你让我孤独独一个人去闯长安城？"

"咋啦，长安城不是人去的？你兴许还能成为长安城里人呢。"

齐明刀年轻而充满憧憬的心被挑逗起来。

"长安城倒卖淘换古钱币的，无非那几个地方，火车站东闸口护城河边、灞桥市场、文艺路口。你甭去那些地方，你直接到长安城小雁塔底下安仁坊无聚楼。"

"小雁塔，安仁坊，无聚楼？"

"对着哩，找一个叫金重廓的人。"

"金重廓？"

"对着哩。那可是长安城里古董行当四大头中坐第三把交椅的人，专门收藏古钱币哩。"

"天呀，名气那么响，能认我这个没来头的农村稼娃吗？"

"他不认农村稼娃却认这古钱币哩。"

"万一不认咋办哩？"

"万一不认，你就报上我苗丹砂的大名。"

"齐明刀这才知道：师父货郎苗的大名叫苗丹砂。这名字怪好听，不像一般人家起的名字。"

"好吧，我试一试。"

"着呀，这才像出了师的徒弟。"

　　齐明刀在无聚楼门口踌躇再三，不知是等着好还是进去好。要是在乡下，端一老碗饭，吃着吃着就进了邻里家门，狗都是熟人，朝你摇尾巴哩。可这儿是城里，不是乡下，一道开着的空院门，就将人隔开了。

　　齐明刀想喊金重廓，觉得不妥。想起刚才问路时老人家称金重廓金三爷，便灵机一动，冲院内无聚楼喊："金——三——爷！"喊了两声，无聚楼的正门打开一条缝，探出一个头发蓬松卷曲得像波浪的女人头，没好气地冲他说："不在！"旋即缩头把门关上了。

　　齐明刀吃了闭门羹，想走，又不能走。扭屁股一走，就走回到四郎河边。不走，咬紧牙关坚持着，两条腿兴许会像钉子一样钉在长安城的土地上。对，不走，决不走！宁可当个癞皮狗也不走！城墙都那么厚哩，咱这脸皮咋不能那么厚哩。齐明刀把纸箱放在脚边，双手团成喇叭状，套在嘴上，对着无聚楼喊。声音不高，却尽量往楼里送。

　　"金——三——爷！"

　　无聚楼的正门没开，偏门却开了，出来一个年轻人，西装革履，油头粉面，一双圆圆的猴子眼贼亮贼亮，滴溜溜转着把齐明刀上下打量一番，问："找三爷啥事？"

　　"急事。"

　　"问你啥事？"

　　"就是急事嘛。"

　　年轻人非常瞧不起地盯了齐明刀一眼，过去敲无聚楼的正门，隔着门对里面说："师娘，有个农村稼娃找师父哩。"

　　"跟他说过了，不在。"

　　"人家不走。"

　　无聚楼的正门开了，那个师娘弹出门外，站在台阶上。

齐明刀整个地看清了那个师娘，看年纪快近中年，瞧风韵却恰似一个少妇。头发波浪一样流泻到肩头，胸脯耸着，虽是站在台阶上，腰却弹动哩。这个师娘眼泡稍微有些肿，眼圈稍微有些黑晕，身上散发着刺人鼻孔的香味。齐明刀闻到过乡下女人在货郎苗那儿买到的桃花宫粉胭脂和玉容香皂的香味，但从来没有闻到过这种既刺鼻又想多闻两鼻子的香味。

难道城里女人擦的香水比乡下女人的香粉更诱惑人鼻子？

这个师娘侧着头扬着下巴问："找那老不死的啥事？"

"急事。"

"问你啥事？"

"就是急事嘛。"

"你走吧。"说着转身要进屋。

齐明刀急了："真的有急事嘛。"

"啥急事嘛？"

"我给金三爷送钱币来了。"齐明刀一直想把送钱币的事当面说给金三爷听，可他实在等不到那时候了，情势逼迫，他不得不早早说出来。

"你拿走吧，从哪儿拿来，拿回到哪儿去，我这无聚楼从今往后不进一枚钱币，钱币快要把我烦死了！"

这个师娘旋身进屋，咣地把门关上，院子里只剩下齐明刀和那个年轻人。年轻人的圆猴眼又滴溜溜地看齐明刀脚边系着红绳绳的纸箱。齐明刀这时才看清年轻人的左半爿脸，那脸上一脸的麻子坑，兴许是小时候在晒豌豆的场里栽了一跤，跌出这许多麻坑来。齐明刀看到年轻人麻脸一抽："谁知道你是送钱币的还是刀子放的鱼饵？"

齐明刀心里一下亮堂了，原来这个师娘和这个年轻徒弟防刀子一般防着他哩。不过，这个年轻徒弟能坦白直言地问出这句话，说明他看他这个稼娃并不像刀子放出的鱼饵。

"我绝对不是鱼饵，也绝对不是刀子。"

"那你是谁？"

"我姓齐。"

"从哪里来？"

"很远很远的四郎河边。"

"谁告诉你这个地方？谁让你找金三爷的？"

"我师父。"

"你师父是谁？"

齐明刀迟迟疑疑，在心里抱歉着：师父，我不得不过早地出卖你了！随之一字一顿，自豪地说："苗丹砂。"

年轻徒弟一听，麻脸上绽出笑容，过来拍拍齐明刀的肩膀，说："原来是货郎苗的徒弟，怪不得能端直找到无聚楼的大门呢！我是金三爷的徒弟，叫冯空首。今日一见，日后就是兄弟，你就叫我麻脸空首吧。"

齐明刀笑一笑，想：这下该让我进无聚楼了吧！

冯空首用手掂一掂纸箱，说挺沉的，又说送给师父的，咱就不看了。扭头对齐明刀说："你在这儿等会儿，我进去打个电话。"

冯空首打完电话再出来时，齐明刀觉得冯空首的头发和皮鞋比刚才又亮堂了许多。

冯空首朝齐明刀打个响指："走，喝茶去。"

齐明刀："事紧火，哪顾得上喝茶？"

"叫你喝茶是瞧得起你，寻常人来，漫说请喝茶，吃喝茶剩下的茶叶都没门。"

齐明刀惦记着旧钱币的大事，有些犹豫。

冯空首："到了郑氏茶楼，一切听我安排。"

唉，这无聚楼是进不成了。无聚楼近在咫尺，台阶就在脚跟前，但是进不去。齐明刀这才意识到：长安城的门洞大开，无聚楼的门却紧闭着。不过，自己毕竟亲眼看到了无聚楼的外表，也看到了一个半主人，不久也会看到真正的大主人。主人应该就是无聚楼的灵魂，看了外表，见了主人，没进去也就跟进去差不多。齐明刀自己安慰自己的同时，想到一句古语，就对冯空首说："恭敬不如从命。"

冯空首带齐明刀打的，对司机说："西市郑氏茶楼。"

齐明刀听师父货郎苗描述过，长安西市繁华得很，就一个劲地问司机到西市了吗？司机老说快到了快到了。齐明刀摇下玻璃，往外探头，想看看西市是啥样子。齐明刀刚一探头，冯空首就把他拉进来："探一下，一百元。"

"啥一百元？"

"罚款呗。"

上厕所罚五块，扔纸杯差点又罚五块，这探下头罚得更猛，一百！一百元的钞票有一个人头的，有四个人头的，这回罚一百，下回说不定罚四百哩。齐明刀吐吐舌头，乖乖把头缩回来，从窗口往外看。车开得快，齐明刀看到的是街边飞速闪过的各式店铺的门面和招牌。

约莫两三根烟的工夫，出租车停在了郑氏茶楼的门前。冯空首说下车，齐明刀便抱着纸箱下车。冯空首说进，齐明刀便抱着纸箱跟在冯空首屁股后边进了郑氏茶楼。

茶楼不大也不豪华，窄窄狭狭地耸成二楼。一楼进出寻常客人，二楼招待常来常往且有一定身份或一定关系的熟客。

齐明刀跟随冯空首直接上了二楼。上得二楼，齐明刀的眼睛像见了上好的古钱币一样又放亮了。几间茶室里陈设的桌椅凳，桌子上摆的茶具，墙壁上挂的字画，无一不是有些年代的古旧物什。齐明刀看得眼花缭乱，不知哪一件比哪一件好。

正在此时，里间走出一个瘦小老头，穿长袍马褂，鼻梁间歪斜着架一副无框水晶石圆坨眼镜，左手手心握一个核桃大小的紫砂壶，一边走一边噙着小巧的壶嘴吸溜一下。看到冯空首和齐明刀，立即止步站住。

齐明刀心中叫道：长安城里还有这么标准的旧社会的账房先生哩！

这边厢，冯空首却朝小老头打拱行礼，尊呼一声："郑四爷。"

齐明刀见冯空首称郑四爷，心想那肯定不是茶楼的账房先生了，忙学着冯空首的样子，叫一声郑四爷，胡乱行了礼。

郑四爷温和地微微一笑，打个转身引领他俩到一间茶室，说："二位后生先坐。"

冯空首："郑四爷，我师父呢？"

郑四爷："这会儿正是金三爷喝茶的时间，得半个时辰才出来哩。"

冯空首："我师父不是一个人吧？"

郑四爷脸上的笑容褪去了："哪有这样问话的徒弟哩？"

冯空首连忙回话："嘴上没毛，说话不牢，该死该死。"

冯空首知道师父金三爷几乎天天这个时辰到这里喝茶。师父是长安城里有名的大玩家，掷骰子、赌麻雀、抹花花、斗蛐蛐、收藏古钱币，没有不热衷的。玩得没兴趣了，就到这茶楼来，叫人陪着喝茶。能常年四季躺在茶楼的床榻上叫人陪着喝茶的人，长安城里并不多。冯空首听到许多风言风语，说有个模样风情都很出色的小女子成了师父的固定茶伴。冯空首没有见过那个小女子，不知比得上师娘夜来香不。不过师父金三爷的个性摆在那儿，收藏古钱币时只挑好的，再挑更好的，绝不要一般般的。想那小女子，模样风情绝不会在师娘夜来香之下。冯空首很想看一眼那小女子。冯空首知道师父在那个茶室里。冯空首想去又不能去。门一推就大煞风景了，师父非用他的大手粗胳膊拧断自己的脖子不可。冯空首知晓这些，却不知晓师父接到他电话后就吩咐郑四爷说："那小子要来了，先用凉茶凉他一凉。""为啥哩？""为啥哩，徒弟跟师娘眉来眼去哩，我不叫他拿打火机烧他自个儿眉毛我就不姓金，我金三爷的名声也算是浪得的，谁喜爱了谁拿去耍去。"郑四爷嘿嘿一笑："前院开花，后院着火，师父摔徒弟的醋坛子哩。"

郑四爷："二位后生，我去吩咐茶童上茶。"

齐明刀问这郑四爷的底细。

冯空首："你兄弟福大命大造化大，一日之内，有缘要见到长安城古董行当四大头中的两大头。哎，没缘分的人，江湖上混了十好几年，还没见过四大头的模样子。"

齐明刀："怪不得打拱称呼四爷哩，他是坐第四把交椅的——"

"郑一壶。"

"郑一壶？一壶、郑一壶、正一壶，有意思。"

"你没有瞧见他巴掌心那把核桃大的壶吗？祖传之物，少说也是前清传下来的宝贝。宝盖鼓腹，珠钮梨身，包浆自然，猪肝红色，上面刻着一联题铭，可惜我无缘看清楚过。那壶叫'一滴壶'，每次吸溜，只能吸溜出一滴茶，而且只吸溜不添水，你说奇不奇？那把一滴壶，漫说在长安城，就是全中国全世界，恐怕也是独一无二的。"

"所以叫郑一壶。"

"本名不叫郑一壶，郑一壶是外号。外号叫惯了，本名就忘记了。"

说话间，茶童送茶上来。

冯空首和齐明刀喝茶，茶水不煎亦不凉，温嘟嘟的。冯空首这个老茶客有些不高兴，问茶童咋回事，茶童说这茶是郑四爷特意吩咐准备的。

精明的冯空首叹道："瞎踏了，渔人张了网，鱼儿游进来，光剩下扑腾了。"

冯空首对齐明刀说："喝，是这壶；不喝，也是这壶，就索性喝吧。"

温嘟茶快喝完时，郑四爷领进来一个人。冯空首连忙叫一声师父，起身让座。那人不客气，坐在上首。那人不说坐，冯空首和齐明刀只得先站着。齐明刀自从在师父货郎苗嘴里听到金三爷的名字后，就不停地想象金三爷的样子。他在脑子里想了十几个金三爷的样子，一个跟一个不一样，但都有一个共同特点：高傲、威严、盛气凌人、难于接近。不然的话，坐在第三把交椅上，咋镇得住呢？当金三爷真的坐在当面，齐明刀才觉得：想象太虚假，距真正的金三爷太远了。

真正的金三爷是个大胖子，上身穿对襟黑褂子，下身穿肥大黑粗布裤子，脚上穿圆口布鞋。黑褂子底下裹个"大西瓜"，短脖子上蹲一颗圆脑袋，双下巴，方鼻子，阔嘴巴，活像一枚质肥肉厚的重廓钱，钱面上眯两只肿泡小眼睛，里面藏着锐利的贼光。冯空首眼睛亮，金三爷目光贼。金三爷的脑门也光着，只有稀疏几根头发盘缠在脑壳四周，算是一点点缀。

这哪里像坐第三把交椅的金三爷，分明是乡下的二地主。夏天穿件半截袖绸衫，手中摇把大蒲扇，扇得绸衫呼噜噜抖哩。

金三爷坐在椅子上，揶揄地朝冯空首说："呦，多日子不见我这小徒弟，又出息多了，头发梳得齐齐的，领带勒得紧紧的，皮鞋打得油油的，指头上大戒指绿绿的，裤缝叠得棱棱的，"摸摸下巴，"能刮胡子哩。"

冯空首并不恼："师父害骚①我哩。"

金三爷："只有徒弟害骚师父，哪有师父害骚徒弟哩。"

冯空首的脸像是不小心被马蜂蜇了一下，疼得猛一抽搐。

郑四爷在一旁圆场子："叫徒弟娃坐下嘛。"

金三爷："我说不让坐了吗？茶楼是你的，我咋能不让坐呢？"

郑四爷说："坐吧坐吧，立客难打发。"冯空首和齐明刀这才坐下。

"郑四老，"金三爷说道——四大头间互相不称几爷几爷，而称几老几老，既是戏谑又是尊重，"总不能让人干坐着。"

郑四爷："再给金三老上壶好茶？"

金三爷："你这茶楼光有茶吗？"

郑四爷："瞧我这脑子，进水了，明明还有水烟哩嘛。"郑四爷取

---

① 害骚：陕西方言，贬损之意。

来水烟袋，装好烟递给金三爷，金三爷接过去，将弯弯的烟嘴儿噙在嘴角。郑四爷弯着腰划火柴，那腰弯得跟水烟袋的烟管一般。郑四爷划燃火柴，双手捂着点烟，金三爷一吸，水烟袋发出咕嘟咕嘟的声响。金三爷说："上好的玉溪烟丝，加了少许冰糖和印度香料。"金三爷说话时，烟雾随着话语，自自然然地飘出嘴巴，悠悠闲闲地升上空中。

齐明刀惊奇地看着郑四爷和金三爷点烟抽烟，想乡下当哥的给做弟弟的分派活计，做弟弟的只得撅着屁股去干。城里也一样，四爷得弯着腰给三爷点水烟。不知三爷、四爷见了二爷、大爷，又是什么样子呢。

烟抽毕，放下水烟袋，金三爷双手抱住西瓜肚，蔫头耷脑地静坐着。郑四爷想：那个陪三老喝茶的，不是没陪好，就是陪过头了，弄得三老没精打采，睡着了一样。

郑四爷出去又进来，齐明刀和冯空首看过去，只见郑四爷左手掌心是片刻不离手的核桃壶，右手中指、无名指、小拇指三指拎住一个长脖酒瓶，大拇指和食指夹着一个钧瓷兔毫小酒碗。

郑四爷倒酒："不是吹哩，这瓶西凤酒，光在我的橱柜里就放了十二年了，今日个特意拿出来，让你金三老润润喉咙。"金三爷这才微微睁开小眼，漫不经心地捋捋袖子："核桃壶长成了大西瓜，大方起来了。"说着端起钧瓷兔毫小酒碗，和郑四爷的核桃壶轻轻一碰，吱噜一声饮下肚去。就这样，三爷喝酒，四爷饮茶，完全把冯空首和齐明刀晾在一边。

齐明刀暗叹：晾就晾吧，谁让你俩都是徒弟娃哩，要得不被晾，那你就得熬到爷的份上。

齐明刀进而暗自惊奇：金三爷一瓶西凤酒喝完了，郑四爷核桃壶里的茶水却没有喝完。

齐明刀再看冯空首，脖子梗着，头偏着，眼睛往窗外望着，尽管竭力压抑着，胸脯还是一起一伏的，脸色一红一白的。齐明刀想：冯空首平常出入这茶楼的机会多，从来没遭过这种冷遇，所以才气成这样。金三爷和郑四爷不知是拿水烟和西凤酒消磨冯空首哩，还是给他齐明刀摆个下马威的势哩？

齐明刀宽慰自个儿：冷落就冷落，为了那大半罐旧钱币，谁还耐不住这点冷落？再说，这兴许就是人家长安城古董行当的臭规矩，等级分明，排序森然。咱远道而来个小字辈，一次看到四大头中的两大头在这里喝酒饮茶，已经是天大的福分了！金三爷和郑四爷抬举咱得很哩！

酒把肠胃烧熟了，耳朵竖起来了，肿眼泡胀了，眼珠子迷瞪红了，金三爷这才漫不经心地说："拿出来瞧瞧。"

冯空首打开纸箱，取出瓦罐，放到桌心。

郑四爷欲伸手入罐，金三爷："开玩笑，汗手少动。"郑四爷一笑："准备着呢。"说着把核桃壶放到瓦罐旁边，核桃壶和瓦罐放在一起，就像碎孙子和老爷爷站在一起一样。郑四爷掏出白手套戴上，取出破棉絮，摸出一枚古钱币，展在掌心，看一看，掂一掂，又递到金三爷面前让他看。金三爷飞快地瞄一眼，便把头仰到椅背上："让空首取几枚样钱看看就行了。"

冯空首也戴上手套，取出八枚样钱让金三爷看。金三爷又是不经意地瞄一眼，便把头枕在椅背上，闭目养神去了。

三个人一旁等待着。

金三爷养够神了，问："有一百八十枚吧？"

齐明刀忙答："一百八十八枚。"

金三爷朝冯空首睁开一只眼睛："开个价。"

冯空首："徒弟咋能给师父开价呢？"

金三爷："徒弟娃年轻，英雄虎胆，啥事不敢做。你尽量漫天要价，我就地还钱。"

冯空首："我招一个嘴，你看着给。"

金三爷："传出去，说师父诓徒弟哩。"

冯空首："四人八对面，谁说那闲话去。"

金三爷：'如今这社会，没有不敢说的话，没有不敢做的事。"

冯空首脸绯红绯红："瞧师父说得严重的。"

金三爷："过去是师父，今日是生意。"

冯空首："师父硬逼我跳崖丢人现眼哩。"

金三爷："开你的价。"

冯空首："连罐端，这个价。"冯空首竖起食指指着屋顶。

金三爷淡然一笑："才开了一块钱的口，不高不高。今儿就是小狼羔咬老狼一口，老狼也决不还口。"

一块钱，古董行当行话。古董行当钱大，说一块钱，就是寻常人说的一万块。酒店茶楼，谈几块钱百十块钱的生意，外人非但不疑心，还嗤之以鼻哩。

谈完价，金三爷又撂下大半罐古钱币，扭头和郑四爷说起了重修茶楼的事。郑四爷说："地方瞅好了，钱也准备好了，料也备得差不多了，就是没寻到成型的鸱吻和装饰。咱这回只要古的，不要新的。"齐明刀忽然想起牛棚避雨的事：又有生意做了！

忽然有人敲门，郑四爷狐疑，金三爷说没事让进来吧。

进来的人是个瘦高个，撇广东腔，却带着浓重的长安口音。金三爷示意他看桌上罐子里的钱币。瘦高个看后问多少钱？金三爷伸出两个指头。瘦高个二话没说，掏出"两块钱"放在桌上，把瓦罐装进纸箱，抱着纸箱走了。

转眼工夫，没离底窝，一块钱就翻成两块钱！齐明刀头一回见这么大两块钱，心想：城里人挣钱太容易了！吃吱喝吱呸蝇子，还把钱捞到手了。齐明刀看冯空首，冯空首脸上肉不动皮抽搐，牙关咬得咯嘣响，圆猴眼中的怒气全倾泻到瘦高个出门而去的背影上。看样子，冯空首认识这个人。

金三爷看一眼冯空首："生意场也是个文明地方，要斯斯文文地从别人手中拿钱，斯斯文文拿钱的动作要比强盗抢钱的动作优雅得多，心情也大大不同。强盗抢到钱是病态的狂喜，斯文人拿到钱则是会意的舒心。这两者之间，差池的码子可是大得很哩。"

齐明刀的心像夔牛皮蒙的鼓，被这话语的重槌重重地擂响了，声音沉沉地卷满茶室，又从窗户飞出去。

这才是生意场上的高人哩！赞叹的同时，齐明刀的手不由自主地摸了摸自己的胸口。

精明世故的金三爷哪能放过这等机会，不失时机地说："把贴心窝子的东西掏出来吧。"

齐明刀斯斯文文地掏出金箔箔纸包，放在桌面展开，里面露出七把刀。

七把刀中有两把燕刀，一把是方折刀，一把是圆折刀，刀头刻字；两把赵刀，刀身垂直，头圆，一刀身上刻"白人"二字，一刀身上刻"甘丹"二字；两把齐刀，形状跟燕刀差不离，只是短狭些，刀身上刻"日月"二字，组成一个明字；还有一把金错刀。

斜射的阳光照得金箔箔纸闪烁银光，把七把刀身上的古锈映衬得斑斓多彩。

郑四爷和冯空首惊愕得眼珠子快要掉出来，就是金三爷，这位专门收藏古钱币，坐长安城古董行当第三把交椅的金三爷，一对碎眼里也腾起贼亮的光芒。

郑四爷："金三老耶，你吸了我的水烟，喝了我的陈年西凤，瞧了人家七把刀，总该放几个正儿八经的金屁吧。"

金三爷清清嗓子："看在这七把刀的颜面上，我就放他几个金屁。古时黄河中游的三晋地区，农耕发达，人们在生产时用一种工具除草，那工具叫'博'，三晋人就仿照它的形状铸币，由于'博''布'同音，铸出的币就叫'布钱'。布钱的形状很像一把铲子。秦国和魏国铸币，仿的是纺车轮子，叫'方孔圆钱'，人们习惯上称'孔方兄'；齐国和燕国属渔猎地区，渔猎时用的工具叫'削'，齐国和燕国铸币，仿其形状，叫作'刀币'。削便是刀的祖先。布币和圆币，刚才装了大半罐；刀币嘛，稀罕得很，可这桌面上竟然摆了七把，这样齐整的刀币，在长安城里还是头一回见。"

三个人静心听着，齐明刀影影忽忽记得，金三爷说的，哪本书上提到过，但说得一点儿也不详细。

金三爷继续说："这七把刀，都是上上之品，其中三把还是稀世之宝。金错刀晚，咱不说了。两把金文明字齐刀，可是稀世珍宝之中的稀世珍宝。战国时，燕国大将乐毅率兵大破齐国军队，接连攻克包括齐国都城临淄在内的大小七十余城，只余下莒和即墨两座城池久攻不下。乐毅围城，长达五年之久。金文明字齐刀，就是这五年中在莒城铸造的，形似燕刀却狭短，上刻'日月'二字组成明字。"

《中国历代钱币图谱》上哪有这样的记载？难怪人家金三爷势大，难怪人家坐第三把交椅，原来人家肚子里有的是万货，有的是资本。

金三爷："当年燕太子丹派荆轲刺秦王，用的就是齐刀。齐刀里凝聚的是悲歌壮士的血性啊！可惜还是死在了我们秦人的大殿上。"

齐明刀蓦然间觉得，坐在对面的不是胖子金三爷，而是一位襟袍带风、佩剑执刀的古代英雄。英雄气韵，是从刀币上涌流出来的。

三个人听完，忍不住赞叹一回。

金三爷推过"一块八毛钱"给齐明刀，说："瓦罐里一百八十八枚钱值一块，七把刀值一块，共两块，扣除二毛。"又对冯空首说："罐子过了你的手，给你一毛钱过手费。七把刀你不过手，分文莫取。"又对郑四爷说："郑四老，这一毛付你的茶水费。"

金三爷办事中规中矩，一毛钱过手费和一毛钱茶水费实际上是断路钱。古董行当规矩，生意成交，在场人人有份，哪怕一分钱，也算断路人情，日后有事，大家绑在一辆车上，都得担待着。

金三爷自个儿呢？分文未取，也分文未掏，却白落了七把刀。收钱只收钱王，别的视若流水，这就是坐在第三把交椅上的金三爷。

金三爷细心地收着已经属于他自己的刀币。收到金文明字齐刀时，忽然停住，问："空首说你姓齐？"

"对，姓齐。俺齐家庄人都姓齐。"

"叫啥名字？"

"爸妈没文化，起得丑。"

"再丑也是爸妈的心愿。"

"那倒是。"

"爸妈起的名字留着爸妈叫，在外面可以换个新名字。"

"换啥名字。"

"干脆就叫齐明刀。"

"齐明刀？"

"对，齐明刀。"

金三爷把一枚刀币放在齐明刀掌心，说："这古币历时两千多年，集着古气，至今保存完好，凝着吉祥，你戴上它，保佑你哩。"

说着让郑四爷找来一根金线，穿好那枚刀币，挂在齐明刀脖子上。

齐明刀忽而冒出一句："乡下干爸干妈给干娃戴缰绳就是这样戴哩。"

金三爷一笑："乡下人戴缰绳，城里人戴金链子，咱挂齐明刀。"

齐明刀觉得这个名字既英气又有城市味儿，以后就只叫这个名字。除过爸妈，谁再叫他以前的丑名字，他决不答应。

金三爷、郑四爷、冯空首三人不约而同地叫了一声齐明刀。

齐明刀脆生生、响亮亮地答应了。

齐明刀的名字，其实是从这一刻才真正叫应的。

3

　　齐明刀和冯空首离开郑氏茶楼时，天已麻擦黑了，冯空首问："咋办？"齐明刀说："啥咋办？"冯空首说："回你四郎河，肯定没车了。就是有车，你背一疙瘩钱，万一坐的是黑车，既惹眼又危险。"齐明刀："瞧我，把这么大的事给忘了，是得寻个落脚的窝。"冯空首："你两眼一抹黑，万一住到黑店哩。"齐明刀："瞧你，把长安城说得一团漆黑。"冯空首："江湖嘴，黑说哩。"齐明刀："那咋办呀？"冯空首："你要不嫌弃，到老哥那儿将就一宿。"明刀乐意地答应了："老哥就是老哥。"

　　冯空首的住处在安仁坊南边两三站一片杂乱的民居里。冯空首领着齐明刀沿小街陋巷七弯八拐地走着。

　　"我还以为你住在无聚楼哩。"跟在身后的齐明刀说。

　　"无聚楼是师父和师娘的居家，我咋能随随便便住那儿呢。"

　　"你这地方难寻难找得很。"

　　"这地方地杂人杂，能浑水摸鱼。"

　　"金三爷今儿态度不是太好。"

　　冯空首知道他说的是什么："师父收拾徒弟，老鸡给小鸡踏蛋儿，正常得很。得空逮住机会，小鸡也能给老鸡踏蛋。"

冯空首住了一个小套房。里外两间,里间一张床,外间一桌一椅一个简易沙发,墙角小柜子上放一个小彩电,别的再没啥东西。

齐明刀想:这地方,和无聚楼没法比了。

冯空首从楼底下要来两个凉菜两瓶啤酒。齐明刀这才想到整整一天粒米没沾牙,拿起筷子就吃。

"能喝惯啤酒不?"

"刚喝跟尿差不多,喝一阵就适应了。"

吃喝间,齐明刀按江湖规矩,又数一毛钱给冯空首,冯空首边收钱边说:"我成了大盖帽,吃了原告吃被告。"

"乡里人叫一个萝卜两头切。"

"你这一把赚得不少,能在乡下盖个二层楼,再讨一房漂亮媳妇,夏天给你洗脚,冬天给你烧炕。"

"脚洗得舒服,炕烧得也热,只是生下娃还是乡下稼娃。"

"咋?进一回城,心野了?"

"不瞒你老哥说,我一看到安远门的城门楼,身上的青筋就暴得老高;一看到城楼檐下的马燕,我的心就跟着飞起来。我在城门洞里打了三个穿堂过,想凡是长着两条腿的人,都能自由出入。咱生不是长安城的人,死却可以做长安城的鬼。"

"朝为田舍郎,暮登天子堂,也算是个理想。"

"天子堂咱不指望。"

"指望在长安城里买地购房,娶个洋媳妇,生个洋娃。"

"瞧老哥这张嘴。"

"江湖嘴,黑说哩。"

"今儿在茶楼里,听郑四爷跟金三爷说,想重修茶楼哩。"

"谋算的日月长了,但想要的那些古料没有备齐。"

"我倒踏摸到两样东西,一套黄花梨屏风,一个大琉璃鸱吻。"

冯空首的圆猴眼立即睁得滚圆,滴溜溜转着放着闪闪的光彩,手上连忙给齐明刀添啤酒。

"不过藏主不是一般人，不像那大半瓦罐钱那么好挖抓。"

"不就是个钱嘛。"

"至少得八块十块甚至十好几块。"

"碎碎个事，包在老哥身上。你只说，咋合作哩？"

"对开。"齐明刀想，头一回，要个大方。

"不成不成，坏了江湖规矩。"

"那至少也得四六分成。"

"好好好，没白认得兄弟一回。咱菜吃了，酒喝了，不谝了，睡，做抵足兄弟，明儿……明儿的事明儿再说。"

第二天，冯空首接连不断打电话，四处约人，说晚上到秦汉瓦罐聚一聚。冯空首那帮狐朋狗友，听说聚一聚，就知道江湖上又出东西了。

天黑时，冯空首对齐明刀说："走，到秦汉瓦罐，摇钱去。"

齐明刀："咋，秦汉瓦罐有摇钱树哩？"

"没有摇钱树也能摇到钱。"

"那咱走。"

二人搭车直奔秦汉瓦罐。

秦汉瓦罐坐落在城东南角，往西看，能清楚地看到城墙东南角上的箭楼；往东看，隐约能看到兴庆宫。秦汉瓦罐是两层阁楼，青石底座，砖木结构。三大间开面，朱红廊柱，木雕门窗。门两侧青石台阶上分列八个大半人高的大瓦罐，底下文火，上面煨着，里面煨着各式鲜汤。二楼正中飞檐底下，挂着一块硕大的金字招牌："秦汉瓦罐"。看楼的模样，立在这里，已有好些年头了。

秦汉瓦罐前面的小广场上停满小车，门厅人进人出。齐明刀想：城里到底人多，这么个地方，繁华兴旺成这样。谁开这瓦罐楼，可是把钱挣海了。又想：秦汉瓦罐，有意思，吃的是秦朝汉朝的饭呢，还是用的是秦朝和汉朝的瓦罐呢？抑或是用秦朝汉朝的瓦罐装的秦朝汉朝的饭？

接着暗自对自己说：昨儿喝了郑四爷的茶，今儿又要吃秦汉瓦罐，我这几把刀进城，也算是吃吱喝吱了。今儿个，就让咱这稼娃肚子换换汤水。咱要把这肚皮吃得跟门旁边的大瓦罐一样又鼓又圆。

冯空首领着齐明刀穿过大厅上了二楼，进了最里面的幽兰间。

已经有好几个人等在里面。齐明刀一眼就看到了昨天买走大半罐古钱币的那个瘦高个。瘦高个旁边坐的是一个仪表堂堂、英俊潇洒的青年，神情略显憔悴。若光论身材长相，这青年可称得上是男人里的俏子。青年人旁边端坐一个穿着打扮非常时髦，高挑个儿，天生丽质，甚或带几分妖气的女子。这样的女子齐明刀只在电视里见过。女子旁边歪坐一个五短身材、前颜颅、后颜颅、尖嘴猴腮、看人不停眨眼、模样奇丑的男子。再过去，是三个长相平常的年轻男子。十个座位九个人，空着一个座位。

冯空首挨个儿介绍，瘦高个叫殷龙骨，相貌堂堂的年轻人叫王真行，丑男子叫毛猴，妖女子叫花燕，余下三个男子，只报姓没报名。

冯空首介绍一个，齐明刀就学城里人和谁握下手。和花燕握手时，花燕只伸出她两个指头尖，不知是表示男女有别哩，还是蔑视他这个穿着乡下衣服的稼娃哩。齐明刀没握住她的手指蛋儿，只挨住了她的指甲。齐明刀觉得那指甲光得跟刀一样，扎得他手指蛋儿疼。

刚介绍完，冯空首就指着妖女子花燕问齐明刀："你瞅瞅，花燕是谁的马子？"

"马子是啥？"

"马子是啥？马子就是份子。在四大头他们长辈那儿叫份子，在底下这些小鬼之间就叫马子。"

"马子就是份子，份子就是马子，我还是听不明白。"

"看来，我不当翻译官都不由我，我给你翻译：马子、份子就是相好，就是那种关系！"

噢，齐明刀一下明白了。冯空首个鬼，咋刚见面就给人出这难题哩。齐明刀瞧瞧一边仪表堂堂的俊小子，又瞅瞅另一边的丑男子，再看看中间的妖女子花燕，竭力想从他们细小的表情和动作间捕捉到哪怕是一丁点儿信息。岂料冯空首此题一出，三个人要么严肃端坐，要么环顾左右而言他，三个人之间谁也不瞧谁一眼，谁也不跟谁说一句话。

齐明刀看不出，便说了模棱两可的话："和王真行般配，和毛猴和谐。"

"不行，不准耍滑头，必须在他俩间挑一个。"

正在这时，妖女子飞了王真行一眼，转头嫣然一笑。

齐明刀伸手指一指王真行，花燕立即笑出声来。

冯空首："幸亏是看人哩，要是看古董，可翻了大船了。"

齐明刀这才悟出，妖女子花燕刚才飞眼一笑是诈他诱他上当受骗哩。得当心哩，城里的女子一笑一飞眼都是陷阱呢。

冯空首："看古董看人都得练眼气哩，当初我仨投奔金三爷拜师学艺，想英俊潇洒人又绝顶聪明的王真行最有希望被选中，其次是毛猴。因为人挑人，两头攥梢子。没想到，金三爷却选中了我这中不溜儿。你们说，金三爷为啥能挑中我呢？猜不出来吧，实话告诉你们，有绝招哩。"

原来，冯空首也是个农村娃。他大 ① 是个木匠，农闲时就领着快要成年的儿子走上近百里路到长安城做活计。冯空首跟在自家大后面，混迹在大东门外护城河边劳务市场的人群中等人雇用。这劳务市场人员混杂，三教九流，各行各业都有。木工、泥瓦工、水工、电工、粉刷工、修厕所工，样样齐全。若来一个要装修房子的主顾，各式手艺人一拥而上，把主顾围在核心，争抢生意。主顾虽然被围得水泄不通，脸上却露出挑选和奴使下人的得意。主顾高喊泥瓦工举手，泥瓦工把瓦刀举成一片；主顾喊水工举手，水工又把扳子钳子举到空中；主顾喊粉刷工举

---

① 大：关中方言，指父亲。

手，粉刷工便把长把滚子举得跟森林一样；主顾喊木工举手，木工便把锯和刨子高举过顶。主顾挑选泥瓦工、水工、粉刷工，尽挑年轻力壮、手脚麻利的，唯独挑木工要长些岁数、手中刨子要陈旧光亮的。挑兵点将，挑点上的，一呼啦跟在主顾后边走了。主顾一边摇头晃脑地在前边走，一边对身后的手艺人感叹："中国啥都贵，就是人便宜。"手艺人忙随声附和："就是就是。"主顾："就是就是，那就不要讲价钱了，有饭吃总比蹲在城墙角饿肚子强。"手艺人一听这话，全吐了长舌头。

冯空首他大正值壮年，手中的刨子又旧又光亮，刚到跟前就被挑上了。主顾一看屁股后边还跟了个没成年的娃，眉头就皱了起来。冯空首他大说："我儿。"主顾说："娃没工钱。"冯空首他大说："管两顿饭就成。"

冯空首跟他大给人家干了十来天木工活，混个嘴油肚子圆，还挣下几十块钱。冯空首他大把钱往腰带底下的口袋里一塞："这城里的钱就是好挣，咱在黄土堆里鸡刨食一样刨上半年，结果还折了本。"冯空首他大这句话，让做儿子的动了心思。

冯空首跟他大回到大东门外，混在人群中再等主顾时，碰到同村一个熟人。熟人扯住冯空首他大衣袖说："好我的冯木匠哩，我在护城河沿转了一周八匝，把每个人的模样都瞅了一遍，就是没见你爷儿俩的身影儿。这不，正要往电线杆上贴寻人启事哩，你爷儿俩就猛一下从护城河沟里冒出来了。得，寻人启事不用贴了。"

冯木匠说："咋哩，寻不下活就寻我哩，想让我冯木匠给你管饭呀。"

"好我的冯木匠哩，你婆娘挑水时把腰闪了，睡在炕上跟猪一样直哼哼，哼哼着叫人捎话给你爷儿俩，快弄些药回去瞧瞧。"

冯木匠挠着脑壳说："这死婆娘，我刚挣俩钱，她就寻着花销哩。"转身掏出二十元钱给冯空首："娃呀，我跟你妈弄个你也不容易，你就当个孝子，买两样跌打损伤药，搭车回去看看你妈。我留下，继续给咱挣钱。"

冯空首接了钱去一家中药铺买了几丸跌打损伤药，还询问坐堂的郎中，有没有啥偏方特效药？郎中问伤着筋骨没有？冯空首说不知道。郎中说伤筋动骨，就到古玩市场淘换三五枚古钱币，放在葫芦瓢里，再把葫芦瓢放在锅里煮两个时辰，将煮好的水给伤者喝。连喝几天，保管他白天黑夜，啥活都能干。

冯空首心中骂了句去你妈的郎中，转身去了古玩市场，见到带绿锈或者沾泥土的旧钱币就问价钱。结果问一回吐一回舌头。腰中剩下的十来块钱，连半枚古钱币都买不到手。冯空首望钱兴叹时忽然想起，小时候每逢过年，爷爷总要在自己脖子的缰绳上拴几枚古钱币，以图化吉避邪。那些古钱币兴许还藏在家里哪个地方。想到这儿，冯空首忙搭车回家，一边给母亲吃跌打损伤药，一边把屋子翻个底朝天。母亲躺在炕上问："娃呀，你翻腾啥哩？"冯空首："妈呀，娃给你翻腾药哩。"结果，在已经辞世的爷爷睡过的炕席底下翻出十来枚古钱币。冯空首依郎中的法子，给母亲煮了三枚。母亲喝古钱币水喝到第五天就下炕走路，第九天上就担了扁担挑水去了。

冯空首见母亲好了，便揣着十来枚古钱币再次来到长安城。不过他没有去大东门外的护城河沿找他大，而是去了古玩市场，将那十几枚古钱币卖了，再以所卖钱做本钱，倒腾开了古钱币。

忽一日，冯空首去大东门外护城河边寻他大，大一见他就嚷："好娃哩，你咋耽搁到这时候才来？你妈好了吗？好了就好，快跟大寻活挣钱去。"冯空首塞给他大两百块钱，说："得空回去交给我妈，说这是当儿的给她的孝顺钱。"说完抽身就走。冯木匠捏着两百块钱，破嗓子朝跑远的儿子喊："回来，快回来，你个驴日的，遇到能挣大钱的美事就撇下你大吃独食！"

冯空首边退边回应："你会木匠活，就挣你的手艺钱去。"

"你个驴日的，到底去嘎搭①？"

"古玩市场。"

"啥？胡玩市场？长安城里还有个胡玩市场！瞎咧瞎咧，娃胡玩去咧。"冯木匠无奈地跺跺脚，"女大不由娘，儿大不由爷，咱寻咱的营生去。"

冯空首天资聪颖，心眼灵活，在古玩市场混了大半年，便把历朝历代古钱币的真伪、品相、价值摸了个八九不离十。慢慢地，"金三爷"这个名字老跑到他耳朵里来，并且震得他耳膜疼。耳朵疼久了，心中便生出仰慕之情。心中一仰慕，便想拜人家为师。冯空首费尽心机寻情钻眼多方打听，才打听到金三爷的嗜好：好色。冯空首请人约金三爷到西市一家洗浴中心洗澡，花重金雇了一个有名的小姐。小姐目光惊疑，打量着嘴上黄毛还未褪尽的冯空首，冯空首说不是陪我，是陪我师父。说着给小姐数钱，交代了事项。

金三爷一到，冯空首便把四色礼捧到胸前，扑通跪在当地，求金三爷收他为徒。金三爷瞧瞧冯空首，聪明倒是有几分聪明，就是左边脸上有些麻子坑。再瞧四色礼：一吊肋条肉、一只乌鸡、一条红延安、两瓶三十年西凤酒，倒合乎江湖规矩。金三爷正犹豫间，有名的小姐拿眼神瞟他，摇着他的膀子："金三爷，答应了吧，答应了我陪你去洗鸳鸯浴。"人都有软肋，软肋一胳肢，浑身骨头就酥了。金三爷眯了肿眼泡说："这娃说话行事有些像我，就收你做关门弟子吧。"冯空首忙磕头。磕毕头，发现金三爷早不见影儿了，便叹息："师父洗澡，比我拜师还心急。"

几个听后，惊叹不已，连声说："怪不得，果真有绝招哩。"

"做了关门弟子了，咱还瞎折腾啥哩？"

"事后我问金三爷，师父，若论品相，该挑王真行，若论开片和

---

① 嘎搭：关中方言，"哪里"的意思。

残口，该挑毛猴，可你为啥偏偏挑中我呢？金三爷说，古董嘛，除了锈斑、开片和品相之外，还有那个时代的精气神哩。我得意地说，师父觉着我有精气神哩。金三爷沉下脸，叹息着说：有窑变的精气神哩。窑变是美，也是命。生活经历不到一定份上，金三爷这话，是参悟不透的。后来的事实证明，金三爷的眼儿真是厉害，三人之中，最数我和古董有缘分，接二连三给金三爷成事哩。其次是毛猴。唯有真行是个倒霉蛋子。这家伙上学时就傲，瞧不起女同学，毕业后，女同学也瞧不起他。他凭着腿长，进了古董行，没想到古董比他腿更长，见他来，大老远就跑掉了。这家伙心眼小，见人家丑毛猴换马子就嫉妒，不承想他越嫉妒毛猴换得越勤，而且越换越漂亮。"

冯空首无所顾忌的一番话，说得王真行脸一阵白一阵红。花燕呢，非但不生气，反而咯咯笑着双手勾住毛猴脖子，把自己漂亮的脸蛋贴在毛猴凹凸不平的丑脸上。

齐明刀到底还是个稼娃，眼软，看着看着就低下头不好意思看了。

毛猴搂着花燕，看着王真行说："我跟你一样，拜师学艺没成，就瞎胡闹，也没啥眼气，就是运气好。早先被人雇去开车，跑咱长安城到广州这条线，临走，身份证和驾驶证等所有手续被复印一套，押在老板手中，然后老板说你开这辆日野大卡车去广州给咱拉货。大车箱空着，放个碎碎的旧木箱，上面堆一堆搭篷用的旧帆布。我一路轻松，开到广州，按地址找到一家宾馆，然后给某某房间打电话，房中人下来，让把车开到院里。我刚下驾驶楼，三个彪形大汉便把我围住，让我到一边喝茶，另外三个彪形大汉把旧木箱拖到楼上。不一会儿，三人中一个手机响了，那人听完，掏出五百元给我，说伙计，拿去吃饭，吃完饭再到这儿，有人接待。我吃饭回来，果然见一个戴墨镜的人等着。我刚落座，那人便码出一千块钱，放在茶几上，轻轻往过一推，说这是辛苦费，收着吧。我想，雇用费老板已经付过了，咋还有辛苦费呢？想是想，辛苦费很快便装进我腰包了。这社会，谁还嫌钱咬手哩？那人又说：你回吧。我说：老板让我来拉货哩，货呢？让你回你就回吧。我把事前后一联想，连忙说好好，我回。老板贼得很，明明是送货哩，却说拉货哩。不过我要了个心眼，装傻不说破，老板便让我连着跑了五六趟。

"还有一回，我开车回长安城，半路上有人挡车。我停车，那人说捎个空人，一千元。我问嘎搭人？答说长安城人。听口音是，就说上吧，捎个顺道人情。那人上车，塞过一千块钱。我说乡里乡党，要啥钱哩。那人说你要不接着我就下车呀。你瞧，这多像断路钱。你说，尽碰上这号事情，我能不入这个道道，手头能没有活泛钱，能不经常换马子？"

冯空首："毛猴这怂，财福艳福不浅。"

王真行满脸丧气痛苦的表情，那表情跟他潇洒英俊的容貌实在不协调。王真行捂着肚子说："光顾说闲话，把人饿得前胸贴后背了。"

冯空首望一望身边的空座位："陶问珠咋还没来哩？"

"来了，打个转身又走了，说是给咱置办酒菜去了。"

门外忽然传进来一声问话："谁在背地里嚼我的舌根哩？"

"长安这地方邪，说鳖来鳖，说蛇来蛇。"

门口闪进一个女子，动作轻盈得像风中飘摇的树叶，立足之间，笑嘻嘻地说："给鳖呀蛇呀弄吃的去了。"

冯空首："这才像个少东家嘛。"

齐明刀扭头看这个陶问珠，约莫二十出头，身材苗条，肌肤黝黑，下穿宽摆裙裤，上穿扇形短袄，一头鱼藻般的乌发齐达肩头，遮去她大半个脸庞。余下的脸庞，像露在乌云外面的弯月，弯月上端，嵌着半只明亮的眼睛。

这个美女，站在门边，把齐明刀的魂勾去了。齐明刀出神间，忽见陶问珠轻轻一摆头，那头发便被摆得飘动起来，头发滑过去时，里边露出一只莹薄如玉的耳朵，耳朵上悬吊一只碧绿的翡翠耳坠。

古董行当谚语云：人一见珠宝，性子就变慢了。齐明刀的性子岂止是变慢了，他恨不能性子和时间一样，变得静止不动，好让他端详个清楚。那黝黑的皮肤，那黑白分明的眼睛，那莹薄如玉的耳朵，那碧绿的翡翠耳坠，咋配置得这么协调美好呢？齐明刀的性子变慢了，可那头发飘动滑掠的速度并没有变慢变缓。头发滑掠过去，又滑掠回来，完完全全地遮住了那莹薄如玉的耳朵和碧绿的翡翠耳坠。

齐明刀心中发出由衷的慨叹：长安城里的女子真美！长安城里女子的黑皮肤、亮眼睛、薄耳朵、绿翡翠耳坠真美呀！齐明刀只顾由衷慨叹，顾不得想别人，顾不得把痴迷僵直的眼睛移开，变成一只呆雁了。

这一切被聪敏的陶问珠感觉到了，她对冯空首说："空首兄弟，今儿还挂个油瓶拖条长尾巴？"

冯空首见陶问珠话有所指，便回头看齐明刀，正好看见他一副痴迷呆傻的样子，就哈哈笑着说："井底的癞蛤蟆瞅天空的黑天鹅哩。"

"去去去，黑天鹅是给你叫的吗？"

"咋咧，唐二爷叫得咱就叫不得？"

"当心，天鹅舌头上有时候也长刺哩。"

齐明刀脸一阵潮红，把目光缩回去，把痴迷和呆傻收藏起来。

冯空首："说笑是说笑，我给你介绍个兄弟，叫齐明刀。你千万别从头发缝看人，把人看扁看细了。这个齐明刀呀，没准是长安城古董行当的一颗新星。"

陶问珠："就让我坐在新星旁边沾点星光吧。"说着大大方方地坐在齐明刀和冯空首之间空着的座位上。齐明刀闻到一股香味，就像春天站在开花的油菜地里闻到的味道一样。

服务员上酒菜，酒是二十年的太白，菜是六凉四热十满堂。凉菜荤素各半，四个热菜是：栗子乌鸡、活剐鲜兔、水煮活鱼、活吃蝎子。

冯空首边倒酒边说："不愧为少东家，量体裁衣，看客上菜，合适得很。"

王真行肚子饿，拿起筷子就吃，被冯空首拦住："羞先人哩，三天没吃没喝咋的，专等这顿饭咋的？"

王真行："肚子的确饿了，咕咕叫呢，跟鹈鹕似的。"

冯空首："跟鹈鹕似的？跟斑鸠一样也不行！菜不能黑吃，酒不能黑喝，好歹得有个道道。我出个字你猜，猜对了吃，猜不对甭吃。"

毛猴："难为人哩，今儿这饭吃不到嘴了。"

冯空首不管不顾："三条鱼。"

王真行："并排摆着卖哩？"

冯空首："三条鱼。"

毛猴："挂在屋梁上？"

冯空首："三条鱼。"

陶问珠："一条挂得高，两条挂得低。"

齐明刀想，是个"鱻"子，没学过，也从来没见过，便不敢吱声。

王真行和毛猴他们也只有摇头的份。

陶问珠："三条鱼为鲜，是个'鲜'字。这个字后来变成了一条鱼一只羊。总之是新肉为鲜。"

冯空首摇着头，不无佩服地说："到底是卖啥的精啥。"

齐明刀、殷龙骨、王真行、毛猴他们这才叹道："原来是个鲜字。"

冯空首："瞧陶问珠上的这几个菜，样样鲜，个个活，这就是鲜活的文化。让你们猜这个鲜字，就是猜文化哩。一杯酒，一筷子菜，要和文化一块吃到肚子里。"说着看王真行，"跟咱搞古董一样，光瞅见古董，没看见文化，两眼一抹黑，弄不成事哩。"

齐明刀心中大异：冯空首看着像个猴精猴精的生意人，没想到肚子里还有几瓶瓶文化哩，金三爷的徒弟到底不一样。再看王真行，只有低头闷想的份。人不服人不由人。

冯空首端着酒杯："来，为咱摇会的兄弟姐妹相聚干杯！"

大家碰杯饮酒吃菜互相说挖苦风凉话，着实热闹了一阵子。

冯空首向陶问珠提议："明刀兄弟头一回来，你能不能把这秦汉瓦罐的光荣历史给他卖牌卖牌。"

陶问珠说声行，就卖牌开了。

"民国时期，大总统徐世昌委任大名人朱启钤为北方总代表，去南方进行南北和谈。至于谈的啥，咱毛头百姓不操那份政治闲心，只说朱启钤路过南京，在江南图书馆看到一本珍贵古籍：手抄本《营造法式》。这宝籍中对中国的建筑和木、石、土三种材料的应用方法做了详尽介绍和注释，还附有多种图样、颜色和尺寸。朱启钤借条也不打，说要参照着建总统府用，就顺手牵羊拿走了。

"唐麟趾唐二爷的祖上的确有办法，不知通过啥关系，弄回来一本影印本，按图索骥，设计楼式，请长安城最好的工匠建造了这秦汉瓦罐楼。同时，还在庭院中建造了一座宝鼎楼。这秦汉瓦罐楼本来就是长安城里有名的私家建筑，可和宝鼎楼比，尚还差一大截哩。"

齐明刀听着，不由得从窗户往后面庭院中张望，果见夜色朦胧灯火明灭中，隐隐约约立着一个飞檐翘角的古楼。齐明刀想：那就是宝鼎楼，里面住着长安城古董行当坐第二把交椅的唐二爷。

冯空首对齐明刀说："日月长着哩，进宝鼎楼有的是机会，来，喝酒。"说着又打开一瓶二十年的太白。

王真行前边喝得猛，有点醉眼惺忪，冲冯空首嚷嚷，吃呀，吃活蝎子呀。冯空首轻蔑地看王真行一眼，夹起一只正在蠕动的蝎子，往佐料盘里一蘸，送到嘴里，有滋有味地嚼起来。一边嚼着一边用下巴朝齐明刀示意。齐明刀看看花瓷盘里的一窝蝎子，咕蛹咕蛹动着，想往瓷盘外面爬哩。齐明刀的筷子停在了空中。齐明刀小时候在麦场边挖知了，结果挖到蝎子洞，让蝎子把手螫了，疼得在地上打滚，手和胳膊肿得跟棒槌一样，大半月才消肿。那个火烧火燎的疼哟，至今还叫人心颤哩。

陶问珠说："没事，螫不了人，刺早就剪掉了，上桌之前，用盐水泡过三天三夜，肚里的脏东西，早就拔干净了。"

怪不得冯空首大摇大摆满不在乎地吃哩。

陶问珠和殷龙骨一人夹一只，蘸着佐料吃了。毛猴夹一只蘸了，咬掉头，送到花燕嘴里，花燕香香地嚼着。毛猴自己又夹一只，不蘸，吃了。

齐明刀也夹起一只，蘸过佐料，闭着眼睛丢进嘴里。猛一使劲，把蝎子咬碎了。齐明刀不敢多嚼，往下咽，结果噎住了。他忽然想起家里的公鸡和抱鸡娃的老母鸡，见了蝎子，猛一啄，扬脖一甩，蝎子便被甩向高空，重重地跌在地上，然后再啄，伸长脖子下咽。齐明刀觉得自己简直就是一只扬脖咽蝎子的公鸡。

冯空首问味道咋样，齐明刀答不上来。

盘里只剩一只蝎子，冯空首说王真行："别瞅了，牛瞅刀子，蝎子瞅公鸡，瞅啥哩？是你的，你吃呀！"

王真行往后缩一缩："万一刺忘了剪，不把舌头蜇到嘴巴外边才怪哩。"

"叫个真行，实际不行。"

"真不行。"

"弄啥行呢？"

"除了吃蝎子，啥都行。"

"那你把这半瓶太白吹了。"

"吹就吹。"

王真行接过酒瓶，把半瓶酒吹了喇叭。

毛猴也把杯中酒一饮而尽，说："蝎子就酒，越喝越有。"

王真行："我这喇叭白吹了。"

毛猴："吹喇叭，小儿科，谁不会。我有回下乡办货，和一个新卖主杠上了。新卖主想把我灌个七八成，然后看货，这是江湖上惯用的模子。把我当幼儿园碎娃哄哩。人跟人，比就比个心气，我一定要镇住他！那天喝的也是太白酒，不过不是二十年的。我连吹两瓶喇叭，吹得旁边人直咋舌：这人喝烧酒跟喝凉水一样。当然，我有我的招牌，吹完就去茅厕，手指头往舌根一压，酒水全吐在茅坑里。新卖主见我面红耳赤，就取货让我看，先取一件三彩龙头，我看都没正眼看一眼，说假的。又端出一个耀州瓷碗，里面铺着红绸子，红绸子上放一块莹光闪闪的玉佩。我乜斜一眼：哎呀，不到手上来吧不礼貌，来把难受。新卖主说你这人咋是这哩，啥都看不上眼。我说你那块玉落了都没人拾，那个瓷碗，兴许值几分钱哩。新卖主说真神来了，又从炕柜里取出一面包了几层的铜镜。铜镜比巴掌略大一点儿，山字纹，满锈，生坑货。我用指盖儿顶起转一圈，弹指一敲，声音干木空灵。我说不对。新卖主脸唰地一下白了，立眉瞪眼，恨不能把我生吞活剥了。我说，应该是一对儿。新卖主怒容立时换成了笑脸，说真神真神真真的真神！随即把另一面也取出来。我说你开价。新卖主说你看着给。我说卖家天上开价，买家地上还钱这是规矩。新卖主一只大手斜向划出，四指直伸，拇指勾回，一亮，又一翻。手势的意思是说：一个四毛，一对八毛。我暗喜道：又该拾和茌①了。我说，看你人实受，咱又是头一回打交道，我不还价，但得把那个瓷碗搭上。新卖主说行行行。新卖主显然懂铜器不懂瓷器。回来后，我把铜镜转手给唐二爷，把瓷器转手给董青花，一把挣了两块八，简直容易得跟拾钱一样。够山吃海喝一阵子，够给花燕添置几身好衣裳。下回碰到铜镜，不出手，把面儿磨光，给咱花马子照影影。"

花燕一听这话，忙抱住毛猴脖子，在那猴腮上香香地亲了一口。

毛猴继续说："咱凭啥哩？凭的是酒胆蛇蝎心。咱酒喝高了，眼迷瞪了，可咱胆正，感觉好。咱拿理智拿书本知识喂狗哩，咱要的是直感。咱砍价出价耍的是蛇蝎心。吃香喝辣搂马子，咱就凭这两把刷子。王真行，你有吗？有这两把刷子吗？！"

这一激，激得王真行酒气上头怒火中烧，瞪着眼冲毛猴说："我早料到你要败唣②我哩，不败唣我你心里不舒坦。你不就比我运气好，比

---

① 拾和茌：陕西方言，捡便宜之意。
② 败唣：关中方言，有斥责、挖苦之意。

我贼胆大嘛。等我成一把生意，我请你王八吃鳖宴，我挂十八个马子给你看！"

情绪激动的王真行从身后拖出一个帆布书包，掏出一件铜器，放到桌子空角处。那是一件铜盉①壶，通高约莫一尺二寸，敛口大腹肚，肚下三足鼎立，前有长流后有鋬，盖上刻着花纹。这件盉壶造型规整，花纹清晰流畅，锈色也好，个中透射出浑厚古旧的气息，搭眼一看，就是商末或西周初年的酒器。

冯空首故意诈毛猴："猴子也，瞧真行这盉壶，比得上你那一对铜镜？"

刚才得意忘形的毛猴瞧瞧铜盉壶，颛顼子脑袋往肩膀里缩一缩："咱也没拜唐二爷为师，也没跟师父睡过，咋能认识这万货呢？"说着拿眼睛瞄陶问珠。陶问珠不睬他，打量几眼铜盉壶，又去打量王真行。王真行一双眼睛盼星星盼月亮一般盼望陶问珠说句话。

陶问珠起身，凑过去闻一闻，对冯空首说："你也闻一闻。"

冯空首："我这鼻子，这会儿除了酒味，啥啥都闻不着。"

陶问珠："日后要看铜器瓷器，不要喝酒，要喝等看完了再喝。"

冯空首夸赞说："到底是秦汉瓦罐的少掌柜，怪不得刚才只见你端杯，不见你喝酒，留着一手哩。"

王真行也凑鼻子闻，但他吹过喇叭，除了酒味又能闻到什么呢？

冯空首仅凭陶问珠让他也闻一闻这句话，便对这铜盉壶打了问号，但他不急于揭破。他说："对这件铜盉壶的评价，咱待会儿再说，咱得进行咱的正事，要不然就白吃白喝白聚了。"

毛猴："既然会长说了，那就摇吧。"

原来今日到场的，除了齐明刀外，都是摇会的会员。冯空首担任着摇会的会长。

---

① 盉：古代温酒的铜制具，像壶，却有三条腿。

古董生意讲究缘分和时效，谁有缘碰到了一桩好生意，钱不够，便到摇会来摇。譬如说某个人急需一块钱，摇会的十个人便每人凑一毛钱给他。他便用这一块钱去应急。那么咋样还钱呢？用钱的人连同十个会员，每人每月再凑一毛钱，凑成一块一毛钱，然后掷骰子，点数大的人如数拿去。次月再凑再摇，只是用钱的人和拿过钱的人不再拿钱。点数大的人拿，以此类推，直到各人取尽。钱算归还了各位会员。

如今齐明刀欲要进手琉璃鸥吻和黄花梨木屏风，急需五到八块钱，冯空首便约他到摇会来摇钱。冯空首说："今日摇钱，我出双份。"大伙一凑，竟然凑到六块钱。冯空首让齐明刀收了。

毛猴提议："咱试着摇一下，看谁下月先取回本钱。"

于是大家轮流拿碗摇骰子，结果毛猴点数最大，冯空首、殷龙骨他们居中，王真行点数最小。毛猴又挖苦人家："你名字行，手气不行。"

王真行心思在铜盉壶身上，只顾拿一双醉眼看陶问珠，哪里顾得上和毛猴打嘴仗。

陶问珠："这样的盉壶，唐二爷也藏着一件。"

若是在正经的生意场合替人帮眼，这句话已经说到家了。帮眼的人从来不把东西的真赝点破，只消旁敲侧击点一两句，买卖双方便心知肚明，心照不宣。卖主不丢面子，买主有退路台阶。

冯空首："好黑天鹅嘿，今儿这不是生意场合，也不做生意，纯粹是想验证一下王真行的眼气，你就有啥说啥吧。"

陶问珠得了这话，心里没了顾忌，就敲明叫响地说："这盉装过酒，但没有入过土。"

"天鹅不光腿长脖子长，鼻子也长哩。"

陶问珠："锈是假锈，清朝末年的仿造品。清末高仿青铜器的有三家：北京造、苏州造、长安造，这件是苏州造。咱长安人，让人家拿苏州造给哄了。"

古董这玩意儿，真万货价值连城，假万货摔到地上连响都不响。

大家一齐看王真行，王真行静坐不动，血红的醉眼直勾勾盯着桌上的盉壶，嘴像蛤蟆一样一瘪一瘪的，豆大的汗珠顺着已经歪扭的脸面曲曲折折地往下流淌。

　　毛猴一旁说："我说你名字行人不行吧，又打眼了吧？"毛猴说话时把那个"又"字拖得又长又怪调。

　　王真行忽然浑身抖动，发出一串令人毛骨悚然的怪笑："嘀嘀，哈哈，嘀嘀，哈哈，嘀嘀嘀嘀，哈哈哈哈……老天爷呀，我咋这背的？！"

　　陶问珠有些后悔，把话挑得太明，把王真行的面子和那颗屡遭打击的心伤得太狠。

　　齐明刀没料到摇钱摇出这档子事来，心里也不自在。他看冯空首，冯空首倒没有啥大震动，一副毫不在乎的样子。

　　王真行眼睛里燃烧着熊熊烈火，那怒火欲要把这幽兰间、把这秦汉瓦罐、把这整个长安城烧成一片火海，像当年的阿房宫一样，烧成一片灰烬。在座的所有人，都感觉到了那火烧火燎的灼热。王真行戟指指点着每一个人，打赌似的吼叫："我就不信这个邪！我绝不信我一生一世都会这么背气！我走出这道门就会碰到一件古董或者一个女娃，那女娃肯定比你毛猴的马子年轻漂亮！我捡不到古董总能碰到漂亮女娃，我要当着大伙的面抱住她亲一口。你们信不信？不信跟我到街上看去！"

　　谁敢说信，谁又敢说不信呢？！

　　亦醉亦疯的王真行见大伙木呆呆地看他，抓起桌角的酒瓶，把剩下的小半瓶酒咕嘟咕嘟灌下去，然后猛地用力挥动空酒瓶朝铜盉壶砸去。铜盉壶被砸得飞向空中，酒瓶的玻璃碎片也四处飞溅，毛猴的额角被划破流血了。

　　王真行绝命似的大吼一声，破门而出。几个人见状，忙尾随着下楼。

　　深夜里，初春的惠风也不那么和畅，歪歪扭扭地刮过街面，把街边的废纸片刮得旋向空中。街两边的霓虹灯明明灭灭地闪烁着，街边行人稀少，街心偶尔有汽车驶过。

王真行看到一个比花燕要漂亮一千倍的女子，穿着三点式，站在街边对他微笑。王真行冲身后的人叫："咋样？我说咋样？我的背气过去了！我的好运转来了！看吧，快看吧，我一出门她就朝我笑哩！"王真行张开双臂，拉开老鹰抓兔子的架势，往前扑去，然而他脚底下却不稳当，踉踉跄跄。上面张势倾扑，底下踉踉跄跄，那姿势真是怪异完了。到了，到跟前了，就要抱住了——

停电了，突然停电了！这条街，附近几条街，甚或整个长安城都停电了！所有的霓虹灯骤然熄灭，漂亮性感、微笑迷人的女子也突然消失。就连天上的残月和两三粒星星也隐身到浓云里边去了。

从光明跌入黑暗，人们的眼睛短暂地失明了。

王真行魁梧的身子猛可里跌出去，头撞在栏杆上。王真行发出凄惨的号叫。那号叫像野狼的号叫，滚过街面，飘散向漆黑的夜空，向天庭表示强烈的抗议。

齐明刀、殷龙骨、毛猴和冯空首赶上前扶起王真行，想把他拉到远处去。王真行挣扎着。双方你拉我扯，像势均力敌的拔河比赛，一会儿朝这边移，一会儿又往那边移。

正僵持对峙着，电来了。三个人不由自主地松开王真行。王真行发现自己站在广告牌跟前，广告牌上，一个漂亮性感的女子，穿着三点式，正妩媚诱人地朝他微笑。

王真行蹦跳着双掌挥向广告牌："我咋这背的？我咋这背的呀！"疯狂的王真行砸了两拳广告牌，转身就跑。几个人随后追赶，追到街拐角，人影消失不见了。

冯空首："算了，别追了。"

毛猴："追上能咋？追不上又能咋？"

陶问珠："他不想看见大家才跑的。"

齐明刀："还是追吧，万一有个三长两短。"

冯空首："没事，古董行当的常事，进进出出，时时刻刻都淘汰人哩。"

齐明刀想到长安城的城门洞，进进出出，也时时刻刻淘汰人哩。

毛猴说："散了吧。"领着花燕走了。

冯空首说："咱走。"

齐明刀说："你先走，我再去看看。"

冯空首、殷龙骨、陶问珠他们几个各自走了。

齐明刀顺着王真行跑走的方向，一直追到城角的护城河边。残月浮出城楼，映照着清冷的河水。齐明刀借着月辉往前追寻。追出一大截，连个人影也没有看到。齐明刀正要折身回去时，看到河边一块大石头旁边有几星红红的东西，便冲那红红的东西走过去。原来那东西是谁点燃的报纸。报纸快要燃尽，初春的夜风一吹，闪着几点火星。

火星不远处，堆了一大堆废报纸，报纸还窸窸窣窣响哩。齐明刀吓了一跳，差点喊出声来。齐明刀定睛再看，只见两只手从报纸堆里伸出来，烤火取暖。该不会是鬼手吧！不会，鬼连灯花都怕，更怕火哩。敢烤火的手，一定是人手。初春的夜晚，毕竟还有几分寒意哩。

齐明刀用脚踏住大石头，问："谁在报纸堆里？"

报纸一阵响动，内中探出个毛蓬蓬的人头。人头下边的身子，仍然埋在报纸堆中。齐明刀立即想到一个好名字：报纸人。

"喂，报纸人，在这儿弄啥哩？"

"咋是个睁眼瞎，看不见俺在取暖睡觉哩。"

"从哪儿来？"

"南山。"

"跑这儿弄啥哩？"

"刘姥姥进大观园，咱进长安城。"

这南山客，还蛮有文化的。

"进城弄啥？"

"寻事干。"

"寻下了？"

"长安城虽大，寻事却难。就是寻垞尿尿的地方都难。城里人也真是，守个茅坑收钱，钱都有一股尿臊味。肥水流到他田里，还得找钱给他，俄茬子事嘛！"

报纸人跟自己一样，碰上那档子事了。

"城里这么不好，钱又有尿臊味，人为啥都削尖脑袋往城里钻呢？"

"人贱嘛！咱也贱嘛！咱一贱就钻来了，钻来了没处睡，就胡凑合哩。城里啥都难，就是捡废报纸容易，顺手一捡一大堆。报纸又能烤火又能当被子盖，防风御寒，睡在里面暖和得很。"

齐明刀隐约记得师父货郎苗跟他说过，古代人用纸做衣服，穿在身上挡风御寒哩。如今没有人穿纸衣，却有人盖着纸被子睡在护城河边。

齐明刀又想到了要寻找的王真行，慨叹道："好背的命。"

"命背不要怪社会，谁让爹妈生咱是山民哩。"

齐明刀感慨命运变化，神秘莫测。自己头回进城，就赚了八毛大钱，又摇了六块巨大钱。自己腰里，还鼓囊囊揣着那六块巨大钱哩。和报纸人比，自己简直就是皇上了。皇上也应该有爱民之心。"走，到我那儿将就一夜，地方不大，比狗窝强些。"齐明刀把冯空首的地方当作自己的地方了。

报纸人一截一截把头往报纸里缩，边缩边说："我要是刚出南山的黄花闺女，碰到你这么好的人，一准跟你去，一去就是一辈子。可惜我是个男人，男人就只能睡在这报纸堆里。"说完，头刚好埋进报纸里。报纸窸窣几声，静止不动了。

一股热乎乎的东西涌到齐明刀鼻腔，齐明刀想哭却哭不出来。齐明刀一抬脚，离开了护城河边那块石头，离开了那堆报纸，离开了报纸人。

去他妈的，不寻了，一切听凭命运安排吧！

4

齐明刀和雇来的脚夫一起，把一组四扇黄花梨木屏风和琉璃鸥吻搬进了郑氏茶楼。

起先，陪金三爷喝茶的郑四爷并没有在意。

齐明刀打发走脚夫，上前跟金三爷和郑四爷打招呼："金三爷，郑四爷。"

郑一壶见是几天前给金三爷送古钱币的齐明刀，以为又是给金三爷送古钱币来了。怪，送钱币咋用那么大的包？

对金三爷说："金三老，是齐明刀，找你哩。"

齐明刀："既找三爷，又找四爷。四爷，你要的东西我给你弄来了。"

郑四爷："我要的东西？我问你要过东西吗？"

齐明刀："你不是说你要重盖茶楼，缺些旧料吗？"

郑四爷想起来了，自己那天和金三爷说闲话说到重建茶楼的事，没料到让齐明刀个有心人听到了。这小伙子，上回弄来大半罐古钱币和几把名刀，这次不知道弄来些啥万货？

金三爷在一旁说："货郎苗的徒弟来的货，最好照单全收。"

听口音，是瞅货郎苗的面子哩。

齐明刀把包裹黄花梨木屏风的破麻袋一点点打开。

金三爷和郑四爷的眼睛立时瞪圆了。郑四爷蹲下去，细细欣赏梅兰竹菊和琴棋书画的优美构图，以及精细绝妙的雕刻刀法。天爷，真真正正的黄花梨，不是明代，也是前清的万货。新茶楼的正厅里，正缺这高雅之物。这屏风当厅一摆，人进来喝茶都有味哩。得，仿佛新茶楼已经盖成了似的。

齐明刀打开另一包破麻袋，露出一个三尺大小、一尺薄厚的琉璃鸥吻。那鸥吻已经被齐明刀洗擦干净，通体光滑透明，雕的是一只正在扬脖鸣叫的凤鸟。这样的鸥吻若立在新茶楼的屋脊上，全长安城都能听到凤鸟的鸣叫声。

金三爷和郑四爷的眼珠差点掉到琉璃鸥吻上摔碎了。天爷，真真正正的唐代货！长安城里，多少年没出现过这么大这么好的琉璃鸥吻了。今日能见到如此好的鸥吻，当是前三世修的福分！

郑四爷："不对呀，应该是一对？"

齐明刀："是一对，另一只已经被毁坏了。"

金三爷："可惜可惜，哪个挨刀的毁的？"

齐明刀："那话就长了。"

郑四爷吩咐几名茶童，要把黄花梨木屏风和琉璃鸥吻包好搬到他居住的里屋去。

齐明刀说："慢！"郑四爷和金三爷疑惑地望着齐明刀。齐明刀蹲下身伸手从琉璃鸥吻的空心肚里一掏，掏出一叠纸。那纸虽然黄旧泛黑，却绵软无损。齐明刀小心翼翼地展开，让金三爷和郑四爷看。

纸上绘的是一座古楼，旁边附带着《营造法式》分解图式。

这回，金三爷和郑四爷不光眼珠子差点摔下来，就连舌头也吐在外面，半晌收不回去。

这琉璃鸥吻里本来藏有两张图纸，齐明刀拿出这一张让金三爷和郑四爷看。另外一张，他早已收藏在别处，留待合适的人看。

金三爷和郑四爷一直愣在当地，直到齐明刀慢慢地把图纸叠起来。

郑四爷："这图纸上绘的古楼，跟我做梦梦见的新茶楼一模一样。"

金三爷："天遂人愿，算是合在一处了。"

郑四爷再次吩咐茶童，让把东西搬到里屋，那架势仿佛在表明：两件古物都归我所有了。

郑四爷："走，咱喝茶去。"

齐明刀想到几天前和冯空首一道喝的那壶凉人心脾的凉茶。

三个人上二楼到里间茶房。这茶房与外面茶房不同。齐明刀想，金三爷没事时是不是总在这间茶房喝茶呢？

郑四爷亲自动手冲洗茶具烫茶壶，然后用陶罐打来专门从终南山根运来的甘泉水，放在木炭火上烧。郑四爷守着陶罐，看着，在水即沸未沸之际，将陶罐提下来冲茶。洗茶、冲茶、点茶。手脚麻利得很。

齐明刀看那茶壶，紫红幽亮，肚似南瓜，盖如瓜蒂，茶杯也精制细腻，形制巧妙。郑四爷见齐明刀好奇，说这是曼生壶，连藏带用，快二百年了。齐明刀吐吐舌头："用古人的手艺喝茶，肯定香。"

先呷后品，一杯茶下肚，郑四爷问："啥味道？"

齐明刀咂摸一下嘴唇："清香，外加奶油味，又油又香又清爽。茶叶该不是用奶油炒的？"

"笑话，茶叶里自个儿生长的。"

"该不是拿牛奶浇茶树哩？"

"那就不得而知了。"

郑四爷扭头看金三爷，金三爷细细品一口，用舌头舔一下嘴唇，不紧不慢地说："剑南蒙顶石花，有三年多没喝过了。"

郑四爷佩服地说："老喝家就是老喝家。"

剑南蒙顶石花，这茶齐明刀连听也没听过。

金三爷："齐明刀面子大，郑四老把老家底都搬出来了，而且亲自用甘泉水冲泡。我在这茶楼喝了几十年茶，也很少享受这么高的待遇。"

齐明刀暗道：不是我面子大，而是黄花梨木屏风和琉璃鸥吻金贵。要没有这两样东西，就只能像前几天那样喝凉茶了。皇上的妃子，母以子贵，说话才颐指气使哩。咱凭屏风和鸥吻两样东西，尝郑四爷蒙顶石花哩。

郑四爷不断添水续茶，边喝茶边和金三爷絮叨一些茶道上的陈年掌故。郑四爷自己并不喝蒙顶石花。想喝了，手腕一翻，把核桃壶翻在掌心，观赏半天，然后细啜一口，算是过了茶瘾。那壶也的确怪，不见添水，却咋吸啜咋有。

齐明刀心中纳闷，郑四爷收了屏风和鸥吻，却只管让人喝茶，只字不提正事，不知葫芦里卖的啥药。

齐明刀这点小心思让郑四爷看透了，但他依然只字不提屏风和鸥吻的事，而是说起了他掌中的核桃壶。

"金三老可以做证，我这把核桃壶，可是名贵得很哩，任他厅长市长，天王老子，到我茶楼来，大老远看一下成，想摸一下，休想！想饮一口，门都不门。今儿我破例，让我明刀小侄尝一口。"

说着不容齐明刀谦让，把核桃壶递过来。既然话说得这么满，齐明刀也就不辞让，接过壶细细吸溜一口，顿觉一股清新甜美之气，直沁肺里，并且顺血而流，畅遍全身。整个脑际，像拂过一阵春风。想神仙喝的仙醪也不过这味道吧！怪不得每到关键时刻，郑四爷都要吸溜一口核桃壶。

在一片清新甜美的感受中，齐明刀看清核桃壶腹肚上两行小小的题款：终南一滴水，万古流不竭。齐明刀清新的脑子一下又含混了，但却开阔了。齐明刀说不清，但却感受到了那含混的意义。

郑四爷："这壶我老爷喝过，我爷喝过，我爸喝过，我喝过，如今你喝过。你比我儿还亲哩。"

齐明刀蓦然感到：自己和郑四爷很亲近了。因了屏风、鸥吻和核桃壶而很亲近了。

金三爷破颜一笑："这娃有福哩。"

齐明刀："从今往后，我不喝茶了。"

"为啥？"

"尝了核桃壶的茶，喝别的茶还有啥味道呢？"

郑四爷愕在茶桌边，金三爷呷着石花茶对他说："这下你知道年轻人的心性了吧？"

郑四爷："自小看老，将来长安城古董行当最有出息的人，就是咱明刀小侄。"

齐明刀的身体，不由自主地变得跟纸片一样轻飘起来。

郑四爷拿捏得真准，这时候，不紧不慢地对齐明刀说："屏风和鸱吻死活都是我的了，你开口吧，一口价，我绝不还价。"

轻飘飘的齐明刀忽然又变得沉重起来。

齐明刀老练地叉开巴掌，互相对着在空中扇一下。活像鼻尖上落了蚊虫，他伸出两个巴掌，左右各扇一下。

"十块钱，不贵不贵，我立马付。"

"还有一个条件哪。"

"啥条件？"

齐明刀那天晚上和冯空首在秦汉瓦罐摇了六块钱，第二天就揣了钱搭车回到了四郎河边。齐明刀先去通宝家，进门就说通宝哥，我说七天内叫你六六大顺，你看咋样？六六大顺！说着把六大毛钱往炕沿上一拍，你点点，一个子不少。通宝瞅那些钞票，快要把眼眶瞅裂了，连忙催媳妇，快去擀面，快去给咱明刀兄弟擀面。通宝媳妇打开柜锁："先叫我把钱收起来。"通宝拿起钱亲亲地亲一下："咱秋季就盖三间大瓦房，兄弟来了，住新房。"说着交给媳妇，媳妇放好钱上好锁，这才放心地擀面去了。

通宝陪齐明刀说闲话。问："城里世事大吧？"答："大得很，你跟兄弟进城闹世事吧！""你嫂子在家哩，我那根根，就扎在你嫂子那坨坨地方了。咱是棵树苗子，你嫂子是土地，咱在那坨坨土地上旺旺地活着就行了。日后有啥东西了，想兄弟了，搭汽车去城里寻兄弟，兄弟俩坐在馆子里喝两盅就成了。"齐明刀说："两盅酒个事，有啥说的。"齐明刀吃了通宝媳妇擀的面，告辞出门。临出门又塞给通宝一毛钱，算是心里对那几把刀致个歉意吧。

　　齐明刀折回头又去钻牛棚躲雨的那个留山羊胡子的老汉家。齐明刀不光腰里揣着钱，手上还提着两瓶陈年西凤酒。老汉说："你咋知道我爱喝西凤酒哩？"齐明刀说："好叔哩，我连看带闻哩嘛。"老汉说："成了火眼金睛的孙猴子了。"

　　老汉拿一个铁丝箍着的破旧青花瓷茶壶给齐明刀倒茶喝："甭嫌我这茶壶破旧。"

　　"破旧是破旧，却是值钱的古物哩。"

　　"我这小侄，眼里有水水哩。"

　　齐明刀喝茶。

　　"我家的牛棚是世界上最好的牛棚。"

　　"是哩。"

　　"我家的花牛是世界上最好的牛。"

　　"是哩。"

　　"我家牛棚要是个博物馆，你肯定会买门票参观哩。"

　　"是哩。"

　　"是哩是哩是哩。"

　　"好叔哩，你早就知道我还要来呢。"

　　"我这牛棚又不是饭馆，不招徕回头客。"

　　"好叔哩，这么好的天缘，我能不回头。"

　　"所以，就拿陈年西凤暖我的心哩。"

　　"对着哩。"

"不对哩，陈年西凤咋能暖我的心呢？"

齐明刀忽然觉悟了："黄花梨木屏风和琉璃鸥吻能暖老叔的心呢。"

"这娃灵醒，来，喝茶。"

喝着茶，老汉讲述着这木屏风和琉璃鸥吻的来历。

"我爷民国时期在长安城任着大官哩。我爷临死时把他的官和一院上好的私宅留给我爸。我爸眼亮，把世事变化看得清楚，明里支应国民党，暗里通着共产党。去陕北红区的秘密人物，经常在我家歇脚哩。解放后，我爸在长安城还任着一个职务哩。后来世事变了，别的许多人被打成了右派、现行反革命，我爸呢，也没躲过劫难。公开的国民党官员，又有大、中、小三房老婆，能躲得过劫难吗？特务、间谍、历史反革命，一大摞帽子重重地扣在我爸头上。我爸心里明白，政治上的事情，你就是浑身上下全是嘴也说不清，就对组织说：政治上咋处理我都行，我觉得我对得起共产党，问心无愧。只是三个老婆和一群娃娃，是历史遗留问题，请组织通融通融，不要把我们骨肉拆散了。办案的人一挥手，打了我爸一个嘴巴，说你还和组织讨价还价哩！结果我家的东西收的收、砸的砸，房子拆的拆、烧的烧。我爸被收了监，再没见着。我是我爸的小老婆生的，我妈是名门闺秀，可怜见的，被遣返到这二百里路外的穷乡僻壤。我妈不知通过啥方法，在废墟里把这两样东西运来了。后来我才知道，这两样东西宝贝着哩。为了保护这两样东西，我妈在'文化大革命'中把命舍下了。我晓得我妈的心思，她保护的不光是那两件古物，更是和我爸共同生活的日月。"

老汉讲毕，从牛棚搬来琉璃鸥吻，拿开尾部裹了一层又一层的塑料布，从中掏出一页纸，展开来让齐明刀看。

"瞧瞧，这就是我们原来的家。"

齐明刀眼睛睁得灯泡似的，两手不由得摸在了腰间的钱袋上。

"我知道你揣着钱哩，可我这古物无价。"

"好叔哩，我不是古董贩子，拿你家的往昔和你的心胡倒腾哩。"

"那你揣那些钱干啥哩？"

"长安城里有人要建房，托我来求你老人家呢。"

老汉惊愕的眼睛睁圆了："你是说，长安城里有人建房要用这两样古物哩？"

齐明刀看着那图式："说不定要照这图建造哩。"

老汉："咱不喝茶了，咱喝你的陈年西凤。"

喝酒时，齐明刀说："好叔哩，我还没问你尊姓大名哩。"

老汉吱地喝一杯酒："姓杨，杨虎城的杨。"

喝罢酒，杨老汉问："你带了多少钱？"

齐明刀大拇指和食指一伸，比出个"八"字。

杨老汉："是这，我这两样古物不卖，你留六万块押金在这儿，东西拿走。要是盖房用不上，古物钱财各归其主。"

齐明刀满心欢喜地说："能成能成。"

"但有一个条件。"

"啥条件？"

"房子盖起，开业大吉那天，得让我老汉到长安城亲自看一眼。"

郑四爷嘘出一口气："我还以为要我上天摘星星呢，原来是这。我现在就给你打包票，开业那天，一定请杨老汉坐上座。甭说亲自看一眼，就是在新楼里住上十天半月、一年半载都不算啥，碎碎个事。"

齐明刀："一言为定。"

郑四爷："屙出的屎还能偎回去不成。"

金三爷一旁发话："郑四老，能有今日，咱得感谢一个人。"

"感谢一个人？谁呀？"

金三爷又朝向齐明刀："我出两道题考考你。"

齐明刀有些紧张起来。

"我说词曲，你猜曲牌，再猜词曲所言指的何物。"

难了，这可难了。

金三爷并不理会，把肥大的圆脑袋搁在椅背上，鼻子朝天，小眼微闭，用舌头打着梆子，拖着调儿念道："直柄喜当权，笑颜颀两耳悬，花街柳巷都行遍。扬声杂然，停声讪然，深闺绣罢求新钱。好姻缘，羡他侥幸，得近小婵娟。"

齐明刀只见那词曲古旧高雅，着实好听，却猜不出曲牌和具体所指。

郑四爷："仿佛是《南商调·黄莺儿》"

齐明刀："黄莺儿？不就是黄鹂鸟嘛，怪不得杂然讪然叫得好听。"

金三爷在椅背上摇头哈哈一笑："看来你的文辞知识差些，这可是古董人的大忌呀！"

齐明刀惭愧得低下头。

金三爷停住笑，木船一般沉浸到往事中去。他不紧不慢又吟出一首诗来：

绿窗检点女儿箱，彩线断绒针断铓。
绣罢鸳鸯方却坐，慢声远远唤娇娘。

冯空首曾对齐明刀说过，别看金三爷上了把年纪，但对男女之事，喜好不减当年。金三爷今儿吟的唱的，不是花街柳巷小婵娟，就是正绣鸳鸯的小娇娘。拿强项对人弱项，叫人怎么猜得着呢？

"告诉你吧，间接谜底叫唤娇娘。"

"谁唤娇娘呢？"

"谁能唤动就是谁唤哩。"

"谁又能唤动娇娘呢？"

"唤不动就惊，那东西又叫惊闺，惊动闺房唤娇娘。"

齐明刀开始动心思儿：惊动闺房唤娇娘，啥东西能办到呢？直柄当权，是说直把儿攥在手心里，笑颧颥两耳悬，是说两个耳朵像小棒槌一样吊在两边。扬声杂然，停声讪然，就是这东西发出的声音能惊动闺房，能召唤娇娘哩。

郑四爷支棱起双耳，快速朝齐明刀摇头。齐明刀明白那意思。齐明刀看到师父穿着长衫，挑着担儿，从四郎河的旧木桥上走过来，那手中摇的，不正是惊动闺房的唤娇娘吗？

"我猜出来了，是拨浪鼓，也就是我师父手中摇动的拨浪鼓。"

金三爷深深嘘出一口气，肥硕的大脑袋从椅背上抬起来，垂着肉囊的肿眼朝窗外望着："有七八个年头没见货郎苗闪过面，就像一头鲸，换了一口大气，扎进深海里，连尾巴划水的痕迹都不见了。这老鬼死到哪里去了！"

一句"这老鬼死到哪里去了"，饱含着一个老朋友对另一个老朋友无尽的思念之情。

齐明刀受这句话的感染，一颗心也沉浸在往昔与师父交往的情景中，耳边隐隐响起拨浪鼓时紧时慢、时大时小、时激烈时悲怆、时欢快时忧伤的声响。那声音自往昔而来，喧响环绕在整个茶房，震动着三个人的心。

郑四爷："该闪面了。"

金三爷："是呀，是一头鲸，也该浮出水面喷喷水柱子了。"

金三爷把热切盼望的目光从窗户的木格子上收回来，肥硕的头颅仍旧枕在椅背上，回忆自己与货郎苗穿开裆裤的交情。

"那时候，咱是啥光景，护城河沿儿的草毡户，穿着有鞋没袜子，吃了上顿没下顿。可人家苗丹砂是啥家境！人家老爷是前清举人，在西府一带任地方官，家中殷实，又在长安城西市买了三大间门面房，开了丝绸店，由人家苗丹砂的亲爷经管着。西市自古以来就是长安城最繁华的地方，商贾云集，车马往来跟流水一样。西路各省各国的异邦民族顺丝绸大道，行万儿八千里，从安远门入长安，大多在西市附近安营扎寨，采办货物。说来也怪，西域人就喜欢采办丝绸和瓷器。苗家丝绸庄生意那个兴隆哟，满长安城谁人不知谁人不晓。

"人家苗丹砂那时候虽然也穿开裆裤，却背着书包在自家开的私塾里上学哩。苗丹砂爱玩，放学撂下书包就跑到护城河沿找我玩。我那时候要多可怜有多可怜，得空就帮爹妈捡破烂卖。有一天，家里无米下锅，我饿得肚子咕咕叫哩，走不动路。苗丹砂听到我肚子咕咕叫，自个儿跑了，不一会儿又折回来，跑得呼哧呼哧，满头冒汗。只见他用手背抹一下汗，解开扣子，衣襟里露出三个白生生的蒸馍。我长那么大，从来没见过那么白的白蒸馍。我吃了一个，你猜咋吃的？先用门牙咬下一点点，再用舌头舔那小豁豁，一股子荃荃的麦香顺鼻管钻到我的胃里。那个香哟，我今生今世再也没有尝到过！我吃了一个，另外两个跑着送回去，给爹一个，给妈一个。然后折回来和苗丹砂玩。苗丹砂问够吃不？不够吃我再给你偷去。我说够了够了。从此之后，到了春季，苗丹砂就从家里往外偷桃杏给我，夏季偷瓜果，秋季偷柿子核桃。我一个草毡人家的穷娃，一年四季吃着富人家的吃食。那年冬天雪大，快把护城河下满了。我穿一双单鞋，'大舅''二舅'全露在外头，冻得跟红萝卜一样。苗丹砂换了新棉鞋，就把退下来的旧棉鞋拿来给我穿。我把露脚指头的破单鞋扔到结冰的护城河里，穿上旧棉鞋直冲苗丹砂傻笑。那时候年幼人傻，光知道笑不知道哭。

"后来，国家对资产阶级实行大改造，苗家在西市的丝绸庄收归公有。苗丹砂他爷说：'归就归吧，前些年不是把好多丝绸布匹捐给陕北红军了嘛。红军是为穷人打天下的，这回归了，就权当捐给穷人、政府了。'说完这句话不久，苗丹砂他爷两眼就闭上了。

"人常说，瘦死的骆驼比马大。苗家是豆腐散了，架子在哩。丝绸庄归公了，城墙里那院住宅还在哩。可到一九六二年'社教'，按阶级划分成分，苗丹砂他爹遭殃了，被挂着官僚资本家的牌子拉去游街，游完街站板凳挨批斗。官僚资本家的宅院朝不保夕了。夜深人静时，疾病缠身的爹把苗丹砂叫到跟前，拉住他的手说：'娃呀，世事大变样啦，你爷没守住丝绸庄，你爹我也守不住这宅院。你眼看快十六岁了，快成人了，该自个儿走自个儿的路了。爹没啥给你，爹这儿只有祖上留下来的几样古董字画，你带上走。可你不能空手攥着这几样东西走。走要走得自然，走得能活下去。'

"苗丹砂跪在病床前，呜呜咽咽，断断续续唱出一段曲子，唱得泪流满面，那曲子就是我刚才唱的那首《南商调·黄莺儿》。苗丹砂他爹说：'这是你那位举人老爷作的曲儿，不承想这曲儿里给后世子孙藏着一条路，这条路就是你的命。'

"苗丹砂他爹死了，苗丹砂简单葬埋了父亲，第三天就辞别了母亲，挑着担儿，摇着拨浪鼓儿离开了家门，也离开了长安城！"

齐明刀听得心里直嘘唏：原来这城门不是进来就是出去。当年出城远去的苗丹砂，如今却怂恿我到城里来。

"后来我误打误撞入了古钱币行当，踏开路子发了家。苗丹砂一年半载转悠回来一回，一方面进些稀罕货物，一方面把在乡间收到的古董万货转手给我。我照单全收，哪怕是赝品。可人家苗丹砂眼气好，很少收到赝品。有一次时间隔得长，大约三四年吧，苗丹砂才转悠回来。我对他说，在我家附近给你买套房子，你住回来吧。苗丹砂用万分奇怪的目光把我瞅了半天，没有回话。我又说人家都跑着活动着寻党寻组织落实政策哩，你也不动心思不操心。苗丹砂不耐烦了，说日后再提这话，我就要回我的白馍和旧棉鞋哩。说完挑着担儿走了，这一走，又是好几年才能见上一面。几十年的日月就这么晃荡过去了！"

齐明刀心口堵堵的，喉咙一抽一抽的，他看到金三爷小眼睛里的老泪，积蓄着，转悠着。老人毕竟是老人，那老泪蓄在肿胀的眼泡里，始终没有滚溢出来。

不满十六岁的货郎苗，单薄的身子挑着沉重的货郎担儿，摇着拨浪鼓，出了长安城。护城河的水，无声地流着，像是伤心人偷偷流下的眼泪。

货郎苗沿袭祖上的习惯，喜欢穿长袍。时代几经变革，服饰由长袍变成中式对襟衫，又变成中山装、红卫服、学生服，再后来又时兴西装，可货郎苗从来不赶时髦，长年四季穿长袍。到了新地方，婆娘碎娃必围住他看，这人穿着长袍子，像个说书的。货郎苗说我不是说书的，我是唱曲儿的，说着就摇着拨浪鼓唱曲儿："货郎儿，挑着担儿沿街串，鼓儿摇得欢，生意虽小，样样齐全。婆娘闺女细细看，杂色带子花红线，博山琉璃簪，还有那……"货郎苗既唱他老爷编的旧曲儿，也唱自个儿编的新曲儿。鼓儿一响，曲儿一唱，婆娘女子就围上来，一半为了听曲儿，一半为了买个针头线脑小零碎。

货郎苗冬天穿黑色棉袍，穿一冬拆洗一回。拆洗的遍数多了，黑色褪成铁灰色，两边肩膀磨得像闪亮的生铁犁铧。春秋穿蓝袍儿，细洋布缝的，穿得久了，成了蓝灰色。肩上让扁担磨破了，担儿里有的是针头线脑，自个儿动手补上一块。只有到夏季炎热难耐时，货郎苗才脱下长袍，换一件白色对襟无袖衫在身上。

货郎苗挑着担儿走州过县，穿街串巷，经风吹日晒，脸膛紫红紫红。紫红脸膛上一座高鼻子，一对细长眼，两道飞剑眉，留个偏分头，显得既文气又英俊。乡下婆娘女子看货郎苗，就像旧戏里的小生一样。这小生唯一让人弹嫌的地方，就是爱吸溜鼻子。他自个儿大约也觉得吸溜鼻子难看，就用一只手捂着，仿佛他的高鼻子是蜡堆的，冬天能冻掉，夏天能晒化。

慢慢地，货郎苗的唇上长出了胡子，开始稀少，货郎苗就用夹子夹着拔，没想到越拔越长得多。着急了，想担儿里有的是刀片，就用刀片刮，没想到胡须跟韭菜一样，越割越长得茂密。长就长吧，咱有的是玻璃圆镜、刀片儿，三天刮一回，不行就一天刮一回。

货郎苗总是把自己穿得整整齐齐，脸膛刮得干干净净，然后挑着担儿走村串乡。饭时拿小零碎换碗饭吃；黑了，见男人给个烟嘴，见女人给个花手绢，借人家空房、柴房或者房檐底下歇一宿。临睡前，把长袍洗了，晾在树丫上，冬天就烤在人家炉子边上或者锅灶门上，第二天起身时再穿上。

货郎苗觉得，世事在渐渐变哩，那些交通发达、车辆来往方便的街镇，慢慢有了合作社，有了商店。他的货郎生意在那些地方不吃香了，人们最多听他摇鼓唱曲儿，听完就拍屁股去了合作社商店。

形势逼迫得货郎苗只能朝偏僻的山村发展哩。十年天气，货郎苗一肩担货郎担儿，一手摇着拨浪鼓，口中还唱着曲儿，把八百里关中道边沿的山山峁峁、沟沟岔岔快跑遍了。鼓儿一响，曲儿一唱，人们就知道货郎苗来了。

这天，货郎苗顺着泾水支流蒲水往前走，过一座桥，来到一棵柳树下，看不远处有个小山村。天台山的山脚向东南弯，村子就在这弯儿里，有几间瓦房，有几间石板房，有几间草房，还有十来家依山傍崖挖出的土窑。山坡零七散八地长几棵矮树，村中断断续续地升起几缕炊烟。

货郎苗把担儿停在路边大柳树的树荫下，四下环顾，觉得这地方和某一个地方很是相像。他想起来了，跟他收到毽子母钱的那个齐家弯地理位置很是相像哩。不过那条西北—东南流向的河是四郎河，刚过的河是蒲河。四郎河上的桥虽旧，却是工匠用木板木梁架的，蒲河上的桥，干脆就将几根粗树干并排往河两岸一搭，便是方便得很的便桥了。齐家弯村口是一株大槐树，这村口路边却是一棵大铺浪的垂柳树。柳树老而弯曲，活像一个终生劳累的驼背老人默默地站在村口路边，风时沐风，雨时浴雨。柳树虽然躯干枯裂，树冠上却枝多叶密，挡遮住盛夏酷热的阳光，荫出一片凉地。依风摆动的柳枝上，趴着十几只知了，彼此呼应着叫唤。

大约是因为头一回到这个地方来，货郎苗特别多鼓些劲摇响拨浪鼓，特别扯大嗓门唱起了曲儿。柳树上的知了也跟着叫起来。

村子中的婆娘媳妇女子听到鼓儿曲儿，后脚跟前脚来到大柳树下，很快把货郎担儿围在中心，年轻的听鼓听曲，上年岁的在担儿里拣东挑西。

货郎苗来了劲儿，退在一旁，抖擞精神地摇鼓唱曲儿，让那些婆娘媳妇女子尽情地挑啊拣啊。

忽而，货郎苗在一瞥之间，看到人丛外边，站着一个年轻女子。货郎苗一瞥见这个年轻女子，眼睛登时直了，摇鼓的手儿停了。

那年轻女子脸庞儿生得像十五夜天上满圆的月亮，面皮白润透红，像刚挂色的苹果。一对眼睛亮闪闪的，眼皮儿一忽闪，眼波儿就像蒲河里的水，闪着流着。一窝春草一般旺盛的头发，在灵巧的脑袋后面挽成一个髻。身穿一件寻常质地的蓝底白碎花布短袖衫。短袖衫是大襟的，布扣子，下摆小船一样往上弯着，弯到两侧开衩处，形成两个翘起的衣角儿。短袖衫底下，是耸胸宽胯细腰的身段儿。下身是洗过的黑色宽脚裤，脚穿一双红色绣鞋，鞋面上绣着花骨朵。活脱脱一个新媳妇的模样。

那年轻女子的眼皮儿一忽闪，感觉到穿着洁净的货郎苗清秀英俊的脸上那双细长眼痴迷呆傻地望着自己，不觉双颊一红，钻到人丛里，在货郎担儿里挑东西去了。

货郎苗为了掩饰没有被外人觉察的失态，就更加有力地摇响拨浪鼓，更加有情有韵地唱起了曲儿。货郎苗的鼓儿曲儿惹起了几个婆娘媳妇的注意，也煽动了她们的情怀。一个年岁长些的婆娘喊："新媳妇，跟货郎对几曲。"

货郎苗一听，要新媳妇和他对曲儿，立即顿住了。但他看到新媳妇手中捏个银镯，正迟疑哩，就说你要赢了，银镯就是你的了。新媳妇听他这一说，就捏着银镯直起腰来。有婆娘又喊："新媳妇哎，亮儿嗓子，让货郎见识见识咱这儿的曲子。""对，对几曲，对几曲！"婆娘女子们一窝蜂地嗡嗡着。

新媳妇微微红着脸，把银镯朝空中扬一扬："对就对，谁怕谁不成。"

围着新媳妇的婆娘女子们连喊叫带拍手，为新媳妇加油鼓劲。

新媳妇把遮挡眉眼的一头秀发拢到耳后，抻抻衣服，清清嗓子，大大方方地亮着银铃般甜脆的声儿唱开了。

正月过年节气浓，蒲河河面流冰凌。
小伙子鼓着腮帮吹唢呐，女娃子
扭着秧歌行。

货郎苗满怀兴致地对唱：

二月山坡桃花艳，蒲河岸边野鸭鸣。
小孩儿打得陀螺转哟，推车卖豆腐
点着油灯。

新媳妇：

三月蒲根肥来芦芽鲜，丁香白了栾枝红。
榆钱捋下做年糕哎，蟠桃会上黄瓜拿秤称。

货郎苗：

四月茉莉出窖酒开坛，牡丹芍药露水重。
男携女手踏青苗哎，兰蕙有情把种子种。

新媳妇：

　　五月城隍庙神龛添仙水，新媳妇烧香拜佛腿跪肿。
　　新郎哎我的亲哥哥，奴家求啥你可猜得中？

　　新媳妇唱这段词曲时，货郎苗情不自禁摇着鼓儿给新媳妇伴奏。婆娘女子们支棱着耳朵听，天空飞过的鸟儿也落到古柳树的树梢上往下探头听哩。

　　新媳妇收住长长的尾音看住货郎苗，忽闪的眼皮底下蓄着的深意儿，比蒲河水还要深情哩。

　　货郎苗被看得走了神，曲儿没接上，婆娘女子们立即起哄：输了输了，你输了。货郎苗心道：别的事咱输了也就认了，可摇鼓唱曲儿，咱的拿手强项，咋能轻易输人呢？货郎苗扬脖摇鼓清喉咙，欲要接着唱，可一想到新媳妇最后那段词曲问的那句话，太挑衅了！现编合适词儿应对的确困难。就在货郎苗犹豫犯难时，婆娘女子们又起哄喊叫，输了败了付彩儿。有大胆的婆娘已经用手在货郎担儿里摸索了。新媳妇也把银镯在空中晃了晃，意思是说：归她了。

　　货郎苗摆摆手说："不成不成。"

　　"咋，耍赖皮呀！"没想到书生一般的货郎是条癞皮狗。新媳妇一生气，把银镯儿撂在货郎担儿里。

　　货郎苗笑一笑，揭开担儿盖，从底层另外摸出一个银镯，对新媳妇说："刚才那个，只是表皮上镀了些银。这个是纯银的，给你。"

　　新媳妇看货郎苗手中的银镯，是件在手腕上磨得光亮的古旧之物，上面还镶了三块翠玉宝石，一红、一绿、一蓝。红绿蓝三色宝石若三颗星星闪着光彩。

　　货郎苗说："这可是富贵人家留下的吉祥物。"

　　新媳妇充满爱意地看着，欲接未接，货郎苗就势把宝石银镯塞在她手中。触手一瞬间，货郎苗觉得新媳妇的手绵软若锦缎一般。

就在新媳妇接住宝石银镯的当儿，货郎苗看到有个小人在背后拽新媳妇的衣角儿。货郎苗惊异万分，敢情不是新媳妇，娃都这么大了？！

旁边有人嚷道："柳拐子扯媳妇的后腿哩。"

新媳妇身后的小人闪出来，哪里是个碎娃儿？身子是个碎娃儿，头有两个碎娃大，唇上胡乱长些细胡须，身子稍长，两腿又短又罗圈，分明是个柳拐子。

柳拐子一出现，婆娘女子们打开花的闲言碎语便开始了。

"牡丹花插在牛粪上，臭富贵了。"

"天鹅落到癞蛤蟆脊背上，癞蛤蟆呱呱叫哩。"

货郎苗听着那些闲言碎语，觉得特不美气，发出打抱不平的叹息：天哟，这就是新媳妇的男人，老天真是瞎了眼了，给天底下最美的媳妇搭配个最丑的男人！老天真是睁了眼了，让丑的更丑，美的更美，而且让我碰上了！

货郎苗为了给陷入窘境的新媳妇解围，又拿出两缕花红线给新媳妇。新媳妇并不理睬周围的人，平平静静地说："有一样就够了。"货郎苗："不白给，换碗饭吃。"新媳妇接了，回家擀了一碗面端来，货郎苗挑得长长地吸溜着吃了，说："这碗面是我在世上吃过的最香的面。"新媳妇看着货郎苗用舌尖舔碗，不禁扑哧一声笑了。

对过曲儿，吃过一碗面之后，货郎苗再也忘不了这地方。先是三两月转回来一趟，进而是一两月转回来一趟，再进而是十天半月转回来一趟。后来干脆十天半月转回来两三趟。每次转来，都要拿好东西换新媳妇的面吃。渐渐地，货郎苗发现，他双脚踩着木排桥过蒲河，刚要摇响拨浪鼓，就大老远看见新媳妇站在柳树下，朝这边张望哩。

货郎苗特意回了趟长安城。很长一段时间以来，因为牵挂新媳妇，差不多把长安城忘却了。近几天以来，也是因为牵挂新媳妇，他又想起了长安城，而且回了趟长安城。货郎苗没有去见老朋友金重廓和郑一壶他们，而是直奔西市丝绸店。祖上是开丝绸庄的，货郎苗对丝绸精得很。货郎苗想，吃了人家那么多饭，享受了人家那么多眼波，总得送两件东西表表心意吧。送啥呢？咱精啥送啥，就送丝绸吧。

货郎苗一进丝绸店，就想起小时候的事儿，想起老爷和爷。老爷和爷经管的丝绸庄就在这底摊儿上，门面儿排场，货种齐全，看得人眼花缭乱。货郎苗挑着拣着选着。平常是人家翻他货郎担儿，今日是他倒腾人家丝绸店。翻拣到最后，货郎苗挑选了一块凤凰朱雀锦料、一块青缔料、一条小蛟龙褥面、一条大光明被面，付钱买了，拿到西市东头有名的老字号朱记裁缝店，给裁缝描着身段说着尺寸，让裁缝用凤凰朱雀锦做了件大襟衫，用青缔做了件宽角裤。之后，又到别的商店买了些乡下紧俏的零碎，补充担儿里的货源。简单吃了顿饭，就担不卸肩，马不停蹄，直奔蒲水河的木排桥和老柳树而来。

这回间隔的时间长些，婆娘女子们立即把担儿围住，挑拣新鲜货儿。新媳妇望着汗津津的货郎苗说："今日担儿有些沉。"货郎苗说："沉了好长时间了。"大中午，婆娘女子们买了挑拣的东西，听了鼓儿曲儿，散了。新媳妇磨蹭到最后，装作要走。货郎苗说："肚子饿哩，换碗饭吃。"

新媳妇站住，并不回头："手腕子酸，端不动老碗哩。"

货郎苗："今儿得饿肚子了。"

新媳妇："要吃，到我屋里吃去。"依然不回头，前边慢慢走着。

货郎苗担起货郎担跟在新媳妇后面走。路边的苞谷已经大半人高，绿茵茵一片一片直延伸到山脚下。新媳妇的腰身像迎风的苞谷叶子一样摆动着，穿绣花鞋的双脚，轻盈地往前迈着，整个身子，像小船在水上漂着。货郎苗满心欢喜地挑担跟在后面走。进村时，有人蹲在门口颇含深意地朝他俩笑哩。新媳妇并不在乎。新媳妇她不在乎，货郎苗也就不在乎。

新媳妇没住瓦房也没住石板房，住的是土窑。窑里窑外，打扫得干干净净，简单的几样家具，也擦得跟新的一样。

货郎苗把担儿放在院子中间，问："柳拐子呢？"

新媳妇脸一沉："柳拐子是你叫的？"

货郎苗忙改口："你家男人哩？"

新媳妇："山坡上放羊去了。"

"哦！"

"哦甚哩，坐下歇歇，我去下面。"

吃面前，货郎苗把他在长安城西市朱记裁缝店做的凤凰朱雀大襟衫、青绨宽脚裤、小蛟龙褥面、大光明被面取过来，放在炕栏上，另外掏出个银簪儿，搁在上面。新媳妇端面进来时，看到炕栏上的东西，惊喜得差点把面碗掉到地上。货郎苗就势接住碗，连声说我吃面我吃面。吃完面抬起头看，却见新媳妇乌黑的发髻上插根银簪儿，正用手抚摸着锦缎抽泣哩。

货郎苗问："你咋哩？"

新媳妇哭中带笑地说："天意，这都是天意！"

"啥天意？"

"你把我的名字送给我了。"

"我把你的名字送给你了？"

"对着哩，我姓穆，穆桂英的穆，叫帛绢，锦帛的帛，丝绢的绢。"

这回，货郎苗手中的碗差点掉到地上，天意，难道真的是天意？！

"天意"两个字，居然把两个人天意住了。两人你看我我看你，一时间不知道说什么，也不知道做什么。

还是货郎苗老练，他从货郎担儿里取来柳叶剪和几张红纸，叠好一张，一手捏着藏到衣襟下面，另一只手握剪伸进去，几挖几剪，再拿出来，抖开来看，竟然和穆帛绢鞋上绣的花骨朵一模一样。

穆帛绢殷殷一笑："我以为你光鼓儿摇得响，曲儿唱得好，没想到，你还有这手绝活哩。你教我，我要你教我。"

货郎苗再叠好红纸，手把手地教穆帛绢剪各式花样。货郎苗觉得怪，山野人家勤劳的女子，手咋还这么温柔绵软，跟没骨头似的。货郎苗感觉到那温柔绵软的手不断往外渗细汗，把剪刀都弄湿了。又剪好了，抖开来，是一对鸳鸯。穆帛绢欢喜地笑着："刚好有褙鞋底剩下的糨糊哩。"说着把一对红鸳鸯贴在了窑洞的白窗户纸上。

货郎苗："像个新房哩。"

穆帛绢让货郎苗出去一下："叫你你再进来。"

货郎苗被召唤进来时，穆帛绢已经换上了他刚刚送给她的凤凰朱雀衫和青缔宽脚裤，红脸低头地站在炕边喘气儿。炕上，铺着小蛟龙褥面，褥面上垫着白粗布单，上面是大光明被面。

货郎苗待在脚地，傻傻地看穆帛绢。

"傻看啥哩？"

"看你像富贵人家的娘子。"

"跟上当官的做娘子，我跟上杀猪的翻肠子哩。"

"我死活不叫你翻肠子，死活都叫你做娘子。"

"你是我的谁哩？又是死又是活的？"

货郎苗不回话，看到穆帛绢凤凰朱雀锦衫下面的胸脯一抖一抖的，就问："啥蹦跳哩？"

"兔子。"

"我逮兔子呀？"

"兔急了咬人哩。"

"咬就咬吧。"

"不怕咬你就逮嘛。"

货郎苗掀开凤凰朱雀锦衫，看到兔子胡蹦乱跳，但他还是逮住了。他一逮住，兔子就吱吱地叫哩。他让兔子叫够了，便用担担儿的结实肩膀把穆帛绢扛起来，扔到炕上。穆帛绢咯咯一笑："平时我就是这样扔没用的柳拐子哩。"

货郎苗万万没有想到，他在这蒲水河边，在木排桥头，在大柳树下，在天台山山脚下的土窑里，尝到了人世间最美好的滋味。

歇息时，货郎苗问："你咋瞧上个货郎呢？"

"货郎担儿干净文气，细长眼底下透出的眼神儿挖抓人家的心哩。"

穆帛绢只字没提镶翠银簪、锦衫绸裤、小蛟龙褥面、大光明被面。穆帛绢喜欢女人喜欢的一切好东西，更喜欢更贪图的是货郎苗这个人。

货郎苗既得意又幸福。

"你不怕闲言碎语唾沫星子？"

"不怕哩，我这荒山野岭，要是绝后，唾沫星子才淹死人哩。我跟你好，是我有本事。"

起身时，货郎苗又惊呆了，比刚才看见穆帛绢穿着新衣铺着新炕时的惊呆还要惊呆得多。货郎苗看到粗布单上染着几渍艳红的血迹，像三月初开的桃花。

货郎苗回想起穆帛绢刚才咯咯儿的笑声："平时我就是这样扔没用的柳拐子哩。"

货郎苗说："日后你就铺这小蛟龙褥面，盖这大光明被面，这白粗布单子，我收藏在担儿里，白天黑夜随着我。这单子随着我，就是你帛绢睡在我身旁哩。"

穆帛绢感动得凑过去，身子紧紧贴住货郎苗，双臂勾住货郎苗脖子，一会儿咬货郎苗耳朵，一会儿咬货郎苗嘴唇，边咬边呜儿呜儿地哭。

从此以后，货郎苗每十天半月都要来两三回，而且来时专拣正午歇晌这段时间。来了先吃饭。放下饭碗穆帛绢就支使柳拐子："去，到山坡放羊去。你吃饱了，羊却饿得咩咩叫呢。"柳拐子像碎娃怕大人一样怕自家媳妇，听到命令，就赶着羊到山坡上去了。

货郎苗觉得柳拐子怪可怜的。

这天，货郎苗走的时候，穆帛绢把他送到村头大柳树下，对他说："这回，多隔些日子。"

"多久？"

"半年。"

"一天不见都想哩，半年咋熬呢？"

"难熬也得熬。"

"那就熬吧。"

"转回来带些碎棉布、小铃铛、小棒槌。"

"成。"

穆帛绢折下一枝柳条，把货郎苗送过蒲水上的木排桥。

半年后，货郎苗转回来，看到穆帛绢臃肿了。不光是棉衣臃肿，身子也臃肿了，肚子把棉衣的衣襟撑得老高。货郎苗惊喜地丢了担儿撇了拨浪鼓儿，跪在地上，哭着用拳头击打着木瓜一样的脑袋："你瞧我，你瞧我！嗨！"

穆帛绢："碎棉布、小铃铛、小棒槌可带来了？"

货郎苗流着泪点头。

"带来了就行了，哭啥哩？"

货郎苗留下来，和柳拐子一起，把穆帛绢伺候了两个月。这天，穆帛绢喊肚子疼，货郎苗忙从担儿里挑了四样礼物，揣在怀里，跑到邻村请来接生婆。

接生婆和柳拐子在窑里忙活，穆帛绢在炕上号叫，货郎苗热锅上的蚂蚁一般在院子转来转去。一会儿趴在窗台上谛听，一会儿扶住门框往里偷望。

终于，随着穆帛绢一声死命的号叫，窑里传出了婴儿的啼哭。细听一阵，不是一个婴儿啼哭，而是两个婴儿啼哭。那啼哭声，把整个山村都哭醒了。

5

齐明刀那个得意哟，走路脚都飘哩。

回到冯空首住处，冯空首一看他表情，就说成了。齐明刀："长安城里，挣钱跟拾钱一样。"

冯空首："是呀，一顿饭工夫，挣好几大块，你爷你大合起来，一辈子也挣不了这么多钱。"

齐明刀要把摇会摇的钱一把还清，冯空首说摇会有摇会的规矩，月月摇月月还，咋能一把还清呢？齐明刀说那就按规矩来吧。随之将冯空首所出双份中的一份给了冯空首。冯空首一手接钱另一只空手伸长说利息呢？齐明刀在那空手心拍一下，说兄弟今儿请你喝酒。

喝酒间，冯空首问："准备咋办呀？"

齐明刀："啥咋办呀？"

"腰里揣的，肩上扛的都是钱，咋办呀？"

"噢，这话你问过一回了。回四郎河边盖大瓦房娶漂亮媳妇生胖娃？咱不干那事！"

"我看你跟长安城古董行当的人有缘分，就留在长安城，在古董行当扑腾吧。"

"我也这么想哩。"

"一不做，二不休，咱立马行动。"

"行动啥？"

"吃穿住行。住嘛，我住房隔壁还空着一间房，跟房东打个招呼，租下来。吃嘛，我有一套灶具，咱伙着用。睡的不是一张床，吃的却是一锅饭，情不是夫妻，却同于手足哩，你看咋样？"

"能成能成，当哥的对兄弟就是好。"

"穿嘛，化纤料片子已经过时了。吃尽美味还是盐，穿尽绫罗还是棉，你身上穿的尽是棉，可惜是粗布，式样也太土气，要从头到脚换成新的。住在城里，就得像个城里人的样子。"

"那就换吧。"

冯空首领齐明刀到一家外贸商店，给齐明刀买了一身棉布休闲服，又领他到东市一家大型时装专营店买了一身深色名牌西服，配了衬衣领带和高档皮鞋。

冯空首让他立马换上，他到镜子前一瞧，焕然一新，变了模样。怪不得人常说人配衣装马配鞍，配和不配就是不一样。

齐明刀换上新衣新鞋，把旧衣旧鞋装在塑料袋里，准备带回去。

冯空首说："一堆破烂，留着生虮子呀，扔到垃圾桶里得啦。"

齐明刀略微有些不高兴："亲妈一针一线做的，咋能说扔就扔呢？！拿回去垫在头底下当枕头总可以吧。"

冯空首："瞎咧瞎咧，把你亲妈忘了。"

齐明刀："宁忘老子，不能忘妈。"

"对着哩对着哩。"

冯空首又让齐明刀理了发，吹了头，上了油。又去买了一块英纳格手表，还对齐明刀说："城里人看男人先看三样东西：头发油不油，皮鞋亮不亮，腕子上的表高档不高档。上了生意场，坐在宴席上，这三样东西就是身价。即使兜里没一个子，也没人敢把你当穷汉。穿你那身稼娃衣裳，捐一麻包钱满城转悠，人家还以为你捐的是废纸哩。"

"怪不得城里人都穿得琉璃皮张的。"

"城里人看女人也看三样东西：耳坠、手镯和项链。耳坠吊在耳垂下，一走三晃，吸引男人目光哩。耳坠戴在侧脸上，提醒你，看女人时从侧面看，别死眼子正面看，当心人家啐你。手镯戴在手腕间，也是吸引男人目光哩，让你看她嫩葱一样的手指和藕节一样的胳膊。手和胳膊你尽可以看，只是别流哈喇子。项链挂在胸前，更是吸引男人呢。项链上的宝石一闪，你的眼就过去了，顺着项链往里看。你尽可以偷着看，但不能明目张胆地看。明目张胆，当心眼珠子。"

"看人比看古董还讲究。"

"人是更讲究的古董。"

"哦，人是更讲究的古董！"

"得了，为你手忙脚乱了半天，该酬劳酬劳我了。"

"说，想吃想喝，还是想洗头洗脚？"

"不吃不喝不洗。"

"那你想要啥哩？‘

"给咱俩一人买个电蛐蛐。“

"电蛐蛐？啥是电蛐蛐？“

蛐蛐乡下多的是，四郎河边的草丛里，屋檐墙脚的缝隙里时时藏着，白天黑夜，不停地叫着。后来蛐蛐进城了，用上好的陶罐瓷罐养着，不是斗仗就是听叫声。蛐蛐的叫声跟蝈蝈差不多，稍比蝈蝈脆亮些。蛐蛐和蝈蝈配合着叫，高低成声，急缓有韵。秋去冬来，城里人便把养大养老的蛐蛐或蝈蝈装在钻着窟窿的小葫芦中，揣在怀里，那蛐蛐或蝈蝈就在怀里鸣叫，好听得很哩。

"BP机呀。"

对呀，BP机，人一呼，就在腰间叫哩，真真正正的电蛐蛐。

"多少钱一只？"

"刚兴时贵，一只值一台彩电哩，现在便宜了，几分钱一个。"

齐明刀给一人买了一个。

冯空首把电蛐蛐拴在腰间皮带上，说以后有事联系就方便了。

齐明刀屈指一算，半天时间，竟花去好几大毛："贵哩，乡下一家人三两年的开销哩。"

冯空首："城中一日，乡下三年嘛。"

齐明刀想：自己开始过城里人的生活了，自己像个城里人了。齐明刀又联想到自己头一回进城，在安远门遇到的事情，在楼门洞旁边发出的誓言，觉得自己正在变成一只马燕，飞翔在长安城的上空，自己正在变成一根楔子，愣往城墙的砖缝缝里钉哩。

齐明刀像打了胜仗的军队一样，就地休整了几天。养精蓄锐，准备再上战场。

齐明刀挑了个阳光明媚的日子，去见陶问珠。他没有坐车，而是走着去。现时的齐明刀不是没有钱坐车，而是有意要走着看长安城的风景哩，有意要体验一下春天里走在大街上的那种感觉。

齐明刀盥洗得干干净净，头梳过，胡子刮过，穿着新衬衣，打着领带——自然是求冯空首帮他打的，外面穿着名牌西服，脚上蹬一双意大利皮鞋，手上拎一个大提兜，里面装一块楠木挂落，怀里揣一件宝物，沿环城路往东走着。走的时候，还不时伸手摸摸怀里的宝贝，陶问珠呀陶问珠，我要让你用这件宝贝在我和唐二爷之间搭桥哩！踏上你搭的桥，我就又往长安城里迈进一步。陶问珠啊陶问珠，见了我怀里的宝贝，你肯定喜欢哩。为了感谢你，我还带了楠木挂落做谢礼呢。

初春的太阳正往仲春过渡呢，温温暖暖的阳光照射在城楼上，照射在护城河里。长安城换上了嫩绿的新装。远处高楼的窗玻璃把阳光折射成无数个紫蓝的光圈，一圈一圈地送下来。紫蓝紫蓝的光圈透过高大的梧桐树叶和古老的槐树枝叶，映照在齐明刀身上，映照在街面上，撒出无数朵碎花。

齐明刀走在春日暖阳照射的环城路的树荫下，脚都飘哩。那感觉真是妙极了。怪不得当年那个孟郊，中了进士，张狂得骑马逛长安城，写下得意之人的得意之诗："春风得意马蹄疾，一日看尽长安花。"

不要说马蹄疾，就是我这双穿着意大利皮鞋的脚，也欢快得快要追上身边的汽车了。

齐明刀怀着这样的得意之情，在秦汉瓦罐的大堂里找到了陶问珠。

陶问珠俨然一个小头领，正在指挥一群服务员招呼客人。听到他叫，回头看他一眼。真真正正的"一眼"，因为另一只眼依然隐在柳丝一样的头发里。看一眼，再看一眼。拢一拢头发，又露出半只眼。陶问珠用一只半眼睛把他上下打量一番，那神情好像在说：你是谁呀？

城里人哪，总是忘性比记性大。

齐明刀的得意和希望，渐渐从脸上消退下去。

陶问珠哦了一声，转身从柜台的水果盘里拿过一把水果刀，刮刮那只完全露在头发外面的眼睛的眼皮，说："士别三日，咱得刮眼皮子相看。"

齐明刀满心欢喜地从头到脚换了这身城里人的穿戴，来见城里女子陶问珠，没想到一见面就遭了城里女子陶问珠的冷落，心里那个热情呀，一下子像潮水一样退下去。

"这不是长安城古董行当未来的新星齐明刀吗？"

摇会聚餐那天，陶问珠还说"让我坐在新星旁边沾点星光"呢，今儿个咋说话完全变了味呢？

齐明刀那颗纯朴的心实在是受不了城里女子陶问珠这样揉搓，恨不能拔腿就走。

齐明刀的两只脚，不知在心里拔了多少回，走了多少回，但最后又收回来了。不能走，这一走，万一走出长安城，那就再也折不回来了。得忍耐些，不要说两句奚落话，就是刀子插在心窝上也要忍耐住。这点耐性都没有，还想让人家陶问珠给你搭桥哩，还想见唐二爷哩，还想进入长安城哩？！门儿都不门儿。

齐明刀不亢不卑地答："不是新星，是齐明刀。"

"前几天还是个稼娃，今儿就成了假洋鬼子。"

齐明刀已经想通了，任她怎么说，他都忍耐着。

"稼娃也罢，假洋鬼子也罢，反正站在你面前了。"

"要吃饭，我让人招呼你；要说事，就这儿说吧。"

"我带了两件东西，就这儿看吧。"

陶问珠说："将我的军哩。"齐明刀说："不敢。"陶问珠前面走，齐明刀后面跟着。陶问珠本想找一间空着的包房，可这会儿正是吃饭的时间，客多，包房全满着。陶问珠犹豫片刻，领着齐明刀从二楼侧门往里，三拐两拐拐到最里头，打开一扇房门，让齐明刀进。齐明刀进门时闻到那天摇会聚餐时间到的味道，那种在油菜花地里能闻到的味道。

"好香，跟站在油菜地里一样。"

"有这狗鼻子，也不算辱没我这花坞。"

齐明刀飞快地环顾陶问珠居住的花坞。花坞不大，甚至有些小巧玲珑，但布置得非常简洁。除过床桌椅等日用品之外，只陈设装饰着三两样别致的东西，桌面立一扇白玉闺怨紫檀插屏，底座是雕花紫檀，重廓内雕饰缠枝牡丹纹，屏心镶玉，玉上琢磨出画楼垂柳，窗边栏杆斜依一位青春美女。那美女秀发姿态极像陶问珠，正凝目沉思，眺望远处。窗台上立一副竹制高笔架，笔架上没有挂笔，挂的是几根粗细不一、长短不齐的竹笛。齐明刀认得那是笛子，却叫不出梆笛、曲笛、低音长笛的名称。床头墙壁上悬挂一节竹筒，筒里贮水插花。齐明刀说怪不得叫花坞，插着花闻着香哩。陶问珠见说到花，脸上约略有了一丝笑意。夸耀说："我这花坞的花可特别呢，在茄根上接牡丹，夏天就能看到紫牡丹，在梅树上接桃枝，在下雪的冬天就能看到桃花，在李树上接梅枝，春天开花，花香得跟梅花一样。"齐明刀说我当成油菜花了。陶问珠呲他一鼻子，说立客难打发，齐明刀便坐在凳子上。

陶问珠扭身倒水的一瞬，头发一荡，齐明刀又看到了悬吊在她耳垂下的碧绿的翡翠耳坠。那耳坠随着头发一荡，旋即又隐藏到头发里面去了。看到翡翠耳坠，齐明刀又想到自己带来的宝贝。和桌上的白玉闺怨紫檀插屏比，自己带来的楠木挂落是有些寒酸，但怀里那件宝贝，这花坞里就没有了。

喝水时，齐明刀想起冯空首提醒的话，没有正面看陶问珠，而是偷偷从侧面看陶问珠。陶问珠的翡翠耳坠掩隐在秀发之中再也没有显露出来。陶问珠没有戴手镯也没有戴项链，齐明刀不好意思看人家手臂和胸口，只是一眼一眼偷着瞄陶问珠半遮半掩在秀发里的黑脸庞。果真是一株开在草丛里的黑牡丹。

齐明刀见陶问珠不着急，自己也就不着急往外掏宝贝。他顺着牡丹花夸赞陶问珠："你移花接木的本领真高。"

"都是跟杜玉田杜大爷学的。"

"杜玉田杜大爷，就是长安城里古董行当坐头把交椅的杜大爷吗？"

"难道长安城里还有第二个杜大爷吗？"

齐明刀没有想到，在陶问珠的花坞里无意间又听到了杜大爷的名头。长安城四大头中的金三爷和郑四爷他已经拜过面打过交道了，现在正为见唐二爷而奔忙，不承想又听到了杜大爷的名头。这就是缘分，将来一定能见到杜大爷。

齐明刀见陶问珠只字不提带来什么宝贝，就敲明叫响地说："我想见唐二爷。"

陶问珠忽然严肃了："蚂蚁打哈欠，好大的口气。你凭啥见哩？"

齐明刀打开楠木挂落。

"就凭这？！"

"这是送给你的。"

陶问珠扑哧笑了："没想到还有人送东西给我哩。"

"我呀，我送东西给你哩。"

"要是别人，早让我拿话气跑了，你倒好，一点点耐着，不仅不跑，还送东西给我。让我瞧瞧，梅兰二君子，正合情形哩。"

原来陶问珠前面的挖苦嘲讽，全是故意说的。她是在试探一个男人的心胸和耐性哩。幸亏没有生气，幸亏没有拔腿就跑，走了就听不到杜大爷的名头了，也难得见唐二爷一面了。

陶问珠看着他的新衣服，说古董就是古董，千万不敢在上面胡描乱画。无论生坑熟坑，都不能胡描乱画，一胡描乱画就一文钱不值了。这哪里是在说古董，分明是在说齐明刀身上的西服哩，齐明刀涨红着脸，从怀里掏出的是一张纸，准确些说是一张拓片。拓片卷成卷儿，塞在竹筒里。齐明刀把拓片从竹筒里抽出来，铺展在桌子上，请陶问珠看。陶问珠两只黑眸子，深深地隐藏在毛茸茸的长睫毛后边，专注地看着拓片。

看吧看吧，这就是藏在杨老汉琉璃鸥吻里的宝贝！鸥吻里藏了两件宝贝，一件是古楼营造图式，和鸥吻一起卖给了郑一壶郑四爷。这一件呢，和古楼建筑没关系，齐明刀便留了一手。齐明刀留这一手，就是要见到唐二爷。

拓片最起码有纸、墨、拓法三大讲究，有乌金、蝉翅、雪花三大效果。如果青铜器或石碑表面平滑，用厚绵纸涂重墨响拓，那便是乌金效果；如果青铜器或石碑表面比较平滑，用薄竹料纸施中墨擦拓，那便是蝉翅效果；如果青铜器或石碑表面粗糙，使用厚绵纸刷干墨捶拓，便是雪花效果。

在所有拓片里，圆形青铜鼎是最难拓的。要把一个圆鼎拓在平面纸上，那对拓工的要求，可是高得很哩。展开在陶问珠面前的这张拓片上面，拓的就是一个三足鼓肚的圆鼎，用厚绵纸刷干墨捶拓而成。满纸雪花中立一个鼓肚三足鼎，鼎壁上的字迹依稀可见：宝鼎其万年，子孙永宝用。

陶问珠静静地看着，许久之后，她突然一甩头发，那翡翠耳坠立即在秀发间闪射出碧绿的光芒，那光芒和拓片的宝鼎互相映衬，把花坞里两个人的脸映照得亮亮堂堂。

6

陶问珠来到秦汉瓦罐当大堂领班不久，就时常听到客人在酒酣耳热时夸赞：天上神仙府，长安麟趾家。起初，陶问珠对于这样的夸赞并没有太过在意，觉得天下富有人家大约都是这样：殷实、富有、豪华、气派、家脉旺盛、生意兴隆。后来有机会进了里面的宝鼎楼，陶问珠才忽然觉得自己太年轻，涉世太浅，看问题太过表面化。两三年间，陶问珠虽然时常进宝鼎楼东厢房，但进到宝鼎楼里面的次数并不多，她只看到过宝鼎楼里面几个小小的宝贝，只闻过几鼻子宝鼎楼里特有的古朴气息，只敲过几次秦钟汉缶，但她觉得宝鼎楼是深不可测的大海，自己看到摸到的，不过是露在海面上的几块礁石而已。

那天，稼娃齐明刀把古鼎拓片展开在她花坞的桌面上时，她像拨开云雾一样掀开了遮在眼前的秀发，一双黑眼睛静静地凝视着。

陶问珠在心里把拓片上的古鼎和宝鼎楼里珍藏的六只宝鼎联想到了一起。

这一联想，陶问珠一颗心差点跳到胸腔外边。这张拓片，也许就是他和她命运的转折点。

陶问珠细细看过拓片，又看齐明刀的脸膛。那脸膛是刚脱去少年稚气、刚搭上青年俊气的脸膛，脸膛上的紫红斑，还残留着太阳晒烤的色泽。那双细长眼，淳朴中带着三分聪慧。

齐明刀大概觉察到她在看他，微微羞红着脸低下头去。

世事果真颠倒了，被看得羞红脸低下头的应该是我才对呀！红晕像早霞一样往上升，陶问珠的目光却像小偷一样往下溜。陶问珠的目光溜到了齐明刀的脖子上。

"呦，还戴有项链呢。"

"不是项链。"

"戴在脖子上，不是项链就是拴狗绳。"

齐明刀卸下金丝绳系着的隐藏在新衬衣下面的齐国明字刀，递给陶问珠看。

陶问珠捏住金丝绳，让刀吊在空中，就着窗外斜射进来的光线看。那刀和齐明刀心口的肉体日夜厮磨，边缘磨得有些光亮。那刀在斜射的光线照射下，泛着莹莹的漂亮光彩。

"一把好刀！"

"是一把好刀。"

"一把上好的齐明刀。"

"刀是齐明刀，人亦是齐明刀，混淆难辨。"

"刀就是我，我就是刀。"

"你也通体放着绿光哩。"

"你要喜欢，就送给你。"

"有些东西是不能随便送人的。"

齐明刀觉得那句话说得有些冒失。冒失就冒失，权当下雨天帽子湿了。

"我不管，我觉得值得送就送。"

陶问珠莞尔一笑，随即又正儿八经地回道："有些东西，是不能随便接受的。"

齐明刀的脸更加绯红，自个儿只管冒失自个儿，却忘记了对方这个人的存在，这才叫真冒失呢。

"那你就收下木挂落吧！"

"那你就把齐明刀挂回到齐明刀的脖子上吧！"

齐明刀照办了。

"拓片和木挂落一道留下吧。"

一股喜悦之情，漫过齐明刀心田。

"到时候咋跟你联系呢？"

"噢，我有电蛐蛐。"齐明刀撩起衣襟，让陶问珠看他别在腰间的 BP 机。

陶问珠被齐明刀纯朴的动作逗笑了：幸亏不是我撩衣襟哩。

"好呀，留下暗号，我一定要让电蛐蛐多叫几声。"

齐明刀知道该走了。陶问珠客气地把齐明刀送到秦汉瓦罐的大门外，还热络地说了几句告别话。

送走齐明刀，陶问珠回屋，自己动手，把梅兰二君子木挂落挂在床对面的墙上。无论坐卧床上，都能看在眼里。陶问珠守着拓片，看着木挂落，等待着。陶问珠等待了三天，饿了叫人送饭菜，渴了叫人送茶水。坐卧得难受了就起身转悠，推开窗户往院子张望。

麟趾啊麟趾，你到哪里去了，咋一连几天不见人影儿？真真奇了怪了，不找你时天天能看到你在庭院的花园中转悠，早晨散步傍晚做禽戏操。可有十万火急的事寻你找你，你却没影星儿了，不散步也不做禽戏操了。我知道你，一准是有了非你亲自出马的大生意。这种情况并不经常出现，三年两载才遇上一回，三年前我认识你就是一回。这回是不是又是一回呢？三年前我欠下你一笔大得无法赎回的人情债，一直没有机会偿还，三年后我终于有了这个机会。可你偏偏出去了，一出去就是好几天不回来。

有人在当面的时候，陶问珠称唐麟趾为唐二爷，只有他俩单独在一起时，她呼他为唐二哥，尽管这种机会很少很少，尽管她和他年龄差距极大，她还是呼他唐二哥。唐二哥有时答应有时不答应。剩下她独自一人，她就直呼其名。她趴在窗台上，望着庭院，直呼着他的名字，祈祷他快点回来，好让她还了那笔人情债。

陶问珠卸下耳垂上的一对翡翠耳坠，捏着系儿，让耳坠在眼前晃动。那动作，跟几天前捏着齐明刀的金丝绳儿，让刀在空中晃荡一模一样。齐明刀放射的是锈绿的亚光，耳坠放射的是翠绿的艳光。

陶问珠慢慢摇动手臂，让耳坠在眼前缓缓摆动，她从耳坠来回摆动的空间观望着庭院的花园和宝鼎楼。

唐二爷家坐北朝南，临街前沿为秦汉瓦罐楼，穿过瓦罐楼为一庭园，园后是宝鼎楼。两楼虽同为二层，宝鼎楼却高出瓦罐楼半头，取前屈后尊之势。庭园中曲径由鹅卵石铺成花街式样，牡丹绽放，梅枝曲伸，福禄长寿，万花成阵，既单独成图，又连环成套，由瓦罐楼后门伸展开来，蜿蜒过几株海棠树、白蜡树和石榴树，来到一泓清池边。池中假山由黄石和湖石构成，砌得浑浑厚厚、空空灵灵、自自然然。不时有麻雀、斑鸠、鸽子落到假山顶上追逐鸣叫。

花街小径越过山水庭园，到达宝鼎楼青石阶前。宝鼎楼是歇山仿古二层楼，砖木结构，鸱吻鸱尾相对，檐角挂铃，风来雨来，挂铃镝鸣般作响。宝鼎楼正面，树四根顶天立地的红色廊柱，一下撑起了宝鼎楼的门面。廊柱间的墙壁，一应的秦砖砌就。墙间门窗，全部是花梨木透雕纹饰。门脑上挂一牌匾，上书三个金光闪闪的大字：宝鼎楼。

宝鼎楼里，一层是主人唐二爷和妻子周玉箸的起居读书待客的地方，二层百宝格中陈列着盘、簋、觥、爵、钺、钟①、古币等各式青铜器皿和物件，密室内还深藏着六件古鼎。宝鼎楼，就是主人费尽心血为六件古鼎而建的。天上神仙府，长安麟趾家，一小半是说秦汉瓦罐，一多半是说这宝鼎楼。

宝鼎楼，几乎成了长安城古董人的圣地。在长安城古董行当没有

---

① 盘、簋、觥、爵、钺、钟皆为古代王室贵族日用或祭祀用青铜器皿。

一定身份地位，没有遇到重大机缘，要想穿过秦汉瓦罐，踏上鹅卵石花径，跷过宝鼎楼的门槛，那简直比登天还难。

陶问珠在长安城古董行当没有丁点地位，却有机缘跷进宝鼎楼的门槛。陶问珠之所以能跷进宝鼎楼的门槛，就是因为她欠了唐二爷一笔很深的人情。那人情就是那对翡翠耳坠。

此刻，陶问珠正摆荡着这对翡翠耳坠，等待着唐二爷归来，好还清这笔人情。杀人偿命，欠债还钱，是天经地义的事情。可是还人情债，可要比那两件事难得多哩。

陶问珠把浓密的秀发拢在耳后，两只黑眼睛透过摆荡的翡翠耳坠空间，张望着庭院的花园和宝鼎楼。

忽然，假山上的麻雀、斑鸠和鸽子被什么惊得呼啦一下子飞起来，飞到宝鼎楼后边去了。

陶问珠想：他回来了！

果然，身板结实的唐二爷迈着方步，沉沉稳稳地从鹅卵石花径上往宝鼎楼走哩。唐二爷永远都是这样，走路办事都是这样，沉沉稳稳，从容不迫。

唐二爷，你可回来了！快要把人等得急死了。

陶问珠猛地探身窗外，张大嘴巴要喊麟趾，可喊到嘴边又止住了。她觉着一个年轻女子探身窗外朝庭院里喊男主人的名字太不雅观。喊唐二哥吧，也不合适。虽然不是广众，却是大庭，还是喊唐二爷吧。陶问珠再次张大嘴巴，要高声叫喊唐二爷。可是那个唐字刚出喉咙，又从牙齿上碰了回来。

陶问珠看到富态的周玉箸大姐突然出现在宝鼎楼的廊柱间，正朝自己的丈夫招手呢。唐二爷看到妻子的眼神和手势，不由加快了脚步。妻子迎到青石台阶前，拉住丈夫的胳膊，飞快地把丈夫拉到透雕花梨木门里边去了。

陶问珠的身子僵在窗外边，本来要喊出口的声音也哽在了喉咙里。陶问珠虽未成家，却也知道唐二爷和周玉箸小别之后，急着干什么。因为陶问珠看见，他们居室的窗帘，和自己手中的耳坠一样，正在摆动呢。

陶问珠的眼睛潮上了一层湿蒙蒙的东西。陶问珠一把把翡翠耳坠握进手心，握的死紧死紧，坚决不让它和那窗帘呼应着摆动。机会来了！是时候！该还清那笔深重的人情债了！再拖延不决，自己就会滑落下去，支了平儿的角儿。尽管唐二爷比贾琏要好上一百倍，周玉箸大姐也不像王熙凤那样既聪明阴险又凶巴巴的，但自个儿却时常产生一种平儿的感觉。死去吧，平儿！平儿，死去吧！

大概是因为窗扇没关好，唐二爷和周玉箸居室的窗帘在风的鼓动下激烈地摆动了好长时间，最后风息了，帘止了。梗在陶问珠喉咙的坚硬喊声，也像三枚核桃一样，落回她的胸腔。

陶问珠收回身子，把耳坠重新戴到耳垂上，摇摇头发，那头发立即遮盖住翡翠耳坠。这一天这一夜，陶问珠自己受着煎熬，却没有打搅唐二爷。

第二天一大早，陶问珠一起身，顾不得盥洗，便直奔宝鼎楼。刚刚起身、满脸慵懒的周玉箸有些诧异地看着陶问珠。平时，他唤她，她来。不唤她，她不来。今儿个是怎么了？

"咋啦？瓦罐楼出啥事啦？"

陶问珠看到周玉箸头发凌乱，小衣不整，晓得自己来得太早太急，忙垂手恭立在一旁回话："瓦罐好着哩，没事。"

"没事？没事你大清早风风火火跑进来干啥？"

"我要见唐二爷。"

"哦，比我还心急哩。"

正好，唐二爷从盥洗间出来，看到陶问珠，眼睛一亮，说："是小陶啊，几天不见，又出落了。"

周玉箸白丈夫一眼，梳洗去了。

陶问珠："唐二爷，我有事找你。"

唐二爷："啥事？急成这样。"

陶问珠想说还人情的事，说出来的却是："反正我觉得是急事。"

"说吧。"

"到客厅吧。"

二人到客厅，打开八仙桌旁边的羊皮落地灯。

陶问珠从怀中掏出一节竹筒，倒出一卷纸，摊开到红木八仙桌上。羊皮灯柔和的灯光照着两个人的脸庞，也照着摊开在桌上的拓片。那是非常漂亮的雪花拓，雪花中清晰地呈现出一个圆鼎，鼎壁上有两行铭文：宝鼎其万年，子孙永宝用。

唐二爷眼睛里放出一种难以形容的光芒。陶问珠感到奇怪，一个一向沉稳的人，眼睛里咋能放射出这样的光芒呢？那光芒是落海的人看到灯标的光芒，是爬行沙漠的人看到绿洲水草的光芒。

唐二爷双手支着桌沿，身体前倾，投入地看着拓片上的古鼎和文字，仿佛那拓片片刻之后会变成一只真正的青铜古鼎。

陶问珠的心放下了，有戏了，可以还清那笔人情债了。要不了多久，我就自由了，自由得像一只斑鸠或者一只鸽子，随时可以栖落在庭院的假山上，也随时可以消隐在宝鼎楼后边的天空。

唐二爷把拓片看扎实了，猛一回身，两只大手有力地捏住陶问珠两只纤细的胳膊。一阵疼痛传遍陶问珠全身，她觉得胳膊快要被捏碎了。

"说，拓片从嘎搭来？它的主人是谁？"

陶问珠忍受不住疼痛，用力往外挣脱着，那动作，活像只小鸡想要从老鹰的利爪下挣脱出来。

"唐二哥，你松手，松了手我给你说。"

"不，你说了我再松手！"似乎他一松手，拓片和消息就会一块儿飞到窗外去。

这时，客厅门口传来了周玉箸的声音："麟趾，你疯了。"

时间的树叶经风一吹，吹向空中，飘飘摇摇，高高低低，越过千山，划过万水，落在了清朝湖南巡抚骆秉章幕府大门外边威严的石狮面前。

　　这片树叶让永州镇总兵、署理提督樊燮捡到了。樊燮正倒背双手，倾身歪头，欣赏着巡抚幕府前石狮的雕刻工艺。石狮子樊燮见得多。富裕人家门前蹲着小狮子，官宦人家门前蹲着大狮子，自己是永州镇总兵、署理提督，门口自然也蹲着一对石狮子。不过，自家门口的狮子和骆巡抚门前的狮子相比，那可就寒酸多了。骆巡抚幕府前的狮子，不光形体高大，而且神情威严凶猛，浑身王者气象。

　　樊燮是因为永州镇的重要公干专门来谒见骆巡抚的。帖子递进去，礼单也递进去。不久回帖出来了，礼单也退出来了。礼单退出来，那大半马车礼物也只好搁在永州镇在长沙的专用客栈里。回帖上说，巡抚偶感风寒，身体不适，有急事去见左师爷吧。

　　樊燮捏着回帖沉思良久，什么地方不小心得罪了骆巡抚？没有呀，一桩一件都是尽心尽力地按骆巡抚的吩咐去办理的，就连今日永州扩兵操练的事，也是领会着骆巡抚的意思小心翼翼操办的。到底是哪里不对窍，以至于吃了骆巡抚的闭门羹？不过这闭门羹下面还有一个软台阶——去见左师爷。

　　正在这时，那片树叶落在了他和石狮子的面前。他见过的树叶比见过的石狮子可要多得多，可他没认出这片树叶，只是觉得奇怪，又不是深秋季节，怎么好端端落下来一片又大又黄的枯树叶？

　　朱漆大门慢慢开启了，樊燮习惯性地整整衣冠，迈着总兵提督特有的步子进了幕府大门。穿过院落，踏着连升三级平步青云台阶进了公堂。

　　其实，骆巡抚并没有冷落永州总兵署理提督樊燮的意思。这个骆秉章，官做到湖南巡抚，自认为已经很大了，再往上做就越发困难了，于是想在任上享几天清福。于是诸事一推三六九，全权交予坐在幕府中的左师爷处理。就连文案上给皇上的奏折，也由左师爷代拟，并且不亲自过目就让往朝廷拜发。瞧骆巡抚大撒把不撒把，小小樊燮谒见的那丁点事情，能交给给皇上拟奏折的左师爷办理，已经够抬举他了。

这左师爷举人出身，虽地位低下，却靠着骆巡抚这棵大树恃才傲物，把一般人物不夹在眼缝里。这个左师爷不是别人，是暂寄篱下，尚未飞黄腾达的左宗棠。

左师爷端坐在骆巡抚的紫檀木雕花公案后边，等待着总兵提督向他请安。骆巡抚下辖各路诸侯，见到骆巡抚要请安，见不到骆巡抚，就得向左师爷请安。眼前这个总兵提督樊燮，不知是忘记了还是不懂得请安的规矩，见到左师爷，如树桩子一般，直戳戳立在堂前不请安。

左师爷等得不耐烦了，猛起身指着总兵提督厉声呵斥："武官见我，无论大小，都要请安，你个永州总兵提督，见了我为何不请安？"

不承想，眼前这个武官樊燮虽然职位卑下，血管中却流着武人的血，膝盖上生着武人的骨头，胸怀中藏着武人不屈的意志。他偏偏不买左师爷的账，据理争辩："朝廷体制，没有规定武官见师爷要请安的条例。"

这句话左宗棠虽难接受，却也很难找出驳斥的话来。樊燮要只申辩这一句，左师爷虽然不高兴，骆巡抚交代的事情还是要办的。可樊燮武官的秉性一暴露，嘴巴角就没有卫兵把守了。他非但不管左师爷高兴不高兴，反而反唇相讥地刺激他。

"武官虽轻，我却是朝廷封职授印的正二品呢。"言下之意，你左宗棠只是个师爷，并不是朝廷命官，我凭啥给你请安呢？

一把软刀子，正戳在左师爷痛处，气得左师爷火冒三丈，直冲过来，抬脚就踢总兵提督樊燮。樊燮要是不动窝儿挨上一脚，让左师爷出出气也就罢了，可樊燮偏偏是武官出身，武官的神经和身手反应极快，一挪一闪，轻易就化解了，哪里踢得着呢？武官随便让人踢着了，上了战场能不一刀毙命？左师爷一脚踢空，自己还差点闪个屁股蹲儿，越发气得暴跳如雷，厉声骂道："王八蛋，滚出去！"

樊燮也气愤至极，扭身就走。出幕府大门时，恶狠狠地朝石狮子吐了一口唾沫："左宗棠你等着，看我造一个比你更凶更勇猛的活狮子！"

樊燮懂得：官场上，狮子屁股摸不得。他回到永州便大碗喝酒，一直把自己灌得烂醉如泥。酒醒之后，便吩咐家眷，收拾细软，准备回老家。果不然，没几日，樊燮便接到了革职归籍的官帖。

就因为不请安，把饭碗和前程丢了。怪谁呢？怪骆巡抚，咋任用这么个师爷呢？这个师爷怎么啦，别人咋没见丢官掉饭碗呢？怪只能怪自己腰板子直、关节紧、硬舌不弯，如何能在官场上混呢？

樊燮打点行装，领着老婆娃回了老家。人回了老家，可那本性丝毫未变，茅坑的石头，又臭又硬。他在老家的崖畔折了根酸枣木，削成木牌，亲笔写了六个字：王八蛋，滚出去。然后置于祖宗神龛前面，以记奇耻大辱。

三年清知府，十万雪花银。樊燮海花银子，延请名师，指导儿子学习。

樊燮苛刻规定：儿子只能穿女子衣裤，不得穿男子衣裤，待考中秀才，换去女子外衣；若中了举人，才可换去女子内衣。左宗棠个石狮子是举人，儿子也是举人，举人对举人，算是旗鼓相当，功名相若了。

樊燮的儿子樊增祥果然争气，于光绪三年（1877）中了进士，授庶吉士，官居江宁布政使，署理两江总督。樊增祥不光官位居高，政绩卓著，而且还文才出众，诗文俱佳，成为晚清大名士。

看到儿子的成就，樊燮真不知道该感谢左宗棠还是该记恨左宗棠。没有左宗棠"王八蛋，滚出去"六个字，儿子樊增祥能不能中进士还另说哩，能不能成为晚清大名士则更要另说哩。儿子高中进士后，樊燮会同儿子，怀着极其复杂的心情，焚烧了那块六字木牌，向先人叩报了儿子高中进士的喜讯。

那师爷一如既往，狂妄自大，目中无人。天长日久，犯了官场众怒，于是有人搜到罪行，上奏弹劾。朝廷急命湖广总督密查。密查令上还附有皇上谕旨：如确有不法之事，可就地正法。

左宗棠危在旦夕。

别以为骆巡抚是个不理政务只享清福的昏官。这人精着呢，表面上深居简出，背地里却在当地和京城中广结人缘，就连宫里的要职大员肃顺都是他的好友。左师爷被弹劾之事，就是肃顺通过门客高心夔传出的消息。骆巡抚得到消息，立即打点行装，八方活动，力保师爷左宗棠。想一想，左师爷要是因不法之事被斩首示众，那骆巡抚的屁股能擦干净吗？就是豁出家底，砸锅卖铁，也得保住左师爷。

骆巡抚广得跟佛缘一样的人缘，自然是能起大作用的。湖南名士王闿运出面找翰林编修郭嵩焘，郭又找密友同值南书房潘祖荫密商。商量的结果是潘祖荫出面三次上书密保左宗棠。要知道，在皇上面前保人是要担同谋的风险的，得扛着肩膀上的脑袋去保。潘祖荫为朋友两肋插刀，肩膀上还扛着颗大脑袋，可谓是肝胆相照了。

潘祖荫的爷爷是大清乾隆朝的状元郎苏州人潘世恩。鸦片战争时，道光皇帝手下有五位军机大臣、六位大学士，其中军机大臣和大学士双肩挑者三人，一是主和派首领满洲人穆彰阿，支持满洲人琦善。二是主战派长安蒲城人王鼎，禁烟英雄林则徐的后台，后来尸谏道光帝，悲壮而去。三是不吭声派潘世恩，察言观色，见机行事，很会做官。名曰世恩，恩泽后世。其孙祖荫，借祖上树荫乘凉，学问和官职皆有所承。潘祖荫家学渊源，精通经史，学问特大，于诗词、金石和书法上也独领风骚，先后出任过国史馆协修、实录馆纂修、功臣馆纂修、咸安宫总裁、文渊阁校理、日讲起居注官、国子监祭酒、大理寺少卿、会典馆副总裁、南书房行走等要职，是皇上眼皮底下的重臣，与皇上是低头不见抬头见，晚上不见早上见。潘祖荫自忖，皇上这点面子还是会给的。

潘祖荫上书密保左宗棠，也自有他的理由，他经常看到左宗棠代骆巡抚向朝廷代拟的奏折，觉得左宗棠是个人才。他上书力陈己见，说左宗棠是遭人诬陷，诬陷者是妒才嫉能。左宗棠对湖南地形险要了如指掌，欲求湖南安稳，不可没有左宗棠。瞧这话说得多巧妙，拿小小一点不法之事和湖南的安稳两相比较，皇上岂会选小小不法之事而舍弃湖南安稳？皇上眼皮底下的重臣，早把皇上的心思琢磨透了。

潘祖荫干柴旺火，把水快烧开时，皇家大员肃顺看看火候已到，也站出来说了句冠冕堂皇的话：左宗棠人才难得，自当爱惜。话说得温文尔雅，底下却藏着刀子：皇上若是听信谗言杀了左宗棠，那就是不爱惜人才，会遭天下人白眼的。随后，湖南地方大员胡林翼、曾国藩也纷纷上奏折保荐左宗棠。

左宗棠就此躲过了一劫，还被委以重任，随同曾国藩襄理军务，后来又独统一军，出西北，收新疆，赴福建，成为"同治中兴"中响当当的人物。

左宗棠和樊燮两家，皆因祸得福。

左宗棠虽然狂妄，却懂得知恩图报的礼数。事前由骆巡抚分头打点，事后就得他自己亲自登门重谢各位恩人。别人都好说，唯独出力最大、功劳最高的潘祖荫难以打点，金银美女一概被拒之门外。

左宗棠知道潘祖荫喜欢集古，尤其喜欢青铜器，只要闻说有彝器出土，潘祖荫便会不惜一切代价购归己有。听说大名鼎鼎的史颂鼎已运回了潘府。但稀世之宝，可遇而不可求，岂是手头枕边常备之物，说有就有？左宗棠只能把救命之恩牢记在心，把图报之事暂且搁下。

不久，左宗棠出任陕西总督，想陕西这块十三朝天子居住的风水宝地，必定藏有稀世珍宝，便留个心眼，暗中派人查访。果然查访到道光年间在郿县礼村出土的大盂鼎，于是让主管西征粮台的袁保恒用官银购回，马不停蹄地贡献给了恩人潘祖荫。一向稳重严肃的潘祖荫看到大盂鼎，惊得目瞪口呆。

国之重器，就这样成了官场报答知遇之恩的特殊礼物。

也别说，这腐败还腐败好了，潘家几代人，用身家性命保护这国宝躲过一次又一次战乱，终于在新中国成立后，由潘祖荫的孙媳妇潘达于将其和另一件国宝大克鼎一起捐献给了国家，使国宝完好无损地传与后世。潘家只留了一张上好的拓片作为纪念。此为后话，不提。

且说潘祖荫购得史颂鼎，又得到左宗棠进贡的大盂鼎，临辞世那年又得到大克鼎，真可谓是三鼎公了。

三鼎之中，大克鼎的出土和辗转到潘家，至今仍是个谜。

晚清金石大学者罗振玉认为大克鼎是光绪十六年（1890）在长安西郡扶风法门镇任村出土，经北京琉璃厂一个古董商倒手给潘祖荫。民国学者姜鸣认为这个说法不可信，因为潘祖荫正好在这一年辞世。那个时候，古董出土，绝密事件；路途运输，绝密事件；寻找买主，绝密事件，不可能一出土就转到潘祖荫手里。姜鸣一心要弄清这桩私案，跑遍北京和长安，查访踪迹，终于在北京一古董铺看到《西周克鼎金文拓片挂轴》，轴上落款为："光绪十五年五月顺法李文田识"。

李文田落款旁右侧又有民国学者马衡题跋："克鼎出土于宝鸡县渭水南岸"。

大克鼎先一年出土，潘祖荫后一年辞别人世。但他还是看到了它。

大盂鼎内壁铭文十九行二百九十一字。大克鼎内壁铭文二十八行二百九十字，仅比大盂鼎少一个字。大克鼎铭文记载的是：克赞扬祖先师华父有谦虚的心地、宁静的性格和美好的德性，能保安其君，主恭王，能辅弼王室，施恩万民，能安定边远，合洽内地。周王念其功，任命师华父孙子克为出传王命、上达下情的官职膳夫。铭文还详细记载了周王册命克的仪式和赏赐内容，克跪拜叩头称颂天子美德，并铸鼎感念册封和祭祀其祖师华父。西周奴隶社会世官世禄、后世享受祖先余荫的世袭传统由此可见一斑，而且与清代潘祖荫家族及其潘祖荫这个名字竟然如此相似与对应，这恐怕无论是谁，无论是什么现代科技都无法解释的。

大名鼎鼎的大克鼎被大名鼎鼎的潘祖荫收藏了，可和大克鼎同时出土的七个小克鼎，其去向就很少有人知晓了。

七个小克鼎，经过了唐二爷家三代人的努力，搜索寻觅到六个，秘密珍藏在宝鼎楼里。唐二爷一生最大的心愿，就是找到第七个小克鼎，让他们团聚在宝鼎楼里。

雪花拓片也如一片枯黄的树叶，飘飞过百来年时空，经过齐明刀和陶问珠的手，放在了唐二爷客厅的红木八仙桌上。

当陶问珠听完唐二爷的叙说后，大为惊异：没想到一件古董之内竟然有这么多参不透悟不出的神秘内容。

陶问珠觉得，自己被唐二爷死命捏着的胳膊不像刚开始时那么疼痛难忍了，并且感觉到一股巨大的热流血液般通过唐二爷的大手，涌流到她胳膊上来。那热流顺着胳膊上流，直灌她的心田。

她心潮澎湃，把融在翡翠耳坠里的人情债给忘了个干干净净。

7

好多天来，齐明刀都在盼望陶问珠有信息传过来。信息一传过来，他就能见到唐二爷了。就在齐明刀盼望得有些焦急的时候，腰间的电蛐蛐嘀嘀地叫了，齐明刀急忙按动开关，电屏幕上滚动出来的字却是：下楼提酒肉。

没有署名，也用不着署名，肯定是冯空首打的。

等的陶问珠，来的冯空首，跟的酒和肉。

齐明刀在街口接回了冯空首。冯空首买了一瓶太白酒，一瓶长安老窖，一堆肉菜，足够四五口人吃喝。

冯空首说："借你房子吃喝。"

齐明刀："你房子空着嘛。"

"我借你房子，别人借我房子，就这档子事。"

"谁借你房子用哩？"

"来了就知道了。"

二人进屋摆桌支凳，冯空首把酒肉分成两份，一份留下，一份两人吃喝。

吃喝间，冯空首问齐明刀："这几天咋啦，戴蒙眼的驴似的，老在磨道转圈圈？"

"烦。"

"烦啥哩？"

"烦烦哩。"

"你呀，想过长安城的生活，却耐不得城里人的寂寞。"

"我不是寂寞，我是着急。"

"着急得忘了咱是吃哪碗饭的。咱是啥？咱是长安城的古董商！商人嘛，男人不吆牛扶犁耕田，女人不织丝养蚕，但吃的是鸡鸭海鲜，穿的是绫罗绸缎。"

齐明刀有些诧异："咱是古董商？"

"咱不是古董商咱是啥？这长安城里，东西两市，百家店铺，千家商场，卖瓷碗铜锅，卖布卖衣，卖菜卖粮，卖牛肉羊肉猪肉，卖花草鱼虫，卖字卖画，卖茶卖药，卖眼镜卖山货小吃，卖各式家用电器，卖戏票电影票球票，卖权卖势卖恶卖智卖乖卖巧卖色卖艺卖力卖命……咱是卖啥的？咱卖古董。卖古董的不是古董商是啥？你卖古董给金三爷和郑四爷，我从中说合，我就是牙人。牙人卖啥，牙人卖嘴。这长安城就是卖和买的大杂院，无论卖啥买啥，只要能低价买进高价卖出就是成功的商人。你低价买进的古董高价卖出，你就是成功的古董商人。你齐明刀就是成功的古董商人，你还烦躁啥哩？还着急啥哩？"

"我着我的急哩。"

"你急是因为你不晓得古董行当的买卖特点：古董行当三年不开张，开张吃三年。有些人在古董行当黑摸瞎碰大半辈子，结果连个古董毛都没薅上。你呢，跟打麻将似的，手兴得很，连和带炸，一连两把，赚了好几大块，够你在长安城里山吃海喝三年，就这你还急哩，当心额头上急出犄角来。"

齐明刀觉得冯空首越扯越远，回应说："我不是为你说的急急哩，我是为一张拓片急哩。"

"拓片？"冯空首机关枪似的嘴巴突然关闭住，瞪大一双眼睛吃惊地望着齐明刀，沉默许久之后才慢慢地说："你翻墙了？"

翻墙，是古董行当的黑话，意思是说越过中介人和中介人介绍的人直接会面做买卖。齐明刀想，陶问珠确实是冯空首介绍认识的，自己不经冯空首，直接把拓片拿给陶问珠，确实有翻墙的嫌疑。

"就算翻了，但不是做买卖。"

"那是干啥？"

"想认识唐二爷哩。"

"凭一张拓片？"

"对。"

"拓片上拓的啥？"

"古鼎。"

"古鼎？"冯空首似乎想到了什么，眼睛立时张大了。

"对，古鼎。"

冯空首把古鼎两个字牢牢地记在心里。

冯空首脸上不露声色，眼角却透出一丝惊异：眼前这个结识不久的稼娃朋友，咋能这么快就做出这种出人意料的事呢？

齐明刀觉得嘴里的酒菜有了异味。

恰在此时，门外有人喊冯空首。冯空首开门，齐明刀看到已经见过两次面的殷龙骨领着一个年轻女娃在门外。殷龙骨瘦麻失秆，面黄肌瘦，女娃倒是面色红润，苗条有韵。

冯空首："你俩是先吃哩喝哩，还是先到我屋子哩？"

殷龙骨歪斜地笑笑，拧头看女娃，女娃看一眼殷龙骨，低下头笑笑，不言语。

还是冯空首善解人意，说："那你俩就先到我房子去吧，完了再吃喝不迟。"说着过去开了门，放殷龙骨和女娃进去，拉上门，又回到齐明刀屋里。

齐明刀晓得谁为哪般事情要借冯空首的房子，心里顿时生出一种说不出的滋味。

冯空首大不咧咧地坐下来，继续吃菜喝酒，说："那罐子古钱币脱手了。"

"脱手了就领个女娃来用你房子？"

"男人要钱弄啥呀？"

"男人有钱就弄女娃？"

"是呀，你要想，哥也给你领一个来。"

齐明刀眼前忽然惊现出陶问珠柳丝般随风飘荡的秀发、黝黑的脸庞、亮闪闪的大眼睛，和时而闪现出来时而隐藏在发丝里的翡翠耳坠。那翡翠耳坠的晶莹绿光和自己脖领里的刀光映衬得太好了。

一想到陶问珠，齐明刀就觉着冯空首的话令人犯恶心。自己如果真能够娶到陶问珠这样的女子做媳妇，自己就绝对只守家花，不摘野花。

冯空首说："我晓得你在心里恶心我哩。你恶心我没关系，但你没办法恶心长安城，长安城就是这生活。你也没办法恶心这生活和这社会。"

冯空首说的也许有道理，这社会这生活就摆在你面前，无论你咋样恶心它，仇视它，它都不改变。非但不改变，反而沉沉稳稳地向前挪动着。本来想啐一口的齐明刀，想到这里，咽了一口唾沫，喝了一口闷酒，不再言语。

冯空首猜透了齐明刀的心思，忽然话题一转，问起来了三百六十行的祖师爷。

"你知道裁缝业的祖师爷是谁吗？"

"轩辕黄帝呀。"

"占卜算卦业呢？"

"鬼谷子。"

"赌博业呢？"

"孙膑孙大将军。"

"商业呢？"

"白圭。"

"屠宰业呢？"

"张飞张大胡子。"

"唱戏的呢？"

"玄宗李隆基呀。"

"饮酒业呢？"

"杜康呀。"

"娼妓业呢？"

"不知道。"

绕了一周八匝，又绕到妓女身上来了！哼，我才不知道呢！

"告诉你吧，是春秋名相管仲。管相爷当年治理齐国，库中财政紧缺，于是在全国多地设置女闾七百余处，把女闾里男欢女爱的生意扇得红红火火，然后征收夜合钱。管相爷确实是位大政治家，他参透了男人女人，领悟了孔圣人"食色性也"的奥妙。夜合钱是啥？税呀。舒服你尽量舒服，但不能白舒服，得纳税。纳税干啥？充实国库啊。

"之后，大唐长安城平康里、典卷以及北面一些街坊，云集色艺双全的上等妓女，专与官宦子弟和风流文士玩乐。城南一些坊巷住的多是下等妓女，狎客也多是士卒、生意人和市井闲人。西市藩坊，集中外籍妓女，扶桑国、白俄罗斯、西班牙女郎，其中最多的还是胡姬。宋时又有瓦舍勾栏。勾栏是妓女表演的戏台，瓦舍是男女互相掺和的地方，搂抱成零距离或者负距离叫瓦合，完事了拍拍屁股各自走人叫瓦解。至于青楼翠馆，则是旗幡高扬，挂牌营业。不过旗幡和牌匾，如今已换成了帝豪和百老汇洗浴中心、洗足堂、按摩房、桑拿室、卡拉 OK 厅……改头换面，也蛮有时代特色。古代妓女有组织有纪律，有帮派，有擅文的苏帮、擅武的扬帮、文武皆擅的京帮。各帮妓女四面出击，抢占码头，洪水一样漫向全国各地。以三尺女儿身，经营天下事……"

冯空首越说越带劲了。

"乡下穷，城里富，山民朴，市民玩。手头有闲钱，饱食终日之时，不掏俩钱买乐子弄啥？客人洗澡吃饭，想让小姐陪，便翻名牌呼号码，称点花牌。邀小姐到酒店陪酒叫出局。若看中那个小姐，也可付钱带走，叫下番。你瞧，殷龙骨领的便是天水帮下番小姐。"

齐明刀虽然佩服冯空首，但心里还是犯腻歪："他咋不领回家去呢？"

冯空首哈哈一笑："看来你思想上的窍门还是未通。虽然天下男人无一不去洗澡，无一不去歌厅，无一不金屋藏娇，但还很少有胆大包天直接领回家的。不领回家还时常后院失火，领回家还不火光冲天！"

后院没失火，冯空首的房间失火了。

冯空首和齐明刀听到有人砸门。不是砸齐明刀的门，而是砸冯空首的门。先是用巴掌拍，继而用拳头砸，末了用脚丫子踹。那门先是啪啪响，进而是咚咚响，随后就是咯吱咯吱地叫了。

冯空首与齐明刀出得门来，看到一个披头散发的矮胖女人正暴跳着踹门。踹一脚门，往空中跳两跳，再冲门恶吼几句："姓殷的，老娘捉你的双来了！"

冯空首和齐明刀没有看见婆娘的面容，只看到她的背影和暴跳踹门的动作，只听到她的叫骂声，便晓得她不是一盏省油的灯。这样的婆娘，没事寻人不是，长舌挑拨，说东家长西家短。没寻下事，假咳吐痰；寻下事，便觅死觅活，操刀拼命。这胖婆娘，墙角望风跟踪盯梢，寻到冯空首房门前，把醋坛子打成了碎片片，满地酸醋，从门槛底下流进去了。

冯空首和齐明刀正要上前劝阻，却听得咔嚓一声，门板断裂，往里倒去。胖婆娘张牙舞爪，扑进房去。

冯空首和齐明刀知道进去便是一通好打，要跟进去劝拦，可刚跨进门，就看到屋里一对男女，衣服还没来得及挂在身上，光溜溜地缩在墙角。

那女娃见有人破门，吓得哆哆嗦嗦地直往殷龙骨怀里钻。这一钻，又钻出胖婆娘一声愤怒的恶吼，吼得屋顶往下落灰尘哩。

齐明刀自打记事以来，从来没有见过光身子的女人。今日一脚跨进门槛，猛可里看到一个光身子女娃像受惊的兔子一样往殷龙骨瘦骨嶙峋的怀里钻。齐明刀只觉一股子热血冲上脑门，那女娃的光身子顿时变幻成万朵金星，在他眼前跳来闪去。

冯空首见状，一把攥住齐明刀手腕，往后一跳，退出了房门。冯空首朝齐明刀摊摊手说："这下热闹了。"

果然，屋里立刻传出噼噼啪啪、嘁嘁咚咚的声响，旋即传出女娃尖细的痛叫和呼救，继而传出胖婆娘泄气发狠的恶吼，唯独没有传出殷龙骨的声音。这个殷龙骨，咋在这么紧要的节骨眼上还悄无声息呢？

齐明刀和冯空首陷入了非常尴尬的境地。进屋劝架吧，这种场合，外人咋能进得去呢？不进屋劝架吧，里边不知要打闹到什么时候？留在门外袖手旁观吧，于心不忍。干脆一走了之吧，万一闹出个三长两短，冯空首也是脱不了干系。真正是进去不是，不进去也不是；走也不是，不走也不是。

齐明刀和冯空首交换了眼色，干脆不讲也不走，静观其变。万一出现性命攸关的事，二人还得援手。

二人看不到屋里的情形，却清楚听到屋里的声响。

先是胖婆娘的声音："我让你给她扔衣服！我让你给她扔衣服！"

依据声音判断，是殷龙骨朝女娃扔衣服哩。

又是胖婆娘的声音："我让你穿！我让你穿！"

接着是女娃一声惨痛的叫声。

显然是女娃穿衣服时吃了一记重打。

再接着是殷龙骨的声音："二杆子，二百五，咋拿板凳腿砸人呢！会出人命的！"

胖婆娘："出人命就出人命，砸死了不过一只骚狐狸！"

齐明刀和冯空首见果真要出人命，欲要冲进去救人。

欲进未进之际，齐明刀和冯空首听到门里扑通一响，跟着是片刻的寂静，再接下来是胖婆娘跌坐在地的哭腔："好我的碎爷哩，羞你八辈子先人哩，你个大男人，咋能当着骚狐狸碎野鸡的面，给自家婆娘下跪哩？！"

齐明刀和冯空首隔门望去，只见女娃下身穿着自己的裤子，上身穿着殷龙骨的外套，外套的一只袖子已经被撕掉了。

跪在地上的殷龙骨朝女娃递眼色，女娃会意，一手抓过床头的坤包，鸟一样从坐在地上的胖婆娘身边掠过。胖婆娘并不回头，伸手一捞，便把包捞在手里。

女娃闪身到门边，回身瞅那坤包。包里有殷龙骨给她的私房钱和下番费，还有定情信物等秘密东西。女娃舍不下那包，想回来抢，又怕被胖婆娘揪住，免不了一通厮打。丢手走吧，这番不是白下了？私房钱和信物不是落在胖婆娘手中成把柄了？一脚门里，一脚门外，走也难，不走也难。

还是殷龙骨心灵通着他的下番小情人，知道事情的命门要害，趁胖婆娘回眼瞪女娃的不备之机，伸手夺包，不想包带紧紧攥在胖婆娘手心，两人同时一用力，包和带便分作两处，带子在胖婆娘手中，包在殷龙骨巴掌里。殷龙骨一扬手，包便飞向门口。女娃双臂一扑，燕子一般纵向空中，接住坤包，撒腿便跑。女娃纵身接包时，胸腹明晃晃地露在外面，看得胖婆娘直呼怪不得怪不得。

胖婆娘打一个激灵，又哭天抢地骂殷龙骨："你个挨千刀的，出门叫汽车撞死的，趴在碎野鸡身上累死的，到这节骨眼上，还偏着心向着骚狐狸碎野鸡！"

骂过殷龙骨，又扭头对着空门洞大骂："小贱人！骚狐狸！碎野鸡！下回再叫我撞见，不撕碎你下边那张嘴，我就不是殷龙骨他婆娘！挨千刀的！喝毒酒药死的！来时咋没让汽车撞死哩？咋没在碎野鸡身上累死哩？你当着别人的面，如此这般偏着向着骚狐狸碎野鸡，这叫我咋做你婆娘哩？叫我这脸面朝嘎搭搁哩？呜呜——干干脆脆，不活了，死就死在你面前！"

胖婆娘哭着诉着，猛地撞向殷龙骨。殷龙骨早已起身，瘦硬刚强地站在床边，见胖婆娘撞来，也不躲避，左掌一掀，掀住她脑门，右手五指叉开，直伸过来，揪住头发，用力往上一提，她的头便被提得仰面向他。平常，这个男人被她整治得柔柔顺顺、畏畏缩缩，她只要揪住男人耳朵，男人就得踮着脚尖绕着她转圈圈，可眼前呢？不是她揪住男人的耳朵，而是男人揪住她的头发。都是那个骚狐狸碎野鸡，把世界弄颠倒了！自打踏过男人家门起，自个儿就是女王，何曾受过这等窝囊气儿？！

男人瞪着怒眼，手臂往前一送，跟着就是一脚，她便往后翻出老远。

殷龙骨这只燃烧着淫火的公兔子，疯急着咬自己婆娘哩："我叫你浑闹，我叫你浑闹，回家就休了你！"

胖婆娘受到自家男人残酷的打击报复，觉着活在世上没了意思，便从地上爬起来，凌乱着衣服头发向窗户扑去："我不活了！我跳楼呀！"转瞬间，双手已撞开窗扇，一纵身一抬腿就上去了。

这时刻，冯空首和齐明刀倒是眼疾手快，双双拍马赶到，一个揪住后衣襟，一个拽住宽裤脚，猛一用力，衣服和裤子嗞的一声撕裂了，人也被拉跌到屋子里面的地板上来。

胖婆娘袒胸露腿地歪坐地上，双手拍地哭叫："叫我死吧！叫我死吧！"

殷龙骨倒是得了势了："叫她去死，死了好，死了干净，死了省得我擦眼角屎，死了省得有人盯梢挡道！死呀，去死呀！今儿死了，明儿我就用八抬大轿把那个碎女娃抬回家！"

胖婆娘本来往起挣扎着，还想扑到窗口上去，但一听到这番话，登时一铺摊坐回地上，死命地撕扯身上的衣服，抓挠肥胖的胸脯，拍打露在破裤子外面的大腿，一副乌青的嘴脸歪扭得不成样子了。

胖婆娘折腾了一阵，动作终于缓慢下来，脸上也泛上来一些气色，干号道："我才不死呢，八抬大轿抬我去死我也不去，死了便宜了那小贱人骚狐狸碎野鸡！傻瓜才给她腾位子！不拉屎也得占着茅坑呢！想让我死了娶她，做你的白日梦去吧！除非你亲手把我打死，有本事有能耐你亲手打死你婆娘呀！"

殷龙骨捡起板凳腿，高举过顶，照实要打，幸亏被齐明刀和冯空首拦住："好说歹说也是糟糠之妻，一个锅里搅勺把，一个被窝滚十年，咋能说句气话翻个脸儿就往死打？"

"狗屁糟糠之妻，什么一个锅里搅勺把，一个被窝滚十年，芝麻粒大个事，就撵来街上要泼皮，当着众人的面臊我的皮，败我的兴，揭我的脸面！安的啥心？"说着举板凳腿又要打，又被拦住。

一板凳腿下去，这间房子就麻烦了。

这几句话倒把胖婆娘给惊住了，她停下哭闹，手不胡乱挖抓，脚不胡乱踢蹬了。一双泪眼模模糊糊地望着自家男人，嘴巴张得大大的，像有几肚子怨恨委屈，要说又不知从何说起。

男人给她下跪时，她嫌男人窝囊。这会儿男人变了，男人气暴涨起来，像威猛的狮子老虎。这种从来未见的男人气，把她震慑到了。

不知啥时，门外已拥来许多人看热闹。

胖婆娘有些后悔懊恼，不该来闹这场事。男人瘦是瘦些，可再瘦也是大丈夫呀，大丈夫有大丈夫的尊严。

胖婆娘从赖着的地上爬起来，拍拍尘土，抹抹眼泪，整整衣裤，把没有脱落的纽扣扣上，可怜巴巴地走到殷龙骨面前，拽住他衣襟说："走，咱回。"

殷龙骨拧身一甩，想把婆娘的手甩脱，可是没有成功。

冯空首趁机上前劝说："天上下雨地上流，白天打架黑夜枕一个枕头；再说野花再香，也是杂草，哪比得上家花好？"

一席话说得胖婆娘破涕为笑，也说得殷龙骨怒气消去一半。胖婆娘一手拽衣襟，一手攥手腕，硬拖住殷龙骨，出门挤过人丛往楼下去。婆娘肥胖力大，殷龙骨高瘦力弱，二人形状，倒有些像豹子擒羚羊，饿鹰抓小鸡。

齐明刀看到殷龙骨被自家婆娘拖下楼去，摇着头叹息："这两口子，活宝一对。"

8

　　齐明刀仍旧等电蛐蛐叫，结果把日影子等短了，把暮春等成了初夏。街上的行人，早已丢剥了外套，穿着衬衣走路了。新潮前卫的年轻女子，甚至穿着长筒靴超短裙，挽着情人的胳膊沿街闲逛哩。

　　是不是拓片被陶问珠扣下了？不会，绝对不会。看陶问珠与他分别时的神情，也是有某种盼望哩，咋能扣住不发呢？是不是拓片所拓器物价值不大，未能引起唐二爷的兴趣，所以陶问珠不好跟自己回话？也不大可能，不要说拓片所拓的古鼎，光是拓片本身，就是一件上好的古董哩。谁手上要是有《兰亭集序》唐勾宋拓，还不吃香死了。那到底是为什么呢？陶问珠啊陶问珠，你说你一定要让电蛐蛐多叫几声，可我心急火燎地等了这许多日，咋连一声都不叫哩？！

　　起先，齐明刀还敞开窗户晒太阳，看街景。现在不晒了，太阳太大了。街上的活风景倒是越来越好看，但太阳太大太刺眼，看不成了。齐明刀只好闭了窗户吃了睡，睡了吃，吃睡得实在无聊了就埋头看书。

　　这天，齐明刀实在等得不耐烦了，一骨碌拾起身，要去找陶问珠，成不成一句话，给个准信儿，别把人吊在半空晃荡。

　　正要出门，碰到冯空首忙回来了。打从殷龙骨的胖婆娘大闹他房间之后，他就一直在外面瞎忙。忙的啥，齐明刀不得而知。

　　冯空首听齐明刀说要去找陶问珠，忙拦住他说："你懂不懂江湖规矩？急着心去吃热豆腐，不烫了才怪哩。"

"不是急我的拓片，是急着要见唐二爷哩。"

"皇上不急太监急。人家唐二爷不急，你急啥哩？人跟人相见相识是缘分，缘分没到，猴急不得，急着去挨个窝心脚，踢出来多难看。"

"唉，几毛钱买个电蛐蛐老是不响，有屁用场。"

冯空首用奇异的目光瞧瞧齐明刀，半神秘半诡秘地探问："该不是想人家小女子陶问珠了吧？"

齐明刀的脸腾地红了。

冯空首忽然一脸严肃地说："我可严正警告你，趁早别生那份心，那可是唐二爷的份子，死活动不得。左手指蛋儿动剁你左手，右手指蛋儿动剁你右手。没了两手，看你咋在长安城混呀！"

齐明刀嘟囔一句："瞧你说得严重的，仿佛我干了啥坏事似的。"

"我这是给你打感情预防针哩。"

"感情也能预防？"

冯空首一下愣住了。

齐明刀退回房里，准备躺在床上看书。

冯空首："别看了，印在书上的，哪里比得了橱柜里的。走，我带你去过眼窝生日。"

"过啥眼窝生日？"

"有人请董五娘帮眼。"

"谁请董五娘帮眼？"

"长安城古董行当一个神秘的人物？"

"董五娘又是谁？"

"瓷器王董青花，位居长安城四大头之后，人称董五娘。"

齐明刀随冯空首离开住处往北，直到安仁坊小雁塔旁边的古董街。古董街店铺林立，摊位繁密，招牌和人一样拥挤。齐明刀跟着冯空首穿街而过，径直来到街东头的董家瓷铺，瓷铺门脑上横一块牌匾，匾上两个铁笔篆字：瓷魂。齐明刀第一回看到这样蛮有诗意的店铺招牌，内心立刻生出些许好感。

齐明刀和冯空首进了瓷魂店门。店铺不大，但很是规整，没有柜台，三面环墙立着百宝格，格内各式瓷器。格净瓷光，映衬生辉。店铺中央摆一张花梨木八仙桌，四周配四个青花孔雀牡丹纹绣墩。八仙桌左首绣墩上坐着一个戴浅茶色墨镜的老头，老头留一抹仁丹胡，脚边放一口藤条箱，见冯空首和齐明刀进来，欠欠身算是打招呼。

冯空首显然认识戴墨镜的老头，说："您老倒是准时得跟钟表一样。"

"人生就是钟表，不歇脚地走路，每一步都要走到时间的鼓点上，否则机会就错过了。"

齐明刀心中叹息：这老头，戴个墨镜神秘，说出的话也神神秘秘。

冯空首冲里间喊："董五娘——"

"哎——"里间传出的这声哎，声音脆响得像是谁在拿瓷棒儿敲着瓷瓶儿。

随着应声，一个中年妇女领着一个女童转出里间，站在了店铺里边的脚地上。

这董五娘穿一件素底蓝花大襟宽袖衫，下身素白裙，脚上圆口绣花彩缎鞋，立在当地，很有一些风韵。束腰丰胸圆肩，细颈小脑高髻，活像一只秀雅端庄的梅瓶。露在衣服外面的头脸肌肤，如刚淋过水的青花瓷一样丰润细腻。一双黑眼睛，闪烁着宝石蓝色的光芒。悬胆鼻两侧，隐隐约约散布几粒浅褐色小雀斑。

齐明刀和戴墨镜的老头惊异地看着。怪不得坐第五把交椅哩，怪不得称长安城里的瓷器王哩，别的啥都不要，光这副长相和长相里透射出的神韵就足够了，而且绰绰有余了。

再看董五娘身旁的女童，红装素裹，端着劝盘，盘中一把执壶，四个酒杯，神态颇似董五娘。

董五娘莞尔一笑："客人到齐，请入席。"

董五娘居中坐正首，戴墨镜的老头坐左首，冯空首闭了店门来坐右首，齐明刀坐下首，女童端着劝盘侍候在董五娘侧后。

冯空首向戴墨镜的老头递眼色，老头便起身朝董五娘打拱："我叫秀水，来长安城多年，久慕董五娘大名，一直无缘相见，今日一见，果然风姿神韵非凡。若能帮眼赐教，实乃三生有幸。"

董五娘客气地回说道："我那两刷子，浪得虚名，您倒是位往来神秘、不露相的真人哩。"

秀水忙说："哪里哪里。"说着弯腰俯身要打开藤条箱。

董五娘："不急哩，先上酒，瓷不见酒，咋叫鉴瓷哩。"

董五娘满含瓷质瓷性的声音在店铺的空气中振荡回旋。秀水像是一个列兵听到了指挥官的命令，立时收住手脚，恭恭敬敬坐回青花孔雀牡丹纹绣墩上来。

董五娘侧头示意，女童便轻移莲步靠近花梨八仙桌。秀水、齐明刀和冯空首看着女童手中的酒具，一时看得眼呆。

女童手中端的劝盘，器形承袭元制，盘心凸起，四周是花形承杯图，盘壁莹白透薄，做成精致秀雅的菊瓣形。这盘该叫菊瓣劝盘吧。

盘中央凸起处立一件青花鸡心形执壶，执壶四周围着四个酒杯。

秀水和齐明刀还有冯空首三人目光，如手电筒的光柱一样凝聚在四个酒杯上。

董五娘食中二指轻巧地捏住一个旧杯杯沿，往几个人面前一亮，几个人看去，是一件斗彩婴戏纹杯。杯身上村庄横斜，池水平静，小草边一位着青黄衣的老者在执线放风筝，近旁一红衣长辫孩童舒臂张手雀跃欢呼，欢呼风筝高飞得跟白云相齐。

董五娘手腕一翻一绕，将杯底亮了一瞬。那动作娴熟得跟耍魔术的一样。幸亏几个人眼尖，在一翻一绕的瞬间约略看到杯底方款：大明成化年制。

董五娘把斗彩婴戏杯放回劝盘，又捏起一个斗彩花鸟纹高足杯。董五娘这回动作徐缓许多，几个人也看得仔细。杯体立于高足顶端，若杂耍人立于高跷之上。杯体上绘一株树木，叶密果硕，两只雀儿立于树枝梢头，对着果实欢叫。

董五娘收回斗彩花鸟高足杯，用宝石蓝的眼睛探看秀水。秀水想这可能是长安城古董道上的江湖规矩：帮眼人考考被帮眼人，看看成色，试试深浅。

秀水从墨镜片后面回看着董五娘的蓝宝石眼，清清嗓子说："明成化年官窑斗彩乃瓷器上品中的上品。在成化官窑二百余品瓷器中，光酒杯就有三十八品，酒杯纹饰有云龙、夔龙、应龙、团荷、缠枝宝相、折枝葡萄、团花鸟、花草蛱蝶、松竹梅、母子鸡、羲之观鹅、携琴访友、婴戏，等等，真真正正的丰富多彩。"秀水口不歇气地说着，"其中富有中国画意味的高士、母子鸡、三秋纹是首次出现在成化酒杯上。"

齐明刀看到董五娘蓝宝石眼睛中的深褐色斑点闪了一闪，自己的心也为"中国画意味"几个字颤了一颤。齐明刀心中感叹：在长安城里，认识一个人，就学一肚子知识。古董这行当，学问深哩大哩。

董五娘回望女童一眼，女童便一手托着劝盘，一手握住执壶往杯里筛酒。末了将斗彩花鸟高足杯置于董五娘面前，将斗彩婴戏杯置于冯空首面前。

秀水和齐明刀万分惊讶：真用成化杯饮酒呀？秀水打个拱说："成化酒杯，每对至博银百金，董五娘用来饮酒，可是有福气得很。"

董五娘浅浅一笑："酒杯不饮酒，作何用场？"

说得秀水无法回话。

说话间，董五娘从劝盘中拿出两个青瓷酒杯，分置秀水和齐明刀面前，问："何年何窑？"

秀水和齐明刀握杯在手，翻看杯底，并无落款。细看杯形胎质釉色，亦上好无比。秀水再细看手中杯，见杯沿磕损出半粒小米大小个豁儿，胎质外露，但又露得太少，让人无法判断年代和窑处。秀水和齐明刀相顾探问，均不得要领，便一同看董五娘。董五娘朝女童笑笑，女童便握着青花鸡心执壶过来筛酒。酒过杯沿，凸成球形却不外溢。

二人透过酒液看去，秀水看到杯心隐隐现出一颗圆珠，红光上浮，若一轮红日跳海欲升。齐明刀看到杯底潜隐一龙，鳞鬣鲜明，活灵活现。

秀水惊呼："明珠浮光杯！"

齐明刀也惊呼："大明宁国长公主用过的紫窑龙现杯！"

董五娘问秀水："明珠浮光杯出自何窑？"

秀水面现愧色，答不上来。

帮眼人难住被帮眼人。官场上称"下马威"，古董江湖上叫"敬你一杯"。

董五娘端起酒杯："来，为龙潜日升干杯！"

原来是一对龙潜日升杯！

按古时礼仪，应是女童筛酒，主人献劝客人，客人再三推让，显示主人诚意，客人客气，然后客人接杯，以袖遮挡，仰脖一饮而尽，再向主人亮亮杯底，以示酒已见底，先干为敬，未辜负主人一片心意。

现今之人，值春末夏初，穿着衬衣，哪里有古人的宽大衣袖？便用空闲之手掩杯，一饮而尽，随之向董五娘亮杯。董五娘也一饮而尽，向客人亮杯。

秀水和齐明刀再看杯底，潜龙红日皆不复存在，不禁同声称奇。

秀水又不由自主地赞叹："瓷魂里藏着无尽的瓷宝吧？"

董五娘轻描淡写地回说："不瞒你说，这套酒具，不过是酒家门前飘摇的望子而已。"

冯空首是个见机行事的机灵鬼，扭头对秀水说："该你亮宝喽。"

"亮宝"二字，刺得秀水心疼。秀水的信心，在饮酒间被打击得七零八落。好在前面话说得谦虚，留有回旋余地和后退之路。求人帮眼，就是帮出件次品，也不至于把自个儿的墨镜跌到地上。秀水打开藤条箱，露出套在里面的两个小藤箱，秀水取出一个来，打开，再从里面取出红丝绒包裹的一件器物，放到八仙桌上。一层层地取掉红丝绒，露出一件珐琅彩玉壶春瓶。

红丝绒委在桌面，珐琅彩玉壶春瓶立在中间，活像簇簇红花拥着一位贵夫人。那夫人雍容华贵，颇有几分大家气象。

齐明刀和冯空首赞叹不已。想秀水是久行江湖之人，好歹有些见识，绝不至于带件赝品来脏行家的眼睛，辱没自己的名声。

董五娘只是在珐琅彩玉壶春瓶从红丝绒中露出的瞬间睄了一眼，就像一个成熟男人在一个女人滑脱内衣的瞬间瞟了一眼一样，美与美中不足在那一瞬间已经尽收眼底。

女童已放回劝盘，换来茶盘。董五娘端坐到青花孔雀牡丹纹绣礅上开始品茶。品茶时，董五娘的蓝宝石眼不时打量悬挂在百宝格空间的一张照片。照片上是一位清瘦老头。董五娘似乎在拿珐琅玉壶春瓶和照片上的老头做比较。结果是照片上的老头高出一等：沉静、清雅、脱俗、得体、温文尔雅中藏有几分傲骨。

秀水确信珐琅玉壶春瓶是真品，心中并不发毛，只拿眼睛询问董五娘。

董五娘似乎看透了墨镜后边的意思，淡淡地说："雍正的吧？"询问的口气，实际上是不可置疑的断语。

秀水道："正是。"

董五娘放下茶杯，起身倒背双手，绕桌蹀着方步，时而侧身斜目，装模作样地上下打量红丝绒簇拥着的珐琅彩玉壶春瓶。末了，旋身背对珐琅彩玉壶春瓶而站，模仿着皇上的口吻说："传旨，瓶上龙身画的倒还罢了，但龙须太短。"说着还用手指捋一捋额下并不存在的胡须："龙须有这么短的吗？龙足下的花纹和蕉叶也画得含糊，给我往清楚里画。"说毕，回到绣礅前坐下。

秀水愣在桌前，半晌出不得声。

秀水见识过不少鉴瓷名家，鉴瓷时多看胎质釉彩，笔法风格，一断真伪，二判朝代窑处。董五娘鉴瓷，却是给真品挑毛病。方才的举止言语，分明是以皇上的口气给这件珐琅玉壶春瓶下定语哩。

景德镇官窑每每烧出新品，先由当地巡抚会同陶瓷名家共同挑选，再送入京城皇宫由皇上挑选。皇上选中的，若宫女一样留在宫中；没有选中的，要太监拿去打碎。有胆大的老油子太监，哄骗皇上说打碎了，实际上拿去贿赂大臣或者托人带出宫换银子花。

这件珐琅彩玉壶春瓶就是进宫赶考落第，被老油子太监传出宫，有人用银子淘换来的。

秀水敬仰地看着董五娘，内心一片心悦诚服。

秀水收起珐琅彩玉壶春瓶，又拿出一件青花龙纹广口瓶。这瓶形似梅瓶，但胸腹却没有梅瓶鼓得圆。就像一个妇人，丰腴是丰腴，但乳房不够突出。脖颈也比梅瓶粗壮，瓶口带圈亦比梅瓶大，整个器形特点是从瓶向梅瓶做最后的过渡，正如少女向成熟女人做最后的过渡。瓶颈用青瓷圈从中间分开，上面泼水纹，下面向凸腹滑行，凸腹上部牡丹花纹，中部一龙张嘴怒目腾空驾云而飞，下方是汹涌连天的海浪。

董五娘亦不上手，只飞掠一眼，便问："按啥吃的？"

"按元青花。"

董五娘微微一笑。

"这件龙纹广口瓶吃不准。元青花传世少，我见得更少，所以吃不准，请董五娘掌掌眼。"

董五娘很有把握地说："广口瓶在青花瓷器形变化中有承上启下的作用，非常稀罕。元青花广口瓶更是稀罕中的稀罕，传世只有一件，藏在土耳其伊斯坦布尔的托普卡帕宫中，国内已经绝迹了。"

"你是说，中国已经没有这种元青花龙纹广口瓶了？"

董五娘蓝宝石般的眼睛里又闪射出深褐色的光芒。齐明刀的心再次为"中国"二字跳动不已。齐明刀意识不到董五娘蓝宝石一样的眼睛里为啥两次闪过深褐色的光芒，也意识不到自己的心为什么两次为"中国画意味"和"中国"两个词语战栗和跳动。意识有时候是无意识的，无意识不是理性的，是感觉的，超前的，无法解释的。

董五娘："是的，没有了。"

秀水："董五娘学识渊博，给我教了个乖。"

董五娘大概有些纳闷：秀水前面说中国画意味，后边说中国已经没有了，现在又说教乖。教乖可是地道的长安话。秀水是不是用长安话对前面的失言做补正呢？

董五娘直截了当地说："这是件现代仿品，出窑时间在 20 世纪 80 年代。"

"为什么说得如此肯定？为什么不可能是明清时代的高仿品？"

"明清两代官窑仿五大名窑，民窑仿官窑，仿品极多，但没有一件仿元青花的。直到 20 世纪 70 年代至 90 年代，瓷都景德镇才研究出高仿品。器形、大小、胎釉纹饰、做旧皆按原器制作烧制，几能乱真。故而江湖上若出现元青花要么是真的，要么是现代仿品。"

"原来如此，那何以辨认呢？"

"主要看开门。"

秀水当然知道这句行话，开门就是时代风格。时代风格，只可意会不可言传，是无法请教的。

"再无他法了？"

"再有，就是釉色。元青花多用伊朗进口青料，烧出器物色泽艳亮若宝石蓝，蓝中带黑褐色斑点，斑点泛锡光。通体看，青花色调不一致，有的地方深，有的地方浅。"

秀水、齐明刀和冯空首这时再看董五娘鼻梁两侧的褐色雀斑，方知青花之美正在于此。世上许多东西，其缺点正是独一无二的特点。

秀水看董五娘看得有些痴呆，以至于无意间摘下墨镜。原来秀水是只独眼，独眼里闪烁着炙人的光芒。另一只眼眶里，手镯上镶珠宝一般镶嵌着一粒青花瓷眼珠。青花瓷眼珠虽然没有像那只独眼一样闪烁炙人的光彩，但也不停地骨碌碌地转动着。

董五娘隐隐约约感觉到秀水那只独眼投射过来的目光，和丈夫金柄印最初看她的目光有些相似，暖暖的，扎扎的。尽管董五娘已经是过来人，但青花瓷一样白净润洁的脸上还是飞起几缕红晕。

秀水望着董五娘，想到自己新近弄到手的另外一件器物，恨不能立即拿来摆到桌面上，镇一镇董五娘。可惜不能够，还在路上。秀水想用嘴巴描绘，又怕坏了江湖规矩——江湖上不兴口说无凭的空空事。

秀水只得遗憾地作罢。

冯空首看出了一点秀水和董五娘之间的尴尬，忙出面打圆场说："董五娘，我还没有跟你介绍这位新朋友哩。"

董五娘端起茶杯喝茶，说："不用了，是初出茅庐的齐明刀吧。"

齐明刀大惊失色：董五娘看器物眼毒，看人也这么眼毒！齐明刀一边惊奇董五娘眼毒，一边看董五娘刚才不时打量、挂在百宝格空处的照片。照片上那位沉静、清雅、脱俗、得体、温文尔雅中藏几分傲骨的人是谁呢？

董五娘的丈夫金柄印在文物局当局长，管着长安城里几个古玩市场和旧货市场。金柄印当局长多年，行事说话信奉一个原则：铁路上的警察不管公路上的事。他只管他行当之内的事，行当之外的事他充耳不闻，闭嘴不问。但行当之外的人若插手他管的事，他必定会冲着人家的鼻头骂：公路上的警察管到铁路上，你管得倒是个宽！他的话有时候管点小用，那些吃过界的蝗虫，经他一碰撞，尖牙利齿就缩回去了。

金柄印对他行当之内的事管得那个严，严到见缝插针。店铺桌面上的买卖他管，地下通道的买卖他也管；真买卖管，假买卖也管。人都说他的鼻子比专门训练过的警犬的鼻子还灵。江湖上，铺面上稍有风吹草动，他都能闻到味道。

金柄印就这么管着管着管乏味了，觉着光管不过瘾，就插手做。说来也怪，做着做着心和手就不痒痒了。心和手一痒痒就去做，一做就不痒痒。做简直就是天底下最好的特效药。金柄印做事真真假假，真的假做，假的真做，假的明做，真的嘛，蒙在被窝里做。

有回，金柄印用一对宋代白瓷瓶钓一个中州来的河南客。河南客把瓶子放在手上掂了掂，又用放大镜看了看，末了放回桌上，后退两步，抱着双臂侧着头看。看一阵又掂到手上用放大镜看，一副爱不释手又拿捏不准的样子。老练的金柄印搭眼一瞧客人的姿势模样，就知道是个半桶水。

客人看罢，不问价，也不言语，只顾坐下望桌上的茶壶。按常规，这是客人没有看中货的表示，但金柄印猜准了客人的心思，知他拿捏不准，正在犹豫，便上前给客人倒茶：请喝茶，上好的碧螺春。客人说我只喝台湾冻顶。面对客人出的这道难题，反应神速的金柄印不假思索地回答：抱歉得很，我贮茶不少，唯独没有台湾冻顶。若真要喝台湾冻顶，我只能请你去长安城有名的郑一壶茶楼。

在一般场合，客人犹豫之时，货主多半会吹嘘自己的货多真多好，甚至指天咒地也是有的。老练的金柄印认为那是铺面上做小买卖的人所用的招数，对久行江湖的人根本不管用，甚至会起到适得其反的作用。客人果然是个老江湖，看瓷器是半桶水，试探人却有绝招。倘若金柄印用乌龙或者铁观音代替或者搪塞，客人品两盅茶便起身告辞，而且这一走，一辈子也不会再折回来。

金柄印精明就精明在这里，客人说只喝台湾冻顶时，他已窥破客人心机，当即不假思索地如实回答，给客人留下一个忠厚诚信的绝好印象。

客人说："那就沏一壶乌龙吧。"

金柄印暗喜：有门，鱼咬钩了。

金柄印不紧不慢地沏一壶乌龙茶，给客人斟到茶盅里。规矩自然是长安城的规矩：茶七饭八酒满上。

客人一边品茶一边向金柄印讨教长安城古董行当的江湖规矩和买卖行情。金柄印小心而自如地应付着，回话得体而滴水不漏。临了，话题还是转到那对宋白瓷瓶上。

客人："我看像宋汝窑，但拿捏不准，没有十成把握。"

金柄印晓得，客人在向他讨一句拍腔子打包票的话呢。按规矩，主人可以拍腔子打包票，也可以不拍腔子打包票。打包票是为了尽快出手，不打包票是怕货一出门又被提回来要求退货。但货是不是原货谁也没有凭证说清楚。调包计也是人类买卖的智慧之一。

金柄印和和气气地说："长安城古董行当可不兴这个，卖主从来不给人拍腔子打包票。买卖自由，绝不强迫，全凭自己脸上两盏灯笼一对招子。"

金柄印把线放得更长了。

客人也是生意场上的精猴子："那我只好退而求其次了。"

金柄印晓得客人要按规矩请人帮眼。

帮眼的规矩是帮眼人两边抽头，谁请人帮眼谁掏得多些，谁卖货谁出得少些。古董行当专门有人做这种无本生意，一分钱不掏，全凭两盏灯笼一对招子挣钱养活老婆娃娃过日子哩。

帮眼还要看谁帮哩。人品不好，免不了也黑脸白脸地唱双簧，指天骂地，黑的说成白的，白的说成黑的，假的说成真的，专门宰外地客。所以外地客不到万不得已，不会退而求其次。但这位中州来的河南客不是一般的外地客，他在长安城转悠的时间长，把古董行当的行情和名人名事打探得差不多了，才退而求其次。他试过水深，觉着有几分把握，才退而求其次的。

金柄印："不知客官想请哪位高人帮眼？"

客人一推茶盅："瓷器王董青花。"

120

"噢哟哟，你指尖一点就点到我脑门心。董青花虽是长安城的瓷器魁首，却不能给你帮眼。"

"为啥？"

"她是我老婆。她要出面给你帮眼，到时候江湖上传言，我夫妻俩联手唱双簧宰你杀你，你无所谓，大不了买个打眼货，摔到地上听响儿，我夫妻俩半世英名可就毁了。不行，绝对不行！"

客人哪里晓得，金柄印做这种买卖，从来不让妻子董青花知道。哄人银钱的事，咋能让同床共枕的老婆知道呢？金柄印拒绝的理由很是冠冕堂皇，客人也觉着应该避这个嫌，就另寻人选。

"那就杜大爷吧。"

客人说得轻巧，金柄印却略显踟蹰："哦，杜大爷嘛，门缝里吹喇叭，名声在外。"

客人："要么董青花，要么杜大爷，要么咱就当没这档子事。"

客人有客人的鬼主意：请这两个人帮眼，赌的就是长安城的名誉。自个儿拿捏不准的事情，请长安城的名人帮咱拿捏。这两名人，要是敢拿长安城的名誉来骗咱，咱就认栽。可那栽倒的不光是咱自个儿。咱不信这两个人的招牌望子和长安城的声誉就值两个白瓷瓶！

金柄印沉吟片刻："那就杜大爷吧，明儿你请他来。"

客人："还是你请吧。"

"又不是我要人帮眼。"

"那好，我托人请他来。"

当晚，金柄印找到杜大爷，一口一个"杜大爷"叫得好亲切，末了说有个河南客要请他帮看白瓷瓶的事。金柄印只说有这么个帮眼的事儿，并没有说如何如何帮眼。但杜大爷是谁呀，能不心明如镜？如果金柄印不打这个招呼，只是客人请他去帮眼，说明东西是真的无疑。金柄印提前打招呼，虽然只字不提如何如何帮眼，意思却再明白不过，就是要杜大爷买他金柄印这个局长的面子。

杜大爷闻听过金柄印一些事情，对金柄印这种做法极是恶心鄙夷，就直截了当地回道："怎么，你要做鲁国国君吗？"

　　一瓢凉水当头泼到金柄印头上。金柄印是吃哪碗饭的，岂能不知杜大爷话语所指。

　　春秋时，鲁国珍藏着一个名气很大的铜鼎，那鼎的名字也起得怪，叫作"馋"。结果这一馋，就馋得各诸侯国都想得到它。当时齐国强大，鲁国弱小，齐国便要发兵讨伐鲁国，抢夺馋鼎。鲁国国君既不敢得罪齐国，又舍不得馋鼎，便使出偷梁换柱之计，依葫芦画瓢，铸了一个赝品派人送往齐国。齐国国君倒背双手，居高临下，反复打量那鼎，最后捻着胡须说：赝品！鲁国使臣指天发誓，百般辩解：货真价实，这就是馋鼎，我们鲁国怎么敢拿赝品来哄骗君侯你呢？！齐国国君又反反复复打量那鼎，觉得鲁国使臣说的也有几分道理。将信将疑中，对鲁国使臣说，既然你说这就是馋鼎，就暂且放下，你回去，请贵国的乐正子春来鉴定一下吧。只要乐正子春说一个真字，我就收下了，而且永不出兵讨伐你们鲁国。话中威胁之意，唬得鲁国使臣内心一阵乱颤。使臣软着腿回报鲁国国君，鲁国国君召来乐正子春，简单说明原委，令乐正子春前往齐国鉴定。乐正子春站着不挪脚窝，问：国君为何不把真馋鼎送给齐国呢？国君答道：我非常珍爱馋鼎呀！乐正子春接住话茬说：国君珍爱馋鼎，我也同样珍爱我自己的信誉。请国君宽恕，我不能前去做鉴定。

　　第二天，河南客到金柄印处来，等杜大爷。

　　金柄印问："杜大爷说他来吗？"

　　客人："所托之人只说让等着。"

　　金柄印："我看未必来。"

　　"为啥？"

　　"一是忙，二是架子大，请不动。"

　　"要是忙，就说没空；要是架子大，就说不来。让等着，就是没有回绝。"

金柄印苦笑："你不了解杜大爷。"

客人："我想了解长安城。"

两人喝茶喝到日头偏西，杜大爷也没有来，客人见杜大爷没有来，便不再提白瓷瓶的事，说时候不早了，我得告辞。金柄印客气地送客人出门。客人出得门外，往后一跷大拇指："长安城的信誉果然名不虚传！"

一个看瓷器半桶水的人，却看准了长安城的人。

长安城的信誉名不虚传，可金柄印偷鸡不成却蚀把米，人品名誉一落千丈。

为挽回这隔在肚皮内的损失，金柄印费尽心机，才淘换到一幅字画，看纸张墨色像是宋人的，可惜没有落款，只有两方私人收藏印。细察笔迹，不是宋时几大名家，但意境脱俗，功力不浅，一时难以断定出自谁人手笔。

金柄印卷起画轴，用软宣包好，放在匣子里，叫上司机，驱车直奔杜大爷的住处半坡马厩。金柄印屈尊讨教的意思再明白不过。我金柄印请你杜大爷帮眼，是诚心诚意地虚心地向你讨教哩。你是乐正子春，可我不是鲁国国君。说我是鲁国国君，愣是冤枉人哩！

金柄印和司机到得半坡马厩，见杜大爷正在书房品酒临帖，抿一口酒，临一阵帖；再抿一口酒，再临一阵帖。对金柄印的到来不是视而不见，而是不视也不见。

金柄印夹着画匣，和司机在书房门里垂立半晌，心中愤愤地道：杜玉田老儿，你骄傲啥哩！我虽然没有位列四大头，却也是长安城地界上、古董行当黑白两道响当当的管事人物，你凭啥冷落我？退半步说话，也是你老朋友的女儿董青花的男人，到了你半坡马厩，进了你书房，你竟然自顾品酒临帖，连正眼瞧我一眼也不瞧！你谱儿摆得太老，派头耍得太大！杜玉田老儿，你做绝，咱都做绝！总有一天，咱俩会调个个儿打个颠倒，到时候，可别抱怨我摆谱儿耍派头！我不捏碎你的骨头揉断你的软筋，我就不是我妈生的！

金柄印内心的怒火烧得像春秋季节的森林大火，熊熊燃烧着往四周蔓延，想扑都扑不灭。金柄印反甩衣袖，领着司机欲走。

这时，这边的杜大爷略顿笔墨，平心静气地问："为何而来，看到什么又急着要走？"

金柄印一只手用力抓住门框，扭头答道："不为何而来，看到我所看到的而走！"说毕，大踏步出门而走，在门外听到吱的一声响亮的喝酒声。

后来上级组织部门考查和审查干部，耿耿于怀的金柄印本想把这事添枝加叶，倒核桃枣一般倒给上级组织，但转念一想，这事牵扯到自己哩，便把前边事隐去，只渲染杜大爷的倨傲态度。末了补充说，杜大爷这个家族呀，是三开家族，晚清时吃得开，国民党时期吃得开，到了共产党时代，仍旧吃得开。组织上的人听完他的汇报说，人家这才是世袭士族哩。人家不为哪派哪党哪个阶级吃饭，人家为民族为文化吃饭哩。再说咱审查人家也没用，人家正在办退休手续哩，听说西北大学堂聘人家去做教授，人家也婉言谢绝了。人家忙着正儿八经的秘密事哩。

金柄印告状不成，反而碰了软钉子，便愈发地对杜大爷耿耿于怀了。

杜大爷出入行走，无论到哪里，都被人尊为上宾，坐在上座。偶尔碰上有市领导，也请他坐上座。杜大爷再三谦让，还是被尊为上座。问起原因，领导说：领导嘛，开个会提个名举个手就选出来了，杜先生这样的人才，开十回会举十回手也选不出来。所以嘛，选出来的领导就要请选不出来的杜先生坐上座。服务员上菜，鱼头得对着杜大爷，杜大爷拿筷子动鱼，一圈人才拿筷子动鱼。杜大爷举杯，一圈人便轮流敬他。

每每看到这种情景，金柄印心里便不是滋味。杜玉田老儿，总有一天我要抢了你的威风派头，要让你给我敬酒哩。金柄印内里嫉妒发狠，双手却捧着杯子给杜大爷敬酒。嘴上说杜大爷我敬你一杯，心里却说我就不信山不转水还不转，三年等不下你个闰腊月！

金柄印的表情和心思，哪里逃得过杜大爷那双涉世极深的眼睛。可是杜大爷不点破，一是给金柄印留几分面子，二是怕扫一桌人的酒兴。

金柄印这人哪，心里发狠，面面上却笑哈哈的。他爱杜大爷的字，爱得发疯，可就是不折气讨要。他不开金口，杜大爷自然也不动金手。后来，他三弯六拐，从别人手里转来一幅杜大爷的字，精裱装帧，悬挂在办公室向人炫耀：瞧，咱跟杜大爷关系咋样？！私底下却给杜大爷打电话说：能在我办公室挂你的字，是你的荣耀。

杜大爷在那头笑笑：权当糊壁哩。

笑话，墙壁又没破，有啥糊的？挂就是挂，不是糊。

那就当挂万国旗哩。

废话，还没到要当汉奸的份哩，真是不识抬举。

冯空首在离开瓷魂的路上，给齐明刀讲述金柄印和杜大爷的往事。齐明刀问："这等事情，你咋知道的？"冯空首说："江湖上传的呗。"齐明刀："传得奇，当事人不说，咋能传开来呢？"冯空首："不说不等于没有这事。"齐明刀："倒也是。"

齐明刀："杜大爷长个什么样呢？"

冯空首："瞅着锅里的想着碗里的，唐二爷还没见上，就想着杜大爷了。"

二人在街上闲逛了一阵，齐明刀提议去郑四爷的茶楼看看："一转眼快两个月过去了，不知郑四爷的茶楼筹建得咋样了，咱去看看吧。"

冯空首："去倒去得，就怕碰见金三爷，烦！"

齐明刀："徒弟烦师父。"

冯空首："师父给徒弟炮蹶子，徒弟掏师父的鸟窝是江湖上的家常便饭。"

说话间，二人到西市西拐角，见郑四爷茶楼那坨地方用彩条布围着，转进去一看，旧茶楼早已没了踪影，式样别致的新茶楼主体已经耸立起来。郑四爷人瘦鬼大，办事雷厉风行，说话间废旧立新，眼看就要成了。

齐明刀和冯空首往里钻，看见郑四爷一边指挥工人干活一边和胖圆钱似的金三爷说着什么。齐明刀和冯空首过去打招呼。金三爷对齐明刀笑一笑，对冯空首脸沉一沉。郑四爷说："等茶楼盖好，好好请你们喝茶。"

客气过后，郑四爷又和金三爷继续说刚才被打断了的话题。

"金三老，你看起个啥名儿？"

"起名刷匾题壁的事，恐怕得请教杜一老，只是不知道他肯不肯动这个脑子，肯不肯提笔。"

"我想这个面子杜一老会给的。"

"那你就多备些润笔费吧。"

"我请他喝剑南蒙顶石花，完了送他一把壶，海棠红和朱砂紫由他挑，两把壶都出自嘉庆年宜兴左近溧阳县令陈鸿寿之手。"

"噢，曼生壶，可是价埒金玉的上好东西。"

"智商税嘛。"

"人间珠玉安足取，言如阳羡溪头一丸土。用价埒金玉的一丸土换杜一老几粒字，也算等价交换，公平合理。"

"唐时长安城里，死了娘老子，以得到柳公权写的墓志为孝。而今长安城里，能用杜一老的墨宝做碑牌望子，也是风光得很哩。"

"一碑立千年，值。"

齐明刀立在一旁听着，杜大爷的名声，若夏天阵雨前的雷霆，一阵紧一阵地滚进他的耳朵。齐明刀在嗡嗡鸣响中还听到电蛐蛐脆亮的叫声！

齐明刀匆匆忙忙跟金三爷和郑四爷打过招呼，便急着去回电话。冯空首随在身后叮咛："记住，再紧火也不能跳墙！"

9

　　齐明刀领着师父货郎苗和杨老汉坐长途汽车到西关车站。下车时齐明刀从货架上卸下货郎担，要替师父挑着。师父坚持不允："我这肩膀挑这货郎担已经挑了大半辈子，一时不挑着，走路都打趔趄哩。"齐明刀拗不过师父，只得由他挑着。不过，齐明刀看到：师父的背明显驼了，腿明显罗圈了。长袍底下的两只腿，远没有当年迈得欢快利索了。杨老汉一旁说："你师父货郎苗是铁肩担道义，一担担到底。"齐明刀惊奇养牛的杨老汉说话有学问，心里愈发觉得杨老汉不是一个寻常老汉。

　　杨老汉边走边掐指算着："芒种芒种，收麦种秋，紧紧火火，便到夏至。今日的确是夏至。"

　　齐明刀说："对着哩，是夏至，郑四爷新茶楼开业大典就在今儿。郑四爷和金三爷专门派我去接你和师父来参加新茶楼开业大典。我唯一不明白的是，开业大典为啥偏偏选在夏至这一天呢？"

　　杨老汉把旱烟袋在空中抡着，沉思片刻说："兴许是取春种、夏长、秋收、冬藏中夏长之意。长即长，长即长，长长长长，长长长长，绵延不息。"

　　齐明刀觉着杨老汉说得有些意思，就是不知道和郑四爷想的吻合不吻合。

这时，货郎苗突然打响了货郎鼓，随之高声唱了两句："搭镰割麦忙种秋哎，夏至日摇摇晃晃进了长安城。"

苍凉幽怨的鼓声唱声不光把安远门城楼上的马燕惊得漫空飞旋，还招惹得一街两行人驻足观看，仿佛长安城里来了三个20世纪的怪物。

三个人并不理会一街两行人驻足观望和议论，径直进了安远门，直奔长安西市而来。

杨老汉："岁月跑得快，世事变化大，长安城已经不是小时候记得的长安城了。"

货郎苗："是呀是呀，国子监变成了大学府，骡马市变成了汽车行，肉行变成了红灯区，青楼变成了足浴房。"

杨老汉："货郎苗倒是像新媳妇回娘家，时常回长安城转悠转悠。"

货郎苗："年轻时隔三岔五，中年时一年半载，现时老了，腿脚不灵便，好几年没进长安城了。"

三个人一路走着，忽然听到几声雷响，抬头看，看到大片大片的乌云正从头顶往长安城东南方飘去。谚语说：云朝南，水漂船。三个人加快脚步，想在雨落之前赶到新茶楼。但是暴雨还是比人的脚步快，稠密的雨点子黄豆豌豆似的噼噼啪啪砸落下来，砸在街面和街两边的楼顶上。街面很快积起水洼，雨点子在水洼里打起无数水泡，跟在后面的雨点子再把水泡打破，水泡里蒸起团团白气。

三个人并没有停下来找地方避雨，而是加快脚步，或借楼檐掩护，或迎着飞蝗一样的雨弹往前冲。冲到西市西头拐角的新茶楼前时，三个人的衣服早已湿透。

三个人并没有急着拥进新茶楼躲雨，而是挤到街对面的楼檐底下的人丛里，隔着雨幕欣赏新茶楼。湿就湿了吧，落汤鸡就落汤鸡，人跟新茶楼一样，立在世上就得接受风雨洗礼。

新茶楼的台基一应的青石铺就，台基上匀布九个六棱雕花石础，石础上九根朱红木柱直竖而上，撑顶住一层楼顶。九根朱红木柱间，八扇木雕莲花门窗统统打开，以示八方来仪，开门大吉。门窗中间皆镂空，门下依次雕刻姜太公垂钓、始皇兵马俑、苏武牧羊、陶潜采菊、太白醉酒、灞柳风雪、华岳仙掌、终南积雪图。

九根朱红木柱撑顶着的翘檐上方，又临空竖起八根廊柱，撑起第二层歇山屋顶。歇山屋顶四面缓坡，四角鸟翅一般飞翘而起，上面铺着琉璃碧瓦。屋脊东首，琉璃鸱吻昂首东望，像是要隔着重重雨幕望见浓云背后的太阳。屋脊西首空着，没有鸱尾回应。

通体看去，整个茶楼为九柱落地，八柱擎天，四檐飞翘，鸱吻鸱尾呼应。万分遗憾的是：屋脊两端，只有鸱吻，没有鸱尾，呼而不应。

暴雨打到了二层歇山屋顶，噼啪响着汇成雨线，顺檐垂下，滴落到一层楼顶，却不见流落到街外面来。众人纳闷：这满楼雨水，流到哪里去了呢？

杨老汉一手抹着脸上的雨水，一手拿烟袋指着新茶楼慨叹："美，真真正正的美！这一楼跟我家当年的房子一样美，这二楼比我家当年的房子还要美！"杨老汉激动地说着，紧紧握住齐明刀的手："我的琉璃鸱吻和《营造法式》没有白给你，你把我老汉小时候的生活复活了，把我家的房子重修了，而且修得更美更好哩，只可惜……"杨老汉用烟袋指着屋脊东首的鸱吻，眼眶里噙着泪说："可惜只剩下这只鸱吻，而那只鸱尾，却让人打碎了，永远地打碎了，不得全乎了……"

货郎苗站在杨老汉身边，眯眼凝望着风雨中的新茶楼。货郎担沉沉地坠在两边，货郎鼓僵在手中，没有敲出声音。

客人中有人疑问："这么好一座茶楼，咋既不挂匾，又不立望子呢？"

说话间，穿着青布对襟短衫、双手捧着核桃壶的郑四爷走出门来，立在青石台阶上朝街对面楼檐下和雨地里的客人打拱，请客人快快进茶楼去。

货郎苗这才举起货郎鼓当空摇了几下。尽管货郎鼓被雨水淋湿，声音有些发木，但郑四爷还是听到了。郑四爷忙冒雨穿过街心来迎接："货郎苗呀，金三老想你想死了，这阵儿正在茶楼里等你哩。齐明刀，这位是杨老先生吧？"

杨老汉摆摆烟袋："不是先生，是养牛的。"

"哈哈，养牛的老先生，请吧！"

几个人随一群客人一起拥过街心，连踏三级青石台阶，心中顿时生出连升三级的美妙感觉。

进中间两道门，是一幅巨幅屏风做的照壁。屏风是硬质槭木，四周是圆裹圆的边，中间浮雕陆羽品茶图。陆羽头缠幞头，玉带束腰，长袍带风，昂坐品茶，大有茶圣的气韵和风度。

众客人隔屏风照壁听到大厅里边传来潺潺水声。那水声若终南山沟涧间的溪水，沿山石跌宕而下，声若金玉灵石碰撞鸣响。众客人循声转过屏风照壁，豁然看见一番别致景象。

大厅中央，是一个正方形水池，水池往上，正对着一个偌大天井。天井立在一层楼上，八柱耸立，斗拱勾连，擎撑着二层屋顶。八柱间通风透天，二层屋檐雨水汇积分流，流落到二层楼顶。二层楼顶外高内低，故而雨水不流向街面，而是形成中空的四面水帘，迎风摇摇落落地垂滴到水池。水激水活，水激水响，泠泠地似金玉相撞，如丝竹合鸣。

隔水帘往池中望去，模模糊糊能看到池中心立着一块石碑，石碑上蒙一块被雨水溅湿的红绸布。石碑蒙着湿漉漉的红绸布，活像顶着红盖头的新嫁娘。

杨老汉激动着，赞叹着："美，真正美！比我家当年的房子美多了！夏至落雨，天遂人愿！"

客人到得差不多了。齐明刀用眼神跟那些认识的人打过招呼，金三爷则快步走过来，也不说话，只是紧紧抓住卸了担子的货郎苗的手臂，用力摇了半天。那情景，活像一个大孩子抱住一棵枣树用力摇晃，非得要把枣子摇落下来才善罢甘休。

冯空首过来，对齐明刀介绍说，董五娘身边那位，是她丈夫，长安城文物局局长金柄印。金柄印旁边，是长安城京兆区公安分局副局长宋元祐。宋元祐身后，跟的是部下肖黄鱼。郑四爷面情大，红道上人也来烘场子。齐明刀听着，把客人模样一一记在心里。

陶问珠若一只蝴蝶，款款地滑飞过来，站在齐明刀身边，翡翠耳坠一隐一现，眼睛在秀发丝中一亮一闪。陶问珠朝人丛最前面努努嘴："喏，你不是想见唐二爷吗？那不是。站在他旁边的是他太太周玉箸。"

唐二爷是个正值盛年的男子，身材魁梧伟岸，一张脸活像刚从模子里铸出来的铜像，向外散射着古铜色的光芒。脖胸间露在衣服外面的肌肉也闪烁着富于金属质感的光泽。只见他双手背后，昂首挺胸站着，眉宇间闪现着凌人气度。

唐二爷的太太周玉箸生得面庞丰润白皙，双层下巴富态圆满，一双杏眼漆黑明亮。高高挽起的发髻上插一根纯金扁簪，耳朵下荡一对祖母绿坠子，胸前挂一颗红宝石朝珠，手腕上套两个麻花翠镯，绣鞋上一边缀一颗玛瑙扣子。仿唐圆领对襟长披衫底下，裹着成熟女性的身段。臂弯间挂个大挎包，见有人注意她，便适度地朝丈夫跟前靠近一碎步。

众客人聚站在石碑水帘前，等待着长安城古董行当坐头把交椅的杜大爷的到来。

金柄印说："每次开会，代表和部下早早到齐，最高首长才挥手进来哩。代表和部下一见最高首长挥手进来，呼啦一下全站起来拍巴掌。"

宋元祐往这边看着唐二爷，说："对着哩，金局长观察得仔细，描述得准确，市长没来，副市长就得等着。"

唐二爷这厢里想：这两个人一唱一和，是有所指哩，干脆说杜大爷没来我就得等着得了，何必绕弯弯肠子哩。

说话间，门口的人群忽然让出一条道来。街上的风从人群让出的道儿吹进来。齐明刀闻到风中渗溢着一种极淡极淡的幽香。

　　幽幽香味引导一个人，顺人群让出的道儿往这边移动。这人是个年轻的女子。

　　这女子穿一袭素面拖地百褶裙，胸前抱个陶罐，款款地走到水池边，转过身，浅笑着背靠水帘站着。齐明刀的目光一直追随着这年轻女子。年轻女子站定了，齐明刀的目光也站定了。齐明刀心里忽然跳出一个词：陶罐女。陶罐女的秀发拢在脑后，发间扎条红额带，额带绕过脑门正中的地方缀一颗鹅黄色柿蒂形美玉。陶罐女头略一转动，那鹅黄美玉便闪出一片莹光。莹光下，一双静谧幽怨的月亮眼流溢着冷艳的顾盼神情。

　　齐明刀在心里将陶罐女和雍容华贵的周玉箸比，和沉静而古气盈然的董五娘比，和秀发飘飘面庞朦胧的陶问珠比，结果把自个儿比痴呆了。

　　齐明刀觉得后腰被谁捅了一下，回头一看，是陶问珠。齐明刀的脸刷一下红得像猪肝一样。齐明刀在被人发现隐秘的惊慌中叫了一声杜大爷。

　　"那不是杜大爷，是楚灵璧。"

　　"楚灵璧？"

　　"杜大爷的学生、书童、丫鬟、侍女、忘年交、全权代表……咋称呼都合适又都不合适。杜大爷到公开场合，她必陪着。"

　　"你是说，她出现，杜大爷就会出现。"

　　"按常理是。"

　　楚灵璧说话了："杜大爷不能来了。"

　　声音不大，像谁敲响了挂在屋檐下的铜风铃，那充满金属质感和音乐般的声音穿透空气，清悠悠地在茶楼里传荡开来，那声音要比水帘滴落到水池里的泠泠水声好听十倍。

　　"啊，杜大爷不能来了？"

"不来了？咋能不来了呢？"

"有啥要紧的事缠身绊脚？"

"再忙也得抽半个时辰的身。"

"这种场合，少了他还有啥意思呢。"

"架子大了，请不动了！"

"……"

"杜大爷让我转达他的歉意，并让我代表他来恭喜祝贺郑四爷新茶楼开业大吉！"

郑四爷："杜一老有啥要紧事脱不开身？"

"杜大爷本来要来，可美国来了个考古代表团，长安城的官长请他作陪，还说要商谈正事呢。"

一直没说话的唐二爷表示理解地说："原来有重要的外交公干哩。"

美国考古代表团来长安城访问的事，金柄印早已知道。但他没有料到：他个文物局局长都没资格作陪，杜玉田个老家伙却被请去了。哼，杜玉田老儿，罪该万死，退了休离了位不在岗了，还事事高出我金柄印一头，真正要气破我肚皮了！金柄印满肚子生着杜大爷的气，嘴上却附和唐二爷说："杜一老是以国家大事为重嘛。"唐二爷内心鄙夷道：呸，杜一老是你称呼的吗？

郑四爷见良辰已到，把核桃壶往空中一举，声音洪亮地说道："既然杜一老让楚灵璧代表他，那就请楚灵璧来揭碑吧！"

金柄印身边的宋元祐说话了："没瞧见政府各项大工程竣工剪彩，都是由最高官长来剪，最高官长若是不在，就由二官长来剪，若是二官长也不在，就由三官长来剪。这新茶楼，咋说也是长安城古董江湖上数得上的大工程，杜一老不在，就该由唐二老来揭碑，咋说也轮不到由一个黄毛丫头来代替杜一老揭碑，坏了规矩嘛！"

这话说到郑四爷心里去了。郑四爷在长安城繁华西市这坨地方和这份产业是祖上留下来的。"三大改造"和"社教"运动时，这坨地方和产业均被没收。郑四爷的父亲为保护祖上留下的私产,腰椎被打断三节,临死前拉住郑四爷的手说:"儿呀,大就剩下一把核桃壶给你了!"说完含恨而去。"文化大革命"结束不久,郑四爷向政府讨要祖上留下的家产,说父亲的腰断了三节,我的腰也准备断三节。结果腰没断为三节,三亩六分地归还一半,外加旧茶楼。四爷讨旧茶楼时重操旧业,攒下银钱,要重修新茶楼。

不要小看郑四爷个颁颅颡[1],上面能蹲三个核桃壶,可里面尽是文话儿。重建新茶楼时,他不停念叨:汉武帝大修未央宫,用木兰做橑檩、文杏做梁柱。橑台、窗壁、柱础、栏杆全部精雕细刻各种华饰,还用黄金做壁带,再把和氏玉石点缀其间。就连台阶儿,也全用玉石铺砌。清风吹来,满宫满殿金声玉振,你瞧那是啥火色?唐太宗李世民盖的长安城咱就不说了,给他修的昭陵,跟他住的皇城宫殿相差无几。陵前朱雀门内的献殿,主脊两头装饰的鸱吻鸱尾,就有一米半高,听说是鎏金的。那是国宝,咱弄不来。好在咱不是皇上,不是天他儿子,咱一不修生时住的宫殿,二不修死后睡的陵园,咱盖的是茶楼!咱不和皇上比,咱只和长安城同道上的人比。咱的茶楼总得跟杜一老的半坡马厩和唐二老的宝鼎楼差不离吧!咱就是揭开家底,穷尽毕生精力,也要把新茶楼盖成长安城的头一份。多亏齐明刀和养牛的杨老汉,琉璃鸱吻虽然比不上昭陵献殿上的鸱吻高大华贵,却也出自唐人之手,带着唐人的精气神。鸱吻里珍藏的古楼营造法式图,虽不是唐时的,却含着唐风唐韵。这样的宝贝,连同黄花梨雕花屏风,让齐明刀给弄来了。新茶楼有了着落了。郑四爷一边啜核桃壶一边展看营造法式图,一连看了三天三夜,才看出门道,才构思出自个儿的修改方案。郑四爷请长安城最好的设计师,按图勾勒,照自个儿的设想改造,然后请长安城最好的工匠,大兴土木,重盖新茶楼。

---

[1] 颁颅颡,陕西方言,指额头突出。

三个月零三天，新茶楼竣工。

宋元祐一席话，正说在郑四爷心里，郑四爷便用眼睛征询唐二老的意见。

唐二爷非但不觉得宋元祐的话在理，反而觉着那话是冲他说的。咋哩，把官场上那一套搬到咱古董道儿上来，坏咱古董道儿上的江湖规矩哩！

唐二爷稳站不动，望着水帘前的楚灵璧说："还是由楚灵璧揭吧，楚灵璧揭就等于杜一老揭。这是代表，不是代替。"

唐二爷说话声音不高却底气十足，话虽说得轻描淡写，实际上却是发出了不可变更的命令，说完率先鼓掌。他一鼓掌，金三爷、董五娘、周玉箸和秀水以及所有客人便跟着鼓掌。

掌声一响，郑四爷和楚灵璧便没有退路了。郑四爷再次上前邀请，楚灵璧见实在推不过，便慢声细气地说："恭敬不如从命，我就代杜大爷行揭碑之礼吧。"说着放下陶罐，踏上水池台沿，双手分拨草丛一样分拨开水帘，闪身进去，揭去石碑上红绸布，石碑上立时现出三个描金大字：四水堂。

楚灵璧旋身出来，一边抖落掉脸上衣裙上的水珠，一边把红绸布交给郑四爷，自己再抱起陶罐站在一旁。

郑四爷把红绸布往腰间一系，举壶高喊："放炮！"悬在梁间的几挂万字头鞭炮立时噼噼啪啪响作一团。人们的脚底下很快积起寸厚的炮皮。众客人踩着炮皮，拥着挤着争相观赏石碑和石碑上的字。郑四爷得意地解说："'四水堂'自然是请杜一老题名书丹，碑自然是请长安城郊最有名望的老石匠雕刻勒石描金的。"

新茶楼名曰"四水堂"。

金柄印挤到人丛前边，隔着水帘望那石碑，石碑上三个金字在水帘里晃动着。金柄印望了片刻，说："杜一老的字，没一笔可以弹嫌的。只是这四水堂……"金柄印望着天井四檐的雨水，汇成水帘，叮叮咚咚地滴落到水池中，"是不是四水到堂的意思？"

金柄印身边的宋元祐立时接过话茬："是四水到堂，肥水不流外人田的意思。"

唐二爷背着双手，也在侧头隔水帘看石碑上的三个描金大字，听到金柄印和宋元祐这样说话，鼻子浓重地哼了一声："乌鸦嘴念唐诗，臭了意境儿。"

一句话，把金柄印和宋元祐脸说红了，宋元祐虽然怒目瞪着唐二爷，身子却藏到金柄印后面去了。

唐二爷望一眼抱着陶罐的楚灵璧，又看一眼金柄印和宋元祐，说："东汉时有个杨震，人称关西孔子，这人为官清廉，从不收人贿赂。有个县令不信，深夜抱了一坛子金银送他，他坚辞不受。县令说我三更半夜而来，无人知晓。他说你三更半夜而来，天知地知，你知我知，怎能说没人知晓呢？县令面红耳赤，答不上话来。后来杨姓人便给自家起了个堂号，叫'四知堂'。而今给这茶楼起名'四水堂'，也肯定有个说头。"聪慧的楚灵璧会心一笑，嘴唇轻启，铜铃一样的声音便传开来："终南一滴水。"

唐二爷随即接道："万古流到今。"

郑四爷一举核桃壶："壶小乾坤大。"

金三爷嗅一嗅鼻烟壶："楼中日月长。"

楚灵璧代表杜大爷，长安四老，一人一句，凑到一起，倒颇像是一首诗。齐明刀揣摩诗中意味，大约便是四水堂的意思。那意味博大丰厚、深远绵长，三言两语难得说确切。长安四老就是有学问，说出的意味儿就是比"四水到堂"和"肥水不流外人田"中听入耳。齐明刀再看金柄印和宋元祐，两个人羞惭得简直无地自容。尤其是那个宋元祐，已经羞惭得愤怒了，愤怒地在金柄印身后仇视着唐二爷。那模样，那仇恨，不是八代的冤仇，就是偷用了他的老婆！

揭碑仪式结束，郑四爷便领着众客人往里走。走到四扇屏风前站住，让大伙观赏。齐明刀和杨老汉认识这四扇黄花梨木四君子屏风。郑四爷让人修补过，立在这里，新的一般。

称赞声中，郑四爷又领客人绕过屏风往里走。原来这屏风后面是一洞圆月似的雕花木门。进门是正堂，堂前供着茶神陆羽像和他的名作《茶经》。像两边挂一副紫檀木镶玉字对联："三癸亭上三绝称；长安楼间常年香。"齐明刀不明白上联的意思，便问身边的冯空首，冯空首连连摇头。又扭头问陶问珠，陶问珠模棱两可地说："可能与茶圣陆羽有关吧。"

郑四爷领众客人拜过茶圣，这才进入二楼左首的大包间。大包间窗户向着茶楼后院，里边贴墙壁立着玻璃橱柜，橱中陈列各式紫砂茶壶，色彩有：海棠红、枣红、葵黄、墨绿、白砂、梨皮、浇墨、沉香、水碧、冷金、闪色、葡萄紫、榴皮、豆青、琅玕翠、铁灰铅……式样有：明代供春六瓣圆囊壶、树瘿壶、董翰菱花壶、时大彬僧帽壶、菱花八角壶、玉兰花壶、徐友泉扁觯壶、陈仲美束竹紫圆壶、清代陈鸣远岁寒三友壶、梅干壶、瓜棱壶、陈鸿寿曼生壶、杨彭年书画筒形壶……不一而足，应有尽有。包间中央摆两张八仙桌，每张桌四边配八把古椅。首席上座是交椅，其余是官帽椅。

在这种场合，是不能乱坐的，座次排得井然有序。首席上座杜大爷，杜大爷没有来，由楚灵璧代表。楚灵璧代表杜大爷来茶楼，却不代表杜大爷落座。她把交椅往后移一移，自己抱个陶罐立在原来放椅子的位置上。二座唐二爷，三座金三爷，四座郑四爷。郑四爷也把椅子往后移一移，站着招呼大家，算是敬意。五座董五娘，六座让不愿拆伴的金柄印捡了便宜，七座周玉箸，末座货郎苗。

次席上座杨老汉，二座京兆区公安分局副局长宋元祐，三座秀水，其余齐明刀、冯空首、陶问珠等依次而坐。排不上座位的，便拣空地儿立着。

齐明刀虽然屁股落座，眼珠儿却留在玻璃橱窗里，鼻子却闻着楚灵璧带进来的淡淡幽香。

这时，首席三座的金三爷亮着嗓门喊："快快快，开始吧，茶瘾都抗掉了。"

金三爷这一吆喝，斗茶开始了。

古时候斗茶，是客人各带茶叶，分别候汤、点茶，让大家品尝，然后论定高低。延至今日，斗茶已经演变成斗茶具了。茶叶嘛，由郑四爷统一提供。郑四爷将上好的西湖龙井、庐山云雾、二泉银毫、福建乌龙、紫阳毛尖等新茶各装一小罐，让茶童端在一旁伺候。而开首第一壶茶，用的是东坡提梁壶，冲的茱萸纂掺菊花茶。

郑四爷引着茶童，来到楚灵璧身边，恭敬地道："小灵璧，请亮盅儿，替杜一老饮首盅儿。"

金柄印暗道：杜玉田老儿，人不来也要占头一份！

楚灵璧不慌不忙，从陶罐底下顺出一方古朴苍拙的陶砚，放到桌边说："杜大爷说，他的茶盅再好也好不过你郑四爷，就让我带这方陶砚来，权当茶盅，请大家用此品茶。还说喝茶就是喝墨水哩。"

瞧杜大爷说得多好，招出得多妙！

郑四爷将核桃壶藏进袖中，从茶童手中的茶托盘上提起东坡提梁壶，欲往陶砚中注茶水，不承想被楚灵璧拦住了："终南山神仙溪的甘泉水吧。"

郑四爷得意地回道："那还用说。我家茶楼每天雇一匹骡子两匹毛驴往返终南山，专门驮终南山神仙溪的甘泉水哩。"

楚灵璧："杜大爷说，今日开张大吉，头遍茶省下你的甘泉水，用他贮的水。"说着把陶罐往前举一举。

众人惊奇：赠一陶罐水？

楚灵璧："杜大爷半坡马厩的山坡上栽种各种奇花异草。杜大爷从春天开始，每天黎明时分，到花瓣上采集露水，春夏两季，共采得两陶罐，其中一罐，让我带来，赠与大家沏茶喝。"

春露香，夏露甘，用春夏采集的花露水沏茶，世上有几个人喝过？

金柄印又一次暗自叹息：杜玉田老儿，陶砚充茶盅是妙招，而这花露水，妙得就不是招了！这份礼物一出，别人再好的礼物，都显得俗气了！杜玉田老儿，你处处都要气死我哩！

众人傻愣着的时候，郑四爷连声说好好好，接过陶罐，亲自跑到后堂烧花露水另冲茱萸糁掺菊花茶。

郑四爷转回来，往陶砚里注几滴茶，让楚灵璧代杜大爷品。再注几滴茶，让唐二爷品。唐二爷说："我寻常只饮酒，不品茶，今日破例。"品罢道："果然清冽甘美，沁心润肺。"郑四爷又注，依次品茶。众人品过一齐叫好。齐明刀品过，只觉百花的香味、茶香味、陶砚的墨香味、楚灵璧身上的幽香味混合一起，冲鼻通肺，再折而上头，然后涌遍全身。齐明刀简直无法形容那种香味带来的奇异感觉。

之后，陶罐和陶砚便留下了。原来，这斗茶的佳妙形式下，还隐藏着另一个佳妙内容：向郑四爷行开业大吉的贺礼，礼品用过，便作为礼物留下，但留下不能白留下，郑四爷事后按江湖规矩视礼品贵贱付一定的回执礼金，但回执礼金只是象征性的。若真要掏钱去市场上买这样的礼品，那价钱就贵老鼻子了。可谓半赠半买，礼尚往来。

齐明刀心中发毛：自己拿啥作贺礼呢？

那边郑四爷已经转到唐二爷身侧，提着东坡提梁壶毕恭毕敬地说："唐二老，您请！"

唐二爷看一眼隔坐的妻子周玉箸，大手在空中画个半圆，随之探入怀中，取出一对青铜觚。再看周玉箸，手中已有一对青铜爵。这长安城古董道儿上锦瑟和谐的两口儿，将两对青铜酒器推到桌心，让郑四爷注茶。唐二爷还发表声明说："我一生只饮酒，不品茶，故而家中多藏青铜酒器，而无茶具。我总以为酒是爷，茶是孙子，若让我品酒，酒不沾唇，便知优劣高下；若让我品茶，纯粹是糟蹋行道哩！可刚一破戒，又觉着酒是酒味，茶是茶香，各是各的味道。从今往后，我不光饮酒，还要品茶。不过，只品花露水沏的茶。"郑四爷一边往铜瓿铜爵里注茶一边问："我干啥哩？"

"注茶哩。"

郑四爷："酒注茶注玉注（箸），注酒注茶注（箸）玉。"

金三爷一旁连说妙妙妙。周玉箸的脸颊上飞起朵朵晕霞。宋元祐一旁恼恨自己没有这么好的文才。要是自己用这样的话把周玉箸脸说得飞起红霞该多好？

众人用铜瓿铜爵品过茶，觉得茶的香味中混进了酒味和铜土的腥味。品毕，铜瓿和铜爵亦被留下。

轮到金三爷，金三爷神神秘秘卖着关子说："我的彩儿留在最后，给咱压轴咋样？"

众人想，有件东西悬着也好，就同意了。

郑四爷做东，跳过去，轮到董五娘。董五娘从身后拎过一只小藤篮，揭开上面花丝绢，露出四盏茶盅。董五娘小心翼翼又随随便便地把茶盅摆向桌心，随口还吟出两句诗来："蜀纸麝墨添笔兴，越瓯犀液发茶香。"

金柄印很有些嫉妒自己这个老婆，不光坐了长安城古董行当的第五把交椅，还时不时发出些文话来。为了显得自己是会发文话的董五娘的丈夫，金柄印便接了话茬："蜀纸麝墨咱古董道上虽然稀罕，但用些气力倒还找得到，可当年的犀液却不可再有了，可惜可惜。"

董五娘白一眼丈夫："没有可惜，何来人生？"

众人看桌心的四个茶盅，比现在的茶杯小些，比酒盅大些。其中两个是唐代越瓯，两个是明代青花。两青两白，两暗两明，幽光莹光互衬，真个好看。郑四爷正要注茶，被董五娘拦住，要郑四爷重提一壶刚烧开没有沏茶的花露水来。郑四爷提来时，董五娘已在每个茶盅中放了三五片新茶叶。郑四爷注刚沸不久的花露水进去，那盅面便慢慢升起淡淡的雾气。盅中茶叶在水中仙女舒袖般缓缓舒展开来，拼成四种不同图案。茶水慢慢地变绿，绿晕漫漶成山水图画，喜得众人连连叫绝，哪个还忍心喝了这山水图画？董五娘精美如青花瓷一样的双手，捧起茶盅，一一敬献给各位。第二轮轮到周玉箸跟前，周玉箸接过茶盅戏道："跟上屠夫翻肠子，嫁给当官的做娘子，金柄印这位董夫人的确会做人得很。"

董五娘："周二娘这是夸我呢还是损我呢？"

周玉著："当姐的咋能损妹子哩，自然是夸你哩。"说着伸唇品茶，品毕连说好盅儿好盅儿。不说好茶连夸好盅儿，倒也巧妙得很。

首席上各位，或单独或夫妻结伴都有所表示，独剩下货郎苗了。货郎苗起身从货郎担上取过拨浪鼓。当空摇一摇说："拿这拨浪鼓做贺礼咋相？"

郑四爷："这咋叫人担当得起呢？"

货郎苗笑一笑："我才舍不得呢。"放下拨浪鼓，只在货郎担里翻，结果翻到底下，翻出一个卷轴来。货郎苗解开绳儿要抖，被金三爷一把抢过去："别抖，挂这儿吧。"新茶楼的包间墙壁上正好有木钉，原预备挂个字画什么的，还没来得及，倒是给货郎苗这个卷轴预备好了。金三爷系好绳儿，手一松，那画便顺墙往下展开来，众人看时，却是一幅《货郎图》。图上一个货郎，肩挑货郎担儿，担儿上百货齐全。后边货郎担儿顶端还落着一只山雀。货郎四周，一群儿童争相向前，货郎担前面，一个穿长裙的少妇，正好弯腰将小儿放立到地上，小儿热切地巴望着担上。担后远处，一中年妇女，肩扛一儿，老母狗引领一窝小狗一般引领着一群儿童，径直扑向货郎担。图上情趣，深深吸引住众人眼睛。有人惊呼："这哪里是货郎图，分明就是货郎苗嘛。对，是货郎苗，实实在在的货郎苗！"货郎苗也唏嘘："我也觉着是我，我在几百年前就被画在画上了。"这话像鼓槌一样把齐明刀的心擂疼了。

金三爷用酒糟红鼻子狠劲嗅一下鼻烟壶，冲货郎苗说："丹砂兄弟，传世的《货郎图》有两幅，都出自宋代人之手。一是李嵩画的，一是苏汉臣画的，兄弟你这幅，是李画还是苏画？"

货郎苗："好我的金三哥哩，看笔墨像是李画，但不一定是原作，顶多是揭过面皮留下的魂子，又经高手装裱才成这样。不过面皮也罢，魂子也罢，总是祖上留下的。祖上留下的物什，就剩这轴画了。没想到祖上留下的这轴画就是我的人生。把我的人生挂在长安城有名望的茶楼里，倒也有些纪念意义。"

人生如画，这句话齐明刀和在场的人都听明白了；这句话里隐藏的壮美萧然、凄凉无奈，齐明刀和在场的人也体会到了。

金三爷酒糟红鼻子上端的两只小眼睛也被货郎苗这句话说红了，他拿鼻烟壶戳戳郑一壶的腰眼子，附在郑四爷耳边悄声说："我另有一画，更合适挂在茶楼里，这幅画归我吧，回执礼金当然厚重，由我来出。"金三爷说这话时依然拼命闻鼻烟壶，想用烟末的呛味压住心中的万般情感和夺眶欲出的老泪。可是烟末的味道和泪水搅和一处，反而呛得他连声咳嗽。他要收下这幅画，要让货郎苗回到长安城里生活。他养活他都行。

郑四爷何样人物，岂能不知金三爷的心思，便满碟子满碗答应下来。为了扭转这货郎图带来的忧伤气氛，郑四爷猛地一拍金三爷肩头："金三老，该你亮彩儿了！"

金三爷已经咳嗽完了，老泪也偷偷抹掉了，脸上那种惋惜哀伤的表情也一闪而过。金三爷脸上又换上了欢喜的神情，亮着嗓门道："我观今日斗茶，有春秋战国时的铜觚铜爵，有汉代的陶钵陶砚，有唐代的越瓯，明代的青花，外加宋代《货郎图》画。说齐全也将就得过去，说不齐全就是中间断了线儿，中间缺个元。元代不是没有茶具，元青花稀世闻名。全长安城恐怕就董青花家藏有一件，那是董家祖传十几代的镇宅之宝。可那不是茶具，即便是茶具，董青花也不可能拿到这儿来斗茶。董青花带来的越瓯青花瓷已经够名贵了。咱金三爷是谁？咱料事如神，断定各位所长，也断定所缺必在元代，嘿嘿，咋样？咱今儿带来了，咱就是要出这个彩儿！咱这彩绝不亚于杜一老'四水堂'三个金字！咱今儿就吹这个牛皮，各位信不信？"

"也信也不信。"

"是骡子是马拉出来遛遛。"

"千万别抖包袱抖出只老鼠来。"

唐二爷忽然说话了："请大家放一百二十个心，金三老要是抖出只老鼠也是只金老鼠。"

金三爷收起鼻烟壶，从桌子底下拖出一个古旧香楠木画匣，面漆退尽，包浆很好，上面浮雕带枝牡丹。匣上还有一手提横梁，梁下门上挂一把银锁。金三爷开锁抽出窄屉，从中取出一轴画来，提住绳儿，一点一点展开来。大伙看那渐渐展露开来的画面，却是一群达官显贵并文人雅士，正围住一张八仙桌斗茶哩，那茶正斗在紧要处，个个人物伸脖睁眼，神采奕奕，哪里像是斗茶，简直是喝醉酒面热耳酣的情形。哦，原来是一幅斗茶图，题款赵孟頫。

有人发出长长的叹息："我们这伙人今日的情态，早在几百年前，就被那个姓赵叫孟頫的家伙给画出来了，而且画得惟妙惟肖。"

"那是我们的生活重叠了！"

一直很少说话的唐二爷冲金三爷看了半天，微微咧嘴笑笑："果真是只金老鼠！"

金三爷并不说这画的内容笔法，只卖牌画的装裱："中国画的装裱，兴起于大唐，到宋代宣和装裱完全成熟，名匠高手有张龙林、王行真、李仙丹。以后各朝都有名家，明有汤杰和强百川，清有苏州人王弇州和吴县人叶御夫，当世名人最数长安城书院门的赵骐骧。我这幅画呀，光装裱就经过明代强百川、清代叶御夫、当今赵骐骧。我得到此画时，已碎成数十上百片，只得去求赵骐骧，请人家洗头洗脚按摩，好话说了一蒲篮，人家才答应。这赵骐骧果然有女娲补天的妙手，有纪昌射箭穿虱的慧眼，有温和的耐心，缜密灵巧的心思。他用安徽泾县连四纸，宣德年间嘉兴造的上好绫，细心补修装裱。真个鬼斧神工，旧貌易新，天衣无缝，锦上添花。"

漫说画本身，光这装裱，一般人就只有流哈喇子的份儿。

唐二爷凑到近前看了看："果真是赵骐骧的手艺。"

"唐二爷好眼气！"

郑四爷看看时候不早，便邀四老组成合议团给今日斗茶评个优劣，排个顺序。不想次席上人也纷纷献出贺礼。宋元祐、冯空首、陶问珠也各按个人身份献了合适的贺礼。就连一直不吭声的秀水，竟然也献出一本明代"玉茗堂刊本"的《茶经》。这《茶经》从唐代流传到今天，版本有好几十种，光明代刊本就有九种，这"玉茗堂刊本"是明代刊本中最好的。搜遍全长安城，恐怕也难寻到第二本，不想秀水倒有一本，献上来了，欢喜得郑四爷一个劲用手摩挲。这厢里，只剩下杨老汉和齐明刀空手攥个空拳头。冯空首提前没有说清规矩，齐明刀没有半点准备。但人在江湖，总得依着江湖规矩行事。人家都有贺礼，自己咋能空手来空手回去呢？前思后想，想到吊在胸前贴心的那把齐国明字刀，于是卸下来，献给郑四爷："郑四爷，这是我和杨老叔的礼物。"

郑四爷接过去，又郑重地挂回到齐明刀的脖子上，大声对众人说："正堂门口的木屏风和屋顶的鸱吻是齐明刀弄来的，这楼是按鸱吻里所藏的《营造法式》修建的，而屏风和鸱吻，本来就是这位杨老先生的。杨老先生和齐明刀是新茶楼的头号功臣哩！"

众人朝杨老汉和齐明刀拍手，齐明刀心里立刻平衡了许多，杨老汉则是一副既痛心疾首又感激涕零的样子，双手打着拱对郑四爷说："我又看到了我家先前的房子，而且比我家先前的房子阔多了。我老汉有生之年能看到这么好的房子，死也瞑目了！"

齐明刀看到唐二爷过来关注杨老汉了，杨老汉也看到了唐二爷的目光。唐二爷的心在大声说：我爱小克鼎，拿命换我都愿意！杨老汉和齐明刀听到了唐二爷心底深处滚雷一样的声音。这滚雷一样的声音让三个人想着小克鼎，三个人又都没有说明。这种场合，既不能跳墙，也不能说小克鼎。但三个人肚里都跟吃了灯草似的，亮堂堂的。

楚灵璧代表杜大爷，四老组成合议团，对斗茶礼品进行一番审查评议，正准备推出最佳，排个顺序，临后院的窗户忽然掠过一道彩光。众人先还没有在意，那彩光一闪又迅疾地掠过去。齐明刀看那彩光把楚灵璧额带饰上的鹅黄色柿蒂形美玉映射得熠熠生辉。那彩光到底是什么呢？竟然和楚灵璧额间的鹅黄玉相媲美。

楚灵璧的月亮眼幽幽地望着窗外一闪而过的彩光，朗声道："有凤来仪。"

窗外彩光又一次闪过，还携带着清亮的嘹唳之声。

楚灵璧又泠泠念道："凤鸣喈喈。"

唐二爷接了楚灵璧的话："开业大吉，凤凰来贺？"

"凤凰？是凤凰？"

且说古时长安，八水环绕，曾是祥鸟瑞兽聚集的地方，那些玄鹤白鹭、黄鹄鸹鸹、鸧鸹鸧鸹、凫鸥鸿雁，早上从河海交界处出发，晚上栖宿在江汉水滨，第二日傍晚便云集在长安城上空与凤凰一起展翅盘旋。后来，这些祥鸟悄悄地飞到别处去了，那凤凰也一去不返。

千百年来，谁见过凤凰呢？众人一窝蜂，冲出茶楼，来到后院看凤凰。雨还猛烈地下着。人们也不避雨，拥挤在雨地里望着天空。雨线稠密的天空，有一个红色的影子在绕着茶楼盘旋。人们纷纷张大眼睛，却只能看到那个绕楼飞旋的红色影子，而难以看清凤凰的形状。

唐二爷望着那团红色的影子，对身边的妻子周玉箸说："凤有五种，多赤色为凤，多黄色为鹓雏，多青色为鸾，多紫色者为鹥鸶，多白色为鹄。"周玉箸说："看不见凤凰，只能看见火红火红的影子，是只火凤凰吧？""大概是吧。家有梧桐招凤凰，吉祥瑞气，被凤凰带到长安城来了。这四水堂将来要成为长安城最兴旺发达的茶楼哩。"

那团红色的影子先是绕着茶楼飞行，越飞越快，在二楼间那八根擎天廊柱间穿梭。众客人的眼睛随着一缕红色影子在八根擎天柱之间来来去去，往复回环。很快，脖子便扭疼了。忽然，那影子倏地爬高，再朝院中那棵梧桐树俯冲飞旋。人们隔着雨幕看那快速飞旋的凤凰，只能影影绰绰看个身影和颜色，怎么也看不清楚具体形状。那闪烁的火红光彩，把大半个茶楼和院落照亮了。

凤凰凤凰凤凰！人们虽然看不清形状，却还是一个劲惊异地叫着看着。

忽然，人群中传出嘀嘀嘀的叫声。随着嘀嘀声响，宋元祐从口袋摸出件小东西，放在耳边听着说着。齐明刀搞不清那是啥东西，冯空首说那是比电蛐蛐更高级的手机，过不了三个月，长安城就时兴开了。

可能是那嘀嘀声惊动了影子一样的凤凰，凤凰慌急地鸣叫一声，飞离梧桐树的枝头，重新穿过八根廊柱空间，绕茶楼飞旋，最后绕着楼顶两端屋脊上缺少鸥尾的地方上下翻飞，末了像是要落到琉璃鸥尾上去。可惜琉璃鸥尾空缺着，那团红影无法落脚。之后，是几声凄厉的嗜嗜大叫，那一团火一样的红色影子，很快消失在浓密的雨幕之中。

红色的影子消失了，红色的影子鸣叫的余音还绕着茶楼盘旋了许久，最后凝聚在茶楼的西顶端。众客人中，只有郑四爷、杨老汉、齐明刀三人听懂了红色影子的鸣叫。现在盖了过去的房屋，却缺少了一个漂亮的琉璃鸥尾！那鸣叫声似尖锐的利爪，划过了郑四爷、杨老汉和齐明刀的心，郑四爷、杨老汉和齐明刀三个人的心被重重地揪了一下，发出隐隐的疼痛。

三个人和众人一起，不动窝儿地站在茶楼后院的雨地里，望着红色影子消逝的天空，万分感慨地发出一声声唏嘘。

10

　　那天，齐明刀一听到电蛐蛐叫，就匆忙告辞了金三爷和郑四爷去回电话。齐明刀身后响起冯空首的声音：记住，再紧火也不能跳墙啊！齐明刀想：这点江湖规矩用得着再三叮咛吗？我齐明刀会甩开你做生意吗？我刚来长安城就会做这种跳墙的事吗？我要是甩开你跳墙跑单帮我能在长安城安营扎寨吗？冯空首呀冯空首，好赖也一个被筒里滚过，一个锅里搅过勺把，你咋能这样不信任我哩？！齐明刀想到这儿便不再往深里想，齐明刀急着回电话哩。齐明刀没有想到，那句"再紧火也不能跳墙"的话一直跟在他屁股后面，一路到了公用电话亭。齐明刀拿起话筒时，听到了那句话的喘息声。齐明刀回头望时，发觉冯空首正斜倚在电话亭的铝合金门框上，神经兮兮地朝他笑哩。这是那个无聚楼门口看见的冯空首吗？是那个领着他去茶楼见金三爷的冯空首吗？是那个热心地在摇会为他筹钱的冯空首吗？那个冯空首怎么突然间成了地下党屁股后面盯睄的特务呢？

　　齐明刀顾不了这许多，按照电蛐蛐上显示的电话号码拨通了电话，电话那头果然传来了陶问珠轻柔的声音。陶问珠的话语很简短，显然成了唐二爷的传声筒："唐二爷说，日月长着哩，见面的机会随时都会有，缘分到了，出门就会碰上哩……"齐明刀听着这话既亲切又疏远，亲切的是出门就可能碰上，疏远的是没个准信，缘分哪一天才能到啊？

难道自己真的看走眼了？藏在鸥吻里的《营造法式》乐死了郑四爷，藏在鸥吻里的拓片却不能引起唐二爷的兴趣？话筒那头的陶问珠像是摸透了话筒这头齐明刀的心思，停顿片刻，又接着说："唐二爷说，拓片买不到一个牛鼻子，可拓片上的鼎却价值连城。唐二爷说，这事兴起于你，就必经你手，所以就得跟你把话挑明了。拓片上的鼎是非常有名的小克鼎，一共有七个，其中六个已经藏在唐二爷的宝鼎楼里，只有这一个还散失流落在外，你若能将这个小克鼎寻淘回来，你就是宝鼎楼的功臣，就是长安城的功臣！至于银钱嘛，人家主人开口要多少你就应承多少。"齐明刀的心激动得一阵狂跳。齐明刀的手也跟着心一块儿狂跳，以至话筒把耳朵和下巴磕得嘟嘟直响，这响声和动作让冯空首看个明白听个清楚。话筒那端最后还叮嘱道："齐明刀，你可记好了，拓片上那鼎，是非常有名的小克鼎！"

电话挂断了，里边传出嘟嘟的忙音，但齐明刀却忘了放下话筒，痴痴呆呆地立在公用电话亭里。冯空首提醒他通话结束了，他才清醒过来。齐明刀犹豫片刻，最后还是决定把这件事告诉冯空首：反正他已经看透猜透了，电话也听了，监听器一样监听了，想瞒也瞒不住。与其落个跳墙的话柄，不如坦坦诚诚地告诉他。就像唐二爷坦坦诚诚地说那是非常有名的小克鼎一样。

"那张拓片，上面拓的是小克鼎。"

冯空首嘴角上神经兮兮的笑换成了爽朗的笑："我就说，齐明刀是我的好兄弟嘛！"说着还拍了齐明刀的肩膀。齐明刀的肩膀给拍疼了，那疼痛一直延伸到他胸腔里边。

冯空首像片膏药贴在了齐明刀屁股蛋儿上。齐明刀走到哪儿冯空首便跟到哪儿，齐明刀睡觉冯空首也睡觉，齐明刀吃饭冯空首也吃饭，齐明刀逛街冯空首也陪着逛街。齐明刀无聊烦闷时在房屋脚地转圈儿，冯空首也跟在屁股后面转圈儿。齐明刀转累了慨叹一声："驴拽磨一样转啥哩。"冯空首便下楼去弄一碟五香花生米一小瓶白酒来消磨时光。齐明刀忽然觉得，自从陶问珠让他的电蛐蛐发出叫声以来，他一下子成了主人，冯空首成了奴婢。他成了高高在上的皇上，冯空首成了供他驱使的太监。自己的身价怎么陡然间增高了呢？细一想，还不是小克鼎垫在屁股底下。小克鼎并没有面世，小克鼎只是拓在拓片上，但已足以画饼充饥了。

齐明刀嚼着花生米问："空首哥，最近咋没去无聚楼？"

冯空首脸唰地红了："好兄弟，无聚楼那点事你也知道了？"

"无聚楼那点啥事？"

"你看你看，前一句明明白白地问，后一句糊里糊涂地反问，真正地拿明白倒糊涂哩。"

齐明刀眼前浮现出自己刚到无聚楼前的情形。无聚楼女主人倚在门框上不耐烦地审问他的情形还历历在目。但冯空首说的无聚楼那点事他确实不完全知道。他随便一句问话，竟然问出了冯空首脸红的事情。贼不打三年自招，这话确实有一定道理。

冯空首为了转移话题，就说："明刀兄弟，咱不能老是吃了睡睡了吃，闲得脚手痒痒就得去逛街。"

齐明刀把小瓶中剩下的一些酒全部灌进口中："走，咱走！"

齐明刀领着冯空首来到距自己家乡四郎河不远的山脚下。齐明刀发现杨老汉家门口的环境发生了大变化。那变化比长安城里高楼大厦的变化还要快还要大。

齐明刀在院门口往里边喊杨大伯杨大伯。

杨老汉听到叫声，捋着白胡子从门道出来了，边往外走边拿烟锅在烟袋里装烟。杨老汉掏着掏着就把烟锅装满了，但没有点着，而是一个劲地拿稠密的皱纹包裹着的老眼打量着齐明刀和齐明刀身后的冯空首，目光里流露的尽是陌生的神情。难道杨大伯这么快就把琉璃鸥吻和黄花梨木屏风的事忘记了。

齐明刀忙说："杨大伯，我是齐明刀呀。"

杨老汉冷冰冰地回道："我知道。"

齐明刀侧身介绍："这是我的朋友冯空首。"

杨老汉嗯了一声，算是打招呼吧。那声嗯，依旧是冷冰冰的。以前的杨大伯，不是这么冷冰冰的呀！

齐明刀想打破这种冷冰冰的僵局，便没话寻话地说："杨大伯，牛呢？"

"杀了。"

"牛圈呢？"

"挖了。"

"牛棚呢？"

"拆了。"

"不养了？"

"不养了。"

"为啥哩？"

"牛圈的灵魂回长安城去了，还要牛和牛棚做啥哩？"

齐明刀的心里轰隆响了一下，把自己的双耳都震麻木了。原来这牛棚还有灵魂哩，那灵魂已回了长安城。那灵魂是琉璃鸥吻和黄花梨木屏风吗？从长安城而来，又回长安城而去。琉璃鸥吻和黄花梨木屏风是灵魂吗？是，又不是，如果是，也是灵魂的外在躯壳，而其内蕴实质是什么呢？齐明刀多少有些迷惘了。

杨大伯是因为这灵魂告别自己身边回了长安城才变得如此冷冰冰的吗？像是，又不完全是。齐明刀迷惘上又加了一层迷惘。

齐明刀在口袋里摸索，但没有摸索到要摸索的东西。冯空首知道齐明刀在摸索什么东西。齐明刀平常不抽烟，口袋里咋会有那东西呢？冯空首从自己口袋里摸出打火机，给杨老汉点着烟。杨老汉美美地吸一口，并且死命地咽进肚子里，那烟在杨老汉的心肺肠腹的旮旯拐角周游一圈，才通过他的口鼻吐出来。浓浓的烟雾飘散在山脚村落纯净透明的空气中，气氛一下子缓和许多。

三个人坐在杨老汉家的门道里，杨老汉已经提来了他每天必然煮好的砖茶。那砖茶太釅太苦，齐明刀和冯空首都喝不惯，但齐明刀觉得门道里的气氛跟他那天避雨初到门道的气氛已经很接近了。

杨老汉看着齐明刀和冯空首下咽浓釅砖茶的痛苦表情，说："喝不惯哩？"

"太苦。"

"刚开始喝是苦，喝一阵就成了有点苦，喝久了就不苦了。"

"我们怕喝不久。"

"这就难说了，我当初也这么想，可现在呢？抽旱烟锅喝砖茶，惯了。人们会说，旱烟呛烘烘的，砖茶苦不拉几的，有啥吸头喝头？可我吸惯喝惯了，非但觉不出苦和呛，反而觉得香，香得丢不了手哩。"

杨大伯这哪里是在说旱烟说砖茶，分明是说他从长安城沦落到这山脚乡村的人生经历哩。这经历就是人生的大课堂，有许多东西需要学哩。

冯空首在背后捅齐明刀的腰眼子，齐明刀明白那是让他提小克鼎的事哩。小克鼎是此行的目的，要不然大老远跑这趟路弄啥哩？齐明刀隐隐觉得在这种气氛中提小克鼎不合适。古董这玩意儿，确实要讲机缘哩，但冯空首又在背后捅他腰眼子，他就硬着头皮说："杨大伯，鸥吻里藏有两样东西，一张是营造法式图。"杨老汉吸着玉石烟嘴说："这我知道。"齐明刀接着说："还有一张拓片……"杨老汉吐着烟雾说："拓片，好像有这么档子事。"齐明刀进一步说："拓片上拓的是小克鼎。"

杨老汉看一眼冯空首，吧嗒吧嗒地抽一阵烟，慢腾腾地说："小克鼎大克鼎的事，我就不晓得了。"

杨老汉把口焊死了，小克鼎的话无法再说了。

齐明刀想说银钱无论多少的话，觉着不妥。小克鼎并没有落到实处，说啥钱呢？齐明刀想起了鸱吻和黄花梨木屏风，就说："鸱吻和木屏风正在长安城里恢复哩。"杨老汉把烟袋从嘴角取出："耳听为虚，眼见为实。"齐明刀知道银钱虽是信物，但却不能取得杨大伯足够的信任。唯有鸱吻和木屏风立于天地之间，杨大伯才可能心悦诚服。

小克鼎就此打住，齐明刀和冯空首回了长安城。

未久，茶楼竣工，郑四爷和金三爷要齐明刀回乡下去请杨老汉和货郎苗。天假时运，机会终于来了。

杨老汉在茶楼里感同身受，一下子又回到了儿时的岁月哩。杨老汉激动万分，觉得历史像汽车掉头一样，非常容易地折了回去。但这折回去的历史毕竟挟带着无数新东西，这就弄得杨老汉心情无限复杂。在复杂和激动中，杨老汉的精神劲头来了。

就在杨老汉精神劲头上来时，货郎苗和齐明刀给他指了指唐二爷，说那是宝鼎楼的主人。唐二爷的目光曾经和杨老汉以及齐明刀的目光碰到一块，三个人不约而同地想到了小克鼎。但在那种场合，谁也不能说出来。齐明刀没有想到，自己是在茶楼开业大典的隆重场合看见了唐二爷。虽然没有搭话的机会，但毕竟看到了。齐明刀非常感谢杨老汉，因为小克鼎将要成为他和唐二爷之间的一根红线，天下有缘人之间都系着一根红线。

当影子似的火凤凰飞离茶楼时，齐明刀扯住了杨老汉和师父货郎苗的衣袖。

货郎苗又忆起十多年前的事情。

穆帛绢让他转上半年再回来，他就真真地转了半年才回来。他挑着货郎担走过蒲水河的木排桥，来到云台山下小村庄的大柳树下时，没有摇响货郎鼓。他不想卖货，只急切地想见到穆帛绢。进村时，他看到柳拐子赶着几只羊往云台山山坡上去了。以前，他进了穆帛绢的院内，穆帛绢才把柳拐子支走，今日他还未进院门，柳拐子就走了。

货郎苗走进院门，看到穆帛绢正站在空门口的土台阶上，双手抱着大肚子往门口张望哩。

货郎担从货郎苗的肩上溜下来，歪在地上。货郎鼓也从手中脱落，在地上翻滚出响声。货郎苗拿巴掌用力拍打脑门："我的天哪，我个傻瓜！我个大傻瓜！"穆帛绢依然站在窑门口的土台阶上，望着一个劲拍打脑门的货郎苗，喜出望外地笑着。货郎苗一扑就扑到穆帛绢跟前，连声叫着："我的天，咱娃都这么大了！"叫着叫着就用手摸。帛绢撩起衣襟让他摸，他摸一阵，又把耳朵贴上去听一阵。他摸着穆帛绢肿胀光滑的肚子，穆帛绢则摩挲着他蓬乱的头发："我算着你这两日要回来哩。"怪不得柳拐子放羊去了。货郎苗这时候顾不得放羊的柳拐子，只顾得上穆帛绢的肚子："娃在里边叫爸哩。"穆帛绢嗔怪地放下衣襟不让他摸也不让他听了。

货郎苗把货担扶好，把扁担架上去，让穆帛绢坐，穆帛绢坐上去，把扁担向下压出一个很弯很弯的弧线。货郎苗退后几步，把穆帛绢端详半天，得意地边笑边点头。

穆帛绢："你得意啥哩？"

货郎苗不睬睬："你站起来，往前挪两步。"

穆帛绢双手拄着膝盖站起来，笨重地往前挪动几步，穆帛绢一挪步，货郎苗就高兴得直拍手。

"瞧你高兴得张狂哩。"

"我瞅你脸，是男娃。"

"我脸上刻着字哩。"

"女人怀娃不变丑，生女。脸上长雀斑，生男。"

"不一定哩，村里王二娘，满脸雀斑，头几天刚生，女娃。"

"王二娘脸上天生就有，不是怀娃以后长的。"

"原先有一些，怀娃以后更多更显。"

"这就对了，她是天生就有，你这是男雀斑。"

"唯愿你说得对。"

"刚才看你抬脚走路，又是个男娃。"

"把我说成王母娘娘了，一胎两龙种。"

"你刚才站起来先迈左脚，绝对的男娃。"

"你以为这是城里人上茅厕，男左女右。"

"嗨，哪里是上茅厕，是几千年前殷纣王和妲己验证下的。妲己看到怀孕的女子走路，说这个是男，那个是女，纣王不信，就命人剖开怀孕女人的肚皮看，果然灵验。"

"咋，你想剖开我肚皮看呀？"

"好我的亲亲哩，我又不是殷纣王。"

"那就等生了再验证吧。"

"生的时候我要亲眼看着，还要亲手伺候月子哩。"

"不成。"

"为啥哩。"

"忘了你的身份了。"

"啥身份？"

"你是我的野汉，我是你的野婆娘。"

"难听死了。"

"城里人咋叫哩。"

"情人。"

"噢，那咱俩就是情人，不是夫妻。"

"情人咋？夫妻咋？咱生咱的娃。"

"野汉看生娃，冲哩，克哩。"

"我不怕。"

"你不怕克了你的命，我还怕冲了娃的命哩。"

货郎苗没词了，头佝偻到胸膛前。

"你只能在窗外听着。"

货郎苗脸上又浮现出一丝笑意："成，在窗外听着也成哩。"

货郎苗请来了接生婆，柳拐子随接生婆进窑里去了，货郎苗却只能在外面干着急。货郎苗一会儿扒在门板上从门缝往里看，一会儿趴在窗台上听。好在窗户是纸糊的，货郎苗来不及蘸唾沫，就用指头把窗户纸捅个大窟窿，搭眼要往里看。正在此时，窑里传出了一声婴儿的啼哭。不久，又传出一个婴儿的啼哭。

第三天上，货郎苗看到了产后的穆帛绢和两个婴儿。穆帛绢正给一个喂奶，一个躺在土炕上哭啼。穆帛绢喂完这个又换那个。货郎苗抱过吃过奶的这个，亲热地端详一阵，又去端详正在吸吮奶头的那个。人也怪，刚生下来就知道吃哩。

货郎苗："果真双胞胎，龙虎斗。"

穆帛绢："你看得好嘛，两个牛牛娃。"

"不是看得好，是耕种得好。"

穆帛绢充满爱意地白了他一眼。

货郎苗看着穆帛绢怀里的婴儿，用红润的小嘴鼓蛹鼓蛹地吸吮着穆帛绢粉红粉红的奶头。那奶包里蓄满了奶水，比过去更白更大了。那是我过去咬过的兔子，现在轮到娃咬了。

往后几天，村里的七大姑八大姨三姐四嫂都来看娃，都说帛绢好福气，娃生得白白胖胖。娃也争气，才半月二十天，就长出了人模样。一天，人走后，穆帛绢问货郎苗："你瞧娃长得像谁？"货郎苗回说："像你，也像我。"穆帛绢："村里看过的人都说不像柳拐子。"

"村里人明知故说哩。"

"摇摇你的拨浪鼓，转转你的脑瓜子，给娃起个名儿。你肚里曲儿多，起的名儿肯定文明好听。"

"这倒是我的权利。"

"起啥名都成，但是得姓孙。"

"俩娃都跟柳拐子姓呀？"

"对。"

"一人一个不成吗？"

"不成。"

"咋不成？"

"你得实质，人家应个虚名儿也不成吗？不成也得成，这是乡俗也是规矩。"

货郎苗想：娃是咱种下的，血管里流的是咱的血，何苦非得争究个姓儿呢！就问："你没想过？"

"想过，一个叫孙鼓，一个叫孙担，又觉着不妥帖不文明，就等着你起哩。"

"你这用的是柳拐子的姓，我的名，把我俩都包括进去了，可你自个儿呢？"

"我就觉着不美气嘛。"

货郎苗看着两个娃的碎模样，用指头点着说："这个叫孙柳，那个叫孙桥。"

帛绢一拍娃的屁股蛋儿："好好好，嫽嫽嫽，还是你有水平，两个娃的名字把一切都包括在里边了。"

又过几天，由货郎苗操办，请亲戚乡党来，给娃过了满月。在满月宴席上，穆帛绢代表柳拐子当众宣布了娃的名姓。亲戚邻里乡党吃罢满月席，争着竖大拇指，夸赞说这是多少年来蒲河一带最丰盛的满月宴席。货郎苗虽然不是宴席的主角，却是实际操办者，听到这样的溢美之词，打心眼里替穆帛绢和娃高兴。

从此以后，穆帛绢、孙柳和孙桥，还有柳拐子，全靠货郎苗的货郎担儿养活着。这一养活，就养活了二十年。二十年的生活重担，把货郎苗的肩膀压驼了。蒲河、泾河、渭河一带山区和平原偏僻地方的风雨，把货郎苗的两鬓吹洗得花白花白。

如今，孙柳和孙桥已是半墙高的小伙子，一个考上了长安城的一所中专学校，一个落榜在家乡务农。按乡下习惯，当父亲的要供上学的儿子完成学业，要给留在家里的儿子盖一院新房娶一房媳妇。儿子虽然姓孙，这个任务却无法落到柳拐子头上。柳拐子非但没有这个能力，还要跟上吃现成的。从实质上讲，这副重担，只能落在货郎苗的肩膀上。担子落到肩上，再吃力也得担着。挑担儿已经不像以前那样精神，走路也不像以前那么利索的货郎苗，昂着花白的头颅，拍着腔子给已经满脸皱纹，但还残存着年轻时漂亮风韵的穆帛绢说："放一百二十个心，娃们的事，全包在我身上！"穆帛绢用不如年轻时明亮的眼睛，深情而感激地望着货郎苗："我这辈子呀，对货郎担儿放二百四十个心！"听了这话，货郎苗正在苍老的心一下子又变年轻许多。他挑起货郎担儿，摇着拨浪鼓儿，唱着苍凉的曲儿，走州过县穿乡串村去了。

郑四爷的新茶楼竣工，开业大典，金三爷念起了货郎苗，和郑四爷一同吩咐，让齐明刀把货郎苗和杨老汉一起约来。货郎苗已经好些年没回长安城了。要光是金三爷约他，他是不会回来的。金三爷和郑四爷下了双份请柬，又是新茶楼开业大吉，货郎苗就盛情难却了。货郎苗是懂得长安城的江湖规矩的。他翻箱倒柜，只翻出了一件画轴。他人生中只留下两样东西，一样是《货郎图》画轴，一样是他和穆帛绢初夜的白布单。白布单让穆帛绢的血染成了一幅画。那画似乎比《货郎图》更好看。《货郎图》是他的人生，白布单是他体会到的人生中最大的幸福。他决定留下人生最大的幸福，而把人生作为礼物献给郑四爷的新茶楼。把自己的人生挂在熟识的郑四爷的茶楼里总比卖给一个素不相识的陌生人强一百倍。再说，贺礼还有回执金。孙柳上学孙桥盖房娶媳妇正需要钱哩。

开业大典结束时，郑四爷把货郎苗拉到楼角背人处，从袖口里摸出厚匝匝一叠钱，塞到货郎苗手中："这是回执金，一块钱。"货郎苗往回缩着手："咋能这么多哩！"郑四爷又往过塞着："《货郎图》，没价关的东西，三块五块，十块八块也值哩，一块钱回执金，合适着哩。

再说，也是我和金三老的一点心意。"货郎苗看到远处的金三爷，一边嗅鼻烟，一边在人丛里朝这边咳嗽着。金三爷和郑四爷私下那份关于《货郎图》的交易，货郎苗并不知道，就在货郎苗看金三爷的一瞬儿，郑四爷帮他蜷起指头，把回执金攥紧了。货郎苗心里立刻腾起一股热乎乎的东西。孙柳和孙桥正等钱用哩，郑四爷和金三爷这是雪中送炭哩。

末了，金三爷走过来，拉着货郎苗的手亲热地说："丹砂兄弟，你回长安城的次数是愈来愈少了，咱兄弟俩有好几年没碰面了，今儿黑了咱老弟兄俩钻一个被筒，手握手脚抵脚，拉呱上一整宿，你看咋相？"

"在无聚楼吗？"

"长安城大着哩，地方多得很，不一定非得在无聚楼。"

"算哩，我和杨老汉结着伴哩，拆开来不合适哩，我俩到明刀徒弟那儿窝蜷一夜，明儿天亮还得赶回去哩。"

金三爷的老脸没有被搁住，但金三爷并不在乎伤脸不伤脸的事，他老泪纵横地抱了抱货郎苗的肩膀，洒泪而别。金三爷眼看着货郎苗挑着担儿和杨老汉一起，随齐明刀去了。但金三爷留下了《货郎图》画轴。金三爷要把画轴挂在自个儿住的屋子里，这样就可以天天看到画上的货郎。看到画上的货郎就等于看到了货郎苗。

是夜，货郎苗、杨老汉、齐明刀三个人窝蜷在齐明刀租住的那间小屋的木板床上。冯空首让杨老汉过去和自己住，杨老汉硬是不去。冯空首犟不过，又想留下来凑个热闹，可是那张木板床实在容不下他，他只好悻悻地回他自个儿的房间去了。

冯空首一走，齐明刀便关了房门，跳到床上问货郎苗："师父，金三爷说你回长安城的次数越来越少，往往三年五年不见你身影儿，为啥哩？"

"刚有孙柳和孙桥那阵儿，为办些紧缺货物，还常回长安城哩。后来货物好办了，就回得少了。以前每回回到长安城，不是找金三爷就是找郑四爷。后来即便回来了也不再找金三爷，打个转身又走了。"

"又是为啥哩？"

"本来嘛，我和金三爷，狗皮袜子没反正，见了面不是拉呱过去的陈芝麻烂谷子就是胡乱哼唧些旧曲儿。有次，我摇荡着拨浪鼓给他哼他爱听的曲儿：直柄喜当权，笑颤颠两耳悬，花街柳巷都行遍。扬声杂然，停声讪然，深闺绣罢求新线。好姻缘，羡他侥幸，得近小婵娟。"

"这曲儿好，把货郎生活唱得活灵活现。"

"可就是这熟曲儿，把事惹下咧。"

"惹下啥事咧？"

"金三爷显然误会了，以为我想那事儿哩。他说：'人生在世，苦乐参半，该吃苦就吃苦，推也推不掉。该享受就享受，不享受白不享受。男人在世，为两样东西而活着：银钱和女人。银钱嘛，咱拿旧的倒腾新的，来得快，多的是。银钱这东西，生不带来死不带去，没有时人受可怜，多得溢出来时又得设法花出去。花嘛，就花在女人身上。丹砂兄弟，你要学我哩，别看我上了几岁年纪，可心和那玩意儿都花着哩。除过寻常娱乐，后宫还养着哩，已经第三个了。说着就要带我去花街柳巷。我连忙拒绝。他以为货郎担儿挣不下钱，就说你只管办事儿，我请客掏钱。说罢拽住我袍袖，硬拖着要去那地方。"

"师父被拖下水了？"

"我一急又给他唱曲儿：脂粉两般迷眼药，笙歌一派败家声。雨中柳絮狂心性，镜里桃花假面情。你猜金重廓怎么着？他说花街柳巷嘛，狂心性就狂心性，假面情就假面情，你也逢场作戏，泄泄欲火就行，回头给你寻个真情专一的，和你一道在长安城过日子。"

"到底是老哥俩，挺关心的。"

"一听这话，我更加急了，又连唱带吼一首长曲儿：小花儿聚了还散，蛛网儿线断了，扁担儿担不起你去担。正月半的花灯，也亮不上三五晚。同心带结就了，割做两段。双飞燕一遭弹打，怎得成双。并头莲才放开，被风儿吹断。青鸾音信杳，红叶御沟干。交颈的鸳鸯，也被钓鱼人来赶。唱完，我猛一往后用力，只听嘶啦一声，一截袖子已在金重廓手里了。"

"把浑身劲都用上了。"

"金三爷攥着一截袖子愣在当地沉吟片刻后，才说丹砂兄弟，你这是何苦哩？前面唱那样的曲儿，后面又唱这样的曲儿。说着说着脸就沉下来，颜色也变成乌青乌青的了。显然，金三爷把后面的曲儿和他自己联系到了一起。这下坏菜了！我非常后悔没有把穆帛绢和孙柳孙桥的事告诉他。要是告诉他，他兴许能理解和原谅我。现在不行，晚了！现在告诉他他会说你感情专一，我是花花心，玩世不恭。你唱曲儿纯粹是挖苦讽刺我哩。误会已不可避免，我啥话都不能再说。我想只有时间能消除误会。我走了，很少再回长安城。孙柳孙桥长成大小伙子了，误会也该消除了。瞧，金三爷和郑四爷不照样想着我哩。可我的心，却多少有些疏远了。"

"可他们并没有疏远你，尤其是金三爷，时常惦记你哩，还说愿意养活你，叫你回到长安城里来。"

"他是想报几个白蒸馍和一双旧棉鞋的恩哩。可那是恩吗？小时候的一点点怜悯和友谊，值得看成如山的重恩吗？咱能图人家报吗？"

三个人把几十年的生活叹息了一回，话题又转到宝鼎楼和小克鼎上。杨老汉说打从看到四水堂的那一刻起，他就觉着小克鼎应该回到宝鼎楼去："可我确实忘记小克鼎埋在啥地方了，我得回忆我的母亲，我回忆我的母亲兴许能想起埋小克鼎的地方。"

齐明刀的心又为杨老汉而跳动。

三个人窝蜷在齐明刀租住的小屋的木板床上，只顾拉话，不觉间窗口已有了微微的亮光。

货郎苗和杨老汉要起身回乡下去，齐明刀送到街上。长安城已从睡梦中醒来，卖早点的已经出摊，晨练的老人结伴跑步，小学生背着书包匆匆赶往学校。晨曦照在远处的城墙上。

齐明刀买了豆浆油条给货郎苗和杨老汉吃。望着两位老人的吃相，齐明刀叹息道："看来，长安城留不住你们。"

货郎苗回道："世上哪个人愿意离开曾经爱过受活过幸福过并且结出果实的地方呢？"

齐明刀忽然明白：爱有了结果，就得为结果耗尽这条生命。生命的享受和生命的耗费是紧紧连在一起的。幸福也要承担责任，所以师父得摇着鼓儿挑着担儿回去，回去供孙柳上学，给孙桥盖房娶媳妇。

货郎苗和杨老汉用袖头抹抹嘴角，上路了。

明显消瘦苍老的、驼背的货郎苗挑着货郎担儿，颤巍巍地往前走着。没走几步，那拨浪鼓却精精神神地响起来，随后是异常苍凉的吟唱声顺着街面传开去。

> 无定河边数株柳，共送行人一杯酒。
> 胡儿起作和蕃歌，齐唱呜呜尽垂手。
> 心知旧国西州远，西向胡天望乡久。
> 回身忽作异方声，一声回尽征人首。

街上的行人全都停住脚步，扭头望着渐渐远去的货郎苗和杨老汉，侧耳倾听那动人肺腑的词曲。

齐明刀的眼泪扑簌簌顺着腮帮落下来。杨老汉把鸥吻和《营造法式》带回城里并变成现实，师父货郎苗又把一种无形的东西携带出城。流着热泪的齐明刀，弄不清长安城的灵魂是回归城里了，还是消逝向城外了。

11

　　蔡翠玲在皇后酒店订了小包间，要了酒菜，等着宋元祐。宋元祐一进来，蔡翠玲就热络地迎上去为他脱外套。宋元祐看着满脸堆笑的蔡翠玲，乘机在她腰上捏了一把。蔡翠玲打开他的手说："脏手少摸！"说着，扭摆着水蛇腰去挂衣服。宋元祐揉着手背说："保不准是手脏腰哩还是腰脏手哩。"蔡翠玲挂好衣服，媚笑着拉宋元祐坐下，给他斟酒。宋元祐问："今儿有啥高兴事哩？乐得你跟吃了喜娃他妈奶似的？"蔡翠玲把酒杯递到他手里，自己也端起酒杯与他一碰："干一杯，润润喉咙。"宋元祐把酒杯放到桌面上："你不说，我不喝。"蔡翠玲一拍腿面，高声对他说："我说，我说，鲸鱼高升了！""哦，鲸鱼高升了？""是呀是呀，鲸鱼高升了！""鲸鱼高升了你不和鲸鱼庆贺，咋把我约到这搭来了？"蔡翠玲一顿，脸上的得意减一减，但立即又转为热情："我猜呀，你这京兆公安分局的副局长也该扶正了。"宋元祐："扶正你不就成皇后了。""要不我咋约你到皇后酒店来呢？皇后总比妃子强啊。""可天下的皇上都是宠幸妃子而冷落皇后的呀。"蔡翠玲愣了一愣："你这是说你哩还是说我哩？"宋元祐哈哈一笑，说喝酒。两人碰杯喝酒。

　　喝酒吃菜间，话题又转到鲸鱼高升的事上来。这个臭鲸鱼，竟然考中了。考试嘛，就那么点奥秘，只要找到主考老师，考试范围大致可以划定，请主考老师吃饭，范围里再划上重点；给主考老师送礼，重点里再圈点重点，这一划两划三圈点，考试便跑不了大码子。

如果摸不到主考老师的门路，或者主考老师出题被"隔离"了，见不上面，请不了吃送不了礼，那就得寻情钻眼，疏通考试主管，提前弄到题目，连夜奋战。临阵磨枪，不快也光。最次也得把监考抓在手心，然后找枪手替考。最后一招，就是利用现代通信设备电蚰蚰传递信息。有手机当然更好。弄个耳机，别人还以为你边考试边听音乐哩。鲸鱼是何等样人，专业功底本来就不薄，再加上考场内外路子都能走得通，咋能不高中呢？

鲸鱼如愿以偿，考取了厅长之职，遗憾的是，只是前面加了个"主管副"三个字，成了主管副厅长。实权倒是有，就是称谓长了些。

鲸鱼，是蔡翠玲和宋元祐几个人私下里送给文物局局长金柄印的绰号。意思是金柄印为官，属下若送银钱，他一分不取，还要把你骂个狗血淋头。但若送他字画古董，他便一口吞下，连个铜屑瓷片也不留在胡须外面。这头鲸鱼从来不明目张胆地主动追击猎物，更多的时候是张大镶满利齿的嘴巴漫游着，等待猎物自己撞到它的胡须上。这当儿，鲸鱼稍微动一下心计或权力，猎物肯定难以脱身。有些官员收取金银如拾草芥，可这头鲸鱼只把字画古董作为猎物。蔡翠玲曾经听杜大爷说过：世上治内伤的灵丹妙药是鲸脑。可鲸鱼那么庞大，生活的海洋又那么宽广深邃舒适，谁又有本领杀了鲸鱼而取出鲸脑呢？傻瓜才想杀鲸鱼而取鲸脑哩！聪明人谁不想借鲸鱼的威名给自个儿办点事呢？！

蔡翠玲是文物局办公室的秘书。办公室的秘书其实跟金柄印的私人秘书差不多。金柄印在文物局的日常事务和日常生活由蔡翠玲全权管着。因为身份特殊，所以文物局凡遇到好事情，蔡翠玲总能先行方便。

深谙官场门道的宋元祐一下子就猜中了蔡翠玲请他喝酒的用意，说："你机会来了。"

"想顶缺的人多哩。"

"人再多鲸鱼是关键。"

"咱再唱出双簧，把水搅浑了，好浑水摸鱼。"

宋元祐笑笑："再演双簧，咱俩就成天仙配了。"

蔡翠玲也笑笑："咱俩演双簧，的确是天仙配。"

大前年夏天，鲸鱼跟她说，小雁塔旧货市场新开张了一家翠宝斋，其掌柜收着几粒宝石，看她能不能弄粒来瞧瞧。蔡翠玲暗道：翠宝斋正好应了我的名姓，采翠灵，此一去必定不会空着手回来。蔡翠玲找到宋元祐一合计，便修饰一番，径直去了小雁塔旧货市场，大摇大摆进了翠宝斋。掌柜的飞了两位客人一眼，但见女的年纪轻轻，很有几分姿色，发髻高挽，面含清高。上身穿一件透明薄丝绸对襟短褂，下身系一袭长摆素裙。耳挂金坠，腕套翠镯，手摇一柄檀香骨花鸟折叠扇，目视屋顶，不低头看柜台，嘴里咕咕哝哝，像嚼着口香糖。跟在后面的中年男人，一身中式绸衫绸裤，头发往后梳着，一缕一缕油光发亮。眼扣一副遮阳水晶石大墨镜，手摇一柄象骨山水折叠扇，也是只抬头望天不低头看地的派头。掌柜的见两位客人架势，知是有银子的主儿。这种喜鹊门上叫的事儿，一年也就碰见三五回，三五回里有一两回见银子，就够翠宝斋吃几年。这就是古董行当。奇货可居，三年不开张，开张吃三年。掌柜的既然敢开翠宝斋，自然摸得个中道理。看客下面，见什么人拿什么货给你看。

掌柜的满脸堆笑迎接客人，请客人坐。客人也不客气，在圆桌旁边坐下。掌柜的又敬烟献茶，客人不抽烟，也未动茶。

男客人目光透过水晶石墨镜只一扫，便把满货架的东西扫描过了，说一架子货，只有那个明嘉靖官窑粉彩罐像是真货。掌柜的一听，忙称赞这位大哥好眼力，说那是本斋制作高仿品的样品，大哥一眼就看出来了。男客人问仿品好卖吗？掌柜的忙答，哪里敢卖给您这样的行家。偶尔有牵驴的牵几个老外来，掏几张洋票子买一半个，就能将就铺子和油盐酱醋了。男女客人自然知道牵驴是什么意思。过去有钱的庄稼人或者跑买卖的商人行走牵头驴，让驴驮东西。而长安城古董行当把那些领着老外走街串巷逛店铺的导游翻译称作牵驴的。瞧这比喻，贴切倒是贴切，就是太损了。

掌柜的知道来客不是一般人，便恭敬地垂询，不知二位贵客想看什么货。男客用下巴指指女客，说准备给未来的新娘买块宝石，做个戒面。掌柜的忙说来得早不如来得巧，我这斋里正好淘换到几粒宝石，要不要拿出来过过眼？男客跷一跷二郎腿，说一般的就不要拿了，有成色好的拿几粒来瞧瞧。掌柜的说二位客人真正的和本斋有缘，淘换来的宝石中正好有几粒上好的，我拿给二位瞧瞧，瞧好了再说，瞧不上欢迎下次再来。说着旋身进了里屋。这也是古董店铺的常规，上好的东西都藏在里屋，不会大鸣大放地摆在铺柜台里。这不，掌柜的端出一个瓷盘，瓷盘里铺着红丝绒，红丝绒上四粒小拇指盖大小的宝石。红蓝两色，莹光闪烁。掌柜的将瓷盘放在桌上让客人看。男客只瞥一眼，便起身去柜台前转悠。女客则细看那宝石。男客忽然问，掌柜的，这件明嘉靖官窑粉彩罐匀给我得几两银子？掌柜的忙回头答道，本斋仅此一件，做仿制样品用，不敢脱手。男客微微叹道，可惜可惜！

这时女客说了："品相倒是不错，请开个价。"

掌柜的看碰到的是行家真买主，便动了心思。既要赚到最大利润，又不能漫天要价把买卖憋炸。掌柜的沉思片刻，伸出两个指头，当空摇一摇。女客笑一笑："一粒还是全部？"掌柜的补充道："这位贵客真会说笑话，当然是一粒啰。"女客收住笑，将瓷盘轻轻一推，说："收起来吧。"掌柜的知道这价钱客人不能接受，便说："古董行当本来就这样，天上要价，地上还钱。谈拢了，买卖成交，双方高兴，谈不拢，买卖不成仁义在。"女客又略微笑笑："那咱就仁义在。"掌柜的一听这话，不好再说什么，准备收回瓷盘。掌柜的检视盘中宝石，只有三粒。掌柜的内心惊疑，脸面上若无其事，问女客："那粒蓝宝石你相中留下了？"女客被问得粉脸拉得老长，圆瞪着双眼回道："啥相中留下了？"

"蓝宝石呀？"

"啥蓝宝石？讹人呀？"

"我一共端出来四粒，两粒红两粒蓝，咋就只剩下两粒红一粒蓝啦？"

女客猛一合扇子，用力掼在桌子上："啥子翠宝斋，分明是孙二娘的黑店，宰人哪！"

虽然是在自家店里，但掌柜的摸不清客人来路，又未当面捏住人家把柄，故而不敢要得太硬，只是连声说："难道那粒蓝宝石会长翅膀飞了不成？飞了不成？"

女客和男客当然明白这话的意思。男客转回到桌边，见二人争执不下，便出面做和事佬。不过这和事佬做得倒也公正。既不站在掌柜一边，也不偏袒同路女客。只见他温和地说："掌柜的不能平白无故冤枉人，客人也要做得干干净净，才能跷出翠宝斋的门槛。"掌柜的想这男客倒也讲些道理，就顺竿往上爬着，"着哇，大家做得干干净净，省得一方怀疑一方。"

女客呷巴呷巴嘴唇，张开嘴巴让掌柜的看她玉牙，说："我总不至于把你的宝石吞到肚子里去吧。"掌柜的瞥一眼女客细密的玉牙，说："我可没有这么说。"女客拔下银簪，抿在嘴唇间，头上的高髻蓬松开着，乌发瀑布般散落下来。女客头猛一摆，那头发便鞭子一般甩过来。掌柜的忙往旁边一趔，但腮帮子上还是挨了一鞭子。女客睐眼盯住掌柜的，慢条斯理地解开薄丝绸短袖上的布扣子，脱下来当空抖一抖，搭在椅背上，又退下长摆素裙，再当空抖一抖，又搭在椅背上。女客身上只余下胸罩和三角内裤了。女客用两个大拇指撑开胸罩，绷一绷，抖一抖，内中啥东西也没有掉出来。掌柜的看到胸罩里鼓胀的奶头，惊得忙转过身去关店铺门。要是让别的客人闯进来看见了，他这翠宝斋就该更名为亮宝楼了。女客不依不饶，把下边也检查检查？掌柜的尽管背着身，但还是用巴掌遮住眼，回话说："你快穿上衣服吧，可能是我老眼昏花，把三粒当成四粒啦。"

女客穿衣服时，男客一旁发话了，发话的口气，来了个一百八十度的大转弯。"不成，万万不成！我女人的身子，我还没仔细瞧过哩，你倒先瞅上了！瞅了白瞅，哪有如此便宜的美事哩？这羞辱别人受得了，我却实在受不了！"

掌柜的碰见这两位客人，算是麻线儿遇见了钢丝绳，碰见更难缠的了。掌柜的忙打躬作揖，满嘴赔不是，见客人不原谅，忙拿出个仿制的粉彩罐儿作赔礼。女客说："谁稀罕你那假玩意儿！我这真身子就值你那假玩意儿？！纯粹把我俩当驴哄哩。"

掌柜的双腿颤颤的，眼看要跪下磕头求饶了。

男客见状扯扯女客裙角，说："算了算了，饶他这回，以后若再诓人，烧他翠宝斋，砸他古董生意饭碗。"女客见男客劝，非但不罢休，反而大声嚷开了。嚷得街上人听到声音，敲着店门要进来瞧热闹。掌柜的没法，只得收回仿制粉彩罐，重新拿出个玉镯儿，硬塞在女客手里，女客才息了嚷声。

男客摇着象骨山水折叠扇，在墨镜后面瞪着眼说："客人做得干干净净，掌柜的也要做得干干净净，桌上那把檀香扇暂且留在这儿，三天后我来取，同时要取回一句清白话，看你那粒蓝宝石找见了没？！"说完领着女客要走，掌柜的忙打开店门送瘟神一样送客人。男客女客手挽手大摇大摆地出了斋铺门。女客出门时还狠狠踢了门槛一脚。

三天后，男客果然践诺来取女客的檀香骨花鸟折叠扇，同时问那粒蓝宝石找见了没？掌柜的想，来者不善，善者不来，这号恶客，招惹不得，还是尽快打发走了事。掌柜的一边上茶一边赔着笑脸说找见了找见了。男客说耳听是虚眼见为实，硬要掌柜的拿出来瞧瞧，不然这事在江湖上传开来谁也说不清楚。掌柜的万般无奈，只得进里屋用瓷盘端出四粒宝石。男客一手摇一把扇子，粗粗看了一眼，说这回倒真是四粒，两粒红两粒蓝。还说掌柜的，以后再不要在客人面前耍花子了。掌柜的连声诺诺。男客一手摇一把扇子踱着方步出门而去。

又过几日，掌柜的和老婆一起打扫斋铺，抹桌子时无意间摸到一块粘在桌子底下的嚼过的口香糖。口香糖已经变硬，上面有个小坑。掌柜的忙取来一粒宝石往坑里一摁，不大不小正合适。哎嗨，这口香糖比间谍的窃听器还粘得巧妙！掌柜的恍然大悟了：一男一女两个客人的双簧戏演得真切动人且滴水不漏。男客把人的注意力引开，女客便把口香糖粘在桌子底下，一粒蓝宝石也神不知鬼不觉地镶嵌在口香糖里。女客的戏尤其演得好，露几分活生生的色相，吸引你的注意力又不让你看得真切。在迷离和眩惑之中，谁会想到桌子底下有动作呢？女客那天确实没有带走蓝宝石，蓝宝石乖乖地待在桌子底下。男客演得沉着老练，留下一把扇子讨清白，狗屁讨清白！清清白白地把一粒蓝宝石讨走了！不花一文银钱，清清白白地弄走一粒蓝宝石，外搭一件玉手镯！真真正正的高买，让咱碰上了！

掌柜的通过眼线多方打听，打听到这对高买果然不是一般人物。男的是京兆区公安分局副局长宋元祐，女的是文物局秘书蔡翠玲。两个人没一个能惹下的。一粒蓝宝石，三年的花销，买了个乖，还不能张扬出去。掌柜的打碎牙往肚里咽，还不能喊肚子疼。不然的话，这翠宝斋就该关门大吉了。

回想往事，宋元祐和蔡翠玲嘿嘿笑哩。

"咱一到夏天就成事哩。"

"你一到夏天就诱惑人哩。"

宋元祐馋猫似的看着蔡翠玲穿着蝉翼一样薄透的丝绸短衫的胸脯。蔡翠玲有意无意地解开胸口的纽扣。

"这回天仙配演双簧唱给谁呀？"

"咱上食下钩，专钓两个所长。那两个所长四只死鱼眼可是愣盯着鲸鱼留下的肥缺呢。"

"咱上啥食，下啥钩？"

蔡翠玲把椅子挪过去，挨着宋元祐坐下，高挺的胸脯蹭着宋元祐的胳膊，趴在宋元祐耳边小声咕哝一阵。宋元祐一边拍大腿一边用力回蹭着蔡翠玲的胸脯："妙啊！咱这回把鱼钩下在书院门的风雅阁。"

蔡翠玲和宋元祐掐好码子，第二天晚上就约金柄印、党泰和、鲁红石到四水堂喝茶。堂主郑四爷腿一跛一跛地迎上来，一边转动掌心的核桃壶一边说："哟嗬，我以为是哪路神仙哩，原来是金局长……"蔡翠玲一旁打断话头说："不是金局长，是金厅长。"郑四爷一拍脑门："哎哟，瞧我这臭嘴，快用茶涮涮。"说着吸溜一口核桃壶，壶嘴里立即发出吱吱的声响，声响里夹杂着郑四爷的解释和道歉："金三老昨晚来喝茶，茶桌上说金局长高升了，还说你瞧我们姓金的多金贵，大把赚金钱，大步高升官。瞧瞧，昨天黑了的说事，今黑了又让我说成金局长了。其实咱心里清白，高升了咋能退回来呢？咱这乌鸦臭嘴，让咱再涮涮。"说着夸张地一吸溜，核桃壶也极其配合主人，吱地发出一声夸张的长响。郑四爷笑容可掬地道："金厅长，我这核桃壶都给你道歉，祝贺你高升哩。"金柄印倒背双手，端拿出一些官架子，宽宏大量地笑着说："郑四爷这张嘴，跟他巴掌心的核桃壶一样乖巧稀罕哩。"心中却暗道：要是杜玉田这样和我说话，我心里才真正舒服哩。蔡翠玲、宋元祐、党泰和、鲁红石在一旁听着二人对话，不由得心中叹服。怪不得一个把茶楼开成了四水堂，一个从局长升成了副厅长，说出话来，也是飞机上挂暖瓶——高水平。

郑四爷在斜前方领路，金柄印在中间，其余人随后往茶楼里边走。金柄印暗自得意：官还是要升哩，刚一升就前引后随，前呼后拥呢。以前在茶楼和宝鼎楼，只有杜玉田才能享受这种待遇，耍这种威风。现如今即使杜玉田老儿在当面，恐怕也得让我三分。

郑四爷打开一间包间说："来凤仪，请。"

"那天凤凰来，就是在这包间看到的。"

"对呀，平时紧锁着，只有到凤凰了才打开。"

瞧郑四爷嘴多巧，说得一行人心里跟灌了蜜似的。

郑四爷用曼生壶沏好清明前新采的紫阳毛尖端上来，给每人斟一杯，然后呼来小茶倌，吩咐道："站在门外，叫了应声，没叫不准进去。"吩咐完，识趣地离开了。

里面几个人围着拥着金柄印，边品茶边说闲话。俗话说三句话不离本行，古董行当的商人和古董行当的官人坐在一张桌前，说的话自然离不开古董和做官。

几个人先说一些等主候客、审货场、说合拉纤、互相搂货的内行话，又讲一些钓鱼、放飞的逸闻趣事，再谈了谈长安城古董行当的新动向，末了话题转到了古董收藏。

宋元祐："这收藏也跟抽大烟一样，上瘾哩。有钱放在银行的大被窝里生儿子，人家只说你是个贪官、奸商。你若是拿钱收藏古玩字画，那人家就另眼相看，直竖大拇指哩。文人学者搜集收藏古玩字画，是为了占有头手资料，考据历史，探究文明，准备著书立说哩；达官贵人搜求收购古董珠宝，讲究个金玉满堂；豪门巨富家陈设珍宝古玩，悬挂字画，既显尊示贵，又浓缩聚敛财富……"宋元祐正说着却打住喝茶，掖住一半藏住另一半。

党泰和是文物局文物所的所长，鲁红石是收藏馆的馆长，两个人都是以学问见长的人，一时不明白宋元祐咋敢如此大胆放肆地当着金厅长的面讲述达官显贵和豪门巨富的坏话呢。

一旁的蔡翠玲接过话茬说："满长安城里，就我们金厅长是个例外。金厅长既是达官显贵，又是豪门巨富，更是文人学者。古董字画到了金厅长手里，那可是傻女婿寻到了丈母娘，进对门了。"

这话补得好，比晴雯给宝玉补孔雀裘还补得好。简直天衣无缝！党泰和与鲁红石想叹服都来不及。只听蔡翠玲又说："咱金厅长收藏有两大爱好。一是瓷器。家娶贤妻，是个瓷器通，元、明、清三代瓷器应有尽有，在长安城首屈一指。二是字画。金厅长爱，收的也不少，但若在长安城排座次，恐怕还挂不上望子。"

蔡翠玲说罢，低头品茶，并不看党泰和和鲁红石，似乎只是在和宋元祐说闲话。

宋元祐这厢却来了精神，一搁茶盅："嗨，我有一个朋友，新近收到一幅王维的山水。不过对字画这行，我可是木匠进了铁匠铺，样样拿得起，样样都外行。不过，凭我外行的眼力看，那画竟然是满纸佛家空明之气。不是真迹，也当是宋代高手的摹品。宋代高手摹品流传至今，也是下一品的货色，长安城里，几十年也未必能见到一张。谁要有兴趣，明日帮我掌掌眼。"说着拿眼角瞟党泰和和鲁红石。党泰和和鲁红石见的官品不少，但和民间来往不多，消息自然不若宋元祐灵通。

金柄印此刻却不咸不淡地说出一句话来："王维有佛气，宋人有意趣，两相合一，兴许好玩。"说着，叫小茶倌进来添水。小茶倌添完水，又乖巧地退到门外去。

之后，话题转到官场的升迁之道上。对这个话题，金柄印自然最有发言权，只见他舒腔捏调地说："五帝官天下，三王家天下，家以传子，官以传贤。"

蔡翠玲听后抿着丰润的红唇笑，又似乎怕这笑被人看见，忙用笋白的手捂住肥嘟嘟的小嘴，并拼命憋着，不让自己的笑发出声音。蔡翠玲之所以笑，是因为她忽然想起杜大爷说过的一句话："无能之士，禄以例臻，才俊之流，坐成白首。"把两个人的话放在心里一比较，蔡翠玲忍不住就想笑。临来之前，蔡翠玲给金柄印打过预防针，在茶桌上只管拖官腔拿官调，别的不操半个字的心。金柄印果然照章行事。没料到，金柄印照章行事，却把蔡翠玲自个儿惹笑了。

官以传贤，是金柄印给这个话题定的调调。

宋元祐不知是没有深刻领会，还是故意装作不解，说："古代朝廷用人，自两制选居两府，自三馆选居两制，而进入三馆有三条路：科举进士一条路，这条路得凭真本事去考，考中一步登天，落榜了回家打牛后半截扶犁种田，只怨自己怪不得别人；第二条路是大臣举荐；第三条路是差遣例除。现如今，第三条路已断，第一条路愈发艰难，唯有举荐一条路倒是越发的光明正大了。"

在座的都是古董行当的人，知道宋元祐说的两府两制三馆是宋代的官制，自下而上，逐级而大。所比喻现今官场升迁之道，倒也中肯。可金柄印不爱听，沉着脸说："这不成了背靠大树好乘凉，朝中有人好做官了吗？"

蔡翠玲一边替宋元祐帮腔一边替金柄印消气："官以传贤，只要举荐的是贤能之人，有啥不好？"

这话倒有三分道理。

最后几个人说了一回四水堂开业大典时火凤凰光临的趣事，又谈了一通茶道，觉得时间不早了，要散。郑四爷闻讯赶来，直把大伙送到四水堂大门外，举一举掌中核桃壶说："归去来兮，凤鸣喈喈，展翅高飞。"说得几个人高兴，一再表示过几天再来。

第二天，党泰和来找宋元祐，说想看看那幅王维山水。宋元祐带他径去书院门风雅阁。党泰和见那画笔势飘逸，意境高古，颇有些王维品格。所用纸也的确是唐宋时盛行的白麻纸。再细察印鉴，有宣和藏印，说明入过内府。党泰和虽为文物所所长，但专长在新石器时代器物研究，对唐王维诗画的流转以及如何落入民间却知之不多，一时也无法断定真伪。但内心记着宋元祐说过的话：不是真迹，也是宋高手的摹品，下一品的好货色。党泰和让掌柜的开价。尽管开价很高，党泰和并不还价，收了画让掌柜的随他去取银钱。掌柜的拿眼瞟宋元祐，宋元祐微微点点头，掌柜的便答应了。

这幅王维山水很快到了金柄印办公桌上。金柄印看后爱不释手、赞不绝口，连问多少钱可以匀过来？党泰和说金厅长若是喜欢就留下吧。不成不成，这不成了受贿了。画又不是金钱银票，咋能是受贿呢？说的也是，改天我回赠你个青花碗，算是交换。党泰和忙答应道，金厅长给我一碗饭吃，真是再好不过。

党泰和告辞不久，蔡翠玲来了。蔡翠玲在金柄印前可比党泰和随便多了。她说这画借我用两天。金柄印说不成不成，人家刚拿来你就要借。可是画已经在蔡翠玲手心攥着了，不成也得成，就两天，两天后保证完璧归赵，而且还有意外收获。蔡翠玲一边风风火火往外走，一边回头说你等着，不出两小时我肯定转回来。

蔡翠玲去而又回，手里拎个包，拉开拉链往桌上一倒，是一堆钱。

金柄印诧异地张大眼睛："啊！你把画卖了？卖成这一堆钱了？"一向精明鬼灵的金柄印料到蔡翠玲和宋元祐会唱双簧把画弄回来，却没有料到会再卖出去。金柄印忘了自己以前做过的许多事情，脸略微沉一沉，把钱往过推一推："我要画，不要钱。"

"画也要，钱也要，岂不更好。"

果然未出两天，鲁红石又神神秘秘地将王维山水送到金柄印办公桌上。金柄印又夸一回画，鲁红石说金厅长要是喜欢就留下吧。金柄印又说这不成受贿了吗？鲁红石说画又不是银钱，咋能是受贿呢？金柄印说那好吧，过两天我送你个官窑瓷酒壶算作交换。鲁红石说厅长能赏我一壶酒喝，真是再好不过。

几天后，蔡翠玲和宋元祐见面，直称赞这出双簧唱得更漂亮，两家子吃亏三家子占便宜。

宋元祐："就怕鲸鱼蒙在鼓里不领情。"

"放你一百二十个心！别看鲸鱼外表装聋扮傻，那纯粹是摆谱哩。他心里比谁都亮堂，咱不过是教唆党泰和和鲁红石走鲸鱼以前走过的路哩。咱教的路数，兴许比鲸鱼的路数长些吧。"

"你说，二人都进贡，鲸鱼咋赏人家哩？"

"鲸鱼一点不笨，长着治内伤的鲸脑哩。他被赏的东西，也可以依样赏给别人。当年宰相房玄龄向太宗举荐萧翼，萧翼不负所望，用计从书圣王羲之七世孙智永和尚的弟子辩才那里骗取了《兰亭集序》真迹，辨才和尚一口血吐得去了西天。唐太宗李世民得到兰亭真迹，如获至宝，认为房玄龄荐人有功，赏彩锦千段。萧翼功劳更大，拜为员外郎，官升五品，赐银瓶一个、金镂瓶一个、玛瑙碗一个，其中尽装珠宝。还将御厩中良马两匹披挂雕鞍银镫也赏给萧翼，另外还赏给萧翼和房玄龄一人一座庄园。你看《兰亭集序》值钱不值钱？玄宗时，徐浩将长安书商胡穆聿推荐给玄宗，胡氏收有王方庆家藏，被提升为金吾长史。你瞧太宗和玄宗会赏不会赏？"

"荐人者赏，献宝者亦赏，天下是太宗的，也是玄宗的。赏金银珠宝骏马良驹和庄园，天下谁人敢说个不字。现如今不一样了，赏金银珠宝谁舍得？赏宝马庄园太刺眼，那就手中有什么赏什么吧。手中有官位就赏官位吧。古时官位是皇家自己的，现在的官位又不是自家的，不赏白不赏。顺水的人情，谁不会做呢？"

"依你看，鲸鱼会赏谁呢？"

"如若一人献宝，谁献就赏谁。如今二人都献了宝，倒是难赏了。不过，说难也不难，比比谁的才能高就行了。"

蔡翠玲听后一阵大笑，笑得下巴和胸脯的肉忽悠悠颤哩："有一天，我去鲁红石办公室，鲁红石正在写诗填词。我一看，只写了一大半：不读书有权，不识字有钱，不晓孝道有人夸荐，老天只恁忒心偏，贤和愚无分辨。折挫英雄，消磨良善……我见他凝眉筹思，写不出结尾，就顺手添了两句：越聪明越逆蹇。志如鲁连高，德高仙闷蹇，依本分只落得个人轻贱。"

宋元祐一拍巴掌，连称好词："没想到蔡秘书也文话到这等境界。"

"你以为秘书是跑堂的，只会在酒桌上杯盏应酬，在宾馆里铺床暖被？"

"哎嗨，党鲁二人一堆银钱要打水漂了。"

"你说，掏个耳屎，是选栋梁之材呢，还是用鹧鸪的羽毛呢？"

"掏耳屎是为了舒服，自然舍弃栋梁而用鹧鸪的羽毛。可你呢？是栋梁还是鹪鹩的羽毛？”

“当栋梁用就是栋梁，当鹪鹩羽毛用就是鹪鹩羽毛。”

“看来你有戏。”

蔡翠玲忽然顿一顿，咬住嘴唇说：“我就不信，死古董能胜过大活人！”

当晚，蔡翠玲就把鲸鱼钓到自己住处，好菜好酒款待一番，然后一同坐到沙发上看电视、嗑瓜子、说闲话。

蔡翠玲生得胖，但不是那种臃肿的胖。蔡翠玲皮紧，把肌肉紧绷绷地包裹在皮里，活像细密的纱布紧裹着嫩豆腐，很有弹性。脚一动手一摇，浑身都忽悠忽悠颤哩。蔡翠玲的眼神风骚，嘴唇像雨后的草莓一样。

蔡翠玲凑到鲸鱼跟前，用头发梢给鲸鱼搔痒痒，用冲鼻的香水刺激他，用草莓样鲜润的嘴唇舔他的胡茬，用迷人的风骚眼勾他的魂魄。

鲸鱼揽住蔡翠玲的软腰，抽着鼻子说：“跟刚才喝的酒味道一样。”

蔡翠玲高高噘着红嘴唇说：“不，跟装过杜康酒的千年郎窑红瓷瓶的味道一样。”

鲸鱼万分惊讶：蔡翠玲竟然把她自个儿形容得如此准确。

蔡翠玲离开鲸鱼一点，猛一剥把衣服剥掉，顺手一扔，衣服便鸟一样飞向电视，落下时正好搭在电视上，把电视的半爿画面遮住了。蔡翠玲又凑过来剥鲸鱼的衣服，鲸鱼主动地配合着。蔡翠玲剥下鲸鱼的衣服，又顺手一扔，那衣服竟然又落到电视上，把另半爿画面挡住了。蔡翠玲说：“我还以为鲸鱼的衣服跟皮革一样坚硬难剥呢！”

鲸鱼此刻却想着康熙年间江西巡抚郎廷极在景德镇督造的郎窑红。郎窑红瓷器釉面垂流，色泽深艳透亮，越往器下越浓艳，但流釉绝不过足，行当里人称“雨过天晴”“牛血红”或者“脱口垂足郎不流”。蔡翠玲的身体正是白里透红的身体，但透的不是粉红，而是艳红，且越往不见太阳的地方越艳红。鲸鱼内心发出一声豪叹：咱咋尽遇上些瓷器一样的女人！

蔡翠玲跪在沙发上让鲸鱼看："像不像郎窑红？"

　　"像，上面是雨过天晴，下面是牛血红。"

　　蔡翠玲一出双簧，让鲸鱼得到一堆银钱、一幅宋高仿王维山水，外加一个活脱脱的郎窑红，你瞧鲸鱼快活不快活！

12

　　金三爷的头秃得更加厉害了。近些日子，金三爷每天清早起来，看到枕头上落一层花白的头发，心里便发出英雄迟暮的叹息。他对着镜子，让小女子幺泉给他梳头。幺泉用梳子轻轻一梳，梳齿上便挂满柔软的头发，活像枣树上挂满杨花柳絮。幺泉拍拍他油光发亮的头顶，说这儿多像个溜冰场。金三爷则哀伤地叹息道："昨日歌舞场，今天衰草枯杨。"幺泉摩挲金三爷下巴，亲着金三爷的秃脑门，说："俺就喜欢这秃脑壳里装的文话儿。"金三爷揽住幺泉的杨柳细腰："还有系在腰中间的钱袋儿。"系在腰中间的钱袋儿是有特指的双关语，金三爷常在和幺泉快活的关键时刻才说出，所以幺泉最能理解这话的意思。她用指蛋儿点住金三爷的眉心，用力一拧："老骚货！老油子！"金三爷立即在幺泉屁股蛋儿上捏一把，算是报复。

　　徒弟冯空首看到师父这幅情景，说师父头顶上那几根乱毛，都是给人薅掉的。冯空首并没有就此打住，背地里还给师父起了许多绰号：荒无人烟、衰败的秋草、太白积雪、金顶……这些绰号拐弯抹角传到金三爷耳朵里，金三爷并没有生气，反而像孔圣人在郑国东门外听到累累若丧家之狗的奚落时那样，哈哈笑着："然哉然哉，形容得好形容得好。"真是有其师必有其徒哟！金三爷非常喜欢金顶这个绰号。众山之巅叫金顶，金光四射叫金顶，金三爷的头叫金顶，这有啥不好呢？

金三爷全凭这金顶和系在腰中间的钱袋子逗引女娃哩。逗引上夜来香时把原配妻子一脚端了，现如今又逗引上了幺泉。

金三爷领着幺泉，回到无聚楼，要和夜来香摊牌。

幺泉来到无聚楼，便若回到自家屋里一般，坤包往沙发上一撇便去盥洗，盥洗完了对着大镜子搔首弄姿一番，末了往沙发上一躺，假寐休息，根本不把金三爷合法的现任妻子夜来香夹在眼缝缝里。

金三爷在外面眠花宿柳蓄养小女子幺泉的事，夜来香早已听徒弟冯空首说过，但她并没有认真跟丈夫计较，面面上也没有用言语揭破。自己当初不也是这样吗？不知道是命还是报应。金三爷的原配夫人是个醋坛子，醋坛子一打，酸醋便泼了个满屋满街。醋坛子闹得越厉害，金三爷的心便越狠，结果一脚把醋坛子端了。一个儿子也让醋坛子带走了。那儿子也血性，至今不认金三爷做老子。金三爷给他钱，他竟然用来擦屁股。

夜来香才不学醋坛子个笨蛋呢！金三爷偶尔回家，夜来香依旧端茶送水，侍候饭菜，夜晚则给丈夫揉肩捶背，情绪上来就让丈夫闻她腋下散发出来的味道。当年丈夫就是闻她腋下的香味闻出激情来的。丈夫要是夜晚不回来，白天回来打个过场，她也只问生意，从不问丈夫昨黑了宿在哪里。虽说是家花没有野花香，但野花毕竟是个野性儿，哪有家花实惠呢？再说，眼不见为净，咱全当没那档子破烂事。总有一天，野花的野性儿败了，丈夫还不得回来闻这家花。咱只要把好丈夫的黑瓷罐，就不怕他野花的野性儿不败。

夜来香有些过于自信，也有些过于看重自己亲手埋在后院里的黑瓷罐，因而平静地等待野花的野性儿衰败，等待丈夫回到家中。令夜来香意外和吃惊的是：丈夫回是回来了，却领着小女子幺泉！那小女子幺泉头回来无聚楼，竟然熟悉得行走自如，转悠完了去盥洗，盥洗完了躺在沙发上，跷个二郎腿假寐。那做派，一副女主人等候下人伺候的模样。

夜来香炉火中烧，恨不得一剪刀放了小女子幺泉的血！夜来香转身摸剪刀时看到了丈夫那重廓钱一样的脸膛。那张脸太平静了！平静的一双鼓胀的蛤蟆眼眯缝着看她。夜来香在那平静中看到了丈夫对自己的无所谓，这无所谓即刻让她放弃了摸剪刀的打算。丈夫重叠着下巴肉，努努嘴说："她跟你谈。"说罢，跌坐到沙发另一头，管自闻自己的鼻烟。

小女子幺泉像是听到上峰的命令似的，腾地从沙发上跃起，完成重大使命似的站在夜来香对面，拉开了谈判的架势。

夜来香不屑地瞥她一眼，把头扭向一旁："配吗？"

夜来香暗想："配吗"两个字是一根尖利的枣刺，会刺得小女子幺泉暴跳发作起来，那时候自己就有了充分的出手理由。出乎意料的是，小女子幺泉并没有暴跳发作，而是坐回到金重廓身边，嘟哝着说："现在不配，将来就不一定了。"

夜来香碰了个软钉子，夜来香最怕软钉子。金三爷也没有暴跳发作，对着夜来香嬉皮笑脸地说："无聚楼又空又大，两个人是住，三个人也是住。"

夜来香："无聚楼是你的嘛。"

金三爷："架子床两个人是睡，三个人也是睡。"

夜来香："花梨木架子床也是你的嘛。"

"所以我把幺泉带回来了。"

金三爷这样想这样做，自有他的道理。在过去，哪个有本领的男人不是三妻四妾？货郎苗他爷讨过三房老婆，就连郑四老他爷，也讨过两房老婆！自个儿的爷嘛，一辈子只娶过自己的奶，而且自个儿的奶刚生下自个儿爸没几天就死了。自个儿的爸呢，穷得差点没娶上自个儿的妈。自个儿的妈要不是沿着铁路从河南讨饭讨到长安城，自个儿的爸在路边拾到了她，哪里还会有这么全乎的自个儿？！货郎苗不回长安城娶女人成家立业（金三爷不知道货郎苗与穆帛绢的事），是因为他爷提前把女人花销了。前辈人欠下的孽债，隔辈人还。自个儿呢，自小就喜欢看人家有钱人家娶媳妇。新郎穿着黑缎袄紫长袍，胸前挽个大红花。新娘穿着红缎袄，顶个红盖头，羡慕死人了！社会跟山水一样，你不转他转，三转两转就转到今天。今天这社会咋？好！以前咱穷得光屁股，有鞋没袜子，有袜子没鞋。现如今，别说袜子鞋，光女人就好几个哩。

夜来香虽然跟丈夫一张床上睡了十几年，却没有把丈夫这隐秘的心思参透。只觉得丈夫领小女子幺泉回来，兴许有他的道理。原配妻子生的那个儿子死不认老子，自己又没有生下一儿半女，所以小女子幺泉才有机会进门。小女子幺泉一进门，自己就夹在原配妻子和幺泉之间了。猴子照镜子，里外难做人，这可咋活呀！

夜来香该摊最后一张牌了。

"无聚楼两个人住空闲，三个人住饱满。架子床两个人睡宽展，三个人挤着麻烦。"

"饱满不饱满，麻烦不麻烦，试一试才知道。"

"不用试，我走。无聚楼是你的，花梨木架子床也是你的。你想让谁住就让谁住，你乐意跟谁睡就跟谁睡。我走，我一根木头一颗钉子都不带走。我顶多收拾些我的细软，顶多提个黑瓷罐。"

黑瓷罐是夜来香攥在手心的最后一张牌。黑瓷罐里装的是金三爷一生一世的心血。金三爷一生所收藏的古钱币高精尖藏品和样钱全装在黑瓷罐里。金三爷当年信任夜来香，黑瓷罐就交由她管着。夜来香之所以自信，就是仗着黑瓷罐给她撑腰哩。夜来香知晓，金三爷把黑瓷罐看得比自个儿的性命还重要。

金三爷不再嗅鼻烟，黑瓷罐就是更呛的鼻烟："你，真忍心把黑瓷罐拎走？"

"黑瓷罐和女子你只能得到一样。"

金三爷沉吟片刻，说："你不用走，这无聚楼，这花梨木架子床全归你，你把黑瓷罐给我，我们立刻就走。"

"我们，我们是谁们？是你们还是我们？"

"黑瓷罐们。"

"我说过，黑瓷罐和女子，你只能得到一样。"

金三爷开始猛烈地吸溜鼻烟。显然，金三爷在心里掂量着两样东西，一个黑瓷罐，一个大活人幺泉。金三爷掂量一阵，猛地吐出一口浓浓的烟雾，一把攥住小女子幺泉的嫩手腕，滚动肥硕的身子，拖着蜂腰狐步的小女子幺泉，离开了无聚楼。临出门拧回头说了句："我宁要如花似玉的大活人，不要无聚楼里的死东西！"

这句话可是把夜来香的心刺疼了。夜来香原来总以为黑瓷罐是金重廓的命，万没想到，金重廓见了小女子幺泉，竟然不要命了。

夜来香既茫然又失落，站也不是坐也不是，只有倚住门框落眼泪。

以往，金三爷出门办事，十天半月不着家，夜来香心里也踏踏实实安安稳稳，没有半点期盼和担忧。真正去时自然，回来时自然。现在情况变了，自从金三爷在外蓄养小女子幺泉后，孤独和无聊时常来叨扰她。孤独和无聊一来叨扰，她便把黑瓷罐刨出来放到桌子上看。说来也怪，黑瓷罐一放到桌子上，孤独和无聊自己就消散了。看到黑瓷罐就如看到金三爷肉乎乎的脸蛋和亮光光的头顶。看到黑瓷罐里的古钱币犹如看到了金三爷黝黑的灵魂。金三爷过手的古钱币数不胜数，绝大多数流通到交易市场，换成了现钞。只有碰到绝品，金三爷才一样留两枚交给她，让她包好放到黑瓷罐里。她那双手就这样把金三爷的灵魂一枚枚装进黑瓷罐。她以为守住黑瓷罐就守住了金三爷。她没有料到，金三爷宁要小女子幺泉而不要自己的灵魂。人为什么非得要自己的灵魂呢？灵魂有个屁用！

夜来香心乱如麻，茶饭不思，落枕难眠，一更愁到二更，二更愁到三更，三更恨到狗叫鸡鸣。不几日下来，便消瘦憔悴得失了人形。

这天天刚麻擦黑，夜来香愁闷无聊，又把黑瓷罐刨出来放到桌子上看。黑瓷罐犹如金三爷坐在对面，肉乎乎的脸蛋和亮光光的脑门活灵活现在眼前。可是，夜来香无论如何也找不到以前的亲切感，反而觉得金三爷的面目越来越狰狞。金三爷狰狞的面目背后还站着一个幺泉。夜来香气恨死了，恨不得把黑瓷罐在地上摔个稀巴烂。去你的女子！去你的大半辈子心血！去你的肮脏的灵魂！夜来香捧起黑瓷罐举上高空。只要咣当一响，金三爷的灵魂就出窍了。

夜来香没有听到敲门声，却听到了院子里传来的说唱声。那说唱声直奔无聚楼而来。夜来香这才想起，自己愁闷糊涂了，忘了关院门。夜来香最熟悉两个男人的声音，一个是金三爷干打雷一样的声音，另一个是冯空首油腔滑调的声音。

片刻间，那说唱的曲调流里流气，贼一样溜进了无聚楼。

一更愁，大水漫过无聚楼，
二更愁，黄龙降临奴泪流，
三更愁，花花裤衩挂床头，
四更愁，金鸡打鸣人要走。
哟胡嗨，人要走，心难留！

随着流里流气的说唱声，嬉皮笑脸的冯空首进到堂屋，看到举着黑瓷罐的夜来香，忙快步趋迎上去，双手接过黑瓷罐，稳稳当当地放在桌面上。冯空首暗自庆幸：迟到半步，就只能在门口听响声了。

冯空首有意无意间，无数次听说过黑瓷罐。黑瓷罐简直就是师父的化身，拥有黑瓷罐就等于拥有长安城古钱币的头把交椅。冯空首许多次在睡梦中梦见过黑瓷罐。冯空首打黑瓷罐的主意已有好些年月了。然而黑瓷罐是方是扁是大是小他都无缘得见。梦中幻影与现实物体相差太远。冯空首知道师父的黑瓷罐由师母夜来香掌管着。他为此动过许多心思，但都没有成功。他终于悟出，上等古董是讲缘分和机会的。

冯空首犹如一只狐狸，蹲在黑夜的墙角草丛中等待着猎物。机会没有等来，却撞上了。于是机会成了缘分。

冯空首双手接过黑瓷罐，稳稳当当地放到桌面上。冯空首的目光只在黑瓷罐上下飞掠一下，就径直去看满脸怒气的师娘。冯空首内心，喜欢和渴望黑瓷罐的程度远远超过喜欢和渴望师娘夜来香。但狐狸一样聪明的冯空首只掠黑瓷罐一眼，之后便满眼悲悯地关注师娘夜来香。

师娘夜来香要是不在当面，他肯定会把黑瓷罐里的宝贝哗哩哗啦倒出来，一件件一枚枚看进眼睛里去，就像木匠把钉子钉进木板里去。

夜来香约略感觉到了冯空首的意思，抱起黑瓷罐转入后厅，又从后厅转到后院去了。

冯空首望着师娘夜来香抱着黑瓷罐转去的身影，心中暗叫：能抱进去，夜来香啊，就能抱出来！

冯空首对无聚楼再熟悉不过，打个转身见冷锅冷灶的，便动手忙活，给师娘炒菜做饭。待师娘夜来香埋藏好黑瓷罐回到屋里，冯空首差不多把饭菜准备好了。夜来香看到冯空首忙活，想自十八岁进了这无聚楼，从来都是自己伺候金三爷，金三爷何曾把锅燎灶给自己做过一顿热饭菜。冯空首这一招，顷刻间感动了夜来香。热泪在眼眶打个转又飞快地缩了回去，夜来香毕竟是个成熟的过来人，她晓得冯空首口齿伶俐，心眼灵活，好多事情在嘻嘻哈哈中就办成了。她怕冯空首在这节骨眼出现会怀有别的目的。夜来香可不愿意做一只被夹住爪子的狐狸。

冯空首把几样饭菜摆上桌，拉住师娘的衣袖让师娘入座，自己则坐到师娘对面。

夜来香望着冯空首："来找你那不是人的师父？"

"找，也不找。"

"他不在。"

"我知道。"

"知道了还来？"

"我想师娘一个人家居多日，又冷清又孤单，就来陪陪师娘。"

夜来香鼻根又有些酸，但她强忍住说："你倒是个有心人。"

"没有心，咋能做徒弟呢。"

夜来香听透了这句话的意味，摸出半瓶白酒，一人斟满一盅。不知那半瓶白酒是金三爷喝剩下的还是她自己喝剩下的。

两人喝酒吃菜。

夜来香："吃完喝完你快些回去。"

冯空首不回话，只管劝师娘吃喝。

夜来香边吃喝边看冯空首。冯空首这脸她看了快十年，看惯了。金重廓收这个关门徒弟时，自己二十三四，徒弟十五六。徒弟眉眼看着蛮机灵，就是半边脸坑坑洼洼。坑洼大小不匀，小的如麦粒，大的如豆子，人称这徒弟为麻脸空首。十年后，徒弟麻脸空首出息了，长安城古钱币行当的许多事，都是徒弟出面替师父办的。师父说：这娃成熟得太快了。

有一次，夜来香在厨房做饭，麻脸空首来无聚楼给师父交差一件事，交代完摸着半爿麻脸对师父说：洗浴房和卡厅的碎女子就喜欢我这麻脸，说这才是真正的牛坑哗。

师娘在厨房里扑哧一声笑了。

冯空首脸一红，师父才像师娘一样大声笑了，整个人笑得像一块掉在地上不停弹跳的橡皮。笑声也震荡不已，把玻璃窗震得嗡嗡作响。冯空首禁不住，跟师父师娘一块笑。笑啥瓜结在啥蔓上，啥徒弟攀在啥檩上。

吃罢饭，夜来香对徒弟说："你该回去了。"

麻脸空首又沏茶："你甭催，喝完茶我就走。"

夜来香接过茶来饮："这茶味咋怪怪的？"

"这是我拿几枚好钱从南方换来的，专门拿来跟你一起喝。"

麻脸空首这茶，名字叫迷魂药，用合和草、萎茎草、筍草、左行草、无风独摇草和鹤子草研制。这些草皆两两相对而生，蒂叶如柳叶，却稍短些。盛夏开花，采集晒干，合在一起。男女同时饮用，最能令人两相喜悦。

夜来香："味道怪是怪，喝下去身心倒是蛮舒畅的。"

"那就多喝两杯。"

三两杯茶下肚，夜来香整个人，仿佛年轻了十多岁。

麻脸空首也觉周身燥热难当。

夜来香把软绵绵的身子往过移一些，痴迷迷地望着麻脸空首。

麻脸空首亲热地叫一声："师娘。"

夜来香软软地答应一声，又往过移得挨住麻脸空首。

麻脸空首声音陡然提高："师父，我的师父！你在哪里？你撇下师娘野到哪里去了？师娘孤独独一人守着无聚楼，可你呢？在哪里呢？在哪里搂着那个小骚狐狸精？师娘啊，师父迷上了那个小骚狐狸精，把你孤独独地撇下了！"

夜来香的脸色顷刻间变得煞白煞白，活像一块白手帕。转瞬又急速转红。冯空首听到师娘夜来香喃喃地说："管他呢，他想死嘎搭就死嘎搭。"

"师娘，我的师娘，我可怜的师娘啊！"

"你叫师娘干甚？你给师娘喝这药茶干甚哩？"

"我恨师父哩。"

"你想惩罚他哩？"

"我不想惩罚师父，我只想师娘。"

"还捎带着想黑瓷罐哩。"

"看来药茶白喝了，我得走了。"

"没有白喝，药已经见效了。叫你走时你不走，这时候了你咋能走？"

夜来香扑在麻脸空首怀里，双臂勾住空首脖子，舌头舔着空首的麻脸。

在药效的作用下，图谋黑瓷罐的冯空首，和为了报复丈夫而寻找真爱的师娘夜来香双双宿在了无聚楼。

第二天，冯空首临走，夜来香极其认真地说："你拣一个三星在天的晚上，送一束束薪给我。"

"束薪？啥束薪？"

"蒲苇两丛，卷柏一株。"

"蒲苇两丛，卷柏一株？"

"对呀。"

夜来香没有说束薪比喻夫妻关系牢靠。蒲苇、卷柏坚韧耐久，滋生快速，比喻夫妻二人白头到老，子孙繁衍，家道昌盛。当初她嫁给金三爷时，杜大爷建议她向金三爷讨蒲苇和卷柏作为彩礼。她向金三爷讨要，金三爷说肯定是杜大爷出的馊主意。现今社会，谁还要那劳什子。我不给你束薪，我给你黑瓷罐。你只要给咱保管好黑瓷罐，我保证你吃香的喝辣的。结果束薪没讨到，却落了这么个下场。白头不到老，儿孙没繁衍。现在有了徒弟冯空首，不管是为了惩罚金三爷，还是为了消除寂寞凄凉，抑或是真离不得冯空首，束薪都是必须要要的。

冯空首又问："下来呢？"

"下来就行合卺礼。"

"合卺礼？"

"把匏从中间破开，用线连缀，制成匏爵，盛酒同饮，叫合卺酒。"

"不就是现在的交杯酒吗？"

"是呀是呀，现在人只知道喝交杯酒，岂知匏苦不能吃，用之饮酒，比喻夫妻要同甘共苦。匏又为八音之一，与竽笙合用，比喻音韵调和，琴瑟和好。"

"原来如此。"

冯空首本来怀有不可告人的目的，想师娘为了惩罚师父，亦不过逢场作戏罢了。现在看来，不是那样。师娘夜来香动了真情，要把一生托付给自己。自己本来是醉翁之意不在酒，使美人计，图谋黑瓷罐，没想到要弄巧成拙，弄假成真。想到这儿，心中不免有些发毛。

冯空首摸抠着自己的半爿麻脸，筹思再三，最后还是在万般无奈中带了两丛蒲苇、一株卷柏来见师娘。夜来香看到用红绳紧紧束着的蒲苇和卷柏，高兴得又一下子年轻了好几岁。她雀跃到徒弟空首跟前，接过束薪，放到供桌的神像前，焚了香，拉过冯空首磕头作揖，然后勾住冯空首脖子一阵狂亲。冯空首费了很大气力挣脱开来。夜来香把冯空首按到椅子上："你先坐，我去炒菜温酒。"

冯空首对酒菜不大感冒，夜来香那两刷子，尝过吃过了。冯空首之所以遵守师娘之命，带红丝绳缠着的蒲苇和卷柏这把束薪来，实在是项庄舞剑，意在黑瓷罐。

夜来香进厨房忙活了一桌酒菜，诚心诚意地款待冯空首。

冯空首一边吱吱地喝酒，一边流里流气地问师娘："师娘哎，束薪重要还是黑瓷罐重要？"

夜来香用中年女人的成熟眼风瞟着冯空首说："束薪供在神面前哩。"

"你是说束薪比黑瓷罐重要？"

"我说咱选个黄道吉日行合卺礼。"

"在你心里，束薪比黑瓷罐重要。"

"行了合卺礼我彻头彻尾就是你的了，黑瓷罐还能是别人的不成？"

冯空首的心一下掉进了黑瓷罐里。黑瓷罐里装的是古钱币：大铲布、空首布、平首布、尖足布、桥足布、圆足布、三孔布、齐刀、燕刀、直刀、尖首刀、蚁鼻、爰金、秦半两、汉五铢、六泉十布、货泉、货布、契刀、金匮刀、铁铸五铢、开元通宝、大唐通宝、宋元通宝、崇宁通宝、天赞通宝、福圣通宝、大元通宝、洪武通宝、永乐通宝、天命通宝、康熙通宝，历朝历代，形形色色，不一而足。金三爷毕其一生心血，收集到这些古钱币。每一代表钱、每一稀世罕见钱，金三爷都要选一两枚包好置于黑瓷罐中。罐中古钱币全而齐，既有代表性，又成体系，合在一处，价值连城。如今金三爷为了一个小幺泉，丢下了无聚楼和这一罐宝贝。冯空首却要得到这一罐宝贝。

冯空首要通过夜来香得到这一罐宝贝，而且有很强的时间界限，最好是在合卺礼之前。

夜来香对冯空首的行事目的不可能不看个灯芯明。但夜来香有夜来香的行事准则。她既要报复金三爷，又要消除自己的孤独和无聚楼的凄凉。于是就暗下决心：一定要把徒弟冯空首牢牢拴住，就像拴马桩拴住一匹儿马，永远不让他脱缰而去。

所以，只要冯空首一来，夜来香就好酒好菜招待，完了还伺候他睡觉。但是绝口不提黑瓷罐的事。冯空首的话题只要绕到黑瓷罐上，她就设法拿话岔开。她之所以这样做，一是用黑瓷罐做诱饵，二是不外乎是用她的锅把徒弟冯空首的米煮成熟饭。生米煮成熟饭，看他咋样挣脱？！

夜来香和徒弟冯空首的韵事很快在长安城古董行道风传开来。传播者不是别人，而是夜来香自己。她不光以夸耀的口气传播她和徒弟冯空首的秘密，还四处宣扬说冯空首要娶她为妻哩。

金三爷听到传言，脑袋差点气炸了。他只想到夜来香不给他黑瓷罐和无聚楼这一层，却没有料到徒弟冯空首见缝插针这一层。以前只觉这个徒弟对师娘过于亲热，言行举止过于放肆，却不曾料到会亲热放肆到这等地步。后院这把火，可要把自己烧得名誉扫地了。

金三爷迈动两条胖短腿，摇晃着滚圆的身子，怒气冲冲地冲进无聚楼，正好撞见夜来香和徒弟冯空首在正厅吃饭。四菜一汤，有酒有肉。正是自己以前常吃的饭菜、常喝的白酒。自己以前常坐的位置，现如今坐着徒弟冯空首。金三爷手脚颤着，欲要掀翻桌子，却被夜来香起身拦住。夜来香拿眼角白着他问："咋一个人来了？！"冰冷的话锋直指前一向那出逼宫戏。

冯空首倒是彬彬有礼，斟了酒递到面前："师父哩，坐下喝两盅。"

以前冯空首来，碰到饭口上，金三爷总是这样礼让徒弟的。徒弟今日以礼还礼，显然是客主易位了。

金三爷怄气不过，还要掀桌子。夜来香拦住他手臂，拉长脸说："你以为这桌子还是你的桌子？无聚楼还是你的无聚楼？"

夜来香个弱女子，手上能有几两劲，能按住金三爷滚圆暴跳的粗手臂？她这句话却是千斤重锤，砸落在金三爷手臂上。金三爷感到手臂要给砸断了。他非常后悔上次拉着幺泉手腕出门时撂下的那几句话。嫁出去的女，说出去的话，泼出去的水。嗨，古董行当就这规矩，一句话撂倒，绝不许反悔。

冯空首见师父不给面子，不接酒盅，还要掀桌子，也换了口气说："你以为夜来香还是你的夜来香？"

金三爷怒气又上来了。夜来香说再难听的挖苦话他都能忍受。曾经的夫妻嘛，平等的嘛。冯空首你个徒弟崽娃子，有啥资格这样跟师父说话？！金三爷一巴掌扇过去，冯空首灵巧一闪，没扇上，却把空气扇出了声音。

"夜来香（竟然不叫师娘！）是只母狐狸，你一箭射中了她，她归你。可是后来你抛弃了她，她又成了孤独的母狐狸。就在这当儿，我又一箭射中了她。她、你早先射在她身上的箭，还有那流血的箭伤都归我所有，你说是吧？！"

你说是吧？！

金三爷先是一愣，进而碎肿眼眨巴眨巴："你这一箭射得好，射得准，射得狠！"

冯空首嘿嘿一笑："还不是师父教的。"

金三爷非常后悔来无聚楼受这顿窝囊气，但他还是仰头哈哈大笑：

"啥蔓蔓结啥蛋蛋，啥师父教啥徒弟！"说完又发出一串爆笑，把无聚楼笑得颤抖起来。笑声中，金三爷滚动肥胖的身子，扬长而去。看那架势，今生是不会再踏进无聚楼的门槛了。

冯空首望着师父消逝的背影，心中多少有些慌乱。

不过，为了黑瓷罐，那也得先假戏真做啊！

夜来香要嫁给徒弟冯空首的消息很快传遍长安城，闻听的人们议论纷纷。讽刺的有，挖苦的有，啧啧称赞的亦有。抖小拇指的有，跷大拇指的也有。杜大爷听说后，下了两个字的评语：夏、荡。

起初人们不解其意，后来就琢磨，琢磨不透就查《新华字典》，查不明白又查《辞海》和《康熙字典》，最后竟然查到了许慎的《说文解字》。连琢磨带查找，总算弄出个大概意思。

夏有两层意思：一是雅，即乐而不淫；二是凡物粗壮伟大令人爱曰夏。荡的意思是博大有容。其物博大能容两个粗壮伟大之物，可见不光大，而且博。尽管只查找和琢磨个大概，众人已经笑得前仰后合了。

冯空首盘算了很多日，末了对师娘夜来香说："在黑瓷罐和束薪之间，你究竟选哪一样呢？"

夜来香毫不犹豫毫不含糊地答："选束薪！"

"那何苦要留下黑瓷罐这祸害呢？"

"这话咋讲？"

"咱卖了黑瓷罐，远走高飞，离开无聚楼，离开长安城，寻个清静的地方，厮守下半辈子。"

夜来香一下被感动了，绵羊般和善的眼睛亲切地望着冯空首，心中涌起万分幸福的暖流。

不几天，冯空首打电话说他联系到一个有银子的买主，要夜来香天黑时将黑瓷罐带到他和齐明刀的住处。夜来香怀着对未来美好生活的热切憧憬，兴高采烈地将黑瓷罐带到冯空首和齐明刀的住处。冯空首在二楼楼梯口接她。她把黑瓷罐递到冯空首手里，连说累死了累死了。冯空首说好事情妙事情都很累很累。

冯空首抱着黑瓷罐进了齐明刀的屋子。齐明刀说你咋不进你屋哩？冯空首说瓜娃哟，让你过个眼窝生儿。说着将黑瓷罐放到床铺上，让齐明刀看。齐明刀先是凑在罐沿上看，见里面的宝贝都被用白绵纸包裹着，便摸出几枚展在掌心看。其中正好有一枚刻着明字的齐刀。齐明刀和挂在胸前的那把齐刀比了一比，眼睛立时就比直了。两把刀一模一样，只是自己胸前那把已经被磨得光亮了。

齐明刀回想到自己初来长安城，在无聚楼看到夜来香和冯空首的情景。冯空首的麻子脸给他印象很深。齐明刀还回想到和冯空首一起去见金三爷的情景。金三爷对徒弟冯空首的态度奇怪的冰冷，似乎背后隐藏着巨大的仇恨。金三爷当时把一罐古钱币倒手了，却把几把刀币留下藏在这黑瓷罐里。

黑瓷罐里装的，枚枚件件，都是与明字齐刀不相上下的稀世珍品。

忽然，冯空首腰间的电蛐蛐嘀嘀地叫了，冯空首下楼去回电话。回完电话上来，没好气地发了一番牢骚："这个臭买主，一点信义都不讲，说好到这儿来，却临时变卦了。臭买主鬼得很，说怕碰上刀子，弄得连咱正经生意人都不相信了。临时变卦换地方，要咱带东西到东市唐风饭店。我看是这，他不信咱，咱也不能轻易信他。咱东西先不带，只带几枚样钱去，以防万一。"

夜来香警觉而迟疑地看着冯空首。冯空首果断地吩咐道："师娘，咱俩带几枚样钱去唐风饭店，黑瓷罐放在这儿，由齐明刀照看。"

齐明刀："我可担不起这尘。"

冯空首："狗也闻不到这房子里有一罐宝贝。"

齐明刀："万一这宝贝放起光来，光亮透过瓷罐，透过窗户照射到街上，满街道的人看到这屋子通体透明大放光彩咋办？"

冯空首："那就用两床棉被捂着。再亮的光也禁不住两床棉被捂着。"说着取出几枚样钱揣进贴胸的衬衣兜里，然后用两床棉被包裹紧黑瓷罐，塞到床底下。

齐明刀想：天气热，晚上睡觉不用盖被子，正好给黑瓷罐用上了。

冯空首吩咐一声你可看好了，拉住师娘夜来香的手往外就走。夜来香想：要么和黑瓷罐分开，要么和冯空首分开。那就暂时和黑瓷罐分开吧。

齐明刀看着师徒二人手牵手出门而去，便关了门躺在床上睡觉。但他怎么也睡不着。床底下黑瓷罐里不时发出隆隆的声响，像无数驾古代战车在地底下滚动。那滚动的战车轧碾得整个长安城都抖动哩。

下半夜时分，齐明刀听到有人敲门，惊问是谁。"是我，空首。"齐明刀起身开门。冯空首急匆匆地说："说妥了，买主等着哩，我得赶紧给人家送去。"

齐明刀问："你师娘呢？"

"陪买主在那儿等着哩。"

冯空首二话不说，从床底下拖出棉被裹着的黑瓷罐，拽脱棉被，抱起黑瓷罐就走。那个急呀，连声告别的招呼都没来得及打。

冯空首一走，床底下就空了，那古代战车的隆隆声响也消失了，齐明刀一倒头就沉沉地进入了梦乡。

第二天一大早，又有人敲门，齐明刀打开门一看，是头发凌乱的夜来香。夜来香不说话，也不顾及齐明刀只穿了三角裤头，径直冲进屋，去床底下摸索。

床底下空空如也。

"黑瓷罐呢？"

齐明刀说："冯空首拿走了。"

"啥时候？"

"下半夜。"

夜来香的眼睛一下子瞪得空空洞洞。

"冯空首说，谈妥了，你和买主在那儿等着呢。"

夜来香一屁股坐到地上，眼看要瘫倒了。

齐明刀也凝固在脚地。就在整个人即将凝固成固体的一瞬间，齐明刀脑际闪过一个念头：自己被卷入了一个巨大的阴谋之中。

13

电蛐蛐一叫，齐明刀便回电话，电话那头传来陶问珠甜润柔美的声音："唐二爷请你到宝鼎楼。"

齐明刀有些不敢相信自己的耳朵："唐二爷请我到宝鼎楼？"

"对呀。"

"好，我马上来。"

挂断电话，齐明刀像要出嫁的新娘似的高高兴兴匆匆忙忙收拾打扮一番，打的直奔宝鼎楼。一路上，接连不断地催促司机快开。司机被催急了，说开得再快，碰见红灯也得停下。不然的话，警察给你敬个礼，三百元。

齐明刀给逗笑了，不再催促，任司机开着。

唐二爷和夫人周玉箸自己一直仰慕着，想见来着。后来见着了，是在四水堂开业大典上。可那场合人多，自己只能大老远隔着人缝瞧几眼。真正到跟前看并对了一下眼神，那是在斗茶时。至于相互说话的机缘嘛，似乎还没到哩。不过，唐二爷轩昂的气宇和他夫人珠光宝气、雍容华贵的仪态给他留下的印象太深刻了。这样的人，才叫长安城人哩！唐二爷和夫人居住的宝鼎楼嘛，自己也只是从陶问珠居室的窗户望过一眼。

天上神仙府，长安麟趾家。这回咱可逮住机会进去瞧瞧啦。

陶问珠早在秦汉瓦罐门口等着，见齐明刀下了出租车，就过来热络地拉住他的手，穿过秦汉瓦罐的大厅堂，径直进了宝鼎楼的院落。

　　齐明刀成年以后，还从没有和女子拉过手。齐明刀脸红着，心里热着。只觉得陶问珠的小手绵绵的、软软的、温温的，握在掌心，像握着一块光洁温和的润玉。

　　齐明刀看到庭院里青石甃地、卵石铺径，便犹犹豫豫地止住脚，松开手掌，把手往回缩了缩，没想到手梢还攥在陶问珠手中。陶问珠感觉到了，忙松了手，脸蛋上随之腾起一团红晕。陶问珠机敏地一甩头，那头发便得了命令似的飘过来，遮去了大半红晕。头发缝里露出的少许红晕与刚好闪现出来的翡翠耳坠相互映衬，使得陶问珠愈发显得好看。

　　齐明刀看看陶问珠的翡翠耳坠，再瞧瞧鹅卵石径，简直不忍心踏上去。陶问珠却在一旁催道："快走呀。"齐明刀走几步，又停住。齐明刀看到庭院中散布着许多树木，悬铃木、三角枫、五角槭、女贞、白蜡、皂荚、香椿、石榴……几只黄鹂、画眉、斑鸠、鸽子在树枝间追逐着，飞向假山。树梢上的蝉大概嫌天气燥热，发出急切脆亮的叫声。

　　树间假山由黄山石和湖山石混合砌就，既婉转多姿，又浑厚空灵。黄鹂、画眉、斑鸠、鸽子落在山前池边，伸颈饮水。那水从假山腰咕咕跌落下来，顺山脚转向树林中。果真水随山转，山因水活。想四郎河山水，原封不动地搬到这庭院中，也不过如此。

　　陶问珠见齐明刀站住不动，又掣住他臂肘要他快走。转过假山，迎面看到了宝鼎楼。宝鼎楼取前卑后尊之势，高出前院秦汉瓦罐半头。歇山仿古式，四周飞檐挂着铜铃铛。正面三间开面，中间一间四扇古木屏风门，门上三道绦环板，上面格心镂空成万字、艾叶、菊花等图案。裙板上浮雕花卉和人物故事，绦环板上雕着螭龙螭虎。隔间竖两根通顶明柱，柱上刻一副楹联：东壁金鼎西厅铜爨，南牖太乙北窗泾渭。齐明刀搜寻横批，目光一直跳到二楼正中，看到金光闪闪三个大字：宝鼎楼。齐明刀拿这三个字和"四水堂"三个字比较，显然不是出自同一人之手，但字的风骨却极其相似。

陶问珠刚才急，现在看到齐明刀入迷的样子反而不急了。自己初来宝鼎楼不也是这样吗？

齐明刀的目光始终不离开"宝鼎楼"三个字，并想着这三个字与立柱上那副楹联的关系。陶问珠站在一旁，看着这情形，就顺着齐明刀的目光说："宝鼎楼三个字，是杜大爷他爷的手笔。"

"怪不得笔力劲道、精神风骨如出一辙，原来有脉承哩。"

"宝鼎楼是在唐二爷他爷手上建造的，历时两年零八个月才完成，耗资百万两。唐二爷他爷对外说家蓄耗尽，对三两知己则说：两件古玩而已。"

齐明刀又想起那句话：天上神仙府，长安麟趾家。光看外表和听传说，已然如此，还不知道里边是何等景况呢！

正想着，忽见正中两扇屏风门打开，里面传出一个声音，那声音像是谁敲响了铜钟，钟声滚滚涌出，飞向庭院上空。齐明刀想到了钟楼的铜钟，铜钟一响，满长安城都能听到钟声。

"来者可是齐明刀？"

齐明刀急忙向屏风门里望去，门里却不急不慢地走出一位夫人，站在了门边的台阶上，上上下下打量着齐明刀。

是唐二爷的夫人周玉箸，她富态的仪表和雍容华贵的气度，齐明刀在四水堂已经见过。唐夫人今天穿着仲夏燥热天气才穿的透纱薄衣薄裙。头上的纯金扁簪，耳下悬的祖母绿坠子，胸前的红宝石朝珠，腕上的麻花翠镯，绣鞋上的玛瑙扣子，一应不在了。

陶问珠上前介绍说："这是唐夫人。"又回头对齐明刀说："唐夫人可是把你当贵客迎接呢。"

齐明刀忙躬身行礼。唐夫人笑吟吟地说："明刀又年轻又有为，将来前途无量哩。"

齐明刀的目光越过周玉箸，看到唐二爷出现在门槛里，双手背在身后，炯炯有神的双眼望过来，说："明刀到了。"迎晚辈客人不出门槛，是唐二爷的规矩。

齐明刀忙上前行礼。

唐二爷让开身子，说请进。

齐明刀让唐夫人先进，自己和陶问珠随后进。

一进屋，齐明刀便觉着自己被一股凉凉的香气包围住。这香气，与在陶问珠花坞闻到的香气又有不同。陶问珠花坞的花香有油菜地里自然花香的味道。宝鼎楼里的花香，却是凉凉的带有人工培育的味道。

陶问珠一旁小声道："能跷进宝鼎楼这道门槛的，全长安城没有几人。齐明刀呀，你跷过这道门槛，已经是长安城古董道上有头脸的人物了。"

齐明刀还在内心谦虚哩：我这龟孙模样，咋能算得上长安城古董道上有头有脸的人物呢？齐明刀随便一跷，宝鼎楼的门槛就跷进来了。因为太容易，所以没有意识到跷进来的重要性。

齐明刀打量正厅陈设布置，只见迎面黄杨木中堂条桌上陈列着四件宝贝：一件铜鼎，一件铜簋，一件陶罐，一件酒尊，可谓鼎簋尊罐人生四样样样齐备。紧贴黄杨中堂条桌摆一张黄花梨明式八仙桌，桌两侧配两把黄花梨镶玉交椅。再往两边靠墙角是两个红木古花架，一架上放一盆君子兰花，另一架上置一盆青竹。正厅两侧，分列六把鸡翅木官帽椅，椅中间配着鸡翅木镶大理石图案茶几。而最吸引齐明刀目光的是悬挂在中堂条桌上面的紫檀木中堂条幅和对联。齐明刀顾不得看对联，只顾不眨眼地看中堂条幅。中堂条幅上镌刻的显然是杜大爷的手迹。那字写得表面温温和和，内里苍劲有力，精神矍铄："麟之趾，振振公子，于嗟麟兮！麟之定，振振公姓，于嗟麟兮！麟之角，振振公族，于嗟麟兮！"

齐明刀隐约能觉出其中意思，却难以说确切，就悄声问陶问珠："《诗经》上的吧？"

陶问珠抿嘴笑笑，在头发缝里忽闪一下黑眼睛，小声回道："是呀，是说麒麟步行中规，折还中距，游必择土，翔必后处，不覆生虫，不践生草，品德仁厚，性格刚强。"

齐明刀："说麒麟呢还是说唐二爷呢？"

"你呀！"

唐二爷坐到八仙桌旁主位的交椅上，示意齐明刀坐到另一边。齐明刀本来想坐，但看那是交椅，便谦让再三，不肯入座。末了硬推唐夫人坐到交椅上去，自己和陶问珠坐到侧列客位的鸡翅木官帽椅上。

唐二爷一双有神的眼睛望着齐明刀，中气十足地说："你几把齐刀燕刀和一罐古泉扬名长安城，几扇花梨木屏风和一件稀世罕见琉璃鸥吻又给长安城大增颜色，并且把百年不见的火凤凰都招来了，你是长安城的功臣哩。你是功臣我才让你在交椅上坐一会儿。没想到你却是个谦谦君子。咱长安城后生晚辈中缺的就是这种人哩。"

齐明刀忙起身回话："唐二爷，你铁要把我的腰夸断哩。"

唐二爷："我说的是事实嘛。你坐下说话。"

唐夫人周玉箸："问珠，上茶。"

陶问珠旋身转往里间，出来时手中托着一个锃亮的铜托盘，盘上一尊两爵，皆是青铜的。这是宝鼎楼的规矩，也是宝鼎楼的特点：喝茶吃饭皆用青铜器，而不用瓷器、紫砂器。陶问珠将一尊敬给唐夫人，两爵分别置于齐明刀面前。唐二爷的习惯是只吃酒不饮茶，所以空着。齐明刀低头品茶时，回想到四水堂开吉那天斗茶，唐二爷和夫人献的也是青铜酒器。酒器代茶器，茶味里也沁着酒香呢。

喝茶期间，唐二爷随便问了问齐刀、燕刀、琉璃鸥吻的事。齐明刀也不隐瞒，一五一十地说了出来。当然有些关键机关，齐明刀便避实就虚捎带而过。

喝毕茶，唐二爷说："既然跷进了这道门槛，就楼下楼上随便转转吧。"

齐明刀简直受宠若惊：自己刚进城不久个稼娃，却能够在别人只能听名声不能观庙堂的宝鼎楼里自由自在地转悠！前生不知怎么烧了炷碌碡壮根香，和唐二爷结下了缘分。

齐明刀刚要进东厅门，被陶问珠扯住了。陶问珠拉住他往西厅走，还附在他耳边说："东厅是唐二爷和夫人的卧房兼起居室。卧房里有一架红木雕花拔步床，式样和雕刻都讲究得了得，据说是前几朝皇上和太子睡过的。还传说唐夫人周玉箸头一回看见那红木雕花拔步床就不想走了。唐二爷说人生百年，一半卧于床上。安睡卧游，男欢女爱，皆在床第之间。于是周玉箸就嫁给唐二爷做了夫人。"

齐明刀暗想：陶问珠怎么一说唐二爷和夫人就忘了自己姑娘家的身份，连男欢女爱和床第之乐都说了出来。齐明刀一暗想，把自个儿的脸暗想红了。陶问珠见齐明刀脸红，立即意识到说话失口，不禁脸也红了，忙一甩头发，遮去红晕和羞赧。

西厅与正厅之间是用花格木板隔开的，厅门顶脑的题额是：板屋秦声。进得厅里，但见四周厅壁皆用原质木板装修，不涂漆不设色。原来秦人祖先早年居住陇西山间，山上多的是林木，秦人便伐木解板，建造房屋，故《诗经》载曰："在其板屋。"秦人还学胡人，鞍马骑射，崇尚武力，故《诗经》又载："修我甲兵，与子偕行。"这些诗词歌谣吼起来雄壮慷慨，所以呀，唐二爷便沿袭先人故俗，建造装饰了这间板屋秦声。

但是秦声呢？总不能老在撂天地里干吼吧！

厅心中央，撑立着榆木钟架，架上悬挂三层八组青铜编钟。旁边一架，悬挂铜镈铜钲铜錞于，另旁边一架，架着铜鼓摆着铜铙钹①。

齐明刀在文物书籍和杂志资料上看到过这些古秦人祭祀或者征战用的铜乐器，甚至连那些书籍资料上的诗文也约略记得，但看到真正的

---

① 镈、钲、錞于、鼓、铙、钹均为古代乐器。

这么全乎的实物，还是头一次。宝鼎楼不愧为宝鼎楼，刚入西厅，就令人眼花缭乱、心神摇荡了。齐明刀仔仔细细看着眼前的青铜乐器，并与心中的诗文一件件一样样对应着。

青铜编钟：

钟的各部有别称，中直阔条称为钲，

尖锐两侧称为铣，枚是突出的乳钉。

乳间相隔叫作篆，舞在钟箱的平顶，

弯曲下口名曰于，枚钲下面称鼓名，

中间突出称作旋，悬挂钟柄称为甬，

上孔为干有钟钮，甬的顶端谓之衡。

打击乐器铜编钟，数目较多组合用，

音律齐备奏乐曲，延至战国仍流行。

青铜鼓：

形似现在之腰鼓，两侧蒙革为鼓面，

器身饰满兽面纹，乳钉三排饰周缘，

底有支座四方足，支撑连铸腰鼓间，

双鸟怪神饰上边，四足支在鼓下面。

其他：

铙似叶片钲似瓦，镈于铜镈相合应，

大小相次音频到，至今仍鸣铿锵声。

齐明刀正观察对应时，陶问珠在铜编钟上敲了一下，铜编钟立即发出沉雄洪亮的鸣响。齐明刀也在铜鼓上敲了一下，鼓声随即和钟声汇合一处，鸣响着，飞旋着，冲撞着。

齐明刀没有联想到他和陶问珠钟鼓和鸣，联想到的却是刚到宝鼎楼前唐二爷那句中气十足的问话：来者可是齐明刀？齐明刀拿唐二爷的问话声和钟鼓声相比，才真正理解了什么叫声若洪钟。

唐二爷洪钟一样的声音正好又传过来："上楼来看吧！"

原来，唐二爷已携夫人周玉箸上了二楼。

齐明刀听到叫声，便随陶问珠从角门的旋转楼梯上了二楼。

二楼贮存陈列的，可是宝鼎楼的重要宝贝。

二楼西厅，凭窗南望，终南翠岭，太乙雪峰，隐在白云缭绕之中。略收目光，杜陵原野，韦曲村庄尽在眼中。窗内厅中，四壁还列花梨木多宝格。宝格下放置一大块英石，宝格中陈列各种瓦当。计有刘邦长陵出土的长陵东当、长陵西神。汉宣帝刘询杜陵出土的长乐未央，汉成帝刘骜延陵出土的成山瓦当。另有朱雀、玄武、青龙、白虎双廓瓦当。上自战国，下至秦汉，齐备周全得很。

二楼东厅，临窗北望，长安城高楼大厦间烟雾蒸腾。泾水渭水在城北交汇，徐缓东行。窗内厅中，四壁环列楠木多宝格。宝格下亦放置一大块英石。多宝格中陈列各种青铜器皿。鼎、簋、彝、敦、卤、鬲、罍、匜、洗、弹、盘、卮、尊、罃、瓠、盉、壶、炉、鉴、镜、豆、灯、盖、镫、刁斗、泉范、钩、钟、鼓、镈、印、检封、虎符、鱼符、戟、矛、戈、瞿、剑、弩机①……另有许多怪异物品，齐明刀见所未见，闻所未闻，根本叫不上名称。

偌大厅堂，四壁环列，宝物不计其数，看得齐明刀只揉眼皮儿。想宝鼎楼门口立柱上那副楹联真是写得好，形容得妙。

忽听唐二爷又呼："到这厢来观看。"

陶问珠便引领齐明刀来到二楼中厅。中厅比西厅和东厅还要宽敞，南北皆有窗。但四壁厅墙没有环立花梨木楠木多宝格，只在厅堂正中央摆着一个乌黑的紫檀木大案。案首一端龙头，一端凤头，案体浮雕交缠在一起的龙凤。案腿雕四只麒麟足。案上摆了一溜物体，用一块古绫盖着。案下还置一大块英石。齐明刀这才想起，英石是庋藏古董的必备之物，用来吸收室内潮气，保持空气干燥。

---

① 皆为古时生活、战争、祭祀用青铜器物。

唐二爷伸颈示意，唐夫人便上前轻轻扯去古绫，露出案上物品。那是式样大小一模一样的六个小铜鼎，整整齐齐，一溜儿摆在紫檀龙凤案上。最尾上那件铜鼎旁边，还摆着一张拓片。齐明刀一眼认出，那是自己想见唐二爷而送到陶问珠手上的拓片。

哦，这就是清光绪十五年（1889）在西府宝鸡渭水南岸与大克鼎同时出土的七件小克鼎！小克鼎圆口鼓腹，三足鼎立，若一溜古代英雄，排列在案上。令人万分遗憾的是，七者存六，所缺者只能暂时以拓片充数了。

唐二爷没有说话，后退两步，倒背双手，身子往侧后趄着，双眼微眯，一眼低一眼高地看着案上的小克鼎。

齐明刀忽而想起麻脸空首给他学过唐二爷看货的情景：唐二爷看货，那才叫特别呢！从不上手，而是双手背后往后趄着身子，眯缝着眼睛，一眼低一眼高地看着。低眼看人，高眼看货。边看还边嘲讽地说：低眼看人，高眼看货，二者搭配，才算平衡。眼平衡心平衡，人平衡货平衡，瞅千件万件不打眼。

齐明刀寻思，这小克鼎天天摆在他家宝鼎楼上，用得着这样看吗？可见几十年看东西看习惯了。唐夫人一边道："你唐二爷呀，把小克鼎供得跟神一样，不逢重大节日和重要聚会，是不会揭开古绫观看的。"

这话似乎是专门说给齐明刀听的。齐明刀瞟一眼唐夫人周玉箸，只见周玉箸两手捏住绫角，将古绫遮在腰前，那古绫活像她正在系上身的裙子。

唐夫人周玉箸那句话，把齐明刀的心说热乎了。齐明刀觉得浑身的血液在沸腾：看到小克鼎，就贴近了长安城！

唐二爷接住夫人的话茬说："不让别人看，还能不让齐明刀看吗？齐明刀把齐燕刀带进长安城，把花梨屏风和琉璃鸥吻带进四水堂，把小克鼎的拓片带给咱宝鼎楼，咱宝鼎楼的镇楼之宝不让齐明刀看让谁看？！"

这就是古董行当，人以宝物而高贵哩。

陶问珠忽然想起把拓片拿进宝鼎楼的情景。唐二爷的眼睛不光瞅直了，眼珠差点也瞅得掉出来，两只大手还把她的嫩胳膊的骨头差点捏碎了。唐二爷因为和她陶问珠熟，才对拓片上的小克鼎露出万分渴望的本质哩。唐二爷与齐明刀不熟，所以行事说话才讲策略哩。请齐明刀进宝鼎楼观光，高看齐明刀，说两句称赞齐明刀的话，其实都是为了拓片上那件小克鼎。

七件小克鼎聚六缺一，这缺一成了唐二爷多年来的心病。如今治这心病的药引子已经出来了，唐二爷能不抓住机会吗？古董行当的机会跟硝烟弥漫的战场上的机会一样，稍纵即逝，不是你抓住就是你的敌人抓住。古董行当和战场上的情形不同的是：战场上的敌人是明的，古董行当的敌人是潜在的。潜在的犹如海洋里的大鲸鱼，什么时候，在什么地点露头喷水，你根本无法预测。唐二爷在古董江湖上闯荡了几十年，岂能参不透个中道理和机关。唐二爷要策略地抓住这齐明刀送上门来的机会。

将拓片上的小克鼎收归宝鼎楼，让七件小克鼎英雄般聚齐，唐二爷的人生就全乎了。唐二爷最后的心愿一了，即使死，亦心安理得，含笑九泉。

陶问珠又在头发缝里闪烁目光，睇视齐明刀，并用那目光引导齐明刀去看唐二爷。齐明刀望一眼唐二爷，立即把陶问珠目光里的含义悟出个大概。

最后，齐明刀的目光落在了紫檀龙凤桌上的一溜小克鼎上。在他的眼中，那张拓片缓缓地变成了一件小克鼎，和其他六件小克鼎并排站在一起。

齐明刀满眼放出光芒，咬一咬嘴唇说："我一定设法把那件小克鼎献到宝鼎楼来。"

本来趔趄着身子的唐二爷突然挺直身子，眼中激射出两道精芒，那精芒若两支利箭，射进了齐明刀的胸膛。齐明刀浑身颤了一颤，听见唐二爷说："我要的就是这句话！"

齐明刀立刻意识到自己那句承诺的严肃性和庄严性。按古董行当的惯例，对没有定数和十足把握的事情，一般都说活话，不说铁板钉钉的死话。按古董行当的江湖规矩，话一旦说死，即使搏着性命也要兑现，否则就得砸了饭碗，退出这个行当。齐明刀感到有些冒失，这冒失令他内心慌怵，但说出口的话，泼在地上的水，收不回来了。

唐二爷和夫人周玉箸又领着齐明刀和陶问珠在二楼后厅里转了转，末了吩咐陶问珠："小陶，到饭时了，你领齐明刀到前边瓦罐楼，好酒好菜招待。"陶问珠看一眼齐明刀，满口应承。

唐二爷送客送到宝鼎楼门槛里边，唐夫人周玉箸送到门外台阶上，从不例外。齐明刀在台阶下揖手告别，随陶问珠走向庭院，快到假山水池旁时，陶问珠挽住齐明刀的胳膊肘说："我今日可是秃子跟上月亮沾光，上了宝鼎楼的二楼，大大地开了眼界哩。"

齐明刀这时已经没有了刚来时陶问珠拉他手时的窘迫感。他觉得陶问珠赤裸的胳膊又温润又绵软，陶问珠挽他胳膊肘时的动作也很自然。他扭头朝陶问珠笑笑。

陶问珠一甩头发，向齐明刀亮出翡翠耳坠，问："去瓦罐楼吃饭，还是去我花坞吃饭？"

齐明刀毫不犹豫地回道："去花坞。"

齐明刀又闻到了跟油菜花差不多的香味，又看到了花坞。

陶问珠说你先坐，我去叫几样菜来。陶问珠去前楼叫菜。齐明刀并没有老老实实地坐下，而是学着唐二爷的架势，倒背双手，观看着花坞。桌上的白玉闺怨紫檀插屏还在原处，笔架上的几管竹笛还挂在那里。床头墙壁上悬挂的竹节筒里插着两朵夏日玫瑰。自己上次送给陶问珠的梅兰二君子楠木挂落已经挂在了床对面的墙壁中央。齐明刀面对楠木挂落沉思良久，随后目光落在了竹节筒里那两朵夏日玫瑰上。

陶问珠回来了，身后跟着一个男招待。男招待把盘中酒菜卸到桌上，退出门外去了。

陶问珠和齐明刀坐下吃饭。陶问珠见齐明刀吃饭喝酒时一双眼睛不断在楠木挂落和夏日玫瑰间骨碌来骨碌去，就说："我把楠木挂落挂在床铺对面墙壁上，每天清早起来第一眼就看到它，每天黑了睡觉前最后一眼也看到它。"

一种奇异的，甚至是怪怪的感觉从齐明刀心底滋长并蔓延开来。陶问珠只说楠木挂落却不说夏日玫瑰，这夏日玫瑰是她特意插上去的吗？

陶问珠始终没有说夏日玫瑰，话题由小克鼎到宝鼎楼再到唐二爷和唐夫人周玉箸，最后竟然说到了她自己。陶问珠说她自己时是边喝酒边说的，似乎有关她的过去，都是酒气吹出来的。

陶问珠双臂搁在桌角，下巴支在胳膊上，梦幻般的醉眼迷离地望着夏日玫瑰，望着楠木挂落。头偶尔一动，浓密的秀发里便闪现出翡翠耳坠。翡翠耳坠若一对翡翠鸟时而绕出林外，时而隐入林中。

"说来也怪，仿佛一切都是命定的。要不是命定的，我咋能在那种地方认识唐二爷呢？我一说那种地方，你肯定会想到长安西市的粉巷，你要那样想你就错了。唐二爷去的地方要比粉巷高档十倍百倍。唐二爷不常去，甚至三年两载也去不了一次。他只有在成就一次大生意之后才去一次。

"你不要问我是哪里人，也不要问我的父母是谁，我对故乡和父母一点印象都没有。我甚至记不清我是如何被倒手到长安城的。我自小就被人教着学歌舞乐器。我长大的那一天，一个女人伺候我用香花草药水洗过澡，又给我换上薄如蝉翼的衣服，把我安排在一家以前常来常往的宾馆的房间。女人临出门时回头说，今黑了你将有万元进账哩。说着嘴角挤出狡猾的笑容，拉上门走了。门拉严实了，可那狡猾的笑容却刻印在门板上，嘲弄着我。我猛然间从那嘲弄的笑容中领悟到，一个女孩子朦胧向往而又万分惧怕的夜晚来临了。世上哪个女孩子不对未来的异性怀有渴望和恐惧呢？渴望和恐惧是一对孪生兄弟，手牵手，脚跟脚，形影相随地来到你面前。渴望或许能抵消一些恐惧，所以女孩子可以幸福地度过。可是那时刻来得过早，而且又是一个陌生男人，渴望会消失得无影无踪，只余下成倍膨胀的恐惧。

"推门进来的男人是唐二爷。我不敢看他，不知晓他刚刚成就了一桩大生意。成倍膨胀的恐惧弄得我缩在屋角抖成一团。

"唐二爷脱下外套挂在衣架，坐在床边打量着不停哆嗦的我。我这样子弄得他也紧张起来。

"'嗨，你咋咧？'

"我不能回答。

"'问你哩，到底咋咧？'

"'我，我发抖哩。'

"'见了我就发抖哩？'

"'你没进来我就瑟瑟抖哩。'

"'别的女娃头一回也抖哩，但没有一个抖成你这样。可见你胆小，像只小老鼠。'

"'我不是小老鼠，我只是禁不住抖哩。'

"'我有治颤抖的灵丹妙方哩，灵丹妙方就握在我巴掌心。别的女娃经我巴掌一摸就浑身发烫，烫得跟烙铁一样。这烙铁一发烫，颤抖立马就止住了。不信的话就试一试。你过来，让我这藏着灵丹妙方的手摸一摸。'

"恐惧更加膨胀，颤抖愈发剧烈，连手梢和脚指头都花花抖哩。我努力缩成一团，可还是抖得跟筛糠一样。

"唐二爷一下威严起来，板着面孔说：'我可是付过费用的，没人跟你交代清楚吗？'

"'倒是说我今黑了将有万元进账。'

"'怪不得，原来到你手里的只有一半。'

"'我不是为了钱颤抖哩。'

"唐二爷并不理会，起身从衣袋里摸出一对翡翠耳坠，悬在指间，在我眼前晃来晃去。翡翠耳坠明艳可爱，太吸引人了。可我不敢要也不能要，一要麻烦就大了。

"'我也不为翡翠耳坠颤抖。'

"唐二爷停止晃动，翡翠耳坠平静地悬在我面前。我拼命低下头，不看翡翠耳坠。

"'你说，到底为啥发抖？'

"'迟了，说出来也迟了。'

"'咋的迟了？'

"'因为你已经付过了。'

"'哦，头一回，费用高。'

"我畏缩着点点头。

"'放心，我从来讲究两相情愿。'

"'你只选头一回的吗？'我诧异自己慌乱中何以问出这种话来！

"'对，我从不喝二锅头，只选头一回。'

"我望着面前这个精干威严的中年男人，咬牙切齿地说：'我不知道敬你还是恨你！'

"'就为刚才那句话？'

"'是！'

"唐二爷咯咯大笑：'我老婆不恨我，你却恨我，是哪家子的歪道理？'

"'你老婆成了你老婆，所以不恨你。'

"唐二爷听我这么说，先是愣愣神，进而周身一惊，若有所思地说：'没想到你这小小年纪的嫩芽芽女娃，倒是深谙世事。'

"'不是深谙，是本能。'

"唐二爷嘘了几口长气，神态慢慢平静下来。他神态一平静，竟然讲起了他老婆。

"'我老婆是个古董迷，而且专爱捣鼓旧床。一次，她从江南收到一张旧时大户人家留下来的床榻，便向身边的朋友夸耀。一个朋友说，这玩意儿咱不懂，你还是请唐二爷过过眼吧。哪个唐二爷？宝鼎楼那个主哇。咱咋见得了人家呢？嗨，闯进宝鼎楼不就见着了。

"'我老婆（当时还不是）一跨进宝鼎楼，我两眼就睁大了，顿时觉着从门上的花格里投射进来的阳光也变得五彩缤纷。这情形，只有碰到上品之上品的青铜器才出现。上品之上品的青铜器，三五十年出现一回。可刚闯进门这位，兴许今辈子就碰见这一回。她说了一堆话，无非是帮帮眼，看看床。眼眼眼，床床床，我越听越烦。我猛然冲她狮吼一声：你那破床，有啥好看！要看床，随我来！说完拽住她手进了宝鼎楼东厅卧室。

"'我让她看我寻常睡觉的床。那是一件少见的红木拔步床，上是承尘下是底座，前有廊庑中有床门，四周围屏上浮雕并蒂同心百年好合图。那高浮雕，那刀法，那疏朗图案，那柔润线条，不是天下第一也是世间第二。廊庑两侧隔出的小空间放着机凳、雕花衣箱和羊皮灯盏。床幔一拉，简直就是一个幽静神秘的世外桃源。

"'我对她说，这床是明代宫廷里用过的，明清两代数百年，不知有多少皇后妃子在上面伺候过皇上、太子呢。

"'可她根本没听我说话，而是极度惊异地看着红木拔步床，眼睛都快看裂了。那神情，是没有办法用语言形容的。我第一次上我家宝鼎楼看到小克鼎时也是这神情。

"'你猜你老婆咋着？她看了许久许久，才缓缓地说：八年前，她在梦里梦到过这张床。自从梦见这张床后，她便天南地北去寻找。纵使踏破铁鞋，也要找到。

"'我说，没想到得来全不费工夫。

"'我老婆说，看到这张床，就像到家一样。她觉得她就是为这张床而托生的。

"'听到这话，我一刻也没有等待，我怕那感受那机会稍纵即逝。我猛然用力把她抱起，要抱到拔步床上。由于过分着急，上踏步时踩在踏步沿上，人趔趔趄趄往前扑去，正好把她斜擢到床心。为拔步床托生的她，就这样趔趔趄趄回到了家。'

"'接着呢？'

"'我问她，和我的床比，你收的那床咋样？她回答，哪里是床，简直一堆烂柴火。'

"'我知道你为啥专爱女子的头一回了。'

"'但我从来不强迫，一要我高兴，二要人家乐意。'

"'我可不乐意！'

"'那你想干啥呢？'

"'想干人干的事情。'

"'啥是人干的事情？'

"'除此之外，都是人干的事情。'

"'那好，跟我走，我的秦汉瓦罐正缺你这样的碎女子。'

"'我不能随便跟你走。'

"'这就不用你操心，但你得答应我一个条件。'

"唐二爷又把那对翡翠耳坠悬到我面前。我过去坐在他身边。他把我耳朵上原有的一对塑料耳坠摘下来，扔到脚地用脚踩碎。他给我换上翡翠耳坠。而我突然意识到，颤抖不知啥时候已经消失得无影无踪了。

"几天后，他便领我回家，我在宝鼎楼的台阶前见到了他老婆。她的容貌和身段里蕴含的全是特别的神韵。朴素大方的穿戴中隐藏着金贵。发髻上的簪子、耳朵下的坠子、脖颈间的宝珠、手腕上的镯子、鞋襻上的扣子，没有一样不值钱的。我说不上来她哪点漂亮，只是感觉她身上每一个部位都长得恰到好处，都与别的部位和谐地搭配着。尤其是她站在台阶上的高贵气质，我再修炼上十年，恐怕也达不到。她用富有柔情和尊严的目光飞掠我一下，就像飞鸟掠过林梢。我感到那鸟翅像锋利的刀刃，划过我的胸脯。一丝隐痛随飞鸟掠过。

"唐二爷把我介绍给他老婆：'这碎姑娘叫陶问珠。'

"'哦，怪好听的。我叫周玉箸。'

"唐二爷：'以后就叫她大姐吧。'

"周玉箸浅浅一笑：'有些介绍二奶奶的味道。'

"唐二爷并不气恼：'往后她就在秦汉瓦罐干活。'

"周玉箸：'那敢情好，我终于有了个好帮手。'

"就这样，我来到了秦汉瓦罐，帮周玉箸经管前台，有时候到宝鼎楼东厅帮她梳洗打扮，偶尔也到西厅敲敲铜钟铜鼓。我对唐二爷说，你带我出来，我就拼命干活顶账。唐二爷说你这碎女子，倒是机灵得很。我说唐二爷，我欠你的，就剩下这对翡翠耳坠情了。"

听到这里，齐明刀终于忍不住问道："这翡翠耳坠情你还还是不还？"

"还。"

"咋还？"

"不知道，听天由命，天要我咋还我就咋还。"

齐明刀心里有些糊涂：一个女子，如此坦诚地把自己的身世遭遇说给自己，仅仅是一种信任吗？还有没有比信任更珍贵的东西呢？可那听天由命的说法，又使那东西若山顶的云彩，忽而飘向东，又忽而飘向西。

盛夏的热气从窗口涌进来，把两个人的脸面和身体都弄得燥热难耐。窗外是宝鼎楼的庭院。公斑鸠在树枝上追逐着母斑鸠，树梢上的知了一声长一声短地叫着。

陶问珠一只醉眼隐藏在浓密的秀发背后，一只醉眼透过秀发的缝隙，痴迷地望着桌对面的齐明刀。齐明刀感觉到了那只眼睛里热切的意味。齐明刀一双眼睛专注地回视着那眼睛。那只眼睛像是发现了什么东西，一瞬间又隐藏到浓密的秀发后面去了。那头秀发一甩，两只翡翠耳坠闪现出来。

翡翠耳坠若一对翡翠鸟，时而绕出林外，时而隐入林中。

14

大半个月后，冯空首嬉皮笑脸地回来了。

齐明刀打开房门，见是冯空首，退回到床边坐下，把脸别到一边，道："摸摸你的脸，看烧不烧？"

冯空首摸摸自己的脸回道："嘿嘿，还是老样子，一边光一边麻。"

"你师娘天天来寻你找你，有时候一天来三回，保不定一会儿又来了。"

"嘿嘿，骗谁哩。起初一天来三回，后来一天来一回，再后来三天来一回，这几天已经不来了。"

"你那么了解你师娘？"

"嘿嘿，一张床上睡过的。"

"你这个麻脸空首呀！"

"我呀，就是这号人！"

冯空首并不避嫌，把那天黑了的核桃枣哗啦哗啦地倒了出来。

那天黑了冯空首和师娘夜来香打的，穿过华灯初放的大街小巷，七弯八拐，到得唐风饭店，进了约定的房间，房间里坐着一个沉稳的年轻人。冯空首问他是谁，年轻人说他是马仔。冯空首要他请出老板说话。年轻人说生意成交时老板自然会出来。冯空首攥住师娘夜来香的手腕转身欲走。年轻人并不阻拦，既自负又自信地说，把样钱拿出来吧。冯空首问，你咋知晓我只带样钱来？年轻人：老板倘若连这点儿远见都没有，咋能在江湖上立足呢？

冯空首示意师娘掏出样钱，年轻人接过去说拿给老板看看。说着要走。冯空首伸手拦住：出门费。年轻人当然明白出门费是啥意思：按江湖规矩，怕东西放飞，故而出门时必须留下出门费。年轻人二话没说，从后腰上摸出两沓人民币，往床上一掼，旋身出门。冯空首拿过钱，让师娘揣在怀里。

约莫一顿饭工夫，年轻人转回来，把样钱还给冯空首，说老板说了，东西正经，尖崩崩的尖万货，没半句弹嫌的。还交代明天晚上重约时间地点交割。冯空首把样钱装进衣兜，说出门钱还你。年轻人说不必，权当定金。

告辞年轻人出来，冯空首和师娘走到灯火阑珊的大街上，心情又轻松又愉快。师娘肯定在想：离人生目标又近了一步。

长安城大街灯火明灭，反衬得夜空无星无月。街上行人，纷纷迈着急匆匆的步子。

冯空首和师娘相依相偎，漫步在长安城夜晚的大街上。冯空首闻到了师娘身上只有夜晚才释放的香气。他沉醉在香气中，附在师娘耳畔说："咱回。"

"回你住的地方？"

"我那间房和齐明刀挨得太近，又只有一张单人床，活动不开哩。"

"黑瓷罐在那儿哩。"

"没事，有齐明刀守着哩。"

"那回嗄搭哩？"

"无聚楼。"

师娘噘嘴一笑。

是夜，两人努力奋斗，耗尽平生精力。冯空首从师娘的表情和动作中深切地感觉到，这是师娘有生以来最最开放、最最动情、最最舒坦、最最放荡、最最受活的一夜，简直是欲死欲仙的一夜。师娘甚或在想：成交这笔生意，行合卺礼后，两人寻一个清静地方，夜夜如此。冯空首也在师娘特别企盼的眼神中感到一丝恐惧。师娘分明是在企盼，企盼在这最最动情最最受活的瞬间，她那荒芜了近十年的土地能种上一枚神秘的种子。这正是冯空首最恐惧的，再种上个麻子脸该咋办呀？

师娘在完美无缺中进入温柔甜蜜的梦乡。冯空首呢，却在后半夜，鳗鱼一样滑溜出师娘的怀抱，从齐明刀床底下抱走了黑瓷罐。

师娘清早醒来，只闻到冯空首残留下的酸臭汗味。酸臭汗味之外，就是冯空首离去时虚掩的门。师娘的心，犹如长臂吊车上的物品，一下升到高空里，而且不停地摇摆晃荡着。师娘无奈之际能说的一句话就是：黑瓷罐放飞了！

师娘明知道找不到冯空首还要来找冯空首，只是尽尽心，安慰安慰她自个儿罢了。偌大一个长城，藏一个冯空首，就像茫茫大海中藏一条小鲨鱼一样。随便几丝海藻或几堆石头，就遮挡住了师娘的眼睛。能找到冯空首的，唯有时间。可时间有时候快，有时候慢。快了抓不住，慢了熬人得很。

齐明刀听冯空首这么说，实在忍不住，说话了："你脚底下抹油，比时间还出溜得快，剩下我，挨你师娘的冤枉骂。"

"骂你和我联手演双簧戏哩。"

"即使我浑身长满嘴巴也辩解不清，我也被那种时间包围着，受着煎熬。"

"师娘只识得双簧计，却不识得美人计、调虎离山计、金蝉脱壳计、扫雪灭痕计。这都是江湖艺门呀，识不破这些江湖艺门，就得被那种时间包围着受煎熬。"

"你这样日弄你师娘，就不怕你师父找你算账？也不怕别人说呱？"

"嗨，怕老鹰就不抱鸡娃，怕放屁就不吃豆子。师父自个儿屁股上的屎都擦不干净，哪里还管得了我？至于别人，说得满口吐沫，我身上却掉不下一根汗毛。"

"唉，啥师父教啥徒弟哟！"

"我知道你把我当啥人看哩，我干脆把这些名称说给你听。我这种人，秦时叫闾巷子弟，唐时称市井凶豪、妙客、闲子，宋时又叫捣子、无徒、破落户，明清又称市虎、光棍。若按地域叫，京津一带叫混混儿，十里洋场上海称白相人，苏杭两地叫赖皮、地棍，海边宁波称空手人。听听，海边宁波所称的空手人倒是和我的名字谐音哩。不过咱长安城沿用的是唐时的称呼，叫闲人。不错，我是个闲人，但不是一般的闲人。一般闲人霸井卖水、拦路收费、拉纤说和、贩卖人口、黑吃黑喝，那些事我从来不干。我是长安城古董道儿上上档次的闲人。闲人爱财，取之有道。"

"嘿嘿，取之有道，取之有道。"

冯空首听出了齐明刀嘿嘿的讽刺意味，脸上拧挤出怪异的笑。齐明刀立即联想到两句话：夜晴不是好晴，奸笑不是真笑。齐明刀甚至想，小克鼎可不能和这种笑沾上边。

冯空首："想嘲笑就嘲笑吧，有朝一日，你下了水，湿了身，想嘲笑都嘲笑不成了。"

齐明刀："我才不湿身呢。"

"你下水不？"

齐明刀被问住了。

"我今日就要拖你下水。"

冯空首扯住齐明刀衣襟往外就走，齐明刀在门边挣扎，这一挣扎，反而把门带上了。冯空首说这是天意，你不去都由不得你。齐明刀说我怕扫黄。

冯空首哈哈笑着说："扫黄？长安城也曾经扫黄来着，结果未出三天，银行存款减少四分之一。咋办哩？停止呗。"

冯空首话题又转到小姐身上。

春秋时齐相管仲在桓公宫中设女闾，开创青楼妓女职业以来，妓女便将色相与技艺结合一起，既能以色相事人，又能偎怀添酒，对坐敲棋，进而离座轻歌曼舞，顾盼传情。国色天香，环列左右，弈棋作画，弹丝品酒，击鼓传花，是啥意境儿。唐时长安城所出名妓薛涛，和风流文人留下多少千古佳话，留下多少深情动人的诗文。现如今妓女，除了脸蛋漂亮，别无所长。

听着冯空首的讲述，齐明刀心中感慨万千，想哭哭不出来，想笑亦笑不出来。

冯空首以为齐明刀动心动情了，便尽心尽力诱导。

"人哪，只能适应环境，不可能让环境适应你。咱面对的就是这般环境，咱就得与环境俱进。"

"与环境俱进？咋样与环境俱进？"

"西市胡姬巷来了个俄罗斯女郎，特色得很。"

"你去过了？"

"去过两回。"

"有啥区别？"

"没啥区别，都爱钱。"

"没区别？那去干啥？"

"也有些区别。"

"啥区别？"

"揣钱时偷着哭哩。"

"噢，有哭的区别哩。"

"不是，人家这位俄罗斯女郎，好像有自尊心或羞耻心哩。"

"你又去看自尊心和羞耻心去呀？"

"随便看看嘛。"

齐明刀往后退着："我不想去，要去你自个儿去，别拉扯上我。"

可是，齐明刀的手腕子攥在冯空首的手心里："瞧你瞧你，虚伪不虚伪。酒足饭饱不思淫欲，那是太监。"

"空首你……"

"男人嘛，头一回都紧张，就跟新兵蛋子头一回上战场一样，听见枪炮响，丢盔弃甲捂着耳朵往后缩哩。等磨炼成老兵油子，嗨，嘎搭枪炮声激烈就往嘎搭猛冲猛打，见缝插针，拦都拦不住。"

齐明刀往后拽，冯空首往前用力，差点给齐明刀拉个跟跄。

冯空首有些恼怒，脸色变得很难看。

齐明刀见状，忙施缓兵计："好我的空首哥哩，缓两天行不？"

冯空首听齐明刀这么说，便放脱手，点着齐明刀脑门说："到时候可不许耍赖噢。"

齐明刀暗自庆幸没有在这条道上往前迈出那关键一步。那一步迈出去，可就跟冯空首差不多了。

"嗨，我问你，你哪来那么多钱？"

"嗨，你忘了黑瓷罐了。"

"你把黑瓷罐卖了？"

"卖了一半。每样还留着一枚哩，卖光了拿啥做资本在长安城古董行当混哩。"

"卖给谁了，谁有这么大胃口？"

"你猜那个老板是谁？"

"谁呀？"

"秀水。"

"秀水？！"

"对，秀水。"

秀水是个干瘦老头，留一抹仁丹胡，戴一副浅茶色眼镜，胸前挂个索尼照相机，开辆破旧的铃木小汽车，在长安城老区坊里的小街背巷穿来穿去乱转哩。秀水来长安城已经五六年了，刚来时在城西南角那所著名的大学旁边买了套不大起眼的两居室住房。独自一人住着，没有妻子，也没有情人，更没见他带什么人到屋里过夜。他黑夜干什么，没人注意也没人知道。白天嘛，就开着那辆破旧不堪的铃木小汽车游魂鬼一样乱穿。车上并没有啥贵重东西，一个黄色塑料桶，一口藤条箱。箱内装几块抹布，几沓拓拓片专用的高级宣纸，再就是拓墨和拓包。

秀水隐在浅茶色眼镜后面的独眼对长安城的高楼大厦，对新建的未央宫和唐乐宫都不感兴趣。秀水只对长安城老街坊里那些再不修缮就要坍塌的旧房老屋和住在旧房老屋里叼着烟袋锅，摸着花花牌的老汉老婆感兴趣。凡是看到年代久远、住过大户人家的旧房屋，秀水必定停下车来，主动跟老屋旧房现在的主人打招呼拉家常。秀水敬洋烟，主人招待中国茶，然后唠叨这陈年老房屋的旧人旧事。话说熟络了，关系近乎了，秀水就夸这老房屋前门和二门的石门礅真是好看。秀水一夸赞，主人必定得意，就说这门礅是几代前先祖用一石麦或者三匹绸缎换下的。秀水见主人受用，越发夸赞道，瞧这门礅上的青龙雕得多好，是高浮雕呢！秀水在老街坊里转悠得久，碰到的门礅多，看到门礅上雕刻的图案也多：为官者青龙白虎朱雀玄武，商贾人家财神平安富贵，读书人家梅兰竹菊。秀水见什么人就夸什么图案，把主人夸得高兴，一个劲给秀水添茶。秀水谦恭地说谢谢我喝好了，我想把这门礅上的图案拓下来。主人笑着说那有啥，你拓一千张都行。秀水又说一堆好听话，然后退到街心给门楼和门礅拍照片。拍完照片，从车上取下一应物什，用黄色塑料桶打来清水，用抹布把石门礅洗净抹干，还俯下身用嘴把石门礅上的水汽吹走，这才涂墨贴纸，用拓包一下一下捶打。片刻之间，门礅上的瑞兽花卉和人物故事的图案便清清楚楚地印到拓纸上来。秀水干活时既专注又仔细，一丝一毫都不马虎。

有时拓到饭时，主人就端给秀水一老碗面或者羊肉泡馍。秀水也不客气，一双墨手往衣裤上抹蹭抹蹭，接过碗来，圪蹴在门礅跟前吸吸溜溜地吃着，边吃边歪头欣赏拓片上正在呈现出来的图案。主人看秀水的吃相，倒蛮像个地道的长安人哩。秀水吃罢饭要付饭钱，主人说再甭嚷长安人了，拓了我家门磴，再给我家饭钱，算咋回事吗？秀水笑吟吟地说，拓了你家门磴又不给你家饭钱，倒算咋回事嘛。说得主客二人一阵爽朗大笑。

拓毕告别，秀水必定在身上车上翻拣出一件小玩意儿送给主人做纪念。男的送松下剃须刀或者三菱打火机，女的送法国花露水什么的。实在没翻拣到小玩意儿，秀水就给老人和小孩拍照片，而且三天内必将洗好的照片送到主人手上。主人接过照片瞧着，说，看人家小胡子眼镜老头多信义！

五六年时间，秀水几乎把长安城老街坊和近郊的古镇跑遍了。有些偏僻的地方开车不方便，秀水是背着行囊骑着自行车去的。秀水拍照和拓拓片的石门磴不下两千个。每每拍拓完毕，秀水都要在自行绘制的长安地图上标出街坊、巷道和门牌号码。个别精彩的，还要绘制老房子的样式。秀水的长安地图，简直比军事地图还要讲究还要详尽。军事地图绘制的是军事要塞和兵力布置图，秀水的长安地图精确详尽地绘制出了长安门磴分布。当然，秀水还时常遇到长安城因为改建而要拆掉一些老房屋。秀水一边连声说可惜可惜，一边和主人商量，百八十元将石门磴收购了。主人想，拆了老房屋盖大楼，谁还要石门磴弄啥呀？撂到那儿都绊脚哩，瞌睡遇枕头，让秀水收去最好，搬走绊脚石，还落下百八十元。

后来，秀水把自己亲手所绘的长安石门磴分布图的复绘件和偶然碰到拆迁收下的那些石门磴送给了他住处跟前的那所大学。原绘稿、照片和拓片他自己留在身边潜心研究，分门别类加断代。细细归纳，从两千多幅拓片中精选三百六十五幅，每幅附上研究文字，结集成一本图文并茂、情趣生动、内容丰富的书稿，寄到日本一家颇有些名气的出版社。这家出版社很快出版了这本书。书的装帧设计印刷都非常精美，书名"长安城石门磴集萃"。作者署名：秀水。

秀水凭这本书和自己谦虚的为人，慢慢地结识了长安城古董道上的一些人，也渐渐地听到了长安城古董道上的名人趣事。秀水一边研究长安城的历史，一边默默地往古董行当渗透着。

终于有一天，秀水在小雁塔安仁坊旧货市场做一小笔桌面生意时认识了冯空首。秀水凭感觉觉得这个麻脸年轻人肯定和古董行当关系密切。冯空首也凭感觉觉得秀水不是平地卧的等闲之辈。别看秀水外表谦虚穷酸，内里却是一个不露相的真人。古董行当这种不露相的大卖主，在长安城外来客人中并不多见。为了证明自己的看法，冯空首把秀水介绍给了金柄印。按照古董行当的江湖规矩，客人单线联系，绝不会把自己的门路直接献给别人。生意人做事短，你献给他门路，他做生意便跳你的墙。但冯空首有冯空首的主意，他想一回考察两个人。金柄印是黑道红道交叉点上的人物，看秀水如何跟他打交道。

后来江湖上传说，金柄印让秀水看了一件稀世之宝，看得秀水眼眶迸裂，一颗眼珠掉了出来。这件事不知是真是假，反正江湖上传得很玄乎。至于金柄印让秀水看了件什么稀世之宝，外人至今不得而知。秀水眼珠子是否掉出来，外人也不得而知。因为自打秀水到长安城以来，始终扣着一副浅茶色眼镜。但那次在董青花瓷魂店里，董青花、齐明刀和冯空首看到，秀水确实是个独眼龙。至于那只瞎眼，眼珠是不是那次看了金柄印的稀世之宝掉出来的，外人也不得而知。秀水瞎眼中装着一枚青瓷球做的假眼珠。那青瓷球假眼珠里是否安装有专门检验古董年代及真假的探头，那就更不得而知了。

秀水的确在金柄印那里看到了一件稀世珍宝。秀水看到那件珍宝后一连几个夜晚睡不着觉，喝茶不香，见酒就醉。醉了还要约金柄印再喝。金柄印见约就来，满碟吃菜，满杯喝酒，但闭口不提那件东西。金柄印不提，秀水在酒桌上也不提，只是愁闷异常地喝酒。好几次把自己喝得出溜到桌子底下。秀水挣扎着从桌子底下爬出来，攥住酒杯继续和金柄印喝。喝，三天两头喝。喝喝，两头三天喝。一喝就是半年多。终于在两个人都喝成酒人时，秀水说了一大堆尊敬和佩服金柄印的话。金柄印在古董行当被几大头压着，很少有人这么恭维他。他这个酒人有些飘飘然了。也已成酒人的秀水拍着腔子说：你就是开个天价，我都不还二价！你要我这只好眼珠，我现在就抠下来给你。

酒人金柄印愣住了。酒似乎有些醒了，又似乎没有醒。

万事钱收场。但秀水掉眼珠的事很快就在江湖上流传开来。可后面这件事，江湖上却一丝风浪也没兴起，仿佛这件事压根就没有发生过。

冯空首把麻脸摸了许久，准备说动齐明刀，若小克鼎真能出现，让秀水过一下眼，看看秀水那只好眼珠会不会掉下来。好眼珠掉不下来，假眼珠再掉下来一回也成。

15

陶问珠打电蛐蛐约来齐明刀，交给齐明刀一封信。齐明刀接过信一看，收信人是杜玉田。齐明刀一头雾水，神情茫然地望着陶问珠。陶问珠说："这是唐二爷交的差，要你亲手把这封信交到杜大爷手里。"

杜大爷的名号，齐明刀已经听说了无数次，但一直无缘相见。四水堂开业典礼那天，本来能见上的，可惜杜大爷因为要陪美国客人，没能到场。齐明刀未能见到杜大爷，却看到了唐二爷及一干人，还看到了绕着四水堂琉璃鸥吻旋飞的火凤凰。齐明刀渴望见到杜大爷，那样的话，长安城古董行当四位大爷他就见齐了。

"唐二爷不打电话却写信，完全是给我齐明刀创造机会哩。"

"杜大爷从来不用电话，与人联系只用信件或者捎口信。"

齐明刀为被唐二爷选作信使而自豪和得意着。可杜大爷住在哪里？我咋样才能找到他呢？

陶问珠说了一个地址，要他按地址找一个人。

"谁呀？"

"楚灵璧。"

"楚灵璧？"

"对，楚灵璧。"

四水堂开业典礼那天，楚灵璧走进大厅的情景顷刻间浮现在眼前。

淡淡的幽香弥漫开来，幽香中，楚灵璧拖着素面拖地百褶裙缓缓地飘过来，若花草丛中款款飞动的蝴蝶，停歇在四水堂的水帘前。发间扎着红额带，脑门正中缀一颗鹅黄柿蒂美玉，怀中抱件古旧陶罐。一双月亮眼，幽幽地闪射出忧郁的光芒。

齐明刀想到初次见到楚灵璧的情景，脸上不由自主地呈现出痴呆的神情。

陶问珠猛地在齐明刀脚上跺了一脚，齐明刀疼得双手抱住膝盖，单腿单脚跳着，边跳还边嗷嗷大叫。手中那封信，树叶一般飘落到地上。

陶问珠弯腰拾信在手，在浓密的头发缝里白了齐明刀一眼，并不关心他脚疼不疼。

齐明刀疼得龇牙咧嘴，直嚷疼死了疼死了，趾甲盖儿怕是要掉了。

"活该！"

齐明刀没料到，自己想了一下楚灵璧，便吃了这一脚。但进而往深里一想，心里便涌起一种异样的幸福。

"哎哟，到底叫我找楚灵璧干啥嘛？"

"让她带你去半坡马厩。"

"半坡马厩？"

"对，半坡马厩。"

齐明刀的脚登时不疼了，因为他要用这双脚走到半坡马厩去。脚老疼着咋能走到半坡马厩呢？一阵憧憬和激动立马取代了齐明刀心中刚刚涌起的异样的幸福。齐明刀参加了四水堂的开业典礼，进宝鼎楼开了眼界，现在又要到半坡马厩去，这咋能不叫齐明刀激动呢？长安城古董行当最有名堂的人物、最有名望的地方都要让齐明刀看见了，这咋能不叫齐明刀万分激动呢？！

齐明刀按照陶问珠告诉他的地址，揣着那封信，在一条深巷最里头找到了楚灵璧的家。

倒是一个闹中取静的去处。

齐明刀隔着栅栏门望着楚灵璧的家。楚灵璧的家很像旧时官宦人家的偏院。院里是两相对称的六间厢房，院中疏疏密密地立着丛丛青葱可爱的斑竹。斑竹把厢房的门窗遮掩住了。

　　齐明刀隔着栅栏门，透过斑竹丛的缝隙看到楚灵璧正在给竹丛里花架上一株花浇水。楚灵璧进入四水堂的情景再次浮现在眼前。好在陶问珠不在跟前，否则又要踩他一脚。楚灵璧居家穿得自然淡雅，对襟短袖，宽摆长裙。没有系缀玉额带饰，柔顺的秀发自然垂下，掩饰着她娇美的面容。双手没有抱陶罐，而是捧着一个小陶钵，正给花架上唯一的一株花浇水。清亮的水，闪闪烁烁地滴流到花盆里去。

　　齐明刀望着楚灵璧优美的浇花姿势，只愿欣赏，不忍心打扰。直到楚灵璧浇完那株花转身欲走时，齐明刀才拍响了栅栏门。

　　"门开着——"

　　那声音就像天外飘来的仙乐。

　　完全的自然，完全的不设防，仿佛任一个拍栅栏门的人，都是心地善良的朋友。

　　齐明刀吱呀一声推开栅栏门，又吱呀一声闭上栅栏门。齐明刀穿行在斑竹丛中，顿觉丝丝凉意袭上身来。齐明刀看到斑竹丛中夹杂着许多菊花，想这斑竹割了一茬又一茬，长了一茬又一茬，叶绿竿翠，泪痕点点。

　　齐明刀径直走到楚灵璧跟前站住。楚灵璧侧面向他，似乎在看架上那株藤花浇透了没有。齐明刀溜一眼那藤花，藤花栽种在大陶盆里，茎叶茂盛，往下垂吊三尺有余，茎稍微往上翘起。

　　齐明刀想夸花一句，怕花跟人连得紧，就说："也不问是谁，就让进来了。"

　　楚灵璧并不回头："知道我这住处的，没几个人。"

　　这话说得再含糊不过，又再明白不过。楚灵璧就用这既含糊又明白的话语跟齐明刀打过招呼。打完招呼捧着陶钵，转身又去浇另一株花。

齐明刀趁机打量楚灵璧居住的厢房。墙是旧墙，木是旧木，不刷丹，不涂白。雕门格窗，也呈现出很浓的古旧气息。几间房门，都挂着将军锁，只有楚灵璧房门前，挂着一袭竹帘，竹帘旁边的砖阶上，摆着一盆花。那花显然是草本，没有躯干，只有茎节叶片。茎节分蘖，生发新茎新叶，层层上升，疏密交错，很是沉静文气。齐明刀望着那半圆的叶片，闻到那淡淡的香气，一时叫不上名字。怪事了，四郎河边见过的，四郎河边闻过的，咋就叫不上名字了！

楚灵璧正在给这株花浇水，大约猜透了齐明刀的难处，说："这是卷耳。"

想起来了！是卷耳，不过四郎河边的人都叫它苍耳。

上学时老师讲古诗讲到过，大概意思是说一个采摘卷耳花的女子思念心中男子的事。可惜当时年纪小，对男女之事听不大明白。可楚灵璧为啥要在门帘边放置一盆卷耳呢？

楚灵璧："花有异香，籽可入药。"

齐明刀："可治相思病。"

楚灵璧的脸一下变得通红通红。楚灵璧忙背过身，把陶钵放到一丛斑竹跟前，伸手蘸水，在脸颊上拍着。

齐明刀自觉失语，忙寻话茬说："这院子要再大些，再凿渠引些流水，就成了林黛玉住的潇湘馆了。"

楚灵璧还在用水拍着脸颊："神似是似，形似非似。"

"潇湘馆可没有藤花和卷耳。"

"贾宝玉有金有玉有帕有诗送，哪里有藤花和卷耳送呢？"

"原来藤花和卷耳是人送的。"

楚灵璧的脸可能又红了，因为她又开始用陶钵中的水拍脸颊了。

齐明刀正要问是谁人送的，却见一白一黄两只蝴蝶从竹丛中飞出，款款地绕过藤花飞过来，盘绕着卷耳飞旋。齐明刀惊异地看着，那白黄两只蝴蝶相逐相随，上下翻飞，恋着卷耳，终是不去。

楚灵璧停住拍脸颊，转过身来说："蝴蝶欢迎齐明刀哩。"

齐明刀吃惊得睁眼张嘴，四水堂一面之缘，楚灵璧竟然记得我和我的名字！

楚灵璧撩起竹帘，请齐明刀进屋。

楚灵璧的房子比陶问珠的花坞稍微宽敞一些。布置得更为淡雅清新。日常生活用品，一应竹编竹制，竹筐竹篓竹篮竹笼竹鱼竹鸟。就连放置儒家佛家经卷的书格，也是竹制的。

看到这些竹器，齐明刀想到院中竹丛中的新老竹茬，原来那些竹子都被砍来编制竹器了。再看这些竹器的精巧形制，便可知楚灵璧是一个心灵手巧的人。

齐明刀闻到一股带有竹子清香的幽香味道。那幽香又与陶问珠花坞的香味不同。陶问珠花坞的香味带有山野里油菜花的味道，楚灵璧屋子里的香味是那种携带着竹子清香的混合幽香。那幽香犹如淡远的音乐，萦绕在屋子的角角落落。齐明刀猜想，那幽香肯定是从书格上那个新编制的斑竹香盒里释放出来的。齐明刀听陶问珠说过，长安城古董道上的名女子都有香盒。周玉箸是金香盒，董青花是瓷香盒，陶问珠自己是木香盒，楚灵璧是竹香盒。香盒里盛着各人喜欢嗅闻的香料，每到仲春时节，各人携带香盒，凑在一起，进行闻香比赛。楚灵璧的香味最纯最荃[①]且幽深淡远，已经连续三年夺得冠军，被尊为"三冠香王"。楚灵璧香盒里的香饼是杜大爷在山坡沟涧采百花花蕊调制，窨香好了，再送楚灵璧薰用。想一想，周玉箸、董青花所用的法国香料、瑞士香料、印度香料如何能赛得过呢？每次赛完，周玉箸和董青花都不得不佩服，不得不称赞杜大爷调制香料的手艺越来越精湛了，洋人咋赶也赶不上！

楚灵璧沏过茶，让齐明刀坐，齐明刀坐到书桌前，楚灵璧自己则坐在书桌那边的床铺上。阳光透过窗户照到书桌上，书案中央的竹制梳妆

---

① 荃，陕西方言，香之意。

盒旁边，分列两面古铜镜，镜中人物影影绰绰。

刚才在庭院的花竹间，齐明刀还显得大大方方，可是一进楚灵璧这间屋子，就局促得很了。手脚不知如何放着好，眼睛不敢直视楚灵璧。齐明刀自个儿也奇怪，咋比进陶问珠的花坞还局促紧张呢？

齐明刀游移的目光终于落定在斜立书桌的一面古铜镜上。古铜镜约六七寸，光滑明亮，鉴人清晰，楚灵璧的头像正好映在里面。那天在四水堂，楚灵璧抱个陶罐站在哗哗坠落的水帘前，流动的水帘把楚灵璧衬托得晃动起来，水帘的冷气携带着楚灵璧的冰艳一节一节向大厅扩散。站在炎夏季节四水堂大厅人群中的齐明刀，感到冷飕飕的凉风袭掠过来，不禁缩肩打个战儿，不敢注目再看。刚才在庭院竹花间，齐明刀看楚灵璧也是匆匆一瞥。一瞥亦让他目眩，他只记住楚灵璧身上透射出的神韵儿，至于楚灵璧长了啥模样，齐明刀也只有个大概印象，哪里敢细看呢？一个年轻男人咋能不讲礼貌死盯住一个年轻女子看呢？农村稼娃的自卑和羞赧控制住了齐明刀，使他有细看人家的贼心，却没有那个贼胆。

老天有眼，恩赐良机，让齐明刀凭借古铜镜细细地看到了楚灵璧的容颜。既不失礼，又不唐突，也不会引起楚灵璧的不快。

古铜镜中的楚灵璧没有戴缀着柿蒂美玉的抹额，秀发自然垂下，秀发掩映的脸庞细腻得像刚刚洗过的象牙一般。耳朵、鼻子和嘴巴像是技艺高超的艺术家精雕细刻之后又小心翼翼地打磨出来的一样。唯有细密的弯柳眉下那双半月眼，不像是雕刻打磨的，倒像是天然生就的。像静卧秋波之上的半轮月儿，静谧幽怨，偶一运动，便溢出忧郁的顾盼之情。

齐明刀不失良机，凭借古铜镜，偷偷地肆意地仔仔细细地瞧着楚灵璧。那神态，活像一位古董收藏家仔仔细细反反复复地观赏自己倾尽毕生精力和积蓄收藏的一件上上之宝。齐明刀希望时间停止不动，永远凝固在这一刻。

此刻的齐明刀，觉得古铜镜是尘世间最好的东西。玻璃镜照人，把人照得过于清晰，人过于清晰就变形。古铜镜照人，既清晰又恍恍惚惚，人若沉浸在月光之中，充满朦胧幽深的诗意。象牙一样的楚灵璧，隐隐现现在朦朦胧胧的月光之中，这是何等的意境啊！

楚灵璧简直就是月亮中飘逸而来的仙女哟！这月中仙女，将来不知归何人消受。这月中仙女，每日对镜理红妆，又不知为谁哟。

楚灵璧："这镜好吗？"

"好，好，真真正正的好。"

"这镜有时候照人，有时候照妖。"

齐明刀再看古铜镜，楚灵璧的头影不见了，映现在镜子里的，是自己的头影。齐明刀体味楚灵璧的话，感到自己的小秘密被窥破了，立时窘得面红耳赤。

楚灵璧起身离开床铺，绕过齐明刀，走到书桌那边，两指夹住另一面铜镜，一拨一翻一转，那镜面上立刻变幻出一个人的头像来。

楚灵璧又回到床边坐下，齐明刀的目光则留在了那个人头像上。

那是一张照片，贴在铜镜后面。

照片上是一个清秀的老者，神气很儒雅，只是一双眼睛，闪烁的是那种内功修为很深的人才具有的精芒。老者头上缠着幞头。发髻高耸，幞角从脑后露出。齐明刀觉得，这位老者很像是古戏古书里的人物。齐明刀又想起，这照片上的人和董五娘在瓷魂铺里照片上的人有些相像呢。

齐明刀纳闷：这个老者是谁呢？

齐明刀满带疑惑地看楚灵璧，无意间看到楚灵璧坐着的床铺上靠近枕头的地方躺着一个玉人。那是个青白玉人，红萝卜般长短粗细，雕着头颅脖颈身体和下肢。那眉眼间的神态，与照片上的老者倒有些相像呢。齐明刀心中大异：世间竟有这等奇事，让自己无意间窥到了。

楚灵璧注意到齐明刀的目光落在了玉人身上。这回，是她楚灵璧的秘密被人家无意间窥到了，该轮到她窘迫了。楚灵璧满面羞红，急忙伸手把玉人藏到绣花枕头底下。

为了掩饰内心的羞怯、爱意、窘迫和惶恐，楚灵璧又起身把齐明刀偷窥自己那面古铜镜翻转过来让齐明刀看。

齐明刀看到古铜镜背面，惊羡得舌头吐得跟狗舌头一样。古铜镜圆钮周围饰着银片莲叶纹，莲叶纹外面是一圈金丝同心结，同心结外围飞翔着四只口衔绶带的金鸾鸟，鸟翅后边飘动着带叶花瓣。铜镜边缘又饰一圈金丝同心结。齐明刀虽然在古董行道滚爬了许多年，并且闯进了长安城，但如此的稀世之宝，他哪曾见过？齐明刀的舌头不吐得跟狗舌头一样才怪呢。

"这是金银平脱鸾鸟绶带纹铜镜。"

"以前只是听说，今日有缘相见，果为镜中之王，没想到却日日用来照影影呢。"

金银平脱，就是将金银锤打成极薄极薄的箔片，剪修成各种花鸟鱼虫图形，錾出花样，再用火漆黏合在高边素面镜背，然后反复髹漆，进而细加研磨，直至银片纹饰图案脱露在外，成为眼前看到的这般模样。

盛唐玄宗，常用这金银平脱镜赏赐朝廷重臣和外国使节。

"我日日照镜，镜亦日日照我。"

"人镜互照，古今相映，有趣。"

"这话倒有些意味，没有枉看一回金银平脱镜。"

"祖传的吧？"

"我家祖传铜镜不少，唯有这一件不是……却又最为珍宝。"

"怎么，不是祖传的？"

楚灵璧望着照片上的老者："他赠送的。"

"他赠送的？"

"对，他赠送的。这金银平脱镜和院中的藤花和卷耳都是他赠送的。"

"他是谁？"

"杜玉田。"片刻，又补充，"杜大爷。"

齐明刀的目光转移到照片上，这就是杜大爷？这个面目清秀儒雅、眼放精芒，头缠幞头的老者就是杜大爷！

齐明刀的目光又转移到金银平脱镜上，内心慨叹：也只有这稀世珍宝配和杜大爷并排放在书桌之上。

齐明刀的目光像松鼠一样在照片和金银平脱镜上跳过来跳过去。

"杜大爷可是把天下至宝赠送给你了。"

"是呀，杜大爷家族在唐朝屡出重臣，治国有功，皇上便赏了这金银平脱鸾鸟绶带铜镜。杜家视为传家宝，一传就是一千三百多年。这铜镜不光金贵在自身，更金贵在它蕴藏着盛唐精神。杜大爷的精气神与这铜镜一脉相承哩。"

"人和镜果然神秀无比！"

"'神秀'二字用得妙。"

"杜大爷把两样东西都赠送你了。"

楚灵璧微笑点头，半月眼中满含深情。齐明刀看清了楚灵璧眼中满含的深情。只有内心深怀爱意的少女，眼中才会蓄含这种深情。

齐明刀非常明显地感觉到了杜大爷的气息。这气息无时无处不在。楚灵璧不是孤独一人住着。杜大爷分明时刻存在于这庭院和屋子里，陪伴楚灵璧，并与楚灵璧一起生活着。

"我家侧室的竹制百宝格上收藏着许多古铜镜，有汉朝山字镜、花草鸟兽镜、人物镜、青龙白虎镜、朱雀玄武镜、长乐未央镜、千秋万岁镜、见日之光长毋相忘镜，有唐朝八曲镜、八棱镜、菱花镜、海棠花镜、海兽葡萄镜、四神镜、十二辰镜、宝相镜、盘龙镜、飞仙镜、螺钿镜、鎏金镜、鎏银镜、捶金捶银镜……镜上铭文也各式各样，有形炼神冶、莹质良工、如珠出蚌、似月停空、当眉写翠、对镜敷红、绮窗绣幌、俱函影中，有鉴若止水、光如电耀、仙客来磨、灵妃往照、鸾翔凤舞、龙腾麟跳、写态微神、凝首巧笑，有光流素丹、质禀玄精、终古永固、莹此心灵……不过，你已看过金银平脱鸾凤绶带镜，别的不看也罢，再说，你也不是专门来看古铜镜的。"

"是唐二爷命我来的。"

"是要找杜大爷吧？"

齐明刀掏出一封信，说："唐二爷要我把这封信亲手交给杜大爷。"

楚灵璧微微一笑："好吧，我领你去半坡马厩。"说着从床头取过三条柔软的丝质额带，一条红一条黄一条绿，红带缀柿蒂形黄玉，黄带缀椭圆形碧玉，绿带缀圆形白玉。上回在四水堂，楚灵璧戴的是红带柿蒂黄玉。今日个，楚灵璧拢好头发，扎上绿带圆白玉，说咱走。

齐明刀想：这就要到半坡马厩去见长安城古董行当坐头把交椅的杜大爷了。

16

　　齐明刀随楚灵璧乘车向东南行十里，又弃车南行二三里，楚灵璧停住脚步，抬起玉臂，伸出嫩草一样的手指往前一指："你看。"

　　齐明刀顺着楚灵璧手指望去，只见终南山一道余脉横斜着延伸过来，缓缓地融汇进少陵原中。那道余脉，活像终南山这棵大树的树根，深深地扎进少陵原和关中大地之中。

　　就在那道余脉向少陵原过渡的漫坡那儿，一大片苍翠的树木掩映着几间青石青瓦的房屋。齐明刀看看那房屋，再看看身边的楚灵璧。终南山略带秋意的风吹过来，把楚灵璧身上的衣裙吹得呼呼啦啦响。

　　衣裙便是旌旗，房屋便是半坡马厩。齐明刀犹如跟随在旌旗后面的战士，听到马蹄叩地而来的声音，心随之跳动起来。

　　齐明刀和楚灵璧喘口气，继续向半坡马厩行进。齐明刀觉得他和楚灵璧像一对梅花鹿或者一对灰野兔，跳跃穿行在坡沟树林间。这终南山脉坡沟间的树木有一些和四郎河边驼马山是一样的，但有许多是四郎河驼马山没有的。终南山脉坡沟间的树木花草要比四郎河驼马山茂盛得多。终南山翁翁郁郁，驼马山稀稀疏疏。

　　齐明刀边行边看那些树木：侧柏、栓皮栎、核桃、板栗、木瓜、木槿、小叶唐棣、皂荚、五角槭、柿子、樱桃。树下杂生灌木：胡枝子、悬钩子、孩儿拳头、陕西荚蒾、迎春、花椒、连翘、酸枣。灌木枝条上

232

尽生钩刺，时不时把齐明刀的衣裤挂住。齐明刀正往前行走，冷不防便被灌木枝条钩拉得弹回来。齐明刀不得不停下来摘掉那些钩刺，并且奇怪，楚灵璧穿着宽大的衣裙，钩刺咋就不拉挂她呢？楚灵璧双手提住裙角，若一只山兔，更若一只山雀，轻盈灵巧地在灌木枝条拦道的砟石小径上蹦跳前行。齐明刀不由自主地慨叹：只有日日生活在这坡沟林间的山兔和鸟雀，才可能如此熟练地蹦跳行走呢！

楚灵璧简直就是那山兔和鸟雀！

齐明刀听到前面传来涧水流泉声与百鸟和鸣声，像是听到一种自然的召唤，急急地追赶楚灵璧前行。

一道柴扉拦住了去路。柴扉两边延伸开去的，是天然生成的灌木剪修后形成的灌木篱笆。灌木篱笆里面，是一个涧水成渠、树木相对稀少的院落。院落里边是几间青石砌墙青瓦青石板撒盖的房屋，那房屋隐在这半坡林木间，年深日久，被山岚水汽侵蚀，青瓦和门窗的色彩已脱落褪尽，墙壁和台阶石缝里边生满苔藓。齐明刀赞叹：在这么一个自然林泉间，竟沉沉稳稳地隐立着一件大古董。

楚灵璧推开柴扉，引领齐明刀进入院落。院落中正在涧渠间饮水的松鼠和锦鸡听到声响，又见有人进来，便出溜出溜地钻过灌木篱笆，跑到院落外面去了。人进来了，鸟兽走了，这就是院落。

院落上空，有只幼鹰乘着山风在追逐燕雀和斑鸠。一片打斗捕捉声中，幼鹰、燕雀和斑鸠一同跌落到青石青瓦房屋的后边去。停歇在屋后树冠间的黄眉柳莺、凤头百灵、黑枕黄鹂、四声杜鹃、蓝羽翡翠和伯劳等，被打斗捕捉声惊动，一齐跃离枝头，盘旋穿飞在树冠的枝叶间。树冠顶上更高的高空，有雕鸮、燕鸥、苍鹭、朱鹮等大鸟在盘旋或飞过。

涧渠那边，偏屋山墙底下，是人工修整出来的几畦菜地，种着芹菜、韭菜、黄瓜、苦瓜、豇豆、葱蒜、甘薯、花椰菜等时令菜蔬。涧渠间身扁头宽尾红的鲂鱼在穿梭游动，菜蔬间蚂蚱、蟋蟀跳跃鸣叫。六月郁榆，七月葵菽，八月剥枣，九月板栗柿子，加上蟹鱼菜蔬，杜大爷吃喝的倒新鲜自然。

想杜大爷居住生活在这钟灵毓秀的终南山脉间，日照青翠，白云闲度，晚霞铺空，明月出岫，山水为邻，鸟兽作伴，何有半点马厩气息？倒是一派世外桃源景象。

齐明刀心存疑窦眼含疑惑地去看楚灵璧，见楚灵璧也正站在涧渠边的一株草前凝目沉思。涧水斜贯院落，穿过灌木篱笆，弯曲盘绕，逶迤往坡下而去。

涧渠约三尺宽，渠底铺满碎鹅卵石，岸两边生满蔓草野花。水冲石草，潺湲起声。楚灵璧素衣素裙，站在岸边，与花草相衬，再映入涧水中，影影绰绰，晃晃悠悠。

齐明刀看到楚灵璧面前水中有一株形状怪异的草。那草扎根水底卵石间，圆茎如钗股一般升出水面。茎在水中青色，出水却是白色。叶子经日月朗照，成为赤紫色。涧水从那花草左右流过，山风从水面拂过，那巴掌心大小的草叶和钗股一样粗细的圆茎一并摇动，煞是好看。

齐明刀："这是啥草？"

"荇菜。"

楚灵璧话音刚落，一雌一雄两只灵巧的小鸟飞掠过来，翅膀溅起水珠，带斜了荇菜。两只小鸟掠过水草，绕楚灵璧飞旋一周，落在不远处的渠岸边，转动小脑袋看涧水中的小鱼儿。小鱼儿早已被鸟儿飞掠的影子所惊动，机灵地闪身快游，钻到碎鹅卵石的罅隙里去了。

齐明刀："这是啥鸟？"

"雎鸠，也叫王雎。"

楚灵璧先答一草荇菜，又答一鸟雎鸠，这使他忽然想起中学语文老师让大家背的《诗经》上的古诗来。

在四水堂第一眼看到楚灵璧时，齐明刀顿生痴迷之情。楚灵璧幽闲贞静，令人望而生爱，又敬而生畏。楚灵璧身上那种神韵他形容不出来，打死他也形容不出来。齐明刀万万没有想到，人生的机缘就在这半坡马厩的院落里。在雎鸠的关关鸣叫中，在明澈透底的涧水旁，他看到了摇曳的荇菜和静穆的楚灵璧。窈窕，啥是窈窕？以前咋样也想不确切，现在不用煞费苦心地瞎想象了，窈窕就在眼前，眼前呈现的就是窈窕。

窈窕淑女，君子好逑。

窈窕淑女就站在半坡马厩院落的流水旁，荇菜摇曳，雎鸠鸣叫。可是君子呢？君子呢？！齐明刀无论如何想象，也无法把自己想象成君子。一个土里土气的稼娃，一个癞蛤蟆，咋能成为窈窕淑女身边的君子呢？谁能做这个君子呢？杜大爷吗？

齐明刀神魂有些迷离："荇菜那边是株啥草？"

"茉苢。"

"啥茉苢？明明是车前子嘛。"

"车前子就车前子吧。"

"车前子对岸那株是卷耳吧？"

"是卷耳。"

"哦，是卷耳，跟你房门前那卷耳一模一样的卷耳。"

"那株卷耳原本也在这涧水边，与这株卷耳隔水相望，结果让我搬回长安城了。"

两只雎鸠关关鸣叫着飞走了，却有一群蝴蝶飞过来，绕着卷耳上下翻飞。齐明刀看时，这群蝴蝶虽多却只有白黄两色，就说："这蝴蝶跟你家院落的蝴蝶一模一样呢。"

楚灵璧："我家的蝴蝶本是这里的蝴蝶，我在搬卷耳时，那一白一黄两只蝴蝶便栖落在卷耳上，随卷耳一起进了长安城。"

齐明刀惊异万分，再看眼前这群蝴蝶，翻飞一阵，全部拥挤着落到卷耳上。卷耳上登时开满了蝴蝶花。

好一曲活生生的蝶恋花！

一股凉风从山沟吹进院落，摇动树枝灌木，掠过涧水，吹拂着卷耳花。卷耳花柔软的茎叶在风中抖动着，卷耳花上的蝴蝶也随着卷耳花茎叶抖动的韵律抖动着翅膀，并借着风势跃离卷耳花，翻飞向空中。蝶群绕着卷耳花旋飞一阵，便渐离渐别飞过涧水，闪闪烁烁地越过那片菜地，向青石青瓦的半坡马厩的窗前飞去。

窗前是一丛幽篁，几株藤花。幽篁和藤花前站着一位面目清癯、精神矍铄的老者。那群蝴蝶在幽篁前陡然升高，环绕着老者飞行。老者便隐现在闪烁不定的蝶群之中。

蝴蝶引领着齐明刀和楚灵璧的目光，往前移动，一直移动到老者身上。

楚灵璧提住裙摆，匆忙趋前行礼，叫了一声杜大爷。那神情那声调，简直动情得无法形容。

老者在蝶群里淡然回道："灵璧来了。"

哦，这老者就是在长安城古董道上最最尊贵的人物杜玉田杜大爷！齐明刀曾经遐想过许多与大爷见面的形式，唯独没有想到眼前这种蝶群引领的形式。齐明刀不得不在心中叹息：缘分天就，岂是人力可以预料的？

蝶群仍然环绕着杜大爷飞行，忽聚忽散，忽来忽往。杜大爷的面目身影也随着蝶群的聚散来往忽隐忽现。

齐明刀凝神屏气，努力在隐现间打量杜大爷。杜大爷既不是那种穿着麻屦襄衣的闲云隐士，亦非楚灵璧照片上缠着幞头的古式官员，更非黻衣绣裳的乡间绅士。杜大爷穿得太平常了！鞋，是手工千层底圆口布鞋；袜，是白棉布带梁船底袜；裤，是青布裤；衣，是白色中式对襟衣。这身打扮，要不是浆洗得干净，简直就是寻常山村野叟的打扮了。然而就是这身山村野叟的打扮，才愈发显出杜大爷朴素之中的不平凡。那清秀的脸庞，那渥丹一样的面色、往后梳着的头发，那站着的姿势和眉眼透射出的古雅高贵和让人望而生敬生畏的气质，若佳气流岚，徐徐从山涧林中漫溢开来。

杜大爷轻轻拍一下巴掌，那群蝴蝶猛地一阵翻卷，升到杜大爷头顶，飞过幽篁和菜地，隐入灌木丛中。

杜大爷望一眼齐明刀："这位后生是……？"

楚灵璧忙上前回答："他就是我跟你提到过的齐明刀。"

杜大爷摸一下留着几根短须的下巴说："喜鹊树上叫，柴门信使到。"

齐明刀连忙上前行礼："晚辈受唐二爷之托，专门送一封信来。"说着掏出那封信，双手恭呈给杜大爷。杜大爷接过信封瞄一眼，见果然是唐二爷手笔，便挥挥信封，说屋里请。

从院落到屋里短短的几步路程中，齐明刀听到杜大爷和楚灵璧你一句我一句地对着诗文。一个说十载藤花署，一个对三春芥子园，一个吟老骥伏枥，一个应流莺比邻。齐明刀听那诗文，表面意思倒还想象得出，但内中所指，就揣摩不到了。

进得正厅，齐明刀看到迎面墙上挂一副中堂，中堂画面两侧山峦起伏，沟壑纵横，中央主峰被衬托而起。峰后一水弯曲而出，峰前一水映带而过，山光水色，岚浮翠涌。齐明刀觉得画面有些眼熟，一时又想不起是何处山河形胜。再看中堂两侧，青石板上镌刻一副行书对联：文显开成石经；武弛昭陵六骏。中堂下边约略突出一红色麻石，上面镌刻四个铁线篆书大字：半坡马厩。齐明刀好生奇怪：寻常人家，中堂配对联，横批在顶脑，而将横批置于中堂下面，齐明刀这是头一回见到。进而一想，用"半坡马厩"四个字做横批，确实文题不符。旋而由文题想画面，有些想起来了。峰后盘出之水应是泾水，峰前映带之水应是渭水。沟壑纵横，山峦起伏，主峰突兀，当是九嵕山。对，对对，中堂所绘，正是唐太宗李世民昭陵九嵕山形势图。半坡马厩，居于九嵕山昭陵之下，真是再合适不过。

中堂题额下，横着古旧条案，案上摆着鼎簋斛钵等古时天子所用器皿。

齐明刀看对联上的行书笔画和红麻石上的篆书笔迹，跟杜大爷的笔势一样古雅潇洒，却更带几分苍劲老辣。杜大爷的字，在长安城数第一，没想到这对联和红麻石上的字，比杜大爷的字有过之而无不及。可这字，到底出自谁的手笔呢？

杜大爷在一旁吩咐楚灵璧："既然进了半坡马厩的门，就带他里里外外看看吧。"吩咐完，拿着信进东厩去了。

楚灵璧领着齐明刀进了西厩。厩内的墙壁和地面，一色用青石铺砌而成，石面像用水洗过一般干净，干净得没有一丝尘埃，能清晰地鉴照出人影儿。厩两边的石墙上，分挂着巨大的红木玻璃镜框，框内镶的是雪花拓片。

首框白蹄乌，两目怒睁，昂首扬鬃，四蹄腾空而起，其势如急风暴雨，威如大河奔腾。马下隶书赞诗：倚天长剑，追风骏足。耸辔平陇，回鞍定蜀。

次框特勤黄骠马，四蹄稳踏黄河坚冰，缓辔徐行。马下赞诗：应策腾空，承声半汗，天险催敌，乘危济难。

第三框空，无马，只有赞诗：紫燕超跃，骨腾神骏，气詟三川，威凌八阵。

楚灵璧："此框所缺之马，名叫飒露紫。飒露紫前胸中箭，大将丘行恭正为它拔箭。"

齐明刀望着画框，听着楚灵璧介绍，心中顿时生出无限凄凉悲壮之情。

转身看另侧。

首框青骓马，迎着敌阵疾驰冲锋，不幸身中五箭，犹不停蹄。马下赞诗：足轻电影，神发天机，策兹飞练，定我戎衣。

次框什伐赤，西域红色汗血宝马，冒着飞矢流羽飞奔向前，亦身中五箭，犹嘶鸣不已。马下赞诗：瀍涧未静，斧钺申威，朱汗骋足，青旌凯归。

三框空，无马，只有赞诗：月精按辔，天驷横行，弧矢载戢，氛埃廓清。

楚灵璧："框内所缺，是黄毛黑嘴拳毛騧。"

说来真是令人惊奇，楚灵璧话音刚落，齐明刀便感觉到框内雪花拓片上的四匹骏马活动起来，抖动长鬃毛，摇动短尾巴，刨动四蹄，进而奔跑驰纵，边奔跑驰纵边朝飒露紫和拳毛䯄扬脖悲壮嘶鸣，踏踏的马蹄声和咴咴的马鸣声回环震响在马厩之内。

楚灵璧听到马蹄的踏踏声和马的悲壮嘶鸣声，满含激情地说："以前，只有杜大爷走进这间马厩时，马厩里才响起这马蹄声和马的嘶鸣声。"

齐明刀："我也没有想到，这神骏烈马见了我会奔腾鸣叫起来。"

楚灵璧："看来，你和神马有缘呢。"

"四匹神骏烈马兴许是跑进往昔的历史中去了。"

隋大业十四年（618），隋炀帝被禁军将领宇文化及缢杀，李渊趁机在长安称帝，国号唐，年号武德，并立长子李建成为太子，封次子李世民为秦王，三子李元吉为齐王。由此秦王李世民协助父亲李渊开始了长达数年之久的艰苦卓绝的平定天下的征战。

武德元年（618），唐军初占关中，立足未稳，盘踞金城、天水的校尉薛举与其子薛仁杲便引兵来与唐军争抢关中形胜之地。秦王李世民率唐军迎敌，浅水原一战，唐军打败薛军。薛军急忙向高墌城退逃，李世民不给薛军喘息机会，催动白蹄乌，引军衔尾直追，一昼夜奔袭二百里，包围墌城。薛仁杲见大势已去，不得不打开城门投降。李世民又驰白蹄乌回鞍长驱定蜀，白蹄乌努力而行，终于力竭而死。

武德二年（619），秦王李世民乘特勤黄骠马渡黄河与刘武周部将宋金刚激战柏壁，又追敌于雀鼠谷，人不解甲，马不卸鞍，连战八阵，一举收复河东大片土地，为问鼎中原打下基础。

武德三年（620），唐军发动统一战争，围困洛阳王世充。王世充向河北窦建德求救，窦建德亲率十万大军来援。李世民采用围点打援战略，在虎牢关与窦建德大战。河北军攻关，秦王李世民下令唐军反冲，并催胯下青骓一马当先。青骓长嘶一声，跃入战阵。青骓马被敌军迎面射中五箭，犹不后退。

青骓死于战阵，秦王李世民当即换乘红色波斯宝马什伐赤。什伐赤驮着主人奔突战阵，出生入死，身中五箭还奋发前跃。虎牢关大战，唐军前后夹击，打得十万河北军人仰马翻，死的死伤的伤逃的逃，主帅窦建德被当场生擒。

王世充见援军被歼，狗急跳墙，领兵来战唐军，双方陈军列阵于洛阳郊外北邙山荒坡之上，互相攻杀。

秦王李世民换乘一匹高头瘦脑大宛汗血宝马，立于高岗之上，观敌瞭阵，残阳被双方勇士的鲜血涂染得血红血红。血红的霞光铺满天空，映衬着大地的沟壑山川。汗血宝马昂首竖耳，驻足而立，犹如铜浇铁铸一般。马上元帅，英俊孔武，神情肃穆，沉着自信。元帅一双眼睛里燃烧的火苗，和胯下马的火红颜色，和天空血一样的霞光融为一体。

战场上金鼓齐鸣，刀戈相撞，杀声震天。

秦王李世民和坐下马犹如生根山岗，纹丝不动，仿佛眼前惨烈战况与己毫无关联。那霞光，那水色，那刀光剑影，那喷射的鲜血，李世民和他的马视而不见。那喊杀声、刀戈剑戟撞击声、金鼓声、山水的回应声，如秋风刮过，李世民和他的马充耳不闻。

不是不见，亦非不闻，而是朝朝见、暮暮闻，李世民和他的马太熟悉这杀声和光影了。这杀声和光影是他和马一跃而起的原动力。

马踏高岗，君临天下，秦王李世民欲跃马而起。

李世民在身影转动、旌旗摇晃、尘土遮天蔽日的战场中搜寻着，仿佛凶狠的苍鹰在搜寻一只小鹿或者野兔。终于，他的目光落在了战阵激烈的地方。那是一个大山包的漫坡，像飓风鼓动着海浪，敌军不断前涌，快要把唐军筑起的堤坝冲垮了。李世民看到了飓风的源头和身形。他断定那匹青色高头大马上那个孤傲矫健的人物应是王世充。不错！是他！瞧那双凶恶无比的贼眼，必是王世充！

王世充！你这大唐的拦路虎、绊脚石，我要一脚踢开你！

秦王李世民一抖缰绳，双脚一夹，胯下汗血宝马便催动四蹄，无声的风一样向漫坡刮去。他跃马穿过刀枪横陈的战阵，直扑王世充。

王世充见斜刺里杀来一人一马，不禁一惊。定睛看时，马是气宇轩昂汗血赤色马，人为孔武英勇人上人。王世充凭直觉断定来者是李世民。王世充不惧却愕，壮胆高呼："老子寻的就是你秦王李世民！"呼罢纵声狂笑。李世民催马纵跃，欲要把那狂笑声踏个灰飞烟灭。

就在秦王李世民和胯下马将到未到、将至未至之际，王世充一挥手中长剑，山包后面立时蹿起一队弓箭手，搭箭便射。箭如飞蝗，扑面而来。李世民想躲都躲不及，便在马身上猛拍一剑，汗血宝马长嘶一声，若猿啼鹤唳，马身随即往上飞蹿，迎着飞蝗，冲向空中。

一丛箭镞带着嗖嗖鸣响疾飞而过，有四五支箭头扎进汗血宝马前胸，马的嘶鸣戛然而止。汗血宝马若受到突然狙击的巨鸟，当空飘然落下。快要到地面时，汗血宝马若红色炭球一般打个旋儿，四蹄趴地，四条长腿犹如四根擎天柱一样支撑住自己的身躯和背上的主人。汗血宝马的头先是高扬的，但很快便低垂下来，并用嘴巴顶住荒坡的草地。汗血宝马就这样驮着自己的主人，挺立在天地之间。

王世充又挥长剑，弓箭手再次弯弓搭箭。千钧一发之际，唐将丘行恭率兵拍马杀到，把一队弓箭手杀得人仰马翻，虎口里救下主帅李世民。

汗血宝马见主人脱险，方才喷着带血的响鼻收拢四蹄，垂头站立。大将丘行恭让秦王李世民换乘自己的坐骑，自己来照顾汗血宝马。汗血宝马四肢战栗，血红的汗水如雨流下，但那双眼睛却直直瞪着前方的王世充，眼神中闪烁着无比悲壮的英雄气概。

秦王李世民冲着带伤的汗血宝马高喊："飒露紫！我的飒露紫！"悲愤之声若滚雷般漫过荒野山坡，震慑了王世充。

王世充勒马在不远处望着飒露紫，敬畏着飒露紫的愤怒目光，脑中闪电般回忆着飒露紫刚才迎着飞蝗冲天飞起的雄姿。战马尚且如此，何况马上统帅！唐军有此帅此马是唐军之幸，为王世充之不幸。

王世充下马跪地，任凭刀斧手一拥而上把自己捆得跟死猪一样。

大将丘行恭为飒露紫拔去箭镞，创口血如泉涌。

秦王李世民五内翻滚，气血直冲脑门，甚至有一股辛辣的味道涌向鼻根。

洛阳一战，生擒窦建德，收服王世充，秦王李世民立下了盖世功勋。

隔一年，秦王李世民领兵与河北残军刘黑闼在洺水进行平定天下的最后一战。此次征战，李世民坐下骑的是拳毛骓。拳毛骓是围攻洛阳战役打响时，代州都督许洛仁进献给李世民的。这马黑嘴头，黄拳毛，生得一副丑贱模样，内里却是一匹善走善奔的矫健良马。

两军在洺水河畔激战，直杀得尸横荒野，河水变色。

秦王李世民性起，一骑踏开一条血路，突入敌阵核心，结果反被刘黑闼卫队包围。李世民见情况不妙，忙拍马往外冲。可他冲向东，包围圈便移向东，他突向西，包围圈便移向西。李世民左冲右突，仍被困在核心。

唐军将领见主帅被围，急忙引军来救。李世民往外突，唐军往里接应。但刘黑闼军个个不怕死，守着包围圈就是不散开。唐军刚撕开个小口子，刘军便蜂拥着补上来。刘军很是明白，只要擒杀李世民，唐军必败！

李世民纵马边突边喊："刘黑闼将士气概精神，不在我唐军之下！"

唐军在荒坡边顶住刘黑闼军，不让包围圈移动，并拼命往里撕口子。

李世民见此处人薄，勒马后退，欲要攒劲跃出。这意图被刘黑闼窥破，他顾不得箭弩伤了自家士兵，断然下令放箭。

拳毛骓对主人意图心领神会，先后退几步，然后突然加速猛冲，在包围圈近前腾空跃起。拳毛骓驮着主人，若鲲鹏从刘黑闼兵士的头顶飞过。刘黑闼兵士万箭齐发，箭疾马疾，一大丛箭镞落在拳毛骓的身后，但仍有九支箭镞射入拳毛䯄身躯。拳毛䯄周身一热，但还是庆幸自己驮着主人飞出了包围圈。

正在拳毛䯄四蹄快要落地之时，一柄大刀带着寒光斜刺里砍出。拳毛䯄身在空中无法回避，只是本能地一缩四蹄。晚了，再快的反应也晚了！拳毛䯄的一只前蹄被劲猛的大刀砍得飞向空中，石块一般跌落到洺水河畔。

拳毛䯄发出一声撕心裂肺的惨鸣，猛然跌下。拳毛䯄没有栽倒，它用三只蹄子撑住了身体，在荒坡野地上弹了一下，站住了。

李世民翻身下马，俯首去扶马的残腿，拳毛䯄这才扑通一声栽倒在李世民面前。

后来，秦王李世民成了唐王李世民。

唐王李世民游猎九嵕山，又见此山岗峦有龙盘凤翥之势，便挥鞭对左右随行官员说：吾千秋后宜葬于此地！

李世民诏令在九嵕山建昭陵，并要求将六匹神骏烈马刻石陪葬。刻石由主持昭陵建设的工部尚书、名画家阎立德起样图，李世民亲撰赞诗，再由初唐大书法家欧阳询书丹。随后在全国征选一百名石匠，通过笔试画样，筛去一半，再通过实际凿刻又筛去一半，余二十五名。这二十五名又在试画样上实际雕刻，又筛去十五名。几番筛选，余下十名技艺超群者，然后详细考察个人家庭背景，合格后，选三名留下，其余七人去华山选石料。留下三人为正式刻匠，一主二辅，历经数年，高肉浮雕六骏方才雕刻成功。六骏刻成，又将欧阳询书丹李世民赞诗刻于马首前石板上，之后又由隶书大家殷仲容隶书赞诗，刻于六骏石刻基座上。石刻通体彩绘，光彩照人。

贞观二十三年（649），李世民病逝，葬于昭陵，六骏石刻立于陵前两侧，后移入昭陵北麓祭坛的东西庑房内，开始经历朝代和岁月的漫漶。后人有诗：秦王铁蹄取天下，六骏功高画亦优。

神骏烈马，既是大唐开国功臣，又时时保卫着大唐的江山社稷。玄宗天宝时，安禄山、史思明在范阳起兵叛乱，叛军直扑潼关，唐将哥舒翰率军迎战，双方战于潼关南原，六匹神骏石马心感神应，脱缰跑出昭陵，直赴潼关南原参战，战得酣畅淋漓……

唐时民谣："城南韦杜，去天尺五。"

民谣中说，韦杜，言地名，指的是长安城正南十里的韦曲和长安城东南十余里的杜曲。韦曲杜曲毗邻呼应，距天子所居长安城近，所以叫"去天尺五"。言家世人物，指韦杜两个士族世家，出了许多达官显贵、文人雅士，参政辅国，行走在天子身边，所以也叫"去天尺五"。

唐时天下姓氏已有398个。京兆长安，韦杜两家，位列其首。韦氏先祖为商伯之后，在周朝就以国受族，居彭城（今江苏徐州）。汉时为经学世家，唐时由邹鲁迁徙长安，依靠科举考试维持士族地位。韦家文武兼备，人才辈出，有唐一代，宰相出了十四位，另有名诗人韦应物和韦庄。

与韦氏齐名的，自然是杜氏。杜氏出祁姓，周朝时为唐杜氏。杜氏以杜陵为本支，分为五个定著房：杜陵本支、京兆房、襄阳房、濮阳房、洹水房。其中杜陵本支、京兆房和襄阳房最为兴旺发达。终唐一世，杜氏共出宰相十一人。宰相中以杜如晦最为有名。杜如晦辅佐太宗李世民，为国操劳，英年早逝。太宗有次和大臣一起吃瓜，觉得瓜甜味美，旋即想起早逝的宰相杜如晦，面色怆然，肃然悼念，并派使者将正吃的甜美之瓜献祭于杜如晦灵前。杜氏盛产诗人，有襄阳房的杜审言、杜甫，杜陵本支的杜牧等，并由杜氏一门的杜甫赢得"诗圣"的千古尊号。

杜甫在开元后期赴京赶考进士落第，早过而立之年的他便在长安城南杜曲祖居一住十年。这位在安史之乱中"麻鞋见天子，衣袖露两肘"的可爱诗人，这位从骨子里写出"朱门酒肉臭，路有冻死骨"的悲愤诗人，说长安城是他的第二故乡，对中有错。祖居之地，岂能说成第二故乡？这位杜诗圣，借赞别人口，也顺势夸了自己的故乡："乡里衣冠不乏贤，杜陵韦曲未央前。尔家最近魁三象，时论同归尺五天。"

杜甫的诗，正好和当时的长安俚语"城南韦杜，去天尺五"两相映照，刻画出了韦杜两家的无限风光。

韦杜两家，占据着长安城南两块风水宝地。

樊川，在长安城南三十余里，从东南斜向西北，纵长三十余里，是西汉时樊哙的封地，故而叫樊川。樊川南面耸立着巍巍终南山，西南牛一样伏着神禾原，东南羊一样卧着少陵原。潏水从终南山北麓斜向流出，沿两塬间穿行。川谷塬头依次往下，建有香积、牛头、华严、兴国、兴教、云栖、禅定、洪福、观音等诸多寺院。真正是山高原矮，树绿水清，寺院棋布，香气缭绕。如此风水宝地，皇亲贵戚、达官显贵、文人雅士岂有视而不见之理。这些人纷纷选址建筑私家园林别墅，光凭借唐诗留下名姓的就有：何将军山林、郑驸马池台，牛僧孺郊居，李氏园亭，刘希古别墅，岑参、郎士元、韩愈、元稹别墅。

官高位显的韦杜两家，自然也会在这上选之地安营扎寨，置家立业。两个大家族往此一住，樊川便有了韦曲杜曲这两个沿用千余年的地名。

韦杜两家，阁楼藏珍版图书不下五万卷，完全可以和皇家御府比高下。聚藏图书内容宽泛无比，古今朝臣图，历代名人绘画，魏晋以来草隶真迹，古碑、钱谱、玺谱、药方、古器和当时名人尺题，可以说无所不有无所不备。当时唐朝鼎盛，长安繁华，崇文尚武，蔚成风气。天下学者云集，生徒不远千里负笈追师，道边路旁，讲诵之声不绝于耳。韦杜两家书房庭院读书之声，和着房檐树梢的鸟叫蝉鸣，飞到院墙之外。这样的官宦诗书人家，咋能不出宰相和大诗人呢？

可惜这良田肥沃、八水环绕的长安总爱遭兵燹火灾。项羽烧了秦朝，董卓烧了大汉，安禄山、史思明又把唐天子烧得出溜到蜀国成都。蜀道难，难于上青天。大唐天子火烧屁股，再难也得上。青天上是上去了，可惜撇下了倾国倾城的牡丹花杨玉环。

韦杜两家居室别墅、书馆楼阁、经籍资产样样不长腿，当然难逃劫难，被一把火烧个精光。

韦杜两家在战火硝烟中更加明白：遗子黄金满籯，不如一经。可惜经卷，更易着火，变成飞灰，飘散在少陵原畔，潏水河边。

幸亏唐文宗开成二年（837），官府完成了一部不怕火烧的浩大的石书，将儒家经典《周易》《尚书》《毛诗》《周礼》《仪礼》《礼记》《春秋左传》《公羊传》《穀梁传》，以及《孝经》《论语》《尔雅》共十二部经史，刊刻在一百一十四块石头之上，列于国子监内，以为各方之标本。

韦杜两家人都说，大唐武有昭陵六骏，文有开成石经，哪朝哪代，能与之相比？！

杜氏先祖无法料到，自己家族后世，与武有昭陵六骏结下不解的生死之缘。

韦氏家族，渐被历史淹没。目下韦曲故地已找寻不到一户韦姓人家了。杜氏家族，虽历经战乱和改朝换代，沉沉浮浮，断断续续，但其家风，却如潏水，从终南涧溪溢出，冲撞着两岸山石，一脉而下。一千四百余岁后，杜氏家族留在长安城的名人，当数杜玉田的爷爷杜修言。杜修言支着管理长安城古迹文物的名儿。这干瘦老头，一个闲官，但身上释放出来的春草花香一样沁心润骨的士族之气，随时随地都能嗅到。杜修言是个闲官，既无实权又无大钱，却对长安城内外的古迹文物钟爱无比，委派心腹得力人手照顾着。杜修言最怕兵荒马乱，一兵荒马乱，文物古籍就遭殃。

岁月演进到民国三年（1914），封建清王朝已退出舞台三载，袁世凯任着临时大总统。当时国势不稳，各派政治力量暗中较劲，各地军阀明着割据，老百姓在这兵荒马乱的时局中提心吊胆地苟且偷生着。

有个叫稗稗麦的美国商人，趁着这兵荒马乱的机会来到中国，明着做生意，暗中购文物。这个稗稗麦先到北京琉璃厂跟遵古斋大古董商黄掌柜联系，黄掌柜找到正在给袁世凯修花园的赵姓朋友，赵姓朋友又将黄掌柜介绍给袁世凯的二少爷。几个人一合计，袁家二少爷提笔给陕西督军陆建章写张便条，黄掌柜和赵姓朋友就揣着便条和稗稗麦奔陕西来了。

忽一日，杜修言接到心腹密报，有人偷凿昭陵二骏，货已装箱运到长安车站，马上就要启程运往北京。

瘦小的杜修言，靴子没来得及换，光脚穿着布鞋，边疾走边扣着唐式长袍袍襟上的扣子，一路急匆匆赶到车站，看到货箱已装车，便挺身堵在车前，扬手高喊："谁人胆大包天，竟敢偷我大唐国宝？！"说完一纵身跃上车双脚踏住货箱，杜修言感到自己一双脚太轻太轻，自己要是终南山，一屁股坐下去，看他这车还开不开得动！

这时，一个高鼻梁、深眼蓝珠、红发的洋人冲到近前，挥着拳头，撇着洋腔对杜修言高叫。杜修言听不懂洋人叫喊，却能看见洋人身后站着两个肉墩子一样的中国人。再后边，是五六个荷枪实弹的马弁。其中一个肉墩子拖着京腔冲杜修言吼叫："你是什么鸟人？在这儿瞎嚷嚷什么？谁偷大唐国宝来着？再胡说八道，当心将你舌头和下巴一块拧下来！"

杜修言不依不饶："没偷？没偷这箱子里装的啥？"

"石头。"

"怕是石刻吧？"

"不是石刻，是石头。"

"有何为证？"

"这就是证明。"

杜修言顺着肉墩子的手指看去，看到了大木箱上的封条。

原来，袁府修建花园，要从外地运许多奇花异草怪石珍宝。采购押运，需要袁府封条。袁世凯是正当值的大总统，袁府的封条还不和皇封一样？那个给袁府修花园的赵肉墩心眼活，临走时向袁二少爷讨要了几张封条，以备路上运输时派用场。

杜修言看着封条，心道：这个袁大头，刚当了两天半总统，就想把昭陵石刻搬到他家花园里去。他要是坐上十年江山，还不得把九嵕山搬到他家堂屋里去？这样的大总统能是好总统吗？！

杜修言理直气壮地说："大唐国宝就是大唐国宝，大唐国宝就得放在昭陵，天王老子也不能搬，圆的不能搬，瘪的也不能搬，临时的不能搬，正式的也不能搬！"

杜修言说着，伸手去撕封条，被肉墩子一把挡开。杜修言又伸另一只手去撕，没注意被人从后面用力一推，跌下车来，在坚硬的地面上摔了个狗吃屎。杜修言满鼻子满嘴流血，两颗门牙脱落了。

杜修言见推他的是那个拿枪的头儿，就喷着血骂："你个大唐国的奸贼！"

那头儿并不生气，抹着脸上的血点子回道："我只认封条，你要撕封条我就推你。"

气恼至极的杜修言拿头去撞那头儿，那头儿并不躲闪，只一拳，打在杜修言的肋窝，打得杜修言捂住肋窝在地上打滚。唉，秀才遇见兵，有理说不清。

头儿领着兵，护卫着车走了。坐在车上的洋人对肉墩子说着半生不熟的中国话："这个老头很可爱。"

可爱的杜修言掉了两颗门牙断了一根肋骨，但没有换回昭陵石刻。六骏中的飒露紫和拳毛䯄被当兵的用枪护卫着运走了。

杜修言个瘦老头得下了肋疼病。后来，他读到了于右任老先生"石马先群超海去"的诗句，知道二骏已运往美国，这肋疼病就更加严重了。肋疼病一直把杜修言折磨到民国七年（1918），也就是飒露紫和拳毛䯄被偷运走的第四年，那个稗稗麦又二返长安，对余下的四骏下手了。稗稗麦这次依然走的是陕西督军的路子，只是陕西督军已换成了陈

248

树藩。稗稗麦聪明，不让陈督军直接出面，而是和陈督军的老爷子联手操办。因为前面出过偷运二骏的事，稗稗麦知道这次绝不会像上次那么顺手，就私底下给陈老爷子献上一计。陈老爷子依计给昭陵管理文物的人员和礼泉当地的绅士说，眼下政局不稳，石刻放在这儿不安全，督军让运到长安城妥善保管。昭陵文物管理人员飞报长安杜修言，礼泉绅士也极不放心，一路跟随大车奔长安而来。

杜修言汲取上次教训，知道在中国任何地方，手心不攥权，腰里不别盒子炮，说话不如放屁，响不了半丝声息。杜修言听说四骏石刻已送到长安城端北草滩渭河渡口，当即派两个腿脚快的年轻人将这消息报告陕西省议会和驻扎在渭河北岸的靖国军。自己则亲率长安城内十数位名人绅士火速赶往草滩渭河渡口。

这渭河水面宽阔，水量充沛，深约数丈，能行走大型木船。西通宝鸡、东入黄河，沿途不少渡口码头，及直接去京城的大道。杜修言率长安绅士赶至草滩渭河渡口与礼泉绅士会合时，稗稗麦和陈老爷子已原形毕露，要将昭陵四骏石刻装箱从水路运走。陈老爷子认为在儿子的地盘上，天王老子也不用怕，下令马弁用大榔头将石刻砸碎装箱上船。杜修言赶到时，马弁已经在砸最后一块石刻，礼泉绅士被几个马弁拿枪顶着，动弹不得。杜修言奋不顾身扑过去保护石刻，结果手背和石刻一起被砸得稀烂。杜修言提溜着流血的烂手走到艄公跟前，用那只好手掏出几块大洋塞给艄公，说这帮人偷运咱大唐国宝，你千万不能开船。艄公是个偏老头，被太阳和河面上的风吹晒得紫黑紫黑的脸膛吊得跟驴脸一样长，一双浑浊发黄的眼睛直直瞅住杜修言，一把抢过杜修言手中银圆，一扬胳膊撒到河心里，说瞧你的模样像个读书人，羞先人哩，读书人是大唐的子民，赶车吆船的就不是大唐的子民？！

正在这时候，陈老爷子的马弁逼过来，用枪口指住艄公心窝，要艄公开船。艄公瞥都不瞥腔子前的枪口一眼，冷冰冰地说："我老汉在这渭河河面上撑船撑了快六十年，大刀长矛火铳机关炮啥家伙没见过，别拿你那扫炕的小扫帚吓唬我。我是吃饭馍长大的，不是吓大的。"

马弁拿手枪顶住艄公胸腔说："你再不开船我就撸火开枪。"

艄公拍拍没纽扣的精腔子说："我七十岁的老汉怕你撸火，你撸，你撸你撸，你是牛牛娃照这儿撸，撸完你自个儿撑船去。"

马弁眼瞪得鸡蛋一样，没法再发作，只好悻悻地把枪收下去，换上皮笑肉不笑的脸面，说赶紧开船，回头陈老爷子有赏。

"回头有赏？回头赏我两粒花生米，我找阎王评理去。"

"你这死老头……"

"嗯——"

"哦哦，你这老艄公，到底要咋办？"

"要赏现在赏。"

"赏啥？"

"我肚子饿，就赏肚子吧，二斤腊羊肉、一瓶烧酒。"

马弁拗不过，就去渡口左近的饭铺割了二斤腊羊肉，提了一瓶烧酒。艄公接过羊肉和烧酒，说这玩意儿比你腰里的扫帚把强嘛。说着，蹲在船头，对着打着漩涡的河水，管自吃一口肉喝一口酒。

杜修言很是佩服艄公，一个吆船的，比咱读书人胆识正心眼稠。

这时，那个洋人过来和杜修言搭腔。杜修言惊异，这个洋鬼子，几年不见，中国话竟然说得溜溜的："只要你放行，我负责在美国给你购房置产，接你去美国住。"杜修言鼻子一哼，说："我住到美国，也变不成蓝眼睛红头发。"

就在艄公快要吃完肉喝完酒时，渭河北岸划过来五六条小船，把大船包围住。船上的靖国军，个个端着枪。

杜修言留在城里向省议会报告的人在长安城大街小巷贴出布告，说督军陈树藩勾结洋人贩卖大唐国宝。陈树藩见事情败露，气急败坏地派出一连队伍，赶到草滩渭河渡口，同靖国军交涉，向杜修言一伙绅士保证，将四骏石刻运往长安城，存放到碑林里。

临走时，艄公对那个马弁说，谢谢你的酒肉，下回若要坐船，尽量言传。马弁气鼓鼓的，想打艄公，但有靖国军和绅士们在场没打成。不承想，他一回到长安城，屁股却让陈督军打得开了花。

杜修言捂着烂手，跺着脚回到长安城，叹息说好好的石刻，愣是让打碎了。不过还算幸运，上回两颗门牙外加一根肋骨也没有换回飒露紫和拳毛䯄，这回烂了一只手，总算把四骏保住了。

后来省议会为了表彰杜修言，就在拼接好的石刻上拓了四骏拓片，赠给杜修言。杜修言如获至宝，找高手装裱好，镶在镜框中，列挂在自家石室里，还说自家居室的名字从此要改一改，于是用那只好手，写了一副行书对联，又写了四个铁线篆字：半坡马厩。

17

　　楚灵璧领齐明刀进东厩时，飒露紫和拳毛騧奋蹄疆场的雄伟姿态还没有完全从脑幕中退去，马的嘶鸣和戈戟撞击声犹在耳畔。

　　东厩，是杜大爷的书房兼卧房，青石筑墙壁，松杉为梁椽。南墙上开两洞收角四方形窗户。透窗望去，终南苍黛景色远近呈现，高处的白云低处的山鸟从窗前缥缈飞过。东墙通壁书格，线装书籍，碑帖拓片，古玩字画，散置其内。北墙墙壁根置一卧榻，榻上悬一条幅，上书：蛰龙三冬卧，老骥千里心。榻旁一精雅棋桌，桌上摆着棋盘棋罐。桌下四个蒲团。杜大爷盘腿坐在蒲团上，手拈一子，闭目沉思，手中子迟迟不能落到棋盘上。棋盘上，已落下黑白数子。杜大爷用心过于专注，对楚灵璧和齐明刀进来全然不觉。齐明刀以为杜大爷在打谱。楚灵璧却小声说："每逢有重大抉择，杜大爷总要自己和自己下棋哩。瞧，正下在紧要处，别打扰。"楚灵璧带齐明刀转到横陈在南窗下的一条宽大条案旁，那条案和卧榻木质式样风格相同，皆为黄杨明式。棱角分明，线条简洁流畅，包浆亦好，阳光透窗打到条案上，柔和不鉴人影。

　　齐明刀先看到条案上的一个瓷笔筒，筒上青花渲染松枝，釉里红勾画栏杆，豆青涂抹山石，松石峭拔有傲物风骨，色彩协调有清雅韵致。齐明刀正看得眼馋，却见楚灵璧用纤纤手指在筒沿上叮叮一弹，笔筒里立即吱的一声蹦出一只袖珍猴，后脚立在笔筒沿上，两只前脚合掌朝楚灵璧作揖行礼，又转向齐明刀作揖行礼。礼毕，灵巧后纵，缩回到笔筒里。

齐明刀惊诧得眼珠差点掉出眼眶外边：这马厩书房，连碎猴都如此讲究礼节哩！齐明刀望着那笔筒，惊诧得有些痴了傻了呆了："天下竟然有这么通人性这么碎小的袖珍猴哩！"

楚灵璧："这猴叫墨猴，书房宝贝。这笔筒是康熙官窑釉下三彩。不想被墨猴选中，日夜居住，就叫了墨猴居。"

齐明刀打个激灵，缓过神来，指着墨猴居近前的另一个笔筒说："这是明万历年间的青花吧。"

楚灵璧抿嘴淡淡一笑："还算有眼力，董五娘教你的吧？"

楚灵璧蜻蜓点水，点得齐明刀面色微红。

楚灵璧进而又说："你识得笔筒，可识得筒中笔？"

文房四宝，最难分辨的便是笔。楚灵璧把最难的题出给了齐明刀。齐明刀抽出一支笔，捻来捻去反复观看，只觉得笔管润滑，手感极好，笔毫黑黄整齐，莹莹有光。笔肯定是上好的笔，可笔管上连一刀刻痕也没有。

"别瞅了，笔管上刻字号的都是寻常物，名片上头衔众多的都是寻常人。"

"哦，哦哦。"齐明刀只有哦哦复哦哦。

"这制笔主人是隐居在长安城的顶尖高手，姓吕，可能与秦国大将吕蒙有血缘瓜葛吧。这人膝下无子无女，一手绝艺决不外传，却眼看着要失传。这人制笔，笔管选用自植的竖竹，笔毫选择自养的鼬鼠，制出的笔握手舒坦，精锐宜书，笔管上不刻一刀一画。这人除制笔之外，另有一大爱好：饮酒寻乐。时常喝得酩酊大醉，且每每醉时制笔，醒时毁笔，故人称'吕醉笔'。用其所制之笔写字，挥毫间常发醉意。若问他为啥制笔又毁笔而不卖出？他说我若卖笔，长安城书院门一街两行的笔店不就关张倒闭了？咱何苦砸人家饭碗呢？再说，让一城的凡夫俗子用我的笔写字，不是坏了行规辱没了我的笔嘛！所以呀，全长安城能用这笔写字的，扳指头数也数不过五六个人。而要得到他的笔，只有一个妙法：就是在他没酒喝时送好酒给他。他会当面把酒坛打开闻一闻，觉着好闻再用舌尖舔一舔，好了留下，送你一支笔；不好了，连坛掷出窗外，叫你酒笔两空。这吕制笔最喜欢饮杜大爷自酿的百花酒，说一饮百花酒，别的酒都是尿。但杜大爷家酿有限，咋能撑住他豪饮烂醉呢？急中生智，于是他常步行十余里找上门来，把攥在手心的一把笔往笔筒一插，然后背剪双手立在案前，一句话不说只用两眼瞪着杜大爷。杜大爷也不言语，胡乱找个破陶罐，灌半罐酒放在门磴上，吕醉笔捧起破陶罐，捡了宝贝似的大步流星而去。”

"哦，哦哦，这就是大名鼎鼎的吕醉笔，百闻不如一见啊！"齐明刀愈发觉得手指间的笔滑润舒适，且有一股热酒一般的暖流，自笔管发出，通过手臂，直涌到丹田。齐明刀觉得自己的身心也带有三分醉意了。

齐明刀爱不释手、恋恋不舍地将笔插回青花笔筒中。目光稍移，落到一个宋钧窑青色窑变笔洗，正要细看，楚灵璧却要他看旁边一方唐歙州水舷坑金石砚。那砚呈凤尾形，砚上半轮旭日初升，日旁金光环绕，若朝霞岚气铺排天空。砚池由浅纵斜向深，漫水则为水国。

楚灵璧说杜大爷藏砚不多，但方方都是大有来历的稀世珍品。前几年长安城来了一位藏砚高手，欲在长安城内择地建砚王楼。长安城古董行当好事者便撺掇了一次斗砚会。那年隆冬是长安城几十年未遇到过的寒冷天气，哈气成霜，滴水成冰。那人从所藏历朝历代名砚中择出三方参斗，欲要斗败长安人，夺得魁首，为自己赢得天下砚王的名声。长安人同推杜大爷参斗，杜大爷坚辞不出。长安人急了，说你坐着长安城古董行当的头把交椅，咋能只藏着你的砚台而对长安城的名声不管不顾呢？！杜大爷实在没法，只好携一方端州包公砚前往。

斗场设在郑四爷的茶楼。先将四方砚放在院中地上冻一个时辰。

四方砚中，只有杜大爷带去的端州包公砚形制最为古朴丑陋。一个时辰到，郑四爷用滚沸开水滴砚，那人一砚见滚水当时裂罅，其他三砚经受住了考验。接下来斗发墨，而且就在冰天雪地里进行。那人派侍童滴水研墨。天寒水冻涩而不滑，发墨较难。杜大爷朝我使个眼色，我上前发墨。不往砚中滴水，只将砚台放在嘴边哈哈气便开始倒着圈儿旋研，墨很快就发好了。那人一见，立时撤摊儿离开长安城云游四方去了。走得慌急，连那两方砚台都丢下了。"

齐明刀说："这事我听郑四爷说过，说杜大爷当时挥笔蘸墨写了一联字，那人只看砚石不看字，遭到周围人耻笑，才慌忙收摊走掉的。"

楚灵璧微微有些脸红："你瞧这蟾蜍砚滴，可是元末遗留下来的稀罕物呢。"

齐明刀看到砚滴左首摆着一件长约八寸、宽寸余的红木镇纸，镇纸中腰趴着一只雕琢得栩栩生动的汉白玉犬。那犬窄头长嘴，长腿细腰，后腿盘曲身下，前腿交叉前伸，尾巴自然弯摆，垂耳脑袋搁在两条前腿上。此时初秋的阳光正好透窗射到桌面上。案泛深黄，镇纸殷红，玉犬莹白，正眯眼晒太阳。

镇纸斜下方，条案中央，端端正正地摆着一件玉圭。玉圭长有九寸，宽有三寸，厚半寸，顶成锐角带棱，下端平齐穿孔，平放在香木拖板上。拖板上横画六道圆圈，次序为朱、白、苍，朱、白、苍。齐明刀看看玉圭，又看看楚灵璧额头绿带上的圆白玉，圭玉两相辉映。

这玉圭本是上古时代的礼器，周天子分封诸侯，便以玉圭为凭信。诸侯也以龟为宝，以圭为瑞。

王执镇圭，侯执信圭。杜大爷这青玉圭是先祖传下来的。杜家唐时为朝廷重臣，所遗传青玉圭自然是信圭。杜家世代守信，心诚志坚，杜大爷如有要事，必执圭前往。如写书函，必置案前，如述皇命一般。

齐明刀暗想：杜大爷近来所书，不知是啥皇命呢！

正在此时，齐明刀和楚灵璧听到身后啪的一响，分明是棋子敲在棋盘上的声音。齐明刀和楚灵璧回身看时，杜大爷确是将一枚白子敲在棋盘上，敲棋的姿势犹在，指尖还没有离开棋子。杜大爷徐徐收回手臂，示意二人过去。齐明刀和楚灵璧过去跪坐到蒲团上观棋盘上的棋子和形势。

那棋子黑白分明，温和莹润，有光而不刺眼。相传滇南永昌善制棋，以黑铅七十斤、紫英石三十斤、硝石二十斤为料烧制，可得棋三十副。白子色如蛋青，黑子如鸦青，是为云子，每副价值五六金。另有棋书记载：蓝田美玉清如砥，白黑相分十二子。齐明刀常见人下象棋，很少见人下围棋，对棋子也不大辨认得清楚，心中胡乱猜测，盘上列布的，大概是蓝田玉子吧。至于盘上棋局形势，齐明刀确是一星半点都看不懂。

齐明刀移目看楚灵璧，只见楚灵璧跪坐在蒲团上，双臂交叉身前，上身前倾，伸着天鹅一样的长脖子，聚精会神地判断着盘上棋局形势。杜大爷依古制自己和自己下棋。自己和自己下棋，杜大爷就得把自个儿分成两个杜大爷，一个是杜大爷，另一个是杜大爷的敌手。敌手执黑，杜大爷执白，双方你来我往，落子斗法，形势扑朔迷离，难解难分。杜大爷经过闭目长考，最后痛下决心敲落的一枚白子，大出自己所料，更出敌手所料，楚灵璧一时也看不明白。楚灵璧晓得，光从棋局本身是参不透棋局的，于是在记忆的皱褶里搜寻古诗文，看能不能帮助自己参透眼前这棋局形势。"魁形下方天顶亚，二十四寸窗中月"，是说下棋的环境和心态，要以这种澄明的心态去揣摩杜大爷落子时的各种想法。"弹棋玉指两参差，背局临虚斗著危。先打角头红子落，上三金字半边垂。"果然斗法斗到高潮，双方互有折损，但谁也不想揖让，唯恐后退一步导致全线崩溃。"玉作弹棋局，中心亦不平。"似乎不是说棋局而是言棋具，其实内中隐藏着机关。若将"中心"二字调个个儿，便成了"心中亦不平"。心中不平便继续打角头，垂半边未必是高明棋手。心中不平才最应该讲心态。

楚灵璧晓得杜大爷最近几个月一直忙着昭陵二骏飒露紫和拳毛騧的事情，忙得连四水堂开业典礼都顾不上参加，忙得顾不上和古董道儿上的几位大爷说说话儿，忙着陪美国客人参观长安城内外的文物古迹，忙着和美国客人在酒桌上谈飒露紫和拳毛騧回归的事。美国客人说当年尼克松总统访问中国时，曾经想将飒露紫和拳毛騧作为礼物带给中国，结果国会有人反对，说怎么可以拿中国人的东西作为礼物再赠给中国人呢？结果没有带成。美国客人说，这是许多美国人的态度，前总统不能携飒露紫和拳毛騧回中国，说明国与国这条正规渠道走不通。官道走不通，就只能尝试着走民间渠道。说这番话的美国客人正好是美国宾夕法尼亚大学博物馆的馆长，飒露紫和拳毛騧就藏在这座博物馆里。他来访长安，在碑林里看到昭陵六骏存四骏缺二骏，实有骨肉分离之憾。这位洋馆长滋生成人之美之心，提出可行新思路。洋馆长的新思路使杜大爷忽然开窍，提出一个具体可行的方案：换展。即由长安城古董界送两件国宝级文物到美国民间展出，美方将飒露紫和拳毛騧送回长安城在民间展出。这样，先将飒露紫和拳毛騧运回长安城，再做长远打算。照美方说飒露紫和拳毛騧是用金条购得，那长安城人便将金条和几十年的利息合并一处交给美方，岂不双赢？洋馆长认为此法很妙，此招很高，极有可行性，遂定为初步方案。还说他将这个方案带回去和美国同行、和博物馆、和宾夕法尼亚大学交换意见，共同讨论，提出更细致更可行的步骤方案。前几天，洋馆长致信杜大爷，说事情有望，请长安方面组建民间访问团访美，具体商谈换展事宜，并点名杜大爷随团前往。若实在不能组团，也请尽快用书信协商。

　　杜大爷刚收到洋馆长的信，唐二爷便让齐明刀送来另一封信。杜大爷准是看了齐明刀送来的信后盘坐在蒲团上自己和自己下棋的。楚灵璧虽然没有看到信的具体内容，但凭她灵敏的直觉，猜测此信与金柄印迁升文化厅副厅长有很大关系。金柄印如果最近走马上任并分管文物部门，杜大爷正在谋划的事恐怕少不了要打绊子。

楚灵璧终于看透了棋局，说："杜大爷，白棋在如此形势下选择这一着，实在是忍到极限的一着。"

杜大爷又把棋盘瞅了半天，末了收回目光，果断地说："落子无悔，就是它了！"

"就怕敌手刀更快，要屠你大龙。"

"有两把刀，立在水流中。水流载着小树枝流过来。一根树枝碰到其中一把刀立时断为两节，一根树枝流到另一把刀跟前，没有碰刀，绕道流走了，你说哪把刀快？"

楚灵璧淡然苦笑，没有回答。

齐明刀对两个人的对话，听得懵懵懂懂，不能全然明白，但却由此悟出别的道理：半坡马厩是杜大爷的灵魂，六骏是半坡马厩的灵魂，大唐精神是六骏的灵魂。灵魂套灵魂，环环相扣哩！

杜大爷撤去棋盘，说喝酒。楚灵璧听令去耳房忙碌，很快忙出儿样凉菜，放置到棋桌上。菜是院中菜畦中的素菜，酒是杜大爷自酿的百花酒。酒过三巡，齐明刀的眼睛就朦胧了。怪不得吕醉笔常来讨要交换哩，这酒既香又醉人哩。酒过六巡，楚灵璧给杜大爷斟酒的姿态也不太稳当了。楚灵璧说到了金柄印。杜大爷说金柄印的才学能力心眼在长安城的后辈中不算顶呱呱，但也算呱呱顶。才学能力心眼用到正向上，将来是个人物；若是用偏了，那造成的损失可比一个庸才造成的损失大得多哟。为人当先行实后文艺，法成而上，艺成而下。为官则要德、法、艺三才兼备。酒过九巡，齐明刀醉得看东西恍恍惚惚，楚灵璧醉得粉脸桃红，杜大爷眼角流露出酒的意气。

杜大爷推开酒杯，猛地立起，喝一声："笔墨伺候。"

楚灵璧去条案上拿过砚滴，飘飘摇摇地出门去院中涧渠里汲水。汲回水滴到凤尾金石砚中，待要研墨，却发现磨锭不在手边。却听杜大爷一旁道："巴蜀兔颖，汉室隃糜。"

齐明刀半懂不懂，似解非解。这巴蜀兔颖，大约指笔，已被吕醉笔所取代。汉室隃糜指的是啥呢？

原来隃糜是汉时长安境内一县，境内山间多产松木，善制墨者取三百年摧枯拉朽后仍不泯之精松，燃烧后取粉烟制墨，墨绝天下，可惜这汉时制墨之法失传绝迹多时。谁料到制墨之法绝迹长安却浮起安徽。五代南唐李廷珪崛起歙县，其后，潘谷名显大宋。延自元时朱万初，明时程大约、方于鲁，尽出安徽歙县。程大约和方于鲁还给后世留下了《程氏墨苑》和《方氏墨谱》，你说羡煞人不羡煞人？

楚灵璧听言，知今日动用上好古墨，却不知古墨藏在何处。只见杜大爷借助椅子，从屋梁间拿下一个破旧的豹皮囊。打开豹皮囊，里面尽是干燥呛鼻的炉灰。炉灰中藏着三锭古色斑斓的墨锭。一锭圆形，上刻圆环套圆环图案，中心镌四个字：日月九道。二锭亦为圆形，正面雕一回首腾龙，中心镌"国宝"二字，反面镌刻中华山水，其间散布禹所铸九鼎。三锭为六边形重廓国华墨，墨上镌雕一玉石莲花首拴马桩，桩环上系一匹瘦脑肥身骏马，右上角刻五个字"应图求骏马"。

楚灵璧观墨惊呼："天哪，这分明是明时于鲁所制精墨，《方氏墨谱》上载录着呢！如此古墨，能完好保存至今，全长安城不会有第二家。"

杜大爷："有炉灰豹皮囊，再存放百十年当无大碍。"

齐明刀想：一窍不得，少挣几百。

杜大爷："就研这锭九鼎墨吧。"

楚灵璧："慎而用之，一言九鼎。"

齐明刀想：这话似乎别有所指。

楚灵璧开始研墨。由于吃酒吃得微醉，研墨时手脚不稳，身子东倒西歪，却正合了执笔如壮士、研墨若病夫之病夫状。楚灵璧重按轻转，顺逆交替，在砚中画圈。研一阵，放墨加水。不料墨锭被突然蹦出的墨猴抢去。墨猴双手抱墨，立在砚边，左磨右划，轻移慢行，一招一式，颇像楚灵璧。

楚灵璧："倒忘了提防碎猴儿，要抢功呢。"

墨猴做个笑脸，算是回应，继续研墨。楚灵璧拍拍墨猴肩膀，说还是我来吧。墨猴交出墨锭，跳到墨猴居沿上，转着小脑袋看楚灵璧研墨。

长安城书画界有一怪人，从巴蜀荒僻的深山老林弄回来一只雌墨猴，视为世间稀罕缺物，欲为其配一只雄墨猴，令其生育子女，还说生一子值百金，生一女值千金。惹得满长安城人笑他，说你的猴子比达官贵人家的小姐还金贵哩。他说不信你们走着瞧。

忽一日，一个走街串巷的江湖艺人来到长安城，敲着锣儿要墨猴。怪人见是一只雄墨猴，要买，江湖艺人不卖，怪人说家中有只雌墨猴，欲择雄墨猴与其婚配。江湖艺人动了恻隐之心，说那就成全你，但不要现钱，要啥？要古字画，而且得与申猴有关系。怪人便拿出一张《猴侍水星神图》，说南宋人画的。江湖艺人说那你可吃亏了。怪人说萝卜白菜各有所爱。于是一个执卷，一个抱猴，手舞足蹈而去。不承想江湖艺人转弯抹角寻到杜大爷门下要其帮眼。杜大爷问帮啥眼？看看《猴侍水星神图》是真是赝。不看不看，真品在美国波士顿美术馆藏着呢。江湖艺人寻到怪人门口，当面划火柴把画烧了。怪人轻蔑地笑笑，找杜大爷帮的眼吧？江湖艺人也轻蔑地笑笑，说那只雄墨猴瞧着有些官相，其实是个太监。怪人一愣，怪不得关到一起又打又咬，死活弄不到一搭哩。怪人一气之下，说快把你的太监领走，沿街摆摊敲锣去。怪人后来见到杜大爷，杜大爷说这就是书画界。怪人羞红着脸说，好我的前辈哩，你再甭揭我书画界的短了。这只雌墨猴是真万货，送给你，替你捧砚研墨，案头伺候，咋相？杜大爷见墨猴可爱，就收下来。这墨猴和杜大爷前世有缘，在墨猴居一住就是三年。

楚灵璧一边看墨猴一边研磨，墨香四溢。齐明刀感到墨香跟刚才喝的百花酒大致相当。齐明刀看到砚池中的墨渐渐泛起紫色，紫光蕴彩，若风雨之前天空腾起的五彩云霞。

杜大爷见墨研好，便从书格中取出澄心堂纸铺展到条案上，用红木玉犬镇纸镇住。再将九寸青玉圭置于正前方。楚灵璧忙抽出吕醉笔递到杜大爷手上。想这澄心堂纸，全长安城所藏也没有几张了，今日铺展案上，可见用心良苦。

杜大爷正襟坐在案前，凝神望着笔尖，忽然三指旋捻并猛然松开，那管吕醉笔便若细腰陀螺一般在空中飞速旋转，旋过片刻，始往下坠落。就在吕醉笔将落未落之际，杜大爷手指一紧，那笔又稳稳当当地执在手指间。就此一瞬间，杜大爷把要写的内容全想好了。

齐明刀看得眼花缭乱，杜大爷咋把一管笔要得跟杂技一般！

杜大爷抿笔膏墨，写上三个字：贺官贴。侧头看一看，然后奋笔疾书。一张澄心堂纸，顷刻雨点雪片般落满文字。杜大爷笔走龙蛇，点横勾挑，活像踏着音乐的节奏跳舞。杜大爷运笔行草结合，行书齐明刀倒还认得，草书便认不得了。所书内容，齐明刀看个断断续续，意思咋也连贯不到一起。齐明刀看不懂杜大爷所书内容，便去看楚灵璧。楚灵璧垂立一旁，侧头看着吕醉笔在澄心堂纸上行走。楚灵璧的脸色和神情随着笔的行走和跳跃在快速变化。楚灵璧的脸色一忽儿红一忽儿青一忽儿紫，神情一忽儿紧张一忽儿轻松一忽儿沮丧一忽儿激动昂扬，到了最后，眼眶中竟然蓄满了泪水。一对幽亮的月亮眼被弄得泪光莹莹。齐明刀再看杜大爷手中的笔，已经不是龙蛇舞蹈，而是烈马奔腾。马蹄在条案上刨出火花，齐明刀听到了震人心魄的战马嘶鸣。

这才是半坡马厩啊！

杜大爷手腕内翻，收起最后一笔，然后猛一扬手，吕醉笔直飞窗外。杜大爷退到棋桌边，饮一杯百花酒，接着盘腿坐在蒲团上，闭目敛气，似乎要把刚才释放的天地精气重新收回胸腹内。

这厢里，楚灵璧取出三方印章，一方田黄石，刻杜玉田印。一方青田石，刻半坡马厩。一方鸡血石，刻甲骨篆形文，齐明刀不认得。楚灵璧流着眼泪，将印钤好，再将九寸青玉圭压在贺官帖上。帖上行文，如书皇命。

待到油墨干后，楚灵璧才用灵巧手指将贺官帖叠好，放到案上左角，依然用九寸青玉圭压住。

墨猴跳下墨猴居要舔砚池中墨汁，楚灵璧见余墨尚多，便将墨猴拎到墨猴居沿上，取来一张尺笺展在案上，笔筒中抽一支小楷吕醉笔，端坐案前，恭笔而书。尺笺上很快溢出楚灵璧非常娟秀的字来。书完，抹干眼泪过去拉杜大爷来看。齐明刀和杜大爷看时，却是一首七言古体诗：

宅后终南宅前川，凭窗书对翠峰峦。
锦囊高悬屋梁上，玉子轻敲树荫间。
木案金砚猴解捧，贺官书就吾辈看，
骏马不赴功名会，涧水自清云自闲。

杜大爷展笺在手，抚摩良久，沉吟不已，哦哦连连，临了说一句："知我者，灵璧也！"

楚灵璧破涕为笑，用纤纤食指弹弹金石砚，墨猴听见弹声，跳下墨猴居，趴在砚边，把砚中残墨一点点舔食干净。舔食罢，用前爪抹抹嘴，跳回墨猴居，头不再露出来。

楚灵璧捧砚出屋，蹲在涧水边，在卷耳旁边拣一块石头坐下来。

齐明刀亦跟出来，蹲在涧水边，问："你又要干啥？"

"洗砚。"

"墨猴不是舔食干净了吗？"

"宁可三天不洗脸，不可一日不洗砚。"

"杜大爷写的是贺官帖。"

"你瞧这涧边石头，生着苔藓呢。"

"你是说石头就是石头。"

"我是说石头生苔藓更是好石头。"

楚灵璧用葱嫩的手掌撩水砚池，用笋尖似的指头捏着半片丝瓜瓤轻擦墨痕，泂水里立时滴进淡淡墨丝。齐明刀忽然间想起四水堂开业典礼时郑四爷和楚灵璧对的一联诗：终南一滴水，万古流到今。

夕阳在泂水上打出亮点，百鸟在树枝上鸣叫，那群黄白色的蝴蝶又从竹篁中翻飞出来，越过菜地，围绕着卷耳飞旋。飞旋的圈子越扩越大，渐渐把楚灵璧和齐明刀旋绕进去了。

18

　　齐明刀吃罢晚饭，闲得没事，就捞过一本《金石春秋》来看，可是心思不定，咋也看不进去。撂下书，头枕两手，隔窗望着长安城大街上的灯火和高楼大厦上面的夜空。长安城大街上灯火灿烂，把夜空反衬得暗淡无光。

　　唐二爷的宝鼎楼和杜大爷的半坡马厩也如大街上的灯火，在齐明刀眼前跳跃闪烁。唐二爷、周玉箸、陶问珠、杜大爷、楚灵璧几个人物在灯火阑珊中来来往往，幻出幻入。尤其是陶问珠和楚灵璧两个，一个甩着翡翠耳坠，从浓密的头发缝里向他飞一个眼神；一个飘若仙子，站在一旁，用秋月般澄明幽深的眼睛，眺望远处的杜大爷。齐明刀觉得，陶问珠真实得就在眼前，触手可摸；楚灵璧虚幻得如在梦中，梦醒即逝。这两个年轻女子若是揉搓融合到一块儿，那必是长安城最美的女子，既真实又虚幻，既现代又古典，既可视可摸又可沉思遐想。

　　齐明刀正在沉思遐想的时候，听到房门响，扭头一看，却见冯空首一只手捂住鼻子，吸吸溜溜地站在脚地。

　　齐明刀见状，忙问："你咋啦？"

　　"我没咋。"

　　"没咋捂着鼻子吸溜啥哩？"

　　"我想捂着鼻子吸溜就捂着鼻子吸溜，我不得不捂着鼻子吸溜就捂着鼻子吸溜。"

"成个月不见，野到嘎搭去咧？"

"问我哩？我来寻过你八回，连根人毛都没见上。"

"寻我做啥哩？"

"寻你做啥哩？寻你让你看我的鼻疙瘩哩。"

冯空首说着突然拿开手，把鼻子伸到齐明刀鼻子跟前来。齐明刀轱辘眼睛瞧着，冯空首半边麻脸还是半边麻脸，可是鼻子跟过去不一样了。鼻子上贴着白药棉，拿胶布贴着。

齐明刀玩笑说："哎呀空首哥，你咋把口罩戴到鼻疙瘩上去咧？"

冯空首收回鼻子，用巴掌摁住揉一揉："没事，好鼻子是空首，烂鼻子也是空首！没鼻子仍然是我空首！"

"以后得叫你麻脸白鼻子。"

"麻脸白鼻子，高，妙，真他妈酷毙了！"

齐明刀拉冯空首坐下："得，别自嘲自炒了，说，到底咋了？"

"老下数，没有花生米和小白干我可不说。"

齐明刀下楼弄来两袋花生米一瓶太白酒，磕擂到床板上。两个人也不用杯子，提着瓶子，你喝一口我灌一气，然后捏起花生米往嘴里扔。

两个人喝到满嘴酒气时，冯空首才摇着头说："还记得我给你提说的那个俄罗斯女郎不？"

齐明刀拍拍脑门，又拍拍脑门。

"瞧你这记性！"冯空首提醒说，"就是上次拉你去，你硬不去——"

"噢，"齐明刀又可劲拍了一下脑门，"想起来了，就是那个揣钱时偷着哭，有自尊心和羞耻心的俄罗斯女郎。"

"对，就是她。"

"她跟你鼻子上的白药棉有啥关系哩？"

"她跟白药棉没关系，跟我的鼻子有关系。"

"哦，原来她跟你之间是鼻子的关系。"

"你看你，笑话哥哩。"

齐明刀想看冯空首鼻子，伸手去揭胶布，却被挡开了。

"叫你去，你不去，后来我去了。"

"去下烂子了。"

"去的时候跟以前一样，走的时候跟以前不一样。"

"咋个不一样。"

"以前是她搋钱时偷着哭，这次是临分手时明着抹眼泪。"

"瞎咧，动感情了。"

"她用半生不熟的中国话说，'以后不要再来。'

"'为啥哩？'

"'求求你，千万不要再来。'

"'不是你叫我来的，是我自愿来的。'

"'我会害了你！'

"我狐疑地看着她。

"'真的，我会害了你！'

"'你真的会害了我？'

"'对，求你千万不要再来！'

"我满腹狐疑地离开了她。过了约莫一礼拜，我再去胡姬巷找她。老板说她走了。问去嘎搭了，老板说兴许是回俄罗斯了。"

"缘分尽了，见不上面了。"

"缘分没尽，缘分给我留下了。"

"给你留下了？"

"对，给我留在鼻子上了。"

轮到齐明刀犯狐疑了。

"先是红，后是痒，再后来是肿。"

齐明刀又伸手去揭白胶布，再次被冯空首挡开。

"哎，真是奇怪，这咋能和鼻子连在一起呢？"

齐明刀对此也不理解："是呀，咋能和鼻子连在一起呢？"

可能是痒或者疼吧，冯空首用巴掌摁住白药棉揉了揉。齐明刀看冯空首揉鼻子的动作并不重，但脸上露出的痛苦表情却非常非常重。便怜悯地说："要看哩。"

"看来着，长安城东西南北，跑了四五家医院，名医访了好几个，名药吃了好多包，没见啥效果。这年月，哪有济世良方啊！"

齐明刀从这几句话里听出了冯空首藏在内心深处的悔意。齐明刀一听出冯空首的悔意，自己内心的怜悯也加重了，加重得都能感觉到心疼了。

"医院的官路走不通，就走民间道路。"

"我也这么想哩，可事情偏偏出在这偏方上。"

"你寻的啥偏方？"

"你还记得毛猴不？"

"咋不记得，尖嘴猴腮，领个漂亮马子。"

"对，就是他，送给我三丸黑药蛋，说疼痒难耐时点着吸溜几口，准管用。我一试，疼痒果然立时止住了。后来再向他要黑药蛋，他说没有了，只有白面了。我又问他黑药蛋是啥药？他说是鸦片膏。黑药蛋是鸦片膏，白面面能是啥灵丹妙药呢？"

齐明刀的拳头攥得紧紧的，像是毛猴站在当场，他要狠狠地朝毛猴面门打去。

"哎，咱不能怪人家毛猴，咱只能怪咱这鼻子。"

齐明刀明显地感觉到冯空首的鼻孔出气越来越粗，粗得把白药棉都掀动了。

冯空首情绪一激动，鼻孔出气就粗，出气一粗，鼻疙瘩就疼痒难耐。冯空首实在忍不住，就掏出个纸烟盒，把烟盒外壳扔掉，只留铝箔纸在手心，又掏出一小包白粉，倒在铝箔纸上，再用打火机点燃铝箔纸，铝箔纸上立刻腾起一团白色烟雾。冯空首刚要抽着鼻子吸溜，手中的铝箔纸却被齐明刀一掌打落到地上。纸上的烟雾，也被齐明刀用巴掌扇得四散在空中。

冯空首惊愕地张大眼看着齐明刀，脸上现出极其复杂的表情。

恰在这时，有人推门进来。齐明刀见是夜来香，忙伸手推冯空首，冯空首刚要转身，夜来香已经站在他面前。

夜来香的头发依然卷得花花的，可脸却瘦了许多，苍白中带些蜡黄，眼神也呆滞得没有了以前的风韵和生气。整个人看去木木的，像刚生过身心难以承受的大病似的。

齐明刀吸溜鼻子闻一闻，没有闻到夜来香身上释放的异香。齐明刀头一回见夜来香，夜来香身上的香味直刺他鼻子，呛得他直想咳嗽。可眼下，那刺鼻的异香一点儿都没有了。齐明刀想：是不是冯空首白粉的气味遮挡或者淹没了夜来香身上的香味？

夜来香冷冰冰地站着，既不注意冯空首这个人，也不注意冯空首的鼻子。冯空首也毫不惊讶地看着突然出现的夜来香。齐明刀反而惊异：这对冤家见面，竟然如此平静，倒像是天天见面似的。

冯空首："师娘来得巧。"

夜来香："是碰巧，瞎雀碰个好谷穗，瞎猫逮只死老鼠。"

"我是好谷穗还是死老鼠？"

"你是你师父教出来的好徒弟。"

"我知道你会找到我的。"

"我不是专门来找你的。我是路过这儿，顺便上来看看。你在了，看一眼。你不在，这辈子谁再不见谁。"

"不就一罐子烂钱嘛，值得这样！"

"我看见你，说三句话就走。"

"说吧，我洗耳恭听。"

"第一，我不是为黑瓷罐而来。"

"第二呢？"

"我怀孩子了。我意识到怀孩子时心里很矛盾。若是生下孩子，孩子管你师父叫啥哩？叫伯吧，孩子跟你同辈。管你叫爸吧，就得管你师娘我叫奶。明明是我生的，咋能叫奶哩？叫妈吧，就得管你叫哥。你说我矛盾不矛盾。后来一想，管他辈分呢，爱叫啥叫啥，只要是我的心头肉。又一想，不成，心头肉必须是爱的结晶。我就在心里数，数到六十六天，你要来，我就把心头肉生下来。到第六十六天你还不转来……你为啥不来啊！你瞅瞅我的脸，苍白蜡黄，你闻闻我身上的异香，没有了，随心头肉而去了。"

齐明刀心里觉得有人拉动炮栓，轰地一响，心便被炸成了碎末末。齐明刀转眼看冯空首，冯空首满脸通红，鼻孔又开始出粗气了。

夜来香也看冯空首，冯空首把头别向一边说："取得好。"

齐明刀暗骂冯空首：你是人不是人，咋能说出这种话呢？

夜来香仿佛预先知道冯空首会这样回答，所以一点儿也不惊奇，但还是黯然神伤地哀叹出一口气："无聚楼的大门还对你敞开着，你送给我的束薪还供在无聚楼的神像前。"

冯空首这才想起：自己曾经用红丝绳束着一株卷柏和两丛蒲苇送给师娘。打从自己离开后，师娘做了一个女人所能做的最惊天动地的事情，而自己连面也没闪一下，连个电话也没打，连声口信也没捎。只有卷柏和蒲苇陪伴着师娘。师娘是多么喜欢那虚情假意的卷柏和蒲苇呀！自己当初送卷柏和蒲苇时，师娘高兴地将其供到供桌神像前，拉着自己焚香磕头。卷柏和蒲苇还在无聚楼，还供在神像前。师娘把孩子取掉了，却没有取掉卷柏和蒲苇。

冯空首那颗玩世不恭的心里最底层的一丝情感被抖搂出来："你是要我去无聚楼看看卷柏和蒲苇呢，还是要我取回卷柏和蒲苇？"

夜来香脸上没有一丁点儿表情，极淡极淡地说："随你的便。"说完，转身出门走了。

冯空首望着师娘夜来香身影消失的空门，怅然良久。齐明刀心中升起一种强烈的感觉：冯空首的身体和心灵双双遭受到了巨大的打击，陷入了巨大的痛苦之中。

　　在金柄印被正式任命为长安城文化厅常务副厅长的这一天，董青花给丈夫金柄印打电话说："晚上早点回来，我做一桌酒菜为你贺喜。"丈夫在那头说："多谢美意，不过今黑了有应酬，不能回去。老婆贺喜，随便哪一天都可以。"董青花深明事理，丈夫当局长时应酬就多，这一升副厅长，那应酬就更多了。于是说："那好吧，随便哪一天。"董青花没有料到，这一随便，便随便到好多天之后了。

　　金柄印晚上是有应酬，高升了，旧部下要送一送，新单位的人要迎一迎。新旧一堆人，吃一吃，喝一喝，坐一坐，贺一贺。完了唱歌跳舞，直闹腾到深夜方曲终人散。

　　曲终人散时，蔡翠玲拉住金柄印的手说："走，有车。"话音刚落，宋元祐便开着一辆挂着公安牌照的本田车停在金柄印和蔡翠玲身边。蔡翠玲拉开车门把金柄印推上去。金柄印说："咋，绑架人呀？"蔡翠玲颤乎悠悠的身子紧挨住金柄印坐下，笑着说："绑架厅长喽！"

　　宋元祐在前边问："去哪里？"

　　蔡翠玲非常干脆地回答："去我那儿。"

　　宋元祐一轰油门，本田吱的一声冲上街道。

　　后座上，蔡翠玲柔软的胖手在金柄印的衣服底下摸着捏着，金柄印被撩拨得性起，一只手也伸到了蔡翠玲的衣服底下。蔡翠玲见金柄印伸手，胆子愈发地大了。

　　金柄印忽然说："掉头。"

　　宋元祐刹车掉头："去哪里？"

　　"城南。"

　　"城南哪里？"

"让你拐你就拐，让你停你就停。"

宋元祐依照金柄印的指挥，将车开进城西南郊一个新建的花园小区，在一幢小洋房前停下。

金柄印掏出钥匙打开门摁亮灯请蔡翠玲和宋元祐进。蔡翠玲和宋元祐进到宽敞而装饰豪华的客厅，立即闻到一股尚未散尽的油漆味。

金柄印从酒柜里拿出一瓶法国拿破仑，蹾在茶几上，说："这儿没菜，咱干喝。"

"这么好的酒，干喝可惜了。"

"好心情就是菜，拿破仑就好心情，有啥可惜的。"

蔡翠玲倒酒，三个人碰杯干喝。

宋元祐环顾四周："这房子阔气，是咱的奋斗目标。"

金柄印："新买的，刚装修完。"

蔡翠玲："满屋漆味，满屋新气。"

金柄印："还是蔡翠玲嘴乖。"

三个人谝一阵闲传，话题又自然而然转到金柄印高升的事上。金柄印是绝顶聪明的人，岂能不知道蔡翠玲和宋元祐拉他出来的意思，他觉得到这个节骨眼上，有些话也应该当面锣对面鼓说清楚，省得各人心里猫着只老鼠，出出溜溜的。金柄印本来想把那些话留为私房话给蔡翠玲说，又一想，私房话是两个人的事，没有第三个人在场，帮人办那么大个事，没有第三个人知晓，实在有点冤。今黑了刚好宋元祐在场，宋元祐刚好做见证人。

金柄印喝着拿破仑说："我走后，留下个局长位子空着，多少人瞪大眼瞅着，多少人伸手挖抓着。其中党泰和和鲁红石花的气力最大，较劲较得最厉害，大有鱼死网破之势。"

金柄印继续喝酒，蔡翠玲和宋元祐不说话，等金柄印继续说下去。

"这俩糊涂蛋，争就暗中争嘛，咋能争得明火执仗。这一明火执仗，让上边知道了。上边知道事情就复杂了。"

蔡翠玲的心咯噔一响，悬起来了。

宋元祐："鹬蚌相争，渔翁得利。"

金柄印："上边要派个渔翁来，还争个球！"

蔡翠玲的心悬得更高，杯中酒都洒到胖手背上。

金柄印阴沉着脸一个劲喝酒，酒瓶里只剩下少半瓶酒了。

蔡翠玲给金柄印倒酒，倒完酒坐到沙发那头去了。

金柄印一口将杯中酒喝干，杯子往茶几上一蹾，说："后来组织上问我，是在局里提拔一个呢，还是外派一个？"

蔡翠玲短脖子一下伸长了。宋元祐却无所谓，一边把玩酒杯一边偷着笑。

"我想，外派一个，局里没矛盾，但派来的人，我不一定认识，即便认识也不一定熟悉；提拔一个，局里有矛盾，但我还能掌握。真是各有利弊。"

"你是咋回答的？"

"上面都是官心，可我还有私心哩，私心就是蔡翠玲。我干脆表明态度，推荐蔡翠玲同志为继任人选。组织上说，组织尊重我的意见。"

蔡翠玲也不顾宋元祐在当面，从沙发那头扑过来，差点把金柄印扑倒了。蔡翠玲不管不顾，捧住金柄印腮帮子美美亲了一口。

蔡翠玲把酒瓶里剩下的酒匀给三个人，并和金柄印碰着杯说："金厅长，我衷心敬你一杯，我愿意日日夜夜为你效劳。"

金柄印和蔡翠玲干了，宋元祐自己和自己干了。

金柄印放下酒杯叹息道："要是杜玉田老儿这样给我敬酒我心里就舒坦了。"

蔡翠玲和宋元祐纳闷，金柄印咋会在自己正式荣升副厅长的今天，忽然想起杜大爷来。

金柄印简要说了河南中原客人和宋钧瓷白瓶的事，说那事对他侮辱太大，大得他真想拿瓷瓶去砸杜玉田的头。还说每次在酒席宴上，看着一桌子人向杜玉田敬酒我就憋气难受。尤其看到有身份地位的市长厅长，见了杜玉田就让他坐上座，向他敬酒。每每看到这情景，我气得肺都要炸了。他杜玉田老儿凭啥哩？！我做个副厅长还得让他坐上座，给他敬酒？那我当这副厅长有个球用！

宋元祐："赌这气，划不来。"

金柄印："我发过毒誓，总有一天我要把这形势颠倒过来，我要不坐上座，杜玉田老儿不给我敬酒，我就不是我妈生的！"

宋元祐："一碟小菜个事。"

金柄印："更可恨的是，美国宾夕法尼亚大学和美国一家民间文物团体发来邀请，要长安城组织民间文物代表团访问美国，说有要事协商。什么要事没有说，倒是点出杜玉田老儿大名，让其作为团员随团访美。"

蔡翠玲："去就去呗。"

金柄印："去倒简单，可这一去，联合国秘书长恐怕得请他坐上座，给他敬酒。他不张狂得披被子上天呀！"

宋元祐哈哈一笑："天赐良机，杜玉田得请你上座，恭恭敬敬地给你敬酒。"

"此话咋讲？"

"你搂上翠玲大睡三天三夜，办法就想出来了。"

金柄印点着宋元祐脑门说："你呀，狗嘴里吐不出象牙来。"

宋元祐刚想反唇相讥，手机响了。宋元祐接通哼哼两声，说"马上就来了"，便挂断了，回头对金柄印说："马子叫哩，我走呀。"

蔡翠玲看金柄印，金柄印说："翠玲就不走了。"

宋元祐说："那当然，我要是带个蔡翠玲去见马子，马子还不把我毛薅光了。"

蔡翠玲送走宋元祐，关好门回来，扑在金柄印怀里，撕扯金柄印衣服："咱俩睡哪里？"

"楼上有卧室。"

"董夫人不会来吧？"

"董夫人今辈子也不会知道我这儿还有一幢小洋房哩。"

"也不知道小洋房里藏着一件千年郎窑红。"

19

阴历九月初九，重阳节，唐二爷约请同道几位高人雅聚宝鼎楼，饮菊花杜康酒，兼为金柄印赴美饯行。

长安城古董行当休养生息了将近十年，没啥大响动，唐二爷心里有些急，就夜观天象，日嗅地气，还掐指算计，觉着该有动静了。唐二爷意念一动，动静就来了，而且不是一动，亦非两动，而是三动。一动，琉璃鸥吻四水堂；二动，昭陵二骏石刻；三动，小克鼎拓片。四水堂大动已过，大功基本告成，只缺一只琉璃鸥尾。昭陵二骏石刻回归也有眉目，金柄印赴美，好赖都会有个结果。小克鼎拓片已出，相信小克鼎不久也会浮出水面。瞧这三动，动动巨大。估计三动过后，长安城怕要忽悠得东倒西歪哩。谚语说，瞎事好事不过三。三动过后，长安城一忽悠又该休养生息了。休养生息就休养生息吧，咱先把目前的三动动好再说。

今日之举，全为二动。按唐二爷的性情和寻常对待金柄印的态度，要设宴为金柄印饯行，那是万万不可能的。唐二爷只要和金柄印坐到一张酒桌上就觉着反胃恶心。唐二爷一有机会就乘着酒兴用眼睛蔑视金柄印，拿风凉话挖苦金柄印，拣长安城古董行当随手能拣到的无情棒打压金柄印的威风。金柄印在古董行当人聚会时蔫得像霜打的茄子，在官场人聚会时暴怒得像头狮子。每当金柄印露出狮吼相时，唐二爷便去看他身旁的董五娘，看董五娘梅瓶一样的胸脯和脸上火石红似的雀斑。说来也怪，只要一看到董五娘梅瓶一样的胸脯和火石红似的雀斑，反胃恶心立时就止住。唐二爷对妻子周玉箸说，宝瓶撂在茅坑里，鲜花插在牛粪上。妻子白他一眼，顶他一句：男女之间，王八对鳖眼，对上就对上了，你何苦酒坛子装醋，图那酸味儿。

唐二爷宁肯牵只花公狗来趴在桌沿上吃菜喝酒，也不愿意为金柄印个龟孙子摆宴饯行。但是事情一动就动得不由他了。美国一家民间文物协会和宾夕法尼亚大学联合发出邀请，邀请长安城民间文物协会组团访美，并指名道姓要杜大爷随团访问，意在具体协商昭陵二骏先运回长安城在民间展出的软着陆方案，及其具体操作程序。可事情运作的结果是，民间访美团变成了半官方半民间的访美团，由金柄印出任访美团团长。出人意料的是，访美团成员中没有杜大爷的名字，唯一的民间代表是一个没有一点儿名气和一点儿感召力的古印和封泥的收藏者。你不是点名道姓要杜玉田吗？我们偏偏不让他去。中国人咋能听美国人的调遣，跟在美国人屁股后面闻他的屎香屁臭呢！这暗箱猫腻，唐二爷和杜大爷能不心知肚明？心知肚明又有屁用，你杀了金柄印又有屁用！你还不如摆上酒席为他饯行。只要飒露紫和拳毛騧能回到长安城，叫唐二爷和杜大爷吃屎，他俩也不会推辞。能叫长安城缺失的灵魂回到长安城才是真本事！一桌酒菜又算得了什么？！

唐二爷印了帖子，派专人送到几位头面人物手上。宝鼎楼是啥地方，头面人物三年两载也未必能跷一回门槛。接到帖子，两只脚能不跑得欢快？当然，跑得最欢快的是齐明刀。齐明刀先一天就受唐二爷之命，前往杜大爷半坡马厩拉菊花。齐明刀到得半坡马厩，并没有见到杜大爷，只看到红黄白紫四盆菊花搁在半坡马厩的柴门外边，齐明刀便用雇来的车拉回宝鼎楼。四盆菊花摆在宝鼎楼板屋秦声的四个角落，因为宴席要设在板屋秦声里。

板屋秦声位于宝鼎楼西厅里首。

齐明刀摆好菊花，仔细打量板屋秦声正厅，正中摆一张油亮古旧八仙桌，四面围着两把交椅六把太师椅。正厅右侧靠门的地方摆着一溜木托架，架上放着铜洗、竹筐、酒器之类，上面用粗葛布盖着。

陶问珠一边展着桌椅一边说："没有重大出征庆祝祭祀活动，这板屋秦声是派不上用场的。"

齐明刀："你是说，给金柄印设宴饯行也是重大活动了？"

"饯行就是出征嘛。"

"噢。"

客人陆陆续续到了。先到的是一小队乐工。陶问珠平常领着他们演练，彼此熟悉，就领他们到木质花格隔着的里间去。

跟着到的是金三爷和郑四爷。身体肥胖的金三爷倒背双手，和手捧核桃壶瘦小的郑四爷互相陪衬着摇摇摆摆地走进来。唐二爷和周玉箸忙迎到门边。

唐二爷点着金三爷说："金三老咋看上去气色不好，脖脸一片黝黑？"

金三爷看到正从板屋秦声走出来的齐明刀，晃着秃脑门说："心情不好呗。"

齐明刀想：金三爷是看到自己便想起了冯空首。冯空首要是在场，师徒二人非打将起来不可。齐明刀忙上前打招呼，金三爷只用鼻子哼了一下。跟郑四爷打招呼，郑四爷倒是挺热情，问齐明刀最近咋没去四水堂喝茶。齐明刀忙说得空就去。

正打招呼间，金柄印携妻子董五娘到了。

金柄印今日刻意打扮了一番，雪白的衬衣，艳红的领带，外罩笔挺的深色名牌西服，脚上进口皮鞋也擦得锃亮锃亮，一副志得意满、气宇轩昂的样子。董五娘一如既往，穿一身蓝底素花大襟中式衫裤，脑后绾个大发卷，肘间挎个藤篮子。初看这对夫妻，倒是中西合璧，细看董五娘则要比丈夫金柄印光彩得多。

唐二爷一改往日对金柄印的傲慢，迎到门边，欠着身子说："恭迎金厅长大驾。"一股快意漫过金柄印心头：受人尊敬的日子正式开始了！欠着身子说这句话的要是杜大爷，那才叫爽啊！金柄印是掐着点儿来的。尽管董五娘一个劲催促，金柄印总说急啥哩，迟不了，跟得上。至于为啥不急，金柄印并不给妻子说：今日宝鼎楼设宴，是为我金厅长饯行。金厅长是主角，其他人得站在门口迎接金厅长。事实不能令金柄印满意，杜大爷还没有到，金三爷和郑四爷也不是十分谦恭。只唐二爷是个聪明人，有些识时务的样子。

　　这厢里，周玉箸像姐姐见了妹妹一样，欢喜地迎上去，拉住董五娘的手，要把她臂间的藤篮接过去。董五娘也像妹妹见了姐姐一样，欢喜地拉住周玉箸的手笑着寒暄，但就是不让周玉箸接过臂间的藤篮。

　　金柄印看在眼里，说："一路上下车我想帮她提一下她都不让，也不知里面装的啥稀世珍宝。"

　　董五娘生着火石红雀斑的脸上绽出笑意："到时候准让你们看，你们一看就明白了。"

　　周玉箸松开手说："没想到董五娘除了瓷器还有别的关子可卖哩。"

　　说话间，杜大爷领着楚灵璧从院中的鹅卵石小径上走过来。当大伙看见时，两人已经走到宝鼎楼的台阶跟前。唐二爷忙上前迎接，一只脚刚踏出门槛，杜大爷的一只脚也跷进了门槛。就是两个人一脚里一脚外这么个动作，被金柄印一双贼眼捕捉到了：自己刚来时，唐二爷站在门槛里欠身打躬；杜大爷一来，唐二爷一只脚就跨出了门槛。嗨，事到了这节骨眼上，你杜老儿还要比我金厅长牛一脚哩哟！你牛你牛，我让你牛啊！

　　杜大爷和楚灵璧身后像携带着一道彩虹，甫一进来，就映照得满屋光明。齐明刀在一片光明中闻到长安城四大美女身上释放出来的不同香味。

　　唐二爷见客人到齐，便引导大家到板屋秦声。众人一进板屋秦声，香味就变了。齐明刀闻到的不再是四大美女身上的异香，只是屋角黄红白紫四盆菊花弥漫开来的菊花香味。

进得板屋秦声，人们才看清杜大爷和楚灵璧的穿着打扮。

杜大爷头顶覆着绢质幞头，幞头两带系在脑后，幞头两角向下垂，两角反系头上，曲曲折折附在发顶。身上一袭青色圆领襕袍，袖口紧束，两侧开衩，袍襟下施一横幅，绣着彩色文饰。脚蹬乌皮六合靴，腰束金银鞓銙、䤩、带扣黑革带。銙旁垂系一条锦丝，丝端悬一块飞马玉佩。双手合掌，执一板青玉圭。

齐明刀那日随楚灵璧去半坡马厩见杜大爷，杜大爷穿着寻常，除眼露精芒外，一身平常相。今日换上这身装扮，简直成了另外一个人。这样的人，齐明刀只在楚灵璧闺房的照片里看到过，当时想是古装戏里的人物。可古装戏里的人物哪有杜大爷身上透露出来的这种气质？那幞头，那襕袍，那佩玉，那执在手掌间的青玉圭，哪一样，哪一处，无不投射出一种高贵儒雅、飘逸的气度！

窈窕的楚灵璧，玉立在杜大爷身后，月亮眼放着幽光。秀发拢在脑后，系着圆白玉绿额带，穿着暗绿拖地长裙，两只纤细的胳膊，抱着一把古琴。

杜大爷和楚灵璧这一对天造地设的人儿，像是从天宫仙界，更像是从历史深处，走到这板屋秦声里来了。

唐二爷："站在杜一老跟前，就生活在了唐代。"

金三爷："一老这身唐服，正宗祖传的吧？"

原来杜大爷今日所穿确是正宗唐服。唐服分常服、公服、朝服和祭服四种。杜大爷所穿，正是常服。常服规定，三品以上服紫，五品以上服绯，六品七品服绿，八品九品服青。杜大爷所服，正是最末一等的青色衣服。

金柄印看到杜大爷这身打扮，觉得好生奇怪，往杜大爷身边一站，又觉得自己的西装革履好生奇怪。众人看到杜大爷和金柄印，觉得这两个人的衣着都好生奇怪。

金柄印正要对两个人的服装发表意见，却被唐二爷拦住："立客难打发，大家不妨坐下说话。"

坐下说话，说起来轻巧，可这板屋秦声的八仙桌前，是好坐的吗？

谁坐第一把交椅呢？放在平时，这根本不是问题，杜大爷坐头把交椅，唐二爷第二把，之后金三爷郑四爷董五娘一字排开，根本不用争宠。今日情况不同，今日是特意为金柄印饯行。平常金柄印坐在末位，今日金厅长得坐合适位子。

杜大爷双手执圭恭请金柄印："金厅长请上座。"

金柄印并不急，金柄印终于有机会在长安城古董行当的头面人物前端架子了。金柄印骨子里藏着傲相，嘴上却装糊涂："上哪个座？"

上座摆了两把交椅。

杜大爷依旧双手执圭，恭恭敬敬地请金柄印："金厅长请坐头把交椅。"

金柄印没有急着落座，金柄印在尽量延长落座的时间，尽量享受被杜大爷尊重的滋味。金柄印想到了因为一对宋白瓷瓶而被河南中原客小瞧，想到去半坡马厩遭到的冷落和羞辱，想到以往在酒桌上遇到的冷眼和奚落。金柄印真想向杜大爷问一句：你看到了什么？看他杜大爷会不会说他看了他所看到的。金柄印没有问，金柄印知道那样的问话是只驴蹄子，一问出去就把好端端的饯行宴会踢踏了。金柄印整整西服，傲慢地环视四周，脸上的神态似乎在说：诸位看到了吧，长安城古董行当的头号人物在请我坐头把交椅哩！

金柄印欲动未动。尽量拖延入座的时间，充分享受那盼望了许多年才终于到来的愉快和幸福。

一旁的金三爷忍不住了，看不下去了，我金家羞先人哩，咋生下这号贱货。金三爷碎眼圆睁，重重地哼了一鼻子。

金柄印听到哼声，看到金重廓碎眼圆睁，看到郑四爷斜眼瞧他，心道：有知识的人物都知道尊重厅长哩，你两个半吊子不知道学着点，还睁眉豁眼地做球呀。金柄印索性不入座，张大眼睛回瞪着金三爷。金三爷紫涨着肿脸，颤抖着胖下巴，眼看着要发作。

金三爷一旦发作，一场好局就将被搅乱。

金三爷一串子脏话冲出了喉咙眼，眼见着要喷溅到金柄印脸上。

就在这一瞬间，金三爷看到杜大爷不动声色地站在那里，一手执着玉圭，一手握着腰间那块飞马玉佩，朝他细细摩挲。杜大爷平常和他们在一起鉴玉石，碰到好玉，就是这样摩挲。边摩挲边称赞玉德：巧笑之瑳，佩玉之傩。意思是君子比德于玉，行为要有节度。金三爷再看唐二爷，唐二爷也在朝他微微摇头，意思是决不可造次。金三爷想这背后必有机关，自己千万不可搅局。这一想，内心的冲动立时冷却下来，冲出喉咙眼的脏话也就挂在了稀疏的牙齿上，没能飞出来。金三爷又轻轻哼了一鼻子，把眼睛别到郑四爷那边去了。

这厢里，董五娘看情势有些紧张，也从后面拉扯丈夫金柄印的衣襟。金柄印见金三爷把眼睛别到一边去，也收了怒容，半开玩笑地对董五娘说："这不是咱屋，这是宝鼎楼的板屋秦声，你拉拉扯扯地干啥哟？"

唐二爷见气氛缓和下来，趁机走到金柄印跟前："金厅长，杜一老请你坐头把交椅，你难道不乐意吗？"

金柄印忙回道："不是不乐意，是不敢，还请杜一老坐头把交椅。"

杜大爷还是双手执圭，躬身邀请："今日为金厅长饯行，金厅长是主角，该坐头把交椅。"

金柄印终于如愿以偿地坐了头把交椅上。

杜大爷坐到第二把交椅上，恭恭敬敬地把青玉圭放置在面前的桌面上。

依次是金三爷、郑四爷、董五娘、周玉箸、齐明刀。唐二爷因兼着东道主和司仪，故而排在末位。楚灵璧抱着古琴，背着行囊，和陶问珠并排站在木质花格隔扇的门边，一队乐工，隐在隔扇里面。

齐明刀看坐在席间的长安古董行当四大头，或庄严端肃，或高素清雅，或深沉凝重，或骨骄气傲，聚坐一起，把屋内气氛弄得凝重而紧张。再看长安城四大美女，个个桃羞杏让、仪态万方，或站或坐，和屋角菊花光彩互映，给凝重紧张中平添几分秀美之气。

金柄印本来要对杜大爷的服饰发表意见，唐二爷要坐下谈话，没料到，费了这么大周折才坐下，那就说话吧。

金柄印："杜一老以往到正式场合总是穿绯衫，今日何故穿青衫？"

杜大爷："紫绯绿青，青为最末等。"

"何以见得？"

"座中泣下谁最多，江州司马青衫湿。"

"杜一老成了白香山，被谪外放了。"

"同是天涯沦落人，能不泪洒青衫湿。"

"身在流放，心在事中，要不，何以有这饯行宴会？"

"金厅长果真明慧机巧，一语中的。今日酒席饯行，我身着青衫，自降身份，以表示对你的尊重和信任。"

"哪里哪里，难得难得。"

金柄印嘴上谦虚，心中却恨恨地道：杜老儿你服不服，对你这样知识硬骨头软的名人，就得使些手段，再拿权威压一压，你的态度就颠倒过来了。要不然，你的尾巴还不翘到天空的云朵上面去。金柄印心中再次升腾起无尽的满足和自豪。满长安城，能被你杜老儿如此高看一眼的人，尚是凤毛麟角。嘿哈，我此次美国之行，一路上都有杜老儿这根鸡毛掸子扑索哩！

在金柄印得意而自豪的心情中，唐二爷高声宣布："宴会开始！"

花格隔扇里面，铜鼓擂了三响，响声嗡嗡回荡。

"第一项，净手。"

花格隔扇里面，钟鸣两声，声轻而悠长。

客人依次离座净手，陶问珠双手执葫芦瓢形青铜匜给客人手上注水。金柄印见青铜酒葫芦上饰着一个兽首，柄上衔一环，很是好看，心道：唐二爷个狗东西，拿这么贵重的宝贝净手哩。一旁侍立着的唐二爷看出了金柄印的心思，说："寻常也不用，遇到特殊场合，才拿出来用一用。"金柄印一听，心里更加满意了。

陶问珠每给一位客人注一次水，花格隔扇里面的铜钲便鸣响一声。

"第二项，上菜。"

九名女侍双手捧着鼎或者簋，排成一溜，由门口鱼贯而入，来到桌前，将鼎和簋按次序摆好，然后躬身退出。女侍是前边秦汉瓦罐的女招待，平时训练得好，今儿又换了新衣裙，行动循序有礼，款款飘飘。

鼎食自古有制，鼎列单数，簋用双数。单双相合，仍为单数。古制规定，天子九鼎八簋。在座者没有天子，坚决不能用九鼎八簋。古制又规定：士大夫用五鼎四簋。在座各位，要说够大夫身份的恐怕还没有，金柄印不过是个副厅长，距大夫之位还遥远。但够士身份的，却大有人在。杜大爷士族后裔，又是当世长安名士，唐二爷也是古董行当公认的长安名士，董五娘也有女士人名分。金三爷和郑四爷，距士的距离也不远。故今日宴饮，用五鼎四簋。

鼎有圆鼎方鼎鬲鼎扁足鼎羊鼎鹿鼎。簋呢，有方座簋和圈足簋。今日宴席上用的是两个四足方鼎，三个三足圆鼎，两个方座簋，两个圈足簋。方鼎和簋摆成四方形，圆鼎摆成三角形，取四方天下三足鼎立之意。

鼎内所盛饭菜为：四足方鼎，一为秦汉瓦罐，一为帅帐干锅。其余鼎簋内分盛六国佳肴：楚国竹香鱼、齐国粉皮肉、韩国粉蒸肉、燕国酱板鸭、魏国金瓜饼、赵国小炒黑山羊，另有一簋猎兔汤。总共是秦国二菜、六国六菜，外加猎兔汤，计为五鼎四簋八菜一汤。

齐明刀想起来，前面瓦罐楼宣传册上写着，这些菜肴，是由杜修言、杜正身、杜玉田三代人穷尽资料考证出来的。

金柄印望着鼎内的饭菜，想这些饭菜寻常在前面秦汉瓦罐楼吃过不知多少回，但将这些饭菜放在鼎簋里吃，自己还真没吃过。这些饭菜放到鼎簋里，味道就不一样了吧。

唐二爷用高过前面的洪亮声音宣布："第三项，置杯添酒。"

宣布完，唐二爷走过去，陶问珠为他执匜净手。净手毕，他移步到方形浅腹、内外均有铭文的铜盘前，用盘中水一一清洗放在竹筐中的酒具。唐二爷当面清洗酒具，以洁礼表示对宾客的尊重。洁礼完成，陶问珠执盘端着酒具，由唐二爷将酒具分敬给席上宾客。

金柄印，喇叭口形三节束腰牺首纹铜尊。这尊在以往的重要聚会中由杜大爷专用，今日敬给了金柄印。金三爷又欲立眉竖眼，看到杜大爷又在朝他摩挲飞马玉佩，便把肿眼奋拉下来。不看了，眼不见为净。

其余各位，一概用三足流槽口沿竖双柱的青铜爵。

分置完尊爵，唐二爷沉稳地走到竹筐前，取出一个精美异常的铜壶。那壶形状像塔却是圆顶，顶上覆莲瓣盖，盖上立一只伸颈长鸣的小鹤。壶身上线雕兽面纹，颈旁饰着双系双环。唐二爷揭开壶盖，从贮酒器青铜觯中往壶里灌酒。青铜觯边，还放置着铜匜和铜角，里面都贮满了酒。酒香弥漫开来，和屋里的菊花香味混合一起，直叫宾客生出未饮先醉的感觉。

唐二爷亲自执壶，给各位尊爵中添酒，添到郑四爷跟前，郑四爷手一翻，从袖中翻出紫砂核桃壶，展在掌心，揭开盖儿。唐二爷这才想起，自己平生只饮酒不饮茶，郑四爷平生只饮茶不饮酒。于是朝核桃壶中滴一滴酒。那壶茶便算作酒了。唐二爷一一添满酒，然后回到末座，说："宴会三项礼成，现在由杜一老致祝酒词。"

众人起，齐望着身穿唐服的杜大爷。杜大爷理理服饰，整整幞头，双手执青玉圭，恭恭敬敬地朝天地作了三个揖，又恭恭敬敬地将青玉圭端端正正地放在桌面，这才端起酒爵向各位示意。

"各位，今日重阳佳节由唐二老出面，邀请大家到宝鼎楼板屋秦声雅聚，以菊花杜康酒，为金厅长赴美钱行。"

金柄印得意得满面春风，忙整理西装领带，站立端正，等待人们朝贺。

杜大爷："在这隆重的钱行宴上，我先要郑重恭敬地敬金厅长三杯。"

金柄印微微撇撇嘴角，暗道：杜老儿终于要在众目睽睽之下敬金厅长三杯酒了。

金三爷本来已端起酒爵，听到杜大爷要敬金柄印三杯，又将酒爵放下：杜一老咋能这样呢？自降身份可以，咋能自失身份呢？！这边唐二爷连忙朝金三爷摇头，那摇头的姿势很奇怪，似乎在说：杜一老绝不会因为畏惧或者阿谀巴结一个副厅长而敬金柄印三杯。金三爷重又把酒爵端起来，但心中还是一个劲犯嘀咕。平常被市长尊为上宾的人，今日咋要敬一个副厅长三杯呢？

杜大爷："第一杯酒，恭敬金柄印厅长高升，官拜长安城文化厅常务副厅长。"

众人附和，拍几声巴掌。金柄印觉着，众人的巴掌没有杜大爷的话语心诚。

杜大爷话音刚落，那厢楚灵璧便抱着一个精巧的黄杨木匣子款款走过来。唐二爷、金三爷、郑四爷、董五娘、周玉箸几位眼中有水的人一看那黄杨木匣子，登时惊讶得不得了：那黄杨木匣子是古时地方官员给皇帝上表状时专用的，杜大爷今日要将它送给金柄印厅长，可是把金厅长的规格提得太高了。黄杨木匣子里所装绝非俗物。这样子的规格，如此重的礼仪，金柄印承受得住吗？

楚灵璧将黄杨木匣子放在桌角，打开，取出两样黄绫包裹的礼物展示给大家看。一样是一块八角八边形墨饼。饼面阴刻涂金莲花首拴马桩，马桩吊环上系一匹瘦脑细腿丰胸肥臀的神骏烈马，右上空处，题五个字：应图求骏马。众人看着，一齐惊奇。唐二爷对金柄印说："这块墨可是明代《方氏墨谱》上载录着的名墨：应图求骏马。古人言万色归于墨，万途归于一。杜一老不愧名士高人，以晦致显，将此墨宝献于您。"

话音未落，楚灵璧打开了第二样礼物，是一轴手卷。手卷装裱显然出自名匠赵骐骧之手，精致非常。纸色古旧，墨色新莹，题首三个大字：贺官帖。

杜大爷示意，楚灵璧便展卷朗诵。楚灵璧的声音本来就美如玉璧相撞，叮叮铃铃，再加花隔扇里铜錞于不时和着朗诵节拍伴奏，一时满屋金玉和鸣，萦萦回回，绕梁穿窗而去。

柄印台甫，欣闻阁下将承加国家政府厚命，出任长安城文化厅常务副厅长一职，在下蛰居终南，相望云霄，攀附何阶，唯躬身稽首拜祝。阁下荣升高位，凭己之能，得民之信，定当守公廉之心，行端正之事。古人云：公生明，廉生威，公则民不敢慢，廉则吏不敢欺。阁下居高位，处事务，将殚精竭虑，为公廉续谱，实乃长安城文化事业之大幸。众望所属，众望所归，众望所寄，阁下当领悟众人殷殷之心。墨虽留迹，笔难尽意，仰首窗外山坡，松翠柏森，当是阁下立于天地间乎！心念萦系，手书一卷，难称古雅，芹献之意，仍请哂纳为盼！

半坡马厩杜玉田顿首

楚灵璧朗读已毕，丁零之音仍不绝于耳，萦绕在板屋秦声之内。

楚灵璧要把贺官帖交付金柄印手中，却见金柄印沉浸在某种情绪之中没有回过神来，满眼满脸都是痴呆神情——不知是听痴呆了还是看痴呆了。

金三爷看到金柄印的痴呆相，朝郑四爷笑笑，郑四爷也回笑笑。两人心里都觉着杜大爷今日的言行有些大异往日，甚至大异得超出了杜大爷以往的行事规则。

中国人自古以来就爱讲究个礼仪，而且讲究到深入骨髓的地步。

娘生娃满月要贺喜得贵子。春节要贺万物唯新、万物顺遂。若是乔迁，不光要贺，还要有贺礼，贺礼随人而定：青铜、瓦当、玉印、青花、画卷书轴，金、银、美元、日元、港币、人民币。活物为狼狗、京巴、画眉、鹦鹉、金丝、鸽子、墨猴，不一而足。一切视主人身份高低贵贱脾气喜好而定夺。投其所好，爱什么送什么。不爱什么千万不可送什么。不然的话，金页纸就要用来揩屁股。贺官一事古有定例，现如今场面上已不大明见，暗地里却变着形式进行。官员晋级升迁，总要摆两桌好酒菜、摆几瓶上档次的名酒，借口邀朋友雅聚，实则庆贺自己荣升，趁机也看看旧属新僚谁走得近谁走得远。

杜大爷和唐二老今日设局贺官，依的是古例。起初，金三爷和郑四爷对此大为不解，甚至有些下瞧杜大爷和唐二爷。但等到听完楚灵璧朗诵的贺官词，便渐渐地有些领悟过来：杜大爷在投金柄印所好的背后，似乎隐藏着精巧的人生手段。

金柄印已经接过贺官帖，偏着脑袋从头至尾细细观赏。金柄印平生最喜爱杜大爷的行草手卷，认为杜大爷的手卷俊雅劲迈超绝古人，长安城里一百年才出此一人。再看通卷贺官帖，文脉畅晓，气韵流淌，俊雅劲迈，清秀润朗。前面字个个如杜大爷躬身侧立，中间字端庄肃穆又峭拔奇崛，后面字潇洒婉转，笔意凌云。

金柄印对贺官词的内容全然没有记住。金柄印的眼睛被杜大爷的笔锋勾引，在纵逸奇崛、跌宕起伏的字势中游走着。中原客白瓷瓶的怠慢，半坡马厩的羞辱，以及以前所有的不快，都被行走在杜大爷笔势中的金柄印暂时忘记了。

恰在此时，杜大爷端起酒爵说："来，尊爵高起，请金厅长饮第一杯。"

众人将尊爵高举过顶。

唐二爷呼："鸣钟！"

陶问珠秀手一挥，花格隔扇里的乐工一齐挥动钟槌，钟、磬、钲、鼓、錞于、镈六音立时合奏一处。在六音回旋共鸣声中，众人将尊爵中酒一饮而尽，唯有郑一壶只吸溜了一口核桃壶嘴儿。

杜大爷请金柄印坐，金柄印落座，众人也随即落座。金柄印坐下，眼睛犹盯着已收在黄杨木匣中的贺官手卷。匣卷均已归其所有，还这么目不转睛地看着，着实是有些贪婪了。

杜大爷双手执圭，朝向金柄印："金厅长，我敬第二杯酒，以酒为敬，以酒为忠，以圭为信，以圭为义，拜托你捎几样礼物到美国。"

金柄印嘴上说好说好说，心中却暗道：杜老儿终于有求于我。

杜大爷示意，楚灵璧用托盘端过三样礼物来：一信一镜一玉环。

杜大爷："这一信二礼，既是我个人所托，亦是全长安城人所托，它关乎飒露紫和拳毛䯄回归长安的命运，劳您大驾，烦请亲手交到宾夕法尼亚大学博物馆馆长手里，我和全长安城人将不胜感激。"

众人看托盘中的两样礼物，一样是唐代金银平脱鸾鸟绶带纹铜镜，这镜齐明刀在楚灵璧的闺房里见过，而且还借镜偷窥了楚灵璧雕牙磨玉般精致的面容。这镜原先是杜大爷赠送给楚灵璧的，现在又要赠送给宾夕法尼亚大学博物馆馆长。另一样是汉代青玉透雕刻磨夔龙环。夔龙张口露齿衔其尾，周身云纹翻卷。宾夕法尼亚大学博物馆馆长是个中国通，读过杜玉田亲笔信，再看这面唐镜和汉青玉环，必然领会其意：镜照大唐历史，二骏为长安至宝。青玉龙环，环者还也。破镜重圆，至盼二骏归还长安。

金柄印大概觉得送给宾夕法尼亚大学博物馆馆长的礼物没有赠他的贺官帖重要，所以不大正眼看，而只看杜大爷。杜大爷两肩放松，袍掖腰带，双手捧圭，形状正如钟扣地面。杜大爷说毕，放好青玉圭，只手端着酒爵起立。杜大爷端酒爵的姿势很是特别。拇指中指托住爵腰，食指斜搭爵沿，将爵平端胸前。杜大爷的手异常瘦劲，筋骨暴起，手自腕胫折而下垂，无名指小拇指自然向内勾屈。细看时仿佛小拇指长于无名指，那份雅态，不知修炼多久才能达到。

杜大爷："来，尊爵高起，敬金厅长第二杯。"

众人又起立高举尊爵。

唐二爷又呼："鸣钟！"

钟、磬、钲、鼓、錞于、镈六音再次合奏，众人再次将尊爵中酒一饮而尽。

金柄印持尊饮酒时极力模仿杜大爷，没承想人的内在气质一部分是成百上千年文化积淀渗在血管里，天生带有，另一部分是后天不断修为才得以成功，岂是酒宴上三下两下模仿得了的。学得外形，离其神远，反而拙劣。金柄印拙劣的举动把周玉箸逗笑了，差点没把酒喷出来。

金三爷用肘撞撞郑四爷："就说嘛，杜一老咋可能如此尊重金柄印呢？杜一老不是在尊重金柄印，杜一老是在尊重飒露紫和拳毛骗哩！"

待大家坐下，杜大爷又说："这第三杯酒嘛——"说着用眼角瞥董五娘。董五娘立即会意，忙站起来说："这第三杯酒，留给我来敬吧。"

金柄印颇感意外，满腹狐疑地斜睨妻子董青花。董五娘并不理会丈夫，只管对大家说："我家夫君人虽不才却运势不错，晋级添爵，承蒙杜大爷唐二爷和各位青眼相加另眼相待，专设此宴为其祝贺，作为人妻，我在这里先谢过大家。"说着像古时人一般福了一福。

众人连忙回礼。

董五娘继续说道："借此机会，我也送一样贺礼给夫君，以表示为妻的一丝儿心意。"

董五娘说着，反身从身后拎过藤篮，打开，绽开红丝绒，取出一件青花缠枝莲赏瓶。那瓶高两拃，长颈圆腹，高圈足略微外撇，造型端庄古朴，色泽鲜艳。瓶腹绘缠枝莲花，上下绘海水、如意、蕉叶、回纹、莲瓣、卷草。足圈内有青花"大清光绪年制"楷书款。

董五娘毕恭毕敬地捧着，要献给丈夫金柄印。金柄印和妻子一个被窝睡了二十年，岂能不认识这青花瓶？

"这不是贺礼，是赏瓶。"

金柄印说得对，这确实是大清光绪皇帝专门用来赏赐大臣的青莲瓶。

董五娘："为妻正是拿赏瓶做贺礼呢。"

金柄印心道：你是我的老婆，你以为你是皇上！我是你丈夫，你以为我是你的大臣！

董五娘："皇上为啥要拿这青花瓶赏大臣呢？"

金柄印："青莲谐清廉，意思是要大臣为政清廉。"

董五娘："这正是为妻的心意。"

金柄印觉得自个儿嘴太快，所以愕住了。

杜大爷又呼："尊爵高起。"

唐二爷："鸣钟！"

乐工可能隔扇听出了些意思，所以这次把钟、磬、钲、鼓、錞于、镈奏得更响更猛烈。在更响更猛烈的奏鸣声中，大家痛饮了这第三巡酒。

唐二爷宣布："酒礼已成。"

大家鼓掌，六音又奏。

唐二爷："下面由大家商议众饮之法。"

饮酒分户饮、气饮、趣饮、才饮、戏饮和乐饮。大家依次商定，选一两项做饮酒的由头和乐子。户饮为寻常饮酒，用角觥儿，显然不符合今日情形。气饮，猜拳掷骰子，街坊酒徒所玩，显然不合在座各位身份。试想杜大爷捋高袖子，脚踩桌档，睁眉豁眼，高声猜拳行令，那还不笑死人？趣饮，拼的是嘴皮子，讲名人典故、官场逸闻、黄色段子，以逗人笑为主，不能逗人笑者自罚一杯。金柄印是个中高手，可惜楚灵璧、陶问珠两个未出阁的大闺女在场，使得金柄印不能发挥所长，只好扼腕叹息。才饮，若《红楼梦》里描写的那样，当场出题，限时填赋诗词，填赋不出者罚酒三爵。才饮雅倒是蛮雅，但在场各位，除杜大爷、楚灵璧外，恐怕都得轮换饮酒了。《红楼梦》里那个混蛋薛蟠都会，现今的文明人都不会，只得淘汰。现余下两项，一项戏饮，一项乐饮，遂被大家议定采用。

戏饮为投壶。陶问珠当堂放一个方杌子，杌子上置一双耳铜壶，又拿来柘木棘木矢片，分给众人。众人按座位次序轮流用矢片投壶。壶中盛绿豆小豆，矢片头较尖细，投中必扎住。凡未投中或者投中没有扎住者，由司射裁定，罚酒一爵或三爵。

各位准备就绪，钟鼓伴奏，开始投壶。

金柄印从来没玩过投壶，拇指食指拈起棘木矢片便投，一投未中，二投亦未中，三投眼看着中了，矢片却没有扎住，反而带出几粒豆子来。金柄印想：投中容易，扎进去却难，只得摇晃着脑袋丧气地坐下来喝了三尊罚酒。

金柄印毕竟是精明人，一边吃罚酒一边细心观察杜大爷他们如何投壶。杜大爷侧身朝向投壶，气定神闲，不像寻常人用大拇指和食指夹矢片，而是用食指和中指夹住柘木矢片，放到嘴唇边轻轻吹口气，那矢片便发出颤颤的声响。金柄印一眨眼，那柘木矢片已飞离杜大爷指间。柘木矢片带着响儿，和着钟鼓乐声，在空中划出一道漂亮的弧线，然后从上往下一头扎在投壶的豆子里，稳稳地站住了。杜大爷三投三中。

金三爷、郑四爷轻松过关。就连董五娘和周玉箸两员女将，也屡投屡中。唐二爷任着司射，不用投。齐明刀也是头一回玩这戏饮之法，三投中一，被罚了两爵酒。

第二轮开始，金柄印说他要连投十八次。一来金柄印要练习练习，他已看出些门道，矢片不能够直着飞出，而是要有弧度，弧度越高越容易扎住。他要把这窍门和手劲练熟了。二来这菊花杜康酒的确好喝。金柄印本来就嗜酒，碰见如此好的菊花杜康酒，能不痛饮？但酒桌上他又不能独自一人抱着坛子大灌大饮。投壶正是好机会，赢不了矢片却赢得了菊花杜康酒。

唐二爷司射，陶问珠递矢片，金柄印投壶，结果连罚九尊。第十投中，十一十二连罚，十三十四连中，十五罚，十六十七十八连中三元。

金柄印高兴得挥拳跳起来："中了中了，连中三元！"

唐二爷："金厅长艺成了？"

金柄印："成了！"

"有把握了？"

"有了！"

"赛一把？"

"跟谁？"

"小陶，陶问珠。"

"陶问珠？她咋能跟我赛哩？"

"金厅长小看人哩。"

这话倒把金柄印的嘴堵住了。

"咋赛？"

"你只需后退一步，站在六步处投壶即可。陶问珠则进到隔扇里边，隔着花格投壶。"

金柄印有些惊异："这咋投呢？"

唐二爷："还依老规矩，扎中为胜，贯耳可得双彩，也罚双。"

"成，来。"

唐二爷："钟鼓大鸣！"

乐工奋力击奏，一时间六音震耳欲聋。

金柄印连中两投，第三投一得意，手指欠了巧劲，中是中了，却没有扎住。陶问珠饮了两爵，金柄印饮了一尊。

该陶问珠投了，只见她拈了三件棘木十字交叠矢片隐到花格木扇后面去了，六音再次催发，声势比前边更加激越。

忽然，花格的空隙中旋转着飞出一件棘片。那棘片并不直奔投壶而去，而是若一只蝴蝶一般，款款地绕着人们头顶飞转，然后向投壶旋去，猛一跌，跌进投壶扎住了。

要不是唐二爷提醒，金柄印便惊奇得忘记吃罚酒了。

金柄印正吃罚酒，却见第二件矢片从花格飞出，旋的圈儿更大，最后款款地划向投壶。眼看着偏了一点儿，难得入壶了。那矢片果然没有入壶，而是从壶耳中穿过去，跌在了地上。

"好！贯耳！得双彩！罚双！"

金柄印心服口服，连喝两尊。

第三件又飞出，绕的圈子更大，款款地划向投壶，若第二件一样，不直入壶中，却飞向壶耳。金柄印想：又得喝两尊。

不料，那矢片却当地一下被壶耳绊挂住，没能穿越过去，掉落地上。

陶问珠只得出来喝了两爵罚酒。细算时，陶问珠竟然多饮一爵，败了。唐二爷心一沉：不知这是啥兆头。杜大爷想：那当地一声怕就是命吧！

齐明刀凑到陶问珠跟前："没想到，你还有这神技哩。"

"啥神技，天天蒙着眼睛练就有感觉了，可惜最后一投，感觉还是差了一丁点。"

听陶问珠话语，显然对自己不满意。齐明刀又连夸赞带安慰一番。

投壶戏毕，各人归座吃菜。听着舒缓悠扬的钟鼓乐曲，吃着美味的六国菜肴，体会一下钟鸣鼎食的滋味，真是人生极大的乐事。

董五娘碰碰丈夫金炳印的胳膊肘："咋样？比寻常酒宴有趣吧？"

金炳印满饮着菊花杜康酒说："文是文，雅是雅，就是太烦琐，让人喝得放不开手脚，哪比得寻常酒宴，大家逐个给官大的敬酒，然后三喝六令，集中目标对准一个人，放倒为原则，你说痛快不痛快？！"

董五娘白丈夫一眼，小声反驳说："这儿是钟鸣鼎食，过的是王公贵族士大夫的生活，一举一动一招一式讲的是文化，哪像你们官场摆宴请客，一群猪头，把杜康都喝成马尿了。"

金炳印："管他马尿不马尿，喝到肚子里再说。"说着端起酒尊，长鲸一吸，涓滴无遗。

杜大爷见大家酒兴愈来愈浓，便起座离席，说："今日重阳雅聚，观菊花姿色，闻菊花香味，饮菊花杜康酒，人人兴致浓厚，老朽也心血来潮，破例献丑为金厅长和大家演奏一支乐曲，以助兴上之兴。"

楚灵璧撤去投壶，支好古琴，放好坐凳。本来安排楚灵璧奏琴，现在杜大爷亲自操琴，楚灵璧便退到花格隔扇里边，指挥乐队，为杜大爷伴奏。

众人举爵饮酒，引箸吃肉。

杜大爷弹奏的是《秦王破阵乐》。一时间，板屋秦声里琴声骤驰，钟鼓齐鸣，钟、磬、钲、鼓、錞于、镈随后催动。马蹄嘚嘚，金戈铿铿，秦王李世民率十万大军一片喊杀直冲敌阵，金戈铁马和着钟鼓琴声从一千三四百年前的历史中冲杀过来。杀伐之声回旋在板屋之内，又从门窗间碰撞而出，夹杂携带着菊花杜康的酒气，飘飞向秋日残阳染红的长安城上空。

20

　　冯空首托人给齐明刀捎话，让他去趟无聚楼。

　　齐明刀猜测：冯空首这家伙不知又惹下啥麻烦了，需要援手哩。齐明刀简单吃了几口饭菜，往口袋揣了几大毛钱，径直奔无聚楼而来。

　　齐明刀一踏进无聚楼，满眼看到的是荒凉破败的景象，桌椅上布满灰尘，条案上的毛毯被蛀虫咬出许多小窟窿。靠墙壁的橱格中，陈设的几件古董不见了。窗户上的花玻璃打碎了一块，秋风吹进来，掀动着斜飘在空中的窗帘。

　　神龛下方的方桌上，供着两把束薪：一把蒲苇，一把卷柏。齐明刀想起来，那天在自己房子里，冯空首和夜来香提到束薪的事。夜来香面无表情地对冯空首说，你取走也可以，不取走也可以。那话说得冷冰冰的，可齐明刀现在看到束薪，感觉却全然不同。束薪尽管蒙了一层尘土，静静地供在神龛下，但齐明刀还是感觉到了一种诚挚和热情的存在。

　　夜来香听到门响，迎到客厅，看到齐明刀的表情，心里什么都知道了，忙掩饰说："忙着照顾空首，没顾上打扫卫生。"

　　齐明刀打量一眼夜来香，见她花花的头发有些干枯凌乱，脸形消瘦，脸色稍稍泛黄，眼中失尽了往日那青春少妇的神采。身上穿的衣服也不像以前那么讲究，真是草枯一晌，人衰三天，昔日那个殷实人家女主人的风韵明显地褪去了。

齐明刀心中生出一丝淡淡的悲凉。

"空首呢？"

"在里屋。"

夜来香掀门帘让齐明刀进里屋，里屋传来冯空首有些虚弱的声音：
"明刀兄弟来了。"

"是哩，明刀兄弟看望你来了。"

进到里屋的齐明刀看冯空首背靠蒲团，斜倚在床背上，身边拥着凌
乱的被子。

"空首哥，咋把口罩戴上了？"

冯空首见齐明刀这么说，便伸手摘口罩，被齐明刀拦住了。齐明刀
拦住冯空首的手，与冯空首面对面地坐在床沿上。齐明刀看到冯空首露
在口罩外面的半片麻脸和麻脸上多少有些哀伤的眼睛，一股酸楚径直从
嗓子眼涌到鼻根。

冯空首看到齐明刀为自己伤心，脸上立时换上落难英雄的神情，撇
着嘴角苦笑说："浑身上下事事都变了，就连脸上的麻坑儿也变浅了。"

瞧这冯空首，一句话逗得齐明刀差点儿破涕为笑。

齐明刀："你人消瘦了，消瘦得快失形了。"

冯空首："幸亏师娘白天黑夜照顾哩，要不然性命恐怕都不在了。"

夜来香许多年来只听到这么一句感激的话，心一激动，眼中便闪出
泪花花。

冯空首见状，忙说："快去给明刀兄弟倒茶，甭叫明刀兄弟干坐着。"

夜来香转身去厨房拿水壶。

冯空首见夜来香出了房门，得空说："你瞧我，也不知图啥哩！
费尽心思，精心设计，总算把黑瓷罐弄到手里。我那天晚上跪在城墙跟
前，仰头对着城门楼高喊：'黑瓷罐这只野兔让我逮住了！从今往后，
我就是长安城古钱币收藏第一人！'"

齐明刀："瞧你得意张狂的。"

冯空首："岂止是张狂，简直就是得意忘形，人一得意忘形就瞎塌了。先是这鼻子，再就是毛猴的白面。那黑瓷罐一天紧一天地往下折哩，黑瓷罐让毛猴掏空了，黑瓷罐也让我在那护城河边的石头上摔成了碎片儿。"

话说到这里，夜来香拎着水壶进来，接着话茬说："岂止把黑瓷罐掏空了，把橱格中仅有的几件古董掏空了，把无聚楼掏空了，把两个人的心也掏空了！"

把两个人的心掏空了！这句话像长着翅膀，在屋子里飞翔碰撞，碰撞得满屋子都是响声。

这句话让齐明刀重新审视夜来香。初到长安，在无聚楼门口看到的那个头发花花的，对人傲慢无礼的夜来香消逝了。一个本色朴实忠诚的夜来香在眼前放着光。

齐明刀想看看这句话在冯空首身上引起的反应，却见冯空首把脸别到床里边去了。

夜来香沏好茶，双手递过来："明刀兄弟，喝茶。"

齐明刀接过茶。

夜来香又给冯空首递一杯茶。冯空首的脸并没有转过来，只是伸过来一只手，把茶接过去。

就这样，冯空首对着床里边的墙壁喝茶，齐明刀对着冯空首喝茶。两个人无疑都觉出了那茶里的无限暖意。

喝毕茶，夜来香收拾茶具的时候，冯空首又转过身来继续和齐明刀说话。

"不能再耽搁了，要下决心戒哩！要下决心看哩！"

"可惜我决心下得晚了。"

"不晚，还来得及哩。"

"我去找毛猴，想在摇会摇些钱，你猜毛猴说啥？说好我的会长哩，摇会摇钱是急着救古董哩，哪里是要你用作瞧病和吸溜白面哩？再说，你把钱都送到医院里，吸溜到鼻窟窿里，下月拿空空手让人家回摇呀？瞧我这条烂命，抵不上一件古董。我这不是自投罗网、自取其辱吗！我气急之下，把毛猴痛骂一顿，骂毕吼着说我走呀，我这辈子不想再见到你啦！毛猴在我身后说，你一走，摇会就彻底散啦。我说散了就散了，见死不救，不散有啥用！毛猴说，摇会散了，白药面并没散，想吸溜了，尽管来寻我。"

齐明刀："毛猴个狗东西、龟孙子！"

"我两手攥空拳，回到了被掏空的无聚楼。"

齐明刀探手在怀里，说："一块两块紧些，三毛五毛还拿得上来。"说完把三扎钱塞到冯空首怀里，"下决心戒！下决心戒！"

冯空首没有动钱，只拿眼睛瞅瞅，说："兄弟只剩下齐明刀，亲人只剩下夜来香。"

夜来香一听这话，一扑扑过去，伏在冯空首怀里呜呜地哭，边哭边用手捶打冯空首。

齐明刀看到眼前的情景，觉得待在一旁不合适，露出要走的意思。冯空首忙用手拦住："甭走，再走就不是我兄弟。"

夜来香也止了哭声，拾身起来，说："好赖也得吃了饭再走。"说着出屋去厨房做饭去了。

望着夜来香走出屋子的背影，齐明刀忽然想起夜来香私自取掉的那个孩子。冯空首说取掉好。齐明刀当时不理解，现在理解了。那个孩子在这当口来到这个环境中，确实不合适。

齐明刀依旧坐在床沿上，和冯空首面对面拉话，话题自然而然转到长安城古董行当新近发生的事上。冯空首有些失落地说："听夜来香说，你们在宝鼎楼聚会来？"

"对，是重阳佳节那天，设菊花酒宴，为金柄印厅长赴美钱行。"

"为金厅长钱行？怕是为昭陵二骏吧。"

"空首哥到底是空首哥。"

"飒露紫和拳毛骓有眉目了。"

"唯愿如此。"

"不知小克鼎哪一天冒头哩。"

"也有些消息了。"

听到这话，冯空首一轱辘翻起身，跪到被子上，麻脸潮红，双眼放射出异常明亮的光芒，冲齐明刀叫一声："明刀兄弟！"

齐明刀有些吃惊，小克鼎在一刹那间把冯空首的病治好了。

冯空首本来要和齐明刀一起去四郎河边找杨老汉商议小克鼎的事。但当他从床上爬下来时，却感到去不成了。走路不方便，疼。齐明刀看到冯空首的样子，想：如果把走路跛腰失胯的冯空首带到杨老汉面前谈小克鼎，恐怕杨老汉另有看法。齐明刀把冯空首扶回床，按住他肩膀说："算了，你就躺在床上休息，我一个人去。"冯空首用深陷的猴子眼瞧着齐明刀，唉声叹气地说："瞧我这个人，不中用了！不过，我就是不去，明刀兄弟也不会翻我这道墙。你说是吧，明刀兄弟？"

齐明刀明白，冯空首这是要他当面唾核儿哩，忙表白说："好我的空首哥哩，你把兄弟当成啥人了，说这种见外的话！"

冯空首一手扇了下自己的麻脸，另一手扇了自己的嘴巴，隔着口罩连呸三下说："呸我这张臭嘴。明刀兄弟大人海量，权当我刚才放了个臭屁。"

齐明刀："自家兄弟，分啥屎香屁臭，我走呀。"

冯空首连忙拦住，认真地说："小克鼎可不是黄花梨屏风和琉璃鸥吻，得格外用心哩。"

齐明刀："这个自然。"

"我估摸，用上一回的法子，小克鼎很难闪面。咱得做另一手准备，我就留在长安城，给咱做这另一手准备。"

齐明刀："放心吧，我会相机行事的。"

"这桩事要是弄成，你哥我这条命或许还有救。"

齐明刀离开无聚楼，到四水堂向郑四爷讨了一包上好的茶叶，又到秦汉瓦罐向唐二爷讨了两瓶上好的陈年西凤酒，然后直奔四郎河边的杨老汉家。

看到齐明刀来，杨老汉并不惊异。

齐明刀扬一扬手中的好茶叶和陈年西凤："老叔，我看你来了。"

杨老汉拿烟袋锅蹭蹭山羊胡子说："恐怕不是来看我个死老汉吧？"

"是专门来看老叔的。"

"进城没几天，见人就不说老实话了。"

"实实的老实话。"

杨老汉笑一笑，把齐明刀让进门楼小方桌旁坐下，拿来铁丝箍着的青花瓷壶和两个沿儿带豁口的小酒盅。

齐明刀把带来的茶叶放到壶里，沏上水说："郑四爷托我给你捎的上好茶叶。"

杨老汉吧嗒吧嗒吸一阵旱烟，拿酒盅品了一盅茶，连声夸奖："好茶好茶。"夸着夸着，老眼就迷蒙了，仿佛四水堂就耸立在眼前。齐明刀忆起来，四水堂开业大吉那天，杨老汉站在当街的雨地里，一手摸着脸上的雨水，一手拿烟袋指着四水堂茶楼，无限感慨地说：美，真真正正的美！我的琉璃鸥吻和《营造法式》没有白给你，你把我老汉小时候的生活复活了，把我祖上的房子重修了，而且修得更美更好哩……

齐明刀："郑四爷让你有空就去四水堂喝茶哩。"

杨老汉一边摇头一边吧嗒吧嗒抽烟："不去哩，天天去喝茶就没意思了，那茶楼印在我脑子里。每天回味，每天想念，那才叫有意思哩。"

齐明刀陪杨老汉品了一阵茶，又问："老叔，要不要喝两盅酒？"

杨老汉又摇头又抽烟锅："今儿只品茶，不喝酒。"

齐明刀听成了今日只回忆茶楼的事，不想别的事。

齐明刀和杨老汉聊起了四水堂开业那天火凤凰飞来的奇观，说那是长安城几百年来没出现过的特殊景观。

杨老汉说火凤凰绕着鸱吻飞鸣，是在鸣叫鸱尾哩，可惜鸱尾已经让历史打碎了。

后来话题转到了货郎苗身上。

齐明刀："我师父不知道近来咋样哩？"

杨老汉这回吧嗒了许久才说："四水堂开业那天是夏至，如今已是仲秋了。瞧我，里边都穿了秋衣秋裤秋袜，一个季节多了。"

齐明刀眼前浮现出师父货郎苗离开长安城时的身影。消瘦苍老弓腰驼背的货郎苗穿着泛白的蓝色长袍，摇着拨浪鼓挑着货郎担儿颤颤巍巍往前走着，边走边吟唱着苍凉的词曲：回身忽作异方声，一声回尽征人首。

杨老汉："一个季节了，没见过货郎苗的影星。我一天到晚，除了回味四水堂茶楼外，就望蒲水河对岸的驮马山，我能望见山上边天空流过的云团，却望不见货郎苗的身影。"

师父货郎苗还穿着长衫袍，挑着货郎担儿，摇着拨浪鼓，艰难地行走在蒲水河两岸的山路上吗？

杨老汉："那天从长安城回来，临分手时，货郎苗说：行了，长安城依你的样儿盖了四水堂茶楼，我送一个徒弟进了长安城，咱了了长安城的心愿了。咱再不进长安城了。"

师父跟长安城的缘分到头了。

"我说你不再进长安城了？他说不了，回蒲水河边，为孙柳孙桥操心，直到死在穆帛绢怀里。"

齐明刀的心情一下沉重了许多。

杨老汉不再说话，只是一个劲吧嗒烟锅，涩滞的眼睛一会儿望望长安城的方向，一会儿望望蒲水河和驮马山的方向。

齐明刀明显地感觉到，这次和杨老汉会面，远没有弄黄花梨屏风和琉璃鸥吻那次轻松愉快。

齐明刀又喝了几盅茶，杨老汉又吧嗒了几锅旱烟。两个人对面坐着，却谁也不看谁，没话说了。齐明刀一脸的窘迫，暗道：咋能没话说哩？咋可能没话说哩！

其实，两个人心中都想着那件事，但都找不到合适的词句说出来。

杨老汉在鞋底下磕掉烟锅里的烟灰，慢声慢气地说："来也来了，喝也喝了，说也说了。"

齐明刀晓得：这是让他走人哩。

齐明刀憨憨地笑笑："老叔，我，我是专门来看你的。"

"哦哦，来了，看了，也喝了。"

"嘿嘿，老叔……"

"哎，一个劲叫老叔弄啥哩？"

"嘿嘿，老叔，好我的老叔哩。"

"到现在还不说老实话。"

"嘿嘿，我说我说。我是专门来看老叔的，顺便捎带着问问小克鼎。"

"恐怕是专门来问小克鼎的，顺便捎带着看看老叔。"

"瞧老叔说的。"

杨老汉重新点燃烟锅，吧嗒吧嗒吸溜着，还不时往空中吐烟圈儿："小克鼎可比黄花梨屏风和琉璃鸥吻贵重得多。"

一阵喜悦之情涌到齐明刀心头："那是当然，那是当然。"

"黄花梨屏风和琉璃鸥吻的落脚倒还令我满意，可小克鼎还要贵重得多。"

"请老叔放一百二十个心，我给小克鼎寻下的东家比四水堂郑四爷还要阔气得多。"

"是在四水堂照过面的那位宝鼎楼主人唐二爷吧？"

齐明刀想起四水堂开业大吉那天在茶桌上面面相对的情形来。"老叔就是老叔。"

杨老汉本欲在小板凳腿上磕烟锅，可半道上又收回去。末了把玉石烟嘴含在嘴里，鼓腮一吹，把烟灰和火星一起吹向空中："我不想知道东家是谁，也不管东家是谁，我只有一个原则，这东家的心，要比郑四爷还实诚！"

　　齐明刀想，郑四爷得到黄花梨屏风和琉璃鸥吻，筑建了四水堂，恢复或者再现了他和杨老汉那辈人过去的生活。唐二爷若想得到小克鼎，须得做啥样惊天动地的事情呢？难题倒是一道难题，但凭唐二爷的性格和实力，做事绝对不会含糊。想到这儿，齐明刀的信心一下升上来，用巴掌使劲拍着结实的腔子说："请老叔放心，我这腔子里的心和东家的心，绝对比郑四爷的心还要诚上十倍哩。"

　　杨老汉："我老汉琢磨你这回说的该是实话。"

21

　　竞拍是在四水堂来凤仪进行的，时间是晚上九点。这是长安城古董行当做大笔交易时惯用的手法。晚上九点，是茶楼最热闹的时候，人来人往，进进出出，是最最自然的掩护。各大高手携妻带友，不期而至，凑在一起喝茶，也是最最自然不过的事。若是换在别处，古董行当几大高手云集一处，那些鼻子灵耳朵聪眼睛亮的刀子必然要揣测：古董行当有大动作哩。而热闹的茶楼，正好能把这种揣测淹没掉。再者，茶童和客人中有自己的眼线随时提防刀子的不请自来。真可谓最热闹处最隐蔽，最危险处最安全。

　　上次宝鼎楼聚会，专为金柄印钱行，所以将金柄印尊为上首。眼下金柄印一行已远在大洋彼岸的美国，不可能来参加竞拍茶会。

　　这次竞拍茶会，自然要恢复以前的座次。首座，头缠幞头，身着绯色襕袍，脚蹬黑色六合靴，手执青玉圭的杜大爷。次座，身着绸缎暗花，面若古铜，神情凝重严肃的唐二爷。三座，耷拉着肿眼皮和肥下巴的金三爷。四座，形若秀雅端庄梅瓶，肤若丰润细腻青花瓷的董五娘。五座，雍容华贵，风韵若少妇的周玉箸。六座，身材矮圆，脸上消瘦，戴着茶色水晶眼镜的秀水。七座八座空着。楚灵璧和陶问珠侍立一旁。

　　郑四爷是东道主，不入座，提壶倒茶，尽东道主之谊。

　　"我昨黑了做梦，梦见凤凰又鸣叫着飞来，绕着四水堂的鸱吻飞旋，今晚上杜一老就来和大家聚会了。"

金三爷略微睁睁碎眼："自从建了四水堂，郑四老是愈来愈会说话了，借梦见凤凰夸赞头一回大驾光临的杜一老哩。"

杜大爷把青玉圭恭敬地放置到桌面上，轻声吟出两句诗："骐骥伏匿而不见兮，凤凰高飞而不下。"

金三爷："饮食自然，自歌自舞，见则天下大安宁。"

几个人说着凤凰时，秀水那只独眼则透着茶色水晶镜片打量着唐二爷和杜大爷。唐二爷是他的重要竞拍对手，神情凝重严肃，眼露刚毅自信，打从进来，便不动窝儿地坐着，没有开口说一句话。杜大爷呢，面目平静，神情闲雅，一边说着凤凰，一边品郑四爷给他倒的好茶。秀水感觉非常奇怪，杜大爷分明就坐在跟前，他却总觉着杜大爷距他非常远。而且有一种古气，慢慢地朝他侵袭过来。

就在秀水看着大家闲话凤凰的时候，齐明刀和冯空首领着杨老汉进来了，大家忙起身欢迎，郑四爷忙让杨老汉在第七座坐下。杨老汉把拎在手中的大麻袋靠椅子腿放好，然后入座。还剩一个座位，齐明刀要冯空首坐，冯空首要齐明刀坐。金三爷用很不高兴的腔调说："没脸见人，哪有脸坐。"大家这才注意到冯空首戴着个大口罩。金三爷只道是冯空首没脸见他，却不知道冯空首鼻子烂了。冯空首做事很绝，但在公众场合，却不驳师父面子，往后退几步，趔趄着腿，靠墙站着。齐明刀入末座。

郑四爷给杨老汉和齐明刀上茶："秋凉了，喝杯茶暖暖。"

杨老汉吸溜口茶："在这儿喝茶，跟在我屋喝茶一样。"

郑四爷："说得好。"

茶又过三巡，郑四爷从袖中转出核桃壶，展在掌心，往空中耸一耸，然后往嘴里控几滴。

郑四爷这一举动，其实是竞拍开始的宣言。

一直不动声色的唐二爷看到郑四爷的举动，拿眼瞟陶问珠一下，陶问珠便从身后的樟木箱子里搬出一方铜鼎，放到桌面上。

那鼎四足方形，双耳，四角出戟，下部四周有鼓钉，上部有花纹，里外无铭文。器形像唐二爷一样端庄深沉，立在桌面，稳稳重重。

秀水想起那天在瓷魂铺里请董五娘帮眼的情形，知道垫场赛开始了。重要的拳击比赛，前面都有垫场赛。

郑四爷眼光越过杜大爷和唐二爷，看金三爷。金三爷碎眼瞪一下墙根的冯首空，说："这要是一枚古钱币，我叫我徒弟闻一闻、掂一掂就成。"

又看董五娘，董五娘用满带磁性的声音说："要是块瓷板，我也能在瓷板上钉钉。"

再看周玉箸，周玉箸温柔地说："货是我家的，我咋能表态呢？"

末了看杨老汉，杨老汉只是笑着吧嗒烟锅，不说话。

大家心里明白，东道主是在故作姿态，目的是要拿竹竿儿试探秀水的深浅哩。因为郑四爷的目光，最后落在了秀水身上。

秀水那只独眼射出的目光，透过水晶镜片，和郑四爷的目光碰在一起，碰得郑四爷眼睛疼，连忙吸溜一口核桃壶。

识得这东西，才能参加竞拍。

秀水转眼去看唐二爷，唐二爷神情依旧，仍然不开口说话，倒是唐二爷的妻子周玉箸说了句："当马槽用有点小。"

秀水猜测这句话的意思：这鼎是马槽鼎，不金贵。不金贵，怎么能拿上桌面呢？这可是长安城的桌面哪！

秀水沉吟片刻说："我看像商代晚期的宗庙祭祀礼器。"

周玉箸呷口茶说："秀水先生好眼力。"

秀水想，垫场赛绝不会就这么简单结束，竞拍器物绝不可能轻易取得，内中必定还有埋伏。机会稍纵即逝，决不能放过。秀水起身凑近方鼎，抽鼻子嗅一嗅，反弓中指敲一敲，侧耳听听声响，然后回过头来问唐二爷："唐二爷，这鼎出土时是完整的吗？"

唐二爷开口说话了："出土时我不在场，转到我手上就是这个样子。"

秀水："唐二爷，你看像不像修复的？"

唐二爷："秀水先生的意思是说这鼎出土时是零碎片儿？"

秀水："哪里哪里，我这不是正向唐二爷请教呢嘛。"有了瓷魂铺的经验，秀水精明多了。

唐二爷："方便的话，请秀水先生出个价。"

唐二爷这是将球踢到秀水的门柱边上，球要么踢进门，要么被弹出来。

秀水并不慌张，扣住大拇指，伸直四个指头，正一亮，反过来又一亮。江湖手语，八十个钱。唐二爷一看秀水手势，便知秀水认定这鼎是修补过的。

高手过招，表面波澜不惊，实则招招笑里藏刀，针锋相对，斗得电光石火。三两个来回下来，唐二爷便知秀水眼力，此人绝非等闲之辈，而且来者不善。

唐二爷想进一步试探一下秀水的财力："按你的估价，吃进吗？"

"吃，再加二十个钱也吃。"

唐二爷嘴角露出难得的笑容，陶问珠看到那笑容，过来收方鼎。齐明刀的目光跟随着陶问珠，看到陶问珠把方鼎装回樟木箱子。陶问珠弯腰时翡翠耳坠从秀发中闪现出来。

杜大爷自从吟诵两句骓骥凤凰后，就一直神情闲雅地坐着，手握腰间玉佩，眼望桌上玉圭。刚才垫场赛斗法，他似乎全然没有看在眼里。

郑四爷见垫场赛结束，便去给杨老汉添茶。杨老汉狠劲吧嗒两口烟锅，然后一口把茶喝干，起身解开大麻袋，展开旧棉絮，把一个铜鼎端上桌来。

那鼎腹圆如鼓，沿宽唇方，双耳直竖，三只蹄足鼎立。鼎身浮雕兽面波纹，腹内阴刻十字铭文：宝鼎其万年，子孙永宝用。那鼎虽不足大克鼎三分之一大，却浑圆厚实，立在桌心，稳得跟太白山一样。

金三爷的圆脑袋搁在椅背上，脸往上仰着，一双碎眼却往下看着铜鼎。郑四爷嘴巴含着展在掌心的核桃壶嘴，却没有顾得上吸溜，眼睛直看那铜鼎。董五娘跟梅瓶一样端坐着，脖子却略微朝前伸，一双明亮的眼睛看着那铜鼎。周玉箸保持着雍容华贵的气度，冷静地看铜鼎。楚灵璧踮着脚尖，伸着天鹅一样的长脖子，越过董五娘看那铜鼎。陶问珠则偏着头，从董五娘和周玉箸间的空隙里看那铜鼎。齐明刀和冯空首淡淡地看那铜鼎。

金三爷几个人的目光完全被桌心的铜鼎吸引住了，仿佛那铜鼎是块巨大的吸铁石，金三爷几个人的目光是众多的铁屑。

杜大爷闲静的脸上一点惊异都没有，只是轻轻扫了一眼那铜鼎，目光很快又收回到青玉圭上去。

唐二爷只是在杨老汉端鼎上桌时用眼角斜了一下，便去正眼看杜大爷。当众人的目光被铜鼎吸引过去时，唐二爷轻声对杜玉田说："器物深广，寻常绳尺难以测量。"

杜大爷亦轻声回道："你说鼎哩还是说人哩？"

杨老汉初始看到杜大爷和唐二爷看鼎的表情，心中咯噔一下犯起疑惑，难道咱祖上百年珍藏的会是一方赝品？！但当他偷听到杜大爷和唐二爷一人一句对话时，心中疑惑的吊桶一下落了地。真品无疑！既然真品无疑，咱就要端起真品的架子，且看他们如何拿出超过四水堂的派头和实力。

秀水欠身到铜鼎跟前，不易被人觉察地吸吸鼻子闻了闻，又用指甲盖儿弹一下铜鼎，铜鼎立即发出干木头一样干空的金属声。那木木的声音拖得长，消失得慢。秀水又看看鼎身上的浮雕纹饰，末了目光在鼎腹里的十字铭文上停留片刻，才缩回到座位上去。

唐二爷见秀水归座，便拿眼光询问秀水。秀水想摘眼镜，怕是害怕露出那只独眼，摘了半截又不摘了，而是扶扶眼镜，对唐二爷说："跟大克鼎形制一模一样，该是小克鼎吧。"

秀水今天神了。那天在瓷魂铺里，断元青花没断准，今天在四水堂，断小克鼎却断准了。

唐二爷："秀水先生好眼力，是小克鼎，不过只是其中之一。"

秀水："对的，应该有七个，这是其中之一。"

唐二爷："全长安城的名人都来了，不是喝茶来了。"

秀水："我也不是一个人来的，我们为小克鼎而来。"

唐二爷："我家宝鼎楼有六个小克鼎。"

秀水："我早已听说过。"

唐二爷："那你为啥还要来拍这一件呢？"

秀水："要是七件全在这儿，我也要拍，而且舍了命拍。"

郑四爷把核桃壶吸得吱的一响，高声宣布："竞拍开始。"

唐二爷试着出了一个数，秀水毫不犹豫地说："我翻倍。"

金三爷摸摸肥下巴，轻描淡写地说："我加一整套古钱币。"

秀水以轻描淡写的态度："我再翻倍。"

董五娘："我加两件万历花瓶。"

秀水冲董五娘笑一笑："我给梅瓶翻三倍。"

周玉箸想改变秀水轻佻的态度："我把秦汉瓦罐押上。"

秀水果然不笑了，认真地问："当真？"

周玉箸："拍卖场上岂有戏言？"

秀水一拍巴掌："好，我翻一倍半。"

郑四爷扬一扬手："我把核桃壶压上。"

秀水："核桃壶好是好，可惜太小了。"

郑四爷："那我把四水堂也押上。"

秀水："郑四爷，你是拍卖主持人。"

意思是主持人不得参与竞拍。

郑四爷："唐二老，四水堂送你了，你押上吧。"

唐二爷不接郑四爷的话，拿眼睛示意妻子周玉箸。周玉箸轻轻松松地说："我把宝鼎楼再押上。"

秀水在大腿上猛击一掌："宝鼎楼可比秦汉瓦罐和四水堂好多了，我翻三倍。"

看来，秀水的钱海得没边没底哩。

唐二爷铁板着古铜脸，拍一下桌角说："我押长安城！"

秀水扑哧笑了："长安城是你的吗？"

唐二爷并不笑："长安城要是我的，你搬得走吗？"

秀水："我只搬我搬得走的。"

正式竞拍开始后，杜大爷一直静坐着品茶。拇指中指托住茶杯，食指搭着杯沿，手腕下垂，无名指向内扣着，修长的小拇指往外撇着。那优雅的姿势似乎在表明：他只在专心品茶，而无心竞拍。

秀水说"我只搬我搬得走的"这句话时，杜大爷又品口茶，口气极淡极雅地说："长安城的精气神你搬得走吗？"

秀水登时哑巴了。杜大爷一槌敲在锣心上，响得嗡嗡的。自己几十年来费尽心血收藏的，仅仅是些古董吗？自己梦寐以求的，不正是隐藏在古董里的精气神吗？长安城的精气神，既藏在元青花、小克鼎和昭陵六骏之中，又藏在杜大爷、唐二爷、金三爷、郑四爷、董五娘、周玉箸，甚至楚灵璧、陶问珠、齐明刀这些人的身心里，咱能收藏得到吗？！咱能做到的，就是见一件拍一件，见一件收藏一件，见一件了一件的心愿。只要见到，机会绝不放过！

秀水思量透了，起身朝杜大爷抱拳打拱："请杜大爷包涵，在下见多少拍多少！能搬走多少就搬多少！"

秀水这两句话里表达的信念和决心，众人听得真真切切。

杜大爷脸上没有丝毫惊讶的神色，依然优雅地品茶。

杜大爷品一回茶，又开始柔柔和和地说话，不过，所说的话，已经扯得很远，与竞拍小克鼎八竿子打不着。

"秀水先生要是有兄弟，那就叫明山。"

秀水："我没有兄弟。"

杜大爷："你不是说你不是一个人来的吗？"

秀水："我有很多兄弟，但是不叫明山。"

杜大爷："秀水明山是扶桑。"

众人狐疑，杜大爷咋扯开闲谈了？

杜大爷抚摸着青玉圭，慢悠悠地说："咱神州大地的东面，是碧波万顷、茫无边际的大海。大海中生长着一棵大树，大树有多粗呢？上千人手拉手也围不住它。这树不是孤单一棵，而是两棵同根。同根而生，相依而长，长的桑叶有三个芭蕉扇那么大，茂茂密密，层层叠叠。枝叶上的蚕有橡檩那么粗壮。众蚕吐丝，丝顺水漂流，把大树和大陆联系在了一起。这桑树两棵同根，两相扶持，所以叫扶桑。"

金三爷、郑四爷、董五娘、周玉箸这些古董道儿上的知名人物都猜不透这棵扶桑。这也难怪，扶桑要是古钱币，要是紫砂壶，要是青花瓷，要是青铜器，要是字画拓片，那他们肯定能猜透。但扶桑就是扶桑，所以他们一时猜不透。

唐二爷显然没有完全猜透，但却深深地感觉到了一股涌动的东西。因为唐二爷顺着杜大爷的思路把许多不相关的东西连在了一起。

众人看秀水，却见秀水瘦脸渐渐地泛青，喉咙里像是堵上了什么东西，出气有些急促。秀水似乎意识到众人在注意他，便用手蒙住茶色水晶眼镜，慢慢地低下头。

22

　　抗日战争胜利当年的初冬，中共山东省胶东区党委要派遣一批精干得力的干部前往旅顺口接管一批日本人的企业厂矿。在这批企业厂矿中，有一家小型肥皂厂，被视为接管的重点对象。因为地下情报称，这家工厂曾经将老弱病残的中国劳工扔到炉里炼油并加工成肥皂。据此推测，这家工厂很可能是日本军方的秘密试验工厂。

　　人员赶到时，日本人已将厂里许多设备拆除。来不及拆除的，也予以捣毁。日方人员已经疏散，驻守的日军小队也已回归大队营部。整个厂里，人去楼空，一片狼藉。

　　站在厂门口迎接接管人员的，是一个中国话说得不错的日本人。这个日本人见到接管人是既不点头哈腰，也不趾高气扬，不亢不卑，颇有些受过中国传统教育的君子之风。

　　这个日本人说他叫菊池，是厂里的总工程师，留下来办理移交手续。

　　接管人员在菊池的带领下巡视一周，看到满目疮痍的情形，说："东西毁坏十之八九，还有什么移交的？！"

　　菊池说："工程师爱护工厂的设备，就像医生爱护自己的病人一样。但是日本军人要破坏，工程师是毫无办法的。"

　　菊池的话引起接收人员的几分好感。接收人员将没有完全毁坏的设备做了简单统计，让菊池签了字，自己也签了字，还弄来大半瓶白酒一起喝了，算是举行了接收仪式。

"得，没事了，你可以走了，可以回日本和老婆团圆了。怎么样，和尚的日子不好熬吧！把老婆撇在家里放心吗？"

菊池并没有急于回国见老婆的意思，说："归国是统一安排的，我还没有接到通知，恐怕得滞留些时日。"

"住哪儿呢？"

菊池用目光一指，接收人员看到了大厂房旁边有间小木屋，隔门望去，能看到砖瓦支着的木板床。

"噢，木板房木板床，比我们睡在山洞的石板上强老鼻子了。住就住吧。"

接收人员领着两个随行人员去大厂房另一边的木板房里收拾地铺。

夜里，落了入冬以来的第一场大雪。雪落得无声无息，积有半尺厚，漫天皆白，大厂房和不远处的村落显得肥胖而低矮。

接收人员隔窗外望，隐隐约约看到空旷的院落里有两行脚印。那脚印正在被飘落的雪片一点点覆盖。天要晚亮一阵儿，那脚印就被掩埋得看不见。接收人员已辨认不清那是人的脚印还是野兽的脚印。天寒地冻，谁会冒着大雪跑那么远去解手呢？看来不是人。最好是狼或者狗，正好打死吃个热乎。狼皮狗皮还可以当褥子铺。

接收人员翻身穿衣，摸出短枪，提溜着转出了木板房。晨风从海边猛烈地刮过来，搅得雪片漫空旋转。接收人员缩着脖子，提高警惕，握着短枪往前搜索。那脚印时隐时现，时有时无，在大厂房背后的断垣处穿出院墙外边去了。接收人员犹豫片刻，末了还是从断垣缺口跃出墙外。那脚印时隐时现时有时无沿着墙根往前延伸。接收人员一路追踪，拐过两个墙角，那脚印却突然消失不见了。咋能消失不见呢？难道这个人或者狼狗会上天入地不成？天，是翻卷着鹅毛大雪的天；地，是铺着白地毯的地。面前是一堵砖墙，没有缺口，而且比别处偏高。

接收人员望望墙头，心道：一般身手，翻这道墙很费工夫的，可是对他这爬墙虎来说，比跑平地走山路难不了多少。接收人员把短枪别在腰间，往斜后方退出十来步，然后加速前跑，脚尖在墙体上蹬了两蹬，然后双手在墙头上猛地一按，大半个身子就在墙头上边了。

接收人员把住墙头往里边张望。这一张望，张望得接收人员差点从墙头上掉下来。这墙头正对着菊池的小木板房，隐约的脚印正好通向小木板房的背后。

菊池要到前边院子干什么呢？为什么不光明正大地抄院中近道，而要神神秘秘舍近求远，翻过院墙，再从前边的断垣缺口进入院内呢？这神秘的脚印下边隐藏着什么样的欲盖弥彰的目的呢？菊池在接收人员的心里一下变得神秘起来。

接收人员溜下墙头，沿原路回返，他要去看脚印那头是什么地方、有什么东西。

接收人员从断垣缺口翻进院子，追着脚印前行，一直走到大院子的一个角落。接收人员用脚踢踢落雪。这地方原来是个荒草窝，干枯的荒草上放了许多废弃的设备。现在，这些东西都被大雪覆盖着。脚印到此为止，又由此返回。接收人员本想翻动那些废弃物，但觉得不妥，容易打草惊蛇，便悄悄地回去了。

聪明的接收人员命令两个随员夜里轮流值班，监视菊池。菊池一直没有动静，白天在房檐上掰些冰溜子烧水喝，有时候也过来和接收人员说说闲话。直到那场大雪消融干净后的一天晚上，接收人员派出的随员发现菊池又翻墙去了院角。菊池去那里只是看一看又回去了。

第二天，接收人员带着两个随员来到院角，在废弃的设备中看到一个隐藏得很自然的铁皮箱。铁皮箱锈迹斑斑，锁鼻上挂一个和箱子不太相称的大锁。

接收人员令随员找来一个铁榔头，咣咣两下砸脱铁锁。打开一看，里面是八个小铁皮箱，箱箱上锁。接收人员取出一个小铁皮箱，轻轻将小锁砸脱，打开一看，里面尽是用丝帛一片一块包裹着的东西。

接收人员细看，那东西像是骨片，上面胡乱刻画着一些线条和符号。接收人员并不认得这东西，但他毕竟是有经验的政治工作者。他意识到，这东西咱虽不认识，但是很重要。接收人员命令随员将铁皮箱抬回自己住的小木板房。取出两片，包好，准备让一个随员带到胶东区委鉴定：组织上有能人哩，兴许认识这东西。

接收人员命令另一个随员上街寻回来一些酒菜，准备美美吃一顿，然后让那个随员带上那东西去胶东区委。

正在他们要开始吃喝时，菊池出现了。

菊池穿得不厚实，手中攥个白酒瓶，直直地站在门口。头上没有戴狗皮帽子，蓬乱的头发蒸笼一样往外冒着热气。

接收人员虽然感到意外，但还是请菊池进屋。接收人员想：有时候鱼会主动咬钩，有时候系铃人会主动解下系在老虎脖子上的铃铛。

菊池坐到地窝铺上，把酒瓶往空处一蹾，又从怀里掏出一包狗肉："来，吃！喝！"

看样子，菊池已经独自灌下去一瓶白酒，要不然，头咋能像蒸笼一样冒大汗呢？

菊池把狗肉往过推一推，把酒瓶塞到接收人员手里："喝，喝我们日本国的太白酒。这酒虽然是日本国酿造的，可这酒方却是唐代传入日本的。日本的好东西都是从中国传过去的。"

接收人员为菊池的话语感染，仰脖猛灌一口，结果给辣得喉咙发疼，周身发热。这种酒只需半瓶，人就成蒸笼了。

接收人员把酒瓶塞给随行人员，随行人员一人喝一大口，立时觉得浑身暖和起来。其中一个说："这酒能当棉袄穿哩。"

工夫不大，一瓶酒喝干了，几个人头上直冒大汗。菊池不光冒汗，额头上还滚着豆大的汗珠。菊池不擦汗，任汗珠自行流到脖颈里。

接收人员借着酒劲问："你是为铁皮箱而来的吧？"

菊池不答，反而反问："你不认识铁皮箱里的东西？"

接收人员面红耳赤，说："我不胜酒力。"

"告诉你吧，那是甲骨文。"

"甲骨文？！"接收人员头一回听说这个名词，惊异和不懂同时浮现在脸上。

菊池见一箱甲骨文已回到中国人手中，就索性敞开心扉，讲出这段历史。

"清末光绪年间，河南安阳附近的小屯村有个剃头匠用甲骨片碾碎成末来做止血药，结果药铺开始收购甲骨。那个写《老残游记》的大名鼎鼎的刘鹗在一个人倒药渣时看到了这甲骨片，便找到药铺将剩余甲骨全部买下。时隔不久，身为大清朝国子监祭酒的王懿荣在京城的一家药铺里买下了许多甲骨片。几年后，大学问家罗振玉也从古董贩子手中买到不少甲骨片。不久，八国联军攻打北京，王懿荣领兵抗击失败，投井殉国。所藏甲骨片由其子转给刘鹗，刘鹗精选千片，拓印成册，名曰《铁云藏龟》。罗振玉则根据所藏，精选两千片，编成《殷墟书契》，从此开创了中国甲骨学。罗振玉 1940 年病死旅顺口，所藏甲骨下落不明。我们日本人花了五年工夫，收买探子，秘密打听探访，终于打探到罗氏甲骨藏处，并使计谋由军队将其从地下挖出，可惜还未来得及运回国便战败投降了。唉嗨！早不投降迟不投降，偏偏在这节骨眼上投降！哪怕迟十天半月也行啊！不过日本天皇的眼怎么可能比苍天的眼睁得更大呢？！谁不爱心爱之物，谁不爱国宝呢？但苍天不让我们日本人带走这箱中国国宝，苍天让这箱国宝回到了中国人手里！"

菊池刚才是额头滚着汗珠，现在是腮帮流着泪水。菊池取一片甲骨片，双手捧着，一会儿贴在脸上，一会儿焐在胸口，那种亲热恭敬，仿佛那甲骨片儿是他亲娘老子的牌位。

接收人员看到这情景，真想把那片甲骨送给菊池做个纪念，但他知道：他没有把国宝送给异国人的权利。

菊池小心翼翼地包好甲骨片儿，放回铁皮箱，回身喝了几口接管随员买来的中国酒，沙哑而低沉地说："请你记住菊池，一个热爱中国文化的日本考古学家。"

原来菊池并不是一个工程师！

菊池出了木板房，摇摇晃晃地穿过凛冽的寒风，回到他居住的小木板房去了。那形象，一下刻在接收人员脑海里。

翌日，接收人员发现菊池在他住的小木板房里切腹自杀。裹在腰间的白布被血浸透，血已凝成暗红的斑块。菊池双目圆睁，无神地张望着木板房的缝隙透着的天空。

接收人员和两个随员一起，在工厂院子角落放铁皮箱那坨地方，掘开冰冻坚硬的土地，掩埋了菊池的尸体。

且说大克鼎刚一面世，即与清道光年间出土的大盂鼎和毛公鼎一起被誉为"海内三宝"。清朝重臣潘祖荫据有三宝之中的两宝，委实风光了一阵子，可谓牛气哄哄，雄视全国古董收藏界。

可惜岁月不饶人，潘祖荫不可能天天吃长生果而活在世上。潘祖荫日渐年高病重，眼看不久于人世。见潘祖荫这个样子，觊觎宝鼎者蠢蠢欲动。清廷陆军部尚书、直隶总督端方多方设计谋取两方宝鼎，但均未得手。潘祖荫临辞世前在病榻上对弟弟潘祖年和子孙千叮咛万嘱咐，要潘家人不惜性命珍藏二鼎，不得使宝鼎落入他人之手。

潘祖年见过端方的嘴脸和手段，想兄长一旦辞世，自己根本斗不过陆军部尚书兼直隶总督端方。京城不是久留之地，干脆溜走。兄长潘祖荫刚刚辞世，潘祖年便以运兄长灵柩回老家安葬为名，瞒天过海，将兄长灵柩和两方金鼎一齐运回老家苏州。不承想，端方又被光绪皇帝派任苏州巡抚。果真是不是冤家不聚头，端方又成了潘家无论如何也不可以强硬得罪的父母官。一直对宝鼎垂涎三尺的端方多次上门索购，均被潘祖年婉言拒绝。但婉言拒绝的同时，潘祖年内心也非常明白：僵持日久，端方总有一天要发狠心下狠手的，必须另外谋求藏匿之法。谁料世事变化无常，就在潘祖年犯愁头疼之际，辛亥革命爆发，端方被革命军砍了头。潘家人听到这个消息，长长地出了一口气。

这口气一嘘嘘了三十多年还没有嘘完，因为日本兵的皮靴子踏到了苏州街道的石板路面上。

忽一日，一个西装革履，留着仁丹胡髭文里文气的日本人不期而至地进了潘家门，并且客客气气且直截了当地说想看看大盂鼎和大克鼎。这时候，潘祖年已去世多年，潘家当家的是孙媳妇潘达于。这个年轻却见过大世面的奇女子镇定自若，明知这个日本人的尖鼻子已经闻到了宝鼎的青铜味，但仍然以话语巧妙与之周旋，说："这位先生好奇怪，我家里只有做饭用的锅灶，吃饭用的瓷碗，喝茶用的紫砂壶。那碗和壶倒是有些品位，先生若不嫌弃不妨带两件回去。至于宝鼎嘛，那是皇上吃饭用的，我们怎么会有皇上吃饭用的东西呢？"那个日本人见主人不买面子，就悻悻地告辞走了。

日本人前脚出门，潘达于后脚就与家中老少商量，尽快藏鼎，以免落入日本人手中。当天黑夜，潘达于就指挥家人在后院墙角挖掘一个丈余深的大坑，用白布、棉花、草絮将两方宝鼎垫好包裹好，填土深埋，并在上面栽了一棵小石榴树和一些花草。

第二天，潘家人发现，不管黑夜白天，门口老有陌生人转悠，那可能是日本人派出的密探，监视潘家人，以防宝鼎朝外转移。

半月时日过去，双方相安无事。忽一日深夜，一小队日军包围了潘家，带路的正是那个西装革履、留着仁丹胡子的日本人。日军小队长戴着白手套的手往上一扬，十几个士兵便一起动手，把屋里屋外翻个底朝天，直弄得鸡飞狗跳杯盘狼藉。小古董倒是翻腾出来几件，但是两方宝鼎，既没有见到影星儿，也没闻到味道儿。日本小队长下令，扒开地砖，捣毁墙壁，看有没有夹墙地洞或者暗室，结果也无所获。日本小队长把几件小古董扔到潘达于面前，吼道："宝鼎呢？"潘达于说："你都翻遍了，我家哪有宝鼎？"日军小队长把锋利闪光的东洋刀架在潘达于脖子上，狂怒地狮吼："不交出宝鼎，死啦死啦的有！"潘达于面不改色心不跳，扬着脖子说："你砍了我的头，我家也没有宝鼎。"日军小队长把东洋刀高高地扬向空中。

就在东洋刀将落未落之际，穿西装留仁丹胡子的日本人上前拦住日军小队长，说："人头可不是西瓜，说切就切啦。"

穿西装留仁丹胡子的日本人转而赔着笑脸，态度谦恭地对潘达于说："如果愿意出让宝鼎，我可以接你一家到日本去安居。东京、京都、奈良任你挑任你选。我保证让你一家人过上舒舒坦坦的日本贵族生活。"

西洋人会这一套，东洋人也会这一套！

潘达于侧目看看穿西装留仁丹胡子的日本人："我家没有宝鼎，你会让我一家去日本过贵族生活吗？"

穿西装留仁丹胡子的日本人说："当然，我们日本人有时候是很讲实际的。"

潘达于说："我可不会讲实际。再说这实际也讲不成，我总不能拿一件不存在的东西去换日本的贵族生活吧。"

"这是缘分也是机会呀！"

"勉强住在日本，也还是中国人。"

"做过着日本贵族生活的中国人有什么不好？"

"俺不做祖先的不肖子孙，更不做卖国贼！"

"死啦死啦的！"日军小队长的东洋刀又架在了潘达于的脖子上，旁边一个日本士兵明晃晃的刺刀也抵住了潘达于的心窝。

潘达于脸上毫无惧色，整整衣衫，理理头发，仰头看着屋梁。屋梁上有个燕子垒的泥窝。尽管屋内气氛紧张危急，可那只燕子却若无其事地静卧在泥窝里面孵卵，只是偶尔探出小脑袋，用机灵的小眼睛往下看着。

潘达于看看梁间燕子，又看看穿西装留仁丹胡子的日本人，意思是说：你瞧瞧人家梁间燕子。

穿西装留仁丹胡子的日本人把梁间燕子看了许久，终于明白：潘达于肯定知道宝鼎下落，但潘达于像燕子一样孵着她的卵。这时候用强，只能是燕死卵打。

不行，得从长计议。穿西装留仁丹胡子的日本人再次劝退日军小队长和那个凶恶的士兵。杀人比切西瓜还容易，可人一死，去哪里找宝鼎的下落呢？

穿西装留仁丹胡子的日本人涎着笑脸朝潘达于一跷大拇指："你的，中国人的这个！"

潘达于："满中国都是这种人。"

日军走了，可那个穿西装留仁丹胡子的日本人却像一个孤魂野鬼一样，于黄昏和夜晚时分游荡在潘家附近。

日本战败投降后，穿西装留仁丹胡子的日本人并没有随日军撤回国，而是刮掉仁丹胡，换上中国服装，在苏州城里做起了小买卖。全国解放后，这个日本人申请加入中国国籍，当地政府没有批准。这个日本人分外明白：再想把中国的宝鼎弄回日本已是白日做梦。这个日本人内心只剩下一个愿望：看宝鼎一眼，死而无憾。后来潘家将宝鼎捐献给国家，举行起运仪式时，这个日本人去看了。当他看到两方宝鼎从老石榴树下挖出来放在院落中央时，整个人惊羡得目瞪口呆：日本国哪里有这种神器呢！

看过两方宝鼎之后，这个日本人回到了自己经营的生意摊前，当晚就死了。

潘达于得到消息，去看时，见这个日本人双眼闭得严严实实。潘达于让家人将这个日本人埋葬在城外的苏州河畔，坟头还立了一块薄薄的石碑，上刻：铃木君之墓。

23

杜大爷先是讲神州东边大海里的扶桑树，接着又讲上面两段历史公案，把在座诸人讲得一头雾水。

齐明刀听着听着，忽然想起秀水在董五娘的瓷魂铺鉴别青花瓷时，看到《高士图》和《三友图》时，不说那画极富国画意味，而说那画极富中国画意味。说到龙纹广口瓶时，不说国内已没有元青花龙纹广口瓶了，而是说中国已经没有元青花龙纹广口瓶了。齐明刀当时心中虽有些异样的感觉，但终究没有深思。但今日听杜大爷这么一讲，那种异样的感觉又泛上来。再看看秀水平常所用的东西，再细看看秀水稀疏的山羊胡须，齐明刀愈发觉得秀水像个日本人。

杜大爷又说话了："人的名字，就像牌九一样，洗一遍，便重新组合一遍。譬如秀水先生的名字，不洗叫秀水，洗一遍叫明山秀水，再洗一遍叫菊池秀水，洗三遍就叫铃木秀水。"

秀水一直低着头，听杜大爷这样说，知道身份无法隐瞒下去，便抬头看杜大爷。杜大爷也在看他。那目光和身上释放的古气将秀水浓浓地包围住。

"杜大爷不愧为长安城第一高手，看古董的眼力过人，看人的眼力更是了得。我的确是日本人。"

在座诸人颇觉意外，齐明刀猛地想起小克鼎刚摆上桌面时，唐二爷和杜大爷的小声对话：器物深广，寻常绳尺难以测量。你说鼎哩还是说人哩。

董五娘似乎也想起了那天在瓷魂铺里的情形，有些急切地问："你到底是菊池秀水，还是铃木秀水？"

秀水缓慢地摇摇头，深深叹息着说："不知道，真的不知道，也许是菊池秀水，也许是铃木秀水，也许都是，也许都不是。"

秀水的话，又让大家堕入云雾之中。

杜大爷又开始闲雅地品茶，唐二爷古铜色的脸上泛起些许红晕，和金三爷、郑四爷、董五娘他们一起听着。

秀水在小心翼翼的述说中渐渐回到了过去。

秀水小的时候，母亲就告诉他父亲去了中国，父亲给母亲留下一个青花瓷瓶，CHINA，中国。母亲送父亲登上去中国的轮船。轮船向着太阳坠落的方向驶去。母亲抱着青花瓷瓶立在海边的岩石上，海风吹落了她头上的围巾。波涛轰鸣着，向她传递着夫妻离别的哀情。直到秀水十八岁，父亲还没有回来。母亲就像当年送父亲一样把秀水送上开往中国的轮船。告别时，秀水紧紧抱着母亲不松手。母亲的眼泪落在秀水的肩头，秀水的眼泪落在母亲干枯的头发上。自从那条围巾被海风吹落后，母亲的头发就干枯了。母亲抽泣一阵，用双手捧住秀水的脸，用无法形容的目光看着他。那目光分明在说：你的父亲在中国，你也应该在中国。几年后他才知道，当他乘坐的轮船在大海上消失的时候，母亲就跳海身亡了。母亲这是要断了他再回日本的念头。秀水当时不知道扶桑国生有三尺多长的不死草，要知道的话，秀水一定采几大把回来，覆盖在母亲身上，让母亲活转来。可是找不到父亲，让母亲活转过来有什么用呢？秀水得寻找父亲。秀水一踏上中国国土，就觉得踏在了父亲的脚印上。

"你们问我的父亲是菊池还是铃木，我真的不记得了。我只记得他热爱和向往中国的古董。他，或者他热爱和向往中国历史文明的精神，就是我的父亲。这就是我的父亲，有这样的父亲多么令人心满意足啊！"

　　一到中国，秀水就盲目地闯进古董江湖，连摸索带学习，渐渐地成了中国通。不，不是渐渐地成了中国通，而是渐渐地在成为中国人。每每搜集收购或者暗拍到一件古董，秀水都要跪到一棵大树或者一丛野花前，对天祈祷："父亲啊，如果这就是你，就让这大树落下一片叶子吧！如果这就是你，就让这鲜花凋谢一瓣吧！"春风和秋风使劲吹拂，可是树叶没有落下，鲜花没有凋零。花枝和树叶在风中哗啦啦响着，像是父亲借着花枝和树叶向他絮语："这是我，但不是我的全部，而是我小小的一部分！"秀水听清楚了，听明白了，把收到的古董运回日本，然后再去搜寻收购或者暗拍。

　　秀水记不清有多少古董经过他的手流到了日本。反正弄到手一样东西，他都要对着大树和鲜花祈祷，他一祈祷，风就把父亲的声音吹到树叶和花枝上来。他虽然无法完全分辨清楚那声音，但那声音却能督促他不断地去搜集收购新东西。他不知道到手的东西是不是父亲想要的，不知道这些东西是不是父亲的组成部分。但越是不确定的东西越是对他有吸引力。他寻父亲没有尽头，他做的事情也就没有尽头。天长日久，成癖上瘾了，就像吸大麻一样，吸的日久，瘾入骨髓，没法戒掉。再说，为什么要戒掉呢？他不是吸大麻，而是在寻找父亲。他只要看见父亲，看见父亲的一部分，便会不惜财力，把它买到手。然后祈祷，然后设法运回日本。

　　秀水说话时，一只眼镜片往外放着很亮很亮的光芒。那光芒就像小孩在太阳底下玩反光镜一般。

　　"有一次，我看到一件东西，结果把一只眼珠看掉了。今日看到小克鼎，这只眼珠恐怕也要掉出来。"

　　在座诸位听过秀水的身世及历史，立时便感觉出了这句话里隐藏的决心。在座诸位看着对中国古董怀有如此深厚感情的秀水，简直不知道该恨他还是该爱他，抑或是该同情他。

但这毕竟是竞拍现场，爱、恨和同情都得暂避三舍。

唐二爷起身，十分认真地对沉思默想的杨老汉说："杨老哥，你看这样行不？只要七方小克鼎团聚，你就是宝鼎楼和秦汉瓦罐的主人，我去四郎河边给咱养牛。"

杨老汉一边听一边愣怔地看着唐二爷："我当宝鼎楼和秦汉瓦罐的主人，你去养牛，那你老婆咋办哩？"

金三爷和郑四爷差点笑了。

唐二爷依然一本正经，侧头看妻子周玉箸："我去养牛，你咋办？"

"我是你老婆嘛。"

杨老汉："意思不明白嘛。"

周玉箸："老婆就是自家男人脚上的鞋，脚走到哪里，鞋就跟到哪里。"

杨老汉神神秘秘地朝秀水转过头去："这位先生，你到底有多少钱呢？"

秀水："数不清，我背后有财团，还有银行。"

"天哪，还有银行哩。"

"对，只要你开价，开天价我也不还价。"

"那我开呀。"

"尽管开吧。"

"无价。"

"无价？"

"对，无价。我这小克鼎无价，你虽然有银行可咋买呢？"

秀水听说杨老汉要开价，本来已经立起身，可当听到"无价"二字时，又一屁股跌回到椅子上，浑身的气全泄了。

看到秀水委顿在椅子上，齐明刀一颗悬着的心终于落了地。齐明刀受唐二爷之托去寻小克鼎，当然希望小克鼎团聚在宝鼎楼里。但他没有翻冯空首这道墙，冯空首忍着疼痛引来秀水参与竞拍。再者，杨老汉也要在竞拍场上看看，谁对小克鼎更有诚意。杨老汉现在看到了，唐二爷代表的长安城一方和秀水代表的日本一方都对小克鼎有诚意，而且诚意之深，深入肺腑和骨髓。杨老汉坐在这激动人心的场合，忽然明白：仅凭诚意和财力是无法解决小克鼎的归属问题的。超出诚意的更深层的东西才是裁决的标准。杨老汉本意是看谁更有诚意，没料到透过诚意看到了更深层的东西。杨老汉内心本能而自然地以这更深层的东西作为裁决标准。杨老汉开出无价之价其实就是再明白不过的裁决。

齐明刀悬着的心一放下便去看冯空首。他想看看冯空首对秀水的反应。可是冯空首不见了。冯空首刚才还戴个大口罩，趔趄着两腿靠墙站着。可齐明刀看时，那儿只剩下光墙了。这个冯空首，跑到哪里去了呢？

唐二爷胸膛里紧跳的心此刻也平静下来。尽管他是继续做宝鼎楼的主人还是去四郎河边养牛这件事还悬而未决，但他古铜色的脸上已经露出些许得胜的神气。只要桌上的小克鼎不再流失，并且七兄弟团圆，那不管是做宝鼎楼主人还是去四郎河边养牛都是愉快的。

唐二爷端起周玉箸面前的茶杯美美饮了一口。郑四爷惊奇万分。郑四爷一生只饮茶不饮酒，唐二爷一生只饮酒不饮茶，可唐二爷分明端起妻子面前的茶杯美美饮了一口。郑四爷正要喊一句"唐老二，你又在我的四水堂开戒了！"却见唐二爷放下茶杯，用巴掌抹一下嘴巴说："好香的酒哟！"原来，唐二爷把茶当酒喝了。

众人看得清楚，但都笑一笑，没有说破。

唐二爷享受够了这份盼望许多年的快乐，才转而对秀水说："秀水先生，长安城这几年，你算是白待了。"

回忆的激动和竞拍的沮丧已经消逝，寻常的平静已经回到秀水身上。

"唐二爷所言差矣，我庆幸来到长安城。长安城使我对古董的理解更加深刻。"

"可你注定在长安城里一无所获。"

"非也，今日这场合，就使我收获大大的有。"

"我是说古董，长安城的古董，你一无所获。"

"古董仅仅是昭陵六骏和小克鼎这样具体的石刻和铜器吗？"

唐二爷扬脖哈哈大笑："我终于把秀水先生的心里话激出来了！"

秀水也仰天大笑，笑得差点把水晶眼镜掉下来："我不光收获到了长安城的精气神，还收获了一件凤凰虫草八棱开光青花梅瓶！"

董五娘本来梅瓶一样端坐着，听到秀水的哈哈笑声和话语，惊得嚯一下站起来，双眼恐慌地看着秀水，急切地问："你说什么？！"

秀水一字一顿，把刚才的话重复一遍："我不光收获到了长安城的精气神，还收获了一件凤凰虫草八棱开光青花梅瓶。"

恐慌和惊疑像云一样被风吹散了，董五娘慢慢坐回原位，重新恢复了梅瓶的端庄和沉稳："不可能！赝品！"

一直优雅品茶的杜大爷却若有所思地搁下茶杯，用手去摸面前的青玉圭。摸青玉圭的时候，杜大爷想到了金柄印，杜大爷心里也好生奇怪：为啥秀水一提到凤凰虫草八棱开光青花梅瓶，董五娘一惊疑恐慌，自己就想到金柄印呢？

秀水大概是铁了心要试探一下长安城的人，故而尽量把话朝明里说："这话我本来想在瓷魂铺里说，但觉着没拿实物怕说不清，所以就搁在心里了，谁知，这话茬在今儿这场合接上了。"

杜大爷淡淡地说："接上了就说吧。"

秀水："既然杜大爷愿意听，我就说吧。"

"说吧。"

"那可是青花里的大器，有两拃多高，瓶口折沿，脖颈上细下粗，呈八棱向瓶身通体过渡。瓶身上体浑圆饱满如球，活像董五娘坐在那里。周身缠枝牡丹花草，开光犹如云朵浮空。开光里边花草稀疏，蟋蟀伏地，一对凤凰鸣叫飞翔。瓶上青花，通体湛蓝。尤其令人惊奇的是，湛蓝之中，还散布着深褐色的斑点，那斑点和董五娘脸上的雀斑形状一模一样。"

董五娘本来已恢复了梅瓶的端庄和沉稳，端坐在椅子上，可是秀水的描绘是一只有力的臂膀，猛劲推了董五娘一把，董五娘这尊梅瓶歪歪斜斜地倒在了椅背上。董五娘淋水青瓷一般细润的脸庞顷刻间变得苍白无比，原先秀美明亮的眼睛也散失了光泽，鼻梁两侧的雀斑一下子由浅褐色暴突成深紫色。

在场诸位惊疑不解地望着董五娘，个个身不由己地沉入一种突如其来的不祥气氛之中。

不祥的预感得到证实，一种更不祥的预感也随后袭来。杜大爷握着青玉圭的手微微有些颤抖，而且颤抖不已。

得胜的喜悦氛围让秀水轻易地给搅和了，众人当时不知道该恨还是该爱，抑或是该同情秀水。这一刻，爱和同情被不祥的大水所淹没，余下的，唯有恨了。各人以各人独特的愤恨方式怒视或者仇视着秀水。

来凤仪里的气氛顿时紧张起来。但秀水并未觉着意外，脸上反而现出轻松的神情。

金三爷看不下去，正要发作，却听茶楼大厅一个茶童高声叫唤："客来了，上官茶。"

郑四爷忙收了桌上小克鼎，从角门藏到另一间屋里去。这厢里，陶问珠将那个马槽鼎摆上桌面。

刚摆布停当，一人挑开门帘进来。众人看时，却是京兆区公安分局局副宋元祐。

宋元祐抱拳："嚯，今日四水堂可是高手云集，贤士雅会呀。"

郑四爷忙唤茶童上茶，并让宋元祐坐："哟，原来是宋局长呀，这帮人也跟你一样，不期而至，凑在一起，喝喝茶，赏赏鼎，没承想，这热闹也让你给凑上喽。"

宋元祐眼光扫着桌面上的马槽鼎，嘴上却说："算我有福气，跟上大家沾光，叼一口茶喝。"

　　唐二爷和金三爷鼻子重重地哼了一哼。

　　宋元祐坐下来："哼哼声大了，当心把铜鼎震落到脚地。"

24

　　杜大爷和唐二爷依凭长安城大东门城楼的雕栏，踮起脚尖往远处瞭望。一条大道直出东门，笔直地往前延伸而去。大道两旁的楼房瓦舍消隐不见，只有稀疏的树木在秋风中摇曳。高升的秋阳朗照在大道上，大道中心泛起一条白色的光带。

　　杜大爷和唐二爷一直掐指算着日子，算日子金柄印该从美国回来了，所以两个人就一同登上长安城东门城楼来瞭望。金柄印的身影果然出现在大道中央泛起的白光里。金柄印背着两块大青石板，艰难地往长安城走着。一块大青石板镌刻的是飒露紫，另一块大青石板上镌刻的是拳毛䯄。金柄印背石板背得太久，走路走得太远，石板压得他喘不过气来，但他依然咬紧牙关坚持着。他窝蜷着腰，罗圈着腿，蚂蚁驮泰山一般，颤巍巍地一步一步朝长安城挪来。杜大爷一拍唐二爷肩膀，说：宝鼎楼的饯行宴席没有白摆！鼎篹肉饭没有白吃！菊花杜康酒没有白喝！唐二爷也猛地一拍栏杆，末了振臂高呼：金柄印万岁！杜大爷和唐二爷兴奋和激动得慌不择路，飞身跳下城楼踏着大道中央的白光向金柄印跑过去。

　　金柄印拼尽最后一点力气往前挪动一步。可能是看见杜大爷唐二爷以及长安城东门楼，心气散了，整个人和两块大青石板仄斜着往长安城的方向扑倒。老天有眼，咋能让金柄印和飒露紫、拳毛䯄在长安城的东门外跌倒呢？！杜大爷和唐二爷正好赶到，一人抓住一块大青石板。大青石板这头被杜大爷和唐二爷撑住了，那头却砸在大道的地面上。就这么一震之间，飒露紫和拳毛骒从大青石板上跳跃下来，腾跃四蹄，长鬃飞扬，嘶鸣着朝长安城敞开的大东门狂奔而去。

杜大爷和唐二爷顾不上跌爬在地的金柄印，张臂纵跃，追着飒露紫和拳毛骒高喊：

"飒露紫！"

"拳毛骒！"

"飒露紫和拳毛骒！"

"回来了！"

"回咱长安城了！"

楚灵璧正在展抹条案，听到杜大爷高声呼喊，忙走到床榻跟前，用手推杜大爷。

昨黑了在四水堂竞拍小克鼎，长安城人虽然战胜了秀水，但长安城人心里都没有得胜的喜悦。在那样的秀水面前，长安城人咋能喜悦得起来呢？再加上凤凰虫草八棱开光青花梅瓶的提起和宋元祐的出现，使那本来就少得可怜的喜悦一下淹没在不祥的征兆和氛围中。结果是董五娘早早走了，别的人一直耗到宋元祐走了才散伙。散伙的时候，天已大亮。

楚灵璧一半陪一半送杜大爷回到半坡马厩，侍奉杜大爷睡下，自己则把半坡马厩里里外外打扫一遍，又给墨猴喂过食水，然后抹多宝格和条案。正展抹条案，听到杜大爷呼叫，忙过来推他。

杜大爷被推醒过来，看到楚灵璧坐在面前，楚灵璧的脖子像天鹅一样优美，楚灵璧推他时手臂的动作像天鹅一样优雅，楚灵璧说话的声音像天鹅唳唱一样嘹亮明丽，楚灵璧的月亮眼像她额带上的紫玉一样明亮有光。

"你呼唤飒露紫和拳毛骒哩。"

"我做梦了。"

"日有思，夜有梦。"

"我梦见金柄印从美国回来，背着两块大青石板。"

"金柄印背着大青石板，却把你累出一身汗。"

杜大爷这才发现自己像是躺在院中的溪水渠里，脸膛、脖颈、胸腹、双腿全浸在汗里。汗出得久，已经冰冷寒渗；汗出得多，把被里浸得湿湿的。

楚灵璧忙给杜大爷换了被子，又用热水浸了毛巾给杜大爷擦汗。杜大爷觉得有些不大方便，就说我来吧，你去弄些吃的。

楚灵璧便去院中菜畦中拔了几样秋菜，打了三颗鸡蛋，炒了两盘菜，温了一壶酒，陪杜大爷吃喝。

吃罢喝毕，杜大爷仍然觉着心中空空寒寒的，心情咋也好不过来，表情也闷闷不乐。楚灵璧收拾完碗碟，说我给你弹一曲吧。

杜大爷仍像沉浸在梦中，未置可否。

楚灵璧取琴支好，当心一划，那琴嗡地一响，杜大爷立刻回过神来。就连墨猴，也跳出来蹲在墨猴居的沿儿上往这边望着，准备听楚灵璧弹琴。

楚灵璧坐在琴前，实在像古画中的女子。瘦肩窈窕，腰不盈尺，短衣长裙，空空灵灵。天鹅一样的脖子微微前倾，秀发自然垂在胸前，额带紫玉下边，细眉轻蹙，两只月亮眼含着幽幽情思，十个象牙一样光滑细腻且修长的手指抚在琴弦上，随时准备弹奏。

杜大爷看着坐在琴前的楚灵璧，不知缘何长长哀叹一声。

楚灵璧手指上翻，拇指一挑，古琴便发出一个悠长的声音。随后，楚灵璧十指催动，上翻下挑，拨弄着琴弦，琴弦上立刻流淌出一曲《江城子》。楚灵璧和着旋律，边弹边唱：

宝鼎阁上酒如川。说心事，往流连。春风虚假，桃李落荒年。月前群英共相聚，钟鸣后，鼎摆前。　梦回汉唐情相牵，路迢迢，山难翻。
天隐飞鸿，一线入秋烟。昭陵二骏今安在，长安望，泪潸然。

　　杜大爷听任两股热泪流下老人斑若隐若现的腮帮。

　　楚灵璧的心意随曲流动，而往事也如飞鸿，翩然落在琴台角上。

　　前年仲夏的一天黄昏，楚灵璧携琴随杜大爷来到半坡马厩外一棵古
松下面。松旁溪水潺潺，松下青石凉凉。楚灵璧和杜大爷盘腿坐在青石
上弹琴对话。黄昏渐渐逝去，初月渐渐升上终南山山巅。夏夜的山风吹
拂着松枝和两人的衣衫，溪水在朦胧的月光下闪闪烁烁地往山下流去。
楚灵璧由琴心二字问到卓文君随司马相如听琴私奔的事。杜大爷没有正
面回答，却转而讲俞伯牙汉阳江口焚香弹琴巧遇钟子期的故事，并说人
生在世，有一知音足矣！

　　年轻的楚灵璧问得再含蓄，年长的杜大爷也能窥破她的心思，杜大
爷也巧妙含蓄地用俞伯牙弹琴遇知音的故事表明了自己的态度。楚灵璧
以为，能被杜大爷视为知音应该心满意足了。至于更深一层的期望，只
能等待来日。楚灵璧非常清楚：杜大爷的整个心思都在昭陵二骏上。唯
有二骏安然回归，那更深一层的期望也许还有一线希望。

　　二骏回归，六骏团聚，成了杜大爷整个生命的支撑点。杜大爷近几
年来的所作所为，一丝儿都没有离开过这件事。

　　三尺石上，明月朗照，夜风徐来，琴瑟鸣响，溪水栖鸟协奏，这清
凉凄美的意境，人一生难得遇上一回。楚灵璧满心希望这情这景这时间
像终南山一样凝固不动，永驻不去。

　　楚灵璧的琴音渐渐落下，杜大爷的琴音渐渐涌起。杜大爷弹奏的是
《秦王破阵乐》。杜大爷许多年来只弹这一首曲子。别的曲子，似乎已
经忘记了。山间凄美幽怨的意境中，陡然增添了许多壮美之情。

　　月轮渐渐西沉，悄悄隐在西边一座山峰的后边去。

　　曲终人倦，楚灵璧和杜大爷和衣枕琴，眠于三尺青石上，入梦时感

觉两人融进了苍茫大山。楚灵璧挨着杜大爷，身心立即掠过一丝异样的感受。杜大爷挨着楚灵璧，犹如父亲躺在女儿身边，虽有异样的感觉，却无一丝杂念。两人只觉石中凉意，一丝丝渗入肌肤和心灵。

这是楚灵璧有生以来，跟杜大爷最近的一次亲密接触。这次接触，让楚灵璧回忆了不知多少个夜晚。

今日在半坡马厩杜大爷的书房兼卧室里，楚灵璧本来想弹《秦王破阵乐》，怕勾起杜大爷的伤心，就现编现弹了这首《江城子》，没想到，让杜大爷更加伤心，而且伤心得落了老泪。

杜大爷没有擦泪，而是走过来。楚灵璧起身让座，杜大爷坐在琴前，挥手抚琴，亲自弹奏《秦王破阵乐》。音调急转，声韵铿锵，就连书房里的空气也骤然紧张地随着琴音发出啵啵声响。

杜大爷身体起伏着，胳膊挥舞着，手指翻飞着，激越的琴声涌动着。楚灵璧立在当地，热血沸腾，幽怨哀伤的大眼睛看着杜大爷，眼眶里蓄满了泪水。

那琴裂帛似的一声长嘶，随即崩地一响，一根琴弦断裂了。

四水堂竞拍小克鼎虽然因为宋元祐的搅局而持续到第二天天亮才散，但齐明刀一丝儿困意和睡意也没有。齐明刀觉得这一夜收获巨大，巨大得使自己对古董有了更深一层的理解：古董是什么？古董就是人，就是精神，鉴别古董其实是鉴别人哩。杜大爷和唐二爷不愧为古董界的顶尖高手，一遇到重要的古董器物，总是能把其根根梢梢来龙去脉以及相关人物的灵魂鉴别得透透彻彻。

这手绝招，啥时才能学到手？这境界，哪年哪月才能修炼到呢？

遥远着哩，遥远着哩，遥远得齐明刀一时还不敢想那招数和境界。齐明刀此刻只为小克鼎有了最为理想的着落而满心欢喜着。

齐明刀的欢喜感染了陶问珠，陶问珠也欢喜地在齐明刀面前走来走去。齐明刀觉得陶问珠的翡翠耳坠活像在稠密的树枝上唱歌跳舞的翡翠鸟。

齐明刀在欢喜心情的支使下邀请陶问珠去吃早点，陶问珠在欢喜心情的支使下满口答应了。出四水堂踏到街面上时，陶问珠还悄悄地把自己的一只手塞到齐明刀的巴掌里，齐明刀干过粗笨农活也握过古董的大巴掌攥着陶问珠绵软的秀手自自然然地摆动着。男人和女人心情一欢喜，手握手摆动就自然得窍得很哩。瞧齐明刀和陶问珠，两只手臂像是连成了一只手臂，自自然然摆动，和欢快的脚步配合得和谐一致。齐明刀想：那日进宝鼎楼，还是胳膊蹭胳膊，今日离四水堂逛大街就是手拉手了。快呀，时间快，一切都快。转眼间进长安城已经超过半年。半年来见的人不少，经的事也不少。半年来自己在这人事中向长安城的深处走进去很长一截。自己进长安城时曾发誓要娶一房长安城的妻子，生一个长安城的儿子，成为一个地地道道的长安人。几宗古董生意的成功说明自己的愿望极有可能实现，陶问珠绵软的秀手说明自己的愿望正在实现。

娶陶问珠做妻子，生一个长安娃……齐明刀想着想着脸脖就羞红了。齐明刀脸脖羞红的时候正好来到一家豆浆油条店前。这店咋能这么快就出现呢？这店应该开得更远些，好让我攥着陶问珠的秀手多欢快地蹦跳一阵儿。

陶问珠："咱喝豆浆吧。"

齐明刀："好吧，吃油条喝豆浆。"

两人坐下来时，齐明刀极不情愿地松开了陶问珠的秀手。陶问珠把手指放在嘴边吹着："瞧你，把人家手指头都攥得黏在一起了。"齐明刀抱歉地笑一笑，闻了闻陶问珠吹在手上的气息，那气息和她花坞的气息一模一样，带着田野油菜花的香荃味儿。

吃油条喝豆浆时，陶问珠不停地摆动头发，那对翡翠鸟便在头发的密林里飞进又飞出，飞来又飞去。陶问珠借着翡翠鸟的飞动，也从头发密林的缝隙里飞快而深情地偷望齐明刀。那眼中的风情，若一束束细小的箭镞，射在齐明刀心窝中央，齐明刀顿感浑身酥软。日后若能天天在一张桌上吃饭，夜夜在一张床上共眠，天天夜夜，陶问珠都用这样风情的眼神看自己，那该多幸福啊！

陶问珠喝完豆浆，放下豆浆碗说："你送我的木挂落，我就挂在我床对面的墙上。"

"我知道哩，我看见过哩。"

"为啥要挂在床对面的墙上哩？"

"看着方便呗。"

"对哩，黑了一躺进被窝，就看见木挂落，一看见木挂落就做梦哩。"

"梦见我哩。"

"去你的，谁梦见你哩。"

齐明刀回忆起来，自己送木挂落给陶问珠时陶问珠没有反对，但自己要把胸前的明字刀送给陶问珠时，陶问珠拒绝了，还说有些东西不能轻易送人。看来明字刀不仅仅是明字刀，更是"有些东西"。陶问珠风情的眼神和自己酥软的心就是有些东西。齐明刀认为有些东西该送人了。

齐明刀解开衣领，卸下一直贴心吊着的齐国明字刀，双手捧到陶问珠面前。那刀和翡翠耳坠映衬着，对比着。齐明刀一时分辨不清刀好还是耳坠好。

陶问珠撩开额前的头发，神情怡然地看着齐明刀手中的明字刀，但没有伸手去接。

齐明刀把明字刀往前送一送，陶问珠还是没有伸手去接，只是出神地看着。

齐明刀再往前送一送，手梢快要抵住陶问珠的胸脯了，陶问珠像是回想着什么事情，慢悠悠地说："其实，我很想要这把刀，老早就很想要这把刀。"

"我也很想给你这把刀，老早就想给你这把刀。"

"可我觉得时间有些早。"

"而我觉着时间有些晚。"

"唉，早，晚，早晚，早晚的事。"

齐明刀不由分说，张开系绳，把明字刀套在陶问珠脖子上，还大胆而勇敢地解开陶问珠领口的第一枚扣子，把明字刀放进陶问珠胸口里去。明字刀贴到胸口上，陶问珠不退缩也不躲避，任齐明刀看着。明字刀已经贴在心上，还有啥好退缩和好躲避的呢？！

齐明刀痴痴呆呆地看了一阵，才笨手笨脚地给陶问珠系好领口上的那枚扣子。

陶问珠："就怕明字刀扎了我的心。"

齐明刀："不会的，我戴了大半年，也没扎着心。"

陶问珠："你快吃油条喝豆浆吧。"

齐明刀香甜地吃着油条喝着豆浆。

陶问珠被齐明刀的情绪所感染，撂下心事，高兴地和齐明刀说话。

"投我以木瓜，报之以琼琚；投我以木桃，报之以琼瑶。"

"匪报也，永以为好也。"

陶问珠白齐明刀一眼："去，谁跟你好。"

"不为好，就为报。你拿啥回报呢？"

"你想要啥呢？"

翡翠鸟又在头发的密林里飞进又飞出，飞来又飞去。齐明刀的目光随着翡翠鸟上下翻飞，左右穿梭。

"我想要一只翡翠鸟。"

陶问珠有些震惊地坐直身子。

"我要一只，给你留一只。"

陶问珠："不能给，死都不能给。"

齐明刀明知道这对翡翠鸟是唐二爷送给陶问珠的，陶问珠欠唐二爷的，就是这对翡翠鸟的情。岂能真要一只翡翠鸟。齐明刀想用翡翠鸟做试金石，试试陶问珠的心。

陶问珠说：“翡翠鸟是我欠唐二爷的情，我想，咱们帮他将小克鼎团聚一起，便算是还了他的情，等举行小克鼎团聚仪式时，我会把翡翠鸟还给他。”

“然后呢？”

“然后就匿报也。”

齐明刀一拍巴掌跃向空中，惹得旁边喝豆浆的人一个劲看他。

在十字街口，齐明刀依依不舍地和陶问珠分了手。分手时，两人约定在为小克鼎举行团聚仪式时再见。

齐明刀站在街边目送陶问珠，一直到陶问珠随着人群拐向另一条街，这才吹着欢乐的口哨往前走。

齐明刀感到今天的太阳又红又大，天空的流云又白又优雅，城墙和城楼又高大又雄伟。阳光透过白云照在城墙和城楼上，蹦跳出一圈一圈金色的光芒。金光中，开一簇黑牡丹，飞一只黑天鹅。

齐明刀盲无目的，挨街往前走着，不知不觉拐进一条小街。齐明刀也不看小街两边摆的东西，只是仰着头，吹着得意的口哨往前走。

齐明刀隐约听到有人叫他的名字。齐明刀本想停下来，可内心一犹豫却没有停下来。这样的背街小巷，谁会认识我齐明刀呢？

“齐明刀——”这一回叫声更大更真切。

果真是叫我哩！齐明刀回过头来，看到一个人站在菜摊后边，连呼带叫地朝他招手哩。

原来这儿是个菜市场，站在菜摊后边向他招呼招手的人他认出来了。

“嗨，这不是殷龙骨嘛。”

齐明刀朝菜摊走过去。殷龙骨对身边的胖婆娘说：“我说是明刀兄弟嘛，你还不信。你瞧，明刀兄弟还记得咱哩。”

咋能不记得哩？冯空首房里那场泼醋大战齐明刀终生都不会忘记。

"你老哥咋在这儿卖菜哩？"

"我咋不能在这儿卖菜哩？"

"你那么好的眼气手艺，可惜了。"

"风水绕着石头转，东折西拐，谁知道要转到哪儿。"

"转到菜市场啦。"

"是呀，转到菜市场啦。你还记得那个王真行不？"

"哪个王真行？"

"就是那个喝醉酒出了秦汉瓦罐楼去亲广告牌上漂亮性感女人碰上停电的王真行。"

"噢，那个背背颏[①]。

"嗨，人家在古董行当是个背背颏，可在菜市场一点儿也不背，已经是菜市场的总经理了。"

"哟，总经理了！"

"还记得毛猴和花燕不？"

"咋能不记得。"

"毛猴从冯空首手上淘到不少古钱币，没少挣钱，挣下钱又去云南倒腾白面面，结果倒腾进去了，没指望活着出来了。花燕人贼，见风使舵，成了王真行的马子了。"

"王真行可报了毛猴戏耍他的仇恨了。"

人事蹉跎，转眼间发生了如此大的变化。

瘦小的殷龙骨支使胖婆娘："去，给兄弟寻壶茶来。"胖婆娘说菜市场只有白开水没有茶。殷龙骨立刻竖眉瞪眼地吼叫："懒婆娘，哪儿来那么多废话，叫你寻茶你就寻茶去！"胖婆娘没敢顶撞，屁颠屁颠地去了。

齐明刀道："好老哥，情势大逆转了。"

---

① 颏：关中方言，指"头"。

殷龙骨自然明白齐明刀是拿眼下情形跟泼醋大战的情形比哩。他顺着这话茬儿，唠唠叨叨地说开了。

"人都说有钱娶个胖婆娘，走起路来气昂昂。其实呀，那纯粹是表面现象，实质上满不是那么回事。比如我吧，在屋里老挨打受气，不管做错了啥事，胖婆娘不是掐我拧我就是揪我耳朵。你瞅瞅，我的耳朵都给撕裂了，幸亏后来又长上了，疤痢子还在哩。掐了拧了揪了耳朵不说，还要我白天炒菜做饭涮锅，晚上给她洗脚捶背干那事，没完没了，好像她是大老爷们，我是服侍她的小丫头。"

刚说到这儿，胖婆娘拎一壶茶回来，要齐明刀喝茶。齐明刀接过茶壶。胖婆娘看一眼殷龙骨说："又在背后卖牌我哩。"

殷龙骨并不顾忌婆娘在当面，继续说他的。

"还记得我在冯空首屋里风流，被她捉在当场，当时情势紧迫，我就给她下跪。嗨，这一跪跪好了，她一铺摊坐在脚地，拍腔捶胸，说'好我的碎爷哩，羞先人哩！咋能当着人面，尤其当着碎狐狸精的面给自家婆娘下跪呢？'她全忘了她平常在家掐我拧我揪我耳朵的事了，她一铺摊坐在脚地哭号，我则猛然看清了她。在她心地深处，我仍是个大老爷们。

"正因为我看透了这一点，才勇敢地在她拖着我走到街上时甩手走了。这一走走得好，她拾起身跟在我屁股后面，寸步不离。我走到哪儿她跟到哪儿，生怕我跳护城河。我倒背双手耀武扬威地在前边走着，她可怜巴巴地在后面跟着。我故意沿着有熟人的街道踅摸，专门叫熟人看哩。踅摸够了，回家，回家往床上一躺。咋着？事情全颠倒过来了，做饭刷锅的是她，倒酒拿烟灰缸的是她，给我洗脚捶背的还是她。你猜她说啥？"

"说啥？"

殷龙骨拍拍胖婆娘的厚肩膀："你说，你给我洗脚捶背时说啥来？"

胖婆娘也不避讳，说："男人嘛，哪个不花心。不过，你人要是在长安城里，就得回家吃饭睡觉。"

殷龙骨接过话茬继续说："瞧，脚旁边卧一只恶名在外的母老虎，哪个女子还敢到咱跟前来？那个漂亮的碎女子，忽然变成了玻璃窗里的宝贝，能瞧见，摸不着。你说这样一来，还做那买卖弄啥哩？摆个菜摊，捃捃两个钱，能应付这胖婆娘就行了。"

齐明刀听完殷龙骨的唠叨，心里忽然亮堂许多：男人哪，总是有目的地活着，有些人求道，有些人谋利，有些人图官，有些人贪财，还有人好色。道、利、官、财、色都是男人改变自身和社会的杠杆和动力，没有了这杠杆和动力，男人活在世上还有个球奔头！殷龙骨沾不上漂亮女子的边，就不再做古董生意，摆个菜摊，与胖婆娘一起，平平淡淡生活在长安城这不为人注意的角落里。

齐明刀不由得想到自己的将来。自己的将来虽然模糊不清，但绝不是守摊卖菜的！既然踏进了长安城，就得混出个模样来，做个体体面面的城里人！

齐明刀吸溜两口茶，放下茶壶，就要告辞。殷龙骨有些舍不得他走，拉着他的手说："日后没事路过这儿，拐到菜摊前转转，让老哥看看你。老哥看到你，就知道长安城的古董道儿活跃兴旺着哩。"

齐明刀忙说："一定一定。"

胖婆娘装了一塑料袋白菜红萝卜和大葱，塞到齐明刀手里："穷卖菜的，没啥好东西，捎两样鲜菜回去炒着吃。"齐明刀接菜在手中时，觉得胖婆娘是位再好不过的女人。

齐明刀拎着一塑料袋菜，穿过菜市场往街口走着。刚走到街口，被两个壮小伙子拦住去路。两个壮小伙子不由分说，上来就扭他胳膊。他一挣扎，塑料袋抛在空中，红萝卜白菜和大葱撒了一地。

瞎咧，碰见刀子咧！

惊出一身冷汗的齐明刀顾不得撒在地上的蔬菜，忙用手去摸胸口，结果一摸摸个空，这才想起那把齐国明字刀已经挂在了陶问珠胸前。不幸之中的万幸！齐明刀心里一下坦然了。这一坦然，浑身的冷汗顿时变成了热汗。

两个壮小伙扭住齐明刀胳膊搜他身，结果只搜到一只电蛐蛐和几张零花钱，别的啥也没搜到。两个壮小伙略显失望地押着他拐过街口，走向一辆警车。

上了警车，齐明刀看到车上还坐着一个扣着大墨镜的人。大墨镜遮去了这人大半个脸。尽管齐明刀看不全这人的脸，但还是觉得他有些面熟，但一时半会儿就是想不起啥时候在啥地方见过这人一面。

那人隔着墨镜看着齐明刀，说："这下蚂蚱拴到鳖腿上，蹦跳不动了。"

25

金柄印从美国回来了。

金柄印觉得从美国回来和平常出差回来感觉大大不同。

金柄印平常出差回来，总是提前给董五娘通个电话，让董五娘根据情况决定，或去机场或去车站迎接他，或者在家准备一桌他平素爱吃的酒菜，或者烧好热水一起洗鸳鸯浴，过小别胜新婚的夫妻生活。

金柄印从美国回来，没有打电话。飞机一落地，就把文物交流访问团就地解散，各回各家。金柄印打的回城直奔楼下，然后拎着大包小包上楼。访问美国的收获太多了！他要给董五娘一个惊喜。

上楼时，尽管金柄印被大包小包累得气喘吁吁，但心里却一直盘算着如何开门呢。去美国时把房门钥匙放在家里了。没有钥匙咋样开门呢？门不是突然被打开，咋能算是惊喜呢？

金柄印一边盘算着一边到了自家门前，看到房门并没有锁，而是虚掩着。天赐良机，真是天赐良机！我要给我的小青花一个天大的惊喜！金柄印靠住墙壁歇息片刻，待自己平静得不喘气了，这才用拎包轻轻撞开门，侧着身子溜进去。

平素出差回来，董五娘这尊梅瓶总是站在客厅中央欢迎他。一见他进来，董五娘的梅瓶和执壶就像沾水一样苏醒过来，沁放出清幽润朗的光泽。客厅和整个房间，也随即弥漫起蕴含千年的古酒香味。

金柄印溜进屋，轻轻放下包裹，用脚后跟勾闭住门，然后吸鼻子嗅了嗅，但没有闻到蕴含千年的古酒香味。金柄印扫视客厅，看到了董五娘，但没有看到一沾水就苏醒得沁放清幽润朗光泽的梅瓶和执壶。金柄印意识到屋里的气氛不大对劲。

董五娘双手交叉放在胸前，端坐在中堂上首的官帽椅上，她的坐姿的确像一只梅瓶，不过梅瓶和执壶是严严实实地隐藏在蓝地白花的秋装里。

董五娘的眼皮耷拉着，睫毛下垂着，对丈夫金柄印的远道归来视而不见，充耳不闻。那神态，像是入了佛界，对尘世的一切打扰，都看作虚无。

金柄印在董五娘面前僵立片刻，然后往下脱外套。金柄印脱外套时尽量把声音弄大些，好引起董五娘的注意。寻常归家，董五娘总是笑吟吟地迎上来，帮他脱下外套，然后蹭蹭他的胳膊，再转身把外套挂到墙角的衣架上，或者直接拿到卫生间塞到洗衣机里。

尽管金柄印把外套弄得很响，董五娘依然充耳不闻，视而不见。金柄印只好尴尬地重新把外套穿在身上。

金柄印精明的小眼睛骨碌了两骨碌，亲昵地轻声叫道："青花，我的小青花！"

听到金柄印的叫声，一只小巴儿狗摇着尾巴从椅子底下跑出来，一直跑到金柄印跟前，用它的小舌头舔金柄印的洋牌子新皮鞋。金柄印往后跺了跺脚，微微叹着气说："唉，咱叫狗，狗应声，咱招呼人，人却不搭理咱，咱不知道身上哪根筋给拧住了。"

巴儿狗舔舔金柄印洋牌子的新皮鞋，又转过来舔董五娘的绣花鞋，被董五娘一脚踢开。巴儿狗痛叫着跑到金柄印那儿去，金柄印俯身将巴儿狗揽在怀里："有气朝我撒，何苦打狗哩。人说打狗看主人，你这是打狗哩还是打我哩？"

董五娘终于开口说话了："你也配给狗当主人？狗给你当主人还差

不多。"

"你咋骂人哩?"

"我不光骂人哩,而且还杀人哩。"

金柄印往后退了好几步,大老远审视着董五娘。董五娘手中并没有刀,但那模样却是心中有刀的模样。

当年的金柄印尚是文物局一个年轻的小科长,协助专家在长安城北挖掘一座汉代遗址,你猜怎么着?挖出两罐汉代美酒。酒装在陶罐里,密封得非常好。打开来看,两罐酒都只剩下一罐底了。几个现场挖掘的工人围上去凑鼻子一闻,当时就醉倒了。金柄印也闻了,但没有醉倒,只是觉得晕晕忽忽的。晕晕忽忽的他接到命令,去请杜大爷、唐二爷、董开轩几个人来鉴定刚出土的汉代美酒。

杜大爷和唐二爷亲自来了,董开轩因病躺在床上不能动,就委派女儿董青花(当时还没有成为董五娘)代表他来了。金柄印想,董开轩也真是的,自己不能来就算了,咋能派个闺女来呢!又一想,董开轩让她来,自有他的道理。这样一想,金柄印既不重视董青花,也不敢轻视董青花。

杜大爷、唐二爷和董青花三人仔细鉴定过,认为一罐是纯酒,一罐是药酒。药酒里泡着龙眼、红枣、荔枝和没长毛的小老鼠。杜大爷让金柄印拿来两个小酒盅,分别从两个罐子里舀出一点来,三人用舌尖尝尝,得出结论是:纯酒是杜康,药酒就不晓得是什么了。正品评时,酒性发作,三个人面红耳赤,浑身发热发痒。很快,身体就像发酵的馒头,虚胖起来。金柄印忙招呼人将三个人分头送回,结果三个人皆醉得呼呼大睡,三天三夜才醒转过来。人虽醒转过来,但觉得身子仍飘在云雾仙界一般,一时三刻沉降不下来。金柄印请教杜大爷咋办,杜大爷说以毒攻毒,以酒解酒。金柄印把话捎给唐二爷,唐二爷便让人书写帖柬,遍邀长安城古董界的名人和酒肉英雄,在秦汉瓦罐举办了一次斗酒会。

斗酒会上，杜大爷和唐二爷他们大约要试探试探董开轩家里藏着的董青花，就一齐怂恿董青花和金柄印斗一场。输了的满喝，赢了的由大伙陪着折半喝。

金柄印年轻气盛，丢剥了衣服，蠢蠢欲动，要和董青花斗一场。

董青花坐在金柄印对面，青花梅瓶一样饱满端庄，沉静典雅，就连喝酒的举止神态，也是不声不响，文雅有致。金柄印心高自负，见了酒就忘了含蓄之礼，一双碎鲸鱼眼直逼董青花。金柄印的眼睛不是炯炯有神，而是寒光乍泄。那目光曾经令多少女孩子垂下眼皮、低下头颅、心中战栗。但董青花却没有，董青花虽然彬彬有礼，但目光却毫不怯懦。四目相交，犹如电光相撞，空中立时爆发出噼噼啪啪的声响。

董青花平平静静地问："文斗还是武斗？"

武斗猜拳行令，高声吆喝；文斗则互相对饮，盅盅见底。武斗可以偷酒赖拳，文斗则比谁是海量。

"武斗咋样？"

"武斗你另请高明。"

"文斗咋样？"

"文斗我奉陪到底。"

"好，那就文斗。"

堂倌扛来两大坛太白酒，用溜子溜进执壶，然后给两人斟满酒盅。两人你瞧我一眼，我回你一眼，吱吱地将酒喝干。堂倌不停添酒，两人不停干杯，眼见得两坛酒要空了。

董青花面不改色坐不改姿，一盅盅饮着。董青花这只梅瓶还是梅瓶。金柄印心道：这只没底的梅瓶到底能装多少酒呢？又暗笑自己，既然没底，又何论多少呢？

斗酒的结果，是金柄印出溜到桌子底下，醉成一摊烂泥，被人连搀带抬地送回宿舍。

三天后，满心不服气的金柄印独自一人找到董青花要求重斗一场。董青花见他威风还没有杀尽，就轻佻地笑着答应下来。两人一同来到西市太白楼斗酒，还定下规矩，谁输谁买单。结果和在秦汉瓦罐楼毫无二致。董青花毕竟是大家闺秀，咋能让出溜到桌子底下堆成一摊烂泥不省人事的金柄印买单呢？她不光买了单，还雇了店员和出租车把金柄印送回宿舍。

　　又过三天，金柄印再次找到董青花，董青花劈脸就说："咋？还要斗哇？再斗就成死狗烂娃了。"金柄印说："三把为圆，如果我再输，我这辈子绝不在你面前提半个酒字。""此话当真？"金柄印立掌发誓："苍天在上。"董青花说咱走，二人又到太白楼。太白楼还是太白楼，没有给金柄印带来半丝好运气。不过这次金柄印做得很英雄豪气，一边往桌子底下出溜，一边拼尽力气高呼："苍天哪，既生董青花，何生金柄印？！"

　　这回，董青花没有买单，撇下金柄印独自走了。金柄印酒醒之后从桌子底下钻出来，一边揉眼睛，一边想：女人不喝酒就不喝酒，一旦喝酒，男人便不是对手。自己日后要是做了大官，身边有这么个又漂亮又海量的酒罐子，那还有啥样的宴席场面应付不了？！想到这一层，金柄印觉得太阳也温柔了，身上也暖和了，眼前也亮堂了。

　　金柄印主意打定，没隔两天又去找董青花。董青花一见他就说："大男人家，打个转身就忘记自个儿指天赌的咒了。"金柄印嬉皮笑脸地说："不是斗酒，是请你喝酒。"董青花头往高一仰："没有输赢的酒我不喝。"金柄印依然嘻嘻嘿嘿笑着，走吧走吧，顺便抓住董青花的手拖车一般把她拖走了。董青花头一回被男人拉住手，就半推半就地跟着去了。

　　也不知喝了多少回酒，也不知乘着酒兴求了多少回婚，终于有一天，在金柄印的宿舍里，喝酒喝得耳热目蒙之时，金柄印看到了董青花。董青花身上的衣服像红丝绒一样一点点绽开落下。董青花的身子，的确像刚浸过水的青花梅瓶一样。

没过多少时日，董青花就对父亲董开轩说，我要嫁给金柄印。董开轩原本没有看上金柄印，他想要挑选的女婿并不是金柄印这种人。可是当董开轩看到女儿脸上的雀斑，已由深褐色变成了火石红色，就说，让他来提亲吧。

金柄印倒也识趣，来时带了两箱酒，一箱杜康，一箱太白。董开轩倚在病床上半笑道：酒鬼碰见酒鬼了。

金柄印恭恭敬敬地立在脚地，俯首朝着董开轩，把董青花夸赞了半天，又自我表白了半天，末了说他愿意一辈子给董青花做牛做马。董开轩对金柄印的海誓山盟根本不感兴趣，独自苦眉搭眼想自己的心事。他估摸金柄印快说完时，拦住金柄印的话头，说你去买一套房子，这房子必须要有一间大收藏室，收藏室四面墙壁要做上多宝格。

这是董开轩同意把女儿嫁给金柄印的条件和命令。金柄印得到命令立时兴奋得手舞足蹈连连承诺，心中却暗道：不就摆一个梅瓶两个执壶嘛，竟然要一圈多宝格。

临嫁那天，董开轩把女儿女婿双双召到跟前，拉着女儿的手对女婿说："我就这么个女儿，还在她娘肚里时，我就跟她娘商量，生男叫承元，生女叫青花。结果承元没用上，你却有了当女婿的机缘。可惜她娘去得早，看不到你俩成婚，我就代她尽点心。我没有金银财宝做馈赠，只有我花了一生心血收藏的瓷器作青花的陪嫁。"

董开轩说着，用颤巍巍的手拉开床头柜，取出一个锦缎包袱，一层层打开，露出一件青花瓷器。金柄印瞄见那青花瓷器好到极致，就在心里估摸它的价值。

"这件元代青花凤凰草虫八棱开光梅瓶，秘密传家十余世，不敢说全国仅有，起码长安城是唯一的一件。我丑话说在前头，刚才说那些瓷器都是陪嫁，但这件梅瓶不是，它归我女儿所有，作为传家之宝，传于后世子孙，不得出任何闪失。"

董青花叫一声爸，双手接过梅瓶，紧紧抱在怀里。

金柄印旁边暗道：董青花都是我的了，董青花的梅瓶还能到别人家去不成？金柄印心里气恼岳父见外，嘴上却说："我买个大保险柜，钥匙交给青花掌握着。"

董开轩喘口气说："你也不要见外，这是古董行当的江湖规矩。"金柄印忙回说："一家人了，见啥外呢。"

就这样，董青花成了董五娘。

结婚第二天，金柄印和董五娘要送董开轩去长安城最有名的医院看病。董开轩说："谢谢你们一片孝心，咱不去，我的病我清楚，咱不花那冤枉钱。你妈在那边等了二十年，我得去把你们成家的事跟她说一声。"

董五娘眼泪唰一下滚下脸庞，火石红色的雀斑让泪水漫过去了。金柄印的鼻根也酸酸的，但眼泪没有落下来。

"我去后，你俩搬到你们的房子里去住，这房子是公家的，就还给公家。"董五娘和金柄印点头。

第九天上，董开轩一手拉着女儿的手，一手扯着女婿的衣袖，告别这边，到那边见五娘她妈去了。董五娘总觉得爸临走时有一只眼没闭严实，爸在从没有闭严实的眼缝里瞧着金柄印。

一年多时日，董五娘和金柄印才从丧父的悲痛中缓过神来，日子才渐渐恢复到斗酒时的情形。两人的心情，也像冬去春来的景色，日渐明媚起来。生活中多了话语，酒桌上添了情趣。很快，他们有了一个儿子。儿子给他们带来新的欢乐，他们常请朋友聚在一起欢喜庆贺。有胆正的，趁机要和董五娘斗上一斗，以测试人婚后和婚前在酒量上有没有变化。测试的结果令金柄印万分得意："我老婆呀，喝酒跟喝凉水一样，三瓶五瓶，稀松平常，自家没多大反应，回家给儿子喂奶，却把儿子喂得连颠带狂，只管在他妈妈上发酒疯。你猜我老婆说啥？'长大了可别跟你老子一样，抱个执壶不丢手，活脱脱一个酒鬼！'"一番话逗得大家笑得弯腰捂肚子。

这儿子长大后倒也出息，以优异成绩考入北京一所大学烹饪系的品酒专业，如今正在攻读学业哩。

金柄印晚上爱在外边晃荡，儿子又上学走了，董五娘觉得孤单寂寞，就时常打电话叫金柄印回家。金柄印不能硬顶，就买回来条小狗陪伴董五娘，给狗起个名字也叫青花。

金柄印从美国回来，本想给董五娘一个惊喜，没想到热脸贴了个冷屁股，就自己给自己找台阶下："唉，咱叫狗，狗应声，咱招呼人，人却不搭理咱，咱不知道身上哪根筋给拧住了。"

董五娘非常后悔与金柄印斗酒，甚至有些抱怨父亲让她去参加那两罐汉代美酒的鉴定。没有鉴定就不会有斗酒，没有斗酒她和金柄印之间啥事也不会发生。要是那样该多好哇！可惜时间的车轮不会折回从前，发生过的事情不可能重新来过一回。

以前，曾经有人在她面前说话说漏了嘴，说金柄印是一条大鲸鱼，她立即恶了那人一眼。可现在她该恶自己一眼了，因为她看到眼前的金柄印的确是一头大鲸鱼。她曾经看过一些鲸鱼的图片和文字说明。脊鳍鲸外表腼腆温驯，背地却独来独往，只是到了最偏僻最危险的水域才偶然露一下相。剃刀脊鲸简直就是一个遁世者，除了背部以外，从不把其他部分露出水面一分一毫，即使捕鲸人和哲学家合在一起也抓不住它。杀人鲸敢和捕鲸人对峙，却从未遭人猎捕。

现在董五娘在脑子里辨认着，金柄印是哪一种鲸鱼呢？似乎都不是，又似乎都是。鲸鱼巨大的身心总是隐藏在日常生活的水面之下，咋能看得清楚呢？自己又没有到最凶险的水域里去，咋能看到鲸鱼露相的一瞬呢？鲸鱼露相时，总是选择自己背过身子的那一瞬。一起生活了二十年，光顾上斗酒玩耍，而忘记看鲸鱼露相了。二十年看一次露相，真是太长了！

面对丑恶、阴险、凶残的鲸鱼，董五娘能做什么呢？宁愿被鲸鱼撕成碎片，也要反戈一击，大不了网破鱼死。

这一刻的鲸鱼，心是虚的。

"有啥事？打开窗户挑明了说，何苦拿狗出人气哩。"

"你做下的事，你心里不明白？"

金柄印心中大吃一惊，不知谁在通风报信，自己刚踏进家门，董五娘就知道自己在美国的所作所为了？转而一想，那点破事，知道就知道了，怕个球！

金柄印稳了稳情绪说："噢哟，我以为谁把天捅个窟窿，原来是为杜大爷那点破事。唉嗨，我的老婆，却朝杜大爷偏着心哪。"

"哪条王法规定我必须朝一头鲸鱼偏着心哪？"

其实，董五娘此时还不知道金柄印在美国做了什么事哩。

"不就是没把大唐鸾凤金银平脱镜和战国青龙玉环，还有杜大爷亲笔写的那封信交给宾夕法尼亚大学博物馆馆长吗？咋啦？"

"你是代表团团长，权大得很嘛。"

"告诉你吧，我把金银平脱镜和青龙玉环送给了去美国多年的一个老朋友，求他给咱儿子办出国留学的事哩。"

"呸、呸、呸！"

"再告诉你吧，我把杜大爷写给宾夕法尼亚大学博物馆馆长的亲笔信扔到美国厕所的纸篓里了，看他杜大爷能把我咬两口？"

"呸！呸！！呸！！！"

"杜大爷也不扪心问一问，美国人偷盗去的，高价收买去的昭陵石刻，仅凭他杜大爷一封亲笔信就能还回来吗？！美国人拿别人的东西归还过吗？！简直异想天开，白日做梦！"

"那你到美国弄啥去了？"

"给咱办事去了。"

"呸呸呸！呸！呸！呸！"

"当心把舌头呸出来。"

"舌头呸出来糊住你的鲸鱼眼！"

金柄印冷冰的脸一下子板平了，碎眼尖利地看着董五娘。董五娘丝毫不躲避金柄印的眼睛，慢慢从袖筒里摸出一串钥匙，丢到了金柄印脚前："我的元青花凤凰草虫八棱开光梅瓶呢？"

金柄印板起来的冰冷面孔顷刻间松弛下来，像冰块遇到了强烈的阳光，消解着，往下淌着水。

金柄印欲捡那串钥匙，但腰弯了半截又直起来。捡也白捡。自己偷过这串钥匙，也偷梁换柱过元青花凤凰草虫八棱开光梅瓶。保险柜里那个赝品是无论如何也不能蒙混过关的。董五娘的眼睛是董家几辈人留下来的眼睛，半粒沙子也揉不进去的。金柄印知道这一刻迟早要来，但绝对没有想到是在这个时候来临。

一不做，二不休，金柄印干脆挺起腰板昂起头，摆出一副任凭发落的样子。杀人不过头点地，何况一件破梅瓶！

董五娘把舌头咬出了血，切齿道："鲸鱼，卖国贼！"

金柄印涨红着脸，想发作又无法发作。

"宝鼎楼钱行宴上，我送你的光绪青花赏瓶呢？"

"在呀。"

"拿出来瞧瞧。"

金柄印进到收藏室，拿出那件光绪青花赏瓶，递到董五娘手里。

"这赏瓶啥意思？"

"为官清廉哪。"

"好个为官清廉哪！"

董五娘提住赏瓶口沿往高空一扔，那赏瓶便在空中翻着跟斗往下跌。金柄印忙伸手去接，可惜没接着。赏瓶在两个人之间的脚地上摔碎了。碎片蹦弹着飞起来，一片扎在了金柄印手腕上，一片扎在了董五娘脚面上。

金柄印蹲在地上，拔掉瓷片，血立即涌出来，小巴儿狗忙跑出来替他舔血迹，被他挡开了。

金柄印看到一块挺大的瓷片直直扎在董五娘脚面上，忙挪过去想替她拔掉，不料，董五娘的脚踢开了他的手："别动。"

　　金柄印不解地看董五娘，董五娘冰冷冷地说："就让它长在我脚上吧！"

26

郑四爷一宿没有睡成觉。眼皮刚一耷拉，心眼刚一迷糊，那只火红的凤凰便从长安城的钟楼那儿飞过来，绕着四水堂的八根红柱子穿飞。穿飞一阵，又翻身上去，绕着鸱吻盘旋。盘旋好一阵，又飞到这边落，在缺了鸱尾的屋脊角上，对着幽暗的天空喈喈鸣叫。

郑四爷睁眼一看，那凤凰便不见了。自己呢，斜躺在床上，被子一半盖在身上，一半吊在床沿的半空中。郑四爷拉起被子，盖好露在外面的脚，翻个身，又睡。眼皮刚一耷拉，心眼刚一迷糊，那只火红的凤凰又从钟楼那儿飞过来，绕着四水堂上下翻飞盘旋，末了落在缺了鸱尾的屋脊角上，对着幽暗的天空喈喈鸣叫。

郑四爷听到凤凰鸣叫，睁眼一看，凤凰又不见了。再看被子，又是一半在身上，一半吊在床沿的空中。自己两只青筋暴露的脚丫子露在外边。

郑四爷索性披衣下床，推开窗户往外张望。深秋的夜空非常清凉，没有月光，只有几颗冰冷无情的星星偶尔朝长安城眨巴眨巴眼睛。夜很静，火红凤凰的影子和声音并没有出现，只有夜航的飞机拖着红色的光影掠过四水堂和长安城的上空。

郑四爷感到了深秋夜晚的凉意，不由打了个寒噤。忙关上窗户，复回床上睡觉。可是眼皮刚一耷拉，心眼刚一迷糊，那只火红的凤凰就又从钟楼那儿飞过来，绕着四水堂穿飞鸣叫。如此反反复复，弄得郑四爷通宵不能成眠。

天放亮时，郑四爷穿衣起床。想：凤凰现，天下太平。凤凰梦中现，不知何兆头？又想：凤凰为祥鸟，无论在现实中出现还是在梦中出现，都应该是好兆头，最起码是客人要来相聚的兆头。

郑四爷吆喝茶童和伙计洗刷茶桌茶具，把茶碗茶盅浸泡在水中，把终南山新拉来的泉水分灌在大陶壶里，坐在火炉上。

郑四爷抄了核桃壶，坐在来凤仪里，眼望窗外，耳听楼下，等待凤凰兆来的客人。

客人果然来了，郑四爷听脚步声，便知道是金三爷。

金三爷挑帘迈进来凤仪的那一瞬，两个人都愕了一愕。

金三爷："郑四老，你咋咧？"

郑四爷："我没咋。"

"一夜间像老了十岁，胡髭眉毛全白了，腰也锅下了。"

"我倒没啥感觉。"

"昨黑了干啥来着？"

"梦了一夜凤凰，大清早你就来了。"

"唉，凤凰。"

"说我哩，我倒要问你，你昨黑了弄啥来，脖子粗的，嘴唇乌的，碎眼黏得跟胶锅一样，咋回事嘛？"

"甭提了，再甭提了！提起来丢人现眼哩。"

"到底咋回事嘛？"

"幺泉跑了！"

"哟，跑到你前头去了。"

"昨天白天跟我顶了几句嘴，说你没有黑瓷罐，我跟你过有啥意思呢？我说你咋也瞄上黑瓷罐了？她说咋，别人瞄得我为啥瞄不得？我说你有吃有喝有钱花就得，瞄那玩意儿弄啥哩？她说谁稀罕你的吃喝和你的烂钱。现如今年轻女人咋是这，白天顶了嘴，黑了半夜三更就跑了。大清早醒来，一摸被窝冰凉冰凉的，嗨，脸也没洗，端直上你四水堂来了。"

"原来是这，窑又变了。"

"我说甭提吧，一提起来你就拿我寻开心。"

瓷器烧制入炉前，同是一质，同是一色，可待出炉，却成异质，却变异色。这等变化，因水土所合，火力催融，非人力能加，谓之窑变。官、哥、钧之窑，时有窑变，要么蝴蝶、蜜蜂、鸳鸯、禽兽、麟豹，要么山水花卉，实在不可预测。后人以此引申，达官显贵和士大夫纳娟女做妾，戏称"窑变"。今谁人后宫突发变故，也戏称"窑变"。金三爷弃了糟糠之妻娶了夜来香，结果夜来香投了徒弟冯空首怀抱，另娶幺泉，幺泉又半夜三更逃脱，后院一变再变，故郑四爷说金三爷窑又变了。

郑四爷见金三爷还站在门里，忙让座，让茶童上茶，说喝茶养神喝茶养神。

金三爷刚坐定，董五娘领着秀水进来了。郑四爷还没顾上让座，董五娘就坐下了。秀水见董五娘坐下，自己也挨着董五娘坐下。郑四爷和金三爷看董五娘，董五娘像是憋着满肚子气，脸上的雀斑全憋成黑色的了。

金三爷正想说句董五娘也窑变了的玩笑话，还没说出口，杜大爷却挑开门帘领着楚灵璧进来了，几个人忙起身迎接。

杜大爷依然缠着幞头，穿着襕袍，系着革带，蹬着六合靴，佩着佩玉，执着玉圭。可精神气色，和几天前来凤仪竞拍小克鼎时相比可是差得远了。

郑四爷忙让座，说："杜一老，咋一大早就上四水堂来了？"

杜大爷缓缓坐下，把青玉圭放到茶桌上，说："昨黑夜里，我正睡着，忽听一声裂帛脆响，忙睁眼看去，却见一道白光从书桌蹿起，在屋里飞一圈，又飞到马厩里绕了一圈，然后冲出窗外，消失在山壑沟梁间。那声响和白光吓得墨猴吱吱乱叫。我披衣点灯查看，并没有啥损坏，便把墨猴放回墨猴居，继续睡觉，可咋也睡不着。天明时起身再仔细查看，青玉圭裂了一道罅，觉得不会是啥好征兆，就执了圭唤了楚灵璧一路赶到四水堂来，看有没有消息验证。"

郑四爷已让茶童给各位客人斟好茶，但是没有一个人端杯喝茶，都一齐看着茶桌上的青玉圭，果见青玉圭从中间裂开，罅口很宽，宽得快分成两半，只剩顶端一点还相连着。

董五娘忽然站起身，抬起一只脚踩在茶桌的桌沿上。董五娘咋能这样放肆无礼，把自己的脚丫踩到桌沿上呢？几个人齐看着董五娘的脚，只见她脚面上扎着一块三角形青花瓷片，瓷片四周的血已经凝固成紫黑色的斑块。

秀水惊恐地张大眼睛，伸手去拔，结果他的手被董五娘打开了："金柄印要拔，我踢了他的手，对他说，就让它长在我脚上吧。"

秀水僵在当地，直愣愣地望着董五娘脚上的青花瓷片。

郑四爷忙问："金柄印回来了？"

董五娘慢慢把脚缩下去："回来了。"

金三爷："带回啥好东西了？"

董五娘坐下来："带回来两包洋狗屎。"

杜大爷嘴巴动了动，想问什么却没有问出来。

董五娘拧过头望着杜大爷，无限歉意地叫了一声杜大爷。

杜大爷的心咯噔响了一下。

"金柄印这条鲸鱼，杀了你，也杀了咱长安城啊！"

"他怎么杀了咱长安城啊？"

"他把金银平脱唐镜和战国青龙玉环送给他的私人朋友了。"

"怎么？他没有送给宾夕法尼亚大学博物馆馆长？"

"他把你的亲笔信扔在了美国厕所的纸篓里了。"

"天哪，铜镜照清他的嘴脸了！"

"他说你天真幼稚，异想天开，白日做梦，对美国人的本质认识不够深刻。一个劫掠成性的人咋可能突发慈悲将他费心费力血腥洗劫到手的宝物完璧还给它的主人呢？这不可能！绝对不可能！"

来凤仪一下静默了。结局犹如一块残破的玻璃片儿，明晃晃地亮在太阳地里。镜片儿发射的光芒简直能把看这镜片儿的人的眼睛刺瞎。

杜大爷本来微微抬起身子，听到这个结局，一下子跌坐回椅子上。杜大爷的身子跌坐下去时，一双手却伸向茶桌上的青玉圭。青玉圭啵地一响，等到杜大爷抓在手里，青玉圭已经彻底裂为两半。杜大爷一只手抓一半，倾着身子连声咳嗽。楚灵璧忙掏出手绢捂杜大爷的嘴，还腾出一只手给他捶背。杜大爷咯了几口，楚灵璧拿下手绢，几个人同时看到，那手绢上有殷红殷红的血渍。

人哪，自个儿用自个儿的观念和手脚，毁了自然，毁了历史，也毁了现在。至于将来，因了这毁坏，已经变得极其缥缈和遥不可及。

来凤仪里回旋着一个巨大的哭声：我的飒露紫！我的拳毛䯄。

来凤仪里的主人和客人，一瞬间苍老了许多。来凤仪中的主人和客人，个个心中发出无尽的感慨。郑四爷一生收壶无数，饮茶无数，想着该心满意足了，没想到新建的四水堂顶上却缺了一个琉璃鸥尾，使得鸥吻不能与鸥尾遥相呼应。货郎苗有妻有子却是别人的，他算个啥呢？说好听是情人，说难听是野汉，有自己的骨肉，却把柳拐子叫爸哩。金老三咋样，纳了小妾幺泉，妻子却给徒弟暖了被窝。唐二老呢，抢拍到小克鼎，人却几天没了影星儿。杜大爷，几辈人呕心沥血，想使昭陵二骏回归长安，可叫人家一个念头几句话就交代了。人生啊，正如咱们鼓弄的那些紫砂瓷器，不是裂罅就是打豁儿，残哪！

郑四爷从袖中掏出核桃壶，侧着脸，仰脖吸溜大半口，壶却空了。郑四爷使劲摇了摇，再吸溜，仍然是空的。奇了怪了，这壶几辈子都没空过，今儿是咋了？！

终南一滴水，万古流到今！

杜大爷把两半玉圭斗到一起："断了，龙脉断了。"

　　秀水看看这个，又看看那个，最后看着董青花脚面上的青花瓷片，一时间不知道长安城里发生了什么重大的事情。

　　金三爷仰起肥短的脖子，朝窗外长叹道："等碰破额头，才晓得额头是鸡蛋，世事是石头。"

　　唐二爷、周玉箸、齐明刀、陶向珠以及冯空首几个人没有来四水堂来凤仪喝茶。他们这阵儿不知道窝在哪儿、正在干什么。

27

杜大爷病倒的第二天，楚灵璧就搬到半坡马厩来住了。

楚灵璧搬到半坡马厩来住，有堂堂正正的理由：侍候杜大爷，直到他病好。

楚灵璧和杜大爷的关系就像杜大爷几辈人谋算的那桩事一样扑朔迷离，因而招来许多闲话。楚灵璧这一住进半坡马厩，闲话又会长上飞毛腿，跑遍长安城。闲话就闲话，让他们说去吧，谁还能捂住谁的嘴巴！尽情地聒噪吧，就说我楚灵璧个黄花闺女住到糟老头子杜大爷的半坡马厩了！流言蜚语像夜蝙蝠一样遮满天空，唾沫星子汇成江河湖海，也挡不住我的脚步，我已经跨进半坡马厩的柴门了。

楚灵璧戴着缀玉额带饰，胸前抱着碎花布包袱，站在脚地，望着斜卧在病榻上的杜大爷。

杜大爷老病交侵，双目失神，衰貌颓然，唯有几根青筋，还在额角暴跳着。往日气息和穆、疏朗俊逸、清秀儒雅的神态已经荡然无存。杜大爷见楚灵璧来，无力地闪闪眼皮，算是打过招呼。

楚灵璧心疼地坐到杜大爷跟前，拉住他的瘦手。往日那种腴而不腻，清而不浮的感觉顺着手臂爬上他的心头。他觉得楚灵璧是夏日的瀑布清泉，清凉清爽却浸人，可以就近浸润脾胃，不可进入其中，因为她太清爽太清纯了！

楚灵璧知道杜大爷几天时间病得形容枯槁，绝不是自然之病所致，而是心病所致。楚灵璧有些恨董五娘，那天四水堂来凤仪茶会，杜大爷分明已经咯血，董五娘还非要杜大爷给她抄一份东西，还说她要狠狠地杀金柄印三刀！金柄印，千刀万剐，活该！可你让杜大爷咯着血抄什么东西呢？郑四老也真是，竟然找来了笔墨纸砚。你瞧，杜大爷把血咯到了砚池里，杜大爷用笔蘸着用血研的墨汁给你抄东西。你还怪，不让大家看抄写的内容。你也不看杜大爷成了什么样子！

　　说来也怪，杜大爷抄完那东西，咯得竟然轻了。杜大爷回来，立即动手挑纸制墨，选了两件上好的古董拓成拓片，寄往美国，可是第二天就被邮局退回来了。杜大爷心一急，竟然忘了文物拓片和照片在禁邮之列。杜大爷忙又写一封长信，用特快专寄，寄给宾夕法尼亚大学博物馆馆长，以解释长安代表团访问美国时出现的差错。约莫半个月时间，宾夕法尼亚大学博物馆馆长回复一信，说他在长安代表团访美期间专门恭候，结果无人接洽，他既未见到任何实物，也未收到只言片语，如此不讲信誉，我方只能视为长安方面对互展文物之事没有诚意。馆长还声明，尽管如此，这并不影响我们的私人友谊，并对杜大爷没能赴美表示遗憾。至于互展文物，只能永久搁置，因为再过两个多月，我的任期将届满，至于下一任馆长是谁，将如何看待这个问题，我就不得而知。复信用一句中国话结尾：一切都听天由命吧！

　　读罢复信，杜大爷又开始猛烈地咳嗽，一咳嗽，那复信树叶一般从他手中脱落了。杜大爷深知：世界古董行当与长安古董行当一样，谁愿意和一个言而无信的人打交道呢？可怜的长安城啊，你已彻底失信于人！

　　杜大爷咯血了，大口大口咯血，随之就病倒在床。

　　楚灵璧越想，鼻根越酸得厉害，眼泪一个劲涌向眼眶。楚灵璧不想让自己的眼泪再惹杜大爷伤心，便强行忍住，不让眼泪流出眼眶，而是让其从鼻管倒流到嘴里，然后再苦涩地咽回肚子里去。楚灵璧虽然没有哭，但眼睛却憋红得跟哭过一样。

楚灵璧别过头，起身找来长条凳，挨着杜大爷的床榻，给自己支了木板床。这个楚灵璧，既不胆小如鼠，又不胆大包天。在杜大爷面前，竟然由着性儿行事。

楚灵璧为使杜大爷开胃和增加体力，早上酿饴为露，加少许盐和酸梅在内，又采菊花和秋海棠的花蕊捣成汁兑在里边，然后盛入青花小碗，用青花小勺一勺一勺喂杜大爷。

杜大爷起初并不想吃，吃再好的东西有什么用呢？

楚灵璧并不拿言语劝他，只是把舀着饴露的匙勺举到他嘴边，并用一双幽怨而坚韧的眼睛看着他。那眼睛一动不动，一眨不眨。他能忍住那坚韧，却受不了那幽怨，就张口吃了，一口两口，三口五口，青花小碗里的饴露竟然让他吃空了。

中午，楚灵璧喂他半盅太白酒，酒后再喂他用密藏的西瓜汁和红枣熬的丝瓜瓤。晚上用八宝稀饭或者莲子羹，外加小葱饼就自制香豆豉。为了增加他体内盐分，楚灵璧还让他把腌咸菜当零食吃。腌咸菜是楚灵璧带来的，装在小瓷罐里。那咸菜黄者如蜡，绿者似翠，节节像珍珠翠玉一般好看。

人生大半百，天天有这么一个玲珑剔透、聪明敏感、善解人意的年轻女子陪着，该是多么幸福的事啊！可是杜大爷已心如死灰，难以享受这幸福。楚灵璧越是一丝一丝暖他的心，他的负罪感越是一层一层加重。善良和青春不是他个老头子祈求的，他祈求的东西已经无望。他不能说破，一说破就伤了那善良和青春。有时候，两颗善良的心碰到一起，反而是很麻烦的事。

楚灵璧是何样的女子，岂能揣摩不透杜大爷的心思，但她不说破，只是细细密密地经管照应着杜大爷。

杜大爷的心病虽然没有减轻，体力却渐渐恢复过来，已经可以扶住楚灵璧下床走路了。

杜大爷刚一下床，就要楚灵璧扶着他到西厢马厩去。楚灵璧扶他进了马厩。楚灵璧看见马厩里不知何时竖起了一个六七尺高的石马桩。石马桩顶上镌刻着一匹昂首回望的骏马，马上一将，手持长剑，挥杀向前。楚灵璧想：杜大爷肯定是要用这石马桩来拴回归的飒露紫和拳毛䯄，拴得牢牢的，让它们永远不要脱缰而去。可惜，马的缰绳并没能拴在石马桩上。

杜大爷望望马厩里站着的四匹骏马，又望望空着的飒露紫和拳毛䯄，双眼迷离了。一望无际的草原，连绵不断的高山，沟壑纵横的丘陵顺次延展开来，一匹色如火炭的神驹，闪电般飞驰而过，脖间鬃毛，犹如瀑布一样往后飞泻着。

杜大爷又咳嗽了，楚灵璧忙用手绢去按，手绢上又印上了殷红殷红的血渍。

"人的生命是有大限的，能活过生命大限的，世上没有几个人。飒露紫和拳毛䯄就是我生命的大限。糠老头子胸腔里那颗心，随着飒露紫和拳毛䯄飞走了。"

楚灵璧搀扶着杜大爷回到东厢床榻上。

杜大爷暗暗叹息：玉老田荒。

楚灵璧轻轻嘘气：灵璧迟暮。

两个人彼此都听到了对方心灵深处的声音。

但楚灵璧决不放弃，依模依样地侍候着杜大爷，杜大爷也不忍心再伤楚灵璧的心，便自己口述，由楚灵璧录出一个药方，让楚灵璧去山腰挖几味药来。楚灵璧上到山腰，看到满坡树叶或紫或黄，大半摇落，唯有柿树树梢还挂着三两个火红火红的柿子，经风一吹，摇摇欲坠。楚灵璧想，自己带齐明刀来半坡马厩时正值春末夏初，转眼之间，已是深秋。长安城的人事，也如这自然时序景物，发生了重大的变化。

楚灵璧挖好药材时，山顶滚过来团团黑云，涧谷里刮来阴冷的山风，把山坡上的树叶、鸟雀、蝴蝶吹到山梁那边的沟壑里去。

楚灵璧开门回马厩房时，院中台阶上下的蟋蟀成群结队地随她进了屋，跳跃着钻到她和杜大爷合并一处的床榻底下，并且发出凄切的奏鸣。

墨猴跃出墨猴居，站在案角，朝床底下的蟋蟀发出吱吱叫声，像是威胁蟋蟀，不该钻到主人的床下。

杜大爷对墨猴说："这屋子，你住得，蛐蛐也住得。"墨猴闻言，缩回到墨猴居里，不再吱声。

杜大爷又对楚灵璧说："要下雨了。"

话音未落，豆大的雨点子已经砸落在屋顶上，树枝上，山坡的树叶上。鸟鸣叫着，飞到屋檐下来避雨。

楚灵璧煎好药，用嘴吹着，双手恭擎，递到杜大爷手里。杜大爷接过药碗，喝了。把空碗交还楚灵璧时，忽然问："你额带上的玉呢？"

楚灵璧笑一笑，拿下额头的额带，又拿出床头的另外两条额带，三条并排放在一起，让杜大爷看。白碧黄三枚饰玉均已不在。

杜大爷忽然明白："碾磨成粉了？"

楚灵璧："你喝了。"

原来，楚灵璧把额带上的饰玉碾磨成粉，分批搅和在药里让杜大爷服了。

古人言：玉治心病，长精气神。

杜大爷心中涌起的滋味，实在无法用语言来形容。

这晚，楚灵璧紧紧地挨着杜大爷睡着。楚灵璧忆起大青石上那一夜，可这一夜与那一夜的感受全然不同。

从年龄上讲，杜大爷完全够格做父亲；从学识人品上讲，杜大爷又完全可以做老师；从个人感情上讲，杜大爷正是自己思慕追攀的对象。楚灵璧不知道自己对杜大爷的感情是什么时候产生的、是怎样产生的，她只知道那粒感情的种子种得很深，一经发芽，想拔也拔不掉。如果非要拔掉，那就连同少女的心一同拔掉吧！既然这样，那就以特有的方式爱吧！但求真爱，莫问前程。

杜大爷觉着自己个老头儿成了楚灵璧的水中倒影，楚灵璧爱我，其实也是爱她自己。因为两个人身心上相同的东西太多了。杜大爷痛苦的是，这种爱无法反对，亦无法接受，因为自个儿的心全在飒露紫和拳毛骃身上。自个儿能给予楚灵璧的，只能是父亲给女儿的那种爱。所以，他让楚灵璧和他紧紧挨在一起睡着。

半夜时分，猛烈的风雨把一扇窗户打开，一股异常寒冷的秋意旋即涌进屋内，侵袭得墨猴和床底蟋蟀一片凄鸣。

楚灵璧开灯起身去关窗户。杜大爷看见穿着小衣的楚灵璧关窗户的秀雅姿态，眼帘立刻拉上了。眼帘拉上了心窗未必能关得上。杜大爷咬牙压抑着心底泛涌起的感情。然而人一旦心动，便再也睡不着了。

楚灵璧回到床上，看到杜大爷一只脚露在被角外边，便伸手去挪那脚。当她的手握住那脚时，像是握住了一坨抖动的冰块。杜大爷的脚走的路太长，亏损太大，已经少有热气了。这样的脚在这样深秋的寒夜里能不疼痛吗？

楚灵璧下床转到耳房，回来时怀里抱着一个小铜炉。楚灵璧对半坡马厩熟悉到了旮旮旯旯，啥东西摆放在啥地方她全都知道。

杜大爷想起来了，那是大名家张鸣岐亲手制作的煨脚炉。自家收藏日久，竟然忘了，却让楚灵璧翻拣出来，而且烧了木炭，暖暖地端过来放在床中间。

两个人索性不睡了，相对拥被而坐，把四只脚放在炉边煨着。杜大爷顿觉一股暖流从脚梢传向丹田，脚上那种受过风寒针扎般的疼痛在一丝丝退去。杜大爷身心一暖，便随口吟出张鸣岐《铸炉诗》来：

薄寒初荐锦氍毹，朔气空中通坐隅。
不惜马蹄金一饼，鸳鸯湖畔铸张炉。

楚灵璧听罢，接口吟出一首：

马厩厢房秋风来，柴门小窗敲扇开。

幸有张铜炉在地，三春长暖牡丹鞋。

杜大爷展颜一笑："好诗。"

楚灵璧："篡改古人而已，只是牡丹鞋用得妙。"

杜大爷笑出了声："好一双牡丹鞋。"

许多天来，楚灵璧头一回听到杜大爷的笑声，想自己的努力多少有些成效，脸上随之也露出会心的笑容。

杜大爷觉得两个人面对面干坐着不妥当，就说："取本书来看看。"

楚灵璧不想让杜大爷看与六骏有关、与古董有关、与汉唐有关的书，翻了半天，才在书橱里翻出一本闲书，拿来给杜大爷。

楚灵璧见杜大爷煨炉看书，自己便从随身带来的包袱里取出针箫绷子等活计，煨着炉刺绣。楚灵璧的奶奶和母亲都是刺绣高手，得顾绣、张绣、韩绣诸法秘传，劈丝配色，精妙无比。点染的山水人物花鸟栩栩如生。楚灵璧没有机缘得到奶奶和母亲的秘传，只是小时候见过母亲刺绣，长大后竟然无师自通，绣得一手好活计。楚灵璧身上的衣裙，都是自己动手仿古绣绣的。有次唐二爷夫人周玉箸看到她的衣裙，直夸她手指灵巧绣得好，她就绣了一双五彩仿古绣花鞋送给周玉箸。周玉箸稀罕了半天，忙从头上拔下来根银簪子作为回礼送她。

楚灵璧来之前就开始给杜大爷绣一件贴身小衣，衣背绣八角花，衣前襟绣瓜瓞绵绵图。八角中是一茎花草，腰中结一对硕果，梢上一对衔枝鸟。前襟一朵蓝花上金瓜迭加金瓜一直往上。左边一蝶，右边一凤，戏耍得正欢快。这样的构图，要是绣好穿在杜大爷身上，杜大爷还继续装糊涂，那就是故意的了。管他呢，咱只管表咱的意，他领不领情是他的事。可惜刚起个头，杜大爷就病了。病了好，病了咱就能跟他一同煨着脚，当着他的面绣。

杜大爷看书看到《玉枕兰亭》的逸事，吃惊自己以前怎么把这一段忽略了。杜大爷就着铜炉给楚灵璧讲这段逸事。宋人贾秋壑任用婺州碑石名匠王用和，翻刻唐代定武兰亭，三年方成。后来又缩为小字，刻在灵璧石上，号玉枕兰亭。不知那灵璧是不是这灵璧？

"玉枕或许是，灵璧却未必。"

"你祖上并非长安人，你爷爷那辈从南方迁居长安城，置房产开铺子，和古董行当多有来往。你爷爷有眼力，借着海外关系，把你父母送去欧洲学习。当时你小，留在爷爷身边，可惜你爷爷已作古多年，你父母要你去欧洲，你又不走。"

"祖上的事，你说过九十九次了。"

"没想到今日看到《玉枕兰亭》的逸事，那灵璧对应这灵璧，那往事对应这现实，气脉兴许是通的，虽不真实确切，倒也是个联系对称。"

楚灵璧停住手中活计，张着幽怨的月亮眼睛看着杜大爷。

"你去研点墨，我帮你把这段文字抄录下来，求个出处，算个寻根。"

楚灵璧研好墨端过来，杜大爷把纸展在膝盖上，抄录下那段文字，让楚灵璧收了，说："你应该去欧洲与你父母团聚。"

"不，我不去欧洲，我要去就去美国！"

杜大爷的心犹如一面静息日久的夒牛皮大鼓，猛然被楚灵璧擂了一锤，那鼓面剧烈地震动，发出激越的声响。

知我心者，继我志者，楚灵璧！

杜大爷说："你过来。"

楚灵璧挪过去，端端正正跪在杜大爷面前，脸庞朝杜大爷仰着。

"闭上眼睛。"

楚灵璧把胸脯往前耸耸，脸庞更加往上仰仰，长密的睫毛，遮住了眼睛。

楚灵璧感觉到杜大爷手中的毛笔描在了自己的眉毛上。杜大爷描完眉，楚灵璧的眼眶里已噙满泪水。

楚灵璧一张眼，泪水便顺腮帮落下来。楚灵璧流着泪，却笑着伸出手，食指点住杜大爷眉心，无限风情地叫了一声："杜玉人！"

楚灵璧叫着，一头扑进杜大爷怀里，贴紧了杜大爷的胸脯。杜大爷也情不自禁，伸出瘦弱的胳膊，搂紧楚灵璧。

两个人像两块木炭，碰一下，贴一下，冒出无数火星，又很快分开。但两个人都在电光石火的一瞬间体味到了从未有过的幸福。这幸福在同床隔被而睡时从来没有出现过。

楚灵璧想继续绣那件贴身小衣，针线却无论如何也走不到一起。楚灵璧心中涌动着无比复杂的情感。楚灵璧到书案上取来梅花素笺，捏起毛笔，用砚台里剩余的墨汁，写出心底里翻腾不已的复杂情感，那是一首《调剂·金缕曲》：

玉人平安否？此生来，心怀旧事，那堪回首。病恹容倦缩卧榻，老夫少女相守，论说起，往日杯酒。魑魅搏人应见惯，总输他覆雨翻云手。人与兽，周旋久。　柴窗洞开山风透，绣薄衣，铜炉煨脚，捱此深秋。自古红颜多薄命，英雄志难成就。天涯路，崎岖难走。廿载包胥承一诺，盼乌头马角终相救。焚此札，熏君袖。

楚灵璧书罢，递给杜大爷看。楚灵璧才情，推为长安城女子第一。杜大爷平生心事，壮志雄心，数十年经历，以及楚灵璧对杜大爷痴迷情愫一经入词，便散珠成串。其真切情意，令人心碎鼻酸。

春秋末时，楚国人申包胥和伍子胥相知相好，伍子胥父亲因直谏被杀，伍子胥避家难投奔吴国，从此二人各侍其主。后来伍子胥辅佐吴王阖闾整军经武，设计攻打楚国并夺取郢都。申包胥在国败城破之时奉命到秦国寻求救兵。秦国起初不肯出兵助战，申包胥鹄立在廷堂之上，水米不进，痛哭七天七夜。秦国大受感动，出车五百乘，援助楚人复国。另，燕国太子丹在秦国做人质，日久想归国，请秦王放了他。秦王答应：令乌鸦白头，马头上生角，方可放你回去。楚灵璧借申包胥哭秦救楚，和燕太子丹乌头马角的典故表明挚友承诺，晚生继承前辈志向的真实心迹，的确悲切雄壮。杜大爷品味良久，和出一首，自己吟诵，让楚灵璧抄在前词之后。

不怨飘零久。唯恨那，祖恩负尽，玉圭为友。长安城南旧豪门，空余杜陵野叟，剪不断，二骏哀愁。天生一双无奈手，问人生到此凄凉否？千重恨，渭水流。　吾心憔悴君消瘦。共此时，霜打枫叶，风折残柳。墨猴蟋蟀悄无声，双魂马厩厮守。衷祈愿，终南依旧。秀手娟字临行稿，把英雄遗事托身后。君在上，吾叩首。

杜大爷苦吟，楚灵璧抄录。初始之时，字迹还娟秀整洁，可抄着抄着，手指便抖动不已，字怎么也写不整齐，而且越写越歪歪扭扭。写完最后一个字，楚灵璧已经泪如雨下。泪珠纷纷滴落到梅花素笺上，墨汁浸漫，渲染开去，字迹渐渐不清，印成一小幅山水泼墨画。

屋内，蟋蟀累了，墨猴也累了；窗外，风累了，雨也累了。自然界的一切，渐渐变得悄无声息。

28

　　齐明刀被从囚禁室带到办公室。

　　齐明刀看到肖黄鱼坐在深红色的大办公桌后边的黑色高背皮椅里摇晃着。高背皮椅被摇晃得跟婴儿摇篮一样。齐明刀被挟持上警车时看到一个扣大墨镜的人，觉得面熟。后来那个人摘下墨镜，冲齐明刀龇了龇大牙。齐明刀认出来了，那人是肖黄鱼，那天四水堂开业，跟在宋元祐的屁股后面。

　　肖黄鱼看到齐明刀过来，停住摇晃，用下巴朝办公桌旁边的沙发点一点。这办公室，齐明刀进来过好多次，每次进来，都有人将他按到办公桌对面的凳子上。

　　齐明刀并不坐，用肿胀着的嘴说："不对，今儿态度不对。"

　　肖黄鱼说："对着哩。"说着隔桌子扔过来一根红延安。

　　齐明刀没有接，红延安掉在地上，折成两半。

　　那天审齐明刀，问齐明刀："小克鼎在谁手里？"齐明刀说："啥大井小井，我不知道。"

　　一个干警说："皇上杀一个臣子，等于百姓逢年过节杀一只鸡，我踩死你，就像踩死一只蚂蚁。"

　　"我比不得臣子，也比不得鸡鸭，顶多算一只蚂蚁。百姓若蚂蚁，多一个少一个无所谓。"

"嘴皮子倒是能翻，我让你再翻！"说话间脱下皮鞋，一鞋底打在齐明刀嘴上，齐明刀只觉嘴巴一麻，嘴角便流出血来，嘴唇也随即肿胀得往外翻出来。

齐明刀也不擦嘴角的血："既然落到你们手里，要杀要剐随便。"

"哟，还大义凛然得跟地下党一样。"

"就是推上法场，咱也问心无愧，龇齿戴发，顶天立地。"

"又成仁人志士了。"

干警又问小克鼎的事，齐明刀沉默不语。直扛到第二天深夜，齐明刀实在熬不住了。干警可以换班，齐明刀得自己扛着。齐明刀想起电视上的审讯场面，嫌疑人向干警要烟抽，干警就给嫌疑人发烟。齐明刀便问干警要烟。干警怒吼一声，抽狗屁！瞧这干警，狗屁能抽吗？你嘴角叼着烟，是在抽狗屁吗？！齐明刀的话惹恼了干警，干警取下嘴角的半截烟，走到齐明刀面前。齐明刀以为干警来给他递烟，伸手去接，那干警指头一绷，半截烟便弹向空中，烟头上的火星掉落到齐明刀脸上。齐明刀抖落火星时，干警抬脚猛地一踩，那汽锤一样坚硬的脚后跟踩在了齐明刀右脚的大拇指上。齐明刀右脚大拇指的指甲盖儿给踩掉了，血流了一鞋窝。十指连心，齐明刀疼得跳起来，单脚在脚地蹦了两蹦，痛呼道：电视上那些镜头都是假的！

肖黄鱼又扔过来一支红延安，齐明刀仍旧没有接，红延安又摔成两半。

肖黄鱼："抽吧。"

齐明刀："临上刑场，给吃一老碗肉，喝一海碗酒，你拿一根烟打发人哩？"

肖黄鱼："一抽你就自由了。"

齐明刀："是宋元祐的意思吧？"

"你这人，咋能打着灯笼说话，明挑哩。"

"宋元祐让你把我弄进来，又让你把我放出去？"

刚进来时，肖黄鱼问齐明刀："为啥到这地方来？"齐明刀回话："因为路过菜市场，所以到这地方来。"肖黄鱼哈哈一笑："大祸临头，还顾得幽默，告诉你，因为小克鼎！"因为小克鼎，齐明刀在囚禁室里遭了大半月罪。齐明刀看到几只大头苍蝇从囚禁室的窗齿间飞进又飞出，齐明刀想，自己咋不能变成一只苍蝇呢？不久，几只大头苍蝇便冻死了，齐明刀想，自己也该冻死饿死了，没想到，肖黄鱼却说"一抽你就自由了"。

肖黄鱼起身从桌后边转出来，拍拍齐明刀的肩膀，说："走，老哥送送你。"

"我本想把牢底来坐穿。"

"你这张嘴，茅坑里的石头。"

快出门时，肖黄鱼认真而小声地说："兄弟，给哥做个线人。"

齐明刀看一眼肖黄鱼："人在啥时候都是人。"

肖黄鱼叹口气道："兄弟椽子硬，我服。"

到得大路口，肖黄鱼说："大路朝天，咱们各走半边。"

齐明刀像出笼的鸟儿，纵鼻子吸了两口郊外枯草的气息，揉了揉眼睛，极目远眺。北面是渭河，南面是终南山，长安城隐隐约约地闪现在远处。深秋的冷风，把田野里的枯草梗和树叶刮到路面上来。这大路一头通向四郎河，一头通往长安城。是回家乡四郎河呢，还是返身长安城呢？齐明刀觉得长安城的人事对自己更有诱惑力。人的一生，总是向有诱惑力的地方行走。

肖黄鱼掏出十块钱给齐明刀，说："坐车用吧。"

齐明刀一把撕成碎片，扬向空中，说："我没有大拇指盖儿，照样能跛回长安城。"

齐明刀沿着马路边，一瘸一拐地走向长安城，卷着草梗树叶的秋风，掀动着他的破衣烂衫。

齐明刀再次看到安远门的城楼，被折磨了大半月的心又激动得狂跳起来。这重回长安城的激动，远远超过初入长安城的激动。齐明刀忽然想起一句精彩的电影台词：我胡汉三又回来了！咱不是胡汉三，咱更不是还乡团，咱是要楔进长安城城墙缝的那根钉子。齐明刀两只拳头高高挥向空中，跂着脚高喊："长安城，我齐明刀又回来了！"

城楼上一群马燕呼啦啦俯冲下来，掠过齐明刀头顶，像是对他表示由衷的欢迎。

齐明刀穿过城门洞，行走在西市繁华的大街上。四水堂开业那天，齐明刀搀着师父货郎苗和杨老汉，就是穿过这条大街走到四水堂的。齐明刀东瞅瞅西看看，觉得那些本来已经熟悉的大楼和商店一下子又变得陌生了。齐明刀每经过一个人多热闹的地方，那些男女老少总用奇怪的目光看他。齐明刀刚进长安城时也曾经用那样的目光在街上看过外国人和猴子。

齐明刀走到一家宾馆的玻璃窗前，借着玻璃看了一下自个儿的尊容。不看不打紧，这一看，齐明刀的额角立刻滴下汗珠子，羞红的脸也顿时低下来。大半月囚禁室的生活，已经完全改变了齐明刀的形象。齐明刀简直不敢相信，映照在玻璃里的那个人就是自己。头发像鸡窝一样蓬乱，嘴唇肿着，脸和脖子脏着，身上单薄的衣服烂着。和街上行走的城里人相比，自己简直就是一个实实在在的叫花子！那玻璃镜片上没有缝隙，有缝隙的话，齐明刀会毫不犹豫地钻进去。

齐明刀不敢也没有脸面行走在人首稠密的正街上，仿佛杜大爷、唐二爷、金三爷、郑四爷、董五娘、周玉箸、楚灵璧、陶问珠随时会出现在人群中。自己这个熊样子，咋能让陶问珠他们看见呢？

齐明刀老鼠一样逃窜到背街上。背街的街面狭窄杂乱，三轮车自行车横七竖八地放着。背街上人少，穿戴也不很整齐，但看他的目光跟大街上的人一模一样。齐明刀立即后悔了，刚从背地方拔出脚来，脚脖子上的背泥片子还没有抠洗掉，咋又拐到这背街上来？难道还要继续背晦下去？齐明刀呀齐明刀，你个挨刀子的，放着光明大道不走，却偏偏钻到这到处泼着泔水的背街上来。碰见杜大爷、唐二爷、金三爷、郑四爷、董五娘、周玉箸、楚灵璧咋啦？碰见陶问珠又咋啦？碰见他们，正好让他们看看咱这熊模样，局子里出来的英雄就是这熊模样！咱宁死也不当叛徒，谁也没出卖。几位爷，小克鼎，哥们朋友揣在咱心窝里，黑狗黄狼搜肠刮肚也掏不走。看吧看吧，你看我我也看你，咱也不是光尻子，怕看！咱看谁仗硬，看谁能看过谁！咱走，到正街上走！甭看咱破衣烂衫，蓬头垢面，说不定还能碰上市长或者联合国秘书长哩！

齐明刀猛一转身，不料想和一个拉架子车的人撞了个满怀。

唉，没碰上市长和联合国秘书长，却碰上个收破烂报纸的。

两个人都说瞎狗不挡路，可两个人都只说一半又把另一半咽了回去。两个人的眼睛互相打量着，最后都怔住了。

拉架子车的人："是你？"

齐明刀："报纸人！"

是的，这个拉架子车的人，正是齐明刀进城不久，在一个夜晚追寻王真行，在城南护城河边看到的在废报纸堆里睡觉的那个人。

报纸人："瞧你衣裳烂的，身上脏的，头发乱的，嘴唇肿的，胡子长的，不偷人都像个绺娃子①。你得是做贼去了？"

把他家的②，为了小克鼎，落下个贼名声。

齐明刀刚想说话，肚子却咕咕地叫了几声。齐明刀这才想起自己已经一天一夜水米没沾牙，空肚子走了十几里地。齐明刀想说话，肚子争着抢着替他说了。

报纸人："贼饿了，我请客，羊肉泡馍。"

齐明刀想不到合适的感谢话。

报纸人："你要是个贼，也是个好心贼。"

齐明刀跟报纸人进了就近一家泡馍馆。

---

① 绺娃子：关中方言，贼，小偷。
② 把他家的：陕西方言，生气时的感叹词，有怨悔和不意料之意。

等泡馍时，齐明刀对报纸人说："我身上没一分钱了。"

"灯没油，黑下了。人没钱，龟下了。"

"借我五毛钱。"

"借？吃完羊肉泡馍一分手，今辈子不知道还能不能再见面。"

"你留个地址，我给你送到门上。"

"我三天两头换地方，有时候车站，有时候城墙根，架子车上一窝蜷就是一夜。"

"那就算了。"

"算啥哩，大男人张口，咋能不给个面子哩。五毛钱个事，万一把贼英雄气得跳了护城河咋办哩。"

报纸人掏出一把毛票，寻出一张五毛的，撇到桌面上。

齐明刀拿着五毛钱，给陶问珠打了电话。齐明刀不想就这样子回到自己的住处。陶问珠兴许能改变他的模样。付电话费时，齐明刀想，寻常人的五毛钱就是小，要是古董行当的五毛钱，够一个人山吃海喝两个月。

齐明刀打电话回来，泡馍已经端上来，齐明刀热乎乎地吃着，觉得肚子里暖和了许多。报纸人见齐明刀吃得香，自己也吃起来。

两人边吃边说着分手后的闲话。

"要说在这长安城里讨生活，难，也不难。就说我吧，当初睡在废报纸堆里，后来就干脆收废报纸，凡是跟纸沾边的我都收。拉个架子车把长安城转遍了，一天收大半架子车。大街文明，咱不去，去了影响市容哩。咱专在背街转悠，收到废纸废报纸，卖给废品回收站，一天搭揽三二十块钱，够混日月。只要不下连阴雨，一月近千把元，一年下来万把元，三年下来，能回南山盖座两层楼。再三年下来，能娶三房媳妇。"

"那不吃醋打起来？"

"有打醋坛子的，有喝老鼠药寻死的，也有好得跟亲姐妹似的，因人而异。"

"好好收，过几年回南山盖两层楼娶三房媳妇，你就成地主了。"

"我才不回去哩。宁愿睡车站打光棍也不回去。两层楼三房媳妇是好，可一个媳妇生俩娃，三房媳妇六个娃，六个娃将来咋办？总不能排成队在长安城收破烂报纸吧。"

"倒也是，那就娶房城里媳妇。"

"得，别恶心人了。城里女子会嫁给收破烂报纸的？城里人养的小狗都不会嫁给咱。"

吃完羊肉泡馍，报纸人说咱走。齐明刀说再等一会儿。

"等谁呀？"

"等个长头发。"

"就这熊样子，还等长头发哩。"

报纸人说着朝门口望去，立即对齐明刀说："有人看咱哩。"

深秋的夕阳透进门口。陶问珠穿着牛仔裤、米黄色短大衣，站在门口，正往这边张望。陶问珠看到齐明刀，急忙走过来，也不管报纸人在当面，一把抓住齐明刀胳膊，哽咽着嗓子说："你，咋也成了这样？"

报纸人看到这情景，起身要走："这熊样子，还挺有艳福哩！"

齐明刀也不气恼，向陶问珠要五毛钱，陶问珠没有毛票，就给了五块钱。齐明刀追到门口，要还报纸人钱。报纸人不屑地瞥一眼齐明刀，说："羞先人哩，五毛钱还还哩。"说着往地上啐一口，拉起架子车走了。

齐明刀捏着五块钱，僵在门口。一种朴素真挚的感情弄得齐明刀的眼泪哗啦一下流到脸颊上。

陶问珠看着齐明刀，眼圈也红了。

齐明刀和陶问珠面面相对，却没有亲热的话说。齐明刀想起大半月前分手时送陶问珠齐国明字刀的情形，感到那默契缠绵没有回到眼前来。陶问珠只是刚见面时握住他胳膊说了句"你咋也成了这样"，就没有进一步的表现了。陶问珠说的那个"也"字，指的又是谁呢？

陶问珠隐在头发里的眼圈黑黑的，像是哭了许多天而又一直没有睡好觉。陶问珠大约不想让齐明刀把她的黑眼圈看真切，扭过身子说："走。"

"去嘎搭？"

"叫你走你就走。"

可怜的齐明刀哈巴狗一样跟在陶问珠屁股后边走着。

陶问珠带齐明刀到一家洗浴中心，说："你去洗吧，我在外边等你。"齐明刀往进走时，陶问珠又盼咐："别忘了剪你的长毛子。"

齐明刀先洗头剪发，然后去泡去蒸，蒸完了叫人搓澡。搓澡人边搓边吐唾沫，说你咋脏成这样，垢痂能上二亩梨瓜。

搓洗完毕，齐明刀又犯难了，刚搓洗干净的身子，再穿上那身脏衣服，岂不又脏了，那还不如不洗哩。正犯难时，一个服务员端个浅盘进来，说齐先生，这是您的衣服。说着把浅盘放到齐明刀面前的凳子上。齐明刀仔细一看，里里外外全新一套行头。白衬衣白棉袜，浅色羊绒衫羊绒裤，深色休闲外套，深棕色皮鞋。就连裤头和贴身背心，细心的陶问珠都想到了。齐明刀长这么大，只有母亲这么细心地关心过自己，再就是陶问珠。齐明刀心里热烘烘的，发誓道：一定要娶陶问珠做媳妇！而且一定要一辈子对陶问珠好！

齐明刀穿戴齐整，在镜子里照了半天，才向服务员要了个大塑料袋，把自己破旧的脏衣服脏鞋袜装进去，拎在手上走出来。

陶问珠侧面对着齐明刀，淡淡地说："这下焕然一新了。"

齐明刀得意地挺挺胸脯，走路也不瘸了。

路过一个垃圾台时，齐明刀把胳膊在空中抡了两圈，然后一松手，装着破旧衣服鞋袜的塑料袋便如折断翅膀的老鸹一样在空中翻了几下跟头，跌落到垃圾台里，发出嘭的一响。

齐明刀把满身的背晦气和破衣烂衫一起丢弃在垃圾台里。齐明刀像以前那样，干干净净地回到长安城里。

齐明刀说："去我那儿吧。"

"不。"

"去你那儿吧。"

"不。"

"那去哪儿呢？总不能游狗似的满街巷乱转悠吧。"

"反正不去你那儿，也不去我那儿。"

"去四水堂吧。"

"好吧。"

四水堂里喝茶的客人比平时稀少得多。齐明刀和陶问珠径直到二楼来凤仪。来凤仪落了锁。齐明刀问新面孔的大管事："郑四爷呢？"大管事："郑四爷不在。"

"到嘎搭去了？"

"郑四爷见天夜里梦见凤凰飞来鸣叫，叫得郑四爷睡不着觉。郑四爷说凤凰叫鸥尾哩，就去乡下访寻琉璃鸥尾去了。"

"啥时候回来呢？"

"说是访寻到就回来，访寻不到就不回来。"

齐明刀和陶问珠愕在脚地。

"二位是郑四爷的熟人吧，请随便坐下喝茶。"

齐明刀和陶问珠随便进了间包厢坐下来。茶童很快送上茶来。

齐明刀刚吃过羊肉泡馍，又刚洗完澡，口渴，端起茶杯一饮而尽。放茶杯时说："郑四爷不在，茶味也不行了。"

陶问珠："听说郑四爷把核桃壶喝干了。"

齐明刀："不会吧，核桃壶咋会干呢？"

"我也只是听说。"

"耳听是虚。"

齐明刀再喝茶时没有闻到油菜花似的香味，却看到了陶问珠的黑眼圈，关切地问："你哭过？"

　　陶问珠急忙把头甩向一边。陶问珠的头发飞扬起来，露出光滑小巧的耳朵。齐明刀见那耳朵光秃秃的，又问："两只翡翠鸟呢？"

　　陶问珠洁白的榴齿咬住下唇，一直咬着，直到咬出血，末了溅着血说："死了！"

29

　　小克鼎是到手了，唐二爷却被刀子请走了。

　　从唐二爷被刀子请走的那一刻起，周玉箸的魂就丢了。丢了魂的周玉箸除了落泪抹鼻涕之外，一时间手足无措。周玉箸非常恼恨自己，古董场上处事那么干练的周玉箸，眼下怎么手足无措得光知道落泪抹鼻涕呢？你周玉箸得想法子，捞你的丈夫呀！

　　就在周玉箸急着想法子的时候，宋元祐托人捎话来：你咋不去求求宋局长呢？你说这怪不怪？周玉箸不是没有想到过宋元祐，可一想到宋元祐和金柄印的铁哥们关系就打住了，那两人都是丈夫唐二爷的死对头。死对头本来就盼着你死哩，你反而去求他援手捞人，这不等于母鸡求黄鼠狼搭救公鸡吗？周玉箸没有料到，就是这个死对头、这只黄鼠狼捎话来了。周玉箸想：这是不是下的套子呢？套子就套子吧！为了捞丈夫回家，就是龙潭虎穴也要闯一闯！

　　当然，周玉箸知道自身的优势，也知道以什么方式去拜见宋元祐。

　　周玉箸唤来陶问珠，陶问珠的眼睛也哭得红桃似的。陶问珠尽量侧着身子，甩着头发遮掩自己的眼睛。周玉箸见陶问珠为唐二爷伤心成这样，顿时生出惺惺相惜的感情。

　　周玉箸坐在梳妆台前，让陶问珠给她梳妆打扮。

　　那梳妆台是明代大户人家用过的紫檀梳妆台，线条流畅雕工简洁。

梳妆台上没有摆设玻璃镜。玻璃照人太清晰，不真实。也没有摆设古铜镜，古铜镜是皇后妃子公主用的，越照人越古气。梳妆台上陈设的是一对青铜鉴，一方一圆，盆形，平底，束颈，颈上生四只耳朵，耳朵上雕饰龙身兽首。鉴中盛水，一日一换。对鉴照影，既有古意又有凉气，愈照人愈鲜润清新。年轻时梳妆，唐二爷总是从后面抱住她的腰，从她肩膀上探出头来，对着鉴中水耳鬓厮磨。

无论在什么场合，男人们只要夸周玉箸貌美，唐二爷总是得意地在一旁说：古鉴照的来。

陶问珠提起葫芦形青铜匜倒水给周玉箸洗手，又在匜中摆好毛巾给周玉箸擦脸。陶问珠感觉到周玉箸两手冰凉脸颊发烫。

周玉箸拥有长安城最好的脂粉，植物粉、铅粉、丹砂、胭脂样样俱全。陶问珠给周玉箸扑的是植物粉，又按寻常方法施胭脂。那胭脂用红蓝花、紫茉莉、山石榴和紫苏花调配而成。唇膏用的是丹砂和朱砂，红赤纯正。这化妆也极其讲究，有白里透红的飞霞妆，有点红酒窝的星靥妆，有色彩浓烈的酒晕妆，有色彩浅显的桃花妆，还有红线勾成月牙的斜红妆。周玉箸平时不化桃花妆，说一个女人一生只化一次桃花妆，和唐二爷结婚时她已经化过了，终生不能再化，再化就成了流水桃花命。周玉箸也从来不化飞霞妆，说飞霞妆轻佻放浪。陶问珠准备按惯例要给周玉箸化斜红装，周玉箸却淡淡地说："化飞霞。"

陶问珠涂着胭脂的手停在空中："大姐？"

"让你化你就化。"

陶问珠重调胭脂，施到周玉箸粉面上，匀得白里透红，宛若飞霞一般。

施完胭脂，又用青墨描眉勾眼线。

周玉箸："眉斜扬，眼角上挑。"

陶问珠的手和墨笔又停在空中："大姐？"

"大姐叫你描你就描，叫你勾你就勾。"

陶问珠把周玉箸一对眉毛描得又斜又细，宛然蛾眉一般。把两个眼角勾得挑向鬓角，内中露出风骚之情。

描完眉勾完眼线，点唇。点唇因色彩不一而名称不同。紫的叫点绛唇，鲜红的叫樱桃唇，浅红的叫檀唇。周玉箸平时点点绛唇。点绛唇是唐二爷的专利。当初恋爱时，唐二爷看到周玉箸点的紫唇，说点得好，古时文人雅士就喜欢女人点这种唇。有许多文人雅士为讨女人欢心，专门写诗填词，赞美歌颂女人的嘴唇，日久形成专门词牌，叫点绛唇。周玉箸用笑吟吟的紫唇说，你倒一肚子学问，可给我作一首点绛唇来。唐二爷想卖牌瞎了，就吟出一首李清照词来，周玉箸说不要女人写的。唐二爷又背出一首秦观的，周玉箸说不要宋人姓秦的，要今人姓唐的。唐二爷筹思良久，施出拖刀计，说三日之内必定写来。三日期满，唐二爷请周玉箸喝酒。喝到酣处，扶周玉箸到床栏边，一边摩挲周玉箸一边吟出一首《点绛唇》来：

酒意阑珊，双双落座床栏处。两腮相偎，指在胸间住。 月辉朦朦，依窗羞偷顾。春潮起，乱红如雨，尽染床间布。

唐二爷那厢吟罢，周玉箸这厢握紧秀拳不住捶打唐二爷胸脯，连说坏死了坏死了！

"咋的坏死了？"

"淫词滥曲！滥曲淫词！"

"如此盎然诗意，怎的成了淫词滥曲？"

周玉箸停住捶打，头偎贴在唐二爷宽厚的胸脯上，仰着脸说："淫是淫些，倒真实有趣，正合乎此刻情致。"说着，情不自禁，用点绛唇吻了唐二爷，唐二爷嘴大唇厚，把她唇上紫膏吃了个干干净净。

婚后，唐二爷如实坦白，说自己私下央求杜大爷，兄弟有难，快快援手相救！杜大爷问清原委，说成人之美，有何难哉，略一沉吟，便有了那首《点绛唇》。"这杜大爷，像偷看了咱俩似的。"周玉箸喜欢的就是唐二爷这种坦诚性格，回说："杜大爷吟那《点绛唇》，你却吃了这点绛唇，为此，当请杜大爷喝两盅成人之美酒。"唐二爷说："你可说到我心窝子里头去了。"

陶问珠的手犹豫着："点啥唇呢?"

周玉箸："点樱桃唇。"

陶问珠给周玉箸点上艳红的樱桃唇。

点完唇，开始梳妆。陶问珠给周玉箸梳顺头发，绾起一个高高的大鬆髻。

周玉箸从樟木箱子里取出四样宝贝让陶问珠给她佩戴。四样宝贝是：一支翡翠扁簪，两对祖母绿宝石坠子，一颗红宝石朝珠，一个麻花玉手镯。

陶问珠把长长的翡翠扁簪别在周玉箸高高的鬆髻上，把祖母绿宝石坠子穿戴在周玉箸耳轮上。那祖母绿宝石耳坠和陶问珠的翡翠耳坠同样气派，有八分长，通体扁圆，看不见棉柳，颜色浓绿，鲜艳透明，做工精美，垂在两耳之下，熠熠生辉。

周玉箸自己把红宝石朝珠拌在脖颈，悬在胸前，又把麻花玉镯套在手腕上。

余下一对祖母绿宝石坠子，坠在绣花鞋的扣绊上。

梳洗化妆毕，周玉箸倾身对着铜鉴欣赏。铜鉴水清如镜，朦朦胧胧地映照出周玉箸的面容和身姿。

周玉箸看着铜鉴中的周玉箸，像看着一个从未谋面的陌生人。陌生人飞霞红妆，斜挑眉眼，齿白唇艳，别有一番韵味。那个古雅端庄清秀的周玉箸不见了，唯有发上别的，耳下坠的，胸前悬的，腕上套的，仿佛是先前的旧物。

四样珠宝，是唐二爷求婚时送她的。送她时就让她佩上戴上，说要使她从头到脚亮起来。结果她把这亮听成那靓，一时间弄不清他是说珠宝呢还是说人呢？

唐二爷还说："天下有三对名镯，西太后慈禧有一对，李鸿章给他老母亲买过一对，还有一对麻花翠镯，让一个大军阀贡给了蒋介石夫人宋美龄。送你这只，是仿麻花翠做的，跟那三对名镯比，可是差老鼻子了。不过要是有机缘……"

周玉箸说："何苦呢，我又不是太后，也不是生养将相的贵妇人，更不是总统夫人，何必非得套个名镯子呢。这古玩珍宝亦如男女，讲个缘分。有缘珠宝店里来相会，无缘对面不相识。咱图个缘分，不必较真。"

唐二爷说："不过，这颗朝珠，可是大有来路的。传说当年东陵被盗，慈禧太后胸前挂了三串朝珠，两串被大军阀孙殿英拎走，一串被兵士你拉我拽，散落在地，自然也就散落民间，不承想，有一颗流入长安城，被我高价买下，送给你。"

周玉箸："为啥呢？"

唐二爷："娶妻当娶周玉箸"。

周玉箸："嫁郎当嫁唐二爷。"

周玉箸化了桃花妆，佩戴四样珠宝，嫁给了唐二爷。唐二爷见新娘珠宝和桃花粉脸相映成趣，步移坠摇，款款动人，自然喜不自胜。是夜，唐二爷望着新娘两乳间启明发亮的红宝石，戏言道：两山高耸，深壑藏珠。周玉箸心中少女的激情顿时奔涌上来，一下扑在新郎怀中。不愧为长安城古董行当的知名人物，夫妻间隐秘的悄悄话，说得有情有趣有诗意。

婚礼之后，四样宝贝便入了樟木箱子。之后，遇到重大活动才披挂上身。今日翻拣出来，佩戴齐备，却把新婚的桃花妆换成飞霞妆，不知为了哪般。

打从给周玉箸梳妆打扮起，陶问珠心里就一直在打鼓：周大姐今日咋啦？为谁呀？

周玉箸让陶问珠去拿酒，陶问珠拿来了，斟酒时小声嘟囔一句：
"又不是董五娘，临出门还抿两口。"周玉箸听到，让陶问珠坐下陪着
喝，还说："咋啦？只兴她董五娘喝就不兴我周玉箸喝？难道天底下的
酒都姓董，都叫董酒不成？"

　　陶问珠陪周玉箸喝，直喝得周玉箸飞霞更加飞红，走路步态更加婀
娜多姿，耳坠摇摆得更有情韵，这才拎了坤包往门口走去。

　　陶问珠忍不住，怯生生低问："大姐，你到嘎搭去？"

　　周玉箸回过头，醉眼迷蒙地看一眼陶问珠，扬一扬手中坤包："去
找一个人。"

　　"找谁？"

　　"宋元祐！"

　　陶问珠吸一鼻子冷气："找宋元祐干啥？"

　　周玉箸咬咬嘴唇，一字一顿地说："捞唐二爷！"

　　世事颠倒了，现在是陶问珠坐在梳妆台前，由周玉箸伺候着，给她
梳妆打扮。

　　周玉箸走后，陶问珠独自沉思：大姐是天底下最好的媳妇，当年佩
戴四样珠宝是因为爱唐二爷，今日再次佩戴四样珠宝，仍然是因为爱唐
二爷。

　　陶问珠回到前院秦汉瓦罐楼招呼生意。入夜不久，正是客多客满时
分，陶问珠忙前忙后，一时间便把心中的不安和烦恼给岔开了。

　　陶问珠正忙得紧火时，有个小女侍在身后拽拽她衣襟，说唐夫人叫
你哩。陶问珠的身体和动作立时僵在半道：回来了？这么快就回来了！
陶问珠没有回头，说知道了，你忙去吧。

　　陶问珠出秦汉瓦罐楼后门，穿过庭院往宝鼎楼走。陶问珠无意间一
抬头，看到宝鼎楼翘起的楼角，挂着一轮圆月。那圆月又低又近，大红
灯笼一般，搭个梯子便能够着接着。自打进长安城以来，陶问珠还没有

见过如此大如此近的月亮。这是多情多义的长安月吗？

陶问珠进得宝鼎楼东厢房，看到周玉箸独自一人站在梳妆台前，脸上尽是失望和等待的表情。

陶问珠一眼就看清，周玉箸头上的扁簪、耳垂和绣鞋上的祖母绿坠子，胸前的红宝石朝珠，手腕间的麻花玉镯全都不在了。周玉箸的鬓髻散落下来，但头发一点儿也不凌乱，脸上的飞霞妆也如刚画的一般，丝毫没有损坏，衣衫上没有凌乱的褶皱，绣鞋上也没有踩踏的痕迹。衣衫上唯一的变化是低领布衫的第一枚扣子没有系好，衣领往下翻着，露出少半冰山的秘密。

宋元祐的品行和爱好长安城古董道儿上无人不知无人不晓：死东西里他只爱古玩，活东西里他只爱美女。

陶问珠看着周玉箸，想把她的表情、衣衫以及宋元祐的品行综合在一处，然后判断周玉箸去而又来的结果。周玉箸脸上失望和等待的表情已经消失，平静得一丝信息都不释放出来。

陶问珠："大姐回来了？"

周玉箸："一个人回来了。"

"大姐回来……"

"回来给你梳妆打扮。"

说着，将陶问珠按坐在梳妆台前的凳子上。陶问珠心中泛起不祥的预感，但没有往起挣扎。

周玉箸在铜匜里浸了毛巾给陶问珠擦脸，然后施粉涂胭脂，程序和陶问珠给她化妆一模一样。

陶问珠："我咋敢劳驾大姐呢。"

周玉箸："平时总是你给大姐化，今黑了大姐给你化。"

"我晓得大姐手艺高。"

"你刚才看到月亮了吧，又大又圆又红。今黑了是个特别的日子，大姐要把你梳妆打扮得跟新娘一样漂亮。"

"见着人没？"

"见着谁呀？"

"宋元祐。"

"咋能没见着呢？不光见着宋元祐，还见着另一个女人。那个女人是文物局的蔡翠玲，丰韵得皮快挣裂了。见我到了，扭着腰说宋局长有贵客，我先走了。说着回头咬一下小拇指，拉上门去了。

"宋元祐坐在沙发里，没有起身送蔡翠玲。蔡翠玲走后，宋元祐反反复复上下打量我，末了哈哈笑着说，都说唐夫人周玉箸的姿色在长安城成熟女人里排名第一，今日细看，果然不虚，不仅珠光宝气，而且气度不凡，风韵翩然。

"宋元祐没有让座，我却坐在他对面。

"宋元祐不再说话，毛刷子一样的目光在我身上刷过来刷过去。那种贪婪淫邪的目光让我浑身不自在，但还是忍受着。

"宋元祐的目光探照灯一样探进我的心里，说：'我知道你为了唐二爷，啥都舍得，啥事都做得出来。'

"我的心被老练狡猾的宋元祐看穿了。看穿就看穿吧，难道我没有把他看穿？！

"我说凡事都有条件，你不是要我这条件吗？

"宋元祐的目光在我的头上耳下胸前腕间脚面跳来跳去。我把扁簪、祖母绿坠子、红宝石朝珠和麻花镯一件件卸下，摆放在茶几上。

"宋元祐往后缩一缩，说：'人一卸珠宝，亮气失去不少。'

"我说：'外边失去不少，里边分外妖娆。'说着动手解领口的扣子，我刚解开一枚扣子，宋元祐就摆开了大手。我解扣子的手停住了。

"我看着宋元祐，宋元祐也看着我，两人就这样你看我我看你，互相盯视着。

"我说我再坐十分钟就走。

"宋元祐说十分钟又不是一辈子，不难熬。

"我说过了这个村就再没有这个店。

"他说，你干脆说机不可失，时不再来。

"我自信我看穿了宋元祐，他既然捎信叫我来，就是有目的的，无非是目的附带着条件。

"我真的起身欲走。宋元祐拍着沙发扶手说唐夫人不急嘛。

"我说那你就开条件吧。

"宋元祐往前凑凑，说唐夫人虽然愿意为我解扣子，可心里仍然深爱着自己的唐二爷。

"废话少说，快开条件，不然我真的走呀！

"宋元祐摇头晃脑，走腔跑调地唱出两句曲文：'一要井底千年雪，二要瓦上万年霜。'

"茶几上摆的扁簪、祖母绿坠子、红宝石朝珠、麻花手镯就是井底千年雪，我周玉箸就是瓦上万年霜。

"宋元祐摇头晃脑，走腔跑调地接唱道：'三要麒麟心头肉，四要美珠二三两。'"

陶问珠的心，是悬挂在西厅板屋秦声里的铜钟，被宋元祐隔街隔巷重重敲了一捶。铜钟摆动着发出颤抖的声响。

"麒麟心头肉是啥？不就是小克鼎吗？"

陶问珠等着周玉箸说美珠二三两，可是周玉箸没有说。

周玉箸手法的确娴熟，说话间已经给陶问珠化好妆。

周玉箸擦干净手，拿起兽骨梳子给陶问珠梳头，梳子在陶问珠稠密的头发上嗞噜嗞噜响着。周玉箸并不太着急，一遍一遍梳着，生怕漏掉哪根头发。最后，周玉箸用梳子拨开陶问珠耳边的头发，让翡翠耳坠露出来，说："这翡翠耳坠真好，比我的祖母绿还好。"

"大姐知道，这是唐二爷送的。"

"唐二爷是长安城里为数不多的好男人，虽然有时候成了大生意喝了高酒也去逛一下，但从来不上心，从来不野得没缰没绳。唐二爷对他心底爱着的女人还是挺珍惜挺尊重的。”

“这我能感觉到。”

“就我知道，唐二爷除送我四样聘礼之外，再就是送过你这对翡翠耳坠。”

“我对唐二爷说过，我欠他一对翡翠耳坠的情。”

“唐二爷送我的四样珠宝不在了。”

“唐二爷送我的翡翠耳坠还吊在耳朵下。”

“唐二爷送给女人的宝贝就剩这对耳坠了。”

“我说过，我欠唐二爷一对翡翠耳坠的情。”

周玉箸进到里间，转出来时怀中抱着小克鼎。周玉箸把小克鼎放到梳妆台上，让陶问珠细细看，末了说：“小克鼎就是麒麟心头肉，你就是美珠二三两。”

这一刻，陶问珠想到了齐明刀，想到了齐明刀套在她脖子上的齐国明字刀。可毕竟翡翠耳坠在前，齐国明字刀在后。

陶问珠卸下贴心悬着的齐国明字刀，交给周玉箸：“你暂时先替我保管着。”

“你放心，我一定保管好。”

陶问珠让周玉箸把小克鼎装在木匣里，然后抱起木匣，摇晃着翡翠耳坠，迈出宝鼎楼的门栏，向命运的深处走去。

30

"那么漂亮的翡翠鸟咋会死呢？"

"越是漂亮越容易死亡。"

"你要说飞了我兴许信哩，你说死了我坚决不信。"

"那你就权当飞了。"

"飞了就是飞了，咋能权当哩，人没翅膀都能飞，何况翡翠鸟？"

这句话触动得陶问珠发出轻轻的叹息："是呀，人没翅膀都能飞，何况翡翠鸟？"

飞是一种动态，带着声响，太难参悟和把握；死是一种静态，悄无声息，无法参透和把握。陶问珠多么希望翡翠鸟是飞走，而不是死亡。

"翡翠鸟飞到嘎搭去了？"

"飞进死亡山谷去了。"

动驱向静，声响归于寂灭，飞翔朝着死亡。

"结果还是死了。"

"是死了。"

"是谁杀死了翡翠鸟？谁是杀死翡翠鸟的罪魁祸首？"

陶问珠没有说，陶问珠不能说。屠杀翡翠鸟的凶手和屠杀过程一经说出，以前所有美好的东西会被破坏净尽。美好的东西一旦破坏净尽，这个世界就黑暗得没有一丝趣味了。

陶问珠把茶杯推到齐明刀手边，说："喝茶。"齐明刀端起茶杯回道："好吧，喝茶。"

齐明刀呷一口茶，说："要是能喝交杯茶，那多好。"

陶问珠何尝不想喝交杯茶，可惜翡翠鸟死了。陶问珠用有些红肿的眼睛瞟一眼齐明刀："茶又不是酒。"

"是呀，杯里要是酒就好了，杯里要是酒，我就和你喝交杯酒，你不喝都不行。"

陶问珠心底轰鸣巨大的声响：一月前你要是如此大胆地硬拉住我喝交杯酒就好了！命运的脚步走得太慢了！

泪水滚到腮帮上，陶问珠甩一下头，用头发甩掉了。

陶问珠想把手伸过去让齐明刀握一握，可伸到半道上，齐明刀来迎接的时候，那只手又拐回来，抖抖地捏住茶杯沿，提拎着，放到嘴唇边。牙齿笃笃着，把茶杯敲响了。

齐明刀看出来了：巨大的悲痛涌流在陶问珠的胸膛里。翡翠鸟死了，怎么死的？凶手是谁？那是陶问珠悲痛的根源啊！但是陶问珠不愿意说出来，不肯说出来。

陶问珠喝口茶，品着茶水里淡淡的苦味。

齐明刀觉得气氛难耐，说："咱走吧。"

陶问珠："那就走吧。"

陶问珠付过茶钱，随齐明刀下二楼绕过黄花梨木四君子屏风，来到一楼大厅的四水池边。天空没有下雨，屋檐上没有滴水，水池里的水平静得跟镜子一样。杜大爷题词的描金堂碑默默地伫立在池水中。齐明刀和陶问珠伫立在四水池边，望着堂碑，回忆着四水堂开业大典的盛况，那是多么繁华兴旺的情景啊！那凤凰来得多及时，穿飞得多有姿态，鸣叫得多么好听，满天空满院落满四水堂都闪烁着凤凰虚虚幻幻的身影！那情景逝去了，刚刚闪了两闪就逝去了。凤凰没有再来。凤凰只是时不时地出现在郑四爷的睡梦里，提醒四水堂尚缺一个琉璃鸥尾。光有鸥吻没有鸥尾便不能首尾相顾。郑四爷核桃壶里的茶水一喝干就悟透了凤凰的意思，于是打点行囊出长安城，云游乡下，寻找琉璃鸥尾去了。而且还放下话：寻着了回来，寻不着就不回来！

齐明刀和陶问珠辞别四水堂来到大街上，漫无目的地往前走着。走着走着，不觉来到护城河上。两人凭着桥栏往下看河水。夜幕正在降临，残月，华灯，枯树，城楼一齐映照在护城河的水中。偶尔有深秋的冷风吹过河面，镜子似的河面便被冷风的手指揉碎了，映照在河面的残月华灯枯树楼头便隐约不见。冷风过后，河面恢复平静，那一应景物又浮现出来。冷风又来，景物又碎。

陶问珠望着河面碎而复现，现而复碎的景物，倍觉伤感，随口吟唱出几句满含凄凉的曲子：

参差烟树霸陵桥，风物尽前朝。
春谢花落桥下水，桥上行人红颜老。

齐明刀听着歌词，扭头斜看陶问珠，见果真如此：翡翠鸟一死，陶问珠果真老了许多。陶问珠如此，自己呢？牢狱之灾，归来时那副狼狈模样，不也老得羞于见人吗？

两人在护城河的桥上唏嘘一回，又漫无目的地沿着护城河往前走。不知不觉，走到了城墙和护城河的东南拐角。又往前走不远，到了秦汉瓦罐楼前。楼里的灯光仍然亮着，但客人已经稀少了。

齐明刀大着胆子说："我送你上去吧。"

陶问珠迟迟疑疑的像是要点头，结果却是摇了摇头。

陶问珠把齐明刀引到秦汉瓦罐侧面的街道上，齐明刀往上看一眼，正好能看到陶问珠花坞的窗户。窗户关着，里面没有灯光。

陶问珠说："你等会儿，我去去就来。"

齐明刀目不转睛地望着花坞的窗户，等着。

窗户里的灯亮了，窗户也打开了，陶问珠要是从窗口探出身来，那姿态一定非常好看。陶问珠要是探出身来，齐明刀就要放开喉咙给她吼秦腔。

　　陶问珠没有探身窗外，却又回到了齐明刀面前。借着窗户投射出来的昏暗灯光，齐明刀隐约看见陶问珠手上拿着两样东西，却没有看到陶问珠隐藏在稠密头发背后的眼睛。

　　陶问珠说："你闭上眼睛。"

　　齐明刀闭上眼睛时暗想：你打开窗户，却让我闭上眼睛。

　　陶问珠："不许睁开眼睛。"

　　齐明刀："一辈子不睁开吗？"

　　"不是一辈子，是后半辈子。"

　　"我后半辈子成瞎子了。"

　　"见了我是瞎子，不见我还和常人一样。"

　　"那我就是睁眼瞎。"

　　齐明刀闻到了陶问珠的气息，却再也没有闻到陶问珠身上那种油菜花一样纯朴的香味。难道花坞里的花枯萎了？花香熏染不到陶问珠身上来了？

　　齐明刀感觉到有细丝带套在自己脖子上，有东西落在胸膛前。是那把齐国明字刀！齐国明字刀曾经贴过自己的心，后来又贴过陶问珠的心，现在又贴住自己的心。奇怪的是，齐明刀觉得齐国明字刀此刻变得冰冷冰冷。

　　齐明刀欲要睁眼看看陶问珠，看看明字刀。这动机让陶问珠觉察到了："别睁眼！"齐明刀正要睁开的眼睛闭得更加严实了。

　　齐明刀觉得有个小纸团被陶问珠的手指摁到了自己的嘴唇上。那小纸团要是陶问珠的嘴唇该多好呀！即使不是陶问珠的嘴唇，而是陶问珠的指蛋儿也不错呀！可惜，在齐明刀的嘴唇和陶问珠的指蛋儿之间，还隔着一层纸团。

陶问珠："摁住。"

齐明刀抬手摁住。

"回去再看。"

"是，回去再看。"

齐明刀忽然听到陶问珠离去的脚步声，忙睁开眼睛，陶问珠的身影刚好闪过墙拐角。齐明刀没有看清陶问珠，脑子里只留下陶问珠闪过墙角的影子。

齐明刀没有走，而是后退两步，抬头望着花坞的窗户。窗户活像一只大大的眼睛，默默地注视着傻瓜一样站在街心的齐明刀。

齐明刀回忆着花坞里的陈设：桌面上立着白玉闺怨紫檀插屏，插屏上秀发酷似陶问珠的美女正倚栏凝目沉思，眺望远处。床头墙壁上悬挂着竹筒，竹筒里插的花是盛开着呢还是枯萎了呢？立在窗台的笔架上挂着的梆笛、曲笛、低音长笛还在吧？闺床对面墙壁上的木挂落还挂在那儿吧？自己总共送给陶问珠两样东西，一样是木挂落，一样是齐国明字刀。如今，齐国明字刀已经扎在了自己的心头上，那木挂落呢？还悬挂在陶问珠闺床对面的墙壁上吗？陶问珠每晚临睡前都看它吗？

陶问珠回到花坞了吗？回到花坞的陶问珠这一刻在干啥呢？

一股清冷泉水般的音乐徐徐缓缓地从花坞的窗口飘移出来，被残月凄凉的月辉浸着，漫过街道的空间，向四面弥散开去。

齐明刀再次想到花坞窗台笔架上悬挂的笛子。梆笛短细而声音高亢脆亮，适合吹奏欢乐明快的曲子；曲笛长短粗细适中，适合吹奏描摹自然风光的古曲；低音长笛粗而长，身上斑痕点点，适合吹奏徐徐哀怨之曲。

窗户飘移出来的，是低音长笛吹奏的《阳关三叠》曲。

齐明刀踮脚眺望窗口，却看不到陶问珠身影。齐明刀看不到陶问珠，只能听到陶问珠吹奏的《阳关三叠》。齐明刀想象着，陶问珠背对木挂落立在白玉闺怨紫檀插屏旁边吹奏梆笛，玉笋般的尖指曲翘有态，起落有致。朱唇啜小，秀腮略鼓，回肠荡气，哀怨绝响如溶月之水源源流出，飘出窗外，飘向长安城上空。

齐明刀忽然想起宝鼎楼为金柄印钱行时，杜大爷、陶问珠和楚灵璧率领乐工合奏的《秦王破阵乐》。《秦王破阵乐》和《阳关三叠》搅和在一起，和街道驶过的汽车声，和鼓楼的鼓声，和钟楼的钟声搅和在一起，汇合成复杂而巨大的长安奏鸣曲，喧响在整个长安城上空。

齐明刀沉浸在复杂而巨大的音乐流里。到下半夜，笛声突然断电般戛然而止。

曲终人散，齐明刀痴痴呆呆，疯疯傻傻地胡乱走着，像一只游魂野狗，流浪在街头。

齐明刀转向大街，看到明亮的路灯，就靠在路灯旁的栏杆上，展开了一直攥在手心的纸团。

纸上写着：

<pre>
          昌
      楼   望
          出
      没   云
          思
      远   客
          问
      贞   人
</pre>

齐明刀正看几遍，反看几遍，反复诵读几遍，百思不解其意。陶问珠分手之时，竟然出了这么一道难题！

就在齐明刀专心致志破解字谜时，一个打扮妖艳的年轻女子扭着腰肢走过来，拍拍齐明刀肩膀问："洗不洗？"

齐明刀惊疑地一看，原来路灯对面是家洗浴中心，红灯闪闪，还有一个搔首弄姿的女子倚门站着。

齐明刀忙说："不洗不洗。"

年轻女子拽住齐明刀衣袖往过拉："走嘛走嘛，按摩特服都有的。"

齐明刀往后缩着："不洗不洗，我穷我穷。"

年轻女子并不松手："下半夜很便宜的，给你打八折。"

齐明刀更加用力往后缩，衣袖眼看要扯断了："我不敢，我害怕。"

年轻女子猛一松手，齐明刀差点仰面摔倒。年轻女子看到齐明刀仄棱趔趄的狼狈样子，无限轻蔑地说："胆小鬼，没出息！"

没出息的胆小鬼齐明刀撒腿就跑，直跑到另一条街的路灯下，才喘着气又看那字谜。兴许是受刚才那洗浴女的启发，齐明刀忽然看出一些眉目来。齐明刀把中间那行字拆成两个字连起来读，结果那字谜变成了四句诗：

日日昌楼望，山山出没云。

田心思远客，门口问贞人。

这诗只有一个难点，就是贞人指谁？指陶问珠，还是指街头卜卦的？问陶问珠，陶问珠不讲内情；问卜卦者，卜卦者只给你说出两可之间的命运。但整首诗要表达的意思很明白——陶问珠已沦入昌楼。齐明刀明晓得很，陶问珠所说的昌楼，跟娼楼绝对不同。陶问珠所说的昌楼，是特指，指身体，更指灵魂！

31

　　金柄印做梦也想不到，事情会发生这么大的变化。

　　和平常一样，下午六点的钟声一敲响，金柄印便离开办公室下楼，"小鳖壳"就停在楼下，准点送他回家。以前当局长时坐的是桑塔纳，桑塔纳上有一种怪味，他始终闻不惯，打从坐上去的那一天起，他就谋算着要换掉桑塔纳。这谋算在五年之后有了结果。他升任常务副厅长之后，桑塔纳换成了小鳖壳。小鳖壳上没有怪味，坐上去舒服多了。听说大红旗和林肯上有小酒吧和无线电通信，坐上去更舒服，不知道将来有没有机会坐上去。

　　六点的钟声刚一敲响，金柄印便准备离开办公室。不是下班回家，而是到城南别墅。董五娘翻了脸，他便负气出走。你住你的瓷器店，我住我的洋别墅，谁也不见谁，省得你的鼻子我的眼。他已给蔡翠玲打过电话，让她七点准时到城南别墅。当然，他不可能让司机把车开到城南别墅。城南别墅是个保密的地方。除自己以外，只有蔡翠玲和宋元祐知道。一个情人，一个铁哥们，知道就知道了。但司机不能知道，司机一知道，很快全厅的人就都知道了。金柄印让司机留下车钥匙，准备自己驾车去城南别墅。

　　金柄印拉开办公室门往外走，不偏不斜和往进走的宋元祐撞个满怀。金柄印的鼻子碰在宋元祐的下巴上，生疼生疼。金柄印揉鼻子，宋元祐摸索下巴。

金柄印怪一眼宋元祐："呦，今儿还正经得穿一身警服。"

宋元祐平时见金柄印总是穿便服，今日穿警服，而且风纪扣扣得整整齐齐，所以有此一说。

"唉，嗨，今儿办公事哩。"

"办完了没？办完了跟我到城南别墅喝酒去。"

"刚开始，没完哩。"

"没完？没完你继续办你的事，我走呀，翠玲还等着哩。"

金柄印摇着车钥匙要出门。

"急啥哩，这事还得你帮忙哩。"

"你说，啥事？"

宋元祐经常给金柄印帮忙，金柄印很少给宋元祐帮忙。今儿宋元祐开了口，这个忙就得帮，顶多迟去一会儿。让蔡翠玲等一会儿，等猴急了才舒服呢。

"坐我车，到地方就知道了。"

宋元祐的警车跑得快，三穿两拐就到了。金柄印下车一看，是纪检委，玩笑着说："元祐兄弟呀，进进出出的不是法院就是监狱，不是监狱就是纪检委，尽是些白日鬼的地方。"

"嗨，甭提了，进进出出的，也尽是些白日鬼的人。"

进得一间带沙发床的办公室，宋元祐说："金老兄，手机借我用一下。"金柄印摸出手机递过去："刚买个洋玩意儿，你就借着用哩。"

"幸亏不是别的玩意儿。"

宋元祐接过手机，关掉，顺手装进自己口袋里。

金柄印："元祐兄弟，你这就不地道了。"

宋元祐装手机的手出来时顺便带出来一页纸。宋元祐将纸展一展，向金柄印道："最近一段时间你先住这儿，吃喝由我经管，只是每天下午五点得准时向组织汇报思想。"

"元祐兄弟，你开啥国际玩笑哩。"

"金老兄，我跟你开玩笑，这身衣服可不跟你开玩笑。"

"你，你把我'双规'了？隔离了？"

"不是我，是组织。"

"我准时向组织汇报思想？"

"向我。"

"你就是组织？"

"金老兄，我是奉命行事。再说，我带你到这儿来，总比被一个你不认识的警官带你到这儿来强吧。"

"提前也不透个风，不够哥们。"

"提前透风就成了同谋，同谋得一起蹲到这房子里。"

"把电话给我，我给翠玲打个电话，说我这几天不回别墅了。"

"电话不能还给你，你一打电话我又成同谋了。"

"你，翻脸不认人！"

"金老兄，咋能这样说呢？古董行当有古董行当的游戏规则，官场有官场的游戏规则，这儿有这儿的游戏规则。"

"去他妈的游戏规则！"

"我会在游戏规则底下做些力所能及的事情。我会通知蔡翠玲，让她来看你。"

"鬼才信哩，一个破电话都不让打，却让人来当面看我？"

"电话有记录，蔡翠玲来看你，我不记录就没记录。"

金柄印重重地捶一下脑壳：还是狗日的宋元祐聪明！

宋元祐唤来两个年轻警察，轮换着伺候金柄印吃喝拉撒。还搬来一台破旧的黑白电视，抱一捆过期报纸让金柄印看。

金柄印把电视拧得屁股朝自己，把报纸踢得满地都是，冲着宋元祐喊："我不看电视！我也不读报纸！"

宋元祐笑一笑："想见人哩！好，我给你叫人去。"

周末下午，人来了。来的是董五娘，屁股后面还跟个秀水。宋元祐把人引进来，自己退到门外去。

董五娘依然是梅瓶的样子，只是胸前的两个执壶干瘪了些，身上的皮肤也不像淋水青花瓷那样滋润光亮，鼻子两侧的火石红斑点也变成黑紫色。

董五娘冷冰冰地看一眼房屋的墙壁，打开藤篮，取出一盘牛肉，一盘花生米，放到茶几上。又取出六瓶太白酒，分开蹾在茶几两头。董五娘坐在沙发床上，秀水席地坐在废报纸上。金柄印边往沙发床上坐边说："还是自家老婆心疼自己男人，给我送吃喝来了。"

董五娘并不看金柄印，只管把酒瓶盖打开："不是送吃喝，是斗酒。"说着推给金柄印一瓶，自己一瓶。金柄印看看秀水，秀水说："你俩斗，我看。"

金柄印知道董五娘斗酒只文斗不武斗，便提起酒瓶吹了喇叭。董五娘说："喝酒时像个男人。"说完，握住瓶脖子，仰面朝天吹了喇叭。吹毕，对金柄印说："你抠抠瓶子底。"原来瓶子底粘着一个小纸团。金柄印抠下来展开看。纸上的字像是儿子的笔迹：宁愿死，不赴美。金柄印颤抖着手说："你跟儿子说啥来着？"董五娘："你做啥我说啥。"

"你？"

"我当妈的总不能哄骗儿子吧？"

"你完全可以不说嘛！"

"让儿子蒙在鼓里去美国？"

"好，算你狠！"

"你也承认你做了见不得儿子的事？"

"告诉你，美国那点屁事，顶多算我渎职，坐不了大牢的。"

"私卖文物出境，不知该当何罪？"

金柄印一下泄气了。他咋也想不到，自己的老婆也对自己出狠招，召来个秀水当面做证人。

董五娘又打开两瓶酒，推过去一瓶，自己一瓶。这回董五娘先吹喇叭，金柄印后吹喇叭。吹完后便在瓶底抠，抠下一个纸团，展开一看，是董五娘写的"休书"。

自古至今，休书都是丈夫休掉妻子，而妻子休掉丈夫还没听说过，结果这头一档，就让自己摊上了。

"我要是不签字呢？"

"不在这儿签，就在法庭上签。"

金柄印看看秀水，说："原来你把后路铺好了。"

"你可以把元青花凤凰虫草八棱开光梅瓶卖给他，我为啥不可以把我自己送给他呢？"

金柄印看秀水时眼睛冒出熊熊怒光。当初卖元青花凤凰虫草八棱开光梅瓶给他时说好，梅瓶到手，立刻离开长安城。秀水没有遵守诺言，没有离开长安城，结果把大事惹下了。

"你拿到青花瓷瓶，为啥不离开长安城？！为啥不滚回日本去？！"

"因为青花瓷瓶带不走？"

"为啥带不走？"

秀水看看董五娘脚面，金柄印也看看董五娘脚面。那天打碎青花赏瓶，有一块瓷片扎在董五娘脚面上。那扎在董五娘脚面上的瓷片，已经结结实实地和脚长在一起。

"因为青花瓷是和人长在一起的。"

"所以你要把青花瓷和人一起带走。"

"不，把董五娘带到日本，董五娘还是中国人，我带董五娘到日本，是要和她一起，把那件元青花凤凰虫草八棱开光梅瓶再带回长安城。"

金柄印再也找不到拒绝签字的理由，就在口袋里摸笔。口袋里没有笔。平时办公室用毛笔，毛笔不可能随时装在口袋里。董五娘既然带来了休书，自然也就预备着签字用的笔。董五娘把笔递给金柄印，就像以前在家吃饭时把筷子递给金柄印一样。但金柄印拿笔签字跟拿筷子吃饭完全不同。拿筷子吃饭是愉快的，拿笔签字是痛苦的。自己酿的苦酒自己喝吧。

董五娘收好金柄印签过字的休书，又打开两瓶酒，推过去一瓶，自己留一瓶。

董五娘觉得自己身体开始发胀，脸颊有些发烫，头有些发飘。以前斗酒从未出现过这种情况，难道自己的酒量大不如前了？董五娘心中泛起极其复杂的苦味，但她还是提起酒瓶，英勇地吹响了喇叭。吹完喇叭，拇指和食指捏住瓶口，让酒瓶悬在半空并且摇摆着。那酒瓶摇摆一会儿，突然脱落，在地上摔出一声脆响。酒瓶的玻璃碎片四下飞溅，却没有一片落到人的脚面上。

金柄印也已醉意朦胧，但他看到董五娘吹了第三瓶喇叭，岂能示弱，握住酒瓶，一手叉腰，向天很响地吹起来。

吹罢，摇晃着身体在瓶底抠，结果什么也没有抠到。

董五娘伸手探进衣襟，掏出一封信，说："在这儿呢。"

金柄印接信在手，用惺忪的醉眼一看："杜玉田杜老儿写的。"

"不是写的，是抄的，是我求杜大爷抄了两样东西，我觉得这两样东西跟贺官书放在一起挺合适，就随这第三瓶酒送给你。"

金柄印觉得三瓶酒就是三把刀。董五娘在他胸腔上狠狠扎了三刀！

金柄印急于想知道这第三刀是什么内容，便去拆那信。可是手指头不听话，总是拆不开。金柄印猛一用力，把信封撕烂了。金柄印想展开信纸，却把自己展开在沙发床上。

金柄印完全醉倒了，信纸还攥在手心。

董五娘和金柄印二十年的夫妻，因斗酒始，亦因斗酒终。

晚上，蔡翠玲接到宋元祐的电话，带着醒酒菜和醒酒茶来了。宋元祐把他下午在窗外听到的情况原原本本说给了蔡翠玲。

蔡翠玲给金柄印醒过酒，看着金柄印清醒过来，便坐在他身边陪他说话。毕竟是情人嘛，话语和身体都能温暖对方。

当话题扯到那件元青花凤凰虫草八棱开光梅瓶时，蔡翠玲问："你真的把那梅瓶卖给秀水啦？"

"不卖梅瓶拿啥买别墅哩？拿啥叫你舒服哩？"

"别墅比梅瓶好得多。"

"当然，梅瓶摆在那儿只能过眼窝生日，哪有别墅舒坦实用？"

蔡翠玲听到了金柄印的灵魂，那灵魂和自己的灵魂极为相像：现代人已进入身体和物质的消费时代，谁还在乎一件死古董里藏有什么文化和精神？只有傻瓜才尽想文化和精神哩！

蔡翠玲给金柄印酒醒时，看到金柄印手心攥了一个纸团，随手掏下来扔到茶几上。现在金柄印酒醒了，看到纸团，说："那是董五娘杀我的第三刀！"

蔡翠玲捏过纸团交给金柄印，金柄印展开来看，纸上是杜大爷的小楷书，抄着诗文。

诗为两首：

夜月明如水，嗟予固已深。
一生原是梦，卅载枉劳神。
屋暗难捱晓，墙高不见春。
星辰环冷月，缧绁泣孤臣。

今夕是何夕，元宵又一春。
可怜此夜月，分外照愁人。
对景伤前事，怀才误此身。
余生料无几，空负九重恩。

五十年来梦幻真，今朝撒手远红尘。

他年应泛龙门合，认取香烟是后身。

蔡翠玲不知道诗为谁人所写，只觉得诗中充满了无限悔意，就说："蛮凄凉的。"

金柄印："岂止凄凉。"

"谁写的？"

"和珅。"

"那个大贪官和珅？"

金柄印的脸色一点一点变苍白，磨着牙齿说："前一首是和珅在狱中写的《悔诗》，后一首是和珅被杀前的《临刑诗》。和珅贪婪，富可敌国，可惜人头落地，只剩下一片虚无。"

蔡翠玲听到这里，不敢吱声。

金柄印："董青花和杜玉田老儿咒我死哩！他们拿和珅比我，我咋能是和珅哩？！他们拿和珅的结局比我，我咋能有那样的结局呢？！妄想，痴心妄想！！"

想到金柄印的结局，蔡翠玲有些不寒而栗。

金柄印瞄一眼第二页纸，塞给蔡翠玲，说："看吧。"

蔡翠玲接过纸看，只见上面写着：

妾吴氏，字卿连，吴门人也，其年十五，先入平阳王第选侍。乾隆四十四年，归和处，今又二十一春。分香者何人？买履者何人？风凄日暗，如助妾之悲悼也。诗成后，投缳自尽。

晓妆惊落玉搔头，宛在西湖十二楼；

魂定暗伤楼外景，池中无水不东流。

香稻入唇惊吐日，海珍列鼎厌尝时；

蛾眉屈指年多少，到处沧桑知不知。

缓歌曼舞画难图，月下楼台冷绣襦；

终夜红尘看不足，朝天懒去倩人扶。

钦封冠盖列星辰，幽时传闻进贵臣；

今日门前何寂寂，方知人语世难真。

一朝能悔郎君才，强项雄心愧夜台；

流水落花春去也，伊因事业空徘徊。

最不分明月夜魂，何曾芳草念王孙；

梁间紫燕来还去，害杀儿家是戟门。

莲开并蒂是前因，虚掷莺梭廿九春；

回首可怜歌舞池，两番空是梦中人。

冷落痴儿掩泪题，他年应化杜鹃啼；

啼时莫向漳河畔，铜雀春深燕子栖。

蔡翠玲一边看一边在心中默读，读完时顿觉浑身发冷。低头看时，胸口衬衣已被冷汗浸得透湿。

和珅大贪官，竟然有如此忠贞不渝、才情并重的红粉知己。和红粉知己比，和珅的诗才倒显得一般般。但和珅的诗外之才，已达到大学士境界。和珅若是等闲之辈，红粉卿连岂会坚贞钟情到投缳殉夫的地步。把金柄印比作和珅，把自己比作卿连，自己对金柄印的情义能到何种程度呢？这一比，把蔡翠玲比出了浑身冷汗。

金柄印："我要是坐牢？"

"我给你送饭。"

"我要是死？"

"你不会死的。"

"我说我要是死呢？"

"我说你绝对不会死。"

"我知道你的心了。"

"你知道我的什么心了？"

"我若死，你活着。"

金柄印看情人的眼睛比看古董还要尖哩。和珅死了，吴卿连殉情投缳自尽，他金柄印死了，我也殉情吗？才不呢！人家是正儿八经的夫妻，我和他算什么？假戏真做，互相享受。再说她吴卿连是吴卿连，我蔡翠玲是蔡翠玲，八竿子打不着，比不到一搭里。她钟情和珅殉情和珅是她心甘情愿，我钟情不钟情殉情不殉情是我自个儿的事。吴卿连是个大傻瓜，我才不做那样的大傻瓜呢！金柄印说他死，我不说我投缳自尽，我只能说你不会死，绝对不会死！我这心这灵魂被金柄印窥破了？！

"其实，我并不想让你殉情，我死了就死了，拿张破席一卷，扔到渭河滩去喂狗。"

"我说你不会死，绝对不会死。"

"我只是想知道你的心，现在我知道了，真真切切地知道了。"

"我真的不希望你死，这就是我的心。"

"我真真切切地看到了，现代人的心和古代人的心完全是两回事。"

蔡翠玲靠紧金柄印，拿手抚摸他的胡茬子，说："你胡思乱想哩。"

"我没有胡思乱想，我只是觉得孤独和凄凉。董五娘这第三刀杀得狠，快要把我的心和灵魂杀死了。"

"你是说，董五娘知道我和别墅的事了？"

"她要是不知道，咋会把杜大爷个老家伙抄录和珅和吴卿连的诗文拿到这儿来呢？"

蔡翠玲打个冷战，那冷战直传导到金柄印身上。董五娘若把这一切向组织和盘托出，麻烦就大了。提早抽身不知道来得及来不及？蔡翠玲丰腴性感的身子不由自主地离开金柄印一点。金柄印双拳捶胸，号叫一声，嘴角溅出几星血点出来。蔡翠玲为了躲避血点子，又往后挪一挪。

金柄印用手背抹掉嘴角的血点子，抬起身子，冲蔡翠玲叫道："笔墨伺候！"

蔡翠玲给金柄印做秘书时遇到过这种情况。金柄印酒喝高了便喊叫笔墨伺候。蔡翠玲研好墨展好纸，把笔递到金柄印手中。金柄印挽起袖子，泚笔乱写，写完贴在墙上，墙上有杜大爷的书法条幅。酒醒后比一比，便狠狠地把自己写的字撕成碎片，扔进废纸篓。

蔡翠玲："这儿哪有笔墨。"

"我不管，我就要你笔墨伺候！"

蔡翠玲找到宋元祐，讨来一根铅笔。

金柄印抓过铅笔要折为两节。

蔡翠玲："这儿又不是你的办公室，哪有笔墨？"

金柄印万般无奈，只得用铅笔在汇报思想用的白纸上写了六个字：东门犬，华亭鹤。

金柄印："带出去，交给董五娘或者杜大爷。"

蔡翠玲揣了纸条辞别金柄印。临出门时，不由流下两行清泪。

金柄印："这两行怜惜的眼泪倒像是真的。"

蔡翠玲甩着泪珠跑了。

蔡翠玲跑夫找宋元祐，宋元祐说："告过别了？"

蔡翠玲："我让你看样东西。"

"金柄印给你的东西？"

"不是给我，是给董五娘或者杜大爷。"

"拿出来看看。"

"不能在这儿看。"

"城南别墅？"宋元祐故意问。

"城南别墅不能去了，不光不能去，而且离得越远越好。这是城南别墅的门钥匙，我不忍心当面给他，回头你转交给他吧。"

宋元祐接过钥匙："滑点呀？"

"咱滑到你那儿去吧。"

宋元祐开车将蔡翠玲带到一个僻静去处。一进屋，蔡翠玲便掏出那张纸让宋元祐看，问那六个字是啥意思。

宋元祐："东门犬，是说当年秦相李斯被赵高腰斩咸阳，临行刑时，携着儿子的手说：牵犬东门，岂可得乎？华亭鹤，是晋时大文人陆机临被砍头时大呼：华亭鹤唳，岂可复闻乎？"

蔡翠玲泄了一口气："我还以为是送给哪个要人的密电码呢。"

"密电码能交给董五娘和杜大爷吗？"

"瞧，我给吓糊涂了。"

"这个金柄印老兄呀，茅坑的石头，又臭又硬。"

"有血性的男人都是那样。"

"影射我哩。"

"谁影射你来？"

蔡翠玲坐到床上，宋元祐坐到沙发上。蔡翠玲让宋元祐过去，宋元祐不过去，蔡翠玲只得自己过来挨着宋元祐坐在沙发上。

金柄印一隔离，蔡翠玲便觉得自己也落了水。落水的人心都急，手边有稻草就赶紧抓住，能在水面耐多久就耐多久。宋元祐监管着金柄印，所以是一根大稻草。这根稻草平时跟蔡翠玲关系很亲近，摸摸揣揣是有的，只差没干那事了。宋元祐跟蔡翠玲演过好几出双簧戏，配合得绝对佳妙。要是干那事，也绝对配合得佳妙。

蔡翠玲脱去外衣，解开衬衣领口跟前的两枚扣子。夏天的时候，蔡翠玲总是解着两枚扣子，宋元祐贼溜溜的目光总是从领口那儿往里探着。

今儿个，宋元祐只飞快瞄了一眼，便把目光移到别处去，没有继续往领口里探索。蔡翠玲索性把衬衣的扣子全解开，站到宋元祐正面去。宋元祐躲不过，说："哟，跟羊奶一样。"

蔡翠玲扑哧笑了，这话不止宋元祐一个人说过。

蔡翠玲拉过宋元祐的手，搭在胸前。宋元祐的手往后缩着。蔡翠玲又蹭宋元祐的嘴唇。宋元祐的头趔着。

蔡翠玲："咋？嫌我哩？"

宋元祐："哪能呢。"

"你们男人跟许多女人睡，我都不嫌，我只跟鲸鱼睡过，你就嫌我哩。"

"没嫌，没嫌。"

"嘴上不嫌，底下咋没动静哩？"

宋元祐大惊失色，蔡翠玲一句话，把男人的本能点得透透的。

可光凭本能，还不足以解释今天的事情。

32

　　齐明刀回到住处的第二天看到了冯空首。夜来香搀扶着冯空首，三步两瘸地上楼来。看身上的尘土和脸上的倦容，完全是远道而归的模样。

　　"明刀兄弟，你可出来了。"

　　奇怪，冯空首不说你回来了，却说你可出来了。看来，冯空首对自己落水的事一清二楚呢。

　　齐明刀："空首哥，你咋戴了双层口罩。"

　　"唉嗨，没办法，一层罩不住嘛。"

　　"给你钱，叫你抓紧看哩，你可是抽了断肠草了？瞧你脸乌青的。"

　　"唉，这号病，不看白不看，看了也白看。中国医生都是假把式，看不了这洋病。"

　　"看总比不看强。"

　　"看来，这不，听说老家南山里有一头神驴，摸一下那神驴的小驴儿病就好嘞。师娘就陪我去了。"

　　"摸来？"

　　"摸了三下，也不顶事。这不又回来了。"

　　齐明刀转而望夜来香，夜来香说："只要空首不取走蒲苇和卷柏，我就陪着他。他走到天涯海角我就陪到天涯海角。我叫他回无聚楼，他说不哩，住老地方，兴许强些，我就陪着来了。"

齐明刀见两人疲倦不堪，就说："先回房休息吧。"

冯空首并不急于回房休息，拉住齐明刀衣袖说："哥求你个事。"

"好哥哩，说吧，只要兄弟能办到。"

"给哥寻个记者来。"

"寻个记者？"

"对，寻个记者。"

"寻个记者干啥？"

"甭问干啥，哥叫你寻你就寻。"

"那好吧。"

第三天上，齐明刀通过一个熟人，请来一位《长安晚报》的记者。

记者一进冯空首的屋子就掏手绢捂鼻子。冯空首的屋子散发着奇怪的臭味。

冯空首想摘掉口罩让记者看他的鼻子，结果让夜来香拦住了，记者只看到他一小片麻子脸。他又让记者看他的两条腿："瞧，我这两条人字形的腿再也站不直了，屈成宝盖形了。"

齐明刀叹息：以前那个人模狗样的冯空首变形了，消失了！

记者说："叫我来，就为让我看你的麻子脸和弯弯腿？"

冯空首："哪能呢，记者又不是医生。"

记者："那叫我来干吗？"

冯空首："我想卖我的灵魂！"

"我从来没买过灵魂。"

"万事都有头一回。"

"现实生活中活生生的事我都管不过来，哪里顾得上管你灵魂的事。"

"我卖我的灵魂，但不问你要钱。我的灵魂兴许能赚一笔。"

"我从来不买不要钱的东西，我不是那种拿别人灵魂去赚钱的人。"

"不买也罢，看看总行吧！就像在商店里，不买东西总可以随便看看。你既然进了商店，就随便看看吧。"

"好吧。"好吧说得很勉强。

冯空首来了精神劲儿，开始讲述自己这个木匠的儿子如何闯荡长安城，如何拜金三爷为师，如何打砸同行，如何用美人计诓骗师娘，如何欺师灭祖，如何放浪形骸患上洋病，末了转向齐明刀："竞拍小克鼎的消息，是我给宋元祐透的风，结果叫人伢把你拾走了。"齐明刀想原来是冯空首捣的鬼！陶问珠呢？周玉箸呢？唐二爷呢？天哪，冯空首个狗东西！

齐明刀有些后悔那天在无聚楼给了冯空首好几大毛钱。那钱是让他瞧鼻子的，可谁知道他花销到哪儿去了？最可恨的是，他接了钱，却还跛着腿去参加竞拍小克鼎，还跛着腿去向宋元祐通风报信。这种叛徒行为既让齐明刀恨他，又让齐明刀瞧不起他。

冯空首仿佛把齐明刀的心思看清楚了，朝他伸着脖子说："你蔑视我吧！请你蔑视我吧！"

冯空首这一说，齐明刀反而不知道该怎样恨他蔑视他了。齐明刀只有扭头看夜来香。夜来香只是站在冯空首身边抹眼泪。

冯空首朝记者："你看到我的灵魂了吧？"

"看到了，也看清了。"

"我准备卖掉我的灵魂，然后跳进护城河把自己淹死。"

记者眉目毫无表情："我看清了你的灵魂，愈发不能买。"

"为啥？"

"你的灵魂太肮脏！"

冯空首忽而醒悟："是呀，太肮脏的东西是无人问津的。"

"你也不能跳进护城河淹死。"

"难道我连淹死自己的权利都没有？"

"你死在护城河里，肮脏的灵魂会把长安城熏臭的。"

冯空首哇地大叫一声，紧跟着一口气憋在心口出不来，差点把冯空首憋死。夜来香连忙给冯空首捶背，好一阵才把那口气捶出来。

"灵魂卖不掉，又不能淹死在护城河里，这可叫我咋办呀？！"

记者冷冰冰地说："那就是你自个的事了，我们记者可管不了那么多。"说完出门扬长而去。

冯空首失神地望着空洞洞的屋门，想把口罩摘掉，结果只摘掉一层又停住了，想挥拳砸捂着口罩的鼻子，拳头举到半空又垂下来，末了万般无奈地说："我想让记者把我的灵魂在报纸上晾一晾，然后收起来。你俩瞧，人家记者不愿意，唉嗨，人这灵魂，像古董瓷器一样，一旦被生活打碎，就永远无法复原了！"

齐明刀看到冯空首满脸尽是痛苦的悔意，心中升腾起一股同情和怜悯，他想安慰他几句又找不到合适的话语，唯有两股热泪代替话语，涌到眼眶里来。

"男人家，哭球哩。"反倒是冯空首在强忍着痛苦安慰齐明刀。

齐明刀："空首哥，你就是病得躺在床上不能动弹，我和师娘也要轮换着伺候你。"

冯空首："还是明刀兄弟好。下辈子我还来长安城，还认识明刀兄弟，还认识夜来香，咱仨一搭里吃羊肉泡馍。"

齐明刀眼眶里的眼泪流了出来。夜来香也背过身子去撩衣襟抹眼泪。

夜来香带着哭腔说："我下楼去给咱买羊肉泡馍。"

夜来香一下楼，冯空首对齐明刀说："咱下辈子吃羊肉泡馍，还得叫上唐二爷。"

"为啥哩？"

"因为小克鼎，唐二爷也落水了。"

唐二爷回来了，周玉箸站在宝鼎楼门口迎接自家男人。

唐二爷本来正值盛年，身材魁梧厚实得像半爿门板。那张脸，活像刚从模子里铸出来的铜像，泛射着古铜色的光芒。脖胸间露在衣服外面的肌肉和蒲扇一样的大手掌，也闪烁着富于金属质感的乌色光泽。脸上神色宛若秦俑，除了冷峻的自信和高傲外，再没有别的表情。

可此刻踩踏着院落冰冷的石径向宝鼎楼走来的唐二爷成了什么样子呢？衣衫凌乱，蓬头垢面，原先笔挺的背些微驼着，腰也些微佝偻着，左手缠满纱布，用绷带吊在胸前。那形象，极像刚从硝烟弥漫的战场上逃回来的伤兵。

周玉箸急忙迎上去，扶住自家男人那只吊着绷带的胳膊，一瞬间，周玉箸看清了，自家男人满腮帮的胡茬变成了苍白色，满头稻草一样蓬乱的头发也大片大片地花白了。周玉箸一阵心酸，想把男人搀扶回宝鼎楼，赶紧梳洗打扮一番。

唐二爷胳膊一筛，把妻子周玉箸筛了个趔趄，管自往宝鼎楼走去。幸亏是伤胳膊，要是好胳膊，还不把周玉箸威倒了。周玉箸并不生气，因为从坚定的步履中，他又看到了自家男人威武不屈的坚毅性格。

唐二爷没有去东厅房，而是进了西厅房，并踏上了去二楼的楼梯。周玉箸知道自家男人急着上楼干什么，所以她上楼时双腿发软。楼梯台阶仿佛比平时高了许多，脚步怎么也迈不上去。周玉箸抓住楼梯扶手，用手把自己身体拖上了二楼。

唐二爷径直走到二楼中厅乌黑的紫檀木大案前。望一望窗外萧疏的终南山顶，厉声命令道："把古绫揭开。"

周玉箸僵立在案旁，没有动手揭古绫的意思。唐二爷威严的目光缓缓移过来，瞪住周玉箸。周玉箸的面庞依然白皙富态，下巴依然丰润圆满，身体仍旧丰腴成熟，胸前衣襟，被高高撑起来。周玉箸脸上的变化全在眼睛上，眼眶四周浮着一层黑晕，一双杏眼也不如以前点漆般明亮。周玉箸的面容姿态，唐二爷不知道看过多少回，而且每回都能看出新内容。可是今天，唐二爷对这张面容和身形姿态都视而不见。不要说周玉箸眼眶四周围的黑晕和眼睛中减少的色泽，就连周玉箸头耳颈腕脚上添了什么缺了什么，唐二爷都视而不见。

唐二爷的眼睛成了一个黑洞，那黑洞里只能浮现一样东西。

唐二爷的声音更加严厉："我让你把古绫揭开！"

周玉箸不敢看唐二爷威严的面孔和目光，低着头，依然不动手，还小声回说："有些东西还是不揭开的好。"

周玉箸的话，仿佛在印证唐二爷的感觉和急切的心情。"好吧，你不揭我揭！"说着伸手去揭古绫。周玉箸急忙上前用身体挡住唐二爷的手，并且双手按住绫角。

唐二爷眼睛里喷出惊疑的怒火。

周玉箸带着央求的神情说："咱下楼吧！下楼我给你洗澡，我给你刮胡子剪头发，我给你炒菜做饭倒酒。你看你成啥样子了。"

唐二爷把周玉箸往一边拨拉："我这阵儿不稀罕你给我洗澡，不稀罕你给我刮胡子剪头发，不稀罕你给我炒菜做饭倒酒！"

周玉箸当然知道自家男人稀罕什么。但周玉箸就是不让自家男人揭掉古绫。唐二爷越拨拉，周玉箸越护得紧。

周玉箸想尽量延长自家男人揭去古绫的时间，延长一刻是一刻，延长一分是一分。唐二爷急了，用那只好手揪住周玉箸头发把周玉箸拖开，用那只烂手揭掉了古绫。古绫像一只大大的花蝴蝶，飘落到案腿跟前。

紫檀龙凤案上，整整齐齐，一溜摆着六个小克鼎。小克鼎圆口鼓腹，三足鼎立，若六位古代英雄，列站在案上。最边上那个位置，仍旧摆着一张拓片。

"那件小克鼎呢？！那件在四水堂来凤仪竞拍回来的小克鼎呢？！那件和这六件小克鼎团聚在一起的小克鼎呢？！"

周玉箸声音颤颤地说："你就是小克鼎。"

"我是唐二爷，我是你男人，可我不是小克鼎！"

"可你就是我的小克鼎！"

是啊，小克鼎在唐二爷心中重要，唐二爷在周玉箸心中重要，这有啥不对的呢？

唐二爷戟指点着周玉箸脑门："我就知道！我就知道！要不然我咋能回来呢！"

周玉箸见事情已经摆到案面上，索性把话说透："你知道得太少了！"

"我知道一件肺都要炸了，我知道多了心和肝也该炸了。"

"你送我的翡翠扁簪、祖母绿坠子、红宝石朝珠、麻花手镯全搭上了。"

"全搭上了！"

"陶问珠和翡翠耳坠也捎上了。"

唐二爷一屁股跌坐在脚地，巴掌拍着地板吼号着："宋元祐！天轰雷劈的宋元祐！"

周玉箸扶起唐二爷，下得楼来。唐二爷径直朝外走。周玉箸拉拖着唐二爷胳膊："你刚回来又要到嘎搭去啊？"

"去寻宋元祐！"

"你就这个样子去寻宋元祐？"

"这样子咋啦？我就是要让全长安城的人都看见，我就是这副模样去寻他宋元祐的！"

"你总得吃点饭，喝杯酒，长些精神劲儿再去。"

唐二爷被周玉箸拽回宝鼎楼正厅。唐二爷坐到八仙桌边的交椅上："去，先拿瓶酒来我抿抿。"

周玉箸拿来一瓶杜康酒和一个青铜尊，然后去忙活饭菜去了。

唐二爷灌下一尊酒，望着中堂条案上的鼎簋罐壶，心中翻腾无限复杂的情绪，便对着杜大爷手书的中堂条幅诉说："唐二爷哪，你步行中规，不杀虫不践草有啥用呢？这个世界尽是邪门歪道，谁还步行中规不杀虫不践草哩？麒麟哪，你就不能踩一踩条框，坏一坏规矩吗？！"

唐二爷拎起大半瓶酒，甩动胳膊大步出了门。周玉箸端饭菜上来时，只看到八仙桌的桌角放着一个空空的青铜尊。

唐二爷走在大街上，一会儿把酒瓶举向空中，一会儿把包着纱布的左手举向空中，还疯疯癫癫地冲着天空高喊："我宁愿给他半截酒瓶子！我宁愿再给他一根手指头！我宁愿给他一只胳膊！我宁愿给他一条性命！"

街上行人躲避着他，给他让道，回头看他："哪儿来这疯子！"有认得他的，忙对身边同伴说："这不是唐二爷吗？咋成了这样，疯疯癫癫的。"

唐二爷路过一家歌舞厅门口，看也不看一眼招牌就进去了。老板见来人手里拎着酒瓶子，忙点了一名有经验的小姐来伺候。

不一会儿，小姐跑出包间给老板告状："没见过这号客人，又不弄那事，只管灌马尿，灌了马尿就掐人。瞧，你瞧把人掐成啥样咧。"说着剥开衣服让老板看。老板看到小姐的脖颈、胸脯、乳房上尽是紫斑红印，便替小姐掩好衣领："为啥叫你去伺候哩？就是因为你有经验，老练。你这么老练的人都让掐成这样，叫个碎崽娃去，还不把脖子给掐断了。去去去，好生周旋，顾客就是上帝，得罪不得。"小姐像一只恼怒的八哥，噘着嘴进去了。

小姐刚进去，唐二爷却提着空酒瓶出来，径直往门口走。老板追过去："先生，付费。"唐二爷高举空酒瓶，圆瞪两眼，满口喷着酒气说："二爷我走错门了，付什么费。"老板见那空酒瓶随时都可能砸落下来，忙赔着笑脸道："既然先生走错门了，那就请便吧。"

唐二爷走了，边走边把空酒瓶抡得呜呜响。

小姐跟出来说："还没付小费呢？"

老板眼一横："算了，不就掐了几道印印嘛，又没弄那事。"

小姐只得叹一声，自认倒霉。

唐二爷抡着空酒瓶，大摇大摆地进了京兆区公安局副局长宋元祐的办公室，往沙发上一坐，又猛地将空酒瓶往茶几上一蹾，蹾得劲大，差点把酒瓶蹾碎了。

宋元祐靠在皮椅背上看着唐二爷。宋元祐在公开场合见过唐二爷无数次，每次见到，唐二爷都很绅士。宋元祐最羡慕最嫉妒的就是唐二爷身上的绅士气。宋元祐没有料到好端端一个绅士，转眼间会变成一个闲人，一个无赖。

宋元祐："我知道你会来。"

唐二爷："你料事如神。"

"但我没料到你以一副无赖相而来。"

"跟绅士打交道就得是绅士，跟无赖打交道就得是无赖。"

"说得好，唐二爷不愧是唐二爷。"

"你应该坐到我对面来，你不应该像个乌龟似的缩在皮椅子里。"

"我才不想坐在你对面呢。"

"你应该和我脸对脸，眼对眼。"

宋元祐挣扎着要站起来，可是膝盖有些发酸腿有些发软。就是这腿这膝盖在暗中盯了唐二爷十年梢。他不相信在唐二爷松树一样笔直的身上砍不出一个茬口！奇怪的是，这膝盖这腿在背地里坚挺得很，当着唐二爷的面却松软。宋元祐咬紧牙关，撑着沙发扶手，坐到唐二爷对面。宋元祐的酸膝盖和软腿让唐二爷看到了。唐二爷万分奇怪，就是这酸膝盖和软腿，竟然在长安城里把天大的好事毁坏了，把许多好东西毁坏了。

唐二爷用一只好拳和一只烂拳敲打着自己的双膝，由慢而快，敲得非常富于节奏，犹如街头乐队鼓手，极其投入地敲击着自己的架子鼓。

宋元祐简直要气死了，心中无比痛恨地咒骂着：敲敲敲，敲你妈的脚！敲敲敲，把膝盖骨敲成碎片渣儿！敲敲敲，把骨髓敲得像鼻涕一样流出来！

唐二爷敲得更欢了，节奏快得像飓风一样。

宋元祐的心快要被架子鼓的声音惊悸得停止跳动了。这到底是咋回事呢？该做的都做了，该要的都要了，小克鼎也到手了，自己这膝盖和腿却咋反而不争气了？

膝盖都是骨头的，可骨头跟骨头不一样，狗骨头和人骨头可差池得远哩。

唐二爷一边敲打膝盖的架子鼓一边说："你收了我一根手指头。"

"是你自个儿砍断的。"

"你还收了我老婆和翡翠扁簪、祖母绿坠子、红宝石朝珠、麻花翠镯？"

"是她自己送来的。"

"你又收了陶问珠和翡翠耳坠？"

"那也是她主动送来的。"

"我的一根手指头，我老婆和翡翠扁簪、祖母绿坠子、红宝石朝珠、麻花手镯，外加陶问珠和翡翠耳坠都不能满足你的胃口？"

"瞧你，把我说成无底洞了。"

"你终究还是撬走了小克鼎。"

"小克鼎也是陶问珠自己抱来的。"

"我老婆和陶问珠真主动啊。"

"你老婆和陶问珠不主动你咋能自由呢？"

"自由是个屁！"

"嗨，你咋能这样说自由呢？有人拿生命和爱情换自由还换不来呢。"

"你也配说生命和爱情？"

"我配说自由。"

"我不要没有小克鼎的自由！"

唐二爷说这话时嘴角流着血，可能把舌头咬烂了。

"可你已经自由了。"

"你可以再把我拾进去。"

"我才不拾呢。"

唐二爷霍然起身，敲碎酒瓶，拿半截碎酒瓶的利刃抵住宋元祐的颈窝："你拾不拾？！"

宋元祐是吃公安饭的，并不十分惧怕碎酒瓶的利刃。宋元祐腰里有一把五四手枪，但没有掏出来。他知道，枪一旦掏出来，不是他抠枪机，就是唐二爷划拉他脖子。没必要嘛，没到那份上嘛。

"即使我拾了你，有些东西也无法还给你了。"

"翡翠扁簪、祖母绿坠子、红宝石朝珠、麻花手镯、翡翠耳坠和陶问珠我都不要了。"

"我知道你想要小克鼎，想得侧棱着膀子睡觉，简直想偏了心。"

"我拿我胸腔里的心，拿我周身的热血，拿我这一百多斤换回小克鼎。"

"我已经给了你自由，就不能再给你小克鼎。"

"你得给！"

"我偏不给。"

"你必须给。"

"我偏偏不给。"

"我确认你会给，因为你心虚着呢。你一心虚膝盖就发酸腿就发软。"

"可我的脖子硬着哩。"

唐二爷扑哧一吐，把刚才咬烂的一碎块舌头吐到宋元祐脸上。宋元祐抬手擦脸的当儿，唐二爷轻轻一划，宋元祐脖根上现出一道血印子。宋元祐脸色略微有些苍白，一只手本能地摸向腰间。

唐二爷："我的命和小克鼎你要哪样？"

"我才不要你的命呢。"

"这倒是句人话，小克鼎比我的命贵重。"

"所以我才不要你的命。"

"但你也要不成小克鼎。"

"小克鼎现在就在我巴掌心里。"

唐二爷威严地看住宋元祐，极其认真，一字一顿地说："我把宝鼎楼和六个小克鼎全部捐给长安城，并且登报声明：刚刚收回来的第七件小克鼎被宋元祐敲诈走了。我看你是藏呢还是卖呢？甚至是交出来呢？"

唐二爷把手中的半截酒瓶扎在宋元祐办公桌上，疯笑着出门去了。

唐二爷回到宝鼎楼，老婆周玉箸看到他铜铸一样的脸变成了霜打的树叶、咸菜缸里的腌萝卜、沤烂了的蔫核桃。

唐二爷临出门时虽然蓬头垢面衣衫不整，背有些驼腰有些弯，可那精气神仍然赳赳英武，可这一圈转回来，人却变成了霜打树叶、腌萝卜、蔫核桃。

要不是亲眼所见，周玉箸绝对不会相信，自家男人会在转瞬之间发生如此大的变化。

周玉箸看着可怜的男人，忽而悟出：人的皮囊，完全依靠灵魂支撑着，灵魂一旦出窍，皮囊顷刻间就空瘪了。

小克鼎正是唐二爷的灵魂。

33

楚灵璧一回到长安城自家住处就觉得凄凉。

院中的竹子竹竿泛黄，斑点绛红，竹枝稀疏，挂着零星的叶片。院庭的地上，落满枯黄的竹叶。花架上那株藤花，叶子已经落尽，左边的枝条也已脱去，右边的枝条仍然挣扎地活在茎秆上。门口花盆里那株卷耳，也一副气息奄奄的样子。一股秋去冬来的寒风，把满院的凄凉吹到楚灵璧的心头来。

楚灵璧忍不住要落泪时，忽见一白一黄两只蝴蝶从院墙上翻飞过来，穿过竹梢的空隙，飞到自己面前，并拍着翅膀绕着自己飞行，像是拍着笨拙的巴掌欢迎主人的归来。

楚灵璧看得清楚：两只蝴蝶翅膀虽然拼命地拍着，可是那拍动的姿势和力量已经老态龙钟、疲惫不堪。两只蝴蝶怕是用尽生命的最后力量等待自己归来吧！要是一般的蝴蝶，如何能忍耐到这样的季节呢？

两只蝴蝶徐缓地引领楚灵璧打开房门，进到自己旧木垩墙的闺房。两只蝴蝶在闺房的床笫和各式竹器间盘旋一阵然后缓缓穿窗飞出。

楚灵璧探身窗外目送两只蝴蝶迟迟缓缓地飞过院庭的藤花和竹丛，再用力地飞上墙头。两只蝴蝶没有立即翻过墙头，而是栖落在墙头上，回头朝楚灵璧望了许久，才恋恋不舍地飞到墙那边去了。

楚灵璧忍住泪水，拿洒水壶来给卷耳和藤花浇水。楚灵璧一给藤花和卷耳浇水就想起杜大爷。楚灵璧有次给藤花浇水时说：玉人爱我，则藤花九日内开放，且是并蒂。结果，藤花在第八天就开放了，绽得婀娜多姿，只可惜不是并蒂。楚灵璧只能摇头叹息。

杜大爷给楚灵璧描眉的那一夜，是楚灵璧感觉到最幸福的一夜。之后三天，楚灵璧没有洗脸。她怕洗掉泪痕，更怕洗掉杜大爷给她画的眉毛。她背过身偷偷照着镜子，那眉毛画得真是好看。那眉毛配上月亮眼的淡淡泪痕，还果真现出美人的忧伤模样。第四天上，杜大爷让她去院落的溪水里洗脸，她不去。杜大爷说你不洗脸我就不喝你煎的药，不吃你做的饭。楚灵璧拗不过，便去洗了，没想到，那墨色已深入眉根，洗不掉了。杜大爷见楚灵璧洗了脸，便乖乖地吃饭喝药。又过几天，杜大爷的病情竟然缓和许多。病情一缓和，杜大爷就催楚灵璧，你回去吧。楚灵璧暗想：我为什么要这么细心地照料他？为什么要这么快就让他的病情好转呢？

幸亏蝴蝶安慰了楚灵璧的心。

楚灵璧浇完水，扫完院子，回到屋里，想一想蝴蝶，再看一看枕边的青白玉人，便觉得凄凉是凄凉，但是不孤独。

楚灵璧在凄凉而不孤独的日子里等待那两只蝴蝶再来。两只蝴蝶没有再来，蝴蝶的影子却总在眼前穿飞，每天夜里，那两只蝴蝶都要在她梦中穿飞，就像在她眼前穿飞一样。

这天晚上，楚灵璧无论如何也睡不着。眼睛刚一闭上，一白一黄两只蝴蝶便飞到她眼前，用柔软的翅膀刮她的眼睫毛。几次三番，楚灵璧给弄迷糊了。一白一黄两只蝴蝶为什么不能是一男一女两个人呢？一男一女两个人为什么不能一个是杜大爷一个是楚灵璧呢？

两只蝴蝶领引楚灵璧起身，就着灯光在古铜镜里观看自己。额带取掉了，蓬松的头发垂在眼前，半掩着她的月亮眼和古典娇美的面庞。蝴蝶引领她的手指，解开纽扣脱下衣裙。她自己的眼睛被蝴蝶诱惑着，在古铜镜里观赏自己天鹅般的颈，清秀突出的美人骨，饱满结实的乳峰和柳枝一样的腰身。她从来没有如此仔细地欣赏过自己裸露的身体。即使洗澡时，也是在蒙着水气的玻璃镜里匆匆一瞥，然后就羞涩地扭过身子穿衣裙。穿上衣裙的她立即若蝴蝶一般飘逸起来。

现在蝴蝶引领她的眼睛，仔仔细细地欣赏自己的裸体。这美丽的裸体该是为杜大爷生的呀！可那一夜相拥而泣时，两个人都穿着衬衣。两袭薄衬衣，犹如高山大川隔阻他俩之间！他恨不能在这时候把自己的眼睛换成杜大爷的眼睛。

楚灵璧回到床上，两只蝴蝶又引领她的手，把清白玉人放到两乳间暖着。温润的玉人使她血液涌动，乳房立即鼓胀起来。

杜大爷总共送过她三种东西，一是唐金银平脱镜，二是藤花卷耳，三是青白玉人。金银平脱镜是要用作交换二骏的礼物，结果让狗官金柄印送给假洋鬼子鸟瘪三了！藤花和卷耳可怜地挣扎在秋末冬初的寒风里。唯有青白玉人贴在她胸脯上。青白玉人真好，五六寸长，红萝卜粗细的躯干上雕着人头、脖颈、身体和下肢。看那眼睛鼻子嘴巴神态，还真有些像杜大爷哩。平日里，她真拿青白玉人当杜大爷，吃饭时放在桌面，睡觉时放在枕边，夜半醒来，还偷偷亲吻它哩。

两只蝴蝶引领楚灵璧双手，握着青白玉人，贴胸贴腹，过胸过腹。青白玉人太温润太奇妙，奇妙地跨过神圣之门。楚灵璧哎噢大叫着杜玉人杜玉人杜玉人！！！

楚灵璧醒来时，发现青白玉人沁血了。玉一经沁血，品相更好身价更高。楚灵璧搂着青白玉人甜蜜地睡着了。

清晨，一阵巨响把楚灵璧从疼痛的甜蜜中惊醒。爆裂声后，楚灵璧听到寒风在竹梢上吹响着胡哨。这胡哨，跟半坡马厩窗外的胡哨极为相像。

楚灵璧披衣下床，开门来到院中，发现所有的竹竿都爆裂了，许多竹竿拦腰折断，竹梢互相依靠着。架上的藤花，连盆摔到地面上，花摔成断枝，盆摔成碎片。门口台阶上那盆卷耳也彻底枯死，被寒风掠去了枝叶。

楚灵璧心头腾起一种难以名状的恐慌。

这时，有人咣当咣当地摇柴门，门声响得急切而猛烈。

楚灵璧打开柴门，齐明刀一跤跌进来，踉跄好几步，才算站住脚。楚灵璧见齐明刀惊慌失措的模样，内心的恐慌一下又加剧许多。

齐明刀一身寒霜，满脸倦容，红着眼，喘着气，失魂落魄地说："杜大爷不见了！"

楚灵璧听到齐明刀的话，内心的恐慌反而一下子消失掉，但是另外一种无法抑制的悲伤却泛上来。

楚灵璧哽了几哽，才说出一句："你等等，我就来。"

齐明刀等了好大工夫，楚灵璧才转出屋门。

楚灵璧脸上不施粉，眉毛不描黛，嘴唇上不涂红，素面上挂两行泪痕，额头上扎了条白额带，身上穿缃色衣裙，衣服下摆用剪刀剪开，撕成毛边，细腰间系一条麻腰绖，手肘上挎一个蓝布碎花包袱。

齐明刀的心咯噔咯噔连响几声："我是说杜大爷不见了，你咋就穿上未亡人的重丧服呢？"

楚灵璧抹一抹素脸上的泪痕："藤花昨天夜里让风摔碎了，你就抱上卷耳盆吧。"

齐明刀抱着那盆枯死的卷耳，跟着肘挎蓝布碎花包袱的楚灵璧一路急走，径直来到半坡马厩。

夏天来时，半坡马厩掩映在杂树繁花之中，如一位离群索居的美女，静听鸟鸣。那些黄眉柳莺、凤头百灵、黑枕黄鹂、四声杜鹃、蓝羽翡翠和伯劳等鸣叫穿飞在皂荚、吉氏迎春、花椒、樱桃树间。那些雕鸮、燕鸥、苍鹭、朱鹮盘旋在侧柏、木瓜、舜华之上。眼下，秋去冬至，寒风摇落了树枝上所有叶片和果实。萧疏的树林里，半坡马厩如一位鳏寡独居的老人，孤零零地沉默着。那些柳莺百灵黄鹂燕鸥苍鹭飞到什么地方去了？

半坡马厩的屋脊上缩着一只黑乌鸦，冷漠地看着楚灵璧和齐明刀。

遥想盛唐之时，比屋为儒，俊选如林，那情景已消隐在终南山翠峰的树根岩缝之间，愈陷愈深。

齐明刀和楚灵璧进得柴门，看到清冷的溪水穿院而过。水面漂浮着寒风吹来的枯叶，流过夏日柔条、今日硬梗交织成的院墙。楚灵璧示意齐明刀把抱在怀里的一盆卷耳和溪水边的卷耳放在一起。两株枯萎的卷耳可怜地委缩在溪水边。

来于斯，归于斯。

溪水像是夏天流淌过来的溪水，汩汩吟唱着："采采卷耳，不盈顷筐。嗟我怀人，置彼周行。陟彼崔嵬，我马虺隤。我姑酌彼金罍，维以不永怀。陟彼高冈，我马玄黄。我姑酌彼兕觥，维以不永伤。"

楚灵璧抱着包袱，隔水立在卷耳面前，两只月亮眼泛起泪光，泪水滴落进溪水，随着溪水流走了。

溪水那边的菜畦里的时令菜蔬也已干枯，里边落满了黄白蝴蝶的尸体。

齐明刀和楚灵璧万分伤感地进到西厢马厩。马厩里白蹄乌、特勤骠、青骓、什伐赤四匹马依然健在，而飒露紫和拳毛騧的位置依然空着。四匹骏马见齐明刀和楚灵璧进来，纷纷刨蹄扬鬃嘶鸣。

齐明刀面对飒露紫和拳毛騧空空荡荡的位置，忽然想起在电视上看到的英国名马红兰姆。红兰姆双耳尖竖，两目明亮，身躯俊美，跑起来跟流星一样快。红兰姆三夺英国全国赛马冠军，和其他几位体育明星一起，被评为最佳运动员。红兰姆死后葬在她获得殊荣的赛马场终点上，坟墓四周遍植绿树碧草，墓前供放着她的主人、骑师、追随者、拥趸敬献的簇簇鲜花。赛场中心，高耸着红兰姆的青铜塑像。塑像凝固着红兰姆无尽的光荣与骄傲。

红兰姆不愧为一匹神驹，但她的风光只是在赛场上，而飒露紫和拳毛骀的神威却是在刀光剑影的战场上。赛场和战场可是两个完全不同的地方啊！

英国人把红兰姆埋在了她取得光荣与骄傲的地方，而中国人却让飒露紫和拳毛骀漂流海外！

杜大爷呀，你的灵魂是追随飒露紫和拳毛骀去了吗？！

齐明刀和楚灵璧面对在场和不在场的六匹神骏深深三鞠躬，然后来到东厢房。

案上裂成两半的青玉圭不在了，其他东西一样不少。墨猴蹲在墨猴居的壁沿上，双目无神地往前看着。齐明刀敲敲案角，见墨猴没有半丝反应，便伸指一拨，墨猴立即僵硬地往后一翻，跌进墨猴居里去，墨猴居里登时腾飞起一片细小的猴毛。原来，墨猴已经死去多时了。墨猴居旁边放着苹果片和核桃仁，砚台池里还有残存的墨汁。墨猴绝对不会是饿死的。

齐明刀和楚灵璧再看杜大爷平日睡觉的床榻下面，蟋蟀死了整整一层。楚灵璧看到自己搭的床并没有拆去，张鸣岐制作的那件铜煨脚炉还放在床中央。炉火早已熄灭，炉灰被透窗的寒风吹洒在床铺上面。

那天晚上，她和杜大爷煨着炉火，杜大爷对她说：我的病好了，体力恢复了，完全能够像以前那样生活了。三个了字，是客气地向她下逐客令呢。楚灵璧有些后悔，后悔她对杜大爷太好了，伺候得太精心了，让杜大爷的病好得太利索了，体力恢复得太快了。太快了！太快导致自己也要太快地离开了！楚灵璧呀，你急什么呀！你就不能慢一点吗？慢一天你就可以在半坡城马厩多待一天，慢一分钟你就可以多陪杜大爷一分钟。楚灵璧只有装聋卖傻，假意没听见杜大爷的话。杜大爷并不罢休，接着说：这些天幸亏你来照顾我。这是杜大爷对楚灵璧所说的程度最深的感激话，楚灵璧听到这句话，心中澎湃起巨大的浪潮。但是她得走了，因为杜大爷又说，你也够累了，该回家休息休息了，顺便打问打问咱古董行当最近还有啥事儿。楚灵璧忍住泪水点头同意。第二天，她给杜大爷煎了最后一次药，伺候杜大爷喝下。做了最后一顿饭菜，温了最后一壶酒，陪杜大爷吃了喝了，又嘱咐杜大爷，晚上风寒，睡觉时穿上我给你织绣的贴身小衣，免得着凉，然后告辞。杜大爷一直把她送到柴门外。楚灵璧记不清自己来过半坡马厩多少次，每次走时打声招呼就走了，杜大爷顶多把她送到溪水边，她跨过溪水出柴门就走了。今日倒怪，送到柴门外，还伸手握住她的手，像摇一根小树枝一般摇了摇。

楚灵璧说："回去就看不见你了。"

杜大爷说："咋能呢？看见终南山就看见我了。"

楚灵璧看了一眼溪水边瑟瑟发抖的卷耳，流着泪走了，回长安城自家屋里去了。

寒风透窗拂来，把煻脚炉吹得铮铮发响，那响声奏成几句曲子："衷祈愿，终南依旧。秀手娟字临行稿，把英雄遗事托身后。君在上，吾叩首。"

楚灵璧捧炉在手，几天前夜半和杜大爷铜炉煻脚的情形再次浮现眼前，而且愈浮现愈清晰，清晰得刻印进脑海的屏幕上。

齐明刀看着楚灵璧的眼泪滴在煻脚炉里，听着铜炉的铮铮声，不禁也沉入风一样弥漫在东厢屋的哀伤之中。

楚灵璧把煻脚炉放到条案上，又来整理床铺，结果在枕头底下发现了自己亲手给杜大爷织绣的贴身小衣。自己千针万线，缜缜密密织绣的贴身小衣整整齐齐压在枕头底下。杜大爷走了，走的时候没有穿这件贴身小衣，该不会是忘记了吧？

楚灵璧展开贴身小衣，展在手中细看。贴身小衣的衣背上绣的是八角花，衣前襟绣的是瓜瓞绵绵图。八角中绣的是一茎花草，花草腰间结一对硕果，梢上歇一对衔枝鸟。前襟一朵蓝花上金瓜迭加金瓜，一直往上。左边一蝶，右边一凤，戏耍得正欢快。楚灵璧绣这每一样瓜果花鸟都有寓意，简直把自个儿的心都绣进去了。可是，杜大爷走的时候忘了穿这件贴身小衣。再一想，不是忘了。自己走时是让他试在身上的。杜大爷试在身上，还开玩笑说我一穿小衣就成凤飞蝶绕的瓜果园林了。贴身小衣叠得整整齐齐压在枕头底下，分明不是忘记了。

楚灵璧把贴身小衣铺展在床榻上，打开自个儿带来的蓝布碎花包袱，取出青白玉人，平放在贴身小衣上。齐明刀看到青白玉人身上沁着殷红殷红的血，那品相风貌，比他第一次在楚灵璧闺房的枕边看到的青白玉人可是好得多了。

楚灵璧用贴身小衣把青白玉人包裹严实，再用包袱包好。楚灵璧把包袱挎在臂肘间，双手抱着煨脚炉，说："咱走。"

齐明刀见楚灵璧抱着煨脚炉，自己便抱过墨猴居和墨猴，随着楚灵璧出了半坡马厩。

两人绕到半坡马厩后边，沿着弯曲的小径一直往上走，走到一块坡势较缓，树木稀疏，能看到长安城全貌和东流渭水的地方，停下来，楚灵璧对着涧水说："挖。"

时值秋末冬初，土地坚硬，用手咋能挖得动呢？齐明刀返身回到半坡马厩，找来一把铁镐。齐明刀回来时，看到楚灵璧跪在铺满枯树叶的坡地上，双手正在刨土。楚灵璧双手的指头已经刨烂，血把泥土黏凝在指头上。

齐明刀说我来吧，楚灵璧便退到一边看齐明刀挖。齐明刀一口气挖了两个坑。一个大坑一个小坑。

楚灵璧拣来许多枯叶，一片一片铺在大坑坑底。那动作，比给杜大爷铺床还仔细。铺好树叶，楚灵璧才把包裹着贴身小衣的青白玉人放进坑里，又把煨脚炉放在青白玉人的脚旁边。然后又捡树叶，一层层遮盖住青白玉人和煨脚炉，最后才用双手刨土，掩埋青白玉人和煨脚炉。

看着楚灵璧恓惶的动作，齐明刀的思绪像山间的旋风一般满坡旋转，搅起团团尘土和枯叶。

杜大爷消失了，一种滋生于汉唐沃土，曾经蓬勃兴旺的精神也随着苦苦支撑了许久的杜大爷消失了。

这种精神消失得太过莫名其妙。

这种精神不知道能不能再生？齐明刀、楚灵璧不知道能不能承继和发扬这种精神？我齐明刀有这个愿望。楚灵璧肯定也有这个愿望。

齐明刀双手紧紧攥着一把枯草，仿佛攥着正在奔驰的骏马的缰绳。

楚灵璧正在掩埋青白玉人和煨脚炉，坟头已经隆起来，楚灵璧悲哀的脸上呈现出一丝坚毅的神色。

齐明刀依着楚灵璧的样儿，在小坟里掩埋了墨猴和墨猴居。墨猴将一直陪伴着杜大爷。

就在齐明刀捧完最后一捧土时，天空飞来一只四声杜鹃，落在一棵古松的枝头，往刚刚隆起的两堆新坟凄切地鸣叫。

齐明刀和楚灵璧站在新坟前，仰头望四声杜鹃。四声杜鹃叫了一阵，忽然跃离枝头，往终南山的高处飞走了。

清冷的斜阳照射着山坡、涧水、古松和正在飞远的四声杜鹃鸟，也照射着新隆起的土坟和站在坟前的人。

古松是头缠幞头腰佩美玉的杜大爷吗？杜鹃鸟是杜大爷的灵魂吗？杜大爷立在山坡水边，灵魂飞隐到终南山的高处去了吗？！

杜鹃鸟消隐时，楚灵璧凄凉万分地嘶叫一声："杜——玉——人——！"

齐明刀也随之高声呼叫："杜——大——爷——！"

满山满谷回响着楚灵璧和齐明刀的声音：

"杜——玉——人——！"

"杜——大——爷——！"

楚灵璧和齐明刀跪倒在新隆起的坟前，额头砸地磕了三个响头。

苍天啊！我们跪下了，跪在杜大爷的坟前，为杜大爷叩头！

楚灵璧和齐明刀感觉到膝盖凝固在坟前的泥土里，并且生根往下长。楚灵璧和齐明刀觉得两人很快就会长成两座跪着的雕塑。

齐明刀叩完头，侧目看楚灵璧。楚灵璧扎着白额带的额头和素脸印满泪痕，身上的缟衣和麻腰经被寒风吹得哗哗抖动。

楚灵璧跪在坟前，尽着一个未亡人的责任。天子死曰崩，诸侯死曰薨，大夫曰卒，庶人曰死，而士死曰不禄。杜大爷不是天子，亦非诸侯，也不是大夫，更非庶人。杜大爷是长安城里真真正正的名士，名士消失，未亡人楚灵璧会不会哭唱不禄词曲呢？如果楚灵璧哭唱不禄词曲，自己就做一个执绋唱挽歌的挽歌郎吧！

　　齐明刀没有听到不禄词曲，却看到楚灵璧脸色由白转向蜡黄。楚灵璧叩完头想抬身起来，却因为膝盖生长在泥土里没能起来，楚灵璧一挣扎反而栽倒了。齐明刀忙去扶，却也因为膝盖生长在泥土里，没扶成，反倒和楚灵璧一齐栽倒在坟前。

　　两人挣扎许久，终于将膝下的大块泥土和膝盖一起挣脱起来。两个人互相搀扶着，跌跌撞撞地下山来。

　　两个人没有再进半坡马厩，只是路过半坡马厩前院时把马厩的柴门掩上。半坡马厩的大门缓缓地永远地关闭了，若骏马的鼻翼停止了呼吸，像雄鹰收拢了翅膀，更像夜晚到来前的暮色垂下了眼帘。

34

　　齐明刀在自己租住的小屋里的床铺上昏睡了七天七夜方才醒来。醒来后感到饥饿难忍，便胡乱弄了几口吃的吃了。吃完饭又觉得头疼欲裂，便翻拣屋子，结果把屋子翻了个底朝天，也没有翻拣到一粒药片。齐明刀想了想，便开门去找冯空首。冯空首的房门倒是开着，可里面的东西全搬走了，只剩下满地乱扔的纸片。许是听夜来香的话，搬到无聚楼去养病或者挨度剩下的日子去了吧。

　　齐明刀锁好自己的房门，走上街头。街上的风一吹，头兴许就不疼了。

　　齐明刀胡乱走着，竟然走到楚灵璧的院落门口，齐明刀推院门进去，看到一个老年妇女正在挥刀砍院落中那些爆裂死亡的竹子。齐明刀上前问："老人家，楚灵璧在吗？"

　　老年妇女抬起头，茫然地看看他，手中的刀往里指一指，又低头继续砍她的竹子。

　　齐明刀往里边看，原先锁着的屋门打开了，原先打开的屋门锁上了，那锁着的门上还贴着一张告示：主人外出，长久不归。

　　齐明刀忙又问："老人家，楚灵璧到嘎搭去了？"

　　老年妇女停住活计，茫然地看他，茫然地回答："出远门了，叫我看守这可怜的院子哩。"

"出远门？出多远的门？"

"说是要出国。"

"出国？去哪一国？"

"父母让她去欧洲团聚。"

"噢。"

"可她偏不听父母的话，自个儿决定，要去美国。"

"去美国？"

"是说去美国。不过我老太婆耳聋眼花，听不太准，看着也不一定是。"

齐明刀呆傻在东倒西歪的竹子前。

老年妇女不再说话，埋下头继续砍她的竹子。

齐明刀没有告辞，恍恍惚惚地出门走上大街，又一路恍恍惚惚地走到秦汉瓦罐，找到陶问珠。陶问珠看到齐明刀，紧蹙眉头，踟蹰地说："这位客人，想要吃什么饭菜？"

陶问珠浓密的长发不见了，头发剪得很短。

齐明刀的心一阵刺挠，说："我不吃饭菜，我找人。"

"请问客人找谁？"

"找你。"

"找我？找错了吧？我不认识你呀。"

"那就找陶问珠吧。"

"噢，是有过一个陶问珠，听说已经死了。"

"甭演戏咧，你不就是陶问珠吗？"

"我是叫陶问珠，可我的确不是您要找的那个陶问珠。"

齐明刀本来就恍恍惚惚的，听到陶问珠这么一说，精神愈发恍恍惚惚了。

"你说你不是陶问珠就算你不是陶问珠吧。"

"不是算，是是。"

"算是吧，我可以进宝鼎楼去见唐二爷吗？"

"唐二爷不在。"

"咋会不在呢？"

"去长安城碑林，商量捐宝鼎楼的事宜去了。"

"捐献？好好的宝鼎楼为啥要捐献出去呢？"

"这您可得问唐二爷去。"

齐明刀离了秦汉瓦罐，过了护城河，沿着城墙根，一路转来，直转到他初次进城时到达的安远门前。

齐明刀忽然想起师父货郎苗说给他的话："没上过城墙，没登过城楼，就不算到过长安城。"

齐明刀进长安城大半年，经历的事儿倒是不少，逛的地方也不少，可就是没上过城墙，没登过城楼。

齐明刀已经习惯了罚款和买票，就买了一张票上了城墙。师父货郎苗说过，城墙宽得很，能并排行走四辆皮轱轮马车。师父说得对也不对。哪里是并排行走四辆皮轱轮马车，简直能并排行走四辆十轮大卡车。

齐明刀敞开胸怀，迎着凛冽的寒风行走在宽阔的城墙上。师父说得对，没上过城墙，没登过城楼，就不算到过长安城。齐明刀借着师父给他鼓的豪气，登上了安远门的城门楼。

齐明刀环楼四望，一下被长安城内外的美景震住了。

落日残阳，照射着长安城内外。城北，弯曲若带的渭水泛着白光；城南，终南峰岭起伏绵延伸向天边；城里，高楼林立，街道纵横。林立的高楼中，钟楼鼓楼，西市东市的大略相貌隐约可见。齐明刀极力想找到宝鼎楼和四水堂，可惜没有找到。宝鼎楼和四水堂被鳞次栉比的楼顶淹没了。眼前，残阳落在城门楼油漆剥落的雕梁画栋和飞檐翘角上，寒风吹响了悬挂在飞檐翘角上的铜风铃。残阳和风铃声中，成群的马燕上下翻飞，一会儿绕着城门楼粗壮的廊柱，一会儿绕着齐明刀的身体。

齐明刀趴在城门楼的栏杆上，沉浸着，回忆着，想象着。这残阳是汉时的残阳，还是唐时的残阳？这残阳照射的长安城，是汉时的长安城，还是唐时的长安城？说不清，城墙的砖缝缝里，浅藏深印的难道不是汉唐时的残阳吗？

齐明刀想：我不是一个高贵的人，我只是一个乡下稼娃，是师父货郎苗怂恿我这个稼娃到长安城来的。师父真怪，自己永远离开了长安城，却要让徒弟娃永远进入长安城。不过，进总比不进好。一进长安城，就碰到许多高贵的人。杜大爷、唐二爷、金三爷、郑四爷、董五娘、周玉箸、楚灵璧、陶问珠、报纸人，还有冯空首和夜来香。他们都是真真正正的长安人，是长安城的灵魂。就连那个扶桑人秀水，也生长着长安城的灵魂。是啊，光有权钱远不能算真正的长安人，有文化和良心才算真正的长安人哩。

我齐明刀算不算真正的长安人呢？师父货郎苗和杨老汉引领我进了长安城，古董的缘分又使我结识了那些有血气有文化有良心的长安人。杜大爷唐二爷他们的血液通过古董这种特殊的流传形式，一点点涌进我的血管，并慢慢扩散向我的身体，渗透进我的灵魂。我的身心正在一点一点变成长安人。这变化非常奇怪，只能朝前变不能朝后变。正如人生之路，只能向前不能朝后。这是长安城的时间，也是整个世界的时间。不管我最终会变成一块秦砖，还是变成一块汉瓦，抑或变成一匹石马，我总得一点一点地变，永不停止。

我从杜大爷、唐二爷、金三爷、郑四爷、董五娘、周玉箸、楚灵璧、陶问珠、师父货郎苗和杨老汉他们身上触摸到了长安城的灵魂。长安城的灵魂形成的历史太久远，形成的体貌太巨大，他们只是长安城灵魂极少的一部分。而我从他们身上触摸到的，恐怕只是两片指甲盖儿或者半轮耳朵，显然那距离长安城灵魂的全貌还相差很远很远，但我毕竟触摸到了。也许我今生今世都无法看清那全貌，但我坚信，我一定能感觉到那灵魂的跳动。那灵魂就像杜大爷的心一样，即使终止跳动，却仍然传递着！

齐明刀胡思乱想，思绪犹如眼前的马燕凌空穿飞。

齐明刀凭栏立在长安城安远门的城门楼上，感觉到了凝固的长安城的涌动。齐明刀把悬在胸前的明字刀卸下来握在手中。涌动的长安城是奔跑的马群，护城河哗哗的水声里夹杂着马蹄敲地的哒哒声响。齐明刀骑在马群里一匹最高大的马身上，高扬着陡然长大的明字刀，随着马群向前驰骋。马蹄声响由小而大，由稀而密，由近而远，雷霆一般滚过大地和天空。

长安城的马群在辽阔的大地和天空奔驰一阵又转回来，打着响鼻歇息了。

杜大爷、唐二爷、金三爷、郑四爷、董五娘、周玉箸、楚灵璧、陶问珠、秀水，我们都是长安马群中的一匹，和飒露紫、拳毛骗一起，也和金柄印、宋元祐、肖黄鱼等害群之马一起，奔腾驰骋，掩鼻歇息。

齐明刀凭栏西望，看到残阳像一堆巨大的篝火，突然燃尽熄灭。残阳熄灭，四周黑云涌起，朝长安城摧压过来。渭河被黑云阻断，终南山被黑云遮没，长安城的城楼和大厦被黑云缠绕。凄厉的北风搅和着雪片，漫空而下。

下吧，下一场大雪，让丈儿八尺厚的雪掩埋住长安城，然后再出一轮红日，融化那雪，让纯净的雪水洗礼出一个新的长安城！

雪越下越大，席片一样的雪花飘舞在长安城上空。毫无疑问，这将是一场百年不遇的大雪。

2024 年秋修订